거울로 드나드는 여자 3
바벨의 기억

La Passe-miroir, Livre 3
La Mémoire de Babel by Christelle Dabos

크리스텔 다보스 지음 | 이슬아·이진희 옮김

바벨의 기억

거울로 드나드는 여자 3

레모

거울로 드나드는 여자 2권(클레르드륀에서 사라진 사람들) 줄거리

오펠리는 오해 탓에 폴 가문의 정령인 파루크의 궁정 부(副) 스토리텔러로 임명된다. 그녀는 시타시엘의 이면에 깊이 들어가 황금빛 환상에 숨겨진 타락한 영혼들을 엿본다. 귀족들 사이에서 일어난 불길한 실종 사건들로 인해 오펠리는 곧 조사를 시작하게 된다. 이번에는 읽는 여자로서 '신'의 이름으로 행동한다고 주장하는 협박범의 정체를 밝히기 위해서 나선다. 결국 사형 선고를 받은 토른의 목숨은 이제 오펠리의 읽기 능력에 달려 있다.
오펠리는 상상을 초월하는 사실을 알게 된다. 정말로 신은 존재한다. 신은 가문 정령들의 창조자이자 모든 후손의 부모이고, 가족 운명의 주인이자 집단적 기억의 검열관이다!
무엇보다도 신은 마주치는 모든 이들의 특성과 능력을 복제할 수 있다. 오펠리와 토른은 신이 감옥에 찾아왔을 때 큰 희생을 치르고 이 사실을 알게 된다. 신은 그들에게 최악의 상황이 다가올 것이며 타자는 자신보다 훨씬 더 강력하다고 경고한다. 그리고 오펠리가 처음으로 거울을 통과하면서 자신도 모르는 사이에 타자를 풀어주었다고 말한다.
오펠리와의 결혼을 통해 거울로 드나드는 남자가 된 토른은 새로운 능력을 이용해 흔적도 없이 사라진다.
폴을 떠나 다시 아니마로 돌아올 수밖에 없었던 오펠리는 모든 질문을 품은 채 홀로 남겨진다. 타자는 누구일까? 정말로 그가 파열을 일으킨 장본인일까? 그는 왜 아슈를 붕괴시키려는 걸까? 오펠리는 정말로 신을 타자에게 이끌 운명일까? 하지만 어떤 질문보다도, 하나의 질문이 끈질기게 오펠리를 따라다녔다.

토른은 어디에 있을까?

바람 장미 지도와 목적지

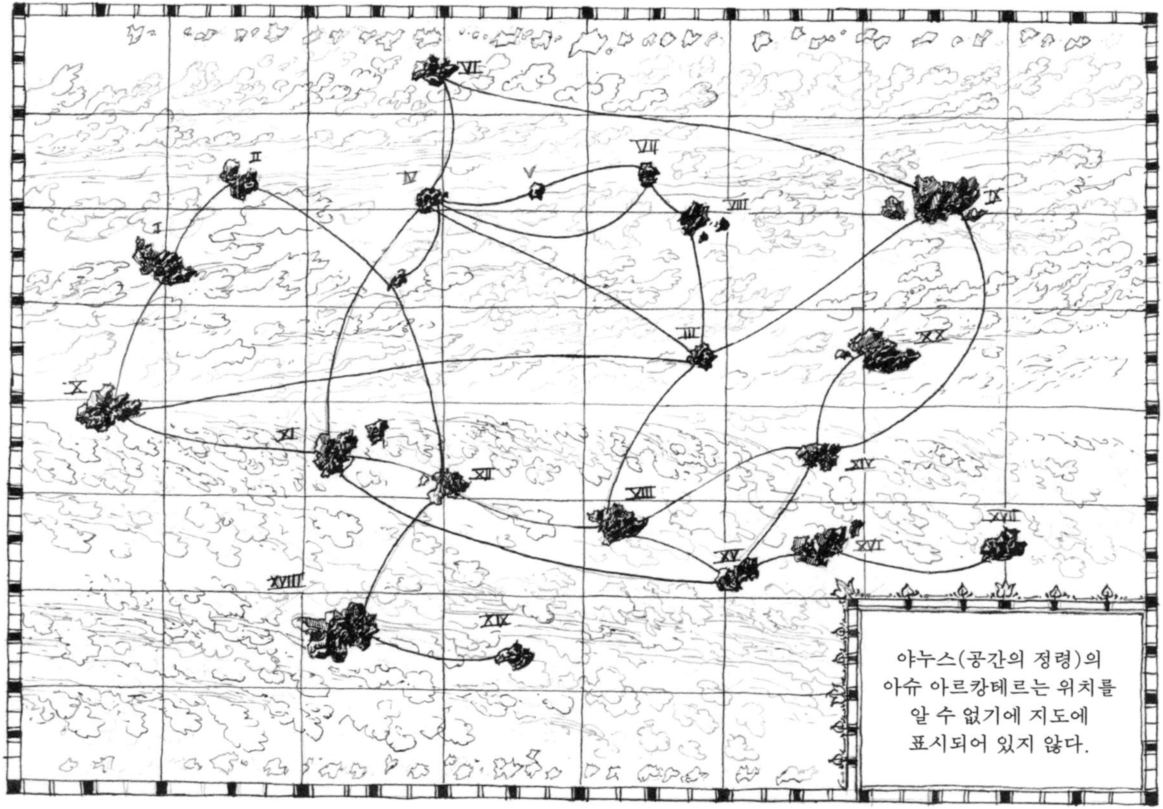

야누스(공간의 정령)의
아슈 아르캉테르는 위치를
알 수 없기에 지도에
표시되어 있지 않다.

I. 아니마, 아르테미스의 아슈 (사물의 정령)

II. 폴, 파루크의 아슈 (정신의 정령)

III. 토템, 베누스의 아슈 (동물의 정령)

IV. 키클롭스, 우라노스의 아슈 (자력의 정령)

V. 플로라, 벨리사마의 아슈 (식물의 정령)

VI. 플롱보, 미다스의 아슈 (변환의 정령)

VII. 파로스, 호루스의 아슈 (매혹의 정령)

VIII. 세레니심, 파마의 아슈 (예언의 정령)

IX. 헬리오폴리스, 루시퍼의 아슈 (번개의 정령)

X. 바벨, 폴리데우케스와 헬레네의 쌍둥이 아슈 (감각의 정령)

XI. 데제르, 진Djinn의 아슈 (온천의 정령)

XII. 타르타르, 가이아의 아슈 (풍토의 정령)

XIII. 제피로스, 올림포스의 아슈 (바람의 정령)

XIV. 티탄, 음(陰)의 아슈 (질량의 정령)

XV. 코르폴리스, 제우스의 아슈 (변신의 정령)

XVI. 시드, 페르세포네의 아슈 (온도의 정령)

XVII. 셀레네, 모르페우스의 아슈 (몽환의 정령)

XVIII. 베스페랄, 비라코차의 아슈 (유령화의 정령)

XIX. 알옹달루즈, 레Rê의 아슈 (공감의 정령)

XX. 에투알, 중립 아슈 (국제가문기관들의 본부)

옛날이 아니라

머지않은 미래에

마침내 평화 속에 살아가는 세상이 올 것이다.

그때가 되면

새로운 남자들과

새로운 여자들이 존재할 것이다.

그때는 기적의 시대가 될 것이다.

차례

부재자

축제

시계가 전속력으로 돌진해 왔다. 바퀴 달린 거대한 벽시계의 추가 좌우로 힘차게 흔들렸다. 커다란 가구가 자신을 향해 달려드는 모습은 매일 볼 수 있는 구경거리가 아니었다.

"죄송해요, 언니!" 여자아이가 온 힘을 다해 시계 끈을 잡아당기며 외쳤다. "평소에도 조심성이 없어요. 엄마가 자주 산책을 시켜주지 않아서 우리 시계가 이 모양이죠. 와플 하나 주세요."

오펠리는 포석 위에서 바퀴를 굴리며 쉼 없이 끽끽대는 시계를 슬쩍 보았다.

"시럽을 뿌릴까요?" 오펠리가 진열대에서 바싹 구워진 와플을 꺼내며 물었다.

"괜찮아요. 즐거운 째깍절 보내세요!"

"즐거운 째깍절 보내세요!"

오펠리는 인파 속으로 사라지는 아이와 대형 벽시계를 향해 의례적으로 답했다. 그녀에게 째깍절은 영 내키지 않는 명절이었다. 아니마 수공예 시장 한복판에 자리한 와플 판매대에 배정된 그녀는 끝없이 이어지는 뻐꾸기시계와 자명종 행렬을 바라보았다. 홀에 쉴 새 없이 울려 퍼지는 째깍째깍 시계 소리와 '즐거운 째깍절 보내세요!'라는 인사말이 뒤엉켜 커다란 유리창에 부딪혔다. 이 모든 시곗바늘들이 자기가 기억하기 싫은 것을 떠올리게 하려고 돌아가는 것 같았다.

"2년 하고도 7개월이야"

오펠리는 김이 폴폴 나는 와플을 진열대에 던지며 말을 건네는 로즐린 이모를 바라보았다. 째깍절은 이모에게도 우울한 기억들을 떠올리게 했다.

"부인이 우리 편지에 답장했을 거라 생각하니?" 이모가 주걱을 휘저으며 식식댔다. "하기야 부인은 답장하는 것보다 더 중차대한 일이 있겠지."

"말씀이 지나쳐요." 오펠리가 말했다. "베르닐드는 답장을 보내려고 했을 거예요."

로즐린 이모는 주걱을 와플 틀 위에 올려놓고 앞치마에 손을 닦았다.

"지나치고말고. 폴에서 겪어봐서 알지만 두아옌들이 중간에 훼방을 놓았을 거다. 내가 네 앞에서 불평하면 안 되지. 2년 7개월간 나보다 네 쪽이 훨씬 더 조용했으니…."

오펠리는 아무 말도 하고 싶지 않았다. 생각만으로도 시곗바늘을 삼켜버린 느낌이었다. 그녀는 가장 아름다운 시계들로 치장한 보석상에게 서둘러 와플을 건넸다.

"얌전히 굴어." 보석상은 흥분한 시계들이 죄다 뚜껑을 딸각대자 짜증을 냈다. "얘들아, 예의를 지켜야지? 가게로 다시 돌아가고 싶니?"

"나무라지 마세요." 오펠리가 말했다. "저 때문이에요. 시럽 뿌려드릴까요?"

"와플만 주세요. 즐거운 째깍절 보내세요!"

오펠리는 보석상이 멀어지는 모습을 보면서 시럽을 테이블에 내려놓다 통을 엎을 뻔했다.

"두아옌들은 제게 축제 부스를 맡기지 말았어야 했어요. 와플을 만들 줄도 모르고, 나눠주고만 있잖아요. 게다가 벌써 여섯 개나 떨어뜨렸어요."

온 가족이 오펠리의 병적인 덤벙거림을 알고 있었다. 주위가 시계 천지인데 감히 그녀에게 메이플 시럽을 뿌려달라고 할 사람은 아무도 없었다.

"인정하기 싫지만 이번만큼은 두아옌들 생각이 나쁘지 않았던 것 같다. 네 모습이 보기에 얼마나 딱하던지. 손을 바삐 놀릴 필요도 있어."

로즐린 이모는 초췌한 얼굴에 생기 잃은 안경을 걸치고 머리를 엉망으로 땋은 조카를 심각하게 쳐다보았다.

"괜찮아요."

"아니, 안 괜찮아. 집에만 처박혀서 아무거나 먹고 아무 때나 자잖니. 심지어 박물관에도 가지 않고." 이모는 마지막 사실이 무엇보다도 걱정스러운 듯 힘주어 말했다.

"실은 갔었어요." 오펠리가 이모의 말을 정정했다.

그녀는 폴에서 타고 온 비행선이 착륙하자마자 짐도 풀지 않고 곧장 박물관으로 향했다. 무기 수집품이 빠진 진열장, 군용기가 치워진 원형 건물, 황제의 군기(軍旗)가 사라진 벽, 방어용 갑옷이 치워진 내실을 두 눈으로 직접 확인하고 싶었다.

참담한 심정으로 박물관을 나온 오펠리는 그 뒤로 발길을 끊었다.

"그곳은 더 이상 박물관이 아녜요." 오펠리가 웅얼거렸다. "전쟁에 대해 함구하고 과거를 묻어두는 건 거짓말을 하는 것과 같아요."

"넌 읽는 여자야." 로즐린 이모가 핀잔을 줬다. "아무리 그래도 팔짱 끼고 보고만 있어서야…. 내 말은, 앞으로 나아가란 거야."

오펠리는 방관하는 게 아니라고, 앞으로 나아가는 데는 관심 없다고 대꾸하려다 말았다. 그녀는 지난 몇 달 동안 자료를 수집하느라 침대를 떠나지 않고 지리책에 코를 박고 지냈다. 그녀가 가야 할 곳은 다른 곳이었다. 하지만 두아옌들이 감시하고 있는 한, 신이 감시하고 있는 한 그럴 수 없었다.

"째깍절에는 네 시계를 집에 두고 오는 게 나을 것 같구나." 로즐린 이모가 갑자기 입을 뗐다. "네 시계가 다른 시계들을 자극시키고 있어."

정말로 벽시계들이 와플 진열대에 모여 있었다. 오펠리는 본능적으로 주머니에 한 손을 넣고는 몰려든 시계들에게 다른 데서 째깍대라고 손짓했다.

"아니마답네요. 제멋대로인 시계를 지니고 있으면 주변 시계들이 하나같이 반발하는 게 느껴지니까요."

"시계공에게 가져가보지 그래."

"가져갔었죠. 고장 난 게 아니라 그저 혼란에 빠져 있는 거래요. 즐거운 째깍절 보내세요, 작은할아버지."

인파 속에서 모습을 드러낸 작은할아버지는 겨울 코트에 목을 파묻었고 수염은 눈을 맞아 젖어 있었다.

"그래, 그래, 즐거운 축제에 째깍이들이 몰려다니는구나." 작은할아버지는 거리낌 없이 가판대 안쪽으로 들어가 따끈한 와플을 하나 집었다. "눈꼴사나워서 원! 은그릇 축제다, 악기 축제다, 장화 축제다, 모자 축제다··· 매년 새로운 축제를 달력에 추가하고 있는 꼴이라니. 나 때는 말이야, 물건들에게 이렇게 오냐오냐하지 않았어. 그래놓고서 물건들이 변덕을 부린다고 놀라다니. 자, 어서 받으렴." 할아버지는 오펠리에게 봉투 하나를 불쑥 내밀며 속삭였다.

"또 찾으셨어요?"

앞치마 주머니에 조심스레 봉투를 넣는 오펠리의 심장이 축제에 온 모든 시계보다 더 빨리 뛰었다.

"그냥 봉투가 아니야, 오펠리. 그걸 구하기는 그다지 어렵지 않아. 하지만 두아옌들 모르게 구하는 게 어렵지. 나도 너만큼이나 감시를 받고 있잖니. 그리고 조심하렴." 작은할아버지가 부르르 떨며 중얼거렸다. "리포터랑 그 고약한 참새인지 뭔지가 근처에서 어슬렁거리는 걸 봤다."

로즐린 이모는 할아버지와 오펠리의 대화를 들으며 긴 이를 악물었다. 둘이서 수상한 일을 벌이고 있다는 걸 알고는 오펠리가 다시 난처해질까봐 노심초사하면서도 대체로 한편이 되어 줄 때가 많았다.

"와플 반죽이 바닥이 보이기 시작하네." 이모가 퉁명스레 말했다. "가서 반죽 좀 덜어 오렴."

오펠리는 순순히 식료품 저장실로 향했다. 저장실은 무척 썰렁했지만 사람들의 시선을 피할 수 있었다. 그녀는 옷걸이에 걸려 안절부절못하는 목도리를 진정시키고 아무도 없는지 확인한 뒤에야 작은할아버지가 준 봉투를 열었다.

봉투 안에는 엽서가 들어 있었다.

엽서의 사진 밑에는 '제22회 가문제전'이라고 적혀 있었고, 60년된 소인이 찍혀 있었다. 작은할아버지는 인맥을 활용해 엽서를 손에 넣었을 것이다. 오펠리의 관심을 끈 것은 사진이었다. 물감이 여기저기 덧칠된 흑백 사진에는 거대한 건물의 산책로에 들어선 전시 부스들과 이국적이고 신기한 물건들이 보였다. 아니마 홀보다 백배 더 웅장해 보였다. 오펠리는 코 위로 안경을 고쳐 쓰고 엽서를 빛이 드는 쪽으로 가져갔다. 그동안 찾던 것을 드디어 사진 속에서 발견했다. 건물의 통유리 너머 안개 사이로 목이 잘린 동상이 어렴풋이 보였다.

아주 오랜만에 오펠리의 안경이 감정으로 물들었다. 작은할아버지는 그녀가 세운 모든 가정을 막 확인해준 셈이었다.

"오펠리!" 로즐린 이모가 불렀다. "엄마가 찾는다!"

오펠리는 황급히 엽서를 숨겼다. 마음이 벅찼던 것도 잠시, 이내 좌절감이 몰려왔다. 그 이상이었다. 끝없는 기다림은 그녀

몸속에 구멍을 냈다. 하루 이틀, 한 주 두 주, 한 달 두 달 시간이 흐를수록 구멍은 점점 커졌다. 오펠리는 결국 몸 안에 난 구멍에 빠져버리는 건 아닐지 생각하곤 했다.

오펠리는 회중시계를 꺼내 최대한 조심스럽게 뚜껑을 열었다. 이미 시달릴 대로 시달린 불쌍한 시계 앞에서 절대로 덤벙댈 수 없었다. 아니마로 강제 송환 되기 전 토른의 소지품들 중에서 발견한 이 시계는 시간을 알려주는 법이 없었다. 아니, 오히려 너무 많은 시간을 알려주었다. 모든 바늘이 한 방향으로 돌다가 이내 반대로 돌아갔는데, 거기에는 어떤 납득할 만한 규칙도 없었다. 4시 22분, 7시 38분, 1시 5분… 그러다 째깍거림이 멈췄다.

2년 7개월간의 침묵.

오펠리는 토른이 탈옥한 뒤로 어떤 소식도 듣지 못했다. 전보 한 통, 편지 한 통 받지 못했다. 수배되고, 신의 추적까지 받고 있으니 쉽사리 모습을 드러내지 못했을 거라고 되뇌어봤지만 소용없었다. 그녀의 마음은 새까맣게 타들어갔다.

"오펠리!"

"가고 있어요."

오펠리는 반죽 통 하나를 들고 저장실 밖으로 나왔다. 가판대 반대편에 풍성한 드레스를 입고 서 있는 엄마가 눈에 들어왔다.

"우리 딸이 드디어 침대를 박차고 나왔구나! 그럴 때도 됐지. 조금만 늦었어도 너는 침실 테이블이 됐을 거다. 즐거운 째깍절 보내렴, 우리 딸! 아이들에게 와플 좀 나눠줄래?"

엄마는 길게 줄지어 선 아이들을 가리켰다. 그 가운데서 오펠리는 남동생, 언니들, 조카들과 어린 사촌들 그리고 거실의 추시계를 알아보았다. 더 이상 '아이들'이라고 볼 수 없었다. 지난 몇 달간 훌쩍 자란 엑토르는 자신의 키를 가볍게 넘어섰다. 훤칠한 키에 빛나는 머리칼, 주근깨가 난 얼굴들을 보고 있자니 그녀는 자신이 같은 가족인 게 믿기지 않았다.

"아가트와 네 문제를 의논했어." 오펠리의 엄마가 상체를 가판대 위로 한껏 숙이며 말했다. "네가 일자리를 구해야 한다는 데 네 언니나 나나 같은 생각이야. 네 언니가 샤를과 상의했고, 둘 다 네가 공장에 와서 일해도 좋다고 허락했다. 네 꼴을 좀 보렴! 계속 이렇게 지낼 순 없잖니. 넌 아직 어리다고! 이제는 너와 상관없어… 그러니까… 토른 말이야."

오펠리의 엄마는 '토른'이라는 이름은 입 모양으로만 말했다. 가족들은 하나같이 토른이 수치스러운 존재인 듯 그의 이름을 입에 담지 않았다. 폴에 관한 이야기도 절대 꺼내지 않았다. 오펠리 자신도 가끔 폴에서 겪었던 일들이 진짜로 일어났었는지 헷갈렸다. 자신이 하인이나 부스토리텔러, 가문의 읽는 여자였던 적이 전혀 없었다고 생각될 정도였다.

"엄마, 아가트 언니와 형부에게 고맙지만 사양한다고 전해주세요. 레이스 만드는 일은 저와 맞을 것 같지 않아요."

"내가 기록 보관소에 데려갈 수도 있지." 작은할아버지가 콧수염 사이로 툴툴대며 말했다.

입술을 있는 대로 내민 오펠리 엄마의 얼굴이 폴무를 연상시켰다.

"삼촌은 오펠리에게 악영향을 끼치고 있어요. 과거, 과거, 그놈의 과거 타령! 우리 딸은 미래를 생각해야 한다고요!"

"아, 그렇지!" 작은할아버지가 비꼬듯 응수했다. "너도 오펠리가 도서관에 꽂힌 얌전한 책들처럼 고분고분하길 바라지? 그럼 차라리 네 딸을 두메 산골에 보내지 그러냐?"

"저는 오펠리가 두아옌들과 아르테미스 눈에 들어 변하길 바라는 거예요."

감정이 격해진 오펠리는 실수로 가족 벽시계에게 와플을 내밀었다.

아무 소용이 없었다. 오펠리가 온 가족에게 두아옌을 신뢰하지 말라고 거듭 말해도 아무도 귀담아듣지 않았다. 가족들에게 경계하라고 당부하고 싶은 대상은 아주 많았다! 특히 신. 그러나 오펠리는 누구에게도 신에 관해 이야기하지 않았다. 끝없이 질문을 퍼붓는 부모에게도, 말 없는 조카를 걱정하는 로즐린 이모에게도, 조사를 도와주는 작은할아버지에게도. 가족 모두 토른의 감방에서 무슨 일인가 벌어졌다는 걸 알았고, 그걸 잘 모르는 친척들은 감옥에 갇힌 게 오펠리였다고 생각했다. 하지만 그녀는 아무에게도 자초지종을 털어놓지 않았다. 신의 존재를 알고 난 뒤로 오펠리는 입을 다물 수밖에 없었다.

메르 일드가르드는 신 때문에 스스로 목숨을 끊었다.

멜키오르 남작은 신을 위해 다른 이들의 목숨을 앗아 갔다.

토른은 신에게 목숨을 잃을 뻔했다.

신의 존재 자체가 위험한 진실이었다. 오펠리는 가능한 한 오랫동안 비밀을 지킬 생각이었다.

"모두 걱정하시는 거 알고 있어요." 오펠리가 마침내 입을 열었다. "제 인생이 걸려 있어요. 그러니 아르테미스에게든 그 누구에게든 보고할 의무는 없어요. 두아옌들이 어떻게 생각하든 아무 상관 없어요."

"마음대로 하렴, 오펠리!"

가판대로 슬며시 다가오는 중년 부인을 본 오펠리는 몸이 굳었다. 부인은 시계도 차지 않았고, 벽시계를 산책시키지도 않았지만, 전속력으로 회전하는 황새 모양의 풍향계가 위에 달린 기괴한 모자를 쓰고 있었다. 아니마인들, 그중에서 특히 오펠리의 일거수일투족을 감시하는 부인의 돌출된 두 눈이 금빛 안경 때문에 더 커 보였다.

두아옌들이 신의 공모자라면, 리포터는 두아옌들의 공모자였다.

"소피, 당신 딸은 자유분방한 아이죠." 리포터가 오펠리의 엄마에게 인자한 미소를 지으며 말했다. "가족마다 그런 사람이 있어야지! 박물관 일을 다시 하고 싶어 하지 않는다고요? 딸의 선택을 존중해주세요. 레이스 만드는 일을 하고 싶어 하지 않는다고요? 억지로 강요하지 마세요. 스스로 날아오르게 내버려두세요. 고향을 떠날 필요가 있을지도 모르잖아요?"

리포터의 시선과 풍향계가 동시에 오펠리 쪽으로 향했다. 오펠리는 작은할아버지가 준 엽서가 앞치마 주머니 밖으로 나온 건 아닌지 확인하지 않으려 애썼다.

"아니마를 떠나라고 저를 부추기시는 건가요?" 오펠리가 경계하며 물었다.

"오, 우리는 네게 이래라저래라 하지 않아!" 리포터는 벌써 입을 동그랗게 벌리고 말을 하려는 오펠리의 엄마를 서둘러 제지하며 덧붙였다. "너도 이제 다 컸어. 뭘 하든 네 자유야."

리포터는 확실히 섬세함이 부족했다. 결코 두아옌이 되지 못하는 이유였다.

오펠리는 비행선에 오르는 순간부터 자신이 미행을 당하고 감시받고 있음을 확실히 알았다. 그녀는 토른을 찾고 싶었지만 그를 신에게 데려갈 마음은 추호도 없었다. 거울을 사용해 아니마를 떠나지 못한다는 게 이토록 애석했던 적이 없었다. 안타깝게도 그녀의 능력에는 한계가 있었다.

"감사해요." 아이들에게 와플을 나눠주고 나서 오펠리가 말했다. "아직은 제 방이 더 좋은 것 같아요. 즐거운 째깍절 보내세요, 부인."

리포터의 미소가 구겨졌다.

"우리의 친애하는 어머니들은 네게 엄청난 영광을 내려주셨지. 너같이 별 볼 일 없는 아이를 걱정하는 건 은총을 내린 거라고. 알겠니? 그러니 숨바꼭질은 이제 그만하고 어머니들에게 털어놓으렴. 네가 생각하는 것보다 훨씬 더 많이 도와줄 수 있어."

"즐거운 째깍절 보내세요." 오펠리는 퉁명스럽게 되뇌었다.

리포터는 감전된 듯 갑자기 뒤로 물러났다. 처음에는 깜짝 놀라 오펠리를 쳐다보더니 식식거리며 발걸음을 돌렸다. 리포터는 시계들 행렬에 끼어 노부인들 무리에 합류했다. 두아옌들이었다. 두아옌들은 리포터의 얘기를 들으며 고개를 끄덕일 뿐이었지만, 멀리서 오펠리를 바라보는 시선은 차디찼다.

"또 그랬니?" 오펠리의 엄마가 버럭 화를 냈다. "그 끔찍한 힘을 또 썼어! 그것도 리포터에게 직접!"

"일부러 그런 게 아니에요. 두아옌들이 폴을 강제로 떠나게 하지 않았다면 베르닐드에게 할퀴기 공격을 제어하는 법을 배웠을 거예요."

오펠리는 신경질적으로 가판대를 행주질하며 웅얼거렸다. 그녀는 새로운 능력에 적응하지 못했다. 아직은 코나 손가락을 자르는 등 타인에게 상처를 입히지는 않았지만, 누군가 심한 반감을 불러일으키면 어김없이 같은 일이 벌어졌다. 그녀 안에서 무언가가 그 대상을 밀어내려고 꿈틀거렸다. 할퀴기 공격이 분명 갈등을 해결하는 최선의 방법은 아니었다.

"이렇게 빠져나갈 수는 없어." 오펠리의 엄마는 붉은 손톱으로 딸을 가리키며 식식댔다. "침대에서 뒹굴며 우리의 친애하는 어머니들을 무시하는 네가 지긋지긋해. 내일 아침 언니네 공장으로 가, 잔말 말고!"

오펠리는 엄마와 가족들이 떠날 때까지 기다렸다가 와플 진열대에 두 손을 짚고 심호흡을 했다. 몸속에 난 구멍이 더 깊어진 것 같았다.

“네 엄마는 맘껏 떠들라고 해.” 작은할아버지가 웅얼댔다. “기록 보관실로 와서 일해도 된다.”

“아니면 나와 함께 복원 작업실에서 일해도 좋고.” 로즐린 이모가 격려하듯 덧붙였다. “내가 아는 한, 종이를 소독하고 벌레와 곰팡이를 제거하는 것보다 보람된 일은 없거든.”

오펠리는 아무 대답도 하지 않았다. 그녀는 레이스 공장에도, 가문의 기록 보관실에도, 복원 작업실에도 가고 싶지 않았다. 그녀가 진심으로 바라는 것은 두아옌들의 감시를 피해 엽서 속의 장소로 떠나는 것이었다.

지금 이 순간 토른이 있을지도 모르는 곳으로.

‘첫 번째 중간층.’

‘남자 화장실.’

‘목도리도 챙겨요. 떠나시죠.’

오펠리가 갑자기 일어서는 바람에 진열대 위에 놓인 메이플 시럽이 엎어졌다. 그녀는 상기된 얼굴로 주방 시계들과 거대한 괘종시계 너머로 자신의 머릿속에 이 말들을 불어넣은 사람을 찾았다. 이미 시야 밖으로 사라진 뒤였다.

“대체 무슨 일이냐?” 로즐린 이모가 황급히 앞치마 위에 외투를 걸치는 오펠리를 보고 깜짝 놀라 물었다.

“화장실에 가야 해요.”

“어디 안 좋니?”

“이보다 더 좋을 순 없는걸요.” 오펠리가 함박웃음을 지으며 대답했다. “아르쉬발드가 저를 데리러 왔어요.”

지름길

오펠리는 목도리를 챙겨 작은할아버지, 로즐린 이모와 함께 조심스레 계단을 올라갔다. 축제가 한창인 아니마에 아르쉬발드가 어떻게 왔고, 왜 화장실에서 보자고 했는지 짐작도 할 수 없었다. 아르쉬발드는 '떠나시죠'라고 말했다. 그녀를 아니마에서 빼낼 계획이었다면 인적이 드물고 두아옌들에게서 최대한 멀리 떨어진 밖에서 보는 게 낫지 않았을까?

"이모는 가판대를 지키고 있었어야죠." 오펠리가 중얼거렸다. "와플 나눠주는 사람이 아무도 없다는 걸 알아차리면 곧장 우리를 찾으러 올 거예요."

급히 떠나면서 챙길 수 있는 건 모조리 챙겨 팔에 낀 이모를 보며 말했다.

"그걸 말이라고 하니?" 이모가 화를 냈다. "폴에 갈 일말의 가능성이라도 있다면 나도 가는 거야!"

"작업실은요? 제게 벌레와 곰팡이 어쩌고 했던 건 뭐죠?"

"우리가 떠난 뒤로 베르닐드 혼자 뱀처럼 교활한 자들과 양심도 없는 인간들을 상대하고 있어. 내게는 종이보다 베르닐드가 더 중요해."

오펠리는 중간층 반대편에 아르쉬발드가 보이자 심장이 튀어나올 것 같았다. 아르쉬발드는 실크해트를 비스듬히 쓴 채 화장실 문 앞에서 침착하게 기다리고 있었다. 몸을 감춰도 모자랄 판에 보란 듯 당당히 서 있었다. 그는 후줄근한 옷차림에도 사람들, 특히 여성들의 시선을 끄는 부류였다.

"설마 함정은 아니겠지?" 작은할아버지가 미심쩍다는 듯 오펠리의 어깨를 붙잡고 물었다. "믿을 만한 자냐?"

오펠리는 할아버지의 질문에 답하지 않는 게 낫겠다고 판단했다. 아르쉬발드를 어느 정도 신뢰하긴 했지만, 자기가 아는 사람 중 그가 가장 믿음직하지는 않았다. 오펠리는 눈에 띄지 않게 난간을 지나 중간층 다리로 나아갔다. 난간에서 바라본 축제의 광경은 모자들과 시계 눈금판들이 한데 어우러져 일렁이는 물결처럼 보였다. 시간을 알려주고, 시계태엽을 감고, "즐거운 째깍절 보내세요!"라고 인사를 주고받는 소리만 메아리쳤다.

"경고했었죠, 토른 부인!" 아르쉬발드가 인사를 대신해 말했다. "부인이 폴에 오지 않으면 폴이 부인께 간다고요."

아르쉬발드는 화려한 마차의 문을 열듯 과장된 몸짓으로 화장실 문을 열고 오펠리 일행을 맞이했다.

"대체 여기서 무슨 일이 벌어지고 있는 거죠? 이자는 누군가요?"

황급히 계단을 올라 중간층에 다다른 리포터가 숨을 헐떡이며 풍향계를 들이밀었다.

"어서 들어가요." 아르쉬발드가 오펠리를 안쪽으로 밀며 말했다.

오펠리 뒤를 따라 서둘러 들어온 로즐린 이모와 작은할아버지는 타일 바닥 위로 미끄러지며 비상구를 찾았다. 주위에는 온통 소변기뿐이었다. 오펠리는 어디로 도망쳐야 하는지 묻고 싶었지만, 아르쉬발드는 리포터를 못 따라오게 막느라 여념이 없었다. 리포터는 문을 닫지 못하도록 재빨리 반장화를 신은 발을 들이밀었다.

"존경하는 어머니들!" 리포터가 쇳소리를 질렀다. "오펠리가 도망가려고 해요! 어떻게 좀 해봐요!"

리포터의 말이 끝나자마자 화장실 안에는 세상의 종말이 온 듯했다. 소변기와 변기, 세면대가 거북하게 꾸르륵 소리를 내며 물을 토해냈다. 두아옌들의 아니마 능력이 벌써 힘을 발휘하기 시작한 것이었다. 모든 공공건물들은 그녀들의 손아귀에 있었고, 수공예 시장 홀도 예외는 아니었다.

"계속 여기 있을 순 없어요." 오펠리가 콸콸대는 소리 너머로 외쳤다. "계획이 뭐예요?"

"이 문을 닫는 거요."

아르쉬발드는 이 모든 게 대수롭지 않은 돌발 상황이라기도 한 듯 미소를 머금고 답했다.

"그다음은요?" 오펠리가 또 물었다.

"오펠리 양이 자유의 몸이 되는 거요."

오펠리는 이해할 수 없었다. 그녀는 아르쉬발드가 절대 여자의 손가락을 부러뜨릴 사람이 아니라는 걸 알 만큼은 그를 알았다.

"저리 비키게!" 작은할아버지가 툴툴대며 외쳤다. "이 성가신 여자는 내가 처리할 테니 자네는 우리 손녀딸이 도망칠 수 있도록 돕게나."

작은할아버지는 말을 마치기 무섭게 전속력으로 리포터에게 돌진해 함께 화장실 밖으로 튕겨 나갔다.

아르쉬발드가 문을 닫자 실내는 쥐 죽은 듯 고요해졌다. 이해할 수 없는 비현실적인 침묵이었다. 화장실 수도관은 더 이상 물을 토하지 않았다. 리포터의 고함도 잠잠해졌다. 축제에서 들려오던 째깍 소리도 들리지 않았다. 오펠리는 아르쉬발드가 시간을 멈춘 게 아닐까 싶었다. 다시 문을 열고 나오자 중간층도, 작은할아버지도, 리포터도 보이지 않았다. 대신 아무도 없는 상점에 선반 같은 것이 줄지어 있었다. 코를 찌르는 퀴퀴한 먼지 냄새로 보아 아주 오랫동안 인적이 끊긴 가게 같았다.

"계단 조심해요." 아르쉬발드가 주의를 줬다.

오펠리와 로즐린 이모는 가게 바닥보다 조금 높게 설치된 화장실에서 조심스레 나왔다. 둘은 뒤를 돌아보고 나서야 자신들이 막 옷장 밖으로 나왔음을 깨달았다.

"어떻게 이런 기교를 부린 거죠?"

"지름길을 불렀어요." 아르쉬발드가 태연히 답했다. "별거 아니에요. 그저 일시적인 효과죠. 직접 보면 알게 될 거예요."

그는 옷장 문을 닫았다 다시 열었다. 남자 화장실 자리에 낡은 골동품들이 모습을 드러냈다. 세 사람이 어떻게 이토록 좁은 가구에서 나올 수 있었는지 의아할 지경이었다.

"시장 홀도 자기 화장실을 되찾았어요." 아르쉬발드가 즐거워하며 설명했다. "풍향계 부인이 우리가 사라진 걸 알고 어떤 표정을 지었을지 상상해봐요."

오펠리는 젖은 목도리의 물기를 짜고 창에 쳐진 커튼을 살짝 걷었다. 유리창에 김이 서려 있었지만, 포석이 깔린 작은 도로 한쪽에 눈이 쌓여 있고, 온몸을 꽁꽁 싸맨 행인들이 미끄러지지 않으려 애쓰며 지나다니는 모습을 볼 수 있었다. 저 멀리 어슴푸레한 하늘 아래 반쯤 언 운하 위로 천천히 지나는 수송선도 눈에 들어왔다.

"여기 어디인지 알겠어." 로즐린 이모가 어깨 너머로 말했다. "그랑라크에서 멀지 않은 곳이군."

오펠리는 조금 실망했다. 경이로운 탈출을 한 만큼 잠시나마 아니마를 떠났기를 바랐었다.

"어떻게 이런 기교를 부렸어요?" 오펠리가 재차 물었다.

아르쉬발드는 제 집 드나들듯 부인들 마음속을 드나들고 사람들 머릿속을 드나드는 것 외에도 여러 능력을 지니고 있었다. 하지만 이번 건 이해할 수 없었다.

"말하자면 길어요." 아르쉬발드는 외투의 구멍 뚫린 주머니를 뒤지며 말했다. "제 안에서 새로운 가능성과 새로운 야심 그리고 새로운 사랑을 발견했다고 해두죠!"

아르쉬발드는 대답을 하면서 열쇠 뭉치를 자랑스레 꺼내 보였다. 오펠리는 가게의 어스름한 빛 아래에서 아르쉬발드를 살폈다. 시타시엘 플랫폼에서 마지막으로 봤을 때 아르쉬발드는 빈껍데기에 불과했지만 이제 그의 파란 눈은 태양처럼 빛나고 있었다. 그 눈빛은 지난날 그가 풍겼던, 다정하지만 공격적인 특유의 오만과는 다른 느낌이었다.

오펠리는 자기도 모르게 몸을 움츠렸다. 지금 따라가고 있는 이가 정말 아르쉬발드가 맞을까? 그녀는 토른의 감방에서 대면한 뒤로는 신을 다시 보지 못했지만, 신이 그 어떤 얼굴로도 나타날 수 있음을 잊지 않았다.

"제가 있는 곳을 어떻게 알았어요?"

"몰랐어요." 아르쉬발드가 받아쳤다. "얼음처럼 차가운 페리에서 두 시간을 보내고, 당신이 사는 동네의 작은 골짜기에서 한 시간 동안 길을 물었죠. 마침내 부모님 댁을 찾았지만, 당신은 거기 없었어요. 내가 가본 두 공간 사이에서만 지름길을 부를 수 있어서 덕분에 꽤나 고생했죠! 따라오세요." 아르쉬발드가 가게 뒷방으로 향하며 말을 이었다.

하지만 오펠리는 절대 서두르고 싶지 않았다.

"왜 우리를 여기 데려왔어요?"

"베르닐드도 같이 왔어요?" 로즐린 이모가 거들었다.

"토른은요?" 오펠리가 참지 못하고 물었다.

"살살 하시죠!" 아르쉬발드가 폭소를 터트렸다. "여러분을 여기에 데려온 건 제가 여기에 왔기 때문이에요. 지름길을 부르는 데는 한계가 있거든요. 그리고 베르닐드 부인은 같이 오지 않았어요. 제가 여기 있는지도 모르시죠. 빨리 폴로 돌아가지 않으면 나를 토막 내버릴거예요." 아르쉬발드는 시간을 확인하며 말했다. "토른은 행방불명이에요. 탈옥한 뒤로 아무 소식도 못 들었어요."

아르쉬발드와 재회하며 오펠리의 마음속에 부풀었던 희망이 숨 죽은 수플레 팬케이크처럼 꺼져 버렸다. 오펠리는 아주 잠깐이나마 토른이 직접 구출 작전을 세웠을 거라고 믿었다. 그녀는 아르쉬발드가 건너간 가게 뒷방을 조심스레 바라보았다. 그곳은 겉보기보다도 훨씬 더 오래 방치된 듯했다.

"여기로 오셨다고요? 이해가 되지 않아요."

아르쉬발드가 열쇠 여러 개를 자물쇠에 끼워보았고 마침내 '딸깍' 하는 소리가 들렸다.

오펠리의 예상과 달리 통로는 동굴이 아니라 역의 홀만큼 거대한 원형 건물로 이어졌다. 높은 돔 천장 유리창들 사이로 비현실적인 느낌의 푸르스름한 빛이 들어왔다. 바닥 전체가 거대한 별 모양 모자이크로 덮여 있었는데, 뾰족한 여덟 개의 모서리가 가리키는 방향마다 문이 나 있었다. 앞쪽의 볼품없는 가게에 비해 훨씬 웅장했다.

은도금된 게시판 여럿에는 모두 똑같은 문구가 쓰여 있었다.

즐겁게 통행하세요.

"바람 장미." 오펠리가 중얼거렸다.

규모를 보니 가족 간 바람 장미였다. 오펠리는 난생처음 가족 간 바람 장미에 발을 들여놓았다. 화장실 물을 뒤집어쓴 뒤라는 점이 아쉬웠다. 발걸음을 옮길 때마다 들리는 찌걱대는 소리는 썩 좋은 효과음이 아니었다.

"아니마에도 있다는 얘기는 들었지만 반신반의했어요."

오펠리의 작은 속삭임이 모자이크와 유리창에 반사되어 원형 건물 안에서 쩌렁쩌렁 울렸다.

"아니마에 있는 유일한 바람 장미죠." 아르쉬발드가 문을 닫으며 설명했다. "웬만한 바람 장미가 다 그렇듯, 이곳의 위치도 기밀입니다. 아니마의 바람 장미가 부인 댁에서 멀지 않았다면 제가 고생을 덜 했겠죠."

원형 홀 한가운데에는 데스크가 놓여 있었는데, 오펠리는 그 위에 어린아이가 있는 것을 보고 깜짝 놀랐다. 아이는 바닥에 배를 깔고 누운 채 그림 그리기에 몰두하고 있었다. 너무나 조용해 눈에 띄지 않았던 것이다.

"지금 여러분 눈앞에 나의 새로운 가능성과 새로운 야망이 있습니다." 아르쉬발드가 공간 전체를 호령하듯 외쳤다. "나의 새로운 사랑이 바로 여기 있습니다!" 아르쉬발드는 여자아이를 데스크에서 들어 올려 트로피처럼 내보였다. "나의 꼬마 숙녀 빅투아르를 그녀의 대모와 대모의 대모에게 소개합니다."

로즐린 이모는 너무나 놀란 나머지 들고 있던 우산이며 토시, 숄, 와플 주걱까지 모조리 떨어트렸다.

"세상에, 베르닐드의 딸이구나! 판박이가 따로 없네."

감동한 채, 약간은 조심스러운 마음으로 오펠리는 맑고 큰 눈을 동그랗게 뜨고 있는 아이를 바라보았다. 베르닐드의 눈이었다. 나머지는 사실 아빠를 더 닮았다. 아이의 얼굴은 요정처럼 창백했고, 나이에 비해 터무니없이 긴 머리카락은 금발보다는 백발에 가까웠다.

아이는 입을 살짝 벌린 채 아무 소리도 내지 않는 이상한 버릇이 있었는데, 그 모습은 파루크의 끝없는 침묵을 떠올리게 했다.

"아직은 말도 못 하고 걷지도 못해요." 아르쉬발드는 아이가 고장 난 말하는 인형이기라도 한 듯 빅투아르를 흔들며 말했다. "가문 능력이 아직 발현되지 않았죠. 하지만 바보라고 여기지 마세요. 전에는 여동생이었던 애들의 지식을 모두 합친 것보다 이미 더 많은 것을 이해하는 아이니까요."

로즐린 이모는 의심스러운 듯 눈살을 찌푸렸다.

"적어도 베르닐드가 딸이 여기 있다는 건 알고 있어요? 여전히 무책임하네요!" 로즐린 이모는 아르쉬발드의 점점 커지는 미소를 보며 격노했다. "가문 정령의 아이입니다! 외교 사고를 내려는 건가요? 정말이지 대사 자격이라고는 눈곱만큼도 없어."

"더는 대사가 아닙니다. 지금은 제 전 여동생인 파시앙스가 대사직을 맡고 있어요. 여러분도 다 아는 그 일이 있고 나서 우리 가족은 나를 생존자 명부에서 파냈죠." 아르쉬발드는 손가락으로 가위질하는 시늉을 했다. "로즐린 부인, 너무 매정하게 생각하지 말아요. 빅투아르의 어머니는 딸을 요람에만 두고 싶어 하고, 아버지라는 사람은 딸의 이름도 기억하지 못하니까. 빅투아르에게 신나는 삶을 선사하는 게 대부인 저의 역할이죠. 그리고 당신을 못난 아이 취급 하는 나쁜 말들은 하나도 듣지 마세요, 꼬마 숙녀님!" 아르쉬발드가 빅투아르에게 자신의 낡은 실크해트를 씌우며 말했다. "예견컨대 당신은 큰 업적을 이룰 겁니다!"

오펠리는 갑자기 울컥했다. 작은할아버지도 자신의 약혼식에서 비슷한 말을 했었다. 두아옌들이 끼어들지 않았다면, 자신이 빅투아르가 자라는 모습을 지켜보며 진짜 대모 노릇을 했을 거라는 생각이 불현듯 들었다. 이미 토른을 찾았을지도 몰랐다. 어쨌든 세상이 계속 제 길을 가는 동안, 방에 틀어박혀 2년을 보내지는 않았을 것이다.

"이 바람 장미는 어떻게 작동하고 우리를 어디까지 데려갈 수 있죠? 두아옌들과 최대한 멀리 떨어져 …."

오펠리는 말문이 막혔다. 아르쉬발드가 과장된 동작으로 커튼을 걷자 데스크 뒤로 감춰졌던 대형 원탁이 드러났고, 그 위로 가엘과 르나르가 몸을 숙이고 있었던 것이다. 둘 다 메모를 하느라 바쁜 데다 귀마개 모자와 쌍안 확대경을 쓰고 있어서 얼굴을 알아보기가 힘들었다. 오펠리가 짐작하기로 앙두이로 보이는 커다란 붉은 털 고양이는 가엘과 르나르의 다리 사이에 몸을 비비면서 관심을 끌려 했지만, 그들은 주변 세상은 존재하지 않는 듯 온 신경을 원탁에 쏟고 있었다.

메모를 하던 르나르가 확대경 때문에 커 보이는 눈으로 자신에게 윙크를 하기 전까지 오펠리는 그렇게 생각했다. 운동선수 같은 체구에 눈썹은 엉망이고 붉은 구레나룻이 얼굴을 덮은 르나르는 그 어느 때보다도 더 벽난로 같았다.

“안녕, 주인님. 계산이 끝날 때까지만요. 중간에 멈추면 처음부터 다시 해야 하는데 그러면 나의 또 다른 주인님이 언짢아해서요.”

“그 ‘주인님’ 소리 좀 그만해.” 가엘이 확대경을 원탁에 붙인 채로 투덜댔다. “노조원이면 노조원답게 말하라고.”

“네, 주인님.”

시간이 지날수록 오펠리는 자신이 와플 판매대에서 선잠이 들어 꿈을 꾸고 있는 게 아닐까 싶었다.

“내 여행의 동반자들!” 아르쉬발드가 여전히 한 팔로 빅투아르를 안은 채 말했다. “서로 못 잡아먹어 안달인 것만 빼면 괜찮은 팀이죠. 난 숨어 있는 바람 장미를 찾고, 저들은 암호를 풀어요. 여기 있는 문 여덟 개 중 일곱 개는 다른 통로들을 따라 각각 다른 아슈로 이어지죠. 다른 바람 장미들도 이곳과 똑같이 여덟 개의 문과 데스크와 경로판이 있어요. 폴에서 아니마까지 오는 데만 해도 얼마나 많은 통로를 거쳐야 했는지 상상도 못 할 겁니다. 중간에 길을 잘못 든 것은 차치하고도 말이죠.” 가까이 다가가 원탁을 살피던 오펠리는 대리석 탁자 전체에 숫자, 기호, 화살표 들이 새겨져 있는 것을 보았다. 바람 장미 노선표는 세상 그 무엇보다도 복잡해 보였다. 가엘과 르나르는 손가락으로 선을 가리키고, 측정 도구를 사용하고, 휘갈겨가며 노트에 메모를 해나갔다. 그들은 서로 건드리지도, 쳐다보지도, 말을 건네지도 않았지만 나란히 서 있는 둘을 보고 오펠리는 알았다. 그 모습을 지켜보는 행위가 둘의 사생활에 끼어들기라도 하는 것인 양 오펠리는 당황하며 급히 시선을 돌렸다. 그녀는 자신에게 다가와 주인에게 받지 못한 손길을 갈구하는 앙두이를 쓰다듬다가 훌쩍 커버린 앙두이의 모습에 속상해했다.

오펠리는 층계를 몇 개 건너뛴 듯한 찜찜함을 떨쳐낼 수 없었다. 아니, 계단 전체를 건너뛰어버린 것 같았다.

"노조원이 뭐죠?" 오펠리가 아르쉬발드에게 물었다.

아르쉬발드가 내려놓자마자 빅투아르는 데스크 위에서 다시 그림을 그리기 시작했다.

"아, 우리 아슈의 새로운 유행이죠. 휴식권 보장과 임금 인상, 근로 시간 단축 등등. 일드가드르 부인이 아직도 멀쩡히 살아 있기라도 한 건지 정신 나간 생각들을 하인들 머릿속에 막 심어 놓고 있다니까요. 오펠리 양이 떠난 뒤로 세상이 많이 바뀌었어요."

"대사님도요. 대사님도 바뀌었네요." 지켜보던 오펠리가 말했다. "어떻게 지름길을 불러내고 바람 장미의 문을 열게 되었는지 이제 설명해줄래요? 전 아르캉테르인들만 그럴 수 있다고 생각했어요."

아르쉬발드는 빅투아르에게 씌웠던 실크해트를 벗겨 손가락으로 돌렸다.

"일전에 오귀스탱에 관해 말씀드렸죠. 제 증조할아버지요. 그리고 일드가르드 부인과의 짧은 사랑도요. 기억하죠?"

오펠리는 아르쉬발드를 놀란 눈으로 바라보았다. 여전히 고양이 앞에 쪼그리고 앉은 채 고양이를 쓰다듬던 손길은 허공에 멈춰 있었다. 그사이 고양이는 그녀의 목도리와 실랑이를 벌이고 있었지만 오펠리는 그조차 알아차리지 못했다.

"대사님과 일드가르드 부인이? 그럼 대사님이 부인의…."

"맞아요, 증손자죠." 아르쉬발드가 히죽댔다. "아, 스캔들을 잘도 숨겨왔죠. 갑자기 요상한 능력이 튀어나오지만 않았다면 나도 절대 몰랐을 거예요. 작년 어느 날 오후였는데, 잠자리에서 일어나기가 몹시 힘들었죠. 전날 결혼식이 있었는데, 자세한 이야기는 생략할게요. 화장실이라고 들어가 보니 귀부인들 온천인 거예요." 아르쉬발드는 손가락을 튕겨 소리를 내며 말했다. "시타시엘 이 끝에서 저 끝까지요. 그리고 그런 일들이 반복되면서 통로를 만드는 일이 점점 빈번해졌어요. 문 하나와 폐쇄된 공간만 줘보세요. 지름길을 만들어드리죠. 그렇게 해서 진짜 바람 장미를 발견하게 된 거예요. 그 바람 장미는 공간의 주름에 숨겨져 있는데… 설명하기 어렵지만… 난 그 존재를 느꼈어요. 아시겠나요? 어떻게 작동하는지는 묻지 마세요. 바람 장미 근처에 있는 문의 자물쇠에 열쇠를 넣고 돌리면, 수리수리 마수리, 그걸로 끝이에요! 아무 문, 아무 열쇠로나 다 가능해요. 일드가르드 부인이 진짜 요상한 능력을 물려주었는데, 하지만 아주 마음에 들어요."

오펠리는 고양이와 목도리를 떼어놓으려 애쓰면서, 자신이 기억하는 메르 일드가르드의 모습과 자기 앞에 서 있는 남자를 겹쳐 보려 엄청난 상상력을 발휘해야 했다.

"이토록 명백한데 그전에는 못 느꼈다고요?" 로즐린 이모가 평소처럼 현실적인태도로 물었다.

아르쉬발드는 눈썹 사이의 눈물 모양 문신을 두드렸다.

"투알과의 관계가 끊어지면서 나의 또 다른 가문 능력이 드러난 거예요. 침착하게 자기 차례를 기다리며 내 안에서 겨울잠을 자고 있었던 거죠. 그런데 토른 부인?" 아르쉬발드가 느닷없이 물었다. "부인은 지난 2년 동안 무슨 재미난 일을 하며 지냈나요?"

오펠리는 입을 벌렸다가 다시 다물었다. 아르쉬발드가 새로운 능력을 손에 넣고 르나르가 노조 운동을 하는 동안 무엇을 하며 시간을 보냈던가? 끝도 없이 이어지는 공백기 안에 갇혀 있었다. 아니다. 그보다 더했다. 외로운 10대 시절의 껍질을 다시 뒤집어쓴 채 한 걸음 뒤로 물러나 있었다. 심지어 몸무게도 늘었다, 덤으로.

"책을 봤어요." 마침내 오펠리가 입을 열었다.

"따분한 이야기는 거기까지만." 가엘이 퉁명스러운 목소리로 끼어들었다. "분명히 짚고 넘어가야 할 중대한 문제가 있어."

가엘은 경로판에서 고개를 들고 시야를 가리는 짙은 색 곱슬머리를 쓸어 올렸다. 한쪽은 밤처럼 검고 다른 한쪽은 낮처럼 푸른 오드아이가 확대경 때문에 엄청나게 커 보였다. 사뭇 다른 두 눈이 똑같이 내뿜는 차가운 분노가 오펠리의 안경에 꽂혔다.

"신은 존재해?"

목적지

바람 장미 안에서 시간은 숨을 죽인 듯했다. 오펠리는 여전히 앙두이가 앞발로 잡고 있는 목도리를 빼내면서 갑자기 그녀에게 모든 존재론적 질문의 답을 기대하고 있는 것처럼 보이는 가엘과 르나르, 아르쉬발드와 로즐린 이모를 차례로 쳐다보았다.

"이야기가 다른 데로 새기 전에," 아르쉬발드가 경로판 위에 태연히 앉으며 말했다. "무엇 때문에 우리가 여기 모였는지 이해해야 해요. 우리는 일드가르드 부인의 죽음을 조사하는 중이죠. 당신은 토른과 함께 일드가르드의 마지막 순간을 지켜본 유일한 생존자입니다. 그녀와 연루되었던 신의 편지 사건이 진짜로 감추고 있는 게 뭔지 아는 유일한 사람이고요."

'신'이라는 단어가 오래된 성당의 울림처럼 바람 장미에 퍼져나갔다. 이내 오펠리의 머릿속에 멜키오르 남작과 그의 살해 협박, 주머니 속에 빨려 들어간 메르 일드가르드, 이마지누아의 시체들, 토른이 자른 손가락들이 떠올랐다.

그랬다, 오펠리는 정확히 무슨 일이 있었는지 알았다. 그 일이 지금도 그녀의 꿈속에 찾아왔다.

"그리고 파루크의 발작도 있었죠." 아르쉬발드가 재미있는 농담이라도 하듯 명랑한 목소리로 말을 이어갔다. "이상하게 행동하던 파루크를 어떻게 정신 차리게 했는지 온 궁정 사람들이 목격했잖아요. 당신 혼자서. 겨우 몇 마디 말로요."

'네 책은 네 이야기의 시작일 뿐이야, 오댕. 그 책의 결말은 너만이 쓸 수 있단다.' 오펠리는 정확히 기억하고 있었다. 하지만 그 말은 자신이 한 말이 아니었다. 아주 오래전에 신이 했던 말이었다.

"그 뒤로 파루크는 완전히 달라졌어요." 아르쉬발드가 계속 말을 이어갔다. "여전히 게으르고 오만하지만 자기 가족에 관한 일이라면… 뭐랄까, 관심을 보이는 것 같아요."

"아니, 지금 어머니에 대해 이야기하던 중이었잖아요." 가엘이 참지 못하고 끼어들었다.

가엘은 경로판 주위를 돌아와 자신의 확대경을 오펠리의 안경에 들이밀었다. 가엘이 쓴 귀마개 모자 위에는 오렌지가 서툴게 수놓여 있었다. 오렌지는 일드가르드의 상징이었다.

"내 말 잘 들어, 오펠리. 어머니는 자신에게 시간이 얼마 남지 않았다는 것을 알고 계셨어. 뭔가 다른 것, 뭔가 께름칙한 것, 가문 정령들보다 더 큰 것, 이걸(가엘은 어깨 위로 엄지를 올려 바람장미를 가리켰다) 노리는 무언가가 있다는 사실을. 어머니는 내게 말씀하시고 대비를 시키려고 하셨지만 나는 듣지 않았지. 그저 구석에 숨어 있으려고만 했어. 우리 클랜처럼 끝날까봐 겁이 났거든."

가엘이 말을 마치자 모든 니힐리스트들의 죽은 영혼으로 가득 찬 갑작스러운 침묵이 찾아왔다. 오펠리는 가엘이 자신을 원망하는 것 같아 어리둥절해했다. 하지만 그 원망의 화살이 스스로를 향하고 있음을 깨달았다.

"넌 내 외알 안경을 깼어." 가엘이 웅얼거렸다. "내게 사과를 해야해. 그리고 난 네게 감사할 일이 있고. 외알 안경 없이는 다른 사람에게 내 정체를 오랫동안 숨길 수 없었거든. 정신을 차려야 했는데 마침 누군가 엉덩이를 걷어차준 것 같았지. 어머니는 내게 가족 같은 사람이었는데, 더 이상 배은망덕하게 굴고 싶지 않아. 그러니 내 얼굴을 똑바로 보고 말해줘. 신은 존재해? 어머니가 돌아가신 게 신 때문이야?

"응."

오펠리의 대답은 즉시 효과를 발휘했다. 가엘은 욕설을 줄줄 내뱉고, 르나르는 확대경을 이마 위로 올리고, 아르쉬발드는 폭소를 터뜨리고, 로즐린 이모는 입술을 뾰족 내밀었다. 빅투아르만 동요하지 않고 사각사각 연필로 그림을 그렸다.

오펠리는 가엘 때문에 비뚤어진 안경을 똑바로 고쳐 썼다. 자취를 감추기 전, 토른은 오펠리에게 알게 된 사실을 누구에게도 말하지 말라고 당부했지만, 그녀는 더 이상 입을 다물고 있을 수 없었다.

"카니발 카라반 기억나요?"

"서커스단?" 르나르가 놀라 물었다. "아가씨의 동생이랑 보러 갔었던?"

"신은 변신술사 행세를 하며 서커스단과 함께 돌아다녔어요."

오펠리는 목을 가다듬었다. 그날 밤 토른의 감방에서 목격했던 것이 떠오르자 여전히 모래를 삼킨 듯한 느낌이 들었다.

"신은 변신술사 그 이상이에요. 신은 자신이 접촉한 모든 사람의 겉모습뿐 아니라 목소리, 가문의 능력까지 복제해요. 신이 메르 일드가르드를 만나고 싶어 했던 이유죠. 공간을 통제하는 부인의 능력을 탐냈거든요. 그런 이유로 메르 일드가르드는 무공간에 들어가 안전선 뒤로 몸을 숨겼죠. 그 선을 넘는 자가 자신 때문에 더 위험해지리라는 걸 알고 계셨어요. 그게 다가 아니에요." 오펠리는 다시 목을 가다듬고 말을 이었다. "신은 가문 정령들의 창조주이면서, 그래서 자신을 우리 모두의 부모라고 자처해요. 그는 '감시자'라 부르는 남녀들과 함께, 우리가 자각하지 못하는 사이에 자신의 법을 강요하고 있어요. 아, 마지막으로 하나 더." 오펠리는 난처한 미소를 지으며 서둘러 덧붙였다. "토른의 할퀴기 공격은 신에게 전혀 먹히지 않았어요."

오펠리는 잠시 멈추고 자신의 말이 청중에게 미친 영향을 살펴보려 했지만 다들 충격때문에 미동도 하지 않아 반응을 알 수 없었다. 들떠서 두 손을 비비던 아르쉬발드조차 그대로 굳어 있었다.

"이렇게 털어놓는 것만으로도 저는 여러분을 위험에 빠트린 거예요." 오펠리가 말을 이었다. "정확히 어떤 계획을 하고 있는지는 모르지만, 다들 최대한 조심하세요. 감시자들은 모든 아슈에서 신의 눈과 귀 노릇을 하고 있어요. 누가 신을 돕고 있는지 찾아내기란 불가능해요. 이런 말씀을 드린 이유는, 여러분은 제가 가장 신뢰하는 사람들이기 때문이에요."

처음으로 정적을 깬 사람은 로즐린 이모였다. 로즐린 이모는 마음을 가라앉히려고 힘차게 발걸음을 내디뎠고, 신발 굽이 모자이크 바닥에 부딪히는 소리가 돔 천장에까지 울렸다. 그러고 난 뒤 그녀는 한숨을 쉬며 이마를 문질렀다.

"정말 너답구나. 말려들었다 하면 대형 사고지."

오펠리는 이를 악물었다. 대모는 자기가 한 말이 얼마나 옳은지 몰랐다. 신이 한 말이 진실이라면, 이 상황에서 가장 두려워해야 할 대상은 신이 아니었다. 오펠리가 거울 밖으로 풀어준 정체불명의 존재. 세상을 산산조각 냈고, 신의 말에 따르면 지금 그 파괴를 완성하려는 중인 종말의 천사였다.

'언제든, 네가 원하든 원치 않든, 너는 나를 그에게 이끌 거야.'

오펠리는 정말로 타자와 이어져 있을까? 오래전 일이라 희미해졌지만 오펠리에게 지금까지 남아 있는 유일한 기억은 처음으로 거울을 통과했던 밤, 어린 시절 방에 있던 거울에 비친 자신의 모습이었다. 신이 말한 것과 달리, 그 뒤로 붕괴된 아슈는 없었다. 물론 땅덩어리들이 이따금 허공에 떨어졌으나 자연적인 침하 작용일 수도 있었다. 타자에 관한 불분명한 이야기를 꺼내 모두를 당황스럽게 만들 필요는 없다는 생각이 점점 확신으로 변했다.

오펠리는 아르쉬발드가 자신을 향해 고개를 기울이고 기다리는 모습을 보고 그가 질문을 던졌음을 불현듯 깨달았다.

“네? 뭐라고 하셨죠?”

“희한하다고요. 신이 가문 정령들을 만들어놓고는 그들의 능력을 탐한다면서요. 내가 보기에는 뭔가 앞뒤가 안 맞는 것 같거든요.”

“저도 이해 안 되는 것투성이예요.” 오펠리가 수긍했다. “이를테면, 신은 과거에 정령들에게 자유롭게 선택할 수 있다고 했는데, 왜 이제 와서 그들을 꼭두각시로 만들려는 걸까요? 이유는 모르겠지만 신은 계획을 바꿨어요.”

아르쉬발드는 고개만 까딱일 뿐이었다. 경로판 위에 걸터앉아, 다리를 꼬고 양손으로 무릎을 감싸고 있는 모습을 보니 마치 시시껄렁한 잡담이나 나누고 있는 것 같다는 생각이 들 정도였다.

“인간의 모습이 아닐 때 신은 어떤 얼굴을 하고 있죠?”

“몰라요.” 오펠리가 대답했다. “얼굴이 있는지도 모르겠어요. 제가 아는 건, 신의 모습은 거울에 비치지 않는다는 사실이에요. 그리고 말실수를 하곤 해요.” 오펠리는 신중한 목소리로 덧붙였다. “그렇지만 이런 게 신을 알아보는 데 얼마나 도움이 될지는 모르겠어요.”

아르쉬발드가 갑자기 경로판에서 일어나더니 눈빛으로 가엘과 르나르에게 동의를 구하고는 오펠리에게 다가섰다.

“우리와 같이 아르캉테르를 찾아볼래요?”

“아르캉테르?”

“일드가르드 부인이 태어난 아슈요.”

"저도 알아요. 그런데 왜 아르캉테르죠?"

"일드가르드 부인이 신에 대해 알았다면 그녀의 가족도 알았을 가능성이 다분하니까요. 아시다시피 아르캉테르인들은 모든 아슈의 바람 장미를 관리하죠. 그들은 수 세대 전부터 이 세상에서 벌어지는 모든 일을 관찰하고 있어요. 누구보다 많은 것을 알고 있으리라 생각해요. 문제는 아르캉테르인들이 전부 바람 장미에서 사라져 버렸다는 거예요. 우리는 지금까지 단 한 번도 아르캉테르인을 마주치지 못했죠." 아르쉬발드는 과장된 동작으로 서랍 하나를 열고 거기서 카드, 인지, 여권, 증명서 등 갖가지 인쇄물들을 이제는 자기 물건인 양 꺼내며 말했다. "괜찮아요, 필요하다면 그들이 있는 곳까지 찾으러 갈 테니까!"

"그것 때문에 저를 기다리신 거예요?" 오펠리가 놀라 물었다.

아르쉬발드는 금발 머리카락을 흔들며 고개를 저었다.

"천만에요. 사실 아르캉테르인들을 찾아 나선 지는 좀 됐어요. 아니, 현재로서는 그냥 이리저리 부딪쳐보고, 떠도는 중이죠. 그러다 결국 아니마에까지 오게 된 거예요. 기술적인 설명은 생략할게요."

아르쉬발드가 가엘에게 몸을 숙였지만, 가엘은 거칠게 그를 밀치고 경로판을 손바닥으로 내리쳤다.

"이 조합들을 몇 주째 살펴보는 중이야! 주요 아슈 스무 곳과 소형 아슈 백여든 곳으로 통하는 수많은 빌어먹을 문, 거기에 더해 떠다니는 수많은 섬으로 이어지는 문까지. 그렇지만 그중에 아르캉테르로 통하는 건 하나도 없었지." 가엘이 경로판을 노려보며 분노를 터뜨렸다. “아르캉테르인들은 분명히 노선만 숨겨둔 거야. 그곳까지 하늘을 날아서 갈 수도 없어.”

오펠리가 고개를 끄덕였다. 아르캉테르는 어떤 지도에도 표시되어 있지 않았다. 아르캉테르 아슈 전체가 공간의 주름 속에 숨겨져 있을 거라는 얘기도 있었다.

“분명 어딘가에 입구가 있을 거야.” 가엘이 검지로 경로판을 세게 두드리며 말했다. “그런데 그걸 찾으려면 많은 시간과 체계적인 접근이 필요할 거야. 이 바람 장미들은 대규모 철도 노선처럼 만들어져 있어. 직선으로 된 기찻길도 있고, 환승역도 수백 개나 되지. 우리는 정확한 분기점을 찾아야 해.”

“그런데 이미 여러 번 아르캉테르에 갔었잖아.” 오펠리가 끼어들었다. “기억나. 그곳에서 오렌지도 가져왔고.”

“그 지름길은 사라졌어요.” 아르쉬발드가 가엘 대신 답했다. “폐쇄된 통로는 열 수 있지만 파괴된 통로를 재건하는 건 내 능력 밖이죠.”

오펠리는 둥근 경로판 위에 어지럽게 적힌 숫자들과 미로 같은 선들과 기호들을 오랫동안 바라보았다.

“왜죠?” 오펠리가 웅얼거렸다. “왜 이렇게 애쓰시는 거죠?”

아르쉬발드의 미소가 짙어지고 눈이 이글거렸다. 오펠리는 이토록 단호한 아르쉬발드의 모습을 본 적이 없었다.

“뻔하지 않나요? 일드가르드 부인은 늘 나를 곤란하게 만들던 고집불통 노파였지만, 그래도 내 보호 아래 있던 사람입니다. 그녀의 죽음에 신의 책임이 있다면, 신은 내게 직접 책임을 져야 하겠죠."

가엘은 동의의 의미로 바닥에 침을 뱉었고, 르나르는 익숙한 동작으로 곧장 손수건을 꺼내더니 그녀이 입을 닦아줬다.

"난 그 고집불통 할멈을 딱히 좋아하진 않았어요." 르나르가 한숨을 쉬며 말했다. "하지만 내 주인님께 중요하다면 내게도 중요해요."

"이제 우리 꼬마 숙녀를 엄마에게 데려다줘야겠어요." 아르쉬발드는 연필을 손에 쥔 채로 데스크 위에서 잠이 든 빅투아르의 은빛 머리칼을 쓰다듬으며 말했다. "당신은 바람 장미 안에 있어요. 목적지를 정하는 것도 토른 부인, 당신의 몫이죠! 가족과 함께 아니마에 머무르시겠어요? 대녀와 함께 폴로 돌아가시겠어요? 아니면 우리와 함께 아르캉테르를 찾아보시겠어요?"

"폴!" 로즐린 이모는 한 치의 망설임도 없이 답했다. "우리는 베르닐드 곁으로 돌아가겠어요. 그렇지?"

오펠리는 입술을 깨물었다. 로즐린 이모의 제안이나 아르쉬발드의 제안을 받아들이기는 쉬웠을지 모른다. 친숙한 이들 곁에 머무르기로 할 수도 있었을 것이지만, 그럴수록 마음속 공허는 더욱 짙어질 터였다. 오펠리는 행선지도, 되돌아올 수 있는지도 모르는 채 기차에 올라탄 것처럼 복잡한 심경에 사로잡혔다.

오펠리는 바람 장미들의 지도와 목적지 아슈들이 새겨진 석조 경로판을 눈길로 더듬었다.

아니마, 아르테미스의 아슈, 사물의 정령

폴, 파루크의 아슈, 정신의 정령

토템, 베누스의 아슈, 동물의 정령

키클롭스, 우라노스의 아슈, 자력의 정령

플로라, 벨리사마의 아슈, 식물의 정령

플롱보, 미다스의 아슈, 변환의 정령

파로스, 호루스의 아슈, 매혹의 정령

세레니심, 파마의 아슈, 예언의 정령

헬리오폴리스, 루시퍼의 아슈, 번개의 정령

바벨, 폴리데우케스와 헬레네의 쌍둥이 아슈, 감각의 정령

데제르, 진Djinn의 아슈, 온천의 정령

타르타르, 가이아의 아슈, 풍토의 정령

제피로스, 올림포스의 아슈, 바람의 정령

티탄, 음(陰)의 아슈, 질량의 정령

코르폴리스, 제우스의 아슈, 변신의 정령

시드, 페르세포네의 아슈, 온도의 정령

셀레네, 모르페우스의 아슈, 몽환의 정령

베스페랄, 비라코차의 아슈, 유령화의 정령

알옹달루즈, 레Rê의 아슈, 공감의 정령

에투알, 중립 아슈, 국제가문기관들의 본부

물론 경로판에 표시되지 않은 목적지도 있었다. 바로 공간의 정령인 야누스의 아슈 아르캉테르였다.

오펠리는 비좁은 자기 방에서 스물한 곳의 주요 아슈들을 하나하나 들여다보았었다. 공부는 했지만, 배운 게 하나도 없는 것 같았다.

오펠리는 주머니에서 작은할아버지가 건네준 엽서를 꺼냈다. 화장실에서 수난을 당했지만, 제22회 가문제전이 열린 웅장한 건물은 여전히 알아볼 수 있었다.

"내 목적지는 여기예요." 오펠리가 마침내 모두의 예상을 깨고 답했다. "난 바벨에 가야 해요. 그리고 혼자 가야 해요."

작별

오펠리는 맞은편 문을 바라보며 목도리를 단단히 감았다. 아르쉬발드가 마지막 윙크를 하고 문을 닫자마자 모든 틈새로 반짝이던 빛이 사라졌다. 오펠리는 손잡이 버튼을 돌리고 조심스레 문짝 하나를 밀었다. 바람 장미의 거대한 원형 건물 대신 어둠에 잠긴 골방이 나타났다. 통로가 완전히 막혔다.

'혼자네.' 눈을 크게 뜨고 깜깜한 골방을 바라보던 오펠리는 불현듯 깨달았다. 혈혈단신 고향에서 수천 킬로 떨어진 미지의 땅에 온 그녀에게 길잡이라고는 60년 전의 엽서가 전부였다. 2년 전부터 꿈꿔왔던 곳에 막상 와 있다고 생각하니 아찔했다.

오펠리는 단호하게 골방 문을 닫았다. 물론 겁이 났지만 후회는 없었다.

그녀는 바람 장미가 데려다준 곳을 살펴보았다. 출입문에 달린 뿌연 유리창을 통해 들어온 희미한 빛이 삽, 갈퀴, 가래, 화분들의 윤곽을 비추었다. 정원의 창고 같았다. 누구의 정원인지 몰라도 주인을 마주치지 않는 게 좋을 것 같았다. 모든 걸 공유하는 고향 아니마에서도 예고 없이 남의 집에 들이닥치는 것은 실례였다.

최대한 조심스럽게 출입문을 통과하려던 오펠리는 곧바로 문턱에 멈춰 섰다. 밖에는 아무것도 없었다. 믿기지 않을 정도로 강렬한 흰색뿐이었다. 거대한 지우개가 바깥세상을 몽땅 지워 흰 종이만 남은 것 같은 광경이었다.

사방을 둘러보던 오펠리는 점점 더 걱정이 되었다. 주위에 건물 하나 보이지 않아서 창고는 아무것도 없는 세상 한가운데 우뚝 선 버려진 집 같았다. 외투를 입고 있던 오펠리는 너무나 뜨겁고 습한 공기에 숨이 막혔고, 안경에는 벌써 김이 서렸다. 가엘과 르나르가 계산을 잘못했을까? 아르쉬발드가 자신의 새로운 능력을 과신해 실패한 것일까?

"대체 날 어디로 보낸 거야?" 오펠리가 중얼거렸다.

"폴리데우케스 식물원입니다."

오펠리는 소스라치게 놀라 뒤를 돌아보았다. 목소리, 좀 더 정확히 말하자면 그녀가 이제껏 들어보지 못한 영혼 없는 목소리가 등 뒤 창고 안쪽에서 들려왔다.

"실례합니다." 오펠리가 눈으로 상대를 찾으며 우물거렸다. "길을 잃었어요, 제가 어디…."

"정원은 간조 때 방문하시는 게 좋습니다." 목소리가 말을 끊었다. "비온 뒤엔 맑은 날이 이어집니다."

마침내 오펠리는 목소리의 주인을 찾아냈다. 관절 마네킹 하나가 벽에 바짝 붙어 서 있었다. 너무 뻣뻣하고 말랐으며 미동조차 없어 삽과 갈퀴 그림자 사이에 섞여들었을 정도였다. 목소리는 정확히 마네킹의 배에 뚫린 작은 구멍들에서 나왔다. 마네킹의 얼굴에는 입도, 코도, 눈도 없었다. 걸친 것이라고는 역장 모자 비슷한 것뿐이었는데, 모자에는 '가이드 투어'라는 글자가 수놓여 있었다.

오펠리는 딱 한 번 그 비슷한 로봇을 만난 적이 있었다. 유명 모험가 라자뤼스의 로봇 집사였다.

"간조 때요?" 그녀가 곧바로 물었다.

마네킹은 대답이 없었다. 오펠리는 바깥의 새하얀 풍경을 다시 바라보았고, 그것이 굉장히 짙은 안개였다는 것을 깨달았다. 폴리데우케스의 식물원이라면 제대로 도착한 것이었다. 폴리데우케스와 헬레네는 바벨을 지배하는 쌍둥이 가문 정령이었다.

"간조 때가 언제죠?" 그녀는 다르게 질문했다.

"폴리데우케스 식물원은 여름에 해가 뜰 때부터 해 질 때까지 매일 문을 엽니다." 마네킹은 여전히 벽에 기대서서 차렷 자세로 대답했다. "참는 자에게 복이 옵니다."

바벨은 아직 여름인가? 오펠리는 지리 공부를 더 할 걸 그랬다고 생각했다. 당황한 그녀는 작은할아버지가 준 엽서를 꺼내 눈처럼 보이는 것조차 없는 마네킹에게 쭈뼛쭈뼛 보여주었다.

"간조 이야기는 됐어요. 저는 22회 가문제전이 열렸던 장소로 가야 해요. 사진이 조금 오래됐지만, 그 건물은 아직 있을 것 같아요. 제가 어디로 가야 하는지 알려줄 수 있…?"

"폴리데우케스 식물원입니다." 마네킹이 즉시 답했다.

오펠리는 돌 화분 위에 앉았다. 로봇 가이드를 보자 예전에 만났던 라자뤼스의 로봇 집사가 떠올랐다. 그 로봇은 기본적인 지침만을 따랐었다. 그녀는 안개가 걷힐 때까지 기다려야 했다. 시간이라도 알고 싶었다. 아니마를 떠난 건 늦은 오후였지만 분명 시차가 있을 터였다. 숨 막히는 주변 열기 때문에 갈증이 나기 시작했다.

깨진 유리 한 장이 벽에 바로 기대어져 있었다. 오펠리는 그 속에 비친 자신의 시선을 마주쳤다. 물든 안경과 복잡하게 땋은 긴 머리와 가만히 있지 못하는 목도리를 본 순간 분명한 사실을 깨달았다.

"누가 봐도 나잖아."

오펠리는 함께 가겠다는 이모를 말리느라 애를 먹었다. 둘이 다니면 지나치게 시선을 끌 것이라고 몇 번이나 설명하고 또 설명했다. 그런데 그럼에도 누군가 자신을 알아본다면?

그녀는 읽기용 장갑의 실밥을 물어뜯기 시작했다. 이론상 신이 자신보다 먼저 바벨에 도착했을 확률은 낮았다. 그녀는 금빛 미모사, 머리 없는 군인, 옛 학교라는 사소한 단서에서 출발해 이곳에 오게 되었다. 파루크의 책을 읽었을 때 떠오른 세 가지 이미지였다.

오펠리는 오직 토른에게만 이 세 가지 이미지에 대해 말했었다.

그녀가 찾은 정보가 잘못된 게 아니라면 모든 것이 시작된 곳은 바벨이었다. 그 거대한 역사, 바로 가문 정령들, 그들의 책,

신 그리고 파열의 역사. 오펠리는 아르쉬발드와 함께 조사하면서 비밀을 파헤칠 수도 있었을 테지만 아르캉테르에서 토른을 찾을 가능성은 전혀 없었다. 만약 그가 자신과 똑같이 추론하고 폴에서 빠져나올 수 있었다면 바벨로 갔을 것이 분명했다. 그리고 오펠리는 토른이라면 충분히 폴에서 도망칠 수 있었으리라고 생각했다.

오펠리는 불현듯 장갑이 딱 한 켤레뿐이라는 사실을 떠올리며 물어뜯던 장갑을 급히 입에서 뗐다.

"역시 누가 봐도 나야." 오펠리는 안경을 물들인 색을 쫓기 위해 고개를 내저으며 되뇌었다.

두아옌들이 자신을 놓쳤다는 소식은 신에게 재빨리 전해졌을 것이다. 바벨에도 분명히 심어두었을 감시자들이 인상착의가 상세히 적힌 수배 전단지를 봤을지도 모른다. 오펠리는 발각되지 않기 위해 조심스레 행동해야 했다. 안경 낀 것이나 왜소한 체구는 숨길 수 없었지만 그 외에는….

창고를 뒤지던 오펠리는 곧 울타리 손질용 전지가위를 찾았다. 단호한 가위질로 땋은 머리를 서툴게 잘라내자 머리카락이 건초 더미처럼 묵직하게 떨어졌다. 깨진 유리에 모습을 비추어 보니 머리 위로 수많은 물음표가 솟아난 것 같았다. 긴 머리의 무게에서 해방된 곱슬머리가 사방으로 뻗었다. 어려서부터 길러온 몸의 일부를 잡초 자루에 버렸지만 이상하게도 별다른 감흥이 없었다. 갑자기 가벼워진 느낌이 전부였다. 머리카락이 아니라 예전 삶과 연결된 끈을 자른 것 같았다.

그러고 나서 오펠리는 코트를 작업복 더미 사이에 숨겼다. 바벨이 여름이라면 외투가 필요 없을 터였다. 목도리를 풀자, 목도리가 격렬히 저항했다.

"넌 너무 튀어. 어리석게 굴지 마, 널 여기에 버리지 않을 테니까. 가방에 들어가서 나와 함께 다닐 거야."

오펠리는 르나르가 준 가방을 열었다. 과자 몇 개와 탄산수 한 병 그리고 로즐린 이모가 슬쩍 넣은 여러 가지 물건들이 들어 있었다. 목도리를 가방에 쑤셔 넣다가 아르쉬발드가 바람 장미에서 자신을 위해 만들어준 위조 신분증 몇 장을 떨어뜨렸다. 거기선 정말 뭐든지 위조할 수 있었다.

"내 이름은 욀랄리야." 오펠리가 신분증을 살피며 암송했다. "나는 8등급 아니마인이고, 고향인 그 아슈에는 한 번도 발을 들여놓은 적이 없어."

세세하게 이야기하지 않는 한 그럴싸하게 들릴 터였다. 오펠리는 작은할아버지로부터 다른 아슈에 흩어져 살고 있는 먼 사촌들에 대해 들은 적이 있다.

오펠리는 이내 가족들에게 죄를 지은 것 같았다. 한마디 말도 없이 떠나온 것이다. 그래도 가족들이 너무 걱정하지 않기를 바랐다.

"내 이름은 욀랄리야." 오펠리는 생각에 잠겨 되뇌었다.

왜 욀랄리지? 아르쉬발드가 새로운 이름을 고르라고 했을 때, 이 이름이 자연스럽게 입 밖으로 나왔다. 생각할수록 섣불렀던 선택 같았다. 본명과 너무 비슷하게 들렸다.

오펠리는 두 개의 씨앗 포대 사이에 편안히 자리를 잡았다. 그런데 토른은? 그녀는 눈을 감으며 생각했다. 탈출한 뒤 새로운 신분을 만들었을까? 잘 지내고 있을까? 식욕이 없다시피 했는데 굶지는 않을까?

오펠리는 얼굴 가득 비치는 빛에 소스라치게 놀랐다. 자기도 모르게 잠들었던 것이다. 눈을 가린 손가락 사이로 창고 밖으로 나가는 로봇 가이드의 모습이 보였다. 열린 문으로 햇빛이 물결치듯 밀려들었다. 그녀는 가방을 챙겨 빛을 향해 나아갔다. 밖에 발을 내딛자마자 열기에 숨이 탁 막혀왔다. 서서히 안개가 걷히면서 초목과 샘, 부식토와 과일, 새들과 벌레들이 뒤얽힌 형형색색의 정글이 모습을 드러냈다.

식물원의 야생적인 아름다움은 장관이었지만 오펠리는 그것을 감상할 여유가 없었다. 코를 찌르는 낯선 냄새와 쉴 새 없이 나오는 재채기에 몸을 부르르 떨며 로봇 가이드를 좇아 고사리 숲 사이로 나아갔다. 외투를 벗었지만 숨이 막혔다. 눅눅한 공기가 피부에 닿자 원피스가 땀으로 흠뻑 젖었다. 아니마의 우중충한 겨울에서 멀리 떠나 있었다!

키 큰 풀들 사이로 책 말고 어디에서도 본 적 없는 유대목 동물의 낯선 형체가 오펠리의 눈에 들어왔다. 나뭇잎 사이로 새어 드는 원숭이 울음도 처음 들어본 소리였다.

"출구가 어디죠?" 오펠리가 로봇에게 물었다.

"폴리데우케스 식물원 관람은 수목원에서 시작됩니다." 로봇이 정면을 향해 똑바로 걸으며 대답했다. "무리를 이탈하지 마십시오."

오펠리는 슬며시 빠져나오기로 결심했다. 길을 찾는 동안 울타리를 손질하고 통로 바닥에 거품을 내는 로봇들을 지나쳤는데, 로봇들은 관절에 기름칠할 때만 멈추었다. 질문을 던질 때마다 '멀리 가려면 말을 아껴야 합니다', '모든 길을 바벨로 통합니다'와 같이 별 도움이 되지 않는 답변들만 돌아왔다. 로봇이 아닌 바벨 사람도 있지 않을까?

돌계단을 올라서자 일렁이는 부겐빌레아 물결이 보였다. 위로 올라갈수록 공원의 규모를 더욱 실감할 수 있었다. 공원은 여러 층으로 이어지고, 층마다 화초와 나무, 꽃과 과일이 어우러져 조화를 이루었다. 아래층에 보이는 종려나무들은 여전히 흩어진 안개에 잠겨 있었다.

오펠리는 전날까지만 해도 자기가 잠옷 차림으로 방에 죽치고 있었다는 게 믿기지 않았다. 너무나 오랫동안 꼼짝하지 않아 가족들 아침 거리로 크루아상을 사러 동네 빵집에 가는 것만으로도 근육통이 생겼었다.

오펠리는 미모사가 없다는 게 가장 신경 쓰였다. 신의 과거는 어떤 식으로든 미모사와 관련이 있었다. 한 번도 본 적은 없었지만 미모사의 이미지가 떠오른 뒤로 그녀는 자료 조사를 했다. 미모사는 특징적인 금빛 송이를 통해 알아볼 수 있는 꽃으로 극소수의 아슈에서만 자랐다. 지리책에 쓰인 게 헛소리가 아니라면 바벨도 그중 하나였다.

오펠리는 마침내 식물원의 출입구를 찾았다. 동양풍 궁정의 입구만큼이나 웅장했다. 철문을 넘어선 그녀는 한 세계를 떠나

새로운 세계로 들어간 느낌이었다. 대로만큼 넓은 다리가 식물원을 공공 시장과 잇고 있었다. 시장에는 가게 천막들 사이로 지나가는 엄청난 인파가 강물처럼 일렁였다. 남자와 여자, 로봇 무리 너머로 여러 마리의 코끼리와 기린이 우뚝 솟아 있었다. 이 모든 것이 지극히 자연스러운 공존처럼 보였다.

문득 째깍절이 너무 시시하게 여겨졌다!

다리에 올라서기 무섭게 코를 찌르는 향신료 냄새에 오펠리는 머리가 빙빙 돌 지경이었다. 벌써 중천에 뜬 눈이 부신 태양빛을 받으며 주위를 둘러보았다. 오펠리는 자기도 모르게 가방 어깨끈을 꽉 쥐었다. 그녀가 서 있는 다리는 허공에 떠 있었다. 바벨은 여러 개의 작은 아슈로 쪼개져 있다고 지리책에서 읽었지만, 눈앞에 펼쳐진 광경을 전혀 예상할 수 없었다. 수많은 섬들이 눈부시게 새하얀 구름바다 위로 둥둥 떠다녔다. 도시 하나가 들어앉을 정도로 큰 섬들이 있는가 하면, 집 한 채 지을 수 있을까 싶은 작은 섬들도 있었다. 모든 섬들의 건축물은 식물과 돌이 서로 뒤얽힌 모습이었다. 작은 아슈들은 가장 가까운 다른 작은 아슈들과 다리로 연결되어 있었다. 멀리 떨어진 아슈들은 날개 달린 기차처럼 보이는 정체불명의 비행체가 이어주고 있었다.

오펠리는 인파 속에 몸을 맡기자마자 상인들에게 둘러싸였다. 옷감, 보석, 렌즈콩, 누에콩, 계란, 고추, 멜론, 수박, 망고, 바나나, 이름 모를 온갖 종류의 물건들이 눈앞에 펼쳐졌다. 배꼽시계가 밥때가 되었음을 알려주었다.

"여기가 어디인지 혹시 아시나요?" 오펠리는 마주치는 모든 이들에게 엽서를 보여주며 물었다.

작은 목소리가 주변 소음에 파묻혀 그녀는 점점 더 큰 소리로 물었지만 아무도 대답하지 않았다. 모두가 일부러 자신을 무시하고 있는 걸까? 사람들은 오펠리에게 절대 시선을 주지 않고 정면만 바라보며 걸어갔다.

당황한 오펠리는 홍학들이 긴 다리를 담그고 있는 분수 근처로 갔다. 손수건을 적셔 얼굴을 식히고 탄산수를 한 모금 마셨다. 분수가에 앉아 가방 안의 목도리를 쓰다듬으며 유심히 시장을 살펴보았다. 피부색과 외모, 말투 등이 다양한 온 세계를 아우르는 사람들이었다. 이곳에는 하나가 아닌 여러 가문들이 있었다. 하지만 이들은 마치 하나의 민족처럼 보였고, 오펠리는 자신이 불청객이 된 것 같았다.

그녀는 시장에서 지체하지 않기로 했다. 남녀로 구성된 순찰대가 인파를 가르고 있었다. 그들은 제복 위에 갑옷을 입고 목덜미 덮개가 붙은 끝이 뾰족한 투구를 쓰고 군인 분위기를 풍겼다. 순찰대는 위협적이지 않게 주위를 살폈지만, 그들의 눈빛은 그 무엇보다도 사람들을 불안하게 만들었다. 그들의 눈동자는 황금처럼 빛났다. 초자연적인 광채가 그들의 가문 능력을 내비쳤다. 파리 한 마리도 놓치지 않을 만큼 예리한 눈이었다.

오펠리는 그들과 엮이고 싶지 않았다. 권력에 가까운 것들은 모두 신과도 가까울 가능성이 있었다. 그녀는 시장을 가로질러 반대편 방향으로 이동했고, 출발 직전의 압축공기전차를 발견했다. 전차 내부에는 '뤽스LUX'라는 단어와 태양 문양이 담긴 광고 포스터들이 가득했다. 시민들이 개표구에 표를 찍으며 들어갔다. 오펠리는 검표원이 없음을 확인하고 서둘러 전차에 몸을 실었다. 숨 돌릴 새도 없이 한 승객이 자리에서 일어나 오펠리를 인도 쪽으로 가볍게 밀어냈다.

"개인적인 악감정은 전혀 없어요, 미스." 승객은 예의를 갖춰 양해를 구했다. "표를 찍지 않고, 법을 어기는 모습을 보고 시민으로서 의무를 다했을 뿐이에요."

"있잖아요, 제가 꼭 여기에 가야 하거든요." 오펠리가 엽서를 내밀며 설명했다. "어떻게 갈 수 있는지만이라도…."

전차 문이 자동으로 닫히며 대화가 끝났다. 분해하던 오펠리는 전차가 자신을 끌고 출발한다고 느끼며 어쩔 줄 몰라했다. 가방끈이 문에 낀 것이었다! 그녀는 온 힘을 다해 가방을 당기며 보도를 따라 앞으로 질질 끌려가다 결국 손을 놓을 수밖에 없었다.

"안 돼!" 가방을 팔락이며 철로 위를 달리는 전차를 보며 오펠리는 탄식했다.

목도리가 가방 안에 있었다.

탁시

오펠리는 선로를 따라 전속력으로 달렸다. 긁혀서 상처투성이인 온몸에 땀이 흐르고 옆구리가 결리고 숨통이 타들어갈 것만 같았다. 다리 하나를 건너고 몇몇 거리를 지나자 선로가 두 갈래로 갈라졌다. 전차는 어떤 선로로 향했을까? 어디로 간 것일까? 오펠리는 표지판을 찾아 사방을 두리번댔다. 시민, 마차, 인력거, 자전거, 동물, 로봇 들만 정신없는 시장통 같은 곳을 지나다녔다. 안경을 밀어 올리자 현기증이 일었다. 동네 전체가 하나의 거대한 계단처럼 설계되어, 층계마다 인파와 정원으로 뒤덮인 새로운 길이 나 있었다.

떠들썩한 분위기였음에도 오펠리는 그 어느 때보다도 외로웠다. 어떻게 목도리를 찾을까? 어떻게 토른을 만날까? 이런 원정을 홀로 떠날 준비가 됐다고 잠시라도 믿었다는 게 어처구니없었다. 로즐린 이모도, 아르쉬발드도, 가엘과 르나르도 오펠리에게 서두르지 말고 조금 기다리라고 조언했지만 그녀는 조급한 마음속 소리에만 귀를 기울였다.

"실례합니다." 오펠리가 인력거에 대고 말을 걸었다. "시장에서 출발한 전차를 찾고 있어요."

오펠리는 자신에게 고개를 숙인 운전사의 정체가 얼굴 없는 머리가 달린 마네킹임을 알아차렸다. 차양 아래에서 졸고 있던 여성 승객이 졸린 목소리로 대신 답했다.

"가이드에게 물어보세요."

"가이드요?"

실눈을 뜬 승객의 볼록한 코에서는 코걸이가 반짝이고 있었다. 떨어져 있는 오펠리의 냄새를 맡으려는 듯 그녀는 갑자기 숨을 들이마셨다.

"공공 안내 가이드요. 사거리마다 하나씩 있어요. 보아하니 이곳 사람이 아닌 것 같아 충고하는데, 규정에 맞게 옷차림을 갖추세요."

오펠리는 멀어지는 인력거를 보았다. 작은 회색 원피스는 최신 유행과는 거리가 멀었지만, 그렇다고 옷을 벗고 활보하는 것도 아니었다. 그녀는 사거리 한가운데서 여덟 개의 팔로 서로 다른 방향을 가리키고 있는 커다란 로봇 동상을 발견했다. 공공 안내 가이드 같았다.

"음… 전차 차고가 어디죠?" 오펠리가 물었다.

오펠리는 답이 없는 동상 받침에 내장된 오르골 모양의 태엽장치를 발견했다. 오펠리는 기계장치를 덮고 있는 풀들을 헤치고 태엽을 여러 번 감았다.

"질문을 하세요." 동상이 말했다.

"시장에서 온 전차의 종점이 어디죠?"

"행운은 용기 있는 자에게 미소짓습니다."

"분실물 보관소는요?"

"밤을 잘 보내야 하루를 잘 시작합니다."

"22회 가문제전은요?"

"남의 돈 천 냥이 내 돈 한 푼만 못하다."

"어쨌든 고마워요."

낙담한 오펠리는 동상 받침에 등을 기댔다. 이제 남은 건 토른의 시계와 오래된 엽서가 전부였다. 그녀에게는 신분증도, 갈아입을 옷도 없었고, 가엾은 목도리는 낯선 도시에서 홀로 남겨졌다.

누군가 가방을 발견한다면? 오펠리는 신경질적으로 눈을 비비며 생각했다. 누군가 폴리데우케스의 가문 경비대에 가방을 갖다준다면? 아니마 정신이 깃든 목도리가 바벨에서 발견된 것을 신이 알게 된다면? 그녀는 도착하자마자 벌써 모든 기회를 날려버린 기분이었다.

"반응을 보니, 소득이 없었군요."

말을 거는 누군가의 목소리에 깜짝 놀란 오펠리가 안경을 고쳐 썼다. 바로 맞은편에, 목조 안락의자에 팔꿈치를 괴고, 커다란 파라솔 아래 한 소년이 앉아 있었다. 새하얗게 빛나는 옷을 입어 구릿빛 피부가 돋보였다. 그는 뭔가 종잡을 수 없는 낯선 느낌을 풍겼다. 솔직히 공공 도로 한복판보다는 찻집이 더 어울릴 것 같은 모습이었다. 그는 호기심에 오펠리를 살피느라 주위로 밀려드는 도시인들은 안중에도 없었다.

"공공 가이드는 정확한 목적지 주소를 알려주지 않으면 하는 말을 이해하지 못해요." 그가 마침내 입을 열고 로봇 동상을 가리키며 설명했다. "기분 나쁘게 듣지 마세요, 미스, 당신의 억양이 가이드에게는 조금 센 것 같아요."

소년은 음악적이고 기품이 느껴지는 바벨 특유의 억양으로 말했다. 사슴 같은 눈, 비단결 같은 검은 머리카락, 가는 얼굴선, 새틴 소재의 옷까지 모든 게 부드러워 보였다. 나이는 자기가 더 많겠지만, 그 순간 오펠리는 그 앞에서 스스로가 아이처럼 느껴졌다.

"가방과 신분증을 잃어버렸어요." 오펠리는 쉰 목소리로 말했다. 남에게 들려주고 싶은 목소리는 아니었다. "어떻게 해야 할지 모르겠어요. 바벨은 처음이거든요."

소년은 의자에 앉은 채 간신히 몸을 돌렸다. 소년이 풍기는 알 수 없는 낯선 느낌이 다시 오펠리를 사로잡았다.

"이 대로를 따라 끝까지 가서 다리를 건너세요." 소년은 동쪽을 가리키며 말했다. "거기 가면 등대 같은 큰 건물이 보일 거예요. 한번 보면 그 뒤로는 길 잃을 일이 없을 거예요."

"그 건물이 정확히 뭐죠?"

소년이 어렴풋이 미소를 지었다.

"바벨 메모리알이에요. 거기에서 22회 가문제전이 열렸었죠. 가이드한테 물어본 게 그거맞죠? 소리sorry, 미스, 듣지 않을 수가 없었어요. 아버지는 호기심이 '귀여운 단점'이라고 하셨지만, 저는 항상 상관없는 일에 끼어들곤 하죠. 말도 너무 많고요." 그가 사과하듯 말했다. "하지만 이것도 아버지를 닮아서 그런 걸요. 가방은 곧 찾으실 거예요. 정직은 바벨 시민의 의무니까요."

오펠리는 고마워 몸 둘 바를 몰랐다. 소년 덕분에 모든 용기를 되찾았다.

"감사합니다, 선생님."

"앙브루아즈예요. 선생님은 빼고요, 미스."

"아… 저는 욀랄리예요. 고마워요, 앙브루아즈."

"행운을 빌어요, 미스."

그는 무슨 말인가 덧붙이려는 듯 머뭇거리더니 이내 마음을 바꾸었다. 오펠리는 흐름을 거슬러 교차로를 건넜다. 자전거 탄 사람들과 인력거꾼들이 불만 가득한 소리를 퍼부었지만, 그녀는 뭔가 중요한 걸 놓친 듯한 기분에 뒤를 돌아봤다. 그녀는 힘겹게 의자를 조작하는 앙브루아즈를 보고 그게 뭔지 깨달았다.

그것은 휠체어였다. 휠체어가 포석 사이에 끼어 있었다.

오펠리는 즉시 못마땅해하는 소리를 다시 들으며 왔던 길을 되돌아가 바퀴를 빼내려고 의자에 체중을 실었다. 오펠리가 이미 멀리 가버렸다고 생각한 앙브루아즈가 놀란 눈으로 오펠리를 올려다보았다.

"우습죠." 그가 당황한 듯 살짝 웃으며 말했다. "매번 이 모양이니. 이래서는 절대 좋은 탁시* 기사가 될 수 없을 텐데요."

"탁시요?"

* 탁시(tac-si). '휘파람으로 부르면 오는 고물 차'라는 의미의 프랑스어 표현 'tacot à siffler'를 활용하여 '택시'에 빗대 만든 말이다.

"휘파람을 불면 오는 고물 차요, 미스. 멀쩡히 굴러가고 승객을 태울 수 있는 탈것이라면 모두 탁시가 될 수 있죠. 사시던 곳에는 없나요?"

오펠리가 어정쩡하게 고개만 끄덕이자 앙브루아즈는 다시 호기심 어린 눈으로 그녀를 바라보았다.

"저는 당신을 도왔죠. 당신은 저를 도왔고요. 우리는 친구네요."

그 말이 너무 자연스러워 앙브루아즈가 내민 손을 얼떨결에 잡았다. 바로 그때 그녀는 소년이 왜 낯설게 느껴졌는지 알게 되었다. 그의 왼손은 오른손이 있어야 할 자리에, 오른손은 왼손이 있어야 할 자리에 있었던 것이다. 신발의 각도가 이상한 것으로 보아 다리도 반대로 붙어 있는 것 같았다. 이제껏 오펠리가 본 장애 중 가장 기이해서 앙브루아즈도 자신처럼 거울 사고를 당한 게 아닐까 싶었을 정도였다.

"제가 모셔다드려도 괜찮다면, 미스 욀랄리, 타세요!"

앙브루아즈가 의자에 달린 핸들을 돌리자 톱니가 맞물리는 소리가 길게 났다. 오펠리는 뒤쪽 발판에 어설프게 올라탔고, 앙브루아즈가 손 브레이크를 내리자마자 휠체어가 앞으로 튀어 나가면서 떨어질 뻔했다. 발아래로 도로의 모든 포석이 그가 지나가는 느낌이었다. 오펠리는 몇 번이나 땅에 내려 울퉁불퉁한 바닥에 낀 바퀴를 빼내야 했다. 그동안 앙브루아즈는 휠체어에 달린 손잡이를 돌려 태엽을 감았다. 등받이에 어설프게 고정된 커다란 파라솔이 바람이 불자 요란한 소리를 낸 탓에 그가 작은 목소리로 하는 말이 들리지 않았다. 불편한 여정이었지만 휠체어가 두 아슈 사이에 놓인 다리로 진입하며 앙브루아즈가 반대로 달린 손으로 먼 곳을 가리키는 순간 그런 생각은 달아났다.

광활한 하늘과 구름바다 사이로 작은 섬 하나가 거대한 나선형 탑을 가까스로 떠받치고 있는 광경이 눈앞에 펼쳐졌다. 탑 꼭대기는 유리 돔으로 덮여 있었다. 한쪽 경사면은 허공 위로 길게 뻗어 있었지만, 건축적 균형이 완벽해 어떤 악조건 속에서도 탑은 굳건히 서 있었다.

"바벨 메모리알이에요." 앙브루아즈가 설명했다. "바벨에서 가장 오래된 기념탑으로 절반은 옛 세계 시대에 지어졌죠. 인류의 기억이 전부 저기 깃들어 있다고 해요."

'인류의 기억.' 오펠리는 마음속으로 되뇌었다. 토른이 어쩌면 저곳에 왔을지도 모른다고 생각하자 심장이 북 치듯 쿵쾅댔다. 그녀는 물결치는 검은 머리카락만 보이는 앙브루아즈가 자신의 목소리를 들을 수 있도록 등받이 위로 몸을 기울였다.

"절반만요?"

"탑의 일부는 파열 때 붕괴했지만 몇 세기 전에 룩스가 재건했어요. 저는 메모리알에 가는 걸 좋아해요! 저기에는 책이 수천 권이나 있거든요. 전 책을 정말 좋아해요, 당신도 그렇지 않나요? 어떤 책이든 몇 날 며칠이고 읽을 수 있죠. 한번은 책을 써보려 했는데, 탁시 운전만큼이나 글쓰기도 형편없어요. 항상 옆길로 새더라고요. 메모리알이 케케묵은 도서관 같을 거라고는 생각하지 마세요, 미스 윌랄리. 가족열람실과 초월기록장치 그리고 유령공기압수송관을 갖춘 최첨단 공간이니까요! 이 모든 게 뤽스 덕분이죠."

오펠리는 가족열람실, 초월기록장치, 유령공기압수송관이 무엇인지 짐작조차 할 수 없었지만 뤽스라는 단어를 듣자 무언가 떠올랐다. 전차 광고 포스터에 적혀 있던 단어가 바로 뤽스였던 것이다.

"머리 없는 군인은요?" 오펠리가 물었다. "그런 군인이 있나요?"

앙브루아즈가 급작스럽게 손브레이크를 올리는 바람에 오펠리는 그와 머리를 부딪쳤다.

"그런 말은 공공장소에서 하면 안 돼요, 미스." 앙브루아즈가 어깨 너머 오펠리를 놀란 눈으로 쏘아보며 속삭였다. "당신네 아슈에서는 어떤지 모르겠지만 이곳에는 목록이 있어요."

"목록이요?"

"금기어 목록이요. 절대 입 밖에 내면 안 되는 단어들의 목록이죠. 당신도 알다시피 그것과 관련된 것이요. (앙브루아즈는 속삭일 수 있도록 오펠리에게 더 가까이 오라는 신호를 보냈다.) 전쟁 말이에요."

오펠리는 온몸의 근육이 굳는 것 같았다. 신이 정한 금기가 바벨에서도 엄격히 지켜지고 있었다.

"메모리알 입구에 있는 오래된 동상을 말씀하시는 것 같은데," 앙브루아즈가 휠체어를 다시 작동하며 한결 가벼운 말투로 말했다. "그 동상도 메모리알만큼이나 오래되었죠."

"어떻게 하면 거기 갈 수 있죠?"

"버드트램을 타면 돼요, 미스." (오펠리가 버드트램이 무엇인지 묻기도 전에 그가 말을 이었다.) "하지만 메모리알에 방문하고 가방을 되찾고 싶다면 우선 옷부터 갈아입어야 할 거예요. 그런 복장으로는 어디도 출입할 수 없을 테니까요."

"정말 이해가 안 돼요." 오펠리가 눈살을 찌푸리며 말했다. "어째서 제 원피스가 문제인 거죠?"

앙브루아즈가 웃음을 터뜨렸다.

"우리 집으로 가시죠, 미스! 당신에게 두어 가지 설명을 해드려야 할 것 같아요."

앙브루아즈의 집은 오펠리가 상상한 탁시기사의 집과는 전혀 달랐다. 휠체어는 기둥 사이로 수련이 떠 있는 연못들이 반짝이는 주랑을 지나 위로 올라갔다. 영지로 들어갈수록 거리의 소음과 냄새가 희미해졌다. 하인 제복을 입은 마네킹 무리가 그들을 맞으며 저택의 거대한 현관문을 열어주었다. 실내에 감도는 서늘한 공기에 오펠리는 절로 안도의 한숨을 내쉬었다. 머리를 잘라 드러난 목덜미는 달아올라 있었다.

발판에서 내려와 그녀는 어안이 벙벙해 아트리움을 바라보았다. 동상과 로봇, 대리석 테이블, 전화기, 덩굴식물, 전등 들이 나란히 놓여 고대의 품격과 현대 기술이 오묘하게 조화를 이루고 있었다. 이 공간은 도시 전체의 시대착오적인 분위기를 그대로 압축해 보여주는 듯했다.

"여기가 당신 집이에요?"

"아버지와 같이 살아요. 사실 대부분 저 혼자 있죠. 아버지는 집을 비우실 때가 많거든요."

이렇게 말하며 앙브루아즈는 가운데 벽에 걸린 전신 초상화를 가리켰다. 새하얀 긴 머리에 눈빛에 장난기가 가득한 한 남자가 작은 분홍색 안경을 쓰고 있었다.

"라자뤼스네요. 그 유명한 아슈 여행가." 오펠리는 그의 얼굴을 알아보았다. "이 분이 당신 아버지인가요? 한 번 만난 적 있어요."

"놀랍지 않아요. 모두가 우리 아버지를 알고, 아버지도 모두를 알죠."

앙브루아즈가 아버지의 초상화를 보며 짓는 미소에서 오펠리는 자부심보다는 쓸쓸함이 느껴졌다. 라자뤼스처럼 파란만장한 삶을 사는 아버지 곁에서 자신의 자리를 찾기는 쉽지 않았을 것이다.

"다른 친척은 없나요?"

"친척도 친구도 없어요. 로봇 말고는 아무도 없죠."

오펠리는 휠체어에서 파라솔을 떼어내기 위해 어설피 움직이느라 바쁜 로봇 하인들을 바라보았다. 오펠리는 얼굴 없는 이 몸뚱이들 사이에서 자라난다는 게 어떤 느낌일까 상상해보았다. 이따금 저들 배 속에서는 '성실은 모든 미덕의 바탕이다'라거나 '식빵은 항상 버터를 바른 쪽으로 떨어집니다'와 같은 말이 흘러나왔다.

“아버지에게 속담이 별로 효과가 없을 거라고 말씀드렸지만 낙타처럼 워낙 고집이 세서요.” 앙브루아즈가 한숨을 내쉬며 말했다.

“아버지께서 도시의 로봇들을 발명하신 거예요?” 오펠리가 놀라서 물었다. “로봇들을 판매하는 건 알고 있었지만 직접 만드신 줄은 몰랐어요.”

“무능력자 집안 출신이지만 천재성을 지니셨죠. 아버지는 오직 당신 실력으로만 시민권을 얻으셨어요.”

“당신 가족도 꽤 대단한가봐요.”

앙브루아즈는 오펠리의 말을 이해하기 어렵다는 듯 눈살을 찌푸렸다.

“제 아버지가 대단한 분이신 거죠. 룩스의 귀족에 비하면 보잘것없지만요. 그렇다고 제가 대단한 사람은 아니잖아요? 도시에서 제 쓸모도 찾지 못했는걸요. 저는 아버지께 얹혀살 뿐이에요.”

그것이 얼마나 불명예스러운 일인지 분명히 알고 있다는 듯 앙브루아즈는 부끄러워하며 말했다. 그는 짐짓 활기차게 휠체어를 밀며 안쪽 기둥 사이로 지나가다 대저택에 감도는 공허를 목소리로 덮으려는 듯 숨을 가쁘게 몰아쉬며 말을 이어나갔다.

“택시 기사가 되기 전에 온갖 아르바이트를 다 해봤는데 매번 실패로 끝났어요. 보다시피 손재주가 없거든요. 타자를 하는 일조차도 제게는 끔찍할 정도로 복잡하죠. 가끔은 제가 폴리데우케스 경의 자손이었다면 적어도 감각은 뛰어나지 않았을까 싶기는 해요. 만약 소원을 들어주는 요정이 지금 무엇이 되고 싶냐고 묻는다면, 주저 없이 초시각자가 되고 싶다고 답할 거예요! 맨눈으로 미생물을 보면 얼마나 재밌을까요? 아니면 초청각자요. 초음파만으로 우리를 둘러싼 세상을 모두 알 수 있다는 게 참 멋져요. 후각, 촉각, 혹은 미각 계열도 나쁘지 않지만 어차피 전 안 될 거예요. 양손이 뒤바뀌어 있으니까요. 아버지께서는 제가 존재만으로도 도시에서 무척 중요한 사람이라고 입버릇처럼 말씀하세요. 그렇게 생각하는 사람은 아버지 한 명뿐이죠."

그의 수다에 조금 얼떨떨해하며 앙브루아즈를 따라가던 오펠리는 전차에서 외국인을 쫓아내는 건 괜찮다고 여기고, 자식을 부양하는 건 안 좋게 여기고, 젊은 여자 홀로 청년 집에 가는 것에 아무도 신경 쓰지 않는 이 사회를 점점 더 이해할 수 없었다. 폴과 아니마에서의 경험이나 책에서 본 내용은 바벨 생활에 적응하는 데 도움이 되지 않았다. 이 세계의 규칙들은 자기가 알던 규칙들과는 완전히 달랐다.

이러한 느낌은 앙브루아즈가 자신을 세련된 옷 방으로 데려가 휠체어 높이에 맞춘 옷장의 조각된 문을 열자 확신으로 바뀌었다. 모든 옷은 완벽하게 개어져 있었고 앙브루아즈가 입은 옷처럼 새하얬다.

"미스 욀랄리, 꼭 알아둬야 할 게 있어요. 이곳에서는 겉모습이 곧 그 사람이에요. 우리에겐 민법, 형법과 똑같이 엄격한 복장 규정이 있죠. 예를 들어 아버지와 저는 법에 따라 흰옷을 입어야 해요. 무능력자들은 무색이니까요. 당신도 무능력자인가요?

"음… 저는 아니마이에요. 정확히는 8등급이죠." 오펠리가 잃어버린 위조 신분증을 떠올리며 덧붙였다.

"8등급이요? 그렇게 가문의 능력이 없다면 흰옷을 입으셔야 할 거예요. 몸집이 왜소하시지만, 저도 그렇게 큰 편은 아니에요. 제 옷이 얼추 맞을 거예요."

"제가 남자 옷을 입으면 사람들이 오히려 덜 놀랄 거란 말인가요?"

기다란 흰색 튜닉을 펼치던 앙브루아즈는 어리둥절한 눈으로 오펠리를 올려다보다 미소를 지었다.

"죄송해요, 저는 아버지처럼 다른 아슈들의 관습을 다 알지 못해요. 이곳에서는 성별에 따라 옷차림을 달리하지 않아요. 당신네 아슈에서는 남자들이 당신처럼 옷을 입지 않는 건가요?

오펠리는 작은 회색 원피스를 입은 토른의 모습을 상상하지 않으려고 애썼다.

"당연하죠."

"흥미롭네요. 그래도, 미스 욀랄리, 당신 원피스의 가장 큰 문제는 그게 바벨의 복장 규정에 없는 형태라는 점이에요. 공공장소에서 복장 규정을 지키지 않는 것은 도발 행위로 여겨집니다. 물론 그것은 좋게 보일 리 없고요."

오펠리는 눈썹을 치켜올렸다. 턱에서 발목까지 단추를 채워 입은 낡디낡은 옷 때문에 불량한 여자 취급을 받게 되리라고는 상상도 못 했다.

"바벨에서 옷차림은 나이와 직업, 신분에 따라 달라져요." 앙브루아즈가 옷장을 뒤지며 말을 이어갔다. "예를 들어 시민들은 비(非)시민들과 같은 색 옷을 입지 않죠."

"비시민." 오펠리는 지리책에서 그런 설명을 읽었던 기억을 떠올리며 되뇌었다. "바벨에 살지만 폴리데우케스 경의 후손은 아닌 사람들이요?"

"이제는 꼭 그렇지도 않아요." 앙브루아즈는 너그러운 미소를 띠며 말했다. "폴리데우케스의 자손들은 물론 자동으로 시민 신분을 얻게 되죠. 투표를 하고, 선거에 참여하고, 선거에서 선출될 수도 있어요. 하지만 저희 아버지처럼 공훈을 세워 시민이 되기도 하죠. 바벨이 다른 아슈들과 상업적 동맹을 체결하면서부터 그렇게 됐어요. 거리에서 보셨겠지만, 이곳에는 다양한 가문 사람들이 거주하죠. 플로라, 토템, 키클롭스, 연금술사, 헬리오폴리스! 그리고 무능력자." 앙브루아즈는 마지막 단어를 마지못해 덧붙였다. "우리는 헬레네 부인의 후견을 받는 자들이에요. 헬레네 부인은 자손을 가질 수 없었기 때문에 폴리데우케스 경의 자손이 아닌 모든 이들의 공식적인 후견인이 됐어요. 당신이 바벨에서 지내시는 동안에는 그녀가 당신의 후견인이 되실거고요."

오펠리는 결코 그런 일이 없길 바랐다. 지난번 가문 정령의 피후견인이었을 때 그녀는 목숨을 잃을 뻔했었다.

"복장 얘기로 돌아가죠." 앙브루아즈가 다시 옷장 쪽으로 몸을 숙이며 말했다. "장식, 보석, 액세서리 하나하나가 매우 세세한 의미를 더하죠. 그 자체로 하나의 언어가 되는 거예요! 바벨에서 오래 머물 생각이라면, 괜한 오해를 피하려면 이 언어를 잘 익히는 게 좋을 거예요. 복장 단속반이 주기적으로 검사하러 다니니 조심하세요."

오펠리는 항상 되는 대로 옷을 입고 다녔던 터라 바벨에서 이목을 끌지 않으려면 부단히 노력을 기울여야 했다.

"복장 규정을 어기면 어떻게 되죠?"

"도시에 벌금을 내야 해요. 심각한 위반일수록 벌금형이 무거워져요."

오펠리는 앙브루아즈가 팔에 쌓아 올린 옷 더미를 우르르 떨어뜨렸다. 양손이 제대도 달렸음에도 앙브루아즈보다 더 서투른 자신의 모습에 씁쓸해졌다.

"오늘 밤은 우리 집에 계세요." 앙브루아즈가 십자형 유리창 너머로 지는 해를 보며 제안했다. "내일 아침 일찍 가방을 찾도록 하죠."

"그럼 메모리알은요? 오늘 당장 갈 수는 없어요?"

앙브루아즈가 눈을 크게 뜨자 어두운 피부색 때문에 흰자가 더 도드라져 보였다.

"도착할 때쯤이면 문이 닫혔을 거예요. 그곳이 정말 중요한가보네요. 정확히 뭘 찾고 있는 거죠?"

"개인적인 일이에요."

앙브루아즈의 얼굴에서 미소가 사라지자 오펠리는 성급히

대답한 것을 자책했다.

"무례를 용서해주세요. 씻고 쉬고 싶으실 것 같은데 저를 따라오세요, 미스. 배고프신가요? 저와 함께 식사하시겠어요?"

바닥에 흩어진 옷을 줍던 오펠리는 고개를 들었다. 그리고 기계음을 내며 문 쪽으로 가는 휠체어를 바라보았다.

"앙브루아즈?"

"네, 미스?"

"왜 저를 도와주는 거예요?"

휠체어 바퀴가 갑자기 멈추며 격자무늬 대리석 위에서 끽 소리를 냈지만 앙브루아즈는 뒤돌아보지 않았다. 팔걸이 위에 걸쳐진 앙브루아즈의 뒤바뀐 손이 경직되는 모습이 오펠리가 서 있는 곳에서도 보였다.

"당신은 로봇이 아니니까요."

기억

오펠리는 잠들지 못했다. 그녀는 토른의 회중 시계 덮개가 내는 익숙한 소리를 듣기 위해 시계를 보지도 않고 덮개를 열었다 닫았다 했다.

딸깍. 딸깍. 딸깍.

몸을 웅크린 오펠리는 침대의 이불을 모두 걷어차고 잘 보이지 않는 눈을 크게 뜨고 모기장 구멍 사이로 반짝이는 빛을 바라보았다. 어디서부터가 별이고 어디까지가 가로등인지 분간할 수 없었다. 창문으로 들어온 미풍이 시원한 유칼립투스 향을 방 안에 퍼뜨렸다. 귀뚜라미 울음소리가 밤공기에 파장을 일으켰다.

딸깍. 딸깍. 딸깍.

오펠리는 떨고 있었다. 얼굴은 햇볕에 탔지만 얼음처럼 서늘한 기운이 느껴졌다. 토른뿐만 아니라 자신의 일부가 삶에서 사라지기라도 한 듯 몸속 깊은 곳에 자리 잡은 공허는 유독 그날 밤 아찔할 만큼 더 깊게 느껴졌다. 제멋대로인 긴 머리카락으로 덮여 있었고, 게으른 목도리가 오랫동안 감싸왔고, 아주 드물게 로즐린 이모의 다소 거친 손길이 닿았던 목덜미에 밤공기가 스며들었다.

딸깍. 딸깍. 딸깍.

아슈를 잘못 찾아왔다면? 메모리알 앞 머리 없는 군인 동상과 자신이 엽서에서 보았던 머리 없는 군인이 아무 관계가 없다면? 가지고 있는 유일한 단서가 막다른 길이라면?

딸깍. 딸깍. 딸깍.

오펠리는 하늘에 창백한 새벽빛이 들고 풀숲에서 윙윙 소리가 날 때까지도 여전히 잠들지 못했다. 하지만 날이 밝아오자 마음을 다잡았다.

"목도리를 찾고, 메모리알을 조사하고, 밥벌이를 찾을 거야."

오펠리는 방에 걸린 거울을 보며 다짐했다.

오펠리는 밤새 두 배로 부풀어 후광처럼 얼굴을 감싸고 있는 부스스한 곱슬머리를 손가락으로 빗어 넘겼다. 바벨의 태양이 그녀의 양 볼을 그을려놓았다.

로봇 하인이 도와주었지만 새 옷을 입는 데는 큰 인내심이 필요했다. 기다란 토가를 튜닉 위로 휘감아 다리 사이로 천 자락을 통과시키고 한쪽 어깨를 드러내야 했다. 브로치와 복대, 허리띠로 토가를 고정했지만, 조금이라도 잘못 움직이면 섬세한 옷의 균형이 무너져서 천이 모조리 풀어져 바닥에 떨어질 것만 같았다.

오펠리는 주랑 아래에서 앙브루아즈를 만나자 평소보다 자신이 더 부자연스럽게 느껴졌다. 의자 등받이에 몸을 기댄 앙브루아즈는 수련 연못에서 나는 아침 내음을 더 잘 들이마시려는 듯 눈을 감고 있었다. 터번 베일이 바람에 넘실댔다. 그의 금빛 옆모습, 기다란 속눈썹이 어찌나 섬세한지 몸의 기형을 잊게 할 정도였다. 그는 오펠리가 다가왔을 때도 눈을 감고 있었지만, 입가에는 미소가 번졌다.

"집에 당신의 발소리가 들리니 좋네요, 미스 왈랄리."

그 한마디에 오펠리는 부끄러워졌다. 자기보다 훨씬 외로운 사람을 옆에 두고 외로워했다는 것. 그의 질문에는 결코 답하지 않으면서 그에게 질문들을 던졌다는 것. 진짜 이름도 알려주지 않고 진짜 이야기도 들려주지 않았다는 것. 이 상황을 바로잡을 마음도 없다는 것이 부끄러웠다.

앙브루아즈는 주랑의 어둠 속에서 오펠리를 유심히 보더니 인정한다는 듯 고개를 끄덕였다.

"축하해요, 진짜 바벨인이 되셨군요. 당신을 위한 깜짝 선물이 있어요. 재스퍼?"

출입구 앞에 일렬로 서 있던 로봇들 사이에서 로봇 하인 하나가 튀어나왔다. 오펠리는 관절이 접힌 로봇 팔에 걸린 것을 보자마자 그대로 돌진했다.

"내 가방? 아니 어떻게 된 거죠?"

"어제저녁 도시 전차 회사에 공기압축튜브로 메시지를 보냈어요." 앙브루아즈가 답했다. "소지품을 분실했다고 신고했죠. 오늘 아침 일찍 배달원이 가져왔어요. 바벨에서는 정직이 시민의 의무라고 말씀드렸잖아요. 괜찮아요?"

오펠리는 갑작스레 움직임을 멈췄다. 활짝 열린 가방을 두 손으로 움켜쥔 채 그대로 굳어버렸다. 오펠리의 안경이 파랗게 질렸다.

"목도리가 없어요." 오펠리가 웅얼거렸다. "배달원이 목도리도 가져왔었나요? 꽤 길고 겹이 많은 삼색 목도리예요."

오펠리가 기뻐서 어쩔 줄 몰라 할 거라 예상했던 앙브루아즈는 그녀의 반응에 당황했다.

"웰Well, 다른 건 없었어요. 신분증도 없나요?"

"아뇨. 그건 있어요."

오펠리는 목이 메어와 더 이상 말을 할 수 없었다. 누군가 가방을 열었을 테고, 목도리가 빠져나갔을 것이다. 최악의 경우, 누군가 훔쳐 갔을 수도 있다. '목도리를 찾아 나서야 해. 분실물을 찾는다는 벽보를 여기저기 붙이고, 사람들에게 물어보고, 샅샅이 뒤져야지.' 오펠리의 머릿속에 처음 떠오른 생각이었다.

아니다. 그렇게 할 수 없었다. 오펠리가 목도리를 숨긴 것은 이목을 끌지 않기 위해서였다. 그 결정이 가혹하더라도 원래 계획을 밀고 나가야 했다.

"유감이에요." 앙브루아즈가 우물거렸다. "무척 중요한 물건인가봐요."

오펠리는 어깨에 가방을 메며 앙브루아즈의 시선을 애써 피했다. 목도리가 단순한 물건이 아니라고 어떻게 이해시킬 수 있을까? 자신이 목도리에게 생명을 주었고, 목도리가 자신의 목숨을 구해주었다고 어떻게 설명할 수 있을까?

"고마워요." 오펠리는 잠긴 목소리로 말했다. "정말 큰 도움이 됐어요. 이제 메모리알에 가야겠어요."

어색한 침묵이 흐른 뒤, 앙브루아즈가 휠체어 핸들을 돌렸다.

"제가 모셔다드리죠, 미스. 타세요."

바벨에 떠오른 태양은 흩어지는 아침 안개 사이로 커다란 빛줄기를 내리고 포석 위로 아케이드 그림자를 드리웠다. 앙브루아즈의 휠체어는 밀림 같은 정원들과 공사장의 먼지를 피해 작고 어두운 골목길들을 지나 밝은 커다란 광장으로 접어들었다. 오펠리는 뒤쪽 발판에 서서 주변 인파를 침울한 눈으로 바라보았다. 토가, 카프탄, 튜닉, 숄, 사루엘 팬츠, 벨트, 가죽 신발, 터번, 양산 들 가운데 목도리는 어디 있는 걸까?

앙브루아즈가 아무리 경이로운 광경을 보여주어도 오펠리는 내내 침울했다. 피라미드의 거대한 폭포도, 헬레네과 폴리데우케스의 기념상도, 웅장한 원형경기장이 있는 아고라도, 매일 아침 모든 아슈에서 온 최고의 기술자들이 한데 모이는 역량제작소도 소용없었다.

오펠리는 오직 모든 건물 대리석마다 새겨져 있고 모든 광장의 기둥마다 붙여진 룩스의 태양 문장(紋章)에만 관심이 있었다. 오펠리는 자신이 입고 있는 토가 안쪽에서도 금실로 수놓은 문장을 찾아냈다.

"누구예요… 룩스가?" 그녀가 거친 숨을 내쉬며 물었다.

오펠리는 앙브루아즈의 휠체어가 끝없는 경사로를 오를 수 있도록 미는 중이었다. 쉬운 일은 아니었다. 뜨거운 바람이 훈

들어 방풍림의 바늘잎들이 비처럼 쏟아져 내린 포석 위에서 발이 미끄러졌다.

"매우 오래된 기관이에요, 미스. '공익성'이 있다고 판단되는 모든 생산 활동을 지원하는 후원자들입니다. 진정한 자선가들이죠."

오펠리는 샌들에 달라붙은 송진 덩어리를 포석에 비볐다. 도시의 온갖 벽에 자신들의 표식을 남긴 자선가들이었다.

"영향력 있는 사람들이겠네요."

"그렇게 말할 수 있겠죠. 그들은 조폐국, 가족행정청, 법원을 관할하고 있어요. 뤽스의 귀족들은 그저 도시를 위해 있는 게 아니에요, 미스. 그들이 곧 도시죠. 폴리데우케스 경과 헬레네 부인은 그들과의 상의 없이는 어떤 중요한 결정도 직접 내리지 않아요. 제가 말씀드렸던 그 '목록'을 만든 것도 그들이죠. 그러니까 웰… 그것에 관한 말은 절대 꺼내선 안 된다고 했었죠… 전쟁이요." 앙브루아즈가 아주 작게 속삭였다.

오펠리는 설명을 더 듣지 않아도 바벨에서 뤽스의 귀족들이 아니마의 두아엔들처럼 신을 섬기는 감시자라는 사실을 알 수 있었다. 이 아슈에 대한 뤽스의 장악력이 앙브루아즈가 설명한 것만큼 절대적이라면, 오펠리는 그들의 이목을 끌지 않게끔 더욱 주의를 기울여야 할 터였다.

생각에 잠겨 있던 오펠리는 얼굴에 깃털이 툭 떨어지자 소스라치게 놀랐다. 깃털이 워낙 커서 안경알에 부딪히는 소리도 요란했다. 두 사람이 방금 올라온 경사로는 허공으로 난 거대한 테라스로 이어져 있었다. 넓은 석조난간 너머로 하늘이 끝없이 펼쳐졌다. 테라스는 다시 구름뿐인 허공을 향해 뻗은 철도 다리로 이어졌고, 열차 한 대가 그 위에 정차해 있었다. 마지막 승객들이 황급히 기차로 밀려들었다.

"딱 맞게 도착했네요." 앙브루아즈가 플랫폼 시계를 보며 미소를 지었다. "얼른 타시죠."

오펠리는 그 말에 순순히 따르기가 어려웠다. 기차 지붕 위에 앉아 있는 거대한 새들에게서 눈을 뗄 수가 없었다. 밤처럼 어두운 피부색과 금발이 특징인 토템인이 새들 사이를 지나다니며 차량 연결 상태를 확인했다.

"동물이에요?"

앙브루아즈는 가까운 객차에 휠체어로 들어간 뒤 오펠리에게 대답했다.

"키메라예요, 미스." 그가 차내 검표기에 표 두 장을 집어넣으며 말했다. "콘도르처럼 힘이 세고 카나리아처럼 온순하죠."

역장의 호루라기 소리가 울리자 지붕 위에서 새들의 발톱이 긁어내는 듯한 금속성 마찰음이 울려 퍼졌다. 빈자리가 없어서 오펠리는 본능적으로 앙브루아즈의 휠체어를 붙잡았다.

"그런데 새들에게 기차가 조금 무겁지 않을까요?"

"물론이죠." 앙브루아즈의 대답에 오펠리는 더 걱정되었다. "새들은 기차를 드는 게 아니라 추진하는 거예요. 버드트램은 무중력상태에 있거든요. 우리에게 일어날 수 있는 최악의 상황은 새들이 날갯짓을 멈춰 하늘에 매달리는 건데, 그런 일을 없을 거예요." 그가 승객용 좌석들 사이를 돌아다니는 삭발한 여성을 가리키며 안심시키듯 말했다. "언제나 기차 안 중력장을 제어하기 위해 키클롭스인들이 타고 있거든요. 마음이 놓이나요, 미스?"

"거의요."

기차가 삐걱대는 금속 소리를 내며 공중으로 미끄러지자 오펠리는 창에 기댔다. 위로는 강하게 퍼덕이는 날개가, 아래로는 잔잔한 구름 소용돌이가 보였다. 버드트램은 시타시엘의 공중 썰매를 연상시켰는데, 그보다 훨씬 더 인상적이었다.

오펠리는 버드트램이 허공으로 떨어지지 않는 것을 보고 나서야 긴장을 풀었다. 그리고 버드트램에 익숙한 듯 풍경보다는 책에 관심을 두는 초연한 승객들을 살펴보았다. 그들은 모두 놀랍도록 젊고 진지했으며, 책에 집중하느라 아무도 대화를 나누지 않았다.

"학생들이에요." 앙브루아즈가 속삭였다. "이 버드트램은 다섯 곳의 아카데미와 비르투오소 고등교육원을 들렀다가 메모리알에 도착하죠. 그러니까 아직 시간이 충분해요. 아슈들 사이의 허공을 탐험하려는 시도가 여러 차례 있었다는 걸 아셨나요?" 그가 갑자기 질문을 던졌다. "하지만 어떤 생명체도 그곳에 몇 시간 이상은 머무를 수 없었나봐요. 깊이 들어갈수록 위험해요. 새들조차도 위험을 무릅쓰지 않죠. 산소는 충분하지만 체력적으로 견딜 수 없거든요. 아버지는 직접 발명한 우주복을 입고 체험에 나섰어요. 아시다시피 세상의 중심에는 영원한 폭풍우가 불잖아요. 그곳을 사진으로 담고 싶어 하셨거든요. 아버지는 6시간 39분을 버티셨어요. 평생 가장 고통스러웠던 6시간 39분이라고 제게 털어놓으셨죠. 마치 허공 아래에 아버지를 원치 않는 힘이 있는 것 같았대요. 놀랍지 않나요, 미스 윌랄리? 과거에 이 텅빈 공간이 무언가로 가득 차 있었다는 사실을 온 행성이 우리에게 환기하고 싶어 하는 것 같아요. 아버지는 아쉬워하셨죠. 아슈들을 여행할 때 옛 세계를 돌아가는 대신 허공을 가로질러 직선으로 가는 게 훨씬 더 빨랐을 테니까요."

"그렇군요." 오펠리가 예의상 대꾸했다.

사실 오펠리는 머리 없는 군인을 볼 생각에 온전히 사로잡혀 앙브루아즈의 말이 귀에 들어오지 않았다. 앙브루아즈는 좌우가 바뀐 양손으로 휠체어를 붙잡고 아이처럼 잔뜩 들떠서 창밖 하늘을 바라보고 있었다.

"아슈들이 중력의 법칙을 따르지 않는다는 것도 알고 계셨나요? 다른 모든 천체는 인력의 작용에 의해 움직이죠. 하지만 아슈들은 달라요. 아슈들은 서로 간에 절대적인 위치를 유지하고 마치 전체가 하나의 천제였던 때처럼 모두 같은 속도로 회전해요. 과학자들은 이를 '행성의 기억'이라고 부르죠."

오펠리는 거울에 갇혀 있던 종말을 이끈 존재 때문에 세계가 분열되었다는 사실을 알게 되면 과학자들이 어떻게 생각할까 궁금했다.

앙브루아즈는 목적지에 도착할 때까지 계속 혼자 떠들었다. 오펠리는 머리를 뒤로 젖히고서야 탑 전체를 바라볼 수 있었다.

그녀는 눈부신 햇살을 막으려 안경을 손으로 가렸다. 탑의 크기는 압도적이었고, 유리 돔은 너무나 눈부셔 세상을 밝히는 등대 같았다. 그에 비하면 탑을 떠받치는 작은 아슈는 너무도 보잘것없는 크기로, 과거에 무너졌던 탑의 절반을 허공에 다시 세웠다는 게 터무니없는 이야기 같았다. 수백 마리의 원숭이들이 넝쿨이 감긴 조각된 석조물들 위로 모습을 드러냈다가 주변의 구름 사이로 사라졌다.

오펠리는 메모리알의 그림자가 진 곳까지 광장을 가로질러 나아갔다. 그곳에 머리가 없는 동상이 있었다. 엽서에서 보던 것과 똑같이 입구의 거대한 통유리 앞에 서 있었다.

"당신이 찾던 게 이건가요?" 앙브루아즈가 물었다.

오펠리는 바로 대답하지 않았다. 가까이에서 동상을 살펴보니 확실히 알 수 있었다. 이건 그녀가 환영에서 보았던 머리 없는 군인과 닮지 않았다. 군인처럼 보이지도 않았다. 사람이라고 하기도 어려웠다. 녹슬고 넝쿨로 뒤덮인 형태를 잃은 실루엣에 가까웠다. 연철로 된 부츠의 끝부분이 넝쿨 밖으로 튀어나와 있었는데, 몸의 다른 부분보다 더 바래고 닳아 있었다.

"이건 공공 기념물이 맞죠?"

"네, 미스."

앙브루아즈 오펠리의 질문에 당황한 듯 보였고, 오펠리가 가방을 건네고 장갑을 벗자 더더욱 놀란 듯했다. 오펠리는 광장에 자신들 말고는 아무도 없는 것을 확인한 뒤 두 손바닥을 맞비벼 땀을 닦았다. 동상에 다가섰다. 시간을 거스르려고 할 때면 매번 그렇듯이 흥분감이 느껴졌고 등골을 따라 소름이 돋았다. 심호흡을 하면서 조금씩 자신을 잊었다. 걱정을 잊고, 열기를 잊고, 이곳에 온 이유까지 잊었다. 완전히 자신을 비우고 난 뒤에야 동상의 부츠에 손을 올렸다.

메모리알의 그림자가 밀물처럼 물러가고 하늘의 태양이 뒷걸음질 쳤다. 낮이 밤이 되고, 오늘이 어제가 되고, 시간이 오펠리의 손가락 아래에서 폭발했다. 그 손가락은 더 이상 오펠리의 것이 아니었다. 수일, 수년, 수 세기 동안 동상의 부츠를 쓰다듬는 수백, 수천 개의 다른 손가락들이었다.

행운이 따르도록.

성공하기 위해.

치유하기 위해.

웃음을 찾기 위해.

성장하기 위해.

생존하기 위해.

그때 오펠리는 수많은 익명의 손들 속에서 자기 손을 되찾았다. 자기 손이었지만 그 손은 자신의 것이 아니었다. 오펠리는 자기 눈으로 동상을 바라보고 있었지만 그 눈은 자신의 것이 아니었다. 금속으로 만든 군인 동상은 활짝 핀 미모사 꽃 아래로 총을 치켜들고 있었고, 그 뒤에 있던 학교의 현관은 포탄에 맞아 산산이 부서졌으며, 군인의 머리도 함께 날아갔다.

언젠가 머지않은 미래에 마침내 평화로운 세상이 올 것이다.

"미스?" 앙브루아즈가 휠체어를 밀어 다가오며 조심스럽게 물었다.

오펠리는 자기 손을, 덜덜 떨고 있는 진짜 자기 손을 바라보았다. 또다시 시작되었다. 마치 자신의 과거인 양 신의 과거에 들어갔다 나온 것이다. 오펠리는 고개를 들어 전쟁으로 파괴된 학교가 있던 자리에 세워진 탑을 바라보았다. 미모사는 여전히 중앙 통로를 따라 줄지어 있었다. 아직 꽃이 피지 않아서 오펠리가 미처 알아보지 못한 것뿐이었다.

머리 없는 군인. 금빛 미모사. 오래된 학교.

"여기야." 오펠리가 웅얼거렸다.

여기에서 오펠리는 신의 발자취를 따라 갈 터였다. 여기에서 오펠리는 토른의 발자취를 따라 갈 터였다.

비르투오소

오펠리는 작은 사람으로 사는 데 익숙했다. 그런데 메모리알에 들어서자 그 어느 때보다도 자신이 작게 느껴졌다. 탑의 내부는 웅장한 아트리움을 중심으로 각 층이 평행한 고리처럼 둥글게 이어져 있었다. 둥근 지붕의 수많은 창을 통해 들어온 햇빛이 책 표지와 책을 읽고 있는 사람들의 안경과 금속 로봇에 반사되어 반짝였다. 너무도 조용해 책장을 넘기는 소리가 천둥처럼 울렸다. 오펠리는 계단도, 엘리베이터도 없다는 사실을 깨닫고 현기증이 일었다. 방문객들은 커다란 수직 복도를 따라 다른 층으로 이동했다. 천장까지 열람실이 마련되어 있었다. 사람들과 자료들이 거꾸로 매달린 듯한 그 광경은 공중화장실을 통해 여행했던 경험보다도 더 기이했다

오펠리는 심장이 한 번 뛰는 사이 자신을 둘러싼 수천 가지 오래된 물건들과 함께 진동하는 느낌을 받았지만, 차차 현실감을 되찾았다. 어디서부터 조사를 시작해야 할까?

"어느 쪽부터 둘러보고 싶으세요, 미스?" 앙브루아즈가 최대한 작은 목소리로 속삭였다.

"어느 쪽이라뇨?"

"메모리알의 절반은 바벨의 유산을, 나머지 절반은 다른 아슈들의 유산을 보존하고 있어요. 우리 아슈에서는 모든 공공 건축물들이 쌍둥이처럼 설계되어 있어요."

앙브루아즈는 탑의 지름을 따라 선을 그리며 뻗은 구리로 된 홈을 가리켰다. 그것은 고대 석재로 지어진 원래 건물 구역과 파열로 붕괴된 이후 재건된 구역 사이의 시간 차이를 두드러지게 보여주었다.

"바벨의 과거가 궁금해요." 오펠리가 탑의 오래된 절반 쪽으로 몸을 돌리며 말했다.

앙브루아즈와 수직 복도로 향하던 중, 오펠리는 눈을 들어 한 자동 조각상을 바라보았다. 그 조각상은 받침대에 볼트로 고정된 채, 방문객을 맞이하듯 상반신을 끊임없이 숙였다가 일으키고 있었다. 명패에는 이 조각상이 기념탑에 기부한 최초의 뤽스 후원자라는 설명이 적혀 있었다. 지식이 평화를 지킨다라는 문구가 기념 명판에 근엄하게 새겨져 있었다.

오펠리가 그보다 높은 곳을 바라보자 옛 세계를 형상화한 거대한 구체가 유리 돔 아래에 무중력상태로 떠 있었다. 손상되지 않은 세계. 잊힌 세계. 오펠리가 그 세계가 품고 있는 비밀을 반드시 파헤치리라 마음먹었다.

오펠리는 앙브루아즈의 휠체어가 수평인 홀에서 수직 복도로 부드럽게 이어지는 곡선 경사로를 오르는 것을 보고 몸을 움츠렸다. 몇 초 만에 그는 터번을 그대로 쓴 채 아주 자연스럽게 휠체어로 벽을 오르기 시작했다.

"미스?" 오펠리가 뒤따라오지 않는 것을 알아차리고 앙브루아즈가 속삭였다.

"저는… 한 번도 해본 적이 없어요."

"트랜센디움* 타는 거요? 아이들 놀이 같은 거예요. 아무 생각 하지 말고 앞으로 똑바로 걸어보세요."

오펠리는 중력의 중심이 바뀌는 동시에 속이 뒤집힐 거라 예상했지만, 중력에서 벗어났다는 느낌은 한순간도 들지 않았다. 트랜센디움은 일반 복도를 지나듯 자연스럽게 오르내릴 수 있었다. 그렇지만 몇 걸음을 내딛다 홀을 내려다보고는 이상한 느낌을 지울 수 없었다. 탑 전체가 뒤집힌 것 같았다.

"트랜센디움과 거꾸로살롱은 메모리알이 고용한 키클롭스인들이 만들었어요." 앙브루아즈의 휠체어 바퀴가 대리석 위로 마찰음을 내며 미끄러져갔다. "바벨은 그런 식이죠. 외부의 발명이 마음에 들면 도입한 뒤 이곳에 맞게 바꾸어 적용해요."

오펠리는 소스라치게 놀랐다. 그녀가 입은 토가 안쪽 어딘가에서 토른의 시계가 갑자기 저절로 열렸다 닫혔다 하면서 딸깍거렸다. 자꾸 만져서 결국 생명을 준 걸까?

당황한 오펠리는 트랜센디움 가운데 있던 청소부와 부딪쳤다. 크고 너무 마른 청소부는 덥수룩한 수염 때문에 그가 든 빗자루 같아 보였다.

* 라틴어 trans(넘어)와 scandere(오르다)를 합쳐 만들 말로서 중력의 영향을 받지 않고 위아래로 이동할 수 있는 수직 통로를 뜻한다.

“저분을 볼 때마다 마음이 안 좋아요.” 앙브루아즈가 털어놓았다.

“청소부요?” 오펠리가 시계가 진정했는지 확인하며 물었다. “왜요?”

“아버지께서는 언제나 인간이 인간을 하인으로 삼는 것에 반대하셨어요. 메모리알 직원들은 나머지 관리 인력처럼 저 노인 대신 로봇을 배치했어야 해요.”

오펠리는 라자뤼스가 만든 로봇들이 창에 광을 내고 책의 먼지를 떨면서 눈에 띄지 않게 사방에 흩어져 있다는 것을 깨달았다.

트랜센디움을 빠져나오는 일은 들어갈 때만큼이나 놀랄 만큼 쉬웠다. 각 층에 연결된 바닥에 난 곡선을 따라가기만 하면 됐다. 앙브루아즈는 책들과 소장품들로 이러어진 미로 속을 나아가며 오펠리를 안내했다. 주위 방문객들은 아무 소리도 내지 않고, 각자 완전히 몰두해서 자료를 탐색하고 있었다.

오펠리는 그들이 부러웠다. 그녀는 자신이 찾고 있는 게 무엇인지 전혀 알지 못했다.

오펠리는 파루크의 책을 읽은 뒤로 신과 공유하게 된 비밀스러운 기억이 메모리알에 와서 저절로 풀리기를 바랐다. 하지만 그런 일은 일어나지 않았다. 오래된 돌들을 제외하고 메모리알에는 가문의 정령들이 과거에 살았던 학교의 흔적이 거의 남아 있지 않은 것 같았다. 이제 그것은 껍데기에 불과했으며, 그 안에 살던 생명체는 오래전에 다른 것으로 대체되었다.

서가를 돌던 오펠리는 벽에 붙은 전단 앞에서 걸음을 멈췄다.

본파미유*에서 비르투오소를 찾습니다.

뼛속까지 메모리알을 사랑하십니까?

정보를 추적하는 재능을 지녔습니까?

역사와 미래를 열렬히 사랑합니까?

그렇다면 도시를 위해 '선각자'가 되세요.

"앙리 경이 이끄는 독서 그룹의 공고예요." 앙브루아즈가 속삭였다. "연중 상시 사람을 모집해요."

앙브루아즈가 오른쪽에 달린 왼손을 들자 오펠리는 천장 쪽으로 안경을 들어 올려 위층 천장을 바라보았다. 제복을 입은 수십 명의 학생들이 거꾸로 앉아 있었다. 열람실 독서 부스에서 학생들이 뭔가를 열심히 적고 있었다.

"모두 비르투오소들인가요?"

"수련생들이죠." 앙브루아즈가 정정해 주었다. "비르투오소에는 다양한 그룹이 있어요. 저들은 정보 전문가인 선각자들이에요. 저 위에서 저들이 메모리알 소장 자료 관리를 위한 새 목록을 작성하고 연구하는 모습을 봐온 지도 1년이 넘었네요. 저들은 몇 시간이고 읽고 또 읽지요. 어느 정도 진전이 있는지 모

* Bonne Famille. 직역하면 '좋은 가문'이라는 뜻이지만, 여기서는 바벨의 최고 엘리트(비르투오소) 교육 기관이자 권력 중심 가문을 가리키는 고유 명칭이다. 프랑스어 발음을 살려 '본파미유'로 표기하였다.

르겠지만 얼른 끝났으면 좋겠어요. 당분간 도서 대출이 안 되거든요. 그래도 현장에서 열람할 순 있어요."

"쉿!"

학생 하나가 읽기를 멈추고 오펠리와 앙브루아즈가 있는 아래쪽을 — 관점에 따라서는 위쪽을 — 쳐다보았다. 하얀 토가를 입은 두 사람을 보자마자 학생은 눈살을 찌푸렸다.

"너희 무능력자들이 올 데가 아니야."

"메모리알은 누구에게나 열려 있어요." 앙브루아즈가 친절하게 답했다. "우리는 헬레네 부인의 후견을 받는 사람들입니다."

"무능력자들은 헬레네 부인의 이름을 입에 담을 권리 따윈 없어." 학생이 반박했다.

오펠리는 바벨인들이 'ㅎ'을 세게 발음한다는 것을 알아차리긴 했지만, 이 학생은 그 이름으로 자신을 가득 채우고 싶기라도 한 듯 헬레네의 이름을 강하게 발음했다. 마치 그 이름이 자기 것인 양.

앙브루아즈가 휠체어 핸들을 돌려 기계음을 내면서 자리를 떴다. 그리고 별일 없었다는 듯 안내를 이어갔다. 오펠리는 앙브루아즈를 보고 있기는 했지만 그의 말에 귀를 기울일 수 없었다. 공개적으로 무능력자 취급을 받는 게 그에게는 이토록 익숙한 일일까? 주위에 널린 로봇이란 로봇은 죄다 그의 아버지가 발명했으니 아버지 이름을 밝히고 학생을 혼쭐낼 수도 있었을 텐데.

"당신은 좋은 사람이에요."

앙브루아즈는 오펠리의 솔직함에 당황해 휠체어의 중심을 잃을 뻔했다.

“다툼은 질색이라고 해두죠.” 앙브루아즈는 어색한 미소를 지으며 말을 더듬었다. “제가 또 못 볼 꼴을 보였네요, 미스. 이제 편하게 메모리알을 둘러보세요. 전 꼭대기 층에 있는 발명 특허 코너를 좀 보러 갈게요. 그건 언제나 저를 꿈꾸게 하거든요. 정오에 홀에서 다시 만날까요?”

“좋아요.”

오펠리는 홀로 책장들과 진열장들 사이를 배회하다 갑자기 자신이 얼마나 신경이 곤두서 있는지 깨달았다. 쉴 새 없이 토가 안에 손을 넣어 토른의 시계를 꽉 쥐었다. 보통 사람보다 조금이라도 키가 큰 남자가 지나가면 오펠리는 미칠 듯이 뛰는 가슴으로 뒤를 돌아보지 않을 수 없었다. 있을 수 없는 일이었다. 토른이 조사를 하러 이미 메모리알을 다녀갔다 해도, 이 순간 이곳에 그가 있을 리 없었다.

‘지금 이 순간 토른과 마주치지 않는 게 어쩌면 나쁜 일만은 아닐지도 몰라.’ 오펠리는 세 번째로 경비들을 지나치며 생각했다. 메모리알은 보안이 삼엄했으며, 두 명의 도망자가 만나기에 이상적인 장소는 아니었다.

오펠리는 발길 가는 대로 한참을 이 방 저 방 돌아다녔다. 그림, 조각, 도자기, 금은 공예품 등 다양한 소장품들을 가까이에서 살펴보았지만, 옛 학교와 관련된 것은 아무것도 없는 듯했다. 군사 기록 또한 없는 것 같았다. 인류의 기억이 머무는 곳임에도 과거의 전쟁에 관한 어떤 것도 남아 있지 않았다.

'내 생각이 짧았군.' 오펠리가 스스로를 다그쳤다. 이 장소가 과거에 학교였다면, 아동 서가에서 무언가를 찾을 수 있을지도 몰랐다. 오펠리는 메모리알 안내도를 본 뒤 트랜센디움을 두 번 이용했다. 비스듬히 걷기도 하고 거꾸로 걷기도 하는 건 매번 이상한 경험이었다.

아동 서가에 도착한 오펠리는 '알파벳과 철자책', '과학 원리', '시민 교육', '옛 우화' 등이라고 적힌 서가 안내판을 보았다. 나이에 비해 놀라울 정도로 얌전한 초등학생 학급과 마주쳤다. 하지만 진정이 되지 않았다. 책장을 지나칠수록 점점 불안감이 커졌다. 찾을 것이 하나도 없다면? 신이 이곳에서 자신의 과거에 대한 모든 흔적을 애써 지웠다면? 토른도 똑같이 막다른 골목에 다다랐다면? 이미 오래전에 바벨을 떠났다면? 이곳에 오긴 왔을까?

의구심에 머리가 복잡한 채로 걷다가 오펠리는 앞에 있던 책 수레와 정면으로 부딪쳤다. 그 안에 있던 책들이 와르르 쏟아졌고, 설상가상으로 오펠리의 가방까지 바닥에 떨어져 소지품이 쏟아졌다.

책 수레를 끌던 남자는 화를 내지 않았다. 그저 한숨을 내쉬며 체념한 듯 책들을 주워 담았다.

"죄송해요." 오펠리가 토가 때문에 엉거주춤 그 옆에 무릎을 굽히고 속삭였다.

"죄송해할 필요 없어요, 미스. 모두 제 잘못입니다."

허리를 숙인 남자가 어깨에 세상의 모든 과오를 짊어진 듯 풀 죽은 목소리로 말했다. 제복에 '보조 사서'라고 적힌 배지가 달려 있었다. 오펠리는 자신의 소지품을 주워 담았다. 하지만 그것들은 사방으로 흩어져 아동 도서들과 마구 뒤섞여 있었고, 그중 한 권의 책 사이에 위조 신분증이 끼어 있었다.

"역시나. 또 당신이군요."

한 여자가 고양이처럼 슬그머니 다가왔다. 배지를 보니 메모리알에서 '수석 검열관'으로 근무하는 사람이었다. 그녀는 고양이의 귀처럼 얇고 세모난 귀를 거만하게 쫑긋 세웠다. 초청각자였다.

"바닥에 책을 쏟다니. 내가 책임을 맡긴 책들을 말이죠. 이건 나의 청각뿐만 아니라 내 일에 대한 모욕이기도 해요."

그녀는 자기 목소리마저 견딜 수 없다는 듯 거의 들리지 않을 정도로 작게 말했다.

"죄송합니다, 미스 사일런스." 보조 사서가 계속 수레에 책을 담으며 말했다.

오펠리는 끼어들어서 자기 잘못이라고 설명하고 싶었다. 하지만 검열관은 오펠리의 말을 끊었다.

"당신은 지금도 그렇고, 앞으로도 영원히 말단에서 벗어나지 못할 거예요. 잘하고 싶은 욕심도 없잖아요. 하지만 난 달라요. 그러니 정말이지 당신의 무능으로 내 얼굴에 먹칠하지 말라고요. 책 수레는 부서에 갖다놓고 더는 아무것도 엎지 말아요."

"네, 미스 사일런스."

보조 사서는 나머지 책들을 수레에 싣고 복도로 나아갔다. 고개를 지나치게 숙인 탓에 머리가 몸속으로 파묻혀 사라질 지경이었다.

검열관의 귀가 오펠리를 향해 즉시 돌아섰고, 눈은 그보다 조금 늦게 따라 움직였다.

"가방을 여세요."

오펠리는 가방끈을 세게 쥐었다. 여자가 너무 큰 반감을 불러일으켜 조심스럽게 뒤로 물러났다. 정말로 할퀴기 공격이 드러나서는 안 되는 순간이었다.

"왜 그러시죠?"

"그게 내 명령이니까요."

"제 물건 중 당신과 상관있는 건 하나도 없는데요."

검열관은 여전히 의심을 거두지 않고 약간 불쾌하다는 듯 얼굴을 찡그렸고, 오펠리는 그제야 가방이 어떤 상태인지 깨달았다. 제법 괜찮은 가방이었는데 여기저기 끌고 다닌 데다 잃어버리기까지 했더니 볼품없는 누더기로 변해 있었다.

"이봐요, 무능력자 아가씨. 판단은 내가 해요. 도서 대출을 중단한 뒤로 좀도둑들이 활개를 치고 다녀서요. 가방 열어요."

오펠리는 땀방울이 목을 타고 흐르는 게 느껴졌다. 말을 듣는다면 위조 신분증을 들키게 될 터였다. 게다가 이토록 의심을 품은 전문 문서 관리자에게 보여줄 수는 없었다.

"보안 요원을 부를까요?"

검열관은 제복에 달린 체인을 당겨 호루라기를 내보이며 속삭였다. 오펠리가 어떻게 이 상황을 모면할지 고민하는 찰나 연달아 굉음이 울려 퍼졌다. 여자는 호루라기를 놓고 귀를 틀어막았다. 굉음이 잦아들자마자 확성기를 통해 우레와 같은 목소리가 복도마다 쩌렁쩌렁 울렸다.

"깨어나세요, 시민 여러분! 메모리알은 거대한 사기일 뿐입니다! 우리에게서 과거를 지웠어요! 우리의 언어를 지웠어요! 금기어 목록을 폐지하라! 검열자들에게 죽음을!"

"또 그 인간이군." 검열관이 화를 내며 탄식했다.

오펠리는 관심이 멀어진 틈을 타 도망쳤다. 책을 읽던 사람들은 죄다 충격을 받은 표정으로 책에서 눈을 떼고 고개를 들었다. 그사이 확성기를 통해 "검열자들에게 죽음을! 검열자들에게 죽음을!"이라는 구호가 들려오더니 이내 조용해졌다. 선동자가 붙잡혔거나, 아니면 도망쳤을 터였다.

숨을 헐떡이며 오펠리는 중앙 홀에 이미 도착해 자신을 기다리고 있던 앙브루아즈에게 다가갔다. 그는 휠체어에 태평히 앉아 어색하게 웃고 있었는데, 조금 전 발생한 사건에 동요한 기색은 없었다.

"상푀르에프레스크상르프로슈*예요." 앙브루아즈가 설명했다. "잊을 만하면 메모리알의 고요를 깨러 나타나죠. 요란하게 으르렁거리긴 해도 물지는 않아요. 이 일로 겁먹은 건 아니죠?"

오펠리는 겨우 고개만 저었다. 지금 말을 하면 당황한 기색이

* Sans-Peur-Et-Presque-Sans-Reproche. '겁 없고 거의 흠 없는 자'라는 뜻이다.

목소리에 드러날 터였다. 이번 메모리알 방문은 그야말로 재앙이었다. 어깨에 멘 가방이 마음만큼이나 무겁게 느껴졌다.

앙브루아즈는 사슴 눈망울처럼 다정한 눈으로 오펠리를 바라보았다.

"있잖아요, 미스, 메모리알은 반나절 만에 둘러볼 수 있는 곳이 아니에요. 이곳을 수년째 주기적으로 드나들고 있는 저도 모르는 것투성이인걸요."

앙브루아즈가 의미심장한 표정으로 위를 보자 오펠리도 그 시선을 따랐다. 머리 위를 돌던 거대한 구체의 그림자가 앙브루아즈와 오펠리를 완전히 집어삼켰다.

"단순한 장식용 구체가 아니에요." 앙브루아즈가 꿈꾸듯 웅얼거렸다. "스크레타리움*, 비밀 서고죠. 일반인은 접근할 수 없는 소장품들, 그러니까 가장 귀하고 가장 오래된 자료들이 보관되어 있어요. 사람들 말로는 저 안에 금고가 있고, 그 금고에 '궁극의 진실'이 있다고 해요. 물론 아이들을 꿈꾸게 하려고 만든 전설이라지만, 저는 정말로 금고가 있다고 믿어요."

조금 전 바닥으로 무겁게 내려앉았던 오펠리의 심장이 미친 듯 뛰기 시작했다.

"궁극의 진실?" 오펠리가 숨죽여 물었다.

앙브루아즈는 오펠리의 안경이 감정으로 물드는 모습을 보고 당황해서 그녀를 힐끗 살폈다.

* 라틴어 secretum(비밀)과 -arium(~하는 곳)을 합쳐 만든 말이다.

"말씀드렸듯이, 아이들에게 들려주는 전설에 불과하니 진지하게 받아들이지 마세요."

앙브루아즈의 말과 반대로 오펠리는 그 전설을 무척 진지하게 받아들였다.

"스크레타리움에는 어떻게 들어가죠?"

"불가능해요, 미스." 앙브루아즈가 점점 더 당황하며 답했다. "시민들에게도 개방되어 있지 않아요. 선각자들만 접근할 수 있어요. 그중 가장 뛰어난 비르투오소들만요."

오펠리는 바로 그 순간 일식이 일어난 것처럼 한낮의 태양과 완벽히 겹친 구체를 응시했다. 그것은 메모리알의 어느 층과도 연결되어 있지 않았다. 구체로 연결되는 다리도 없었고, 그 안에 자리한 비밀스러운 공간들은 밖에서는 전혀 보이지 않았다. 오펠리의 머릿속에 불현듯 열람실에 있던 학생들과 벽에 붙어 있던 모집 공고가 떠올랐다.

"그렇다면 나는 비르투오소가 되겠어요." 오펠리의 선언에 앙브루아즈는 할 말을 잃었다.

지원

버드트램이 비상했다. 오펠리는 미모사가 에워싼 메모리알 입구를 지키는 머리 없는 군인 동상을 마지막으로 바라보았다. 그리고 동상에 맹세했다. 다음에 보러 왔을 때는 준비가 되어 있을 거라고.

"비르투오소는 진정한 엘리트예요." 오펠리와 함께 버드트램에 올라탄 앙브루아즈가 강조했다. "본파미유는 바벨 사람이라면 모두가 들어가기를 꿈꾸는 고등교육원이죠. 정말이에요, 미스, 그곳은 독특한 재능을 지닌 지원자들만 받아요. 무척 엄격하게 선발하죠."

"선각자 모집은 1년 내내 하지 않나요?"

"선각자들은 정보 수집의 최고 전문가들이죠. 그런데 당신은… 웰, 제가 아는 사람 중 정보에 가장 밝은 사람은 아니잖아요."

오펠리는 건성으로 듣고 있었다. 유리창 너머로 피어오르는 실구름에 반쯤 가려진 이중 구조의 아슈에 신경이 온통 쏠려 있었다. 본파미유는 하나의 다리로 연결된 두 개의 떠다니는 섬을 통째로 차지할 만큼 방대한 고등교육원이었다다.

버드트램이 목적지에 다다르자 오펠리는 위조 신분증이 잘 있는지 확인했다.

"가방 좀 맡아주세요." 오펠리가 앙브루아즈에게 말했다. "가방 때문에 메모리알에서 불결한 사람 취급을 받았는데, 두 번 다시 같은 경험을 하고 싶지 않아요."

"제게 맡겨요, 미스."

오펠리는 멈칫했다. 앙브루아즈의 뒤바뀌어 붙은 두 손을 붙잡고, 처음 만난 순간부터 자신에게 베풀어준 친절에 얼마나 감사한지 말하고 싶었다. 하지만 그러지 못했다. 항상 그런 식이었다. 조금이라도 감정이 벅차오르면 그녀는 어찌할 줄을 몰랐다.

"당신은… 훌륭한 탁시 기사예요."

그 말에 앙브루아즈는 미소를 지었다. 구릿빛 피부 위로 짧게 번쩍인 한 줄기 흰빛 같았다.

"당신은 예상하지 못한 손님이죠. 가방이랑 저는, 아버지 댁에서 기다릴게요. 행운을 빌어요, 미스."

오펠리는 버드트램에서 내려 유리창 너머에서 자신을 응원하고 있는 앙브루아즈에게 인사했다. 키메라들의 힘찬 날갯짓과 함께 버드트램은 멀어져갔다.

본파미유 입구는 하늘과 땅을 잇는 연결 통로 끝에 있었다. 그 입구는 너무도 거대한 두 개의 석상 사이에 세워져 있어, 오펠리는 햇빛에 눈이 부셔 땅에서 그 얼굴을 분간하기 위해 눈을 가려야 했다. 여자와 남자. 헬레네와 폴리데우케스 같았다.

오펠리는 끝없이 포석이 깔린 보도를 걸어 올라갔다. 보도는 본관까지 일직선으로 이어져 있었다. 섬세하게 조각된 정면과 부벽, 장미 창문의 스테인드글라스가 옛 세계의 성당을 연상시켰다. 망루의 하얀 돔, 커다란 대리석 계단, 고대 신전처럼 지어진 건물들, 그늘 속에 잠긴 길을 따라 수백 년 수령의 나무들의 가지 폭에 이르기까지 모든 것이 장엄하게 위용을 뽐냈다. 로봇 무리가 정원을 관리하고 유리창을 청소하느라 분주했다. 고등교육원은 그 자체로 완전한 하나의 도시였다. 모두 우아한 감색에 은으로 장식된 제복을 입은 학생들이 오펠리가 지나가자 눈살을 찌푸렸다.

앙브루아즈의 말처럼, 여기는 아무나 올 수 있는 곳이 아니었다.

본관 계단에 오르다가 오펠리는 정면에 새겨진 표어를 읽었다.

명성과 우수성

오펠리가 입구 홀 대리석 바닥에 발을 내딛기도 전에, 한 남자가 정중히 나가라는 손짓을 했다.

"죄송합니다, 아가씨. 들어오시면 안 됩니다."

"모집 공고를 보고 왔어요."

남자는 당황한 듯했다. 그는 조심스럽게 오펠리의 흰 토가와 햇빛에 달아오른 피부를 보더니 그녀를 문턱으로 이끌었다. 그리고 맞은편의 공중을 가로지르는 거대한 다리를 가리켰다.

"아슈를 잘못 찾아오셨습니다, 아가씨. 이곳은 폴리데우케스 경의 비르투오소들이 있는 곳입니다. 아가씨께서는 헬레네 부인의 비르투오소들이 있는 곳으로 가셔야 합니다."

오펠리는 결국 발걸음을 옮겨야 했다. 샌들을 신은 발이 점점 더 아파오고 목덜미가 햇볕에 다시 타들어가기 시작했다. 폴의 궁정에도 이렇게 더운 이국적 환영은 없었다. 그녀는 대로처럼 길고 넓은 다리를 건너 쌍둥이 아슈에 도착했다. 웅장한 외관만 쏙 빼놓고 반대편에 있는 건물과 똑같이 지은 건물 같았다. 대리석은 원석으로, 스테인드글라스는 반투명 유리로 바뀌었다. 전체적으로 어떤 장식도 없었다. 로봇도 보이지 않았다.

바벨의 아슈가 가문 정령들의 이미지를 반영한 것이라면, 폴리데우케스는 탐미의 왕, 헬레네는 금욕의 여왕이었다.

이곳은 날씨마저도 맑지 않았고 오펠리는 어디선가 솟아난 구름 무리에 금세 휩싸였다. 뜨거운 수증기로 안경에 김이 서려 사무동 계단을 찾는 데 애를 먹었다.

헬레네의 비르투오소들을 위한 정문 위 표어는 폴리데우케스의 비르투오소들을 위한 표어와 달랐다.

지식 전달과 실천 역량

오펠리는 이번에는 쫓겨나지 않고 입구에 들어섰다. 접수 담당관이 말없이 그녀의 서류들을 살펴보았다. 그러더니 그녀를 시험장으로 데려갔는데, 그곳에는 남녀 지원자가 각자 책상에 앉아 몸을 숙이고 있었다.

담당관이 오펠리에게 필기도구를 주었다.

"'정의(定義)'의 다양한 정의를 찾아 쓰세요. 그것들 각각의 동의어를 찾고, 마찬가지로 그 동의어들의 정의를 옮겨 적으세요. 단순히 알파벳을 아는지 확인하는 간단한 시험입니다."

오펠리는 담당관이 내민 사전을 바라보았다. 그녀는 차라리 시원한 물 한 잔이 간절했다.

담당관이 시험장 문을 닫자마자, 남자가 젊은여자 책상 쪽으로 자신의 책상을 가까이 가져갔다.

"그래서 뭐라고 했었지?"

"엄마가 나를 억지로 여기에 보냈어." 여자는 식식대며 사전을 넘겼다. "나는 아무것도 바라지 않았어. 바라는 것은 아무것도 없고 항상 얌전히 하라는 대로 하는 아이야. 그리고…그리고…."

"그리고?" 남자가 부추겼다.

"그리고 우리 엄마는 오로지 스스로 공적을 쌓아서 시민이 되셨어. 이제는 내가 당신처럼 하기를 바라시지. 심지어 내가 더 잘하기를 바라셔. 엄마는 내게 비르투오소가 되어야 한다고 귀에 못이 박히도록 말씀하시면서도 나를 무능력자 취급 하셔. 그리고… 그리고…."

"그리고?"

오펠리는 집중력을 잃고 사전에서 눈을 들어 올렸다. 남자는 계속해서 책상을 움직여 옆에 앉은 여자에게 가까이 다가갔다. 그녀가 말하려는 것보다 더 흥미로운 것은 세상에 없다는 듯 여학생의 입술을 이글거리는 눈으로 바라보았다.

"이곳 생활이 무척 힘들다고 들었어." 조르지 않아도 여자는 순순히 말을 이었다. "밤낮으로 공부해야 하고, 절대 끝이 없다고. 열심히 할수록 기를 죽인다고. 사람들에게 무시당하는 데 질렸어. 아니," 여자는 불현듯 새로운 사실을 깨닫고 충격을 받은 듯 달라진 목소리로 덧붙였다. "엄마에게 질렸어. 내가 여기 있을 필요는 전혀 없어."

여자는 이렇게 말하고 종이를 구기더니 문을 쾅 닫으며 시험장을 박차고 나갔다. 의기양양하게 책상을 원위치로 가져간 남자는 오펠리의 황당해하는 시선을 느끼고는 그녀에게 손끝으로 키스를 날려 보냈다.

"나를 너무 나쁜 사람으로 보지 말아요, 미스. 우리 시험은 이제 시작되었잖아요, 안 그래요? 이게 바로 냉정한 경쟁의 법칙이죠."

"당신이 그녀에게 영향을 미친 거군요." 오펠리가 눈썹을 치켜올리며 이해했다는 듯이 말했다.

"전 파로스 출신이에요. 매혹이 우리 가문 능력이죠. 사람들이 자기도 모르게 속마음을 털어놓고 싶게 만들어요. 기를 죽이려는 건 아니지만요, 미스, 바벨을 통틀어 정보를 가장 잘 털어가는 사람이 바로 접니다. 이상적인 선각자죠!"

오펠리는 담당자가 그 남자를 부르는 소리를 듣고 안심했다. 자기도 모르게 그에게 호감을 품었는데, 그것은 그의 가문 능력이 가공할 만하다는 증거였다. 그가 지금처럼 능수능란하게 시험관들을 사로잡는 다면 자기는 승산이 별로 없을 것 같았다.

오펠리는 다시 사전을 보려 했지만 문제를 푸는 데 큰 어려움을 겪었다. 처음에는 메모리알의 스크레타리움에 접근할 방법이 아주 뚜렷해 보였다. 하지만 앙브루아즈와 파로스 가문의 남자가 자신을 향해 내비친 듯한 의혹이 영향을 미치기 시작했다. 자신이 바벨의 엘리트 집단에 들어가겠다고 나설 수 있는 사람인가?

오펠리는 산발이 된 곱슬머리를 하릴없이 매만졌다. 아무리 그래도 전지가위로 머리카락을 자르지는 말았어야 했는데.

담당자가 시험지를 걷은 뒤 오펠리를 새로운 시험장으로 데려갔다. 면접관 두 명이 덧창 사이로 들어오는 햇살을 받으며 웅장한 대리석 테이블 뒤에 앉아 있었다. 눈이 째진 남자 면접관은 인상이 강렬했다. 여자 면접관은 푸르스름한 시체처럼 낯빛이 창백했다. 두 사람 모두 폴리데우케스의 후손은 아니지만 겉모습만 봐도 바벨의 시민인 것은 확실했다.

"앉으세요."

면접관 중 한 명이 가리킨 테이블 맞은편의 의자는 다리가 X자 모양으로 교차된 스툴이었다. 오펠리는 앉으려다가 그만 의자를 넘어트렸다. 첫인상으로는 성공적이었다.

"이름이 뭐죠?"

"욀랄리입니다." 오펠리가 의자를 바로 세우며 답했다.

"증빙 자료가 있나요? 추천서나 업무 경력 같은?"

"없습니다."

오펠리는 아니마 박물관이나 폴 궁정에서 했던 일을 절대 언급할 수 없었다. 신의 감시를 피하기 위해 이곳에서는 욀랄리, 그저 욀랄리여야 했다. 그런데 욀랄리는 과거가 없었다.

"아가씨," 여자 면접관이 입을 열었다. "본파미유는 가문 능력을 완벽히 숙련하는 전문 기관입니다. 나이나 출신과 무관하게 지원을 받기는 하지만, 무능력자가 입학하는 일은 극히 드물죠. 우리를 설득할 수 있어야 합니다."

"지원자는 무능력자가 아닙니다."

자기 대신 남자 면접관이 답하자 오펠리는 깜짝 놀랐다. 그는 테이블 위에 손을 포개고 잉크처럼 까맣고 반짝이는 째진 눈으로 그녀를 응시했다.

"여러 가지 가문 능력이 융합되어 있습니다. 그런데 그 분포가 썩 고르진 않군요. 불안해하지 마세요." 그가 한결 부드러운 말투로 말했다.

알옹달루즈 출신의 공감자. 오펠리는 잘 모르는 가문이라 그들의 아슈가 지도 어디에 위치하는지 묻는다면 당황했겠지만, 한 가지 사실만은 알고 있었다. 이들은 다른 이의 능력에 감응하고 반응할 수 있는 힘을 지녔다. 오펠리는 뻣뻣하게 의자에 앉아 그 남자에게 자신의 속이 너무 보이지 않기를 바랐다.

"그럼 당신은 이중 혈통을 가졌네요." 여성 면접관의 추측에 오펠리는 안도했다. "보통 서로 다른 가문 능력이 조화를 이루는 경우는 극히 드물죠. 하지만 당신의 경우는 아닐 수 있겠군요. 지원자, 말해보세요. 어떤 면에서 스스로 훌륭한 선각자가 되리라 생각하죠? 어떤 능력을 지녔죠?"

오펠리는 면접관들 눈에 자신이 불리한 처지라는 점을 단번에 알아차렸다.

"아니마 능력이 저의 주된 가문 능력입니다."

"아니마인은 바벨에 흔치 않죠. 아무 물건에나 생명을 불어넣을 수 있나요?"

"특히 제가 잘 아는 물건들에요."

"망가진 것도 고칠 수 있나요?"

"제 안경은 며칠이면 고칠 수 있습니다."

"물건을 영원히 움직이게 할 수 있나요?"

"움직이게 할 수는 있지만, 영원히는 아닙니다."

두 면접관이 시선을 교환했다. 오펠리는 그 시선의 의미를 짐작할 수 있었다. 비르투오소가 될 일말의 기회라도 잡으려면 오펠리는 재능이라는 패를 꺼내야 했고, 그러자면 정체가 탄로 날 위험을 감수해야 했다. "선각자들은 정보 수집의 최고 전문가들이죠"라고 앙브루아즈가 말했었다.

"저는 읽는 여자입니다."

"읽는 여자군요." 여자 면접관이 따라 말했다. "알아요, 아니마 능력 가운데 특별히 그쪽으로 발달한 경우가 있다고 들은 적 있어요. 물건을 만지면서 '어떤 것들'을 감지한다는 거죠?"

말투로 미루어 여성 면접관은 이 가문 능력을 진지하게 고려하고 있지 않음을 오펠리는 알 수 있었다. 남자 감독관의 역할이 지원자들과 교감하는 것이라면, 여성 감독관의 역할은 지원자들에게 무심하게 구는 것이었다. 그녀의 푸르스름한 피부색은 셀레네인의 특징으로, 그들은 인간 개개인이 지닌 의식적인 힘과 무의식적인 힘을 제어하는 종족이었다. 그들에게 아부를 떨거나 그들을 구슬리고 매혹하려는 것은 쓸데없는 짓이었다. 셀레네인을 설득해야만 했다. 그 외엔 방법이 없었다.

오펠리는 안경을 고쳐 쓰고 시험장을 한 바퀴 둘러보았다. 간소한 가구들과 초록 식물들, 공기 압축 튜브들과 천공 카드 서랍이 눈에 들어왔다. 그리고 유리 진열장 속에서 반짝이는 트로피들에 시선이 멈추었다. 그 중 몇 개는 대단히 오래되어 보였다.

"이게 다 본파미유 소유인가요? 허락해주신다면 이 중 하나를 감정해보고 싶어요."

"그러시죠." 남자 면접관이 말했다.

"그럼 우리가 하나 골라드리죠." 여자 면접관이 구체적으로 말했다.

그들은 낡을 대로 낡은 금빛 트로피를 선택했다. 명패도 설명도 붙어 있지 않았다. 누가 무슨 이유로 받은 트로피인지 알 수 없었다.

완벽한 선택이었다.

오펠리는 장갑을 벗고 두 손으로 트로피를 잡았다. 다른 누군가의 의구심이 오펠리의 몸을 통과했다. 그 감정은 여자 면접관이 진열장에서 트로피를 잡을 때 느꼈던 것이었다. 순식간에 사라졌다. 시간을 따라 오펠리는 점점 더 과거로 거슬러 올라갔다. 트로피가 손에서 손을 거치는 감각이 전해졌다. 누군가 트로피를 본보기로 보여주기도 했고, 학교 운영진을 분노케 하려는 의도로 누군가 트로피를 훔치기도 했다. 아주 정성스럽게 문질러 광을 낸 손도 있었고, 화가 나 망가뜨리려는 손도 있었다. 그리고 갑자기 박수와 야유 소리가 터져 나왔다. 만족스러우면서 동시에 당혹스러운 감정이 느껴졌다. 그리고 군중의 귀에는 들리지 않게, 증오의 속삭임이 귓속에 흘러들었다. 넌 곧 잊힐 거야, 이 무능력자야. 오펠리는 트로피를 테이블에 내려놓고 두 면접관의 얼굴을 정면으로 바라보았다.

"성과를 인정받은 비르투오소에게 수여된 1등 상입니다. 여느 비르투오소가 아니라 무능력자 출신에게 주어졌죠. 오늘날 본보기로 언급되고 있지만, 수상 당시에는 큰 논란이 되었어요. 원래는 명패가 달려 있었고요." 오펠리가 트로피 받침대에 손가락을 갖다 대며 말했다. "라이벌이 질투를 이기지 못해 명패를 떼었죠. 명패에는 '분석 장비에 대한 이론 및 실험 연구의 탁월한 공로를 치하하며'라고 적혀 있었습니다."

두 면접관은 또다시 시선을 교환했지만 아무 말도 하지 않았다. 둘 다 너무도 무표정해서 오펠리는 자기가 그들에게 강한 인상을 남긴 것인지 아닌지 알 수 없었다. 오펠리는 사실 분석 장비가 무엇인지도 알지 못했다.

여자 면접관이 트로피를 제자리에 가져다둔 뒤 오펠리에게 만년필을 내밀었다.

"모든 지원자는 이 명부에 서명해야 합니다. 서명에 앞서 이 펜을 읽어주시기 바랍니다."

오펠리는 다시 끼려던 장갑을 꽉 쥐었다.

"제가 다른 지원자들에 관한 정보를 알려드리기를 바라는 건가요?"

"이게 마지막 시험입니다."

"저는 물건 주인의 동의 없이는 읽을 수 없습니다."

"저 트로피들과 마찬가지로 이 만년필 역시 본파미유 소유입니다." 여자 면접관이 진열장을 가리키며 말했다. "다를 게 없어요."

오펠리는 오래도록 만년필을 응시했다. 갑자기 덧창 사이로 빠져나온 햇살 한 줄기가 펜촉의 금장에 반사되고 있었다. 마지막 관문이었다.

오펠리는 장갑을 다시 꼈다.

"죄송합니다, 면접관님. 차이가 있습니다. 이 트로피들은 과거의 물건입니다. 트로피 주인의 미래가 제가 밝힌 정보에 달려 있지 않죠."

여자가 입술을 삐죽거리자 오펠리의 눈에는 창백하게 푸르스름한 피부 아래 핏줄이 그 어느 때보다도 도드라져 보였다. 구름에 가려 햇빛은 사라졌고 펜촉 위의 빛도 촛불처럼 꺼졌다.
"서명하고 나가세요, 아가씨."

"연락받을 주소를 남겨야 하나요? 현재 제가 묵고 있는 곳이라자…."

"그럴 필요 없어요." 여성 면접관이 말을 잘랐다.

'욀랄리'라는 이름을 지원자 명부에 서투르게 휘갈기는 동안 오펠리는 목이 메어왔다. 면접관들이 종이 한 장에 각자 점수를 매기고 통에 넣었다. 채점표는 공기 압축 튜브를 통해 다른 부서로 전달됐다.

오펠리는 시험장에서 나오자마자 근처 화장실로 뛰어 들어가 얼굴에 물을 끼얹었다.

다른 도리가 없었다. 이번에도 어김없이 직업윤리가 먼저였다. 오펠리는 방금 메모리알의 스크레타리움에 들어갈 단 하나의 기회를 놓쳐버렸다. '궁극의 진실'을 조사하고, 신의 정체를 밝혀내고, 토른을 찾을 수 있는 기회를. 도대체 누굴 배려하느라 전부 다 포기한 걸까? 경쟁자를 제거하기 위해 서슴지 않고 자기 능력을 사용한 다른 지원자를 위해서?

"미스 욀랄리?"

오펠리가 화장실을 나오자마자 젊은 여자가 오펠리에게 다가왔다. 제복을 보니 학생이었다.

"네?"

"저를 따라오세요, 헬레네 부인께서 면담을 원하십니다."

오펠리는 가문 정령을 잘 몰랐다. 스물 하나의 가문 정령 중에 겨우 두 명을 만난 게 전부였고, 두 번 다 잊지 못할 강렬한 기억으로 남았다. 헬레네 부인의 집무실에 들어선 오펠리는 이번에도 예외가 아니리라는 것을 알았다.

가문 정령이 앉은 의자는 문어발식 기계장치에 연결되어 있었다. 관절이 수십 개인 팔들이 선반 서랍을 열고, 화물용 엘리베이터 덮개를 들어 올리고, 공기수송관 속 내용물을 비우느라 윙윙대며 분주히 움직이고 있었다. 왼쪽에는 처리 대기 중인 우편물을 쌓고, 오른쪽에서는 처리된 우편물을 수거하였다. 그 과정은 단 한순간도 멈추지 않았다.

정교하게 조율된 기계 장치의 움직임에 놀란 가슴을 진정하고 난 후 처음으로 오펠리가 깨달은 사실은 헬레네의 모습이 도시에서 폴리데우케스 오른편에 웅장하게 서 있던 동상들과 하나도 닮지 않았다는 점이었다. 거대증이 코와 귀에서만 발현된 듯 유독 코끼리처럼 코와 귀가 컸다. 전반적으로 이 가문 정령에게서는 정상적인 신체 비율이라고는 찾아볼 수 없는 듯했다. 머리가 몸에 비해 너무 컸고, 손가락이 손에 비해 너무 길었고, 가슴이 상체에 비해 너무 풍만했다. 살아 움직이는 대형 풍자화 같았다.

헬레네가 서류에 소인을 찍고, 처리한 우편물을 정리하고 나서 자신을 향해 천천히 시선을 들어 올리자 오펠리는 속이 뒤집히는 것 같았다. 헬레네의 눈은 극도로 복잡한 광학 장치에 완전히 가려 있었다. 헬레네는 거미발처럼 가느다란 손가락으로 거대한 코 위에 겹쳐진 수십 개의 렌즈 가운데 두 개를 제거했다. 책상 옆에 서 있는 조그마한 방문객을 더 잘 보려고 그런 것 같았다.

오펠리를 안내한 학생이 문을 닫고 핸들 모양의 손잡이를 여러 번 돌렸는데, 안에서 금고를 잠그고 있다고 생각될 정도였다. 본파미유에 울리던 발걸음 소리, 큰 목소리와 문을 닫는 소리 등 수많은 갖가지 소음들이 그 즉시 세 배나 짙은 침묵에 묻혔다. 그제야 오펠리는 빛나는 조명 구슬들 덕분에, 이 방에는 창문이 하나도 없다는 사실을 알아차렸다. 천장에서 내려온 신기한 잠망경이 전부였다.

"오와르 아르페르."

순간 헬레네의 목소리가 방 안에 있는 모든 대리석과 금속에 울려 퍼졌다. 그 목소리가 어찌나 귀에 거슬리면서도 길게 늘어지고 음울하던지 오펠리는 순간 헬레네가 영혼을 불러내려는 건 아닐까 싶었다.

"무능력자들이 아직 성(姓)을 가지고 있던 시절이었죠." 헬레네가 각각의 음절을 하나하나 분명히 발음하며 말을 이었다. "오늘날 그들 모두 망각 속으로 사라졌어요. 단 한 명, 하퍼를 제외하고요. 무척이나 기억력이 나쁜 나조차도 그 이름만큼은 기억하죠. 아가씨, 당신도 하퍼를 아나요?"

"아니요, 부인." 오펠리가 당황하며 답했다.

이 대화는 오펠리를 어디로 이끄는 걸까? 모든 지원자들이 거치는 일반적인 절차일까?

"하워드 하퍼는 지금 당신이 서 있는 이 공간을 세우는 데 이바지했어요." 헬레네가 의자의 등받이에 묵직한 몸을 기대며 말했다. "그가 있기 전에 이 작은 아슈는 구름에 뒤덮인 정글이었어요. 비르투오소 고등교육원은 단 한 곳, 바로 내 쌍둥이 남자 형제와 그의 소중한 자손들을 위한 고등교육원뿐이었죠. 나는 한 번도 아이를 가진 적이 없어요. 모든 가문 정령들 가운데 내가 유일하게 불임인데… 그게 나의 유일한 결점은 아니죠."

헬레네가 더욱더 귀에 거슬리는 목소리로 자조적으로 덧붙였다. "하워드 하퍼는 내게 다른 길을 보여주었어요. 그는 내가 처음 후견한 사람이었죠."

"트로피." 오펠리가 웅얼거렸다.

헬레네가 겹겹이 포개진 렌즈 너머로 오펠리를 바라보았다. 수많은 렌즈 뒤에서 별처럼 머나먼 흐릿한 금빛 시선이 반짝였다.

"트로피, 맞아요. 약간의 교양만 있었어도 그 주인이 누구인지 바로 알았을 텐데. 아가씨가 감정한 내용이라며 주장하는 것을 여기서 들었는데, 실망스러울 정도로 불완전해 보였어요. 역사적으로 무지하고, 어느 시기인지도 모르고, 일관성 없는 일화들이 었어요. 그 가문 능력은 흥미로웠지만 당신은 참 무지하더군요. 만년필을 읽으라고 한 면접관의 함정에 빠졌다면 여기 이 방에 올 일은 없었을 겁니다."

오펠리는 등 뒤로 깍지 낀 손을 세게 쥐었다. 살면서 온갖 모욕을 겪어봤고, 더 가혹한 말들도 들었지만 이번엔 유독 마음에 꽂혔다. 읽기는 자기가 가진 유일한 재능이었다. 능력에 대한 비판을 받자 내면에 있는지도 몰랐던 자존심이 발끈했다.

"부인, 저는 이곳 출신이 아닙니다. 제가 알 수는 없었…."

헬레네는 짜증이 난 듯 행동했다. 그녀의 거대한 손가락들이 일으킨 바람에 책상 위의 종이가 모두 날아갔다.

"당연히 알았어야죠. 그게 아마추어와 프로의 차이입니다.

그런 가문 능력을 지니고도 무지한 것은 용납할 수 없는 잘못입니다. 그런 무지를 손보는 게 내 역할이죠."

오펠리는 점점 더 세게 맞잡고 있던 손을 풀었다.

"저를 비르투오소 후보로 받아주시는 건가요?"

헬레네의 기계 팔 하나가 서랍을 열어 종이를 꺼내고는 오펠리에게 내밀었다. 고등교육원의 정식 등록 서류였다. 헬레네의 입술이 식인귀 같은 미소로 벌어지자 어마어마하게 많은 치아가 드러났다.

"본파미유에 온 걸 환영하지는 않겠어요. 지금부터 3주 뒤에 당신이 여전히 우리와 함께 있다면 그때 인사를 건네도록 하죠. 선각자가 되려면 그 전에 따라잡아야 할 게 아주 많을 겁니다."

전통

오펠리는 앙브루아즈에게 좋은 소식을 빨리 알리려 서두르다 사무동 계단에서 미끄러졌다. 구름바다는 소나기로, 계단은 폭포로 바뀌었다. 햇빛 아래에서도 이미 강렬했던 식물 냄새는 빗속에서 더 강하게 풍겼다.

"어디 가는 거지, 수습생?"

오펠리는 차양 유리 아래 계단 꼭대기에 서 있는 실루엣을 향해, 물방울로 얼룩진 안경을 들어 올렸다. 헬레네의 집무실까지 오펠리를 안내했던 학생이었다. 프록코트의 늘어진 옷자락이 은실이 수놓인 깃발처럼 강풍에 나부꼈다. 학생은 사무동과 맞닿아 있는 아치형 회랑을 손가락으로 가리켰다.

"우리는 저기로 가야 해. 고등교육원의 모든 부속 건물은 회랑으로 연결되어 있지. 거기선 비를 피할 수 있어."

"나는 도시로 돌아가야 해요." 오펠리는 순식간에 비에 젖은 토가를 입은 채로 말했다. "마지막 버드트램을 놓치고 싶지 않거든요."

"따라와. 첫 번째 평가를 받아야 하니까. 그게 전통이야.

포석들 위로 요란하게 떨어지는 비가 학생의 목소리도 형체도 집어삼켰다. 오펠리는 마음을 단단히 먹고 흘러내리는 물살을 가르며 계단을 올라가야 했다.

"지금요? 하지만 전 이제 막 입학 허가를 받았는데요."

"수습 기간이 시작됐어. 앞으로 3주 동안 헬레네 부인의 특별 허가 없이는 고등교육원을 떠날 수 없어. 떠나면 포기한 걸로 간주되고, 두 번 다시 기회는 없을 거야. 그래도 집에 돌아가고 싶다면," 학생이 발걸음을 돌리며 말했다. "아무도 널 붙잡지 않을 거야."

오펠리는 학생을 쫓아 회랑을 걸었다. 기뻐할 틈도 없이 마음이 가라앉았다. 앞으로 3주 동안 이 작은 아슈에 머물러야 한다고? 그동안 메모리알 스크레타리움에서 조사를 해볼 수는 없을까?

그럼 앙브루아즈는? 젖은 토가 자락의 물기를 짜는데 문득 그가 생각이 났다. 자신이 돌아오지 않으면 걱정하지 않을까?

"감옥이 따로 없네요."

"어?" (학생은 오펠리가 자기 뒤에 있어서 놀라기라도 한 듯 엉거주춤 돌아보았다.) "수습생, 네가 동의서에 서명했잖아. 헬레네 부인께서 네게 거처를 마련해주시고 미래를 열어주시는 거야. 대신 넌 전통대로 군말 없이 지시를 따라야 하고."

오펠리는 서명하기 전에 동의서를 더 유심히 읽었어야 했다고 생각했다. 그녀는 안경의 물기를 닦고 긴 다갈색 머리카락 사이로 드러난 학생의 옆모습을 살펴보았다. 창백한 낯빛, 반쯤 감긴 눈꺼풀, 굳어 있는 듯한 눈썹, 눌린 듯한 코, 생기 없는 입술. 학생의 얼굴은 목소리만큼이나 덤덤했다. 덤덤한 얼굴에 폭죽이 터진 것처럼 주근깨가 퍼져 있었다. 크고 마른 몸은 벨트가 달린 프록코트를 걸친 탓에 더욱 가냘파 보였다. 오펠리와는 정반대였다.

"당신도 수습생인가요? 이름을 알려주지 않아서요."

"어?" 학생이 꿈에서 막 깬 듯했다. "난 엘리자베스야. 오늘부터 우리 둘은 라이벌이지. 철천지원수라고."

이어지는 적막 속에서 오펠리는 아치형 회랑 유리창에 부딪히는 빗소리를 들었다.

"농담이야." 엘리자베스가 몇 걸음 가서 말했다. "난 비르투오소 후보야. 수습생보다 위지. 우리는 라이벌도 적도 아니야. 난 선각자단 제2분과를 책임지고 있어. 궁금한 거 있으면 내게 물어봐. 아, 참, 축하해."

엘리자베스는 무덤덤한 목소리와 웃음기 하나 없는 얼굴로 말했다. 아름다운 바벨 특유의 억양도 아무 소용 없었다.

"엘리자베스, 비밀이 아니라면 당신의 가문 능력이 뭔지 말해줄 수 있나요?"

"어? 난 능력이 없어."

오펠리가 눈썹을 치켜올렸다.

"무능력자는 이곳에 극히 드물다고 들었어요."

"현재는 내가 고등교육원에 뽑힌 유일한 무능력자지. 내 전에는 딱 두 명, 하워드 하퍼와 라자뤼스가 있었어."

"로봇을 만든 라자뤼스 말인가요? 그가 비르투오소가었는지 몰랐어요."

'아니, 그렇다기보다는 앙브루아즈가 깜빡하고 말하지 않은 거겠지.' 오펠리는 속으로 정정했다. 이내 새로운 궁금증이 들었다. 앙브루아즈는 아버지가 본파미유 출신인데 왜 자기가 본파미유에 들어가는 것을 말리려고 했을까?

"모두가 알고 있을걸. 선각자라면 더더욱. 서두르자, 수습생."

오펠리도 서두르고 싶었지만 둘 중 걸음이 느린 사람은 엘리자베스였다. 그녀는 외투에서 수첩을 꺼내 메모를 휘갈기려고 계속 걸음을 늦췄고, 결국 그것을 이를 악물고 중얼거리며 항상 지워버리곤 했다. 정말로 특이한 학생이었다.

머지않아 오펠리는 엘리자베스 혼자만 그러는 게 아님을 확인했다. 한 무리의 삭발한 키클롭스인들이 목청이 터져라 물리 공식을 되뇌며 회랑의 천장 위를 달리고 있었다. 젊은 토템인 하나가 책에 코를 박은 채 오펠리 앞으로 걷고 있었고, 모기 떼가 그녀 주변을 윙윙거릴 뿐 물지는 않았다. 약간 실성한 듯 히죽거리며 손가락 사이로 전기 불꽃을 튀기는 노인도 있었다.

이 사람들 모두 감색과 은색이 섞인 같은 제복을 입고 있었다. 그렇다면 모두 비르투오소가 되기를 바라는 사람들일까?

엘리자베스는 압도적인 규모의 건물로 이어진 계단을 올라갔다. 완전히 수직으로 지어진 건물이 아슈 끝에 서 있었는데, 돌로된 성벽은 날개처럼 펼쳐져 하늘과 땅 사이 경계를 이루었다. 건물 정면에는 거대한 코끼리 머리 조각들이 박혀 있었고,

그 근엄한 표정은 도무지 웃음을 유발할 만한 게 아니었다.

"여긴 생활관이야." 엘리자베스가 수첩에 새로운 메모를 휘갈기며 말했다. "여기서 먹고, 자고, 씻고, 잡일을 하게 될 거야. 너 대신 청소해줄 로봇이 있을 거라고 기대하진 마. 폴리데우케스 경의 후손에게는 각종 로봇이 있지만 헬레네 부인은 모든 일을 우리가 직접 하는 걸 중시하거든."

오펠리는 고개를 너무 쳐들어서 목이 꺾일 지경이었다. 생활관은 메모리알과 똑같이 설계되었지만 규모는 훨씬 작았다. 넓은 아트리움을 중심으로 각 층이 행성 고리처럼 둥글게 뻗어 있었다. 바닥과 벽과 천장 모두가 방으로 꾸며져 있었다. 위쪽에 있는 수습생들은 거꾸로 매달린 채 수사학 문제를 두고 토론을 하는 중이었고, 아래쪽의 수습생들은 과제에 집중할 수 있도록 조용히 해달라고 요구하고 있었다. 수직 복도를 따라 세탁물 수레를 끌고 다니는 수습생들도 있었고, 실습 전용 공간에서 불가사의한 실험을 하는 수습생들도 있었다. 세계 곳곳의 억양이 울려 퍼지며 건물 전체가 벌집처럼 웅웅거렸다.

오펠리는 가슴이 죄어왔다. 이 시간에, 이 장소에서조차, 오펠리는 자기도 모르게 이들 가운데서 가장 크고 가장 과묵한 사람을 찾고 있었다. 토른도 어쩌면 자신과 정확히 같은 길을 걸었던 걸까? 그도 메모리알의 배후에 침투하기 위해 본파미유를 이용했던 걸까?

"고등교육원에는 비르투오소들이 많나요?" 오펠리가 엘리자베스에게 물었다.

"어? 응, 그런 편이지. 선각자단, 서기단, 필경사단, 수호자단 그리고 그 밖에도 여러 단체가 있어. 각 단체는 두 분과로 나뉘어 있지. 이곳에는 헬레네의 피후견인들이 있고, 저곳에는 폴리데우케스 경의 후손들이 있지."

엘리자베스는 마지막 말을 강조하듯 장대 같은 빗줄기 사이로 이웃 아슈의 절벽이 어렴풋이 보이는 큰 발코니를 가리켰다.

"같은 걸 배우는데 왜 떨어져서 지내죠?"

"그게 전통이니까."

오펠리는 고등교육원 학생들이 '전통이니까'라는 말을 할 때마다 보너스를 받는 건 아닐까 싶었다. 엘리자베스는 몽롱한 얼굴로 연필에 달린 지우개를 씹으며 멍하니 수첩의 메모를 보고 있었는데, 그녀가 발걸음을 옮길 때마다 긴 머리칼이 일렁였다. 거꾸로살롱 실험 부스에서 연기와 비명이 터져 나왔지만 엘리자베스는 조금도 동요하지 않았다. 엘리자베스는 대화를 하고 싶은 마음이 별로 없어 보였다.

오펠리는 그렇지 않았다.

"메모리알에 붙은 안내문을 보고 여기 오게 됐어요. 독서 그룹을 위한 선각자들을 구한다는 공지였죠. 선각자에 지원하고 싶어요. 제 분야라는 확신이 들거든요."

엘리자베스가 오펠리를 삐딱하게 쳐다보았다. 발걸음을 멈추고 더는 연필도 씹지 않았다. 흐렸던 눈빛에서 화살이 뚫고 나올 것 같았다.

"네가 느낀 확신은 다 버려." (목소리마저 변해 있었다. 갑자기 떨리듯 울리고, 진심이 담긴 어조였다.) "네가 뭔데 우리의 대의를 그토록 가볍게 말하는 거지? 네 재능은 아직 휘어진 막대에 불과해. 곧게 펴야만 쓸 수 있지. 앙리 경의 독서 그룹에 들어가려면 숙련된 기술이 필요해. 네 손은 아직 그걸 갖추지 못했고, 어쩌면 평생토록 갖추지 못할지도 몰라."

오펠리는 장갑에서 끽끽 소리가 날 정도로 세게 주먹을 쥐었다. 직업적 자존심을 건드리는 말을 들은 것이 오늘만 두 번째였다. 그리고 오펠리는 자존심은 꽤 센 편이었다. 떠들썩한 교정 한가운데서 엘리자베스는 수첩 너머로 오펠리를 계속 관찰했다. 그녀의 시선에는 호의도 적의도 없었지만 그녀는 마치 오펠리가 격분하며 반응하기를 기다리기라도 하는 듯했다.

오펠리는 숨을 고르고 꽉 쥔 두 주먹을 폈다. 오펠리는 이제 이해가 됐다. 좋은 시민이라면, 더구나 비르투오소라면 자신을 개별적 존재로 만들어주는 것에 매달려선 안 된다. 공동체의 이익이 개인의 자부심보다 우선시되었다.

"당신 말이 맞아요. 내 주변의 세상을 알아가면서 내가 얼마나 세상에 대해 무지했는지 깨닫고 있죠."

절반쯤 감겨 있던 엘리자베스의 눈꺼풀이 조금 더 내려앉았고, 오펠리는 그녀의 내리깐 눈 사이로 흡족해하는 기색을 본 듯했다.

"고백을 들었으니 나도 비밀 하나 말해주지. 나도 자존심이 있어. 난 도시를 아끼고, 메모리알을 아끼고, 본파미유를 아껴. 다들 나처럼 헌신적이기를 바라곤 해. 또 그들도 내 일을 존중하길 바라."

"그럼 혹시 독서 그룹에서 일하세요?"

엘리자베스는 오펠리의 안경에 수첩을 바짝 갖다 댔다. 숫자들과 글자들이 두서없이 빼곡히 적혀 있었다.

"알고리즘, 함수, 반복 구조, 조건문." 엘리자베스가 해석해주었다. "독서 그룹이 나를 위해 일하지. 난 새로 도입할 장서 목록 개발을 담당하고 있어. 독서 그룹은 내가 앙리 경을 위해 만든 데이터베이스를 부호화하지. 메모리알의 고대 문서는 대부분 날짜도 없고 진위도 파악되지 않아서 결국 우리가 완벽하게 감정해야 해. 요즘에는 앙리 경이 이 수천 가지 정보들을 효과적으로 처리하도록 천공 카드 시스템을 손보고 있어."

오펠리는 자기도 모르게 시선을 떨구었다. 갑자기 한없이 겸손해졌다. 엘리자베스는 자신과 또래일지 몰라도 나이로는 잴 수 없는 만큼 앞서 있었다.

"레이디 셉티마께서 너를 3주 동안 준비시킬 거야." 엘리자베스가 말을 이었다. "시키는 대로 정확히 하면 손짓 눈짓 하나까지 따르기만 하면 우리 대열에 합류할 기회를 얻게 될지도 모르지."

"레이디 셉티마." 오펠리는 이 이름을 기억하려고 되뇌었다. "앙리 경이 독서 그룹의 책임자라고 생각했었어요."

표정 하나 없던 엘리자베스의 얼굴에, 어울리지 않는 미소가 어색하게 비틀려 올라갔다.

"그럴 리가. 앙리 경은 로봇이거든. 절대 스크레타리움을 떠나지 않지."

오펠리는 바벨에서 로봇은 온전한 사회 구성원으로 받아들여졌고 그중 일부는 경으로 불린다는 사실에 익숙해져야 할 것 같았다. 그녀는 스크레타리움에 들어가는 방법을 물으려다가 입을 다물었다. 지나친 호기심은 결국 의심을 사게 마련이고, 오늘 오펠리는 조심성이 부족해도 너무 부족했다.

"고마워요." 질문 대신 감사 인사를 했다.

엘리자베스는 어깨를 으쓱하더니 아트리움 한가운데 있는 게시판 쪽으로 발걸음을 옮겼다. 기계 팔이 분필로 글자를 적는 중이었다.

욀랄리 수습생은 국제가문 강당으로 오기 바랍니다.

"너무 여유를 부렸나." 엘리자베스가 말했다. "진작 제복으로 갈아입었어야 했는데. 서두르자." 엘리자베스는 전혀 서두르지 않고 덧붙였다.

그녀는 오펠리를 생활관 탈의실로 데려가 그녀에게 맞는 제복을 찾아주고 기계식 칸막이를 펼쳤다. 셔츠, 프록코트, 바지, 부츠에는 여밈 장치가 너무 많아서 오펠리는 언제 다 입을지 감도 잡히지 않았다. 프록코트 단추를 잠그자 숨을 쉴 수 없었다. 통통한 몸에는 여유를 주지 않는 복장이었다.

엘리자베스는 감색 소매에 차고 있던 은색 장신구를 오펠리에게 보여주었다.

"견장에 특별히 신경 써야 해. 비르투오소 수습생은 한 줄짜리 견장을 달아. 1등급 후보는, 나처럼 두 줄이지. 2등급 비르투오소 후보는 세 줄이고. 고등교육원에서 1년을 보낼 때마다 줄이 하나씩 늘지."

오펠리는 오래 머무를 생각은 없다는 말은 굳이 하지 않았다. 메모리알 스크레타리움에 들어가게 되거나 토른의 흔적을 되찾게 된다면, 최상의 경우 두 가지 모두를 달성하면 떠날 계획이었다.

오펠리는 끝도 없이 긴 부츠 끈을 맸다. 엘리자베스의 부츠는 발목 부분에 두 개의 작은 은색 날개 장식이 달려 있었다.

"선각자들의 상징이야. 3주의 수련 기간을 마친다면 너도 날개를 받을 거야."

'혹시 마친다면.' 오펠리는 토른의 시계를 프록코트 주머니에 넣으며 생각했다. '마칠 때가 아니라.'

"저는 어떤 시험을 보게 되나요?"

"어? 아, 갖가지 테스트를 치러야 해. 꽤 괴로울걸. 많은 지원들이 못 버텼거든. 아주 드물긴 하지만 목숨을 잃기도 해." (엘리자베스는 오펠리의 코에 걸쳐진 안경이 노랗게 질리는 모습을 보며 눈꺼풀을 살짝 들어 올렸다가 태연히 덧붙였다.) "농담이야. 이제까지 사망자도 부상자도 없었어. 일종의 게임이라고 생각해."

오펠리는 지금껏 긴가민가했는데 이번에 확실히 알았다. 자신의 심장박동은 엘리자베스의 유머 코드와 전혀 맞지 않았다.

벨트 고리를 잠그고 마침내 준비를 마치자 목이 메어왔다.

오펠리는 하루 종일 그 생각을 떨치려 노력했고, 앞으로 익혀야 하는 새로운 것들에 집중하려고 애썼다. 이 이상한 옷을 걸치고 나자 더는 생각을 억누를 수 없었다. 갑자기 몸속에서 솟구치는 감정을 억누르기 위해 심호흡을 했지만, 트램에 가방과 함께 목도리가 딸려 가던 장면이 계속 떠오르는 것을 어쩔 수 없었다. 운명이 왜 하나는 돌려주고, 다른 하나는 빼앗아 간 걸까?

"따라오고 있지, 수습생?" 엘리자베스가 기계식 칸막이를 다시 접으며 말했다. "내가 시험장으로 안내할게."

"가고 있어요."

오펠리는 목소리를 가다듬기 위해 헛기침을 했다. 감정에 휘둘리는 것은 용납할 수 없는 사치였다. 온 신경을 집중해서 시험에 합격해야 했다.

엘리자베스는 오펠리를 국제가문 강당 앞에 데려다주었다. 100여 명은 족히 수용할 수 있는 반원형 강당으로 좌석은 계단식이었다. 수습생 한 명을 위한 시험치고는 자리가 너무 많았다. 토가를 입은 한 남자가 오펠리를 맨 앞줄로 데려갔고, 그곳에는 미리 필기구가 준비되어 있었다.

"전통입니다." 남자는 딱 한마디만 했다.

오펠리는 첫 문제부터 막혔다. 절대적이고 상대적인 연대 측정 방식을 아는 대로 나열하시오. 다른 질문도 마찬가지였다. 점점 수준 높아지는 역사 개념과 방법론에 관한 문제들이 여러 장에 걸쳐 빼곡했다. '일종의 게임이라고 생각해.' 확실히 카드 게임과는 거리가 멀었다. 전날 밤샘의 여파가 슬슬 나타나기 시작했고, 텅 빈 배 속에서 나는 꼬르륵 소리가 강당 안에 민망하게 울려 퍼졌다.

오펠리가 자신의 깊은 무지에서 벗어나지 못한 채로 결국 시험지를 제출하자, 토가를 입은 남자가 따라오라고 지시했다. 오펠리는 우아한 실험실로 들어갔고, 그곳에 있던 노파가 오펠리에게 제복을 벗으라고 요구했다. 오펠리가 그토록 애를 써서 입었던 제복을. 그리고 머리끝부터 발끝까지 꼼꼼하게 관찰하고 혓바닥까지 살펴보았다. 노파가 오펠리에게 한번은 오른손으로, 한번은 왼손으로 여러 가지 동작을 해보라고 지시했고, 오펠리는 어리둥절했다.

"전통입니다." 노파가 말했다.

노파는 오펠리에게 기존 제복보다 더 소박하고 넉넉한 옷을 새로 건네며 준비가 되면 곧바로 바깥의 스타디움으로 가라고 권했다.

날이 저물었다. 오펠리가 도착했을 때는 벌써 깜깜하고 습했다. 오펠리는 트랙을 열다섯 바퀴 뛰라는 지휘관의 명령에 귀를 의심했다.

"전통입니다."

아니마에서는 수영, 춤, 등산 정도가 유일한 스포츠였고, 오펠리는 그 어떤 운동도 해본 적이 없었다. 겨우 한 바퀴 뛰었는데 폐가 터질 것 같았다. 옷과 머리카락이 몸에 달라붙어 옷을 입고 욕조에 들어간 기분이었다. 비가 멈추었고, 운동장은 개구리들로 가득한 거대한 늪이 되었다. 오펠리는 지휘관의 못마땅해하는 시선을 받으며 결리는 옆구리를 붙들고 다리를 절면서 달리기를 끝마쳤다. 지휘관은 아무 말 없이 오펠리에게 제복을 건네고 그저 시험이 종료되었음을 선언했다.

오펠리는 회랑의 아치마다 매달린 초롱불을 따라 걸었다. 안경에 부딪히는 나방들엔 신경 쓸 겨를도 없었다. 몸을 씻고 식사를 하고 싶은 마음이 간절했지만 생활관에 도착하자 아트리움을 가득 메운 고요함에 귀가 먹먹해졌다. 모두 한참 전에 잠자리에 든 것이었다.

트랜센디움으로 접어들자 땅에서 수직으로 서 있던 몸이 땅과 수평을 이루었다. 피로 때문에 중력을 거스르며 겨우 버티는 기분이 들었다. 마치 언제든 벽에서 떨어져 바닥으로 내팽개쳐질 것만 같았다.

어디로 가야 할지 몰라 거꾸로살롱을 헤매던 오펠리는 둥근 천장으로 새어 들어오는 별빛 바로 아래의 꼭대기 층에 다다랐다. 그곳에 하나 있는 원형 복도에는 문이 여러 개 있었다. 각각의 문에 달린 연철 문패에는 단체의 이름이 적혀 있었다.

오펠리는 '선각자' 문패가 달린 문을 열고 들어갔다.

깜깜한 어둠 속에서 침대에 몇 번이나 부딪혔고, 그때마다 졸린 목소리로 투덜대는 소리가 터져 나왔다. 한참 뒤에야 빈 침대 하나를 간신히 찾았다. 오펠리는 의자라고 생각되는 물건 위에 제복을 올려두고 어둠 속에서 부츠 끈을 풀었다. 꼬르륵 소리에 공동 침실에 있는 학생들이 모두 깨지 않기를 바랄 뿐이었다.

오펠리가 침대에 눕자마자, 어둠 속에서 숨죽인 웃음소리가 들려왔다. 침대에 매트리스가 없었다.

'그러면 그렇지.' 오펠리는 토른의 시계를 꽉 쥐며 생각했다. '전통이겠지.'

소문

오펠리는 온전한 옛 세계의 상공에서 구름 위를 뛰어다녔다. 발아래로 펼쳐진 옛 세계의 도시에도, 숲에도, 바다에도 눈길도 주지 않고 오직 하늘을 날아다니는 버드트랩를 잡으려고 애쓸 뿐이었다. 전차 문틈에 낀 목도리와 창 너머로 보이는 익숙한 형체가 눈에 들어왔다. 토른의 실루엣이었다. 그녀가 막 버드트랩을 따라잡으려는 찰나 발아래 구름들이 낑낑대기 시작했다.

오펠리는 잠들 때 깜박하고 벗지 않아 찌그러진 안경 너머로 한쪽 눈을 살짝 떴다. 낑낑대는 것은 구름이 아니라 침대 밑판의 스프링들이었다. 눈을 여러 번 깜박인 뒤에야 자신이 어디에 있고, 왜 거기에 있는지 떠올렸다. 푹푹 찌는 날씨였다. 창을 통해 들어온 환한 아침 햇살이 생활관을 가득 메웠다. 들보 구조가 그대로 보이고, 뜨거운 돌에서 나는 진한 냄새, 연철 가구들, 유일하게 사생활을 지켜주는 칸막이가 전부인 간소한 공간이었다. 공동 침실에는 아무도 없었기에 오펠리는 칸막이도 필요 없었다. 지난밤에 부딪혔던 침대들은 책상으로 대체되어 있었다.

종이 울렸지만 오펠리는 듣지 못했다. 사실 그녀 귀에 들리는 종소리는 두개골 안에서 울리는 소리가 전부였다. 그 소리를 멈추려면 커피가 한 주전자는 필요할 것 같았다.

오펠리는 등뼈 마디마디가 항의하는 요란한 소리를 들으며 침대 밑판 스프링에서 힘겹게 몸을 빼냈다. 스스로가 볼트를 하나씩 빼낸 뒤 되는대로 재조립한 로봇처럼 느껴졌다.

의자에 놓았던 제복이 사라진 것을 보고도 별로 놀라지 않았다. 아마도 매트리스를 슬쩍 감추는 게 재미있다고 생각한 자들이 또 벌인 짓일 것이다.

'나는 베르닐드의 하인이었고, 파루크의 장난감이었고, 멜키오르 남작의 먹잇감이었어.' 오펠리는 하품을 하며 생각했다. '유치한 장난에 기죽을 내가 아니지.'

오펠리는 굳은 진흙투성이 체육복을 입은 채로 벽에 매달린 줄을 잡아당겼다. 톱니바퀴가 돌아가는 소리와 함께 침대가 올라가서 벽 안의 움푹한 공간에 완벽히 들어갔고, 그 자리에는 정교한 접이식 책상이 펴졌다. 책장을 넘길 때마다 그림이 입체적으로 펼쳐지는 팝업북 같았다. 침대로 고생하지만 않았다면 기계장치에 감탄했을 터였다.

생활관의 나머지 공간도 선각자들의 공동 침실처럼 텅 비어 있었다. 남은 시리얼로 끼니를 때운 구내식당에서도, 새 제복을 찾은 탈의실에서도, 대충 비누질을 한 공동 샤워실에서도 마주친 사람이 없었다. 오펠리는 게시판을 보았지만 기계 팔이 분필로 써놓는 안내 메시지는 어디에도 없었다. 그녀는 자신이 다른 장소에 가 있어야 했다고 거의 확신했지만, 어디로 갔어야 했는지는 알지 못했다.

정보 전문가로서 그럴싸한 시작이었다.

오펠리는 산책로를 따라 걸으며 붙잡고 물어볼 사람을 찾아 헤매고 있었지만 앙브루아즈 생각을 떨칠 수 없었다. 자기 소식을 기다리며 아버지가 만든 로봇들 사이에 홀로 있을 모습이 그려졌다. 그는 그녀가 세상에서 가장 배은망덕한 사람이라고 생각했을 것이다. 은혜를 베푼 사람을, 더 나은 후원자가 나타나면 미련 없이 버릴 얌체 같은 사람 말이다. 거리가 너무 멀 수도 있겠지만 잠깐이라도 그에게 다녀오기 위해 거울을 통과하고 싶었다. 하지만 본파미유에서는 아직 거울을 발견하지 못했다. 헬레네가 학생들의 허영심을 자극하지 않으려고 무척 신경을 쓴 듯했다.

사실 이 상황이 그렇게 나쁜 것만은 아니었다. 아무리 거울을 통과하고 싶은 마음이 크다고 해도 자기가 거울로 드나드는 여자인 것을 들키지 않는 편이 나았다. 읽는 여자로서의 재능을 드러내면서 이미 충분히 위험을 감수했던 것이다.

오펠리는 결국 전날 시험을 치렀던 강당에서 다른 비르투오소 수습생들을 찾아냈다. 강당이 너무 조용해 문을 여는 순간에는 아무도 없는 줄 알았다. 강단에 교사는 보이지 않았지만 학생들 모두 무언가를 적느라 여념이 없었다. 하나같이 헤드폰을 끼고 있었다. 그녀가 최대한 덤벙대지 않으며 위쪽 계단의 빈자리를 찾는 동안 펜을 멈추고 고개를 드는 이는 없었다.

자리에 앉은 오펠리는 모든 칸에 라디오가 붙어 있음을 알아차렸다. 헤드폰에서 소리가 나지 않아 버튼들을 돌려보았지만 여전히 아무것도 들리지 않았다. 주변 학생들에게 기계 사용법을 묻자, 그들은 조용히 하라고 손짓했다. 그녀는 포기하지 않고 주파수 변경 버튼을 찾아내 방송을 들을 수 있었다. 주파수별로 다른 수십 개의 방송이 나왔다. 이 도시의 각 아카데미에서 실시간 녹음한 전문 강의들이었다. 그중 어떤 것을 자기가 들어야 할지 도대체 알 수 없었다.

오펠리는 라디오에 더 이상 매달리지 않고 소리를 죽였다. 조사를 하러 바벨에 왔지 공부하러 온 것이 아니었다.

오펠리는 지나치게 꽉 끼는 프록코트를 벗어 던지고 싶은 마음을 억누르면서 이미 목을 타고 흘러내리는 땀줄기를 닦았다. 앞에 앉아 있는 수습생 하나하나 차례로 살폈다. 토른이 그들 가운데 없다는 게 전혀 놀랍지 않았다. 추측한 대로 토른이 자기보다 앞섰다면 비르투오소 후보 중에서 그를 찾을 수 있을지도 몰랐다. 제복 견장으로 보아 이 강당에는 비르투오소 후보가 한 명도 없었다.

오펠리는 강당이 쥐 죽은 듯 조용하다고 생각했지만 그렇지는 않았다. 종이 위로 펜이 움직이는 소리, 헤드폰에서 나는 윙윙 소리, 밖에서 들리는 매미 울음소리 너머로 속삭이는 소리가 들렸다. 오펠리가 앉은 계단 한 줄 아래에서 나는 소리였다. 수습생들은 서로를 향해 몸을 숙이고 있었는데 때때로 긴장한 옆얼굴이 살짝 보였다. '메모리알'이라는 단어가 갑자기 들리지 않았다면 오펠리는 그들에게 별 관심을 보이지 않았을 것이다. 오펠리는 라디오를 꺼버리고 헤드폰을 낀 채 눈에 띄지 않게 책상 쪽으로 몸을 숙였다.

그들은 모두 바벨의 억양과 무척 다른 억양으로 말했는데, 그 또한 노래처럼 들렸다.

"예감이 안 좋았어. 내가 어제 말했지?"

"조용히 해. 그건 우리 다 똑같이 느꼈거든. 문제는 누가, 언제, 무슨 일을 저지를지 예측했어야 했는데 아무도 예측하지 못했다는 거야."

"그렇게 심각한 일은 아니겠지? 그냥 소문이잖아. 소문은 항상 과장된 법이고."

"아, 시*? 그럼 왜 오늘 수업이 전부 취소됐는데?"

"난 불만 없거든. 이제는 책만 보면 구역질이 나니까."

"로봇이 누군지 잊었구나." 수습생은 '라밧'이라고 발음했지만 점점 더 책상 위로 몸을 숙이며 엿듣던 오펠리는 그 로봇이 앙리 경을 암시한다는 것을 곧바로 눈치챘다. "밀린 거 메꾸라고 수업 시간을 두 배로 늘릴 거야."

"우연의 일치라고 하기에는 너무 절묘하다는 생각 안 들어? 꼬맹이가 새로 오고 메모리알에 사건이 터진 게?"

"바스타**. 그 여자애가 우리를 보고 있어."

이 말과 함께 수군대던 학생들이 모두 헤드폰을 끼고 다시 펜

* sí. 스페인어로 '그래?', '정말?'을 뜻하는 감탄사다.
** basta. 스페인어로 '그만해', '됐어'라는 뜻이다.

을 움직이기 시작했다. 단 한 명, 귀여운 숏컷 여재애만이 과감하게 뒤돌아 호기심 가득한 눈으로 오펠리를 빤히 보았다. 그녀의 얼굴에는 마치 카니발 가면의 장식처럼 반짝이는 문양이 새겨져 있었다.

그 즉시 날카로운 목소리가 강당에 천둥소리처럼 울려 퍼졌다.

"메디아나 수습생, 앞을 보세요."

숏컷이 태연하게 다시 수업에 집중했고, 오펠리도 그러는 척하면서 천장에 달린 축음기 나팔을 흘끗 올려다봤다. 처음에는 그 나팔이 있는지도, 외눈박이처럼 좌우로 렌즈를 돌리는 잠망경이 있는지도 눈치채지 못했었다. 그녀는 교사의 부재가 신뢰의 증거로, 즉 고등교육원이 학생들을 책임감 있는 청년들로 여기는 신호라고 생각했었다. 그것은 엄청난 착각이였다. 학생들은 모두 감시받고 있었다.

한참 뒤에 나팔에서 나오는 목소리가 라디오 수업의 끝을 알리자마자 오펠리는 외부 계단으로 서둘러 나가서 아까 숙덕거리던 학생들을 따라갔다. 서서 보니 부츠에 달린 날개장식이 눈에 들어왔다. 오펠리가 대화를 엿들으며 짐작했던 대로 모두 선각자들이었다.

"내가 '그 신입생'이랍니다." 오펠리가 비꼬는 듯한 말투로 자신을 소개했다. "끼어들어 미안한데, 아까 내 애길…."

"안경 어떡하니." 그들 중 한 명이 불쑥 말을 잘랐다.

"네?"

혼란스러워진 오펠리는 발을 헛디디며 대리석 계단을 엉덩이로 미끄러져 내려왔다. 선각자들은 눈길도 주지 않고 오펠리를 넘고 지나갔다. 오펠리는 넘어지면서 안경알 하나를 잃어버렸고 그래서 그들의 모습이 흐릿하게 보였다. 통증과 수치심을 느끼며 계단을 더듬거리는데, 문양이 새겨진 손 하나가 오펠리가 찾고 있던 것을 내밀었다.

"메디아나, 선각자단 제2분과 소속이야." 솟컷이 정식으로 자기소개를 했다. "그런데 그건 너도 알고 있지 않았어? 내 사촌들이 뭔가 예언을 하면 사고를 막는 만큼 사고를 일으키기도 해. 조심해, 시뇨리나. 걔네가 그 점을 좀 이용하니까."

내뱉는 말 한마디 한마디가 감미로운 진동처럼 흘러내렸다. 오펠리는 조심스럽게 안경알을 받았다.

"선각자들은 모두 당신 가문 출신인가요?"

"상당수는. 우리는 지자들의 아슈 세레니심 출신이라 정보가 피에 흐르지."

"그렇군요. 메디아나, 당신도 미래를 보나요?"

"아니, 난 과거를 보지. 읽는 꼬맹이 너처럼. 하지만 너와 나의 기술은 달라."

'그렇군.' 오펠리는 속으로 생각했다. 메디아나는 선각자라는 타이틀에 걸맞게 오펠리의 가문 능력을 이미 알고 있었다.

"사촌들과 무슨 얘기를 하는 중이었죠? 메모리알에 무슨 일이 있었나요?"

메디아나는 무척이나 친근한 동작으로 오펠리의 입술 위에 손가락을 가져다 대며 기다리게 했다. 수습생들은 마치 바위 주위로 무심하게 흐르는 강물처럼 두 사람을 지나쳤다. 계단에 단둘이 남게 되었을 때, 메디아나가 얼굴을 너무 가까이 갖다 대는 바람에 오펠리는 안경알 한 짝이 빠진 채였지만 메디아나의 얼굴 문양 하나하나를 볼 수 있었다. 곡선과 각진 곳이 더없이 정교하게 조화를 이룬, 보기 드물게 아름다운 얼굴이었다. 메디아나는 남녀 할 것 없이 사람의 마음을 뒤흔드는 매력을 풍겼다.

"이봐, 읽는 꼬맹이, 네 귀한 시간을 아낄 수 있게 도와주지. 헬레네 부인은 애초에 네 지원을 받지 말았어야 했어. 내 능력은 분명 너보다 열 배는 더 뛰어나. 게다가 난 고대 언어들을 완벽하게 구사하지. 다른 선각자들처럼 너도 내 그늘에 가릴 수밖에 없을 거야. 그렇다고 해서 내 사촌들이 너보다 나를 더 아낄 거라고 생각하지는 마. 최고만이 살아남는 본파미유에 우정 따위는 없거든."

"난…."

"아무 말도 하지마." 메디아나가 집게손가락으로 오펠리의 입술을 누르며 속삭였다. "듣기만 해, 시뇨리나. 아무리 사소한 폭력이라도 바벨에서는 엄격하게 처벌받지. 우리가 너한테 물리적 폭력을 쓰는 일은 없을 거야. 하지만 명심해." 메디아나가 오펠리의 살갗에 뜨거운 숨을 내쉬며 덧붙였다. "괴롭히는 방법은 무궁무진하니까. 집으로 돌아가. 비르투오소도 잊고 메모리알도 잊어. 그건 내 운명이지, 네 운명은 아니야."

오펠리는 그녀의 말 자체보다 말투에 더 충격을 받았다. 신심 어린, 깊이 유감스러워하는 말투였다. 남은 한쪽 안경알 너머로 메디아나가 힘차면서도 우아한 걸음걸이로 계단을 내려가는 모습을 바라보았다. 피부에 새겨진 문양이 햇빛을 받아 반짝였다.

'나는 베르닐드의 하인이었고, 파루크의 장난감이었고, 멜키오르 남작의 먹잇감이었어.' 오펠리는 안경테에 알을 끼워 넣으려 애쓰면서 속으로 되뇌었다. '협박에 기죽을 내가 아니지.'

오펠리는 계단을 구른 탓에 허리 아래쪽이 아팠지만 적당한 거리를 두고 선각자들을 따라갔다. 그들이 자기를 원하든 원치 않든 이제 같은 집단의 일원이었다. 그들과 함께해야 할 필요가 있는 한 오펠리는 자기 존재감을 드러내리라 생각했다.

그들은 헬레네의 비르투오소를 위한 아슈와 폴리데우케스의 비르투오소를 위한 아슈를 잇는 거대한 다리를 건너 고등교육원 부속 건물에 들어갔다. 두 층을 올라간 뒤 오펠리는 높은 천장과 황동과 벨벳 장식으로 극한의 건축미를 자랑하는 연구실을 발견했다. 스테인드글라스를 통해 들어온 무지갯빛 햇살이 실내를 채우고 있었고, 천장 선풍기에서는 기분 좋은 산들바람이 불었다. 고급 원목 테이블 위로 최첨단 실험 장비가 펼쳐져 있었다.

오펠리는 어정쩡하게 한 작업대 앞에 자리를 잡고 주위를 둘러보았다. 선각자들의 수가 두 배로 늘어났음을 깨달았다. 헬레네의 피후견인 무리가 폴리데우케스의 후손 무리에 합류하면서 서로 다른 제복이 뒤엉키고 온갖 억양의 말들이 쏟아졌는데, 한 여자가 연구실에 들어와 문을 닫자 단번에 잠잠해졌다.

"지식이 평화를 지킵니다." 그녀가 말했다.

"지식이 평화를 지킵니다." 수습생들이 주먹을 가슴에 대고 날개 장식 달린 부츠의 뒤축을 부딪치며 한목소리로 외쳤다.

여자가 웃지도 않고 고개를 끄덕였다. 구릿빛 피부, 검은 머리, 불꽃 같은 눈으로 보아 순수 혈통의 바벨인이었다. 제복의 금장식이 오펠리를 꿰뚫는 시선만큼이나 눈부셨다.

"윌랄리 수습생, 난 셉티마입니다. 수습생의 전공 교수죠. 어제 시험 결과를 전달받았습니다. 훌륭하지는 않더군요. 그렇지만 당신이 선각자가 될 자격이 있는지 내가 직접 판단하고 싶었습니다. 물론 자격이 있다는 것이 합격을 의미하지는 않습니다." (레이디 셉티마는 연구실을 둘러보며 이글거리는 시선으로 수습생 한 명 한 명의 얼굴을 응시했다.) "지금 여러분은 여럿이지만, 여러분 가운데 단 두 명, 폴리데우케스 경의 후손 한 명과 헬레네 부인의 피후견인 한 명만이 최종 비르투오소 후보가 될 수 있습니다."

아마 무의식적이었겠지만 레이디 셉티마의 시선은 같은 집안 출신이 아니라고 하기에는 그녀와 너무나 닮은 한 수습생에게 고정되었다. 오펠리는 이제 제대로 이해할 수 있었다. 최고만이 살아남는다. 경쟁은 고등교육원의 근간이었다.

레이디 셉티마가 다시 오펠리를 바라보며 말을 이었다. "나의 일은 윌랄리 수습생이 지닌 가문 능력이라는 천연 광석을 가장 순수한 다이아몬드로 만드는 것입니다. 그게 다는 아닙니다. 내가 이끄는 선각자 집단은 메모리알 도서 목록을 정비하는 영광스러운 임무를 받았습니다. 오직 독서 그룹에 들어갈 자격이 있는 이들만 고등교육원에 남을 수 있죠. 수습생은 앞으로 3주 동안 수습생 때문에 내가 시간을 낭비하고 있지 않다는 걸 증명해야 합니다. 질문 있습니까?"

오펠리는 떠오르는 갖가지 질문들을 억누르기 위해 어금니를 힘껏 깨물었다. '어떻게 하면 스크레타리움에 들어갈 수 있나요? 정말 금고가 있나요? 옛 학교의 유적이 숨겨져 있나요? 당신이 자랑스러워하는 메모리알이 대중에게 공개하기를 꺼리는 궁극의 진실이 뭔가요?'

하지만 이곳에 온 진짜 목적을 밝히는 건 경솔하다못해 위험한 짓이었다.

"오늘 독서 그룹은 왜 취소됐나요?" 오펠리는 그저 이렇게 물었다.

정당한 호기심이었다. 주변 사람들 모두가 얼어붙은 걸 깨닫기 전까지는. 마치 천장 선풍기에서 갑자기 한기를 머금은 바람이 실험실 안에 쏟아진 듯했다. 메디아나만 입술을 깨물며 웃음을 참고 있었다.

레이디 셉티마는 전혀 동요하지 않았다. 그저 눈을 한번 깜박여 이글거리던 시선을 부드럽게 바꾸었을 뿐이었다. 레이디 셉티마는 오펠리에게서 시선을 돌려 수습생 전체를 바라보았다.

"여러분 모두가 생각하는 그 사건에 대해 내가 언급할 것은 하나도 없습니다. 뜬소문에 신경 쓰지 마세요. 여러분이 알아야 할 모든 사실은 관보를 통해 전달될 겁니다. 여러분 선각자들이 정보를 얻는 유일한 출처는 관보임을 기억하세요. 이제 각자 앞에 놓인 샘플을 규정 절차에 따라 살펴보도록 합니다." 군말 말고 복종하라는 말투였다. "수업이 끝나기 전까지 그 샘플이 어떤 물건에 속한 건지 파악해 보고서를 완성하세요. 윌랄리 수습생, 수습생은 오늘 아무것에도 손대지 말고 동료들이 어떻게 하는지 지켜보기만 하세요."

오펠리가 최대한 집중하기를 기대했다면 레이디 셉티마가 완전히 잘못 생각한 것이었다. 오펠리는 수습생들이 연구실 기구를 이용해 경건하게 샘플을 다루는 모습을 지켜볼 정신이 전혀 아니었다.

그녀의 머릿속은 온통 소문에 관한 생각으로 가득했다. 그래서 메모리알에 무슨 일이 벌어진 걸까? 아주 작은 가능성이라도 토른과 관련된 건 아닐까? 여기서 두 손 놓고 있는 사이 그가 위험에 빠진 거라면?

뜨거운 시선이 느껴지자 오펠리는 이런 생각에서 벗어났다. 처음에는 메디아나가 대놓고 노려보는 거라 생각했는데 그녀는 작업에 몰두하고 있었다. 아니, 이번 시선은 다른 수습생의 것이었다. 레이디 셉티마가 발언하면서 아무 말 없이 바라봤던 바로 그 수습생이었다. 작업대 반대편에 앉은 그는 이미 보고서 작성을 끝내놓은 상태였다. 그가 초시각자의 눈으로 바라보자, 오펠리는 자신이 두 개의 백열등이 아래 놓인 새로운 관찰 샘플이 된 것만 같았다. 골드 체인이 그의 이마뼈와 콧구멍을 연결하고 있었다. 오펠리는 아직 바벨의 복장 규정을 세세히 다 알지 못했지만, 그것과 비슷한 장신구에 대해 앙브루아즈에게 들은 적이 있었다. 이 청년은 폴리데우케스 혈통 중 매우 좋은 가문에 속했다. 레이디 셉티마의 아들이 분명했다. 의심의 여지가 없었다.

오펠리는 그의 시선을 호기심 어린 눈으로 받아쳤다. 오펠리는 그에게 접근하는 게 자신의 계획을 위해 좋은 전략이 될 수도 있다고 생각했지만, 그런 생각이 들자마자 곧바로 단념했다. 자신을 향한 청년의 흔들림 없는 시선은 단순한 관심의 표현이 아니었다. 그것은 불신의 눈길이었다.

"기구는 정리하고, 샘플은 작업대에 두고, 보고서를 제출하고 나갑니다." 수업이 끝나고 레이디 셉티마가 말했다. "폴리데우케스 경의 후손들은 감각 훈련을 받으러 체육관으로 갑니다. 헬레네 부인의 피후견인들은 아슈로 돌아가 조용히 있으세요. 오늘 더 이상 소문에 대해 언급하지 않습니다, 알겠습니까? 월랄리 수습생은 나와 남습니다." 그녀가 오펠리의 어깨를 잡으며 말했다. "잠시 이야기를 나눠야겠군요."

연구실이 텅 비자 레이디 셉티마가 문을 닫고, 광물처럼 딱딱한 자세로 오펠리를 돌아보았다.

"월랄리 수습생, 우리와 있는 게 지루합니까?"

오펠리는 긴장했다. 이 여자는 오펠리를 불편하게 만들었다. 하지만 그녀는 매우 차분했고, 오펠리만큼 체구가 아담했다.

"무슨 말씀인지 모르겠어요."

레이디 셉티마가 오펠리를 쳐다보았다. 아니, 쳐다보다는 그런 눈빛에 걸맞은 동사가 아니다. 그녀는 오펠리를 샅샅이 파헤쳤다. 레이디 셉티마는 흔들리는 안경 너머로 오펠리를 파고들어 동공의 확장 정도를 계산하고, 혈관에 침투해 심박출량을 측정하고, 장기 내부의 화학적 구조를 분석하고, 몸속의 분자 하나하나를 살폈다.

"수업 시간 내내 멍하게 있었지요."

"제게 아무것도 손대지 말라고 하셔서요."

오펠리는 손에 땀이 차서 장갑이 축축해지는 게 느껴졌다. 레이디 셉티마와 거리가 좁혀지자 망토에 달린 브로치의 문장이 눈에 들어왔다. 룩스라는 단어가 새겨진 태양이었다.

오펠리의 운명을 손에 쥔 이 여자는 신의 감시인이었다.

레이디 셉티마는 제복처럼 금색인 장갑을 꼈다. 조심스럽게 엄지와 검지로 오펠리 앞 작업대에 놓인 작은 샘플을 집었다. 그녀는 붉은 눈으로 불빛 아래에서 샘플을 살폈다.

"어디 보자… 이 금속은 4분의 3 이상이 주석, 4분의 1보다 조금 적은 양의 납, 극소량의 구리로 되어 있군요." 레이디 셉티마가 작은 목소리로 웅얼거렸다. "이 합금은… 웰… 서너 세기 전에 주조됐군요. 청동의 변종이지만 그 배합률이 굉장히 독특해요. 오르간의 파이프를 만들 때만 쓰는 조합이지."

오펠리는 이제껏 느껴본 적 없는 경외심을 느낄 수밖에 없었다. 폴리데우케스의 후손들은 고도로 발달된 감각을 지닌 것으로 명성이 자자하지만, 레이디 셉티마는 아니마 최고의 현미경 저리 가라였다. 그러니까 이것이 바로 초시각자들이 지닌 진짜 능력이었다.

"수습생은 내가 왜 이걸 수습생의 손이 닿는 곳에 두었다고 생각해요?" 교수가 벨벳 받침대 위에 금속 조각을 내려놓으며 물었다.

시험이었다. 오펠리는 깨달았다. 자신이 실패했다는 것도.

"내게 깊은 인상을 남기고, 당신의 읽는 손이 지닌 능력을 보여주려고 시도했었어야죠." 레이디 셉티마가 힘주어 말했다. "아무것도 하지 않더군요. 과감함이나 호기심이 부족했던 것이죠. 수습생은 선각자의 가장 중요한 자질이 뭐라고 생각하죠?"

오펠리는 과감함이나 호기심이 부족한 건 아니라고 반박할 뻔했다. 하지만 결국 그만두었다. '도시를 위해 선각자가 되세요' 라고 모집 공고에 적혀 있었다. 진짜 시험은 지금부터였다.

"복종이요."

레이디 셉티마는 짧게 미소 짓고 고개를 끄덕였다. 불타오르는 눈빛으로 어떻게 이토록 등골을 서늘하게 만들 수 있을까?

"정답입니다. 그렇지만 그게 진심인지 확인하고 싶군요. 자, 여기에." 그녀가 스테인드글라스 앞으로 의자를 당기며 말했다.

오펠리가 앉자 레이디 셉티마가 아니라는 신호를 보냈다.

"아니요, 수습생. 일어서요."

뻣뻣한 동작으로 오펠리가 어색하게 의자 위에 올라섰다.

"완벽해요." 레이디 셉티마가 평가하듯 말했다. "나가도 된다는 허락을 받을 때까지 그 자세로 있도록 합니다."

"수업은 어떡하고요?"

"수련 기간 중 일과는 이론, 실습, 훈련, 잡무 이렇게 네 가지로 이루어집니다. 오늘의 이론과 실습은 끝났고요. 이제 훈련을 받는다고 생각하세요."

레이디 셉티마는 이 말을 남기고선 줄을 당겨 천장 선풍기를 끄고는 문을 닫고 나갔다. 오펠리는 분석 장비들과 저울에 둘러싸인 채로 스테인드글라스로 들어오는 반짝이는 빛 속에 혼자 남겨졌다. 선풍기가 꺼진 연구실은 점점 찜통으로 변해갔다. 하인 행세를 하며 오랫동안 꼼짝하지 않고 있기가 힘들다는 것은 익히 배웠지만, 의자 위에 이렇게 있어보기는 처음이었다. 저린 다리를 풀 수도, 자세를 바꿀 수도, 몸의 무게중심을 한쪽으로 기울일 수도 없었다. 중심을 잡느라 근육이란 근육은 모두 동원했지만, 매트리스 없는 침대에서 밤을 보내고 계단을 구른 뒤라 근육이 쑤셔왔다. 몸이 점점 마비되고 장딴지에서 허리까지, 등 아래에서 어깨로 천천히 감각이 사라졌다. 오펠리는 태양이 움직이면서 실험실의 고급 테이블 위로 미끄러져가는 스테인드글라스의 색깔에 집중했다. 땀이 바지 아래로 줄줄 흘렀고, 점점 더 절박하게 화장실에 가고 싶은 충동을 느꼈다.

그녀가 바닥으로 쓰러지자, 아니마 능력 때문에 흥분한 의자가 갑자기 탭댄스를 추기 시작했다.

오펠리는 이 틈을 타서 도망간 안경알을 찾다가 분통이 터졌다. 애송이! 집에서 멀리 떨어져 있는데도, 몇 년의 시간이 흘렀는데도, 사람들은 아직도 그녀를 애송이 취급 했다.

오펠리는 연구실을 뛰어다니는 의자를 보면서, 갑자기 강당의 잠망경을, 발설하면 안 되는 말들을, 스크레타리움에 이중 자물쇠로 봉인된 공동의 기억에 대해 생각했다. 애송이는 오펠리가 아니었다. 인류 전체였다. 인류 전체가 신과 신의 감시자들 탓에 어린애 같은 상태로 머물러 있었다.

'나는 베르닐드의 하인이었고, 파루크의 장난감이었고, 멜키오르 남작의 먹잇감이었어.' 오펠리는 의자를 붙잡아 멈춘 뒤 다시 그 위에 서서 되뇌었다. '레이디 셉티마에게 내 목표에서 나를 밀어낼 어떤 구실도 주지 않겠어.'

연구실 안으로 해가 저물 때 마침내 문이 열렸다. 오펠리는 속눈썹에 맺힌 굵은 땀방울을 떨어뜨리려고 눈을 깜박였다. 엘리자베스가 주근깨 가득한 얼굴로 아무런 표정도 없이 서 있었다.

"첫날 어땠어? 우리와 같이 있겠다는 결심은 변함없겠지, 욀랄리 수습생?"

"변함없어요."

오펠리의 목소리가 갈증으로 갈라졌다.

"선각자단 제2분과 책임자로서 널 의자에서 해방해주겠어."

판결을 내리듯 말하는 엘리자베스의 말투에 오펠리는 엘리자베스가 지금 자신을 놀리는 건가 싶었다. 그런데 자신이 의자에서 내려올 수 있도록 엘리자베스가 손을 내밀고, 또 특별히 챙겨 온 물병을 건네자 내심 놀랐다.

"이건 좋은 소식이었고," 엘리자베스가 물을 마시고 콜록대는 오펠리를 보며 말했다. "나쁜 소식은, 네가 매트리스와 제복을 분실했다는 이유로 징계를 받는다는 거야. 분실물에 대한 보상을 하려면 다른 사람들보다 두 배로 허드렛일을 해야 해."

"내가 분실한 게 아니에요."

엘리자베스는 눈만 천천히 깜박일 뿐이었다.

"전통이야. 더 조심해야 해. 그리고 네게 온 전보가 하나 있어."

오펠리는 가슴이 쿵쿵 뛰었다. 그녀는 엘리자베스가 내민 작은 파란 종이를 초조하게 펼쳤다.

축하해요. 앙브루아즈가.

그녀는 전보를 뒤집었다. 그게 다였다. 수다가 끝도 없는 앙브루아즈가 자신에게 전하는 말은 그게 전부였다. 오펠리는 속이 뒤틀리는 것 같았다. 바벨에서 사귄 유일한 친구를 잃은 걸까?

"나는 실수만 연발하고 있는 것 같아요."

의자를 제자리에 정리하던 오펠리는 자기도 모르게 속마음을 고백했다. 섣불리 질문거리만 던져준 건 아닐지 걱정했지만 엘리자베스는 아무것도 묻지 않았다. 그녀는 벌써 수첩을 꺼내 암호를 휘갈겨 적는 중이었다.

"진짜 실수는 고치지 않은 실수야."

오펠리는 수첩에 집중하고 있는 엘리자베스의 창백한 얼굴을 가만히 쳐다보았다. 엘리자베스는 파악하기 쉽지 않은 인물이었지만, 그녀가 건넨 말은 오펠리가 하루 종일 들은 말 중에서 가장 위로가 되었다.

"엘리자베스?"

"어?"

"오늘 메모리알에서 무슨 일이 있었던 거죠?"

"아, 그거?" 엘리자베스는 새로운 암호들을 지우며 말했다. "미스 사일런스가 죽었어."

오펠리는 눈썹을 치켜올렸다. 미스 사일런스? 어디선가 들어보았던 이름…. 예민한 청각을 지닌 메모리알 직원 아니었던가? 가방을 뒤지려 했던 독단적인 여자?

"오늘 아침 메모리알에서 그녀의 시체가 발견됐어." 엘리자베스가 말을 이었다. "평소처럼 아침에 데이터베이스 작업을 하러 메모리알에 도착했는데, 사람들이 나보고 곧장 고등교육원으로 돌아가라고 말했지. 가엾은 미스 사일런스가 도서관 사다리에서 떨어지는 불상사가 일어났다고 들었어."

"사다리에서 떨어지다니," 뭔가 더 불미스러운 일을 예상했던 오펠리가 되뇌었다. "정말 운이 없었네요."

엘리자베스는 멍한 눈으로 연필 끝을 씹으며 고개를 끄덕였다.

"응, 미스 사일런스도 죽기 직전에 그렇게 생각했을 거야. 그나마 간신히 시체를 볼 수 있었어. 그녀의 얼굴 말이야. 떨어지면서 그런 표정을 지을 수 있을 거라고는 생각도 못 했어."

"어떤 표정이었는데요?" 오펠리가 속삭였다.

치켜뜬 엘리자베스의 눈에 수첩의 암호만큼이나 해독하기

힘든 눈빛이 어렸다.

"완전히 공포에 질린 표정."

이제까지 오펠리는 바벨에서 어떤 일을 겪더라도 폴에서의 경험에 비할 바는 아닐 거라고 확신했다. 자신이 바벨을 과소평가했다는 사실을 그녀는 이제 분명히 알게 되었다.

여행

엄마는 딸을 평소보다 더 일찍 재웠다. 여느 저녁과 마찬가지로, 엄마는 딸의 체온을 두 번 재고, 직접 마셔본 뒤에 물을 주고, 긴 백발을 빗기고 나서 춥지 않은지 물으며 이불 가장자리를 매트 밑으로 접어 넣었다. 여느 저녁처럼 엄마는 주저하면서 미소를 짓고 문턱에서 오래도록 딸을 쳐다본 뒤 문을 열기로 결심하고 드레스 스치는 소리를 내며 멀어져갔다.

지금 빅투아르는 천장을 응시하고 있다.

엄마는 문을 닫지 않았다. 엄마는 문을 닫는 법이 없었고, 문제가 없는지 방을 주기적으로 살핀다. 멀리 거실에서 들려오는 목소리가 점점 커진다. 집은 대체로 침묵이 가득하고 가끔 음악 소리가 들리기도 하지만 사람 목소리가 들리는 일은 거의 없었다.

빅투아르는 잘 생각이 전혀 없었다. 목소리들과 함께 있고 싶었다. 이불이 너무나 단단히 여며져 발가락조차 꼼지락거리기 힘들었다. 평범한 아이였다면 맹렬히 몸을 비틀고, 소리를 지르고 울면서 엄마를 불렀겠지만, 빅투아르는 평범하지 않았다.

빅투아르는 말하지 않았다. 단 한 번도.

빅투아르는 걷지 않았다. 단 한 번도.

적어도 다른 빅투아르는 그랬다. 진짜 빅투아르는 침대에서 일어나 바닥에 발을 내딛고 살짝 열린 문까지 갔다.

빅투아르는 주저하다가 엄마가 아까 그랬던 것처럼 침대를 돌아보았다. 침대에는 어린아이가 눈을 뜬 채로 천장을 응시하며 누워 있었다. 아이의 얼굴, 입술, 머리카락은 베갯잇처럼 하얬다. 빅투아르는 자신이 침대 안에도 있고 침대 밖에도 있다는 것을 알았다. 하지만 그 사실에 두려움도 놀라움도 느끼지 않았다. 그보다는 의자에서 혼자 내려오려는 것을 보고 엄마가 겁에 질린 얼굴로 자신을 향해 몸을 던졌을 때처럼 잘못을 저지른 느낌이 들었다.

빅투아르는 오래 주저하는 법이 없었는데, 언제나 여행의 부름이 결국에는 가장 크게 들렸기 때문이었다.

빅투아르는 살며시 복도로 빠져나왔다. 스스로가 가볍다고, 다른 빅투아르보다 훨씬 더 가볍다고 느꼈다! 욕조의 따뜻한 물 속에 있는 것처럼 가벼웠다. 물속에 머리를 담그면 엄마는 혼비백산해 소리쳤는데, 그때처럼 세상이 다르게 보였다. 물속에서는 사물의 형태가 흐릿해지고, 색은 얼룩처럼 번져 보였다. 빅투아르는 물건들을 잡을 수도, 옮길 수도 없었다. 그녀는 벽에 붙은 큰 거울을 바라보았다. 거울은 그녀의 모습을 비추지 않았다. 거울 표면에는 엄마가 욕조 물을 비우려고 마개를 뺐을 때처럼 소용돌이가 이는 것 같았다.

거실에서 들리는 목소리에 이끌려 빅투아르는 커다란 계단을 한 단 한 단 비눗방울처럼 통통 뛰어 내려갔다. 현관을 통과하는 순간 열려 있던 출입문 뒤에서 또 다른 목소리가 들려왔다.

밖을 내다보았다.

처음 눈에 들어온 것은 바람에 흔들리는 가을 나무들뿐이었다. 비가 내리고 있었다. 거의 매일 비가 내렸다. 비에 젖는 일은 없었지만 빅투아르는 햇빛이 더 좋았다. 하늘로 날아오르는 새를 눈으로 좇았지만, 진짜가 아님을 알고 있었다. 집 밖에 진짜는 아무것도 없다고 엄마가 말해주었다. 빅투아르는 진짜 비, 진짜 나무, 진짜 새 들이 어떤 모습일지 궁금했다. 대부가 그녀를 데려가서 진짜를 보여준 적도 없었고, 감히 여행 중에 집을 떠날 생각은 한 번도 하지 못했다.

갑자기 구멍 하나가 보였다. 풍경 한가운데 거대한 구멍이 나 있었다. 그곳에는 풀도, 나무도, 비도 없었다. 먼지가 쌓인, 오래된 바닥뿐이었다.

그 맞은편 현관 계단에는 한 커플이 앉아 있었다. 이상한 눈과 붉은 거인이었다.

대부의 친구들이다.

둘 중 누구도 빅투아르가 다가오는 것을 알아차리지 못했다. 그들은 대화를 나누는 중이었는데 그녀가 아무리 가까이 다가가도, 둘의 목소리가 변형되어 멀게 들렸다.

"뭐가 이리 오래 걸려, 저 굼벵이 같은 놈!" 이상한 눈이 씩씩댔다. "아르캉테르가 저절로 나타나는 것도 아니고, 이 저택이 점점 견디기 힘들어지고 있어. 환영들이 들끓고 있으니 어디를 봐야 할지 모르겠어."

그 여자는 커다란 구멍 쪽으로 퉤 하고 침을 뱉었다.

빅투아르는 뒷걸음질 쳤다. 한번은 여행 중 이상한 눈 앞을 지나간 적이 있었는데, 그 즉시 침대에 있던 다른 빅투아르 자리로 되돌려졌다. 아마도 이상한 눈에게 자기가 보일 리는 없겠지만, 그 여자는 뭔가 아주 특별했다.

붉은 거인은 등 뒤 계단에 팔꿈치를 기댔다. 빅투아르는 그가 갑자기 이상한 눈을 삼켜버릴 듯이 야릇하고 탐욕스러운 미소로 바라보는 것을 보았다.

"난 정확히 어딜 봐야 하는지 알지."

이상한 눈이 모자를 푹 눌러쓰자 얼굴이 사라지는 동시에 풍경의 구멍도 사라졌다.

"나 무척 진지하다고, 르나르. 메르 일드가르드가 돌아가신 뒤로 이곳은 내가 있을 곳이 아닌 것 같아. 시타시엘도 폴도 다 아니야. 귀족들이 나를 싫어하는 건, 그대로 되돌려주면 되니까 괜찮아. 하지만 우리 옛 동료들이 모두 내 앞에서 빈대떡처럼 납작 붙어 쩔쩔매는 모습을 보고 있자니 구역질이 치민다고. 겁쟁이들! 파업을 할 수도 있고, 이의를 제기할 수도 있고, 요구를 할 수도 있는데… 귀족을 보자마자 그렇게 굽신대다니. 후작에게 맞서 혁명도 일으키지 못하면서 어떻게 신을 전복할 수 있겠어? 그런데 우리 노조주의자께서는 어떻게 생각하시나? 나랑 같이 있는 것만으로도 배신자 취급 받을 수 있다는 건 알아?"

붉은 거인이 이상한 눈의 머리에 손을 대고 자기 쪽으로 끌어당겼다.

"누구든 우리 주인님께 반하는 말을 입 밖에 꺼내기라도 하면 내가 강냉이를 날려버릴 거야. 나도 말이야, 가엘, 무척 진지하다고."

이상한 눈은 더 이상 아무 말도 하지 않았다. 하지만 빅투아르는 그녀의 모자 차양 아래로 미소를 보았다. 그녀는 엄마 아빠가 한 번도 그런 식으로 행동하는 것을 본 적이 없었는데, 이런 생각이 침대에 남아 있는 자신의 다른 몸에 고통을 가하는 것 같았다.

빅투아르는 뒤를 돌아보다 앙두이가 계단 난간 위에 있는 것을 알아차렸다. 앙두이는 자신을 커다랗고 노란 눈으로 뚫어져라 보았다. 엄마가 고양이들이 너무 위험하다고 여겼기에 늘 해보고 싶었지만 한 번도 앙두이를 쓰다듬은 적이 없었다. 앙두이 쪽으로 소심하게 한 손을 올리자 앙두이가 소리를 냈다. 잽싸게 도망가는 고양이를 보고 이상한 눈과 붉은 거인이 소스라치게 놀랐다.

빅투아르는 용납할 수 없는 실수를 저질렀다고 확신하며 집 안으로 뛰어갔다. 침대에 있는 다른 빅투아르가 되어서 엄마 말대로 잠을 자야겠다고 잠깐 생각했지만, 하프 소리를 듣자마자 두려움을 잊었다.

다시 한번 여행의 부름이 강하게 느껴졌다.

그녀는 커다란 거실로 들어갔다. 대모 할머니가 팔짱을 끼고 눈썹을 찌푸린 채, 창문에 붙어서 구름을 향해 눈을 치켜뜨고 있는 모습을 보고 발걸음을 늦췄다. 빅투아르는 대모 할머니를 잘 알지 못했다. 대모 할머니의 노란 피부와 심각한 표정에 주눅이 들었다.

다행히 엄마가 있었다. 엄마는 하프 앞에 앉아서 문신이 새겨진 아름다운 손을 가짜 새들이 공원을 날아다니듯 이 줄 저 줄로 옮겼다. 빅투아르는 엄마를 어루만지려 가까이 다가갔지만 엄마는 그녀를 보지 못했다. 엄마의 연주는 엄마의 몸처럼 흐릿했다.

빅투아르는 의자에 비스듬히 누워 있는 대부를 발견하자 무척 기뻤다. 대부는 카드 패를 보듯 봉투들을 하나하나 살피고 있었다.

"이것도 저것도 죄다 청혼 편지네! 아직 세 살도 안 됐는데 벌써 폴에서 제일가는 신붓감으로 꼽혀요. 물론 모두 거절하겠죠?"

그의 목소리도 왜곡되어 들렸다. 빅투아르는 대부의 말을 듣기 위해 온 힘을 기울여야 했다. 엄마는 아무런 대답도 하지 않고 계속 하프를 연주했다.

"부인이 내게 화가 나면 날수록 연주는 더없이 훌륭해지는군요." 대부가 모자에 커다랗게 난 구멍처럼 환한 미소를 지으며 덧붙였다. "딸을 무사히 데려왔잖아요. 빅투아르는 바람 장미 안에 있었어요. 당신이 시타시엘을 못마땅해 생각하는 거 잘 알아요. 그렇지만 그 아이를 영원히 이 저택에 가두어둘 수는 없어요. 내 말을 믿어봐요. 나도 예전 누이들에게 그 방법을 써봤는데, 그 애들이 지난 2년간 일으킨 스캔들이 내가 평생 일으킨 것보다 많았다니까요."

빅투아르는 대부가 내뱉는 단어들이 너무나 복잡해서 무슨 얘기를 하는지 알지 못했지만 상관없었다. 대부는 산발한 머리에 볼은 금빛 수염으로 뒤덮인 모습으로 의자에 삐딱하게 앉아 있었다. 빅투아르는 그런 대부가 미치도록 좋았다.

"자, 베르닐드," 그가 봉투들을 부채처럼 흔들어대며 재차 말했다. "난 조만간 다시 여행을 떠날 건데, 서로 기분 상한 채로 헤어지지 말자고요."

엄마는 하프 소리처럼 음악적인 웃음을 터뜨렸다.

"여행이라고요? 바람 장미에서 바람 장미로 떠돌며 도달할 수 없다는 걸 뻔히 알면서 아슈를 찾아 헤매는 것을요? 당신이 여행이라 부르는 걸 나는 도망이라고 하겠어요."

대부의 미소가 점점 커졌다. 빅투아르는 의자 위로 기어 올라가 엉망으로 면도한 대부의 피부를 만지고 까칠한 수염을 손가락으로 눌러보았지만, 아무 느낌도 나지 않아 크게 실망했다.

"오, 이제 알겠어요. 몰래 딸을 데리고 다녀왔다고 나를 나무라는 게 아니군요? 내가 우리의 토른 부인을 데려오지 않아서 화가 난 거예요."

엄마의 두 손이 점점 더 빨리 하프의 현 위를 날아다녔지만 빅투아르는 무언가 잘못되고 있다는 것을 느꼈다. 예전에 엄마가 자기를 침대에 눕히고 이불 가장자리를 매트리스 밑으로 끼워 넣으면서 했던 말이 생각났다. 엄마는 커다란 손톱을 숨기고 있는데, 누군가 가족을 해치려 하면 지체 없이 사용할 거라던. 가끔 엄마가 화가 나면 빅투아르는 그 손톱이 느껴지는 것 같기도 했었다.

그리고 지금 그 손톱들이 보였다.

엄마 주위가 온통 그림자로 둘러싸였고, 날카로운 손톱이 곤두선 그림자는 서재 옷걸이에 걸린 곰 모피에 달린 발톱보다 더 무시무시했다. 그 그림자는 엄마가 아름다운 것만큼이나 무서웠다.

"어디 있죠?" 엄마가 조용히 물었다. "오펠리는 어디 있어요?"

대모 할머니가 창가에서 고개를 돌려 대부를 바라보자 대부는 윙크를 보냈다.

"그 질문은 하고 또 해도 대답은 언제나 같아요. 오펠리가 아무에게도 말하지 말라고 우리한테 약속을 받아냈거든요. 당신한테조차도. 투알의 특기는 비밀을 지키는 것 아닌가요?"

"당신 가문은 당신을 버렸어요, 아르쉬발드."

엄마는 최대한 부드러운 목소리로 답했지만 빅투아르는 손톱이 선 그림자가 더 퍼지는 것을 보았다. 대부가 웃음을 터뜨렸다. 대부는 엄마의 무시무시한 그림자가 보이지 않는 걸까?

"한 방 먹였군요!" 그가 커피 테이블에 봉투 더미를 던지면서 말했다. "그렇지만 그게, 친애하는 베르닐드, 좋든 싫든 난 이 비밀을 소중히 지킬 거예요. 오펠리가 당신에게 단 하나의 메시지를 남겼어요. 약속이에요. 토른을 반드시 찾아낼 거라고요."

엄마 주위로 그림자가 연기처럼 사라졌다. 엄마는 하프 현 위에 두 손을 얹어 소리를 멈췄다. 비명만큼이나 강렬한 침묵이었다. 그렇지만 엄마는 평소처럼 침착했다.

"한때는 게임의 룰을 완벽히 익혔죠. 그걸 배우는 과정은 끔찍했지만요. 그런데 이제는 규칙이 바뀌었어요. 새로운 클랜들이 우리에게 개혁을 강요하고, 하인들은 주인의 등에 대고 투덜거리죠. 나는 전락한 자처럼 궁정을 피하고 있어요. 내 시중을 들던 하인들을 모두 내보냈죠. 파루크 폐하는… 노력하는 중이에요, 아시겠어요? 폐하는 정말로 노력하고 있는데 그들은 모두 폐하를 이용하고 있죠. 장관들에게 계속 시달리고 있어요. 몇 주 동안 폐하를 뵙지 못했지만, 나는 여기에 남아 매일 그분께 편지를 쓰죠. 왜 그런지 알아요, 아르쉬발드? 왜냐하면 폐하는 내가 필요하기 때문이에요. 그분께는 내가, 어쩌면 나보다 자기 딸이 더 필요해요. 그런데 사실 나는 겁이 나요." 엄마가 한결 더 부드러운 목소리로 말했다. "겁이 나요. 내가 안다고 믿었던 세상이 사실은 수천 개의 톱니바퀴 중 하나에 불과했어요. 그 복잡한 기계는 나를 삼켰어요. 내게서 토른을 앗아 갔어요. 내 딸까지 앗아 가게 두진 않을 거예요. 저 밖의 세상은 우리에게 너무 위험해졌어요. 여기 머물러줘요, 제발. 나와 내 딸을 홀로 두지 마요."

빅투아르는 위층에 있는 다른 몸의 목이 메어오는 것을 느꼈다. 빅투아르는 이 대화를 도무지 이해할 수 없었지만 그녀의 일부는 엄마가 불행하다는 사실을, 그리고 그게 어쩌면 아빠 때문일 것이라는 사실을 희미하게나마 느꼈다.

아빠는 무서웠다. 앙두이보다 훨씬 더 무서웠다. 엄마의 그림자보다 훨씬 더 무서웠다. 빅투아르가 아주 드물게 아빠를 본 순간에도, 아빠는 단 한마디 말도, 단 한 번의 손길도, 단 한 번의 눈길도 건네지 않았다.

아빠는 자기를 사랑하지 않았다.

대부는 의자를 두 번 돌리고는 자리에서 벌떡 일어나 물병에 담긴 물을 유리잔에 따랐다.

"투알은 나와 이어진 선을 잘라 내게 영원한 고독이란 형벌을 내렸죠. 부인이 아무리 이곳에 익숙해졌다고 말씀하셔도 어떻게 하루하루를 견디는지 솔직히 모르겠어요. 나는 움직이지 않고는 못 배기거든요!"

대부는 무척 재미난 이야기라도 한 듯 갑자기 웃음을 터뜨렸고, 빅투아르는 대부라면 세상에서 가장 좋은 아빠가 됐을지도 모르겠다고 생각했다.

대부가 물잔의 반을 비우고 나서 나머지 반을 엄마에게 권했다.

"난 흠이 많은 사람이지만 은혜를 저버리지는 않아요. 내 가족을 모두 잃었지만 대신 다른 가족을 얻었고요. 딸을 위해 부인은 당연히 새로운 후견인을 구할 수도 있었겠지만 선택을 바꾸지 않았죠. 믿거나 말거나, 내가 지금 하는 일은 당신과 빅투아르, 오펠리를 위한 것이고, 말하기 무척 껄끄럽지만 토른을 위한 것이기도 해요. 그리고 로즐린 부인, 당신을 위한 일이기도 하죠."

대부는 놀라서 두리번대는 대모 할머니에게 또다시 윙크했는데, 빅투아르가 보기에 대모 할머니의 노랗던 안색이 옅어지고 순간 훨씬 붉어졌다. 그때 대부가 구멍 난 커다란 모자를 벗고 속삭였다. "이만!" 그리고 춤을 추듯 스텝을 밟으며 커다란 거실을 떠났다.

빅투아르는 갑자기 다른 몸을 방에 두고 집 밖으로 대부를 따라나서 그와 함께 진짜 나무들과 진짜 새들을 보고 싶은 마음이 강하게 들었다.

"아르쉬발드의 말이 아예 틀린 건 아니에요." 대모 할머니가 갑자기 이상한 억양으로 말을 꺼냈다. "베르닐드, 당신은 혼자가 아니에요. 나는 다시 당신을 보려고 아슈들을 절반이나 건너왔고 함께 있겠다고 굳게 다짐했지요. 하지만 이 날씨를 좀 봐요!" 대모 할머니는 한 손으로 창문을 치며 분개했다. "이 집에 있으면 피클 병 속에 갇혀 있는 것보다 더 우울해진다고요. 부인도 정신 차리고 먼지부터 떨어요. 토른이 먼지에 뒤덮인 저택을 보면 뭐라고 하겠어요?"

엄마는 자기도 모르게 미소를 짓다가 깜짝 놀랐다.

"절대 들어오지 않겠다고 하겠죠."

빅투아르는 침대에 있는 다른 빅투아르가 되었다. 하품을 하고 눈을 감았다. 몸이 너무 무겁고 둔한 느낌이 들었다. 밖에는 비가 그쳤다. 만약 대모 할머니가 햇살을 다시 데려올 수 있다면 집에 조금 더 머물러도 괜찮을 것 같았다.

장갑

거친 바람이 사다리를 흔들었다. 오펠리는 가로등 꼭대기에서 막 빼낸 낡은 전구를 놓쳤다. 돌풍이 잠잠해지길 기다리며 사다리에 매달렸다가 가방에서 새로운 전구를 꺼냈다. 헬리오폴리스산 전구들은 순수한 상태로 빛을 머금고 있었다. 가스도 전기도 필요 없었으며 손을 대도 화상을 입을 위험이 없었고, 바람에 깨지지 않도록 고정하기만 하면 됐다. 도시는 키클롭스인들이 트랜센디움에 보였던 것과 같은 열광적인 반응을 보이며 전구를 도입했다. 전등 빛에 눈이 부셔 눈살을 찌푸린 오펠리는 하나도 깨뜨리지 않도록 조심하면서 전구를 다뤘다. 본파미유에 더 빚을 지고 싶은 마음이 추호도 없었다. 추가 잡무 시간이 길어진다는 것은 그만큼 학습 시간이 줄어든다는 의미였다. 그런데 오펠리에게는 시간이 별로 없었다.

"윌랄리 수습생, 속도를 높이세요."

오펠리는 감시탑 꼭대기 확성기를 향해 고개를 돌렸다. 감시팀은 잠망경으로 고등교육원 곳곳을 살피고 있었다. 감시가 매우 철저했다.

오펠리는 사다리를 팔에 끼고 지난 라디오 수업 시간에 배운 내용을 큰 소리로 암송하면서 다음 가로등까지 벽을 따라 걸었다. 오펠리는 강당에 들어가 헤드폰을 낄 때마다 현상학, 인식론, 도서관학, 공시성, 통시성처럼 발음하기도 어려운 단어들이 쏟아지는 깔때기를 귀에 꽂은 듯한 느낌이 들었다. 점점 더 똑똑해지기는커녕 날이 갈수록 무지해지는 것 같았다. 아니마 박물관에서의 경험은 아무 쓸모가 없었다.

하지만 라디오 수업은 레이디 셉티마의 수업에 비하면 그나마 들을 만했다. 오펠리는 연구실에서 자신의 전문 능력을 갈고닦기 위해 때로는 구역질이 날 정도로 몇 시간이고 읽기를 이어갔지만 교수는 결코 만족하는 법이 없었다. "수습생 손은 정확성이 떨어지는군요."

오펠리는 등 안에서 눈부시게 빛나는 전구를 힘껏 조였다. 자신이 앙리 경의 독서 그룹에 합류할 자격이 있다는 걸 만인에게 증명할 시간이 3일밖에 남아 있지 않았다. 필요하다면 밤을 새워서라도 연습할 생각이었다. 꼭 해내고 말 것이다!

바람을 타고 멀리서 징 소리가 들렸다. 마침내 새벽이었다.

"욀랄리 수습생, 잡무가 끝났어요!" 나팔 스피커에서 목소리가 들려왔다. "소속 분과로 복귀하세요."

오펠리는 잡무를 끝마쳐 후련한 마음으로 사다리에서 내려왔다. 하지만 성벽 가장자리를 따라 펼쳐진 구름바다를 마지막으로 한번 보지 않을 수 없었다. 작은 아슈 끝자락에 세워진 메모리알의 높은 탑이 새벽빛에 반사되어 보일 듯 말 듯 했다.

벌써 18일이 지났다. 미스 사일런스가 18일 전에 그곳에서 죽었는데 더는 아무도 그녀의 죽음을 언급하지 않았다. 도시의 관보는 사고로 결론지었고, 소문은 잦아들었고, 독서 그룹 활동은 재개되었다. 사건이 끝난 것처럼 여겨졌다.

하지만 오펠리에게는 끝이 아니었다.

바벨에 도착한 뒤 얼마 지나지 않아 조사의 중심지에서 한 여인이 미심쩍은 정황에서 사망했다. 이는 단순한 우연일 리 없었다. 내부 규정에 따라 고등교육원에 붙잡혀 있지 않았다면 벌써 현장으로 갔을 터였다. 조금 더 기다려야 했다. 결국 그녀는 메모리알의 스크레타리움에 들어가게 될 것이고 찾던 답을 찾을 터였다.

오펠리는 여전히 안개에 잠겨 있는 산책로의 아치형 회랑을 따라 걷다가, 생활관 주랑 아래를 지났다. 수습생들은 이미 아트리움의 벽과 천장에 자리를 잡고 토론 중이었다. 이곳에는 끊임없는 의견 충돌이 있었고, 항상 남들이 자기 아이디어를 훔치고 있다고 의심하는 분위기가 팽배했다. 분위기가 과열되면 생활관 확성기에서 정숙을 명령하는 방송이 나오고, 곧바로 모두가 작업에 순순히 몰두했다. 오펠리에게 비르투오소 고등교육원은 종종 교육보다는 훈련을 위한 공간처럼 느껴졌다.

오펠리는 작업복을 제복으로 갈아입으러 탈의실로 향했다. 탈의 중인 토템인 무리와 딱 마주쳤다. 오펠리의 여동생 아가타는《인터-아슈 패션 매거진》을 구독했었는데, 한번은 그녀에게 장난기 어린 미소를 지으며 토템인의 몸이 세상에서 가장 아름답다고 말했었다. 그 분야 전문가는 아니었지만 동의할 수밖에 없었다. 피부색이 짙은 토템인들이 피부색과 확연히 대비되는 밝은 미소로 오펠리에게 인사를 건넸다. 그녀는 당황한 기색을 내비치지 않고 답례를 하기 위해 애썼다. 본파미유는 일상의 아주 사소한 곳까지도 남녀 공용이었다. 수줍음을 잊든지 아니면 자리를 피해야 했다.

오펠리는 자신의 이름이 적힌 사물함을 열고, 칸막이를 펼치고, 작업복을 벗었다. 어서 빨리 장갑을 다시 끼고 싶었다. 오펠리는 한 켤레밖에 없는 장갑을 아끼려고 힘든 일을 할 때는 벗어두었다. 물건에 닿는 짧은 순간에도 혼란스러운 이미지가 떠올랐다. 자기 물건일지라도 오펠리는 어김없이 자신의 과거, 옛 감정, 오래된 생각에 다시 빠져들었다.

오펠리는 제복을 입다가 현재에 집중하려 애썼다. 그리고 문득 단추를 채우기가 수월해진 것을 깨달았다. 처음 바벨에 왔을 때 배를 조이던 프록코트가 이제는 편하게 숨을 쉴 수 있을 만큼 넉넉해졌다. 살이 빠진 것은 규율에 따라 스타디움을 돌거나, 식당에서 채식 식사를 했기 때문만은 아니었다. 고등교육원과 이곳 아슈 전체가 그녀를 끝없는 긴장 상태로 몰아넣었기 때문이었다.

오펠리는 휙 돌아보며 탈의실에 자기 혼자뿐인지 확인했다. 토템인들은 떠나고 없었다. 그녀는 사물함에서 뒤죽박죽으로 메모를 한 노트들을 꺼낸 뒤, 사물함 안쪽에 남몰래 만들어둔 공간을 가린 이중벽을 떼어냈다. 소지품이 자꾸 사라져 결국 극단적인 조치로 설치해둔 것이었다.

장갑이 보이지 않았다.

오펠리는 사물함에 몸을 더 깊이 넣어 뒤졌다. 위조 신분증과 시각이 맞지 않는 토른의 회중시계는 있었지만, 떠나기 전 분명히 이곳에 넣어두었던 장갑은 온데간데없었다.

"괴롭히는 방법은 무궁무진하니까." 메디아나가 주의를 줬었다.

오펠리는 사물함 문을 닫았다. 이번에는 정도가 지나쳤다.

"우린 모르는 일이야."

오펠리가 생활관에 들어서는 순간 묻지도 않았는데 예지자들이 입을 모아 외쳤다. 그들은 늘 그녀보다 먼저 반응했고, 그런 버릇은 이들 특유의 성가신 짓 중에서도 꽤나 거슬리는 편에 속했다. 예지자들은 평소보다 더 정성껏 포마드를 턱수염에 번들번들 바르며, 부츠 양옆에 광을 내고 있었다. 오펠리는 여자들에게 둘러싸여 지냈던 몇 년의 시간보다 지난 2주 동안 남자애들에게서 멋 부리는 기술을 더 많이 배웠다.

"내 장갑은 어디 있죠?" 그녀가 아랑곳하지 않고 물었다.

"시뇨리나, 누군가를 탓하는 것 같네?"

오펠리는 천장 쪽으로 고개를 들어 올렸다. 메디아나가 체조 연습을 하고 있었다.

"매트리스랑 제복, 부츠, 노트, 이런 건 하찮은 장난이라고 쳐요. 그런데 장갑은 절도예요. 경쟁이 두려우면 정정당당하게 겨뤄요."

"목소리 낮춰." 메디아나가 호리호리한 몸을 유연하게 늘이며 말했다. "너 때문에 젠이 집중력을 잃겠어."

메디아나는 책상에 몸을 기울이고 있는 동양 인형 같은 섬세한 한 여자를 가리켰다. 도자기처럼 고운 손이 오르골을 감싸듯 누르고 있었고, 오르골은 눈에 보일 만큼 빠르게 작아지며 멜로디는 점점 더 높은 음으로 올라갔다. 그녀는 오르골이 실 한 타래만 한 크기가 되고 벌레 같은 윙윙거림이 날 때까지 멈추지 않았다. 그러고는 보이지 않는 고무줄을 조심스럽게 당기듯 두 손을 벌렸다. 그러자 오르골은 버섯처럼 부풀어 올랐다.

젠은 오펠리를 제외하고 유일하게 메디아나 가문에 속하지 않은 선각자였다. 티탄 출신으로 물건의 질량과 크기를 바꾸는 능력을 지닌 콜로스*였다. 젠은 특히 정보 저장에 매우 유용한 초소형 문서 제작에 특화된 능력을 지녔고, 계속해서 점점 더 복잡한 물건들을 축소하는 훈련을 거듭했다. 그녀는 신경이 극도로 예민해서 조금만 집중력을 잃어도 실력을 전혀 발휘하지 못했다. 그것만 아니었다면 그 분야에서 최고가 되었을 터였다.

"내 장갑이 필요해요." 오펠리가 단호한 목소리로 재차 말했다. "내 장갑은 매우 희귀하고 특별한 가죽으로 만들어졌고 내 능력을 차단할 수 있는 유일한 재질이에요."

메디아나는 천장의 중력에서 벗어나기 위해 용수철처럼 몸을 폈다가, 우아한 공중제비로 오펠리 앞에 착지했다. 피부에

* 물체의 질량과 크기를 자유롭게 조절할 수 있는 능력자를 지칭하는 명칭이다. 프랑스어에서 '거인'을 뜻한다.

붙은 수많은 문양들 때문에 그녀는 무대에 막 올라서려는 곡예사 같았다.

"네가 잃어버렸겠지. 네 과거를 봐주길 원해?"

오펠리는 메디아나가 팔을 뻗어 뒷목에 손을 대려 하자 몸을 피했다. 메디아나의 사촌들은 앞으로 목격하게 될 모든 상황을 미리 볼 수 있었고, 그녀의 능력은 속을 꿰뚫는 점에서 더 노골적이었다. 메디아나는 척추를 만져서 의식적이든 무의식적이든 대상의 기억과 직접 연결되어 반응했다. 뛰어난 선각자인 그녀 앞에서는 어떤 비밀도 소용없었다.

"잃어버리지 않았어요." 오펠리는 단호히 말했다.

"바벨에서는 정직하지 않으면 법으로 엄중하게 벌을 받지. 고발을 하기 전에 두 번 숙고하는 게 좋을 거야, 욀랄리 수습생."

오펠리는 어금니를 꽉 깨물었다. 메디아나가 말하고 싶은 바가 대체 무엇일까? 자신의 가짜 신분을 파악하기라도 한 걸까? 중성적인 분위기의 메디아나는 키로 보나 근육으로 보나 오펠리를 능가했지만 말투는 전혀 위협적이지 않았다. 경고조차 친근한 말투로 감추는 화술을 구사했다.

"난 장갑을 되찾고 싶을 뿐이에요." 오펠리가 재차 말했다. "선의를 보여준다면, 나도 선의를 보일게요."

메디아나는 어깨를 으쓱하며 발걸음을 돌렸다. 그러자 공동 침실에 있는 모든 사람이 그 문제에 더 이상 신경을 쓰지 않았다.

오펠리의 손이 떨렸다. 예전에 한번, 아니마에서 새 장갑을 만드는 동안 온종일 맨손으로 지냈던 적이 있었다. 그날은 미쳐 버리는 줄 알았다. 일반 장갑을 끼면 상황은 더 나빠졌다. 감정이 천에 스며들 때마다 자신의 내면 상태를 반복해서 읽게 되기 때문이었다.

서둘러 해결책을 찾지 못한다면 오펠리는 바벨에 머무를 수 없을 터였다.

생활관의 나팔 스피커들이 소리를 내자 그녀는 소스라치게 놀랐다.

"양심 검사! 한 명도 빠짐없이 체육관으로 집합! 양심 검사!"

젠은 끙끙대며 동양 인형 같은 얼굴을 두 손으로 감쌌다. 이제 막 원래 크기로 돌려놓은 오르골에서 불협화음이 들려왔다.

"이런, 감압을 망쳤잖아." 젠이 한탄했다.

공동 침실의 예지자들은 우아한 제복 매무새를 어느 때보다도 더 차분히 가다듬었다. 물론 그들은 예고 없이 나온 안내 방송도 이미 예상하고 있었다.

장갑을 분실한 데 정신이 팔린 오펠리는 양심 검사가 무엇인지 신경 쓸 겨를도 없이 정원을 지나가는 수습생 무리를 뒤쫓았다. 주위의 수습생들은 하나같이 프록코트 단추가 잘 채워졌는지, 옷깃이 반듯한지, 자기 단체 배지가 제자리에 달렸는지 확인하고 있었다. 오펠리는 다른 분과 선각자들과 함께 통합 수업 시간에 쌍둥이 아슈에 가본 적이 있었지만, 체육관 안에 들어가는 건 처음이었다. 그곳은 매일 트랙을 돌던 질퍼덕한 스타디움과는 비교도 안 되는 유리와 철로 지어진 거대한 궁전이었다.

전 분과가 빼곡하게 줄지어, 오른쪽에는 폴리데우케스의 비르투오소들이, 왼쪽에는 헬레네의 비르투오소들이 완벽한 대칭을 이루고 서 있었다. 오펠리만 미로처럼 늘어선 제복들 사이에서 자기 자리를 찾느라 조화로운 광경을 깨뜨리고 있었다.

"여기야, 수습생. 내 뒤에 서."

엘리자베스가 오펠리에게 선각자 줄에 난 빈자리를 가리켰다. 오펠리는 또다시 걷잡을 수 없는 읽기에 빠지지 않으려고 손이 바지에 닿지 않도록 주의하며 자리를 잡았다.

"급히 할 말이 있어요, 엘리자베스. 누가 내 읽기 장갑을 가져갔어요. 장갑 없이는 좋은 컨디션으로 작업할 수 없어요…."

"조심하라고 했잖아, 수습생."

단호한 목소리였다. 오펠리는 엘리자베스의 가냘픈 옆얼굴을 가린 다갈색 머리카락을 말없이 응시했다. 비르투오소를 꿈꾸는 그녀는 헬레네의 선각자들을 통솔했지만, 결코 그들의 소동에 끼어들지 않았다.

오펠리 편을 들어줄 리 없었다.

체육관 습기로 숨이 막혔지만 오펠리는 필사적으로 해결책을 찾느라 머리를 빠르게 굴리고 있었다. 그러다 문득 구석에서 붉은 시선을 느꼈다. 자기 바로 오른쪽 폴리데우케스의 선각자 줄에서 나온 눈빛이었다. 정체를 알기 위해 고개를 돌릴 필요는 없었다. 이번에도 어김없이 레이디 셉티마의 아들 옥타비오의 눈빛이었다. 연구실에서 함께 시간을 보내는 동안 그는 한 번도 오펠리에게 말을 걸지 않았다. 하지만 그는 오펠리를 위에서 내려다볼 기회를 절대 놓치지 않았다. 사실 자신이 키가 크지 않다는 점을 감안하면 더더욱 쉬운 일은 아니었지만. 옥타비오는 자기 어머니보다 관찰력이 뛰어났다. 결코 과장이 아니었다. 그는 눈 아래 놓인 모든 샘플의 연대를 추정할 수 있었다. 지금까지 단 한 번의 실수도 없었다.

오펠리는 그가 반복해서 보내는 시선에서 기꺼이 벗어나고 싶었다. 게다가 그건 전혀 유쾌한 관심도 아니었다. 옥타비오의 눈빛은 젊은 남자가 젊은 여자를 보는 눈빛이 아니었다. 그는 그녀를 감시하고 있었다. 폴리데우케스의 후손을 위한 전용 생활관에서 지내야 한다는 강제 조건이 없었다면 그가 날마다 자기 침대 옆에 앉아 밤을 보냈을 거라고 오펠리는 확신했다.

가끔 신이 옥타비오의 눈을 통해 자신을 감시하는 것 같아 께름칙한 기분이 들었다.

오펠리는 옥타비오의 집요한 눈길을 조심스레 피하며 주변을 둘러보았다. 키가 작은 탓에 시야를 확보하려면 까치발을 해야 했다. 각 분과의 수습생들, 1단계 비르투오소 후보, 2단계 비르투오소 후보, 전공 교수, 행정 직원까지 본파미유 전원이 빠짐없이 모였다. 뤽스의 귀족들도 물론 참석했는데, 유리창을 통과한 빛을 받아 온몸에 두른 금장 장식이 눈부시게 반짝였다. 마치 살아 있는 태양 같았다. 그들 사이에 레이디 셉티마가 서 있었다. 작고 조용하고 차분했지만 설명할 수 없을 정도로 위압적이었다.

이 수많은 얼굴들 사이에서 오펠리는 오직 한 사람, 보이지 않는 얼굴만을 떠올렸다. 인정하고 싶지 않을 정도로 실망감이 컸지만 결국 체념하고 받아들였다. 토른은 본파미유에 없었다.

오펠리는 제복 무리 가운데 자기 혼자 있는 듯했다. 과거에도 시련을 겪었지만 언제나 듬직한 지원군에 기댈 수 있었다. 지금 그녀 곁에는 로즐린 이모도, 작은할아버지도, 베르닐드도, 르나르도, 가엘도, 아르쉬발드도, 목도리도 없었다. 수습생들에게는 면회가 허용되지만 누구를 부를 수 있을까? 오펠리는 앙브루아즈에게 전보를 몇 통이고 보냈지만, 답장이라고는 이게 전부였다.

당신 가방이 아직 우리 집에 있어요. 보내드릴까요?

갑자기 수습생들이 일제히 주먹 쥔 손을 가슴에 가져다 대면서 차려 자세를 취했다. 그들이 발뒤축을 세차게 부딪치자 유리창 전체가 울릴 만큼 큰 굉음이 퍼졌다.

연단으로 누가 나오는지 보기 위해 이번에는 까치발을 할 필요가 없었다. 헬레네의 코끼리를 연상케 하는 형체가 위에서 군중을 내려다보았다. 그녀는 광학기기로 한 명 한 명의 얼굴을 살피고 있었다. 몸에 달린 팔다리의 비율이 너무나 기상천외해 어떻게 중심을 잡고 있는지 의아할 지경이었다. 오펠리는 체육관 바닥에 닿는 날카로운 마찰음을 듣고는 헬레네의 거대한 드레스가 바퀴 달린 크리놀린* 위에 펼쳐져 있음을 알아차렸다.

또 다른 가문 정령이 함께 있었다. 폴리데우케스가 몸소 모습

* 19세기 서양 여성복에 쓰인 속치마 형태의 지지대. 스커트를 부풀리기 위해 철사나 고래수염 등으로 만든다.

을 드러냈다. 그의 모습은 하나하나 너무 조화로워 헬레네의 체형과 얼굴선이 더욱 혼란스럽게 보였다. 시력을 보정할 장비 따위는 필요 없었고, 어두운 피부 위에 그의 두 눈은 등대처럼 빛나고 있었다. 하지만 가장 인상적인 것은 그의 미소였다. 오펠리는 그토록 인자한 미소를 헬레네에게서도, 아르테미스에게서도, 파루크에게서도 본 적이 없었다.

"내 사랑하는 자손들, 이곳에 모여줘서 고맙습니다."

낮고 다정한 폴리데우케스의 목소리는 첼로의 선율처럼 깊은 울림을 주었다. 아버지의 목소리였다. 그는 수습생 모두를 피부색이나 능력에 상관없이 자기 자손인 듯 여기는 눈길로 바라보았다.

'스물한 명의 가문 정령은 저마다 유일무이한 존재로군.' 오펠리는 생각했다.

"나와 내 누이에게 여러분은 눈에 넣어도 아프지 않을 소중한 존재입니다." 폴리데우케스가 말을 이었다. "모두가 비르투오소가 될 운명은 아니지만, 이 고등교육원을 나설 때 여러분은 어떤 위치를 차지하든 저마다의 방식으로 우리 도시의 미래를 대표하게 됩니다."

오펠리는 눈살을 찌푸렸다. 연단 뒤 룩스의 귀족들 사이에 자리한 레이디 셉티마가 폴리데우케스와 똑같이 입술을 움직이고 있었다. 그녀는 학생이 완벽하게 암송하기를 기다리는 선생님처럼 그를 곁눈질하고 있었다.

오펠리는 주위 수습생들의 얼굴을 살폈다. 모두 폴리데우케스의 연설을 한마디도 놓치지 않으려고 열심히 듣고 있었다. 그들에게 세상에서 가치 있는 유일한 자리는 비르투오소의 자리임이 분명했다. 하지만 각 분과에서 한 명만 그 영광을 누리게 된다.

연단 위 폴리데우케스의 미소가 더 짙어졌다.

"여러분의 심장박동 소리가 들립니다. 내 심장도 덩달아 기뻐 날뛰는군요. 여러분의 부모님, 그 부모님의 부모님들 덕분에 우리는 옛 세계에 없었던 평화와 번영의 시대를 살고 있습니다. 그리고 이제 여러분이 그러한 평화와 번영의 수호자가 될 차례입니다."

사람들로 가득 찬 공간에 오펠리가 들어본 적 없을 만큼 깊고 긴 침묵이 흘렀다. 늘 그랬듯, 이런 침묵 앞에선 참을 수 없이 기침이 나올 것 같았다. 더욱이 오펠리는 손을 들고 옛 세계에 대해 조금 더 이야기해달라고 요청하고 싶은 충동을 억누르고 있었다. 수습생들은 기술의 역사, 지질 형성, 언어의 진화, 모든 가문 가계도의 아주 작은 갈래까지도 달달 외워야 했지만, 파열 전 인류에 대해서는 어떤 언급도 없었다.

"이제, 내 사랑하는 자손들에게, 말하고 싶은 것은… 내가 말하려는 것은…."

폴리데우케스는 말을 멈췄다. 무슨 말을 해야 하는지 잊었던 것이다. 바로 그 순간 카리스마 넘치는 가장의 모습은 온데간데없었고, 그는 아이처럼 어쩔 줄 몰라 했다. 그는 헬레네를 쳐다봤지만, 그녀는 거대한 입을 꽉 다물고, 눈에 달린 망원경으로 다른 곳을 응시하고 있었다. 도움을 줄 생각이 전혀 없어 보였다.

오펠리는 연단에서 레이디 셉티마가 다시 입술을 움직이고 폴리데우케스가 본능적으로 그녀를 쳐다보는 것을 눈치챘다. 가문 정령은 꼭두각시였다. 거대하고 환상적인 꼭두각시.

"아, 그렇지." 폴리데우케스가 다시 인자하기 그지없는 미소를 지으며 말을 이었다. "누이와 나는 우리 고등교육원을 후원해주시는 룩스 후원자들께 개인적인 감사의 인사를 전합니다. 그들은 여러분 한 명 한 명에게 시민 의식의 정수를 주입하기 위해 애쓰고 계십니다. 가장 저급하고 파괴적인 본능을 자제하게 해주는 시민 의식 말입니다. 이제 나의 사랑하는 자손, 여러분이 발언할 차례이니 고백해보세요!"

오펠리는 당황했다. 대체 누가 무엇을 고백해야 한다는 걸까?

맨 첫 줄 끝에서 한 수습생이 한 발 앞으로 나서며 큰 목소리로 외쳤다.

"저는 거짓말을 하지도, 속임수를 쓰지도, 도둑질을 하지도, 도시의 법을 거스르는 어떤 행동도 하지 않았음을 이 자리에서 엄숙하게 맹세하는 바입니다."

"좋아요." 폴리데우케스가 한없이 부드러운 목소리도 말했다. "이의가 있으면 지금 제기하기 바랍니다."

누구도 이의를 제기하지 않았다. 수습생은 제자리로 돌아갔고, 이번에는 옆에 있던 수습생이 나와서 똑같이 선언했다. 그렇게 각 단체의 각 분과에서 한 명씩 똑같은 선언을 했다. 어쩌다 '식사를 남겨 음식을 낭비했습니다' 또는 '수업을 제대로 듣지 않아 다른 학생의 답안지를 몰래 베꼈어요' 하며 잘못을 공개적으로 고백하는 학생이 한둘 있었다. 그러면 각 단체의 책임자가 처벌을 제안하고 폴리데우케스는 고개를 끄덕여 승인했다.

오펠리는 할 말을 잃었다.

그녀는 처음으로 이의 제기 장면을 보고 왜 그들이 스스로 죄를 고백하는지 그 이유를 이해했다. 한 서기 수습생이 법을 지켰다고 장담하자 청중석에서 즉시 누군가 손을 들었다.

"이의 있습니다! 금지어 목록에 포함된 단어를 사용하는 것을 들었습니다!"

수군거리는 소리가 순식간에 체육관 전체로 퍼져나갔고 폴리데우케스는 가슴에 정통으로 가격을 당한 듯 인자한 미소가 옅어졌다.

"수습생, 이의에 대해 해명하겠어요?"

수습생들이 모인 이후 처음으로 헬레네가 음울한 목소리로 발언하자 웅성거림이 바로 잠잠해졌다. 그녀는 문제의 수습생을 제대로 볼 수 있도록 광학기기의 붙였다 뗄 수 있는 렌즈를 조작했다. 그녀의 피후견인 중 한 명이었다.

"아닙니다." 서기 수습생이 말했다. "그건 진심이 아니었…."

"했거나, 아니면 안 했거나. 둘 중 하나겠죠." 헬레네가 가로막았다. "다른 증인들도 금기어를 들었나요?"

여러 명이 손을 들었다. 오펠리는 두 줄 앞에 앉은 서기 수습생의 귀가 새빨개지는 것을 보았다. 남 걱정할 때가 아니었다. 양심 검사 시간은 공개 재판이 되어버렸다.

"죄송합니다." 서기 수습생이 얼버무렸다. "수사학 토론 중에 전쟁할 필요가 없다고 말한 적이 있는 것 같습니다. 하지만 분명 비유적인 의미로 쓴…."

"세 번이나 죄를 저질렀네요." 레이디 셉티마가 즉시 말을 잘랐다. "죄를 지은 죄, 그 죄를 고백하지 않은 죄, 다시 금기어를 발설한 죄. 이제 어떤 벌을 받을지는 헬레네 부인의 권한이지만, 저는 격리 조치를 제안할 수밖에 없습니다."

"그렇게 하세요." 헬레네가 태연하게 동의했다. "수습생은 이 순간부터 격리에 처합니다. 40일 동안 누구와도 말을 할 수 없고, 그 누구도 수습생에게 말을 걸 수 없습니다. 수습생은 당분간 모든 단체 활동에서 배제되고, 모든 권한이 박탈됩니다. 휴가도 없고, 면회도 없습니다. 편지도 받지 못합니다. 말 없이 수업을 듣고, 상관이 직접 질문을 건네는 경우가 아니면 발언하지도 못합니다."

오펠리는 서기 수습생의 터질 듯했던 붉은 귀가 핏기 없이 창백해지는 것을 보았다. 오펠리의 귀는 벌집처럼 윙윙거렸다. 그녀는 조금 전 혼자라고 느꼈지만 그 수습생이 느낄 고독은 상상도 할 수 없었다. '전쟁'이라는 단어를 사용했다고 이토록 가혹한 벌을 내릴 수 있나? 이것이 평화를 위해 노력한다는 것인가? 오펠리는 안경을 이리저리 돌려가며 둘러보았지만 그 누구도 반발하는 것 같지 않았다. 오펠리는 긴 검은색 앞머리 사이로 자신을 살펴보고 있던 옥타비오와 눈이 마주쳐 감정을 억눌러야 했다.

다시 양심 검사가 이어졌고, 벌써 사건을 잊은 폴리데우케스는 아버지처럼 어진 모습을 되찾았다.

마침내 오펠리 차례가 되자 심장이 너무 세게 뛰었다. 연단에 있는 헬레네도 폴리데우케스도 자신의 심장박동 소리를 듣지 않기를 바랐다. 오펠리와 같은 공동 침실을 쓰는 학생들이 그녀보다 먼저 나갔지만, 아무도 그녀의 장갑을 훔쳤다고 고백하지 않았다. 지금 이 사건을 공개적으로 문제 삼는다면 어떤 일이 벌어질까? 사물함에 위조 신분증이 들어 있는 지금은 일을 크게 만들면 안 될 것 같았다.

"저는 거짓말을 하지도, 속임수를 쓰지도, 도둑질을 하지도, 도시의 법에 위배되는 어떤 행동도 하지 않았음을 이 자리에서 엄숙하게 맹세하는 바입니다."

오펠리의 작은 목소리는 멀리까지 닿지 않았지만, 폴리데우케스가 다시 말하라고 요구하지 않고 미소를 짓자 그녀는 마음이 놓였다.

"좋아요. 이의가 있으면 지금 제기하세요."

오펠리는 오른편에서 손이 올라가는 것을 보았다. 모세 혈관에서 불이 붙은 듯 뜨거워졌다. 옥타비오였다. 그는 붉은 눈을 똑바로 앞에 고정했고, 움직일 때마다 볼을 따라 골드 체인이 흔들렸다.

그는 알고 있었다.

그는 알고 있었고, 오펠리를 고발할 터였다.

"이의는 아니고 요청입니다." 옥타비오가 침착하게 말했다. "수습생 욀랄리는 새로운 장갑이 필요합니다. 학습을 이어나가는 데 필요한 작업 도구입니다. 아직 수습 기간이기에 그녀가 시내에 갈 수 있도록 특별 외출을 허락해주실 것을 요청드립니다."

연단에서 셉티마는 자신의 아들을 평소보다 더 이글거리는 눈으로 보았다. 그녀가 혼란스러웠다면, 오펠리는 졸도하기 직전이었다.

"외출을 허가합니다." 헬레네가 아무렇지 않게 선언했다. "다음 양심 검사."

오펠리는 양심 검사가 끝나기를 기다리면서 입술을 깨물었다. 수습생들에게 퇴장해도 좋다는 허가가 떨어지자마자 그녀는 마음을 단단히 먹고 곧장 옥타비오 쪽으로 갔다.

"고마워요."

오펠리는 자기도 모르게 경계하는 목소리로 말했다. 그는 자기를 도왔다. 그녀는 이제 그 대가를 알고 싶었다.

옥타비오는 마치 물결표를 닮은 듯한, 검고 또렷한 눈썹을 치켜올렸다. 자기 엄마를 꼭 닮아 아주 미묘한 표정에서도 위엄이 느껴졌다. 그에게는 큰 키도, 건장한 몸도 필요 없었다. 카리스마로 족했다.

"너를 위해서가 아니라 고등교육원을 위해서였어. 네가 비르투오소가 되지 못한다면, 그건 능력 탓이어야지 도구 탓이어서는 안 돼." (옥타비오는 오펠리가 반응할 틈도 주지 않고, 무덤덤한 목소리로 말을 이었다.) "시내에 가면 울프 교수님 댁으로 가. 널 도와주실 수 있을 거야."

"울프 교수님?" 오펠리는 점점 더 어리둥절해졌다. "장갑을 만드는 사람인가요?"

"아니, 아니마인이야. 순수 혈통은 아니지만 너처럼 읽는 사람이지. 어렵지 않게 찾을 수 있을 거야. 메모리알에서 연구하시지 않는 날에는 집에만 틀어박혀 계시니까."

그 뒤로 오펠리의 귀에는 어떤 말도 들리지 않았다. 박동하는 심장 소리가 세상의 모든 소리를 삼켜버렸다.

읽는 남자

오펠리는 무겁게 내리쬐는 햇볕의 열기가 느껴지지 않았다. 주위에 파리가 날아다니는 듯한 윙윙거림도 더 이상 들리지 않았다. 자기가 앉아 있는 돛 달린 곤돌라가 천천히 가르는 구름 바다도 눈에 들어오지 않았다. 그녀는 머릿속을 맴도는 한 가지 생각에 온 정신을 쏟고 있었다. 읽는 남자, 아니마에서 태어나지 않은 읽는 남자, 메모리알에서 조사를 벌이고 있는 읽는 남자를 생각하고 있었다.

'토른일 리가 없어.' 오펠리는 되뇌고 또 되뇌었다. '내 아니마 능력은 토른을 거울로 드나드는 사람으로 만들었지 읽는 사람으로 만들지는 않았어.'

그렇지만 혹시나 하는 마음이 드는 건 어쩔 수 없었다. 오펠리의 할퀴기 능력도 결혼식을 올린 뒤 몇 주가 흐른 뒤에야 뒤늦게 발현되지 않았던가?

곤돌라를 모는 제피로스인은 노련한 동작으로 살며시 바람을 비켜나며 선착장에 부드럽게 정박한 뒤 트랩을 내렸다. 오펠리는 운행료를 내지 않고 다른 승객들과 함께 곤돌라에서 내렸다. 본파미유에서 일일 통행증을 발급해줘, 천공 카드를 공공 서비스 검표기에 넣기만 하면 되었다. 이러한 자유는 눈속임으로, 카드를 미터기에 통과시키면 고등교육원은 학생들이 허가받은 외출 시간 외에도 돌아다니는지 확인할 수 있었다. 용무를 볼 수 있도록 오펠리에게 주어진 외출 시간은 세 시간이었다. 더도 덜도 아니었다.

오펠리는 안경을 콧등 위로 고쳐 썼다. 막 도착한 섬은 바벨 군도의 가장자리에 위치해 있었으며, 오후의 열기 때문에 저 멀리 수로와 원형 건물들의 형상이 일그러져 보였다. 이곳에서는 도시의 웅장함은 찾아보기 힘들었다. 집들이 하나의 화강암 덩어리처럼 다닥다닥 붙어 있었고, 부드러운 분위기를 자아낼 정원이나 분수도 없었다. 도로에 포석이 깔리지 않아 바람에 이는 붉은 먼지들이 숯불처럼 타닥타닥 소리를 냈다. 한쪽에서는 도도새 무리가 살찐 비둘기처럼 몸을 흔들며 길을 걷고 있었다.

이제까지 오펠리는 교통신호 안내원에게 길을 물었지만 이곳에는 로봇 동상은 물론 그 비슷한 것도 없었다.

"혹시 울프 교수님 댁이 어딘지 아시나요?"

오펠리가 행인에게 길을 묻자, 그는 그녀의 제복을 위아래로 훑어보고는 아무런 말도 없이 손가락으로 방향을 가리켰다. 그녀는 머지않아 동네 사람들이 길을 걷는 자신을 적대적인 얼굴로 돌아보는 것을 알아차렸다. 그들은 모두 공기 중에 부유하는 먼지가 붉게 물들이지 않았다면 하얀색이었을 토가를 걸치고 터번을 쓰고 있었다. 무능력자들이었다. 오펠리는 그들 가운데

서 따분한 얼굴로 빈둥거리며 문 앞에서 주사위 놀이를 하는 수많은 청년들을 보고 깜짝 놀랐다. 그들은 지나치게 활동적인 시내의 로봇들과 선명한 대조를 이루고 있었다.

오펠리는 다시 길을 묻고 난 뒤 마침내 넝쿨에 뒤덮인 허름한 건물에 다다랐다. 현관 계단의 난간에 걸터앉은 왕부리새가 다가오는 그녀를 보고 큰 소리로 울었다. 그러자 잠이 덜 깬 얼굴로 노부인이 문을 열어주었다. 오펠리의 제복을 보고 노부인은 물벼락을 맞은 듯 깜짝 놀랐다.

"미스?" 부인은 크고 동그란 눈으로 물었다.

"울프 교수님을 찾아왔어요."

옥타비오와 대화를 나눈 뒤로 억누르고 있던 감정을 오펠리는 목소리에 드러나게 하지 않으려 했지만, 끝내 그것을 숨기지 못했다. 그런 희망만은 절대 품어서는 안 되었다.

"난 이 집 주인이에요." 노부인이 이번에는 지겹다는 얼굴로 말했다. "뒤쪽에 별도의 출입구가 있어요. 미리 말씀드리자면 하숙인은 호락호락하지 않은 사람이랍니다."

오펠리는 가슴을 비트는 듯한 위경련을 애써 무시하며 대화를 이어갔다.

"교수님은 댁에 계시나요?"

"아, 미스, 집에 있죠. 사실은 집에만 있어요. 그 사고 이후로 바깥출입을 하는 법이 없어요. 그렇게 똑똑한 사람이었는데 참 안타까워요!"

또다시 위경련이 가슴을 쥐어짰다.

"사고요?"

"내가 답할 질문은 아니고요, 미스. 이 건물 뒤로 돌아가 문을 두드려보세요. 열어줄지도 모르고, 아닐 수도 있어요."

오펠리는 건물 뒤편으로 갔다. 그곳도 넝쿨이 너무 무성해 1층 덧창 전체를 뒤덮고 있었다. 식물 감옥이나 다름없었다.

은신처. 오펠리는 바싹 마른 입에 남은 침을 삼키며 정정하지 않을 수 없었다. 명패도 없고, 거주자가 누구인지 보여주는 우편함도 없었다.

그녀는 소스라치게 놀랐다. 문에 다가서기 무섭게 쇠고리가 문을 두드려 그녀가 찾아왔음을 알렸다. 저절로 작동된 것이었다.

문 안쪽에서 아주 희미한 소리가 들려왔다. 누군가 문구멍 덮개를 들어 올렸다. 오펠리는 자기 모습이 보일 수 있도록 최대한 몸을 높이 세웠다. 오랜 침묵이 이어진 뒤, 안전 고리가 걸린 채로 현관문이 살짝 열렸다. 남자는 모습을 드러내지 않았다. 아무 말도 하지 않았다. 긴장되고 깊은 심호흡만이 그의 존재를 알려주었다.

그는 기다렸다.

오펠리는 목이 메어 아무 말도 못 하고, 본파미유의 행정 증명서를 문틈으로 밀어 넣었다. 장갑 낀 긴 손가락이 나타나 증명서를 낚아채 어둠 속으로 사라졌다.

종이 구기는 소리. 또다시 끝없는 침묵이 이어졌다.

남자는 문을 닫더니 안전 고리를 풀고, 오펠리에게 문을 열어주었다.

현관에 발을 들여놓자마자 오펠리 뒤로 문이 저절로 닫혔다. 곧바로 수많은 빗장이 연이어 철커덕 소리를 내며 솟아났다. 여전히 햇빛에 눈이 부셨던 오펠리와 안경은 실내를 감싼 어둠에 빨리 익숙해지지 않았다. 남자는 아직 정체를 알 수 없는, 옷걸이처럼 크고 뻣뻣한 그림자에 지나지 않았다. 그의 조심스러운 발걸음 아래로 마룻바닥이 삐걱거렸다. 남자는 화덕에 이글거리는 작은 불꽃 같은 두 눈으로 행정 증명서를 건넨 방문객의 제복을 계속 쳐다보았다.

"장갑? 평범한 요청은 아니군."

오펠리는 예의를 갖춰 억지로 미소를 지으며 고개를 끄덕였다. 울프 교수는 서서히 그녀 앞에 모습을 드러냈다. 머리카락, 눈썹, 턱수염은 그의 창백한 피부만큼이나 짙은 검은색이었다. 이마와 입가에 깊게 파인 주름 때문에 노화가 일찍 찾아온 40대처럼 보였다.

토른은 아니었다.

오펠리는 애써 희망을 품지 않고 하루를 보냈다. 그런데 왜 갑자기 문을 박차고 뛰쳐나가고 싶은 걸까?

"그것도 모자라 말도 못 하는 건가?"

울프 교수의 억양은 바벨인의 것도, 엄밀히 말해 아니마인의 것도 아닌, 그 둘이 희한하게 섞인 억양이었다. 더 이상 외출을 하지 않아 도시의 복장 규정을 따르지는 않았다. 검정 양복을 입고 검정 장갑을 낀 그는 아니마 대관측소의 학자와 비슷한 차림이었다.

"아니요." 오펠리가 마침내 입을 열고 웅얼거렸다.

오펠리는 '그것도 모라자'가 무슨 뜻인지 몰랐지만 개의치 않았다. 이 사람은 토른이 아니기에 자신을 어떻게 생각하든 상관없었다.

"서류를 보니 자네도 읽는 사람이로군." 울프 교수가 읽는에 힘을 주며 말했다. "게다가 맨손으로 돌아다니는 읽는 사람이라니. 장갑은 어떻게 한 거지?"

오펠리는 그게 교수와 무슨 상관인지 의아했지만, 그가 꼭 필요했기에 기분을 언짢게 할 수 없었다.

"어쩌다 보니 잃어버렸어요. 새 장갑을 구할 수 있도록 도움을 받으러 왔어요. 비용은 전부 본파미유에서 부담할 거예요."

오펠리는 '그 빚은 추가 잡무로 갚을 예정입니다'라고 덧붙이고 싶었지만 참았다.

울프 교수는 오펠리의 손을 의심스러운 눈으로 바라보았다. 목을 감싼 나무 재질의 목 보호대 탓에 그는 더 경직되어 보였다. 여기에 뾰족한 턱이 더해지자 그의 얼굴이 곡괭이처럼 보였다. 목 보호대는 집주인이 말한 사고 때문에 한 것일까?

"따라오게." 그가 마지못해 말했다.

울프 교수는 현관을 지나서 역시 깜깜한 거실로 오펠리를 안내했다. 덧창 사이로 스며든 한낮의 빛이 미약하게 반짝였다. 제대로 숨을 쉴 수가 없었다. 방 안에 선풍기가 돌고 있었지만 뜨거운 열기도, 갇힌 공기에서 나는 퀴퀴한 냄새도 어쩌지 못했다. 줄줄이 늘어선 장식장의 먼지 낀 유리문 너머로 해골들과 화석들이 보이자 오펠리는 기괴한 전시실에 온 것 같았다. 자기가 지나가자 의자, 테이블, 상자 들이 야생동물처럼 뒤로 물러서는 모습에 얼떨떨했다. 울프 교수는 그만큼 의심이 많은 성격인 듯했고, 그의 아니마 능력은 가구들에까지 깊이 배어 있었다.

오펠리의 놀라움은 고고학 발굴 전리품들 사이에서 무척이나 인상적인 무기 수집품을 보자 한층 더 커졌다.

"교수님의 연구는 옛 세계의 전쟁에 관한 건가요?"

오펠리는 금기어가 입 밖으로 나왔다는 것을 너무 늦게 깨달았다. 서랍을 뒤지던 울프 교수가 매서운 눈길로 그녀를 쳐다보았다.

"그다음은 뭐지? 날 고발이라도 할 건가? 법에서 무기는 소지하지 못하게 하고 있지만, 역사적 유물은 제외야." (목 보호대 때문에 몸을 편하게 숙이지 못해 짜증이 난 교수가 장식장 서랍을 빼 테이블 위에다 안에 있던 물건을 쏟았다.) "전쟁은," 그가 목소리를 낮춰 말했다. "보통 국경이라는 개념과 연계되어 있지. 파열이 국경을 산산조각 냈지만, 그렇다고 전쟁이 멈췄나? 알아두게, 젊은이, 평화는 실체 없는 관념일 뿐이야. 분쟁은 어떤 얼굴로든 지금도 벌어지고 있고, 앞으로도 계속될 걸세. 지금 걸치고 있는 선동적인 제복을 입고 이 집 밖에만 나가봐도 두 눈으로 확인할 수 있지."

오펠리는 자신을 뚫어져라 보던 무능력자들을 떠올렸다. 멀시와 탐욕이 뒤섞인 시선이었다. 아주 오랜만에 제정신인 사람을 마주하고 있다는 느낌을 받았다. 처음 만난 순간 느꼈던 실망감이 사라졌다.

"교수님 말씀에 동의합니다."

울프 교수는 테이블 위의 잡동사니에서 줄자를 끄집어내며, 검고 짙은 눈썹을 찌푸리고는 냉소적인 미소를 흘렸다.

"그런가. 우리 가문과는 무관한 읽는 여자가 우리 집에 찾아와서 내 세계관에 동의하다니. 오늘은 재수가 좋군!"

"저를 믿지 않으시네요." 오펠리가 말했다. "이 집에 들어선 순간부터 단 한순간도 저를 믿지 않으셨어요. 왜죠?"

교수는 채찍을 휘두르듯 줄자를 휙 펼쳤다.

"이봐, 젊은이, 바깥은 전쟁이라고 말했잖나. 아니마인 아버지와 무능력자 어머니를 둔 나는 어떤 공동체에서도 받아들여진 적이 없었지. 난 존재 자체가 갈등의 연속인 사람인지라, 기본적으로 모든 인간을 잠재적 적으로 여긴다네. 내 눈높이로 손을 들어보게." 교수가 퉁명스럽게 명령했다.

오펠리는 치수를 잴 수 있도록 팔을 들어 올렸는데, 주인의 불신에 물든 줄자가 완전히 낯선사람에게 닿지 않으려고 몸부림쳐 작업이 쉽지 않았다.

"그래서 옛 세계가 궁금한가?" 울프 교수가 여전히 냉소적인 말투로 물었다. "내 화석 중 몇 개를 읽어보면 어떤가?"

오펠리는 차마 입을 열지 못했다. 줄자가 그녀의 손을 너무 세게 감아 피부에 생채기가 났다.

"화석은 읽을 수 없죠." 오펠리가 답했다. "원료도, 생명체도 마찬가지고요. 전 진짜로 읽는 여자예요. 정말로 절 시험해보고 싶으시다면, 더 그럴싸한 함정을 파보세요."

교수는 비웃으며 얼굴을 찌푸리더니 전보 보낼 종이에 치수를 옮겨 적었다. 목 보호대 때문에 고개를 숙이지 못하는 상태에서 글씨를 쓰는 것 자체가 곡예에 가까웠다. 착각일 수도 있지만 오펠리는 점수를 얻었다는 인상을 받았다.

"메모리알에서 앙리 경 독서 그룹에 들어가고 싶어요. 교수님도 그곳에서 연구를 하신다고 들었어요."

종이 위로 펜이 미끄러졌다. 오펠리는 교수의 떨리는 손을 보고 깜짝 놀랐다.

"했었지." 교수가 이를 갈며 정정했다.

"왜 그만두신 거죠?"

"개인적인 사정 때문이네."

"그래도 그곳에 대해선 잘 아시겠어요."

"다시는 거기에 발을 들이지 않을 만큼 잘 알지."

울프 교수는 너무 많은 말을 했다는 듯 인상을 구겼다. 전보를 원통 안에 넣고 레버를 올리자 그 즉시 전보가 관에 빨려 들어갔다.

"다 됐네. 자네 장갑을 내 개인 공급자에게 주문했으니 업체가 직접 본파미유로 연락해 며칠 내로 장갑을 배달할 걸세. 됐지?"

오펠리는 망설였다. 무엇보다도 스크레타리움에 대해 묻고 싶어 입이 근질거렸지만, 그랬다가는 지금보다 의심만 더 키울 터였다.

"사용하시지 않는 오래된 장갑 한 켤레 빌려주실 수 있나요? 오늘 아침부터 손에 닿는 모든 것을 읽고 있는데, 이래가지고는 며칠도 버티지 못할 것 같아요."

울프 교수는 단호히 거절할 것처럼 입술을 삐죽거렸지만 지친 듯 한숨을 쉬며 생각을 바꾸었다.

"잠시 기다리게. 절대 아무것에도 손대지 말고."

그는 오펠리를 수집품 한가운데 홀로 남겨두고 자기만큼이나 불쾌한 소리를 내는 계단을 올라갔다. 오펠리는 무기들을 따라 걷다가 미지근한 바람을 내뿜는 선풍기 앞에 멈춰 섰다. 그리고 눈앞의 먼지 쌓인 벽에 걸린 거울을 보고 살짝 놀랐다. 그녀는 고등교육원에 입소한 뒤로 거울을 본 적이 없었다. 제복을 입고, 복숭아 같은 볼에, 머리는 물음표 모양으로 곱슬거리는 왜소한 여자의 모습에 익숙해지는 데는 시간이 조금 필요했다. 성가신 긴 머리와 단정히 목을 여민 드레스와 오래된 목도리. 목도리가 떠오르자 심장을 조이는 통증이 느껴졌다. 자신의 원래 모습은 온데간데없었다. 민얼굴을 세상에 드러내는 게 최고의 변장이었다. 폴에서 오랫동안 밈으로 하인 복장을 했을 때보다 훨씬 더 효과적이었다.

오펠리가 고고학 발굴 작업 사진 쪽으로 다가가는데 놀란 쓰레기통이 그녀를 피하려고 옆으로 튀어 올랐다. 한동안 비워지지 않아 종이 뭉치가 가득했는데, 일부가 바닥에 쏟아졌다.

서둘러 종이들을 다시 주워담았지만, 그중 한 장이 숨이 멎을 정도로 강렬한 감정을 불러일으켰다.

두려움. 순수한 상태의 두려움. 울프 교수의 두려움이었다.

오펠리는 불붙은 숯덩이처럼 바닥에 떨어진 구겨진 편지를 응시했다. 울프 교수의 두려움이 종이에 전염된 것이라면, 이는 그가 편지를 만졌을 때 장갑을 끼지 않았다는 뜻이다. 노련한 읽는 사람은 발송인의 진실성을 확인하려는 것이 아니라면 절대 맨손으로 편지를 만지지 않는다.

다른 상황에서라면 오펠리는 절대 선을 넘지 않았겠지만, 이번에는 호기심이 양심보다 훨씬 강했다. 스스로 무얼 하는지 깨닫기도 전에 오펠리는 덧문으로 들어온 희미한 빛 아래에서 그 종이를 펼쳤다.

친애하는 교수님께,

교수님의 사고 소식을 듣고 마음이 아팠어요. 계단에서 떨어져 목뼈가 완전히 부러질 뻔했다면서요! 교수님이 무사하셔서 교수님뿐 아니라 우리 모두에게도 다행입니다. 메모리알 회의와 학회 회의에서 교수님을 조만간 다시 볼 수 있길 바랍니다. 교수님의 연구에 모두가 찬사를 보내지는 않지만 우리의 학문 분야에 본질적인 흥미를 제공하는 것만은 분명합니다.

이와 관련해 교수님이 보내신 샘플을 살펴보았어요. 구성이 참 놀라웠어요! 연대 측정에 애를 먹긴 했지만, 결국 제 전문 지식도 교수님의 결론에 동의하게 되었습니다. 한 가지 여쭙자면, 그 샘플은 어떤 문서에서 추출하신 건가요?

모쪼록 건강하시고, 안녕히 계세요.

교수님의 신실한 친구이자 동료 드림

울프 교수가 이 글을 읽었을 때 느꼈던 공포에 오펠리의 손가락이 떨렸다. 이유를 이해할 수도, 그 문제를 깊이 생각할 겨를도 없었다. 계단에서 발소리가 났다.

오펠리는 종이를 구겨 다시 쓰레기통에 어설피 던졌는데 완전히 빗나가고 말았다.

"자, 여기." 계단을 내려온 울프 교수가 검은 장갑을 건넸다. "돌려줄 필요는 없네, 어차피 나는 안 쓸 거니까."

오펠리는 교수의 시선을 피하며 장갑을 꼈다. 자신이 읽은 것에 너무 충격을 받고, 직업윤리를 어겼다는 죄책감에 휩싸인 그녀가 떨리는 목소리로 답했다.

"고, 고맙습니다."

울프 교수는 턱을 앞으로 더 길게 드러냈고 다시 의심스러운 눈으로 사방을 살폈다. 오펠리는 교수가 목 보호대 때문에 마룻바닥에 떨어진 둥그렇게 말린 종이를 보지 못하기를 바랐지만, 결국 그는 보고 말았다. 교수의 얼굴에 이내 놀라움, 공포, 분노가 뒤섞였다.

"죄송해요." 오펠리는 저도 모르게 말했다. "편지가 떨어졌어요. 그냥 주우려고 했는데 저도 모르게 그만…."

오펠리는 말을 끝마칠 수 없었다. 울프 교수가 그녀의 팔을 낚아채 그녀를 벽에 걸린 거울로 밀치는 바람에 거울이 산산조각 났다.

"더러운 스파이 같으니!"

"아니에요!" 오펠리는 반쯤 정신이 나간 상태로 힘겹게 몸을 일으켜 세우며 단호하게 말했다. "저는 교수님의 적이 아니에요. 교수님께 무슨 일이 일어났는지 진심으로 알고 싶을 뿐이에요!"

이성을 잃은 울프 교수는 오펠리의 프록코트 깃을 움켜잡고 발이 닿지 않을 정도로 들어 올렸다. 목뼈를 다쳤지만 힘이 약하지는 않았다.

"온 인류가 내 적이야." 그가 이를 갈며 내뱉었다. "그러니 앙리 경의 독서 그룹에나 들어가, 염탐꾼아. 거기서 재미나 보라고. 내 집에서 당장 나가!" 그녀를 거칠게 내려놓으며 그가 명령했다.

오펠리는 현관을 향해 뛰었다. 문이 알아서 빗장을 풀어 길을 터주었고 그녀를 있는 힘껏 밖으로 내쫓은 뒤 그녀의 등 뒤에서 스스로를 쾅 닫았다. 오펠리는 건물 마당에 무릎을 꿇고 주저앉았고, 심장은 갈비뼈를 두드릴 듯 뛰고 있었다. 오펠리가 여전히 파랗게 겁에 질린 안경을 다시 추슬러 올렸을 때, 햇볕 아래 빗자루질을 하고 있는 집주인과 눈이 마주쳤다. 그녀의 어깨 위에는 왕부리새 한 마리가 앉아 있었다.

"말했잖아요, 미스. 우리 집 하숙인이 호락호락하지 않다고."

불운아

오펠리는 자기 손가락에는 너무 큰 울프 교수의 장갑 끝을 하나씩 매만졌다. 답을 찾으려고 교수를 찾아갔지만 더 많은 의문과 몇 군데의 긁힌 상처만 안고 돌아왔다. 교수는 무엇 때문에 메모리알에서 연구를 단념했을까? 그가 감정을 의뢰한 샘플은 무엇이었을까? 왜 동료의 답변에 그토록 공포에 떨었을까? 그가 느낀 두려움은 미스 사일런스가 죽기 직전 느꼈던 공포와 어떤 관계가 있을까?

거센 소나기가 버드트램의 창문을 내려쳤다. 오펠리는 목구멍으로 울컥 올라오는 감정을 억누르며 눈을 감았다. 주인 잃은 개처럼 바벨 거리를 헤매는 목도리의 이미지가 단 하루도 머릿속을 떠난 적이 없었다.

아니야. 그런 생각 말자. 앞으로 나아가야 해.

오펠리는 버드트램이 전망대 근처에 다다른 것을 느끼고 눈을 떴다. 정거장은 다섯 번째 아카데미였고, 곧 고등교육원에 도착할 터였다. 학생들은 후드를 뒤집어쓰고 비를 맞으며 내렸고, 또 다른 학생들이 빗물을 떨며 올라탔다. 정거장에 설 때마다 오펠리는 학생들 사이에 휠체어를 탄 남자가 없는지 살폈다. 앙브루아즈가 그리웠다. 그와의 우정과 그의 호의와 수다스러움이 그리웠다. 그녀는 왜 그가 갑자기 자신과 거리를 두고, 전보에도 거의 답하지 않고, 찾아오지도 않는지 이유를 알 수 없었지만, 그가 걱정되었다.

아니야. 그런 생각도 하지 말자.

오펠리는 창을 따라 구불구불 흘러내리는 빗줄기 사이로 멀리 모습을 드러낸 메모리알을 바라보았다. 저 벽들 사이 어딘가에 스크레타리움이 있었다. 그 안에 금고가 있다. 그 금고 안에 '궁극의 진실'이 있다. 만약 미스 사일런스나 울프 교수가 그 진실에 너무 가까이 접근한 것이라면? 토른도 진실을 발견하기 위해 스스로를 위험에 빠뜨렸다면? 그곳까지 가볼 수도 없이 다음 역에서 내려야 한다는 것이 답답했다. 세 시간의 허가된 외출이 끝났다. 느려터진 곤돌라 때문에 소중한 시간을 버린 데다 버드트램도 놓칠 뻔했다. 수습 기간이 이틀 남은 상황에서 교통편을 놓쳐 본파미유에서 쫓겨났다면 최악이었을 터였다.

오펠리는 손끝으로 헐렁한 장갑을 다시 만지기 시작했다. 몸속 깊은 곳에서 한숨이 올라왔는데, 한숨을 내쉰 건 옆자리 남자였다. 오펠리는 의아해하며 그를 향해 시선을 돌렸다. 그도 빗방울이 내려치는 창을 응시하고 있었는데, 궂은 날씨가 자기 잘못인 듯 죄지은 얼굴을 하고 있었다. 희끗희끗하고 헝클어진 머리카락과 길고 뾰족한 코가 돋보이는 그의 옆얼굴은 고슴도치를 떠올리게 했다. 어디선가 본 듯 익숙했는데, 제복에 핀으로 꽂힌 '보조 사서' 배지를 보고 그 까닭을 알았다.

"책 수레를 끌던…." 오펠리가 웅얼거렸다.

그는 잠시 멈칫하더니 창에서 시선을 뗐다.

"소리, 미스? 제게 하신 말씀인가요?"

오펠리는 애써 예의 바른 미소를 지었다. 울프 교수와의 만남은 잘 풀리지 않았지만, 이 사서가 한창 비행 중인 버드트램 밖으로 나를 내던지려고 하지는 않겠지?

"우리 만난 적 있죠. 메모리알 아동 서가에서. 제가 책 수레를 엎어서… 제 실수 때문에 그쪽이 꾸중을 들었잖아요."

"아, 책!" 사서가 중얼거렸다. "아주 오래전 일 같네요."

어깨 사이로 목을 움츠린 사환은 무릎 위로 깍지 낀 오펠리의 두 손을 아무 말 없이 홀린 듯 바라보았다. 그는 철저히 혼자인 것 같았다. 아버지가 만든 로봇들 사이에 홀로 있던 앙브루아즈만큼이나. 삼중으로 문을 잠그고 두문불출하는 울프 교수만큼이나.

'나만큼이나.' 오펠리는 자기도 모르게 생각했다.

"욀랄리예요." 오펠리가 이름을 밝혔다.

"왓?" 사환은 깜짝 놀랐다. "오, 어… 전 블라시우스입니다." (그는 격식을 차리는 게 어색한 듯 뒷덜미를 긁적였다.) "전… 어, 그 제복… 비르투오소 수습생인가요?"

오펠리의 입가에 이번에는 진심 어린 미소가 지어졌다. 자신만큼이나 서툰 사람과 마주치는 것은 자주 있는 일이 아니었다.

"선각자예요."

"놀랍네요."

블라시우스는 진심인 것 같았다. 그는 마치 뤽스의 귀족이 자기 옆에 앉았다는 사실을 갑자기 알게 되었다는 듯이 고슴도치처럼 검고 촉촉한 눈을 동그랗게 떴다.

창밖으로는 서풍에 한층 더 거세어진 빗줄기가 쏟아지고 있었다. 번개가 정적을 깨고 번쩍이며 학생들 얼굴을 비추었지만, 아무도 교재에서 시선을 떼어 고개를 들지 않았다. 바벨의 대중교통 안은 언제나 지나치다 싶을 정도로 고요했는데, 그럴 만한 이유도 있었다. 차장이 조금만 소란을 피워도 벌금을 물렸기 때문이다.

오펠리는 폭풍 속에서 차량을 끌고 있을 키메라들을 생각하며 자기도 모르게 걱정스러운 눈으로 천장을 올려다보았다.

"선발 테스트 중이에요." 오펠리는 분명히 말해야 할 것 같았다. "나도 당신처럼 메모리알에서 일하고 싶어요."

"나처럼요? 그럴 일은 없길 바라요." 블라시우스가 사서 배지를 가리키며 말했다. "몇 년째 시키는 대로 정리하고 있는데, 화려함과는 거리가 멀죠."

"메모리알의 소장 자료가 굉장히 방대하잖아요. 업무도 상당하겠어요, 안 그래요? 스크레타리움까지 포함하면 더더욱." 오펠리는 아무렇지 않은척 덧붙였다.

"거기엔 한 번도 들어가본 적이 없어요" 블라시우스는 몹시 아쉬운 듯 한숨을 내쉬었다. "나 같은 사람이 가기에는 매우 중요한 기밀 부서죠."

"그럼 독서 그룹에 참여하지 않나봐요?"

블라시우스는 어이없다는 듯 웃다가 차장의 매서운 시선과 마주치자 손바닥으로 입을 막았다.

"로봇이 주관하는… 소리, 앙리 경이 이끄는 그룹이요?" 그가 아주 작은 목소리로 말을 이었다. "미치지 않고서야 나를 받아 줄 리가 없죠."

오펠리는 그가 왜 그렇게 말하는지 이유를 알지 못했지만, 더 캐묻지 않기로 했다. 마침내 말이 통하는 상대를 만났으니 이동 시간 동안 최대한 정보를 얻어야 했다.

"미스 사일런스 소식 들었어요." 오펠리는 곁눈질로 블라시우스의 반응을 살피며 속삭였다. "충격이 엄청나게 컸겠어요."

그녀가 말을 마치자마자 별안간 의자가 흔들렸다. 이제까지 분 바람보다 훨씬 센 강풍이 차량 전체를 뒤흔들어 앉아 있던 승객들이 모두 놀라서 소리를 질렀다.

"진정하세요, 시민 여러분!" 차장이 외쳤다. "가벼운 난류일 뿐입니다. 우리 토템인들이 차량 연결을 완벽히 제어하고 있어요."

오펠리는 충격에 코 밑으로 내려간 안경을 고쳐 썼다. 주위를 둘러보니 학생 여럿이 떨어진 교재를 줍고 있었다. 도무지 마음이 놓이지 않았다. 본능적으로 블라시우스의 팔에 매달렸고, 블라시우스는 전혀 예상치 못한 곳에서 처음으로 손을 보았다는 듯이 얼빠진 표정으로 바라보았다. 블라시우스는 결국 입가에 미안한 미소를 지으며 어색하게 손가락 끝으로 그녀의 손을 톡톡 쳤다.

"저한테는 이런 일이 자주 있어요." 오펠리가 그 말의 의미를 생각하기도 전에 그가 말을 이었다. "당신이 끼고 있는 장갑, 울프의 것 맞죠?"

"그걸 어떻게… 울프 교수님을 아세요?" 오펠리는 너무 놀라 말을 더듬었다.

블라시우스는 난처해하며 크고 뾰족한 코를 매만졌다.

"당신한테서 그분 냄새가 났어요. 전 초후각자예요. 울프는 메모리알에 자주 오시던 분이에요. 예전에는 말이죠." 그가 감정에 북받친 듯 덧붙였다. "사고가 있기 전까지요."

오펠리는 그가 울프의 직함을 빼고 이름만 부르는 것을 알아챘다. 단순히 아는 사이 이상이었다. 그 생각을 하는 사이, 블라시우스는 차장이 자신들을 주시하고 있지는 않은지 긴장된 눈으로 주위를 살폈다.

"고백 하나 해도 될까요, 미스?"

"음… 고백이요?"

블라시우스는 소심하게 몸을 낮여 빗소리 너머로 아주 조그맣게 속삭였다.

"미스 사일런스를 죽인 사람은 바로 나예요."

오펠리는 속이 울렁거렸는데 열차가 흔들려서 그런 것은 아니었다. 그녀는 아무 소리도 내지 못하고 입 모양으로 '왜죠?'라고 물었다. 블라시우스는 다시 거리를 두고 자리에 앉아서 이미 헝클어진 머리를 손가락으로 쓸어내렸다. 얼굴은 죄책감으로 일그러져 있었다.

“중요한 건 그게 아니에요, 미스. 어떻게라고 물으셔야죠.” (그는 오펠리가 갑자기 유리창을 깨고 허공에 뛰어들어 달아날까봐 염려하는 눈빛으로 그녀를 바라보았다.) “나는… 불운을 몰고 오거든요.”

“아.”

오펠리는 더 나은 답을 찾지 못했다. 이제까지 들은 말 가운데 가장 예상치 못했던 말이었다.

“난 진지해요.” 블라시우스가 불안해 보이는 눈을 부릅뜨며 힘주어 말했다. “책 수레 사고, 울프의 사고, 미스 사일런스의 추락, 지금 내리는 폭우. 진짜로 다 나 때문이라니까요? 태어날 때부터 그랬어요. 모든 통계를 거스르죠. 베리very 유능한 사람들이 제 사례를 조사해봤어요.”

블라시우스의 말은 오펠리의 마음에 그대로 꽂혔다. 2년 반 전 토른이 한 말을 상기시켰다. “당신은 재앙을 부르는 초자연적인 소질을 지닌 것 같아.”

그녀가 입을 열었지만 누군가의 고함이 말을 끊었다.

“부끄러운 줄 알아라, 양들이여!”

오펠리와 블라시우스가 고개를 돌렸다. 그들 주위로 학생들이 황당해하는 눈길을 주고받았다. 차장은 벌써 벌금 수첩을 손에 쥐고 감히 규칙을 위반한 자가 누구인지 찾기 위해 좌석을 샅샅이 뒤졌다. 하지만 범인을 찾지 못했다.

다시 목소리가 들려왔다. 어디에서도 들려오지 않으면서 동시에 사방에서 울리는 소리는 바깥의 천둥소리보다 더 크게 들렸다.

"그래, 양들이고말고! 곱게 제복을 입은 모습을 봐! 고결한 교재를 들고 있는 모습을 봐! 점잖은 말을 사용하는 모습을 봐! 그러고도 감히 바벨의 청년 행세를 한다고?"

고막이 터질 듯한 소리에 오펠리는 귀를 틀어막았다. 들어본 적이 있는 아주 낮은 목소리였다. 그녀가 메모리알에 방문한 날 들었던 상푀르에프레스크상르프로슈의 목소리였다.

"너희들이 누군지 내가 말해주지" 목소리가 말을 이었다. "동조자들! 침묵의 음모자들! 올바른 생각을 강요하는 독재자들! 너희들에게 일말의 자존심이 남아 있다면, 시민들이여, 나를 따라 외치라. 금서를 폐지하라! 검열관들을 처단하라! 금서를 폐지하라! 검열관들을…."

목소리가 날카로운 지지직거림으로 바뀌어 오펠리의 고막을 관통했다. 차장이 마침내 좌석 아래에서 음량을 최대로 키운 라디오를 발견하고는 발뒤꿈치로 부숴버렸다. 다시 고요가 찾아오고 빗소리와 바람 소리, 천둥 소리만 들렸다.

"사건이 종료됐습니다. 시민 여러분." 차장이 단호히 선언했다. "다음 정거장은 본파미유입니다!"

여전히 귀가 먹먹한 상태로 오펠리는 자신이 지나가도록 먼저 일어난 블라시우스를 응시했다. 그는 체념한 듯 어깨를 올렸다.

"말했잖아요, 미스 욀랄리. 난 불운을 가져온다고."

오펠리는 흔들리는 차량에 서서 중심을 잡으며 일어섰다. 차량 끝에서 부서진 라디오의 파편을 줍고 있는 차장의 모습이 눈에 들어왔다. 아직도 오펠리의 귓전에 "검열관들을 처단하라!"라는 목소리가 울렸다.

"미스 사일런스는 검열관이었죠, 맞죠?"

블라시우스가 머리카락만큼이나 희끗하고 덥수룩한 눈썹을 치켜올렸다.

"네? 맞아요, 그런데… 웰… 설마 그걸 생각하시는 건 아니겠죠…."

"아직 내가 무슨 생각을 하는지도 모르겠어요." 오펠리는 최대한 낮고 빠르게 속삭였다. "블라시우스 씨, 내가 그나마 유일하게 확신하는 건 미스 사일런스와 울프 교수에게 일어난 일에 당신은 책임이 없다는 거예요. 이 버드트램에서 당신을 만난 것은 저에게 정말 큰 행운이라고 생각해요."

블라시우스의 눈이 휘둥그레졌다. 촛불의 흔들리는 불꽃처럼 작은 떨림이 입가에 일었다.

"태어나서 내게 그런 말을 해준 사람은 당신이 처음이에요."

"이번 정거장은 본파미유입니다!" 차장이 알렸다.

오펠리는 장갑이 너무 커서 불편했지만 블라시우스가 공손히 내민 손을 잡았다.

"독서 그룹에 꼭 들어가고 싶어요." 오펠리가 그에게 말했다. "곧 메모리알에서 다시 만나요. 그때까지 몸조심하시고, 정말 미스 사일런스를 죽음에 이르게 한 게 무엇인지 생각해보세요."

오펠리는 플랫폼에 서서 하늘로 날아올라 다음 목적지로 향하는 날개 달린 기차 형체를 바라보았다. 버드트램이 아슈에서 멀어진 순간 비가 그쳤다.

'그러면.' 오펠리는 온 힘을 다해 생각했다. '메모리알 사람과 우정을 나누는 건 이성적이지 않아. 위험하기까지 해.'

문득 외로움이 덜해졌다는 사실을 자각하는 순간, 그녀는 이미 늦었다는 걸 인정하지 않을 수 없었다.

환영식

관절이 달린 팔들이 의자 주위로 촉수처럼 움직였다. 쉴 새 없이 본파미유의 서류들을 분류하느라 분주한 팔들과는 정반대로 미동도 없이 위압적인 대리석 책상 앞에 앉은 헬레네의 모습이 시선을 끌었다. 거구의 헬레네는 거미 다리처럼 긴 손가락으로 쥔 서류를 바라보고 있었다.

오펠리는 끝도 없이 결과를 기다리는 기분이었다. 그녀는 깜빡이는 책상 스탠드로 시선을 돌렸다. 아침 일찍부터 잡무를 하며 너무 많은 전구를 갈아 끼워서 그런지 이 전구도 교체하고 싶은 충동을 억눌러야 했다.

깊은 동굴에서 들려오는 듯한 헬레네의 목소리에 오펠리는 소스라치게 놀랐다.

"레이디 셉티마의 보고에 따르면, 3주의 수습 기간 동안 어느 정도 노력을 했군요."

오펠리는 입이 근질근질했지만 참았다. 무선통신 수업과 집중해서 읽기만 200시간, 거기에 온갖 잡일까지 더해졌으니 '어느 정도 노력'이라고 생각하지 않았지만 잠자코 있었다.

"최선을 다했습니다."

헬레네는 코끼리 같은 코를 서류에서 들어 올렸다. 기계 팔들이 의자 주위에서 춤추듯 움직이는 가운데, 그녀는 팔이 여럿 달린, 반은 인간이고 반은 괴물인 고대 여신을 연상시켰다. 그런 여신의 조각상들이 바벨의 가장 오래된 벽들에 아직도 남아 있었다.

"최선을 다하는 걸로 충분한가요? 레이디 셉티마도 수습생의 감정 판독 결과에 감명받지 않았죠. 사물에 스며든 주관성 때문에 헤매잖아요. 역사는 엄정함을 요하는 학문입니다. 여긴 예술적인 모호함을 허용하는 곳이 아닙니다. 맥락이 필요합니다. 진전을 보이긴 했다고, 수습생의 서류에서 읽었어요. 하지만 비르투오소라면 자기 분야에서 그냥 잘하는 게 아니라, 뛰어나야 합니다." (헬레네의 입이 심해어처럼 크고 날카로운 이가 드러난 일그러진 표정으로 갈라졌다.) "진정해요. 수습생 심장 뛰는 소리에 귀가 아플 정도네요."

"뛰어난 사람이 되겠습니다." 오펠리는 마음을 진정시키지 못한 채 다짐했다.

"수습생, 두 가지 질문이 있어요. 첫 번째. 3주간의 수습 기간 동안 무엇을 배웠나요?"

오펠리는 사실 이보다 더 구체적인 질문을 예상했었다. 온갖 미사여구를 떠올리며 가장 그럴듯한 답을 찾고 있는데 헬레네가 갑자기 끼어들었다.

"생각하지 마세요. 가능하면 가장 간결하고 진실하게 바로 답하세요. 무엇을 배웠죠?"

"제가 아무것도 모른다는 걸 배웠습니다."

오펠리는 폐에서 숨을 토하듯 답했다. 그녀가 미리 준비했던 답은 아니었지만, 헬레네는 더 자세히 설명할 시간을 주지 않고 두 번째 질문을 이어갔다.

"왜 선각자가 되고 싶죠?"

"전… 사실, 이렇게 생각했어요…."

"무엇 때문이죠?"

헬레네의 목소리는 그 어느 때보다도 무덤덤했다.

"진실을 위해 제 손을 사용하기 위해서입니다."

"진실을 위해." 헬레네가 되뇌었다. "도시를 위해서라고 말하는 게 더 적절하지 않을까요?"

오펠리는 말을 고칠 기회가 주어졌음을 깨닫고, 잠시 고민한 뒤 직감을 따르기로 결심했다. 헬레네는 폴리데우케스가 아니었다. 레이디 셉티마와 뤽스 귀족들의 꼭두각시가 아니었다. 헬레네는 스스로 생각하고 스스로 결정을 내렸다.

"진심을 말하라고 하셨잖아요."

헬레네는 광학 장치를 엘리자베스에게로 향했다. 그녀는 문 근처에 차렷 자세로 서 있었다. 너무 조용해서 오펠리는 그녀의 존재를 잊고 있었다.

"당신은 누구죠?"

"전… 선각자단 제2분과 책임자입니다, 밀레이디*. 독서 그룹을 총괄하고 있습니다."

오펠리는 놀란 눈으로 엘리자베스를 바라보지 않을 수 없었다. 오펠리가 엘리자베스와 알고 지낸 3주 동안 그녀의 목소리가 떨리는 것을 들은 건 이번이 처음이었다. 하지만 겉으로는 주근깨가 난 병약하고 창백한 얼굴로 무표정하게, 몽유병자처럼 눈꺼풀이 무거워 보였다.

"그건 나도 알고 있어요. 아니면 여기에 왜 있겠어요? 내가 알고 싶은 것은 당신의 이름입니다." 헬레네가 말했다.

"엘리자베스입니다."

한 음절씩 뚝뚝 끊어 말하는 목소리에 오펠리는 확신이 들었다. 그것은 조난 신호에 가까웠다.

헬레네가 기계식 키보드를 또각거리며 눌렀다. 기계 팔 하나가 망원경처럼 길게 뻗더니 방 안 구석에 있는 수납장의 덮개를 열었다. 오펠리는 그 안에서 가죽처럼 두꺼운 종이로 된 거대한 책을 발견하고 깜짝 놀랐다.

아니, 그건 그냥 책이 아니었다. 하나뿐인 책. 헬레네의 책이었다.

기계 팔의 관심사는 헬레네의 책이 아니었다. 기계 팔은 책상 사물함 중 한 칸을 열고 장부를 꺼내 책상 위에 올려놓았다.

"기억력이 나빠서 잘 정리해두었죠." 헬레네가 장부를 넘겨보며 직설적으로 말했다. "엘리자베스, 엘리자베스, 엘리자베스… 아, 그래, 당신은 무능력자군요. 데이터베이스의 달인이네

* milady. 영어로 '귀부인'을 뜻하는 경칭이다.

요. 어, 내 개인 열람 시스템이 당신의 작품인가요? 그래, 이제 기억나는 것 같네요." 헬레네가 장부를 덮으며 말했다. "당신의 판단은 믿을 만한 것 같군요. 여기 이 수습생이 독서 그룹에 들 만한 자격이 있다고 생각하나요?"

이후 침묵이 이어지자 오펠리는 안절부절못했다. 자신의 본파미유 잔류가 엘리자베스의 의견에 달려 있다는 건 좋은 징조가 아니었다. 그녀는 분과 책임자였지만 자신이 담당하는 수습생을 파악할 틈이 없을 정도로 알고리즘에 푹 빠져 지냈다. 도시와 메모리알에 헌신하느라 이 세상의 다른 것들은 보지 못했다.

적어도 오펠리는 엘리자베스를 그런 사람으로 인식했기에 그녀의 답변을 듣고 무척 놀랐다.

"제 생각엔 관심을 가져볼 만한 것 같습니다, 밀레이디."

헬레네는 생각에 잠긴 채 손톱으로 대리석 책상을 톡톡 두드렸다. 오펠리는 한 번, 딱 한 번만이라도 헬레네와 눈이 마주치기를 바랐지만 불가능하다는 것을 알고 있었다. 시력 교정 장치를 착용하지 않은 헬레네의 눈에는 사람들이 한낱 티끌로 보였기 때문이었다. 그녀가 있는 방의 압축 공기식 문이 고등교육원 학생들의 중얼거림, 재채기, 투덜대는 소리가 들리지 않도록 막는 것과 같은 이치였다.

의자에 앉아 있던 헬레네가 가죽이 갈라지는 소리를 내며 몸을 앞으로 기울이자 거대한 가슴도 앞으로 쏠렸다. 헬레네는 유난히 긴 손가락으로 오펠리 앞에 작은 상자를 올려놓았다.

"본파미유에 온 것을 환영합니다. 나가면서 문 꼭 닫으세요. 당신의 심장박동 소리에 귀가 얼얼하니까."

오펠리는 곧장 상자를 품에 꼭 안고 엘리자베스를 따라 행정동 계단을 내려갔다. 안도하면서도 실감이 나지 않았다.

"헬레네 부인께 한 말, 진심이었어요?"

엘리자베스는 계단 한가운데에 멈춰 서서 힘없이 난간에 손을 얹었다.

"당연히 아니지. 이제 넌 내게 빚을 졌고, 난 그 점을 이용해볼 생각이야."

어색한 침묵 속에서 행정실 타자 소리만 들렸다. 재봉틀처럼 빠르고 시끄러웠다.

엘리자베스는 고개를 들고 반쯤 감은 눈으로 오펠리를 응시했다.

"농담이야. 당연히 진심이었지. 여기서는 네게 그런 말 하는 사람 아무도 없겠지만, 네 손재주는 타고난 것 같아. 적어도 읽는 여자로서는 말이지."

그때 오펠리가 덤벙거리다 품에 안고 있던 상자를 떨어뜨리고 말았다. 상자가 대리석 계단을 통통통 굴러 내려갔다. 엘리자베스는 상자를 주워 들고, 그것을 열어 두 개의 작은 은색 날개를 꺼냈다. 그리고 아무 말 없이 오펠리의 발치에 무릎을 꿇고 날개를 부츠에 달아주었다. 여전히 무표정했지만 손길은 섬세했다. 엄마의 손길 같았다.

"넌 이제 우리의 일원이 됐어, 윌랄리 수습생."

이 말에 오펠리는 생각했던 것보다 더 크게 감동했다.

"엘리자베스… 헬레네 부인은 당신에게 상처를 주려고 한 게 아니에요. 헬네네의 기억은…."

오펠리는 간신히 입을 닫고 속으로 생각했다. '헬레네의 기억은 신이 그녀의 책 한 페이지와 함께 빼앗아 갔어요.' 그런 사실을 선각자에게 공개하는 것은 합리적인 생각이 아니었다. 두 사람 모두에게 위험했을 터였다.

"헬레네 부인은 일부러 당신 이름을 잊어버린 게 아니에요." 대신 그녀는 이렇게 말했다.

"알아."

엘리자베스가 탄식하듯 말했다. 계단 중앙에 앉은 그녀는 두 팔로 무릎을 감쌌다. 어떤 감정도 얼굴에 내비치지 않았지만, 창문을 통해 들어온 햇살이 우수로 가득 찬 그녀의 가냘픈 몸을 비추었다.

"알아." 엘리자베스는 혼잣말처럼 조용히 되뇌었다. "가문 정령들은 원래 그렇지. 사실 난 여기 오기 전에 아예 길을 잃고 방황했어. 힘도 없고 목표도 없는 어린애였지. 헬레네 부인은 내게 머물 곳과 가족과 미래를 주었어. 그녀는 내게 너무나도 큰 의미가 있지만 나는 그녀에게 아무 의미가 없지… 그건 헬레네 부인 잘못이 아니야. 계속해서 모든 걸 잊을 수밖에 없는 운명이니까. 그래서 메모리알이 더더욱 중요한 거야."

저녁 종이 울리자 엘리자베스는 태엽 장치의 스프링이 튕기듯 다리를 펴고 일어섰다.

"곧장 메모리알 스크레타리움으로 가야 해. 거기서 앙리 경이 기다리고 있는데, 그는 시간에 엄격하거든."

"저도 곧 앙리 경을 만나나요? 독서 그룹의 새로운 일원으로서 정식으로 소개 인사를 올리고 싶어요."

오펠리는 스크레타리움에 들어갈 구실이 간절히 필요했지만, 엘리자베스는 천천히 고개를 저었다.

"로봇에게 인사를 한다고? 앙리 경은 명물도 아니고, 누가 자기 밑에서 일하는지 신경도 안 써. 난 앙리 경을 진심으로 존경하지만, 그는 계산과 분석, 그리고 강철로 이루어진 장치에 불과해. 앙리 경이 메모리알의 도서 목록에 혁신을 일으켰다는 점은 인정해야지. 우리는 최고의 세계에 살고 있어." 엘리자베스는 갑자기 자세를 바로잡고 엄숙히 선언했다. "세계를 더 나은 곳으로 만들기 위해 함께 노력하자, 욀랄리 수습생."

엘리자베스는 오펠리의 손을 잠깐 잡더니 그녀가 반응할 시간도 주지 않고 자리를 떴다. 결과적으로 나쁘지 않았다. 그녀는 엘리자베스의 생각을 별로 반기지 않았을 테니까.

계단에 혼자 남은 오펠리는 문득 자신이 시험을 통과했음을 실감했다. 그녀는 비르투오소 수습생이 되었다.

오펠리는 행정동을 나와 뜨거운 저녁 바람을 맞으며 산책로 기둥 사이로 나아갔다. 확신에 찬 모습에 원숭이들도 길을 내주었다. 부츠에 달린 은빛 날개가 금속성 소리를 내며 발걸음을 재촉했다. 앞으로 내딛는 한 발 한 발은 신을 향한 발걸음이었다. 토른을 향한 발걸음이었다.

"브라보."

거만한 목소리가 들렸고 오펠리는 걸음을 늦추고 뒤를 돌아보았다. 옥타비오를 알아보지 못한 채 지나친 것이었다. 덩굴 사이 기둥에 기댄 옥타비오는 회랑 너머로 지는 해가 드리운 그림자에 묻혀 있었다. 붉게 빛나는 눈만이 그의 존재를 나타냈다.

"고마워요." 오펠리가 조심스럽게 말했다.

옥타비오가 혼자 있는 모습을 보는 것은 흔치 않은 일이었다. 그의 뒤에는 늘 수습생들이 따라다녔고, 그가 학생들 사이의 경쟁과는 무관한 존재인 양 그의 활약 하나하나에 박수를 칠 준비가 되어 있었다. 물론 그를 치켜세우는 건 레이디 셉티마에게 아부하는 일이었다. 옥타비오 앞에서는 회랑의 나팔 스피커도 조용해졌다. 만일 다른 사람이었다면 폴리데우케스의 후손 구역으로 돌아가라고 재촉하는 감시하는 목소리를 들었을 것이다.

"장갑은 잘 맞나?" 옥타비오가 물었다.

오펠리는 장갑의 가죽을 부드럽게 하려고 여러 번 손을 오므렸다 폈다.

"오늘 받았어. 좋은 조건에서 계속 배울 수 있을 것 같아. 네 덕분이야."

오펠리는 의도적으로 말을 놓았다. 존댓말을 쓰던 시절은 끝났다. 이제 그녀는 스스로를 동료 수습생들과 동등하게 여겼다. 그가 레이디 셉티마의 아들이라고 해서 달라질 건 없었다.

옥타비오가 기둥 그림자 밖으로 모습을 드러냈다. 비스듬히 내리쬐는 햇빛이 회랑을 따라 걸어오는 그의 구릿빛 피부와 은색 제복, 눈썹에 매달린 골드 체인을 비췄다. 타오르는 그의 눈빛에 비하면 햇빛은 아무 것도 아니었다.

"네가 생각하는 것보다 훨씬 더 그렇지, 윌랄리 수습생. 울프 교수를 만난건 유익했나?"

그의 질문을 들은 오펠리는 독화살을 맞은 것 같았다. 그녀는 지나치게 순진했다! 옥타비오가 울프 교수를 만나게 한 것은 단순히 장갑 때문이 아니었다.

"제법이네." 오펠리가 속삭였다. "네가 형평성을 위해 나를 도와줬다고 철석같이 믿었지 뭐야."

"아, 진짜로 그랬는데. 교수에게 일어난 일은 누구에게든 일어날 수 있지. 나는 너도 이걸 아는 게 공평하다고 생각했고."

오펠리는 몸이 더 굳었다. 처음부터 그들사이에는 안개처럼 형체도 없고 침묵에 잠긴 불신이 있었다. 그 어느 때보다도 지금 이 순간, 오펠리는 옥타비오가 그의 어머니 못지않게 신의 공모자가 아닐까 궁금했다.

"교수에게 일어난 일?" 오펠리가 놀라는 척 물었다. "사고를 말하는 거야?"

오펠리는 울프 교수의 트라우마가 사고가 아님을 알고 있었지만, 그것을 인정하는 것은 자신이 교수의 사생활을 캤다는 것을 고백하는 것이나 마찬가지였고, 그게 바로 그녀가 빠져서는 안 되는 함정이었다.

옥타비오는 실험실 샘플을 살피듯 거리를 두면서도 오펠리를 집요한 눈길로 응시했다.

"동공의 확장, 눈을 마주치는 시간, 눈을 깜박이는 빈도." 그가 속삭였다. "눈은 그 어떤 말보다 우리에 대해 더 많은 것을 말해주지. 월랄리 수습생, 네 눈이 네가 거짓말을 하고 있다고 말하고 있어. 넌 항상 그리고 모두에게 거짓말을 하지." 오펠리가 초조하게 안경을 고쳐 쓰는 모습을 보며 옥타비오가 덧붙였다. "그 동작도 너에 관한 많은 정보를 주지. 우리 엄마는 널 머지않아 떨어질 서투른 아이로만 보지만, 나는 그 무엇도 널 멈출 수 없다는 것을 알아. 네가 특별한 이유로 여기에 왔기 때문이지. 도시의 이익과 전혀 무관한, 개인적인 이유로."

긴 침묵이 이어지고 회랑은 해 질 녘 새들의 지저귐으로 가득했다. 오펠리는 뺨에 벌레가 앉은 게 느껴졌지만, 벌레를 쫓으려고 움직이다 속마음이 들통날까봐 꼼짝도 하지 않았다.

"내가 본파미유에 들어갈 자격이 없다고 생각하면서 왜 날 남아 있게 한 거지?"

옥타비오의 입가에 묘한 웃음기가 돌았다.

"더 제대로 감시하려고."

옥타비오는 발걸음을 돌렸고, 선각자의 날개가 정글 너머로 사라지는 마지막 햇살을 붙잡듯 반짝였다. 갑자기 짙고 습한 어둠이 내렸다.

'아무것도 모르는군.' 오펠리는 산책로의 어둠 속에서 그의 그림자가 사라지는 것을 보며 혼자 중얼거렸다. '내 진짜 이름도, 내 진짜 목적도 모르고 있어. 의심을 품고 있지만 아무것도

몰라.'

"윌랄리 수습생, 분과로 돌아가세요!" 회랑의 나팔 스피커가 명령했다. 오펠리는 정원 곳곳의 감시탑 가운데 한 곳을 향해 몸을 돌렸다. 쌍안경이 어둠 속에서 고양이 눈처럼 반짝였다. 옥타비오가 사라지자 감시자는 기적처럼 시력과 목소리가 되살아났다.

오펠리는 단호한 걸음으로 가던 길을 갔다. 누구도 자신의 승리를 망치게 두지 않을 터였다.

공동 침실에 돌아왔을 때 그곳은 비어 있었다. 동료들은 아직 돌아오지 않았다. 폴리데우케스 선각자와 헬레네 선각자들이 하루 동안 번갈아 가며 독서 모임을 진행했고, 오전 6시부터 밤 11시까지 다양한 시간대에 편성되어 있었기 때문에 그들만의 전용 비행선이 있었다.

오펠리는 접이식 침대를 펼치고 옷을 그대로 입은 채 침대 위로 쓰러졌다.

오펠리는 방충망 너머로 등대처럼 빛나는 메모리알을 바라보며 내일을 생각했다. '내일은 내가 저기 있을 거야.'

자신도 모르게 잠이 들었던 오펠리가 눈을 떴을 때 동료들이 와 있었다. 침대 주위에 모여 있었다. 그들은 전등도 켜지 않고, 마치 장례식에서 밤샘하듯이 침대 주변에 조용히 자리하고 있었다.

오펠리는 바로 몸을 일으키고 싶었지만, 수십 개의 손이 침대에서 꼼짝도 못 하게 몸을 붙잡고 입을 막고 있었다. 아프게 하는 사람은 없었다. 모든 움직임이 체계적이었고 한 치의 오차도 없었다.

"내 사촌들이 널 위한 수수께끼 하나를 준비했어, 시뇨리나." 어둠 속에서 메디아나가 감미로운 목소리로 속삭였다. "여기서 날개를 받은 사람에게는 예외 없이 무슨 일이 일어날까?"

오펠리는 안경이 비뚤어져 메디아나의 표정을 짐작할 수밖에 없었다. 움직일 수도, 말을 할 수도 없게 된 그녀는 너무 놀란 나머지 두려움을 느낄 새도 없었다.

"메디아나에게 충성을 맹세하게 될 거야." 예지자들이 모두 한목소리로 속삭였다.

"보여주고 싶은 게 있어, 시뇨리나."

메디아나가 손전등을 켜서 자신의 피부에 박힌 모든 보석을 비췄다. 메디아나는 지금까지 한 발 물러서 있던 젠에게 손짓했다. 젠의 동양 인형 같은 얼굴이 불안으로 일그러졌지만 그녀는 아무 말 없이 명령을 순순히 따랐다. 젠은 침대 옆 협탁의 서랍 하나를 당겨 빼버렸다.

"읽는 꼬맹이야, 보렴," 메디아나가 부드럽게 명령했다.

예지자들이 전혀 폭력적이지 않은 동작으로 즉시 오펠리의 몸을 침대 위로 일으켜 세운 뒤 고개를 한쪽으로 기울이게 했다. 오펠리는 꼭두각시가 된 기분이었다. 한 번도 사용하지 않은 텅 빈 서랍 바닥밖에 아무것도 보이는 게 없었다.

그러다 갑자기 손전등 빛을 받은 작은 그림자들이 눈에 들어왔다.

"매트리스, 제복, 장갑." 메디아나가 약간 미안한 듯 미소를 지으며 나열했다. "도둑질은 아니지. 이 물건들은 항상 네 서랍 속에 있었으니까."

오펠리가 젠을 향해 고개를 들어 올리자 젠은 수치심에 곧바로 시선을 피했다

"맞아." 메디아나가 말했다. "젠이 이 물건들은 축소했어. 아, 젠이 기꺼운 마음으로 그런 건 전혀 아니야, 믿어줘. 지금 내 사촌들이 내키지 않으면서도 네게 손을 얹고 있는 것과 마찬가지지. 하기 싫은데 왜 다들 하는 줄 알아? 내가 하라고 했기 때문이야. 여기 있는 사람들이 모두 나를 미워하면서도 내 말에 복종하는 모습을 봐." (반은 남성적이고, 반은 여성적인 메디아나의 얼굴선이 손전등 불빛에 두드러지게 드러나 그녀는 여왕인 동시에 왕인 것처럼 보였다.) "처음 만났을 때 내가 한 말 기억해? 육체적 고통을 전혀 가하지 않고 누군가를 괴롭히는 방법은 수두룩해. 시뇨리나, 네가 우리와 함께 있기로 결정했으니, 내가 정확히 무슨 일이 일어날지 설명해줄게."

메디아나의 노래하는 듯한 목소리는 최면을 거는 듯했다. 오펠리는 자신이 그녀에게 완전히 사로잡혀 있다는 걸 인정하지 않을 수 없었다. 공동 침실은 감시 잠망경에서 벗어난 몇 안 되는 장소 중 하나였으며, 엘리자베스는 생활관 반대편 끝에 있는 개인 침실에서 자고 있었다. 그 어떤 도움도 기대할 수 없었다.

"이 방에 있는 수습생 중 비르투오소가 될 사람은 딱 하나, 바로 나야." 메디아나가 속삭이며 말을 이었다. "나는 선각자라는

말을 할 수 있게 된 때부터 선각자가 되기를 꿈꿨어. 죽을 때도 발에 날개를 달고 죽을 거야. 오늘 밤부터 네 작은 손은 꺼두도록 해. 레이디 셉티마 앞에서 반짝거리는 것은 금지야. 자세를 낮추고, 구석에 머물면서 단 한 명의 주인인 나를 기쁘게 하도록 애쓰렴. 내가 1등이 되도록 해준다면 은혜를 잊지 않겠어." 그녀는 관능적으로 혀를 굴리며 말했다. "때가 되어 내가 높은 자리에 오르면 너를 내 조수로 삼을 테니."

"그런데… 나는… 내가 조수가 될 거라고 생각했는데." 젠이 서랍을 넣으며 웅얼거렸다.

메디아나는 젠을 쳐다보지도 않고 미소를 머금으며 온 관심을 오필리아에게 쏟았다.

"특혜를 주는 건 바벨에서 허용되지 않지. 내 사촌들에게는 각각 약속한 자리가 있어. 어쨌든 조수를 둘이나 둘 필요는 없잖아."

예지자 중 한 명이 마침내 오펠리의 입에서 손을 떼 그녀가 대답할 기회를 주었다.

오펠리는 사정하지 않았다.

"젠을 조수로 둬. 난 관심 없어."

메디아나가 손전등을 오펠리의 안경에 똑바로 비췄다. 오펠리는 너무 눈이 부셔 메디아나의 표정을 볼 수 없었지만, 제복이 바스락거리는 소리를 듣고 그녀가 움직이고 있는 것을 알았다. 날개 달린 부츠가 침대 가장자리에 놓인 오펠리의 손을 밟았다. 미세한 압박이라 전혀 아프지는 않았지만, 손을 뺄 수 없었다. 꼼짝할 수 없었다. 순전한 지배의 몸짓 그 자체였다.

"내 사촌들이 한 말을 못 들었나보네, 시뇨리나? 너는 내게 충성을 맹세할 거야. 내 말을 따라 해. '네가 요구하는 것은 무엇이든 하겠어.'"

오펠리는 아무 말도 하지 않았다. 메디아나는 자신이 비르투오소가 되는 데 오펠리가 걸림돌이 될 거라 생각한 것 같았다. 어떤 면에서는 오히려 영광스럽기도 했다. 그러나 손전등 불빛이 물러나고 메디아나의 욕망 어린 시선이 드러났을 때, 오펠리는 정말로 걱정이 되기 시작했다.

"뒤집어."

예지자들이 일사불란하게 오펠리를 엎드리게 했다. 폭력도, 모욕도, 음란함도 없었지만, 강제로 베개에 얼굴이 파묻힌 오펠리는 이토록 폭력적인 일을 경험한 적이 거의 없었다. 아무리 몸부림쳐도 자신을 멋대로 움직이는 예지자들의 팔에 전혀 저항할 수 없었다. 왜 자신의 할퀴기 공격이 예지자들을 밀어내도록 작동하지 않았을까?

"진정해." 메디아나가 오펠리의 귀에 속삭였다. "오래 걸리지 않을 거야."

오펠리의 마음속에 자리한 걱정은 공포로 바뀌었다. 메디아나는 가문 능력을 들먹이며 오펠리를 위협하기도 했지만, 언제나 공허한 말뿐이었다. 읽는 사람이 주인의 허락 없이는 물건을 만질 수 없듯, 예지자들도 동의 없이는 누군가의 과거와 미래를 꿰뚫어 볼 수 없다. 그것은 예법을 넘어서, 결코 가볍게 어길 수 없는 가문 간의 금기였다.

오펠리는 참을 수 없는 무력감을 느끼며, 한 손이 자신의 옷깃 안으로 미끄러져 들어와 목덜미를 쓰다듬는 걸 느꼈다. 척추를 따라 퍼져 있는 신경줄기를 타고, 차가운 감각이 등에 흘러내렸다. 과거에 한 크로니쾨르가 자신의 기억을 뒤졌을 때, 오펠리는 자신이 쓱 훑어보는 지루한 책이 된 느낌이었다.

하지만 그 경험은 지금 메디아나가 자신에게 가한 일과는 비교도 되지 않았다. 오펠리는 내부에서부터 침입자에게 점령당하는 기분이었다. 뜨거운 호기심에 불타는 존재가, 그녀의 가장 내밀한 것을 흡수하려 들고 있었다. 그녀의 인생이 즉시 만화경처럼 뒤로 재생되기 시작했다. 마치 머릿속에서 슬라이드 영사기가 작동한 것처럼. 옥타비오의 붉은 눈동자. 부츠에 날개를 고정하고 있는 엘리자베스. 포석 사이에 낀 앙브루아즈의 휠체어. 정원 창고에서 잘라낸 머리카락. 아르쉬발드가 건네준 위조 신분증. 공중화장실을 통한 극적인 탈출.

그것은 단지 이미지들만이 아니었다. 그것은 오펠리가 품었던 모든 생각, 그녀가 느꼈던 모든 감정이었다. 오펠리는 베개를 깨물며 기억의 침범을 막으려 안간힘을 썼지만, 피할 수 없는 일을 막을 수 없었다. 결국 기억의 한 갈래에서 토른이 튀어나왔다. 짧은 셔츠 차림에 다리가 부러진 채로 감방 한가운데서 있으려고 애쓰던 모습이 마치 어제 일처럼 선명하게 떠올랐다.

그리고 그는 신을 마주하고 있었다.

메디아나가 목덜미를 놓자마자 오펠리는 현재로 돌아왔다. 베개에 얼굴을 묻고 있던 그녀는 힘겹게 숨을 쉬었다. 안경이 살을 파고들었다. 블라우스는 땀으로 흠뻑 젖어 있었다.

"베네*, 베네, 베네! 네게 무슨 꿍꿍이가 있을 거라 생각하긴 했지만, 이 정도일 줄이야! 이건 정말!" (메디아나는 시간 여행을 하느라 온몸에 진이 빠진 듯 목소리에 힘이 없었지만 매우 흥분했다.) "걱정하지 마, 시뇨리나. 네 비밀… 모든 비밀은 네가 착하게 말을 잘 듣는 한 지켜줄게. 내 사촌들도 네가 바벨에 온 이유나 진짜 네가 누구인지 알지 못할 거야. 넌 그저 몇 마디 말만 하면 돼."

오펠리는 침을 삼켰다. 속이 울렁거렸다. 평생을 베개에 묻혀 보내고 싶었지만, 메디아나가 손가락을 튕기자마자 예지자들이 몸을 그녀 쪽으로 돌렸다.

"말해."

오펠리는 마치 다른 사람의 말을 듣듯이 작게 대답하는 자신의 목소리를 들었다.

"네가 요구하는 것은 무엇이든 하겠어."

메디아나는 오펠리에게 미소를 지으며 그녀의 이마에 입을 맞추었다.

"그라치에Grazie. 본파미유에 온 것을 환영해."

* bene. 이탈리아어로 '좋다', '잘'이라는 뜻이다.

깜짝선물

“파이 굽는 게 뭐 대단하다고, 수프 그릇 비우는 일보다 어렵지 않잖아요!”

“이 손을 잘 보세요. 로즐린 부인이 보기엔 이게 평민의 손 같아요?”

“허세 부리지 말아요. 당신도 머리끝부터 발끝까지, 앞이든 뒤든 죽으면 흙으로 돌아갈 인간의 몸뚱이를 하고 있다는 거 충분히 알 만큼, 우리 오래 같이 지냈거든요.”

“내 딸 앞에서는 거친 언행은 삼가세요.”

“얘가 배고프다잖아요.”

“난 궁정 부인의 교육을 받았잖아요. 시타시엘의 최고급 차는 대접할 줄 알죠.”

“차로 아이의 허기를 달랠 생각이라면 얘가 제대로 걸으리라는 기대는 당분간 접어야겠네요. 이런 후추통 같은 세상에, 베르닐드! 난 당신의 친구이지 하녀가 아니에요. 이 집안을 두 팔 걷고 이끌 사람은 내가 아니라고요!”

이제는 너무 작아진 아기 의자에 몸을 간신히 넣고 앉아 있던 빅투아르는 엄마와 대모 할머니가 연기를 밖으로 빼내려고 창문을 분주히 뛰어다니는 모습을 지켜보았다. 식탁 위에는 새까맣게 탄 반죽으로 덮인 음식이 놓여 있었는데 아주 고약한 냄새가 났다.

대모 할머니가 온 뒤로 집이 달라졌다.

대모 할머니는 심각한 표정으로 음식 안쪽 상태를 보려고 껍질을 잘랐다.

"숯덩이가 됐어요. 식품 창고가 바닥을 드러내고 있어요. 파루크 폐하에게 편지를 써야 할 거예요."

빅투아르는 연기 때문에 괴로워서 기침을 했다. 엄마는 곧장 달려가 딸의 얼굴에 대고 부채질을 했다.

"매일 편지를 쓰고 있어요, 로즐린 부인. 하지만 그건 응원 편지일 뿐, 난 절대로 구걸하지는 않을 거예요."

"누가 우리가 먹을 걸 구걸하재요?"

대모 할머니는 허리춤에 주먹 쥔 두 손을 가져다 댔다. 언제나 화가 난 표정이었지만, 정말로 화를 낸 적은 한 번도 없었다. 빅투아르는 이제 대모 할머니의 모습에 전혀 기죽지 않았다. 반면 아빠는 무서웠다. 두 사람이 나누는 대화를 잘 이해하지는 못했지만, 아빠를 집에 오게 하는 일이 아니길 바랐다.

아빠는 빅투아르를 사랑하지 않았다.

"내 말은, 우리가 먹을 만큼은 스스로 벌어야 한다는 거예요." 대모 할머니가 말을 이었다. "여기서 나가서 우리가 할 수 있는 일들을 하고, 우리가 어떤 사람인지 보여주자고요!"

빅투아르는 움직이는 부채 너머 피부가 도자기 같은 엄마의 입가에 보조개가 들어간 것을 보았다. 예전의 미소들과는 달랐다. 대모 할머니가 등장하고 나서 하루아침에 생긴 미소였다. 절로 웃고 싶게 만드는 미소였다.

바뀐 건 집이 아니었다. 엄마였다.

"정말, 좋은 생각이네요, 로즐린 부인! 귀족들이라면 기꺼이 다이아몬드를 바치면서까지 서류 수선을 맡기고 싶어할걸요."

대모 할머니가 눈살을 찌푸렸다가 이를 다물자마자 집 안에 초인종 소리가 울렸다.

"누가 오기로 되어 있었나요?"

"아니요. 무슨 일인지 확인해볼게요."

빅투아르는 엄마가 답답한 의자에서 자신을 빼내 품에 안는 게 싫지 않았다. 입가의 보조개는 여전했지만, 엄마의 몸은 귀걸이 진주알처럼 살짝 떨려왔다.

둘은 함께 음악실로 들어갔고, 대모 할머니는 곧장 빅투아르가 집의 정문으로 알고 있는 옷장을 향해 갔다. 가짜 공원 깊숙이 또 다른 문이 있었지만, 대부 말고 그 문으로 들어오는 사람은 없었다.

"퀴네공드 부인이에요." 대모 할머니가 옷장 사이로 난 구멍에 눈을 붙이고 말했다. "에구머니나! 폭삭 늙어버렸네."

"혼자인가요?" 엄마가 물었다.

"내가 보기에는 혼자 같은데."

숨을 쉴 수 없을 정도로 빅투아르를 꽉 껴안고 있던 엄마는 안도하며 손에 힘을 풀었다. 엄마는 말은 안 했지만 집 밖에서 벌어진 모든 일이 늘 불안했다. 그러나 빅투아르는 집 밖을 돌아다닐 수 있기를 너무나도 바랐다! 대부와의 모험은 이제 아주 먼 옛날 일이 되어버렸다. 빅투아르는 하루가 길게 느껴졌고, 짧은 여행을 해도 만족스럽지 못했다. 빅투아르는 이 집에서 탐험할 수 있는 곳은 모두 다 돌아봤다.

"들어오라고 해요." 엄마가 마침내 마음을 먹고 말했다.

"정말요?" 대모 할머니가 놀랐다. "멜키오르 남작의 친누나를요? 방문객도 배달 소포도 죄다 거부하더니, 당신 조카 때문에 목숨을 잃은 남작의 누이인 미라주에게 문을 열어주는 건 너무 경솔하지 않나요?"

"우린 늘 서로 돕는 사이였어요. 미라주들은 힘든 시기를 보내고 있어요. 환영에 대한 인식도 좋지 않고, 사치스러운 시대는 끝났으니까요. 파산한 뒤로 퀴네공드 부인은 혼자 지낸다는데, 어디 사는지도 몰라요. 하지만 그런 얘기는 부인 앞에서 절대 꺼내면 안 돼요. 남은 건 체면밖에 없으니까. 문 열어주세요, 로즐린 부인."

대모 할머니는 옷장 열쇠를 돌렸다. 보석이 찰랑거리는 소리와 함께 파이 탄내보다 훨씬 진한 향수 냄새가 곧바로 음악실을 가득 메웠다.

"안녕하세요."

빅투아르는 설레어 가슴이 두근거렸다. 황금 부인! 황금 부인이 방문하는 날은 축제나 다름없었다. 황금 부인은 빅투아르를 '내 귀여운 비둘기'라 부르며, 언제나 놀라움을 선사했다. 별똥별처럼 내리는 체리들, 재주를 부리는 아기 곰, 춤을 추는 인형을 비롯한 온갖 환영들을 보여주었다.

그래서 황금 부인이 자기에게 눈길도 주지 않자 빅투아르는 이내 실망했다. 부인은 붉은 입을 양옆으로 크게 벌리고 대모 할머니만 쳐다보았다.

"여기 계셨군요! 소문이 사실이었네요?"

"어떤 소문이요?" 대모 할머니가 웅얼거렸다.

"읽는 여자아이가 떠났다는, 아니 어쩌면 돌아왔다는 소문 말이죠!"

황금 부인이 정자에서 누군가를 찾는 듯 몸을 이리저리 돌리자 베일에 매달린 금색 펜던트가 찰랑거렸다. 빅투아르는 그녀가 찾는 사람이 자신이길 바랐다. 엄마 품에 안긴 자신을 마침내 발견하고 '내 귀여운 비둘기'라 부르며 머리카락 위로 반짝이 꽃가루를 날려주기를 바랐다.

"오펠리는 찾지 마세요, 친애하는 부인." 엄마가 탄식하듯 말했다. "잘못된 소문이에요, 나도 오펠리가 어디 있는지 몰라요."

"유감이네요."

황금 부인이 미소를 지었지만, 빅투아르는 그녀의 길디긴 붉은 손톱이 움찔하는 것을 본 것 같았다.

"차 한잔 드릴까요?" 엄마는 최대한 부드러운 목소리로 말했다. "대신 궁정 소식을 모두 들려주세요."

"오래 머물진 않을 거예요." 황금 부인이 말했다. "사실 우리의 전직 대사님을 찾을 수 있을까 해서 왔어요. 그러니까, 여기 부인 댁에서요."

빅투아르는 자신을 안고 있는 엄마의 팔에서 힘이 빠지는 것을 느끼며 고개를 들고 엄마를 보았다. 엄마도 실망한 기색이었다.

"부인도 보시다시피 아르쉬발드도, 오펠리도 여기 없어요."

"왜 대사를 찾죠?" 대모 할머니가 물었다.

"어디서 뭘 하는 건지, 내게 환영 하나를 주문해놓고 찾으러 오지 않았거든요. 어찌나 종잡을 수가 없는지, 그를 어디서 볼 수 있는지 알려주면 좋겠네요!"

황금 부인은 언제나 그런 편이었지만, 오늘따라 유달리 이상해 보여 빅투아르는 무척 혼란스러웠다. 입 때문일지도 몰랐다. 엄마가 '어른을 위한 환영'이라고 부르는 것을 자기가 남용했다는 듯, 부인은 매번 멈칫거리며 말했다.

"죄송해요, 퀴네공드 부인. 부인처럼 나도 아는 게 없어요." 엄마가 말했다. "아르쉬발드는 보나마나 바람 장미 어딘가를 떠돌고 있겠죠! 돌아올 거예요. 언제나 돌아오긴 하니까."

황금 부인은 온 신경을 집중해 엄마의 말을 들었다. 문신이 새겨진 두툼한 눈꺼풀을 들어 올리며 미소를 지었다.

"그렇다면 나도 다시 오겠어요."

이 말을 남기고 황금 부인은 들어왔던 옷장으로 다시 나갔다.

빅투아르는 무심결에 부인을 쫓아갔다. 그토록 기다렸던 깜짝선물을 못 받았으니, 직접 찾아 나선 것이다. 빅투아르는 무겁고 둔한 몸을 엄마 품에 내버려두고 가벼운 마음으로 밖으로 나왔다.

빅투아르는 종종걸음으로 황금 부인의 뒤를 따라갔다. 보도블록을 걷다 발목을 접질린 황금 부인은 누군가 자기 가까이 있으라고는 상상도 못 했다. 빅투아르는 이 거리에 몇 번 와본 적이 있지만 여행은 이번이 처음이었다. 사뭇 색달랐다. 황금 부인의 구두 굽 소리와 펜던트가 흔들리는 소리가 흐릿하게 들렸다. 가로등 기둥이 고무로 변한 듯 흐물거렸고 어둠 속에서 가로등 불빛이 커다란 흰 얼룩으로 보였다. 빅투아르는 몇 초 전에 거리를 지나간 삯마차가 또다시 지나가는 것을 보았다. 여행할 때 종종 사물들이 이중으로 겹쳐 보이거나 소리가 겹쳐 들렸기 때문에 별로 놀라지 않았다.

이곳에도 집에서처럼 진짜 하늘은 없었다. 엄마는 빅투아르에게 하늘을 보려면 수많은 도로를 지나고 계단을 올라가야 하며, 하늘이 너무나 차가워 손가락이 단숨에 꽁꽁 얼어버릴 거라고 했었다.

빅투아르는 여행할 때 추위도 더위도 느끼지 않았지만, 하늘은 나중에 보러 가기로 했다. 황금 부인이 도로 끝에 있는 엘리베이터로 막 들어간 참이었다. 빅투아르도 서둘러 같이 탔다. 엘리베이터 구석에 몸을 바짝 붙이고 호기심 가득한 눈으로 부인을 살펴보았다. 얼굴에 미소가 가신 황금 부인은 무척 우스꽝스러운 자세로 엘리베이터에 있었다. 그녀는 이따금 과장된 동작으로 머리를 한쪽으로 기울이거나, 팔을 등 뒤로 감고 엉덩이를 긁어댔다.

고개를 숙이던 빅투아르는 갑자기 그림자를 보았다. 아니 정확히 말하면 그림자들을 보았다. 황금 부인 발밑으로 수많은 그림자들이 살아 있는 생명체처럼 우글거리고 있었다. 부인이 구사하는 놀라운 환영 중 하나일까? 빅투아르는 조금 전까지 다른 빅투아르의 눈으로 이 그림자들을 보지 못했다.

빅투아르는 엘리베이터에서 내린 뒤 한동안 황금 부인 뒤를 더 쫓아갔다. 여행 중에는 다행히 피곤하지 않았고, 부인을 따라 아주 조그마한 집에 들어갔다. 엄마가 매일 두 시간씩 자수를 놓을 때 들어가는 작업실과 비슷한 공간이었다. 그곳에는 마네킹 상체들, 분필로 쓴 글씨로 뒤덮인 커다란 칠판 그리고 빅투아르보다 키가 두 배는 더 큰 카운터가 있었다.

하지만 환영은 어디에도 보이지 않았다.

황금 부인은 문을 닫고 카운터에 놓인 전화기의 수화기를 집어 들었다. 빅투아르는 따분해지기 시작했고 머지않아 재미있는 일이 벌어지기를 기대했다.

"계획을 변경한다." 황금 부인이 수화기에 대고 말했다. "우리가 찾는 여자애는 여기도 없어. 하지만 조금 더 버무릴, 아니 머무를 것이다. 퀴네공드 부인은 반반한, 아니 만만한 상대가 아니지만, 예상외로 더 많은 문을 내게 열어줄 수도 있다. 나의 모든 아이들에게 경계를 늦추지 말라고 전해라. 하루하루가 중요하다."

빅투아르는 부인이 하는 말을 하나도 이해하지 못했다. 그녀의 목소리는 마치 물속에서 듣는 것 같았는데, 살짝 불편함이 느껴지기 시작했다. 부인의 입은 더 이상 주저하지 않았다. 빅투아르가 부인을 따라 여기까지 온 것은 그것이 매우 신나는 모험처럼 보였기 때문이었지만 실제로는 그다지 재미가 없었다. 다른 빅투아르의 귀를 통해 염려하는 엄마의 아주 작은 목소리가 들렸다. '우리 아가가 점점 더 자주 몽상에 빠지네!' 머리를 쓰다듬는 엄마의 따스한 손길을 미세하게나마 느낄 수 있었다.

빅투아르는 이제 막 엄마의 따뜻한 살결로 돌아가던 참이었다. 그때 황금 부인이 카운터 뒤쪽 벽을 밀고 뒷방으로 들어갔다.

빅투아르는 따라가고 싶은 호기심을 떨쳐내지 못했다. 여행의 부름이 그 어느 때보다 강했다.

황금 부인이 또 다른 황금 부인에게 몸을 숙이는 모습을 본 빅투아르는 그대로 굳어버렸다. 도로에서 마차를 두 번 본 것처럼, 단순히 겹쳐 보이는 것이 아니었다. 또 다른 황금 부인이 눈을 크게 뜨고 환희에 찬 미소로 커다란 흰 카펫 위에 누워 있었고, 펜던트가 달린 베일이 부인 주변으로 아름다운 금빛 웅덩이처럼 펼쳐져 있었다.

부인의 코와 귀 주위로 빨간 물이 흘러나오고 있었다.

부인은 반은 여자고 반은 남자인 벌거벗은 몸들을 물담배 연기처럼 뿌연 텅 빈 시선으로 바라보고 있었고, 그들은 부인의 입술에 대고 부인만 들을 수 있게 속삭이고 있었다.

빅투아르는 눈앞에 펼쳐진 광경을 전혀 이해할 수 없었다.

첫 번째 황금 부인이 손짓으로 두 번째 황금 부인 주위에 떠다니는 나체들을 사라지게 했다.

"이 환영이 네게 조금 지나쳤을지도 모르겠구나." 부인이 자신의 분신에게 말했다. "내 가엾은 아이들은 어찌나 연약한 존재들인지!" (첫 번째 황금 부인은 어마어마하게 긴 붉은 손톱이 달린 손으로 두 번째 황금 부인의 문신이 새겨진 눈꺼풀을 감겨주었다.) "평안하게 눈감길, 내 딸. 네 죽음은 헛되지 않았다. 네 얼굴 덕분에 어쩌면 내가 사상을 고할 것이다… 세상을 구할 것이다."

말을 마친 첫 번째 황금 부인이 천천히 빅투아르를 향해 고개를 들어 올렸다. 빅투아르를 보지는 못해도, 그녀의 존재가 느껴지는 듯 찡그린 눈으로 빅투아르가 서 있는 구석을 뚫어져라 보았다. 그때 부인의 그림자들이 빅투아르에게 뛰어들려는 듯 몸을 뒤틀며 부인의 발밑에서 꿈틀거리기 시작했다.

"내 아이인가? 너도 나를 도와 세상을 구하고 싶은가?"

그 즉시 모든 게 사라졌다. 두 명의 황금 부인도, 흰색 카펫도, 뒷방도. 빅투아르는 집에 있던 다른 빅투아르에게 돌아왔다. 또다시 너무 꽉 끼는 아기 의자에 벨트를 매고 앉아 있었다. 엄마가 미소를 지으며 설탕에 절인 과일 한 스푼을 내밀었다.

빅투아르는 소리를 지르려고 입을 열었다. 아무 소리도 나지 않았다.

노예

오펠리는 안경을 벗고 달아오른 눈을 오래도록 비볐다. 글을 너무 오래 뚫어져라 봐서 글자가 눈꺼풀에 새겨질 지경이었다. 의자에 앉아 기지개를 켜면서 천장을 향해 고개를 들어 올렸다. 정확히 말하자면 바닥을 올려다본 셈이었다. 그곳에서는 방문자들이 거꾸로 걸으며 조용히 서가 사이를 오갔다. 그녀는 자신이 위에 있고 그들이 아래에 있다는 생각을 할 때마다 기분이 묘했다.

오펠리는 책을 덮고, 방금 작성한 서지 목록 카드를 마지막으로 확인했다. 인쇄 날짜도, 출판사도 적혀 있지 않았고, 저자는 완전히 무명이었다. 이 연구 논문을 감정하는 일은 보통 까다로운 게 아니라서 눈으로 읽는 것과 손으로 읽는 것을 끊임없이 번갈아 해야 했다. 유령공기압수송관을 열어본 오펠리는 새로 도착한 게 없음을 확인하고 안도했다. 더는 단 한 권도 못 볼 것 같았다.

오펠리는 좌석을 나눈 격자 칸막이 너머로 슬며시 눈길을 던졌다. 스탠드 조명 아래 책에 코를 박은 예지자들의 실루엣이 보였다. 정부 자료 더미에 가려서 젠은 땀이 맺힌 도자기처럼 매끈한 이마만 보였다.

오직 메디아나만 칸막이 안에서 팔짱을 끼고 있었다. 그녀는 재미있다는 듯 호기심 어린 얼굴로 오펠리를 바라보았다.

“시뇨리나, 네 할당량은 끝냈지? 나도 다 끝났어. 우리 같이 구멍 뚫으러 가자.”

오펠리는 작성한 서지 정보를 한데 모았다. 선택의 여지가 없는 듯했다.

오펠리와 메디아나는 유령들의 카운터에 목록을 작성한 책들을 올려놓았다. 그들은 딱히 유령다운 면모는 없었다. 이들은 풍만한 몸에 안색이 불그스름했다. 무엇이든 고체에서 기체로, 또 기체에서 고체로 바꾸는 가문 능력 덕에 ‘유령’이라는 별명이 붙게 되었다. 유령화를 거치면 부피가 엄청난 문서들도 공기압수송관을 통해 나를 수 있었다. 백과사전 한 세트도 메모리알의 이쪽 끝에서 저쪽 끝으로 눈 깜작할 사이에 옮길 수 있었다.

오펠리는 천장에서 벽으로, 그리고 벽에서 바닥으로 몸을 옮긴 뒤 아트리움에 연결된 트랜센디움 중 하나에 몸을 실었다. 메디아나가 따라오는지 확인할 필요도 없었다. 뒤에서 부츠 굽이 울리는 소리가 들렸기 때문이다. 그 소리는 언제 어디서든 오펠리를 따라다녔다. 심지어 악몽에서도 끊임없이 따라오는 얄궂은 소리였다.

메디아나가 오펠리를 손아귀에 넣은 뒤로, 오펠리는 더 이상 자기 자신일 수 없게 되었다.

오펠리가 스크레타리움 그늘에 들어서자마자 원형 건물에 내리쬐던 햇빛이 사그라들었다. 거대한 옛 세계 구체가 홀 위를 무중력 상태로 떠다녔다. 오펠리가 꿈에서 본 것처럼 가깝지만 손이 닿지 않는 거리였다.

오펠리는 구체 아래로 여러 번 왔다 갔다 했지만 빈틈을 전혀 찾지 못했다. 접근할 수 있는 길은 단 하나뿐이었다. 북쪽의 트랜센디움에서 구체 안의 문으로 이어지는 좁은 다리 하나. 그 문은 구체의 무늬에 완벽히 녹아들어 있어, 아래에서는 전혀 보이지 않았다. 그 다리는 3시간마다 교대하는 보초가 지키고 있었고, 특수 열쇠로만 작동했다. 그 열쇠의 복제품을 지닌 사람은 메모리알에서 손에 꼽혔다. 셉티마 부인은 자신의 열쇠를 주로 아들에게만 맡겼고, 앙리 경이 메디니아와 엘리자베스의 도움이 필요할 때에만 아주 드물게 그들에게 열쇠를 맡기곤 했다.

오펠리는 한 번도 시크레타리움을 떠난 적이 없는, 독서 그룹을 이끄는 로봇의 환심을 사려면 어떻게 해야 할지 정말 알고 싶었다. 그녀는 아직 앙리 경을 본 적이 없지만, 스크레타리움에 전량 보관된 천공 카드의 데이터베이스에 문제가 생겼을 때 구체의 아래층에서 기계 발소리를 한두 번 들었었다. 앙리 경은 폭식가가 케이크를 먹듯 서지 정보들을 집어삼켰다. 그는 따라갈 수 없는 속도로 목록 작업을 요구했고, 어떠한 데이터든 그의 까다로운 기준에 전혀 충분하지 않았다. 그가 굵고 빨간 글씨로 '미완료'라고 적힌 도장을 찍어 반송한 책을 처음부터 다시 작업한 횟수는 셀 수 없이 많았다.

라자뤼스는 인간이 인간을 부리지 못하도록 로봇을 창조했다. 오펠리는 라자뤼스를 만났다면 따졌을 것이다.

그녀는 눈을 가늘게 떴다. 뱀 모양 구름이 공기 중에 기다란 회오리 모양을 그리며 날다가 구체 위쪽으로 들어갔다. 유리로 된 유령공기압수송관은 해가 비칠 때에만 볼 수 있었다. 이 관을 통해 스크레타리움까지 문서들이 전송되었다. 그 순간 오펠리는 이 유리관이야말로 스크레타리움에 진입할 수 있는 최고의 수단이 아닐까 생각했다. 규정에 따르면 인간을 유령화하는 것은 공식적으로 금지되어 있었다. 가장 노련한 유령만이 생명을 잃지 않고 자신을 기화시킬 수 있었다. 오펠리는 그만큼 절박했다.

"내가 살아 있는 한, 넌 절대 저 위에 갈 수 없어." 메디아나는 오펠리가 구체를 보지 못하게 그녀의 턱을 집어 올리며 속삭였다. "돌아가자, 내 베스치카*가 1초도 더 버티지 못할 것 같아."

오펠리는 회랑의 아치 아래로 메디아나를 따라가 화장실 입구에서 얌전한 개처럼 기다렸다. 이보다 굴욕적인 기분을 느낀 적은 없었다. 그러나 메디아나를 향한 분노는 그녀가 스스로에게 느끼는 분노에 비할 바가 아니었다. 오펠리는 살짝 열린 화장실 문 틈으로 보이는 거울에 비친 자기 모습과 매서운 시선을 주고받았다. 토른을 위태롭게 만든 사람은 다름 아닌 자기 자신이었다.

* vescica. 이탈리아어로 '방광'을 뜻한다.

"단도직입적으로 말하죠. 당신은 생산적이지 않아요."

오펠리는 회랑의 아치아래 울려 퍼지는 레이디 셉티마의 목소리를 듣고 자세를 바로잡았다. 허둥거리다가 서지 목록을 죄다 발치에 떨어뜨렸다. 교수는 말할 것도 없고, 룩스의 귀족에게 인사를 하지 않으면 즉시 처벌을 받는다. 잡무를 하고 벌을 받으며 얻은 교훈이었다.

레이디 셉티마가 말을 건 상대는 오펠리가 아니라 바닥을 꼼꼼히 비질하고 있던 메모리알의 나이 든 청소부였다.

"룩스의 아낌없이 지급된 보조금 덕분에 이 건물을 유지하는 겁니다. 우리 메모리알에서는 자동화 시스템에 전적으로 투자하고 있어요. 로봇의 효율이 당신보다 백배나 높다는 사실을 이제 받아들이세요."

오펠리는 떨어뜨린 목록을 주우며 눈썹을 치켜올렸다. 키는 작지만 몸은 다부진 레이디 셉티마가 큰 키에 깡마른 청소부의 코앞에 서류철을 흔들어댔다.

"그 연세에도 충직하고 성실히 일해주셔서 고맙지만 이제는 미래에 자리를 내줄 때가 됐어요. 이 종이에 서명하세요."

레이디 셉티마는 권위의 화신이었다. 그 눈빛과 금빛 장식은 그녀를 마치 태양처럼 번쩍이게 했다. 하지만 청소부는 고개를 젓고만 있었다.

그 순간 오펠리는 청소부에게 자기도 모르게 연민을 느꼈다. 제복 주머니 안쪽에서 토른의 시계가 딸깍대며 뚜껑을 열었다 닫았다.

분위기를 깨는 소리에 레이디 셉티마가 발길을 돌렸다.

"욀랄리 수습생, 할 일이 없나보죠?"

서지 목록을 줍고 있지 않았다면 오펠리는 시계가 다시는 소리를 내지 못하게 꽉 쥐었을 것이다. 시계는 아니마 힘이 점점 더 자주 발현되어 시도 때도 없이 딸깍거렸다. 고장 난 불쌍한 시계가 끼어들긴 잘 한 다니까.

"아닙니다, 부인."

"그런 것 같지 않네요. 수습 기간 막바지에 조금이나마 나아져서 기대를 했었는데, 그 후로 형편없이 해이해졌군요. 날개를 달았다고 마음 놓지 말아요. 언제든 박탈당할 수 있으니."

오펠리는 색깔이 어두워진 네모난 안경 너머로 레이디 셉티마의 날카로운 눈길을 정면으로 받아냈다. 이 여자가 자신의 가문 능력만큼 관찰력이 그토록 뛰어나다면 헬레네의 선각자단 분과에서 무슨 일이 벌어지고 있는지 눈치챘을지도 모를 일이었다.

어쩌면 이미 알고 있을지도 몰랐다.

"앙리 경에게 말해 읽기 그룹의 할당량을 늘리도록 해야겠군요." 레이디 셉티마는 단호하게 말하고는 군인 같은 발걸음으로 멀어졌다. "동료들이 매우 고마워하겠지요, 욀랄리 수습생."

단체로 받는 벌이라니, 설상가상이었다. 그렇지만 오펠리는 덥수룩한 턱수염을 들어 올려 자신을 조심스레 바라보는 청소부에게 잠시 미소를 짓지 않을 수 없었다. 그는 여전히 꼼꼼하게 먼지를 쓸고 있었다.

“벌 받는 게 취미인 줄 알겠어, 시뇨리나.”

오펠리는 온몸의 근육이 동시에 굳었다. 메디아나는 화장실에서 나오자마자 오펠리의 등에 온몸을 기댔고, 그녀는 바닥에 흩어진 목록들 한가운데에서 그대로 무릎 꿇린 채 움직일 수 없었다. 오펠리는 메디아나의 얼굴을 볼 수 없었지만 고양이처럼 그르렁대는 목소리에서 그녀가 미소 짓고 있으리라 짐작할 수 있었다.

“조심해,” 메디아나가 오펠리의 귀에 대고 속삭였다. “열두 시 방향에 재앙의 화신이 있어.”

오펠리가 창피해하며 고개를 들었다. 블라시우스가 아트리움 한가운데 정리 수레를 놓고 그녀 쪽으로 다가왔다. 그가 다가오자 메디아나는 뒷걸음질 쳤다. 그 사서는 운이 없기로 유명했다. 블라시우스가 지나가면 어김없이 책장이 무너지거나 전구가 터졌다.

블라시우스는 몸을 웅크려 카드를 줍는 오펠리를 도왔다. 서두르다 그만 그녀와 머리를 부딪쳤다.

“미스 욀랄리,” 망설이는 미소를 띠며 그가 오펠리에게 인사했다. “계속 시도했어요… 그런데 늘 안 계셨고… 애니웨이, 다시 대화를 나눌 수 있게 되어 기쁘네요.”

버드트램에서 만난 뒤 두 사람이 말을 나누는 건 이번이 처음이었다. 그럴 만도 했다. 오펠리가 메모리알에서 그와 마주치는 상황을 철저히 피해왔기 때문이었다. 오펠리는 그의 소심한 발소리가 들리면 목록 작성에 몰두했고, 복도 모퉁이에서 그의 수레가 보이기라도 하면 발걸음을 돌렸다. 모두가 꺼리는 블라시우스가 대화를 갈망하는 모습을 볼 때마다, 오펠리는 그를 외면하는 자신을 점점 더 미워하게 됐다.

"미안해요." 오펠리가 시선을 피하며 속삭였다. "수습 기간이라 좀처럼 여유가 없었어요."

오펠리는 그가 더는 말을 잇지 않기를, 이쯤에서 멈춰 주기를 속으로 간절히 바랐다. 자신에게 더 이상 털어놓으면 안 된다는 걸 어떻게 이해시킬 수 있을까? 둘의 관계가 재미있다는 듯 관심을 보이는 메디아나가 안경 너머로 보이자 그녀는 마음이 불편해서 견딜 수 없었다.

블라시우스는 포기하지 않고 오펠리의 시선을 끌기 위해 고슴도치처럼 촉촉한 눈으로 몸을 더욱 기울였다.

"미스 욀랄리, 내게 잠깐이라도 시간을 내준다면…."

오펠리가 매몰차게 그의 손에서 목록을 낚아채자 블라시우스는 놀란 표정을 지었는데 그녀가 그의 심장을 뽑아냈더라도 그보다 더 충격을 받은 듯 보이지는 않았을 터였다.

"미안해요." 오펠리가 또다시 사과했다.

그 어느 때보다도 진심이었다.

블라시우스는 어안이 벙벙해져서 숱 많은 눈썹을 치켜올렸고, 눈빛은 갑자기 뭔가를 깨달은 듯했다. 쓰라린 깨달음이었다.

"아니요." 그가 천천히 뒤로 물러서며 말했다. "제가 죄송합니다."

그는 구부정한 자세로 수레를 끌고 떠났다. 하필 때마침 거기 있던 방문객의 발 위로 바퀴를 굴렸다. 그 순간 오펠리는 예전 처럼 머리카락이 길었으면 싶었다. 짧은 곱슬머리의 단점은 얼굴을 가릴 수 없다는 것이었다.

"어머, 그 많고 많은 비밀 중에 내가 애정 전선을 놓친 건가?" 메디아나가 오펠리 어깨 위로 몸을 숙이며 속삭였다. "네 불쌍한 남편이 알면 어쩌려고…."

오펠리는 그동안 마음속에 품어온 반감을 더 이상 억누를 수 없었다. 그녀의 할퀴기 공격은 열댓 명의 공격자들 앞에서는 무력했지만, 메디아나는 손쉽게 밀어낼 수 있었다. 중성적인 메디아나는 한 바퀴 돌아 균형을 잡았고, 마치 고백했다가 퇴짜를 맞은 사람처럼 머쓱하게 웃음을 터뜨렸다.

"아, 그래, 잊고 있었네. 우리 아니마 아가씨가 드래곤 능력도 좀 지니고 있다는 걸."

"한마디만 더 하면," 오펠리가 식식대며 똑똑히 말했다. "내가 직접 이 협박을 끝내버릴 거야."

메디아나는 진심으로 난처한 듯 일그러진 미소를 지었다. 그녀는 항상 그런 식이었다. 카니발 마스크를 바꿔 쓰듯 때로는 남성스럽고 뻔뻔했다가, 때로는 부드럽고 여성스러웠다.

"우리 잠시 대화를 나눠야 할 때가 된 것 같네, 노이 두에*. 같이 구멍이나 뚫으러 가자고."

메모리알에서 사용되는 은어로 '구멍 뚫기'는 손으로 쓴 목록

* noi due. 이탈리아어로 '우리 둘'을 뜻한다.

을 앙리 경의 데이터베이스에 맞게 천공 카드로 바꾸는 작업을 지칭했다. 카드 천공기는 타자기보다 더 시끄러워서 조용히 책을 읽는 이들을 방해하지 않기 위해 지하에 별도의 천공용 방음실이 만들어졌다.

엿듣는 이들의 귀를 피해 대화를 나누기에 이상적인 장소였다.

"우선 네가 작업한 것들을 확인해보지."

메디아나가 압축 공기식 문의 손잡이를 돌려 천공 작업실에 다른 사람이 없는지 확인하자마자 말했다.

의자에 걸터앉은 메디아나는 오펠리가 작업한 목록을 한 장씩 면밀히 검토했다.

"늘었네." 메디아나가 실력을 인정하듯 휘파람을 불며 말했다. "맥락 파악이 조금씩 더 명료해졌어, 브라비시모*! 이렇게 하면 네 결과물이 조금 덜 만족스러워질 거야." (그녀는 만년필 뚜껑을 돌려 열더니 오펠리가 몇 시간을 들여 작성한 항목들에 하나씩 줄을 긋기 시작했다.)

"앙리 경이 싹 다시 하라고 하겠지."

메디아나의 눈이 피부에 박힌 보석 같은 광채를 띠며 반짝였다. 오펠리의 안경 빛이 어두워질수록 메디아나의 얼굴은 더욱 환해졌다.

"재밌네, 앙리 경의 노여움을 살까봐 걱정하듯 말하는군."

* bravissimo. 이탈리아어로 '아주 훌륭해', '최고야'라는 뜻이다.

"로봇이 화를 낼 리 없지." 오펠리가 잠긴 목소리로 반박했다. "하지만 난 달라. 최고의 실력자만 스크레타리움에 들어갈 수 있는데, 내가 돋보이지 못하도록 넌 내 시간을 빼앗고 있어. 난 네 변덕에 장단 맞추는 노예가 되려고 바벨에 온 게 아니야."

"그래, 네가 이 상황을 무척 괴로워한다는 거 알아." 메디아나가 한숨지었다. "그래서 내가 왜 그토록 선각자가 되려고 하는지 네게 알려주려고."

메디아나는 목록을 오펠리에게 돌려주고 자기 목록을 천공기 위에 올렸다. 그것은 높이를 조절할 수 있는 스툴과 상아로 만든 예쁜 키보드 때문에 진짜 피아노 같아 보였다. 하지만 키를 칠 때마다 나는 소리는 전혀 음악적이지 않았다.

"선각자들은 모두에 대해 모든 걸 다 알기 때문이야." 메디아나가 천공기의 소음을 뚫고 노래하듯 말했다. "내가 비밀들에 진짜 중독된 건지도 모르지."

자신의 작업대에 앉아서 오펠리는, 키보드 위로 춤추듯 손가락을 놀리며 능수능란하게 작업하는 모습에 감탄하지 않을 수 없었다. 그녀는 여전히 엘리자베스가 만든 기본 코드도 익히지 못했다. 서툰 손놀림 탓에 구멍을 잘못 뚫는 일이 많았고, 덕분에 작업을 자주 처음부터 다시 해야 했다.

"넌 거의 모든 분야에서 뛰어나." 오펠리는 내키지 않지만 인정했다. "이미 우리 모두보다 한참 앞서 있잖아. 그런데 왜 우리 작업물을 조작하려는 거지?"

메디아나는 천공기에 새 카드를 넣으며 측은한 듯 미소를 지었다.

"정말로 내가 재능만으로 지금의 위치에 왔다고 믿는 거야? 내 가문 능력은 내가 손대는 이들의 기억뿐만 아니라 지식도 흡수하게 해주지. 어떻게 내가 스크레타리움에 들어갈 수 있었는지 알아? 앙리 경과 레이디 셉티마가 급히 고대 언어를 번역할 사람을 찾았거든. 내가 어떻게 갑자기 고대 언어를 잘하게 됐을까? 내가 많은, 굉장히 많은 전문가들에게 손을 댔기 때문이지. 그 대신 그들에게도 나를 만지게 했지."

메디아나는 마지막 말을 지나치게 가벼운 어조로 덧붙이며 너무나도 경쾌하게 키보드를 두드렸지만, 오펠리는 그 말에 숨은 진심을 단번에 알아차렸다. 이 중성적인 여성은 알고자 하는 욕구를 채우기 위해 보이는 것보다 훨씬 더 비싼 대가를 치렀다.

"그럴 만한 가치가 있었어?"

"모든 비밀은 그럴 가치가 있지. 내 마음대로 할 수만 있다면 스크레타리움의 갤러리에서 평생을 보내며 그 안의 모든 비밀을 하나하나 벗겨냈을 거야. '궁극의 진실'에 대해 들어본 적 있지? 그게 뭔지 반드시 알아내고야 말겠어. 그건 그렇고 네 비밀들도 나쁘지 않았어, 시뇨리나."

메디아나는 카드에 구멍을 뚫다 말고 이번에는 오펠리를 아주 진지한 눈으로 쏘아보았다.

"솔직히 말하면, 네 기억 중 일부는 해석하기가 무척 어려워. 얼굴을 바꾸는 그 남자는 도무지 이해할 수가 없었어. 적어도 내가 알게 된 것 한 가지는 네 남편과 네가 바벨을 아주 난처한 상황에 몰아넣었다는 거야. 바벨은 모든 아슈와 통상 조약을 맺었는데, 아니마와 폴도 거기에 포함돼 있지. 여기는 너희 같은 도망자들을 위한 피난처가 아니야. 뤽스가 네가 누구인지, 네가 누굴 찾고 있는지 알게 된다면 넌 큰 위험에 처할 거야. 네 남편이 붙잡혀서 겪게 될 위험은 그에 비하면 아무것도 아니지. 바벨은 비폭력을 표방하지만, 바벨의 교정 시설에서 어떤 일이 벌어지는지 아예 모르는 편이 나을 걸."

오펠리의 손가락이 키보드에서 미끄러졌다. 구멍을 뚫고 있던 카드를 버리고 새 카드로 교체해야 했다.

"그래서 뭐?" 오펠리가 말했다. "날 고발할 거야?"

"아니, 시뇨리나. 하지만 네가 불평할 처지가 아니란 걸 알아줬으면 해. 내 협박이 마음에 안 들어? 그냥 견뎌."

"만약 내가 네 허락도 없이 네 소지품을 읽는다면, 네 비밀들을 빌미로 너를 협박한다면?"

"네 비밀보다 더 당혹스러운 게 있을지 없을지 내기를 해도 좋아." 메디아나가 호의적인 미소를 지으며 말했다. "진지하게 이야기하자. 너랑 나 우리 둘 중 레이디 셉티마가 누구의 말을 신뢰할 것 같아?"

오펠리는 연기처럼 안경을 뒤덮어 시야를 가리는 회색빛을 몰아내기 위해 심호흡을 하면서 작업대 위의 줄이 그어진 목록들을 응시했다. 덫에 빠진 것 같았다. 앞으로는 한 주 한 주, 불완전한 카드에 구멍을 뚫으며 지내야만 하는 걸까? 토른을 보호하려면 더는 그를 찾지 말아야 할까?

메디아나는 연주자처럼 우아하게 다시 천공기를 작동했다.

"넌 나를 싫어해. 너희 모두 나를 싫어하지. 그런데 가장 슬픈 건, 나를 싫어하는 이유가 내가 너희의 비밀을 알아냈기 때문이 아니라는 거야. 너희는 마음 깊은 곳에서 내가 세상에서 너희를 가장 잘 이해하는 사람이라는 걸 느끼기에 나를 싫어해. 난 네 최근 기억들만 건드렸을 뿐이야, 시뇨리나. 하지만 네가 태어났을 때까지 거슬러 올라갔다면 난 너보다 너를 더 잘 알게 됐을걸."

"넌 나를 몰라."

오펠리는 자기도 모르게 경고하는 말투로 말했다. 메디아나의 건방짐과 자신의 삶을 좌지우지하려는 그 당당한 태도는 오펠리의 신경을 몹시 자극했다.

"아니, 나는 너를 알아." 메디아나가 부드럽게 반박했다. "네 마음을 가득 채웠지만 네 옆에 없는 그 사람, 그를 다시 보지 못할까봐 네가 얼마나 두려워하는지 잘 알지. 그리고," 그녀는 의미심장하게 멈추었다가 말을 이었다. "그를 정말 찾게 될까봐 얼마나 두려워하는지. 넌 어린애 취급 받는 건 끔찍이도 싫어하지만 남자 앞에서는 경험 없는 밤비나*일 뿐이야."

오펠리는 손가락이 너무 심하게 떨려서 무릎 사이에 끼워 눌러야 했다. 머릿속에는 순간 메디아나가 자신의 혀에 구멍을 뚫

* bambina. 이탈리아어로 '여자아이'를 뜻한다.

는 장면이 떠올랐다. 남은 작업을 하는 동안 둘은 아무 말 없이 천공기 키보드만 두드렸다.

오펠리가 방금 나눈 대화를 떨쳐내지 못해 여전히 힘겹게 작업을 이어가는 동안, 메디아나는 금세 자신의 작업을 마쳤다.

"선물이야."

오펠리는 메디아나가 책상에 올려둔 두 장의 카페 극장 티켓을 어리둥절하게 바라보았다.

"나는 네가 생각하는 것처럼 잔인한 사람이 아니야. 일전에 너를 조수로 삼겠다고 한 말은 진심이었어. 너를 돌보는 게 내게도 이롭거든. 네가 언제 폭발할지 모르니까. 내일, 일요일이니까 외출 허가를 받아서 시내로 가. 카페 극장에 가봐."

메디아나에게서 몇 시간만이라도 벗어날 수 있다는 생각은 매혹적이었다. 하지만 메디아나가 자기 일정을 통제하려는 버릇이 영 못마땅했다.

"됐어." 오펠리는 매몰차게 거절했다.

"그건 제안이 아니야. 내가 이 주소를 얻으려고 얼마나 많은 사람들을 협박해야 했는지 모를 거야. 그냥 가. 푼토 에 바스타.*"

"왜지?"

메디아나는 구멍 뚫린 카드들을 화물용 엘리베이터 안에 정리했다. 문양이 있는 얼굴은 알쏭달쏭한 표정을 지었다. 그 어느 때보다도 더 괴상한 가면을 쓰고 있는 것 같았다.

* punto e basta. 이탈리아어로 '딱 거기까지야', '끝났어'를 뜻하는 단호한 표현이다.

"간단히 말하면, 거기, 건전한 장소는 아니야. 나는 지금껏 모범적으로 살아왔어. 알지? 남들 보란 듯이 그런 곳에 가고 싶지는 않거든. 그런데 거기서 많은 일이 벌어진다더군. 곤란한 일들 말이야. 제복은 입지 말고, 같이 갈 만한 사람과 함께 가. 그래야 사람들 이목을 끌지 않지. 정보를 모아 오면 은혜를 갚지."

"나를 자유롭게 놔줄 거야?"

"그건 안 돼. 하지만 내가 가진 정보를 주지."

"어떤 정보를 줄 수 있는데?"

메디아나가 관능적으로 상체를 천천히 숙이며 오펠리에게 다가오자, 오펠리는 몸이 굳어 의자 위에서 균형을 잃을 뻔했다.

"네 남편 행세를 하는 그 키다리 괴짜." 메디아나가 오펠리의 귀에 대고 속삭였다. "그 사람과 마주친 적이 있어. 여기 메모리알에서."

메디아나는 관능적인 몸짓으로 작업대 위에서 두 장의 티켓을 집어 창백하다못해 투명해진 오펠리의 안경을 톡톡 쳤다.

"날 위해 그곳에 가봐, 시뇨리나. 그럼 더 많은 걸 얘기해줄게."

금지된 자들

대형 시장의 입구는 유리와 쇠로 된 사원의 대문 같았다. 오펠리는 스핑크스 조각상의 그림자 안에서 사람과 동물과 로봇이 뒤섞인 형형색색의 움직이는 모자이크 같은 군중을 지켜보고 있었다. 그들이 저마다 내뿜는 다채로운 냄새들은 후끈한 공기를 더욱 숨이 막히게 만들었다.

부질없다는 걸 알면서도 오펠리는 어느새 두리번거리며 토른을 찾고 있었다. 벌써 몇 달째. '만약에'와 '어쩌면'으로 시작되는 가설만 셀 수 없이 쌓아왔다. 메디아나가 거짓말을 하지 않았다면, 정말로 토른의 발자취를 따라 걷고 있다는 생각만으로도 가슴이 벅차올랐다. 희망과 조바심이 뒤섞인 심장이 가슴을 요동치게 했고 속 깊은 곳까지 울렸다.

인정하기는 싫었지만 메디아나의 말이 옳았다. 오펠리도 두려웠다. 토른과의 재회를 계속 생각해왔지만, 그다음에 일어날 일을 상상할 수 없었다.

갑자기 오펠리는 그를 보았다. 물론 토른은 아니었고, 그녀가 기다리던 또 다른 남자.

블라시우스가 인파에 휩쓸려 비틀거리고 있었다. 사복 차림이라 거의 알아보지 못할 뻔했다. 그가 신은 커다란 바부슈* 슬리퍼, 풍성한 바지, 그리고 매우 헐렁한 튜닉 소매는 움직일 때마다 걸려 넘어지기 딱 좋은 조건들이었다. 초후각을 지닌 블라시우스는 시장에서 풍기는 온갖 불쾌한 냄새를 견딜 수 없다는 듯 얼굴을 두 손에 파묻고 있었다. 그는 눈이 부셔 얼굴을 찡그리다가 스핑크스 조각상 아래 그늘로 들어와서는 약속대로 오펠리를 발견하고 안도했다.

"욀랄리 씨!" 손가락으로 코를 잡은 채 블라시우스가 외쳤다. "솔직히 말하면 메시지를 받고 믿기지 않았어요. 정말이지 뜻밖의 약속이라서요! 인 팩트, 저한테 화가 났을 거라고 생각했거든요."

"출발하기 전에 할 말이 있어요." 오펠리가 다급한 말투로 말했다. "내게 말하고 싶었다는 거 알아요. 하지만 부탁인데 사적인 이야기는 아무것도 털어놓지 않았으면 해요. 내 삶은 이제 내 것이 아니게 되었고, 나는 당신의 삶을 지켜주겠다고 약속할 수도 없으니까요. 한 가지 더." 오펠리가 카페 극장 티켓을 보여주며 덧붙였다. "나와 함께 가면 곤란한 상황에 맞닥뜨리게 될지도 몰라요."

오펠리의 말에 당황한 블라시우스는 코를 막고 있던 손을 뗐다. 터번을 고쳐 쓰며 망설이는 듯하다가 이내 옅은 미소를 지

* 북아프리카 전통 슬리퍼로 뒤축이 없고 헐렁한 가죽 신발.

었다.

"웰, 덕분에 새로운 경험을 하겠네요. 보통은 제가 다른 사람들을 난처하게 만드는데 말이죠. 우리 어디로 가는 거죠?"

오펠리는 말로 표현하고 싶을 만큼 고마운 마음이 밀려왔다. 하지만 그 말을 찾지 못했다. 감정이 북받칠 때마다 말들은 배신하듯 그녀에게서 달아나곤 했다.

"사실 블라시우스 씨가 그 질문에 답해줬으면 했어요. 공공가이드들에게 물어보았는데 아무도 이 카페 극장의 주소를 모르더라고요. 내가 아는 건 그 카페 극장이 이 동네에 있다는 사실뿐이에요.

오펠리가 내민 입장권을 보자마자 블라시우스는 눈살을 찌푸렸다.

"여기 적힌 주소가 잘못된 거 아닐까요?"

"왜요?"

"이건 고대 목욕탕 주소인데, 폐쇄된 지 1000년이나 됐어요. 상인들이 그 폐허에 노점을 열었죠. 웰… 저를 따라오시겠다면 기꺼이 안내해드리죠."

블라시우스의 피부색이 평소보다 더 짙어졌지만 너무 걱정이 많아서 오펠리는 알아차리지 못했다. 이 카페 극장 티켓이 짓궂은 장난이라면?

대중 시장에 들어가는 것은 옷감과 향신료의 불꽃놀이에 들어가는 것과 같았다. 중앙 광장은 너무 혼잡해 발 디딜 틈도 없었다. 블라시우스는 접시가 깨지거나, 진열대가 무너지거나, 로봇이 작동을 멈추거나, 자전거가 미끄러지거나, 소가 흥분해 날뛸 때마다 시장에서 일어난 모든 소동이 자기 탓인 듯 웅얼대며 사과했다.

"어제 하려던 말이 뭐였죠?" 오펠리가 물었다. "지나치게 개인적인 이야기가 아니라면요."

"왓? 아, 그거요. 미스 사일런스의 죽음에 관한 얘기였어요." 블라시우스가 오펠리 쪽으로 몸을 기울이며 속삭였다. "윌랄리 씨 조언대로 조사를 해봤어요. 확인하고 싶은 게 있어서요. 정말로 내 탓은 아닌지…."

"뭘 좀 알아냈어요?"

블라시우스가 긴장한 듯 고개를 끄덕이자 터번이 다시 비뚤어졌다.

"법의학자 말로는 낙상이 사망 원인이 아니래요. 미스 사일런스는 사다리에서 떨어지기 전에 죽었을 거라고… 그러니까… 심장마비였대요. 아주 갑작스러운."

오펠리는 심장이 갈비뼈를 두드리는 듯한 충격을 느껴다. 멜키오르 남작이 손등에 입을 맞춘 순간 그녀의 몸에 불어넣은 위험한 환영. 그리고 가슴을 찢을 듯한 견딜 수 없던 고통이 떠올랐다.

아니야. 그는 죽었어. 클레르드륀의 실종자들을 죽인 자와 미스 사일런스를 죽인 자는 별개였다.

"저는 사고뭉치지만," 블라시우스는 오펠리가 동요한 기색을 알아차리지 못하고 말을 이었다. "사람을 해친 적은 없어요. 저는… 당신 말대로 어쩌면 내 잘못이 아닐지도 모른다고 생각했어요. 게다가 또 다른 사실을 하나 발견했거든요."

블라시우스는 안도하는 동시에 불안해 보였다. 모순된 두 감정 탓에 불안한 얼굴이 더 일그러졌다.

"또 다른 사실이요?" 오펠리가 놀라며 물었다.

"미스 사일런스는 검열관이었잖아요." 블라시우스가 상기시켰다. "메모리알에 있는 모든 서적 가운데 어떤 게 바벨의 정신에 적합한지 그렇지 않은지 결정하는 사람이 검열관이에요. 문제의 소지가 있는 책은 보관소로 옮겨놓거나… 웰… 완전히 파쇄할 권한도 있었고요."

오펠리는 아니마에 있는 자신의 박물관이 떠올라 씁쓸해졌다.

"미스 사일런스는 어떤 유형의 검열관이었나요?"

"극단적인 타입이었죠." 블라시우스는 상사가 무덤 저편에서 들을세라 갑자기 목소리를 낮춰 속삭였다. "자신이 보기에 유해하다고 판단되는 모든 서적을 가차 없이 치워버렸어요. 모호한 단어가 하나라도 나오면 그 책은 다이렉틀리 소각장으로 보냈어요. 이런 작업 때문에 딱 하나밖에 없는 판본들도 많이 잃어버렸죠. 뤽스 귀족들이 미스 사일런스에게 여러 번 경고했어요. 그럴 만했죠. 그들이 메모리알을 후원하는 목적은 장서를 늘리라는 것이지 불태우라고 주는 게 아니었으니까요. 하지만 소용없었어요. 미스 사일런스는 항상 극단으로 치달았어요. 적어도 도서 목록을 재편성할 때까지는요."

블라시우스는 익숙한 동작으로 오펠리를 옆으로 살짝 밀었다. 덕분에 오펠리는 그들이 지나가는 순간 가게 차양에서 거짓말처럼 떨어진 조명을 피할 수 있었다.

"앙리 경의 독서 그룹이 생기면서 상황이 바뀌었어요." 블라시우스는 아무 일도 아니라는 듯 말을 이었다. "미스 사일런스에게 다시는 장서를 폐기하지 말라는 공식 금지령이 내렸죠. 그 명령을 받고 미스 사일런스는 대단히 불쾌해했고, 정말이지, 저는 종종 그 사람의 화풀이 되어버렸죠."

"알 것 같아요. 그녀를 딱 한 번 봤는데, 끔찍한 기억으로 남아 있어요."

"바로 그 첫 만남에 대해 말하려던 거예요." 블라시우스가 속삭였다. "그날 바로 제가, 아니 윌랄리 씨가… 애니웨이, 책 수레를 엎은 날."

"그래서요?." 오펠리가 재촉했다.

"그 책들… 미스 사일런스가 폐기했어요. 금지 명령도 무시하고요. 죽기 직전에. 저에게 책들을 옮기라고 명령했을 때, 맹세컨대 그것들이 어떻게 될지 저는 몰랐어요." 블라시우스는 신뢰를 잃지 않을까 두려운 듯 더듬거렸다. "전 그저 책들을 검토할 수 있도록 미스 사일런스의 사무실까지 옮기기만 하면 됐죠."

오펠리는 순간 시장의 왁자지껄한 소리와 동양의 향기, 기상천외한 장식품들이 멀게 느껴졌다. 이 대화를 계속하는 건 위험한 외딴길, 선량한 시민이라면 가지 않을 길로 이끌 것이라는 절대적인 확신이 들었다.

"계속해요." 그럼에도 불구하고 오펠리가 말했다. "미스 사일런스는 왜 그 책들을 폐기했죠? 뭐 특별한 게 있었나요?"

블라시우스는 그들이 막 지나간 향료 상인이 내뿜은 연기가 거북한 듯 뾰족한 코를 비볐다.

"그림책일 뿐었어요! 파열 이후 출간된 책들로 새로운 세계의 시작을 묘사한 것이었죠. 매우 아름다운 판본이었지만, 어니스틀리, 먼지투성이였죠. 어린 독자들이 전혀 대출한 적이 없었으니까요."

"듣고 있으니 그다지 불온한 책이었던 것 같지는 않은데요."

"어, 그 그림들은 옛 세계의 '흠흠'에 관해 몇 가지 암시를 했어요." '전쟁'이라는 단어를 입에 담지 않기 위해 블라시우스는 헛기침을 하며 말했다. "하지만 은유적이고 평화적인 의도였어요. 기억나는 게 많진 않지만, 좀 순진한 내용이기까지 했어요. 대체 무엇 때문에 미스 사일런스가 명령을 어겨가며 그 책들을 문제 삼았는지 정말 모르겠어요."

"혹시 저자 때문일까요?" 오펠리가 떠보았다.

"오래전에 작고해 잊힌 작가인걸요." 블라시우스가 어깨를 으쓱하며 말했다. "E. D.라는 이름이었어요."

"이디요?"

"E. D." 블라시우스가 억양을 줄이려 애쓰며 다시 말했다. "단지 이니셜뿐이에요. 거의 무명과 다름없죠. 작가에 관해 조금 찾아봤지만 그 동화 말고는 다른 작품이 없었어요. 책은 아주 소량만 인쇄되었는데, 메모리알에 있던 책들이 마지막 책이었을 거예요. 정말 아름다운 책이었는데 영영 사라졌죠!" 그가 탄식했다.

"그러니까, 미스 사일런스가 죽기 전에 마지막으로 한 일이 무명작가의 그림책을 태우는 것이었다." 오펠리가 사실을 정리하며 말했다. "좀 터무니없네요."

"인 팩트, 더 이상한 점은 따로 있어요. 미스 사일런스의 시체가 발견된 장소인데… 도서관 사다리에서 그녀가 떨어진 곳이…." (블라시우스는 갑자기 손을 코로 가져갔다. 마치 시장의 어떤 냄새보다 과거의 냄새가 더 강렬해 속을 뒤집어놓기라도 한 듯했다.) "오, 미스 욀랄리! 그 끔찍한 악취를 맡아봤다면…. 절대적인 공포의 잔향이었어요." 블라시우스는 숨을 깊게 들이마시고 말했다. "미스 사일런스의 시체는, 그 미스터리한 작가 E. D.의 책이 놓여 있던 바로 그 서가에서 발견되었죠. 그러니까, 책이 옮겨지기 전에 꽂혀 있던 곳 말이에요. 더는 책 한 권 남아 있지 않은 텅 빈 서가였는데도, 미스 사일러스는 한밤중에 굳이 그걸 확인하러 간 거예요. 상식적으로는 도무지 이해가 안 가는 행동이죠!"

"그토록 집착했다는 것에는 많은 의미가 있겠죠." 오펠리가 인정했다. "하지만 미스 사일런스가 죽기 전, 그녀를 완전히 삼켜버린 공포에 대해서는 알 수가 없네요. 혹시라도… 스크레타리움과 관련이 있다고 생각하세요?"

"스크레타리움이요?" 블라시우스가 놀라서 되물었다. "별로 연관성이 없어 보이는데요. 미스 사일런스도 저처럼 거긴 접근할 수 없었어요. 스크레타리움에 대한 소문이 돈다는 건 알지만, 그저 뜬소문일 뿐이죠. 자, 고대 목욕탕에 도착했습니다, 미스 윌랄리!"

그는 아치형 통로를 지나, 골목길로 이어지는 길로 들어섰다. 유리와 철로 된 시장에서 이제 돌과 물의 공간으로 바뀌었다. 의심스러운 물이 고인 웅덩이를 중심으로, 하늘이 트인 둥근 회랑 자리에 기둥의 잔해들이 둘러져 있었다. 그곳에 자리 잡은 과일 장수들이 전기 파리채를 계속 휘두르며 말벌들을 쫓고 있었다.

이제야 오펠리는 블라시우스가 티켓을 보고 나서 보인 반응을 이해할 수 있었다. 이 장소는 카페 극장일 리가 없는 곳이었다. 메디아나에게 농락당했다는 생각에 이제껏 살면서 느껴보지 못한 분노가 일었다.

그러던 중, 오펠리는 그것이 눈에 들어왔다. 연못 건너편의 동그란 간판이 녹슬고 낡은 문 위에 매달려 바람에 흔들리고 있었다. 오펠리는 가판대 여기저기에 부딪히고 썩은 과일 더미에 미끄러지며 간판 앞에 도착했다.

"어기라고 생강하는 경가요, 미뜨?" 냄새를 이기지 못하고 코를 틀어막은 블라시우스가 놀라며 물었다.

오펠리는 대답하지 않았다. 그녀는 관찰 중이었다. 간판은 햇빛과 비에 색은 바랬지만 틀림없이 오렌지 모양이었다. 물론 우연의 일치일 수도 있지만 오펠리의 본능은 우연이 아니라고 속삭였다. 그녀는 정문의 문고리를 두드리다 손가락을 찧었다.

문에 달린 문구멍이 바로 열렸다.

"무엇을 도와드릴까요?" 안에서 작은 목소리가 물었다.

오펠리가 티켓을 보여주자 자물쇠가 철컹 풀렸고, 문이 열리며 어린아이가 모습을 드러냈다. 허리춤에 천 쪼가리 하나를 걸친 탓에 아이의 초콜릿색 피부가 훤히 보였다. 아이는 태양에 뜨겁게 달궈진 포석 위에 맨발로 서 있었지만 개의치 않는 것 같았다. 아이는 예의 바르게 두 사람을 안내했고, 오펠리와 블라시우스가 안으로 들어서자 열쇠로 문을 잠갔다. 문 저편에는 노천의 작은 안마당이 펼쳐져 있었는데, 바닥 포장이 엉성했고 아마도 한때 고대 목욕탕의 탈의실이었을지도 몰랐다.

아이는 한마디 말도 없이 입구에 달린 여러 가스램프 중 하나를 켰다. 아이가 램프를 블라시우스에게 내밀자, 그는 다이너마이트 폭탄이라도 건네받은 듯 어쩔 줄 몰라 하며 그것을 들었다.

"화살표를 따라가세요." 아이가 안뜰 반대편 입구를 가리키며 말했다. "레이디스 앤드 젠틀멘, 방탕한 시간 보내세요!"

오펠리와 블라시우스는 지하로 깊숙이 나 있는 깜깜한 계단을 따라 내려갔다. 바깥은 뜨거웠는데 기온이 급격히 떨어지기 시작했다. 130계단을 내려가 거대한 지하 복도 입구에 다다랐을 때는 공기가 얼음처럼 차가웠다. 오펠리는 온몸에 소름이 돋았다. 그녀는 바벨에 도착했을 때 앙브루아즈가 준 얇은 토가와 샌들 차림이었는데, 지하를 다니기에 적합한 복장이 아니었다.

"오 마이 갓…." 블라시우스가 웅얼거렸다.

램프 불빛으로 벽을 비추자 낙서 사이로 분필로 그린 화살표가 어렴풋이 보였다. 그런데 그건 벽이 아니었다. 인간의 뼈였다. 수십, 수백, 수천 개의 정강이뼈와 해골들이 벽돌처럼 차곡차곡 쌓여 있었다.

지하 묘지였다.

"저한테 절대로 붙지 마세요." 블라시우스가 주의를 줬다. "제가 또 언제 무너뜨릴지 모르니까요."

터널 안으로 들어가는 둘의 발소리가 납골당의 정적을 깨는 폭발음처럼 들렸다.

"아니마인들의 가문 능력은 사물에만 효과가 있어요." 오펠리가 속삭였다. "이 기본적인 원칙을 논리적으로 따져보면 유기물은 읽을 수 없죠. 어렸을 때, 한번은 선사시대 목걸이에 손을 댔어요. 사람 치아로 만든 목걸이였죠, 블라시우스 씨. 그런데 다른 목걸이를 읽듯이 그걸 읽었어요. 당시에는 대수롭지 않게 생각했죠."

오펠리의 목소리가 지하 묘지에서 울려 낯설게 들렸다. 그녀는 꽁꽁 언 팔을 비비며 블라시우스가 어색하게 앞서 걷는 모습을 바라보았다.

"언제일까요?" 오펠리가 물었다. "우리는 도대체 언제 인간이기를 멈추고 사물이 되는 걸까요?"

블라시우스는 최대한 멀리까지 빛을 비추려고 램프를 든 팔을 쭉 뻗은 채 아무 말 없이 계속 앞으로 걸어갔다. 마침내 입을 열었을 때 그는 평소와 달리 엄숙하고 차분한 목소리로 조금도 더듬지 않고 말했다.

"살아 있는 동안에도 사물인 인간도 있어요, 미스 욀랄리."

오펠리는 블라시우스의 통찰력에 놀랐지만 그의 설명을 더 들을 기회가 없었다. 납골당이 끝나고 천장이 둥근 커다란 방이 나왔다.

그곳은 사람들로 가득했다.

남자들과 여자들이 오렌지 모양의 조명 아래에서 황홀하게 몸을 흔들며 춤을 추고 있었다. 춤을 추지 않는 이들은 카운터나 작은 원탁을 차지하고 서로 다닥다닥 붙어 앉아 있었다. 서로 포개져 있는 이들도 있었다. 잔을 부딪치고, 담배를 피우고, 해롱대고, 대화하고, 서로를 얼싸안고, 다투고… 하지만 아무 소리도 나지 않았다.

오펠리는 마임 배우들의 모임을 보는 것 같았다.

"이런 방음 시설은 뛰어난 초청각자의 작품일 거예요." 블라시우스가 감탄하며 말했다.

그는 램프를 끄고 눈앞에서 펼쳐지는 무성 공연을 감상했다. 생명이 깃든 그림을 분석하려는 듯했다. 그는 터번을 벗었다. 서툰 손놀림으로 오펠리의 곱슬머리에 터번을 씌우고, 터번에서 풀린 천으로 그녀의 얼굴 절반을 가렸다.

"여기 온 이유는 모르지만, 미스," 그가 귓속말을 했다. "이곳은 비르투오소 수습생이 올 장소가 아니에요. 헬레네 부인께서 오늘 당신이 어디 있었는지 알게 된다면 고등교육원에서 내보낼 수밖에 없을 거예요."

"하지만… 당신은요?" 목도리에 얼굴이 가려진 오펠리가 안경을 고쳐 쓰며 웅얼거렸다.

블라시우스는 억지 미소를 지으며 자신의 뾰족한 코끝을 눌렀다.

"이런 옆모습을 하고 베일을 쓰는 게 어울릴 것 같아요? 돈트 워리! 전 고작 보조 사서라 지켜야 할 명예도 없어요."

지하 홀에 들어서자마자 침묵은 완전히 깨졌다. 오펠리는 댄서, 음악가, 흡연자, 격투가, 아티스트, 도박꾼 들 무리에 떠밀렸지만, 그들 중 누구도 그녀에게 관심을 보이지 않았다.

블라시우스는 인파에 짓밟히지 않고 앉을 수 있는 테이블을 기적적으로 찾아냈다. 자신이 내민 의자가 오펠리의 무게를 못 이기고 내려앉자 그는 연신 사과했다. 그리고 뭐라고 질문을 했는데, 오펠리는 주변 소음 때문에 듣지 못했다.

"특별히 찾는 게 있어요?" 블라시우스가 더 큰 목소리로 다시 물었다.

터번에 얼굴을 파묻은 오펠리는 주위를 둘러보았다. 그녀의 두 눈은 움직임으로, 코는 압생트 향으로, 귀는 재즈 음악으로 가득했다. 메디아나는 문제의 소지가 있는 정보를 수집해 오라고 그녀를 보냈다. 선택할 게 너무 많아서 무엇을 골라야 할지 모를 지경이었다. 술, 담배, 결투. 오펠리는 바벨에서 충분히 오래 머무른 덕에 카페 극장 안에서 벌어지는 모든 활동과 소비되는 모든 것이 불법이라는 사실 정도는 알 수 있었다. 다트 게임에 참여한 것만으로도 감방행이었다. 올바른 행실과 금기, 수많은 예절 규칙 때문에 도시의 지상에서 쌓인 긴장감이 이곳 지하에서 해소되는 듯했다. 오펠리는 그 어느 때보다도 자신이 불청객이 된 듯했다. 이들을 염탐하러 왔지만, 실은 자신도 그들 중 하나가 되고 싶었다.

그리고 오렌지가 있었다. 철제 테이블 모두 오렌지 모양이었고, 램프의 갓마다 오렌지 문양이 인쇄되어 있었다. 오펠리는 다시 한번, 이것이 단순한 우연의 산물이 아니라는 생각을 떨칠 수 없었다.

어떤 남자가 코트 한쪽을 열며 다가오자, 오펠리는 소스라치게 놀랐다. 코트의 주머니마다 탐정소설, 에로틱한 삽화가 들어간 책, 혁명 선언문 등 인상적인 책들이 넘쳐흘렀다. 모두 금서들이었다. 그녀는 최대한 예의 바르게 고개를 저으며 거절했다. 어차피 살 형편도 안 되었다. 비르투오소 수습생으로서 받는 주급은 너무 적은 금액인 데다 천공 카드로 지급되었다. 그걸로는 특정 공공 서비스만 사용할 수 있었다. 당연히 암시장은 포함될 리 없었다.

오펠리는 블라시우스와 눈이 마주쳤다. 온갖 금지된 쾌락들의 한가운데 부자연스러운 자세로 의자에 앉아 있는 서로의 모습을 보고 결국 웃음을 터뜨렸다. 이렇게 웃어본 적이 언제였던가. 하지만 그녀는 블라시우스가 자신을 주의 깊게 살펴보고 있음을 깨닫고 다시 진지해졌다. 블라시우스는 두 손을 테이블 위에 올려놓고, 엄지를 맞댄 채 조심스레 빙글빙글 돌리고 있었다. 망설임이 고스란히 손끝에 드러났다. 터번을 벗은 그의 회색 머리카락은 사방으로 뻗쳐 있었다. 그의 검은 눈동자는 수줍고도 약간 불안한 빛을 띠고 있었다.

블라시우스는 한참을 망설이다 음악 때문에 들리지 않았지만 입 모양으로 쉽게 알 수 있는 단어를 입 밖에 냈다.

"고마워요."

그러자 오펠리는 끔직찍 의구심에 사로잡혔다. 자신이 독신 남자에게 만남을 청한 것이, 혹시 그에게 오해를 불러일으킨 건 아닐까? 그녀는 금세 블라시우스를 가깝게 느꼈고 그도 자신을 그렇게 느낀다는 것을 알았지만, 그가 둘의 친밀함의 성격을 오해할 가능성은 한 번도 생각해보지 못했다.

"저… 고백할 게 하나 있어요."

블라시우스는 들리지 않는다는 뜻으로 귀에 손을 갖다 댔다. 오펠리는 바닥 여기저기 깔린 카드 가운데 한 장을 주워 아무 무늬도 그려져 있지 않은 가장자리에 몇 글자 적었는데, 그 메시지 때문에 안경이 붉어졌다. 메디아나가 옳았다는 생각이 들자 분통이 터졌다.

난 남자가 있어요.

블라시우스가 테이블 오렌지빛 조명 아래서 파리 다리 같은 글씨를 해독했다. 그가 이마에 아코디언처럼 주름이 잡힐 만큼 짙은 눈썹을 치켜올렸다. 그리고 한동안 두 손에 쥔 카드를 뚫어져라 보며 오펠리를 난처하게 만들었다.

그런 뒤 그는 반대편 가장자리에 회답을 썼다.

저도요.

오펠리는 자기가 그의 말을 오해하지 않았는지 확신하기 위해 여러 번 읽어야 했다. 안경을 들어 올려 블라시우스를 바라보니, 그는 고무 같은 얼굴 피부를 문지르며 불안한 기색으로 자신의 반응을 살피고 있었다. 마치 앞으로 남은 인생이 오펠리의 반응에 달려 있기라도 한 것처럼 보였다. 그녀는 속마음을 표현하는 데 서툴렀지만 자기도 모르게 블라시우스의 손을 잡았다. 그의 긴장된 얼굴이 처음으로 펴졌다. 오펠리는 그가 멋있다고 생각했다. 두 사람은 어설프지만 단단히 손을 맞잡았다. 우정이 맺어졌다.

"무례함이 시민 여러분과 함께하기를!"

춤추던 사람들이 동작을 멈추었고, 웃음소리가 잦아들었고, 음악가들이 연주를 멈추었다. 무대 쪽으로 모두 몸을 돌렸다. 그 목소리는 마치 사자의 포효 같았다. 오펠리는 한 치의 주저함도 없이 그 목소리를 알아차렸다. 상퐈르에프레스크상르프로슈의 목소리였다. 잡을 수 없는 반항자. 그를 실제로 본 건 처음이라 그녀는 두 눈을 의심했다. 무대 조명 아래 서 있는 사람이 너무나도 평범한 대머리에 말라깽이라 백번을 마주쳤다 해도 그의 정체를 알지 못했을 터였다. 우레와 같은 목소리가 그의 몸 어디에서 나오는지 의아했다.

그가 손가락으로 아치형 천장을 가리켰다.

"우리 머리 위에는 양들이 삽니다!" 그가 외쳤다. "뤽스라는 위선자들이 요구하는 대로 매 매 우는 거대한 온순한 양 떼. 새로운 법이, 새로운 규정이 나올 때마다 자유를 박탈당하면서도 또 매 매 우는 양 떼!"

지하 홀은 박수와 휘파람 소리로 가득 찼다가 상퐈르에프레스크상르프로슈가 다시 입을 열자 완전히 고요해졌다.

"여기 시민들은 자유로운 목소리를 되찾았습니다. 우리는 생각한 그대로 다 말하죠. 우리는 순한 모범생이 아닙니다. 우리는 바벨의 망나니들입니다!"

터져 나오는 환호에 지하 홀이 터질 지경이었다.

"금기어 목록을 폐지하라!" 그가 외쳤다. "검열관들에게 죽음을!"

"금기어 목록을 폐지하라! 검열관들에게 죽음을!" 군중이 따라서 외쳤다.

오펠리는 의자 위에서 계속 움츠러들었다. 이 카페 극장은 도시의 공공의 적들과 그 지지자들의 소굴이었다. 그들이 그토록 증오하는 기관에서 온 두 사람이 테이블에 나란히 앉아 있다는 사실을 알면 어떻게 될까?

"나가죠." 오펠리가 의자에서 조심스럽게 일어서며 블라시우스를 향해 말했다.

오펠리는 왜 블라시우스가 조각상처럼 꼼짝도 하지 않고 앉아 있는지 영문을 몰랐다. 잠시 뒤 그녀는 자신들에게 문을 열어주었던 아이가 테이블에 합류한 것을 알아차렸다. 그리고 아이가 오펠리와 블라시우스에게 총을 겨누고 있다는 것도.

"우리와 좀 더 있어주세요, 레이디스 앤드 젠틀멘." 아이가 더없이 정중하게 말했다.

"우리 아빠가 대기실에서 여러분을 기다리고 계십니다. 나를 따라오세요."

맹수

오펠리는 폴의 가족 오페라에서 디바의 대기실을 방문할 기회가 있었다. 하지만 블라시우스와 끌려간 대기실은 전혀 다른 모습이었다. 이곳에는 벨벳도, 카펫도, 거울도, 옷장도 없었다. 반면 인상적인 규모의 무선통신장비가 보였고, 바벨을 구성하는 부속 아슈들을 하나하나 상세하게 그린 지도들이 벽에 붙어 있었다.

아이는 권총을 움직여 침착하게 의자를 가리켰고, 블라시우스와 오펠리는 순순히 아이가 가리킨 의자에 앉았다. 발이 지저분한 어린 남자애치고는 설득력 있는 태도였다.

"연설을 마치면 아빠가 오실 거예요. 시간이 좀 걸릴지도 몰라요. 한번 시작하면 멈추는 데 애를 먹죠. 기다리시는 동안 라디오를 틀어놓을게요."

아이가 무선통신장비의 버튼을 돌리자마자 웅장한 행진곡이 울려 퍼졌다. 아이는 휘파람으로 곡을 따라 부르며 권총을 지휘봉처럼 흔들어댔다.

"소 소리So sorry." 블라시우스가 권총이라고는 생전 처음 보는 사람처럼 무기를 곁눈질로 쳐다보며 속삭였다. "나의 불운이 또 한 건 했네요."

"사실," 오펠리가 말했다. "운이 없었다기보다는 경솔했던 것 같아요. 이 일에 당신을 끌어들인 저니까, 제가 사과드려야 해요."

그녀는 골똘히 생각했다. 어떻게 해야 이 함정에서 무사히 벗어날 수 있을까? 그들은 미로 같은 지하 어딘가에 있었고, 아이가 권총으로 그들을 겨누고 있었다. 도망은 불가능해 보였다.

오펠리는 대기실을 더욱 주의 깊게 살폈다. 무선통신장비와 벽에 붙은 지도들은 여기에 급하게 배치된 듯 보였다. 오랫동안 비어 있던 공간 같았다. 무선통신 계기판에 붙어 있는 빛바랜 사진들이 눈에 들어왔다. 그 가운데 가장 오래되고 빛바랜 사진 속에는 젊은 여자 둘이 입에 시가를 물고 잔 하나를 든 채 껴안고 있었다. 오펠리는 사진을 제대로 보려고 터번을 걷어 올렸다. 두 여인 중 한 명은 너무도 촌스러운 도트 무늬 원피스를 입고 있었다. 절대 흉내낼 수 없는 취향이었다.

메르 일드가르드였다!

이곳 바벨에서 놀랍도록 아름답고 젊은 메르 일드가르드의 모습을 발견하다니 믿을 수 없었다. 오펠리가 카페 극장의 오렌지 모양 간판을 보았을 때 들었던 직감이 옳았다.

"아!" 아이가 갑자기 휘파람을 멈추고 말했다. "아빠랑 보디가드가 왔네요."

정말로 대기실 문이 열리며 상퓌르에프레스크상르프로슈가 등장했다. 무대에 올랐던 그는 완전히 녹초가 되어 얼굴에 줄줄 흘러내리는 땀을 닦았다.

그와 함께 온 거대한 검치호(劍齒虎)*는 말 그대로 야수였다. 저렇게 거대한 동물이 문을 통과한 게 기적 같았다. 저런 보디가드와 함께라면 정말이지 그 무엇도, 그 누구도 두려울 것 같지 않았다.

상퇴르가 맹수에게 앉으라는 신호를 보낸 뒤 아들을 밖으로 내보냈다. 그러고 나서 행진곡이 흘러나오는 무선통신장비 쪽으로 몸을 기울였다. 오펠리는 그가 대화를 나누기 위해 음악을 끌 거라 생각했지만, 그는 오히려 볼륨을 높이고는 무선통신장비를 의자 삼아 앉았다. 그는 검지를 입술에 대고 위압적으로 모두에게 입을 다물고 음악에 집중하도록 했다.

오펠리는 지금까지 평범과는 거리가 먼 상황들을 여럿 겪었다. 검치호와 한 공간에서 라디오를 듣는 것도 그러한 경험 목록에 당당히 이름을 올릴 터였다.

마치 초현실적인 시간이 한참 흐른 뒤 갑자기 음악을 멈추고, 같은 부분이 반복되었다. 상퇴르가 곧바로 버튼을 돌려 음악을 껐다. 처음부터 이 순간을 기다린 것 같았다.

"에코는 리얼-리 신기한 현상이야." 그가 바벨 특유의 억양이 짙게 밴 말투로 말했다. "과학자들이 도시를 밝히고 인간을 하늘에 보내는 일도 해냈지만, 이러한 자연의 기이한 현상을 설명할 수 있는 이는 아무도 없어, 단 한 명도. 내가 라디오 해적 방

* 고양잇과의 화석동물. 크기가 사자만 한 육식 동물로, 길게 돌출된 송곳니가 특징이다.

송이라는 섬세한 예술에 뛰어든 뒤로 방금 들은 것 같은 반향 현상을 여러 번 겪었지. 처음에는 리얼-리 짜증났지만, 결국은 이 문제에 커다란 관심을 갖게 됐어."

상퓌르는 언성을 높이지 않아도 어찌나 목소리가 웅장한지 한 문장씩 포효하는 듯했다. 오펠리는 그가 무슨 말을 하려는 걸까 겁이 나면서도 궁금했다.

"에코에 대한 온갖 실험을 했지." 그가 침착하게 말을 이었다. "사진에서 이미지가 이중으로 겹치는 걸 본 적이 있나? 전화기에서 자기 목소리가 되풀이되어 돌아오는 걸 들어본 적은? 나는 있어. 셀 수 없을 정도로 많지. 하지만 에코가 뭔지, 어떤 상황에서 생기는지 전혀 이해하지 못했어. 하지만 리얼-리 흥미로운 발견을 하나 했지."

그는 고백하듯 말했지만 속삭임과는 어울리지 않는 그의 목소리가 사방으로 울려 퍼졌다.

"몇 년 전부터 에코 현상의 빈도가 기하급수적으로 늘었어. 점점 더 많이, 점점 더 빈번하게, 점점 더 여기저기에서 나타나고 있지. 이에 대한 내 결론을 알고 싶나?"

오펠리는 뻣뻣하게 고개를 끄덕였다. 사실 그녀는 상퓌르의 말을 따라가는 게 정말이지 너무 힘들었다. 검치호에게서 눈을 떼지 못하고 덜덜 떠는 블라시우스 때문에 의자가 흔들렸다. 그녀가 두려워했다면, 그는 공포에 질려 있었다.

"내가 내린 결론은 온 우주가 우리에게 메시지를 보내고 있다는 거야." 상퓌르가 과장하며 선언하듯 말했다. "사활이 걸린 메시지. 긴급한 메시지. (그가 과장된 몸짓으로 관자놀이를 두드리며 무시무시한 목소리로 말했다.) '작고 어리석은 인간아, 들리는 것만 어리석게 따라 하지 말고 스스로 생각해라!'"

그의 목구멍에서 터져 나온 웃음은 주변의 지하 묘지 전체에 메아리쳤다. 오펠리는 넋을 잃었다. 이토록 쇠약해 보이는 몸에서 어떻게 저런 폭발하는 듯한 소리가 날 수 있을까?

잠시 뒤, 상퐈르가 다시 진지한 표정으로 돌아가 두 방문객을 차디찬 눈길로 보았다.

"윌랄리, 8등급 아니마인. 선각자 수습생으로 최근 본파미유 고등교육원에 최근 입학." 그가 입술 끝으로 정확히 말했다. "블라시우스, 3등급. 초후각자로 바벨 메모리알에서 보조 사서로 근무." 그가 말을 이었다. "내가 어떻게 아는지는 묻지 마. 지금 여기서 해야 할 단 하나의 질문은 바로 이거야. 너희 같은 두 마리 양이 맹수의 소굴에서 무얼 하고 있는 거지?"

상퐈르는 말하는 동시에 호랑이의 거대한 머리에 손을 얹었다. 으르렁거리는 커다란 소리가 뒤따랐고, 블라시우스의 낯빛이 머리카락 처럼 회색으로 변했다.

오펠리도 겁을 먹은 것은 마찬가지였다. 몸집이 대기실 크기에 비해 너무 커서 그녀는 맹수의 꼬리를 밟지 않기 위해 두 발을 의자 밑으로 오므려야 했다. 그녀는 가능한 모든 답을 하나하나 따져봤지만 어떤 답도 적절해 보이지 않았다.

"나도 메르 일드가르드랑 아는 사이였어요."

상퐈르가 눈썹을 아주 살짝 치켜올렸다.

"리얼-리? 그 이름이 뭔데, 내가 알기라도 해야 해?"

오펠리는 무선통신 계기판 위에 놓인 사진을 바라보았다. 잘못 짚은 것일까? 오렌지와 도트 무늬 원피스는 단순히 우연이었나?

순간적으로 오펠리는 자신의 실수를 깨달았다.

"어쩌면 이름이 다를 수도 있어요. 제가 그녀를 만난 곳에서는 사람들이 그렇게 불렀죠. 메르디스 일드가르드. 본명은 더 아르캉테르인 이름 같을 거예요. 그녀는 건축, 시가, 오렌지, 이 세 가지에 미쳐 있었죠."

"도냐 메르세데스 이멜다. 놀라운 여성이지."

상푀르가 무덤덤하지만 단호하게 말했다. 그는 팔을 계기판에 뻗어 액자 하나를 잡았다.

"도냐 이멜다 옆에 있는 이 젊은 레이디." 그가 손가락으로 다른 여성을 가리키며 말했다. "내 증조할머니지. 난 할머니를 거의 알지 못하지만, 그분이 내 유년기에 지대한 영향을 미쳤으리라 생각해. 도냐 이멜다와 마찬가지로 우리 증조할머니는 요즘에는 볼 수 없는 자유로운 영혼의 소유자였어. 그 시절엔 그래도 웃을 줄은 알았지! 그때도 당신들에게 똑바로 말하거나 똑바로 걷는 법을 가르쳐주려고 흉을 깨는 사람들이 있었지만, 지금 같지는 않았어. 지금 같지는. (그는 액자를 제자리에 걸고 오펠리의 안경을 뚫어져라 노려보았다.) 증조할머니는 반세기 전에 세상을 떠나셨어. 리얼-리 지긋하신 나이에. 그러니 너처럼 어린 양이 도냐 이멜다를 직접 알았을 거라고는 믿기 어렵군."

오펠리는 주먹을 꼭 쥐었다.

"작은 건 맞지만 분명 어린 양은 아니에요." 그녀는 비꼬는 듯 웃는 상푀르를 보며 힘주어 말했다. "메르 일드가르드는 나이는 무척 많았을지 몰라도 강철 같은 건강과 강철 같은 정신의 소유자였죠. 그때 그 일만 아니었으면 아직도…."

오펠리는 말끝을 흐렸다. 주머니 안으로 빨려 들어간 몸, 사지가 분리되고, 뼈가 으스러지던 소리…. 그 기억을 떠올리는 것만으로도 목이 메었다. 그를 움직인 건 그녀의 말이 아니라 오히려 그녀의 감정이었다. 상푀르의 냉소적인 태도가 누그러졌다.

"오렌지가 왜 그렇게 리얼-리 중요한 과일인지 알아?"

예상치 못한 질문이었다.

"어… 괴혈병을 낫게 하니까요?"

"그건 아주 오래된 전설이지." 상푀르가 무선통신장비 위로 다리를 꼬며 말했다. "나는 우리 증조할머니에게 들었고, 증조할머니는 또 먼 조상들에게서 들은 이야기야. 이 전설에 따르면 천사들이 지식의 정원에서 살고 있을 때, 인간들은 무지의 동굴에 틀어박혀 지냈다지. 수천 년 동안이나. 그러던 어느 날 한 남자가, 다른 버전에서는 한 여자라는데, 아무튼 우연히 지식의 정원에 들어가지. 가엾고 무지한 인간은 길을 잃었고 배도 고팠어. 남자는 '황금 사과'를 발견했어. 하나를 땄지. 한 입 베어 물자 정신이 들었어. 그는 자신이 무지하다는 사실을, 그리고 다른 인간들 모두가 그 무지 속에 있다는 걸 문득 깨달았어. 그는 다른 황금 사과를 훔쳐 사람들에게 나누어주었고, 다 같이 무지의 동굴에서 나와 세상을 발견하게 됐지. '황금 사과'는 말이지," 상퇴르는 극적으로 길게 쉬었다가 말을 이었다. "우리 조상들이 오렌지를 일컫는 말이야." 그래서 오렌지가 리얼-리 중요한 과일이지. 도냐 이멜다와 나 같은 사람들이 오렌지를 동맹의 신호로 삼은 이유야. 우리를 강제로 붙잡아두려는 무지에서 벗어나길 바라는 모든 이들의 상징이지. 우리끼리 하는 얘기인데, 미스, 나는 전설 속 천사들과 뤽스의 귀족들이 뭐가 다른지 모르겠어."

상퇴르가 뤽스라는 단어를 발음하며 반감을 표출하자 호랑이가 이빨을 드러내며 으르렁댔고, 그 소리를 듣고 블라시우스는 의자에서 굴러떨어졌다.

오펠리는 상퇴르가 메르 일드가르드처럼 신의 존재를 알고 있을지 궁금했다. 자기도 모르게 물을 뻔했지만, 순간 자신이 왜 이곳에 있는지를 떠올렸다. 메디아나가 오펠리의 기억을 뒤진다면 그녀는 이 순간 대기실에서 주고받은 말 가운데 그 어떤 것도 숨길 수 없을 터였다.

오펠리는 다짐한 듯 얼굴을 가리고 있던 터번을 풀고 상퇴르의 얼굴을 똑바로 응시했다.

"우리가 카페 극장에 온 이유를 알고 싶어 하셨죠. 사실 이곳을 보고 듣고 오라는 지시를 받았어요. 블라시우스는 이 일과 무관하다고 맹세해요. 그러니 고백은 이제 그만하고 각자 제 갈 길을 가면 어떨까 합니다. 사실," 오펠리가 고민한 뒤 덧붙였다.

"카페 극장은 다른 곳으로 옮겨야 할 것 같아요."

상퇴르는 무선통신장비 위에 걸터앉아서 오펠리를 한동안 말없이 바라보았다. 이윽고 머리를 뒤로 젖히고, 폭소를 터뜨렸다. 액자들의 유리가 모두 산산조각 났다.

"내가 그냥 호랑이를 풀어 너희를 간단히 처치하면 된다는 생각은 리얼-리 안 해봤군? 내 이름의 뜻은 '겁 없고 거의 흠 없는 자'다! 내 이름에 왜 '거의'라는 단어가 붙었는지 생각해보기는 했나?"

"그렇지만 저는… 메르 일드가르드가… 그러니까 도냐 이멜다가…." 오펠리가 더듬거렸다.

"진짜로 뭘 기대한 거지? 내가 '내 친구의 친구도 내 친구다'라고 외치며 두 팔 벌려 맞아줄 줄 알았어? 철 좀 들어라, 이 꼬맹이야."

상퇴르의 너그러움은 완전히 사라졌다. 그는 대놓고 경멸하는 표정으로 오펠리를 노려보았다. 이 순간 그는 더 이상 대중을 선도하는 굵은 목소리의 위대한 선동가가 아니었다. 겉보기에는 별 볼 일 없는 키 작은 대머리도 아니었다. 아예 다른 제3의 인간이었다.

공포를 아군으로 삼은 맹수.

그가 튜닉 주머니에서 카페 극장 티켓 몇 장을 꺼냈다.

"너희가 내게 온 것은 내가 그러길 바랐기 때문이지. 솔직히 말하면 다른 손님, 예를 들면 네 매력적인 동료 미스 메디아나 같은 사람을 기다렸지. 자기 할 일은 안 하고 남 일에나 끼어들고 싶어 안달인 사람이잖아, 안 그래? 메디아나는 타고난 포식자라니까. 언젠가 그 아이가 뤽스의 일원이 된다면 내게는 만만찮은 상대가 되겠지."

상퐈르가 침묵을 지키는 사이 오펠리는 자신과 블라시우스의 심장이 미친 듯이 뛰는 소리를 들었다.

"한 시간 후면," 그가 말을 이었다. "모든 게 사라질 거야. 간판도, 테이블도, 무대도, 대기실 물건들도. 네가 조언했기 때문이 아니란다, 꼬맹이야. 내 생활 방식이 그렇기 때문이지. 바벨의 지하에는 무한한 가능성이 있고, 오직 나만이 내가 어디에 갈지, 누가 나를 만나러 올지 결정하지."

상퐈르가 자리에서 일어나자 호랑이가 가죽에 털을 일렁이며 주인을 따라 일어났다.

"너희를 죽이진 않을 거야. 나는 양들을 공격하지 않지. 맹수들만 내 관심을 끌 뿐이야. 미스 메디아나에게 내 말을 전해." (그는 멀리서 울리는 천둥처럼 목소리를 최대한 낮췄다.) "바람을 일으키는 자, 폭풍을 거두리라."

나침반

"저기… 이런 일 자주 겪으세요?"

지상으로 돌아오고 나서 블라시우스가 처음으로 내뱉은 말이었다. 그는 폐허가 된 고대 목욕탕 기둥 하나에 기대어 과일 장수들의 수상쩍은 시선을 받으며 코로 길게 숨을 쉬었다. 땀에 젖은 바지가 다리에 달라붙어 있었다.

오펠리는 그에게 줄 마실 물을 구하러 가장 가까운 분수대로 향했다. 사람들의 웅성거림과 벌레들의 윙윙거리는 소리로 가득한 시장의 뜨거운 공기는 지하 납골당과 딴판이었다.

"미안해요." 그녀가 블라시우스에게 컵을 내밀며 말했다. "정말 미안해요."

오펠리는 그 말만 되풀이 할 수 있을 뿐이었다. 신과의 만남은 말할 것도 없고 클레르드륀의 지하 감옥, 기사와 허스키 개, 파루크의 변덕 등 폴에서 겪은 일들은 그녀를 위협에 익숙하게 만들었다.

하지만 이것은 자기 삶의 일부이지 윌랄리 삶의 일부는 아니었다.

블라시우스는 눈을 휘둥그렇게 뜨고 오펠리를 보았다.

"조금만 더 늦었어도 심장이 멎었을 거예요. 오 마이 갓! 그 사람이죠? 미스 사일런스를 죽인?"

"모르겠어요."

그렇게 말하고, 오펠리는 속이 부글부글 끓었다. 다른 상황에서 만났더라면 상퓌르는 많은 것을 알려주었을지도 몰랐다.

"괜찮겠어요?" 그녀가 걱정스레 물었다.

블라시우스는 고개를 끄덕였지만, 그 단순한 움직임만으로도 방금 삼킨 물을 몽땅 토해내고 말았다.

"제가… 제가 무척 감정적이라고 생각하시겠죠, 미스 윌랄리." 그가 수치스러운 듯 입을 닦으며 말했다. "사실 제가 고양이 공포증이 있거든요. 그 고양이가… 엄청나게 커서…."

"정말, 정말로 미안해요." 오펠리가 웅얼대는데 시장의 종소리가 울렸다. "내 외출도 끝났네요. 본파미유에 들어가서 메시지를 전달해야 해요. 그리고…."

'대가를 요구할 거고요.' 오펠리는 속으로 생각했다. 블라시우스와 계속 함께 있고 싶은 마음이 강했지만, 메디아나가 토른에 대해 무엇을 알려줄지 알아내는 게 더 급했다.

"다음에 또 봐요." 그녀가 애써 농담을 던졌다. "호랑이 없이요."

털실 타래처럼 풀린 터번을 돌려주는데 블라시우스가 입술을 비틀며 애써 미소를 지어 보였다.

"웰, 우리 또 만날 수 있겠죠?"

"다시 한번 미안해요."

오펠리는 더 적절한 말을 덧붙이고 싶었지만 이번에도 역시 해야 할 말이 떠오르지 않았다. 그녀는 달리다시피 시장을 가로질렀고, 깔린 양탄자에 걸려 넘어지고 행인들과 부딪쳤다. 그녀는 블라시우스와의 만남이 처음이자 마지막이 될 거라고 생각했다. 그리고 그 편이 더 낫다고 확신했다.

그런데 왜 이렇게 참을 수 없을 만큼 화가 날까?

발걸음을 내디딜 때마다 피가 끓어오를 정도로 화가 치밀어 올랐다. 메디아나는 일부러 자기를 위험에 빠뜨렸다. 그녀는 자신의 호기심을 채우려 자기의 가장 내밀한 비밀을 이용하고 실낱같은 희망을 이용하는 데 거리낌이 없었다. 이제 자기가 약속한 몫을 다했음에도, 그녀는 아주 나쁜 예감을 떨칠 수 없었다.

바람을 일으키는 자, 폭풍을 거두리라.

'만약 메디아나가 내게 거짓말을 한 것이라면,' 오펠리는 이를 악물고 생각했다. '만약 그녀가 토른에 대한 모든 걸 꾸며냈다면 내가 기꺼이 폭풍이 되어주지.'

오펠리의 마음을 비추기라도 하듯 하늘이 점점 흐려졌다. 바벨의 상공에서는 들끓듯 구름이 부글거렸지만, 그건 번개도, 바람도, 비도 없는 뇌우였다. 오펠리는 파라솔 소나무가 늘어선 경사로를 따라 전망대로 올라가며 간신히 숨을 고를 수 있었다. 매일 스타디움을 도는데도 여전히 체력이 형편없었다.

그녀는 제 시간에 도착했음을 확인하고 안도의 한숨을 내쉬었다. 키메라들의 힘찬 날갯짓에 실려 버드트램이 이제 막 플랫폼 선로 위에 착륙하고 있었다. 곧 그 안에서 인파가 쏟아질 터였다. 오펠리는 열차에 오른 뒤 탑승권을 발권기에 넣고 자리를 찾았다. 쉽지 않았다. 모든 아카데미의 학생들이 시내에서 일요일을 보내고 생활관으로 돌아가기 위해 언제나 막차를 기다렸기 때문이었다.

오펠리는 앉자마자 유리창 너머에서 들리는 삐거덕거리는 기계 소리를 듣고 자리에서 튕기듯 일어났다. 짙은 피부에 하얀 옷을 입은 소년이 탄 휠체어가 이제 막 도착한 여행객들 사이로 플랫폼에서 멀어졌다. 오펠리는 가장 가까운 문으로 뛰어가 발판 위에 섰다.

"앙브루아즈?"

그는 들었다. 이름을 부른 순간 어깨가 움찔한 걸 보고 오펠리는 알 수 있었다. 앙브루아즈는 들었지만 뒤돌아보지 않고 가던 길을 갔다.

오펠리는 소리를 지르는 사람이 아니었다. 하지만 폐에서부터 솟구치는 외침을 막을 수 없었다.

"앙브루아즈!"

오펠리는 그의 뒤바뀐 손이 휠체어 레버를 꽉 잡은 것이 보였다. 멈추고 싶지만 끝내 그러지 못한 채, 싸우고 있는 듯했다. 오펠리는 그가 있는 곳까지 뛰어가서 그의 눈을 바라보고, 왜 화가 났는지 묻고, 자기가 직면한 어려움에 홀로 맞서게 내버려두지 말라고 애원하고 싶었다.

잠시 멈칫하는 동안 기회는 날아가버렸다. 차장이 문을 닫고, 지하 납골당 먼지로 더러워진 오펠리의 옷과 샌들을 훑어보았다.

"공공 도로에서 구경거리를 만들지 마세요, 무능력자. 한 번 더 눈에 띄면 위반 딱지를 발급하겠습니다."

버드트램이 선로를 따라 나아가 무겁게 비상하기 시작하자, 오펠리는 다시 제자리에 앉았다. 지친 몸짓으로 안경을 벗고 이마를 창에 대고 허공에 소용돌이치는 흐릿한 구름을 바라보았다.

그녀는 기운이 빠져버렸다.

나쁜 예감은 확신이 되었다. 메디아나는 자신에게 아무것도 말하지 않을 터였다. 블라시우스는 자신과 더 이상 엮이고 싶어 하지 않을 터였다. 앙브루아즈처럼 자신과의 우정을 깨버릴 터였다. 오펠리는 스크레타리움에 접근하지 못하고, 신의 과거도 알아내지 못하고, 토른을 다시 만나지도 못할 터였다. 그녀는 영원히 협박의 노예가 되어 평생을 카드에 작은 구멍이나 내며 보낼 터였다.

버드트램의 확성기를 통해 들려온 차장의 목소리에 오펠리는 무기력에서 벗어났다.

"선각자단 제2분과 욀랄리 비르투오소 수습생은 선두 차량으로 오길 바랍니다."

오펠리는 안경을 고쳐 쓰고 학생들의 호기심 어린 시선을 한 몸에 받으며 자리에서 일어났다. 그녀도 그들만큼 놀랐다. 인파를 밀치며 차량 몇 칸을 지나 차장이 있는 칸에 다다랐다. 차장은 확성기에 대고 반복해서 안내 방송을 내보냈다. 그녀가 도착하자 안내 방송이 멈췄다.

"무슨 일이죠, 무능력자?"

"부르셔서요. 제가 윌랄리입니다."

"당신이 비르투오소 수습생이라고? 당신이 비르투오소 수습생이군." 차량 지휘관은 오펠리가 내민 본파미유 도장이 찍힌 카드를 살피며 상황을 파악한 듯 말을 되풀이했다. "내가 상상한 것보다 더… 덜… 어쨌든 마침내 찾아서 다행이군요, 미스 윌랄리. 두 시간 전부터 같은 안내 방송을 계속 내보냈어요."

"두 시간 전부터요? 왜요? 무슨 일이 있나요?"

차장은 모자를 벗고 손수건을 꺼내 키클롭스인의 전통에 따라 박박 민 분홍빛 머리를 닦았다. 바깥보다 기차 안 공기가 훨씬 숨 막혔다.

"미스 윌랄리를 메모리알로 데려오라는 지침만 받았어요. 레이디 셉티마—룩스에게 영광을!—께서 당신을 급히 호출했어요. 미스 윌랄리가 무슨 일을 저질렀는지는 모르겠지만, 심각한 일인 것 같아요."

오펠리는 다리가 후들거렸다. 너무나 분명한 진실이 정면으로 그녀를 강타한 것이다. 메디아나가 자기를 카페 극장에 보낸 것은 자기를 이용하기 위해서가 아니라 제거하기 위해서였다. 메디아나는 자신을 레이디 셉티마에게 고발한 것이었다.

오펠리는 제명될 위험에 처했다. 최악의 경우 감옥에 보내질 터였다.

그녀는 속에서 치밀어 오르는 공포와 분노를 억누르고, 전력을 다해 머리를 굴렸다. 레이디 셉티마가 자기를 고등교육원이 아닌 메모리알에서 보려고 한 것은 헬레네를 건너뛰려는 의도일지도 모른다. 어쩌면 레이디 셉티마에게 스스로 변호할 기회를 있을지도 모른다.

"우선 본파미유에 내려야 해요." 오펠리가 최대한 태연하게 말했다. "저는 사복 차림인데 규정에 맞는 제복을 입지 않고 레이디 셉티마를 뵐 수 없어요."

차장은 이 문제에 대해 고민하는 듯 보였다. 그리고 확성기를 잡았다.

"안내 말씀 드립니다. 이 열차는 예외적으로 메모리알까지 무정차로 운행합니다. 되돌아오는 길에 아카데미마다 정차하겠습니다. 양해 부탁드립니다. 버드트램사가 승객들의 요청에 따라 연착 증명서를 발급해드릴 것입니다." 차장이 확성기를 끄며 말했다. "미스 욀랄리, 당신은 여기 얌전히 있어요. 정직한 시민들처럼 양심적인 사람이라면 걱정할 일은 없을 겁니다."

오펠리는 지정된 보조 의자에 앉았다. 덫에 갇혔다. 그녀는 떨리는 손을 감추기 위해 두 손을 허벅지 위에 포개 얹었다.

그녀는 벗어날 수 없다는 걸 알면서도 빠져나갈 구멍을 찾아 두리번거렸다. 열차의 문이란 문은 죄다 허공을 향해 나 있었다. 거울도 없었다. 설령 있다 해도 예전처럼 거울을 통과할 수 있을까? 오펠리는 바벨에 온 뒤로 진짜 신분과 그곳에 온 의도를 속이지 않고 보낸 날이 하루도 없었다. 바벨에서의 연극은 과거에 한 어떤 연극보다도 더 심각했다. 제복을 입어 밈으로 변장을 한 것과는 달랐다. 하루하루 쌓여가며 제2의 본성이 되어버린 또 하나의 피부였다. 윌랄리 행세를 하며 지낸 시간이 너무 긴데, 자신을 오펠리라고 말할 수 있을까?

메모리알까지의 여정은 그녀에게 끔찍할 정도로 길고 지독하게 짧았다. 플랫폼에서 자기를 찾는 순찰대원들을 보자 그녀의 가장 큰 두려움이 확신으로 굳어졌다. 그들은 무장—이 단어를 입에 올리는 것만으로도 범죄다—하지 않았는데 그럴 필요도 없었다. 그들은 모두 온도의 지배자, 네크로맨서였다. 눈빛 하나만으로도 얼어붙게 만들 수 있는 존재들이었다. 게다가 냉동고를 아주 잘 만드는 기술자들이기도 했다.

순찰대원들은 오펠리에게 아무 말도 건네지 않고 그녀를 에스코트했다. 머리 없는 군인 동상 앞을 지나는 순간 그녀는 자신이 군사 법정에 끌려가는 범죄자처럼 느껴졌다. 메모리알의 거대한 유리문을 지나자 실내를 뒤덮은 침묵에 숨이 막힐 것 같았다. 이 고요는 보통 책을 읽는 자들의 소곤거림과 완전히 다른 차원이었다. 아예 소리가 없는 상태였다. 층마다 원형으로 배열된 갤러리들은 텅 비어 있었고, 이 장소는 버려진 신전 같아 보였다. 원형 건물을 짓누르던 구름층이 건물 전체를 그림자로 물들였다. 천장에 매달린 스크레타리움의 구체는 평소 햇빛에 반짝였는데 오늘은 죽은 행성처럼 보였다.

네크로맨서 순찰대원들은 오펠리를 북쪽의 트랜센디움으로 이끌었다. 오펠리는 거대한 수직 통로 한가운데 있는 붉은 눈의 작은 형체를 보고 몸이 굳었다. 오펠리가 가까이 다가갔을 때, 그 형체가 예상했던 레이디 셉티마가 아닌 그녀의 아들 옥타비오인 것을 알고는 깜짝 놀랐다. 그는 길게 내려온 새까만 앞머리와 눈썹에 달린 체인 사이로 오펠리를 바라보고 있었다. 그에게서 뿜어져 나오는 불신이 너무 강해서, 오펠리는 재판을 받기도 전에 이미 유죄 선고를 받은 기분이었다.

"모두를 기다리게 했어, 윌랄리 수습생."

오펠리는 대답하지 않았다. 지금부터 자기가 하는 모든 말이 자기에게 불리하게 작용할 수 있다는 사실을 알고 있었다. 자신이 정확히 무슨 잘못 때문에 이곳에 왔는지 알기 전까지는 절대로 아무 말도 하지 않을 터였다.

오펠리는 레이디 셉티마와 뤽스 귀족들이 머무는 메모리알 최상층의 프라이빗 살롱으로 갈 거라 예상했지만 옥타비오가 제복에서 열쇠를 꺼냈다. 옥타비오가 단말기에 열쇠를 꽂자 스크레타리움까지 금속 다리가 펼쳐졌고, 오펠리는 안경 너머로 보는 광경이 도무지 믿기지 않았다.

그녀가 모범생 흉내를 낼 때는 금지되었던 테라 인코그니타*에 신뢰를 잃고 난 지금은 들어갈 수 있다고? 이보다 더 아이러니할 수는 없었다.

오펠리는 옥타비오를 따라 트랜센디움의 수평 승강장에서 수직 승강장으로 이어지는 나선형 계단을 올랐다. 통로에 받을

* terra incognita. 라틴어로 '미지의 땅'을 뜻한다.

내딛는 순간 두 손으로 두겹의 난간을 꽉 붙들었다. 고소공포증은 없었지만 지상에서 30미터는 족히 높아 보였다. 열쇠 한번 돌리면 철수될 수 있는 연결 다리 위를 걷는다는 생각으로는 전혀 마음이 놓이지 않았다. 그녀는 살짝 뒤를 돌아 트랜센디움에 있는 네크로맨서들을 바라보았다. 그들은 오펠리와 수직을 이루며 서 있었다.

오펠리는 무중력 상태의 구체에 다가갈수록 그 거대함이 더 실감났다. 붉은 금으로 만들어진 지각이 구체를 덮고 있었다. 지각의 붉은빛 금 도금 표면은 바다가 있는 곳은 움푹 파였고 대륙의 윤곽은 입체적으로 도드라져 있었다. 옥타비오가 남반구 어딘가의 바다에서 연 방탄문은 크기가 꽤 컸지만, 작은 자물쇠 구멍처럼 보였다.

오펠리는 안으로 들어갔다.

접근할 수 없는 성소에 대해 그동안 품어온 상상들이 순식간에 산산조각 났다. 스크레타리움의 내부는 메모리알의 내부를 그대로 본뜬 구조였다. 자연광이 들어오는 수직 통로를 중심으로 트랜센디움으로 연결된 회랑들이 고리 형태로 층층이 배열되어 있었다. 아트리움과 돔 사이에는 바깥의 구체를 정확히 본뜬 또 하나의 구체가 공중에 떠 있었다. 건축가들은 이 공간 전체를 마치 러시아 인형처럼 겹겹이 중첩된 구조로 설계했던 것이다!

오른편 회랑에는 수천 점의 고대 유물들이 유리 진열장 안에서 헬리오폴리스산 조명의 차가운 불빛을 받아 반짝거렸다. 왼편 회랑에는 칸칸이 실린더가 줄지어 놓여 있었다. 실린더는 쉴 새 없이 윙윙대며 축 위를 돌고 있었다. 오펠리는 각각의 실린더에 천공 카드가 감겨 있으며, 각 카드는 하나의 문서를 설명하고 있음을 알았다. 전체 구조는 톱니와 기어가 복잡하게 얽힌 모습이었고, 마치 손잡이를 돌리면 자동으로 음악이 흘러나오는 거리용 오르간의 내부를 들여다보는 것 같았다.

"넌 여기 처음이지." 옥타비오가 오펠리의 반응을 하나하나 지켜보며 말했다. "스크레타리움도 메모리알과 마찬가지로 두 개의 쌍둥이 구역으로 나뉘어 있어. 희귀 컬렉션은 동반구에, 데이터베이스는 서반구에 보관되어 있지."

"그럼 이건?" 그녀가 그들 머리 위로 둥둥 떠 있는 구체를 손가락으로 가리키며 물었다. "두 번째 스크레타리움이야?"

오펠리는 자기도 모르게 입을 다물기로 한 다짐을 어겼다.

"장식용 구체일 뿐이야." 옥타비오가 말했다. "아, 너희 분과 책임자가 온다." 오펠리는 정말로 엘리자베스가 그들 쪽으로 오기 위해 아트리움을 가로지르는 모습을 보자 희망이 샘솟았다. 그녀는 그 어느 때보다도 엄숙해 보였다. 다갈색 머리카락이 걸음걸음마다 망토처럼 일렁였다. 얼굴은 평소보다 더 무표정해 보였다.

"뭐 새로운 일이라도?"

엘리자베스는 오직 옥타비오에게만 질문했다.

"특별한 일은 없어. 월랄리 수습생 외엔 출입한 사람은 없어."

"좋아. 가자."

오펠리는 몰려오는 현기증을 물리치며 뒤따랐다. 둥근 천장 위로 무겁게 내려앉은 구름 때문인지 오펠리는 호흡이 가빠지기 시작했다. 이번 호출은 지하 무덤에 내려간 것 때문이 아니었다. 다른 무언가, 훨씬 더 심각한 이유가 있었다.

토른의 회중시계가 오펠리의 초조함에 물들어 토가 주머니 속에서 뚜껑을 달각거렸다. 이제 문제는 메디아나가 자신을 배신했는지가 아니라 얼마나 깊이 배신했는지였다.

그들은 압축 공기식 문 앞에 섰다.

“우리는 너와 같이 들어오라는 허가를 받지 못했어.” 문을 열고 나서 엘리자베스가 설명했다. “저 안에서 벌어지는 모든 일은 극비 사항이야. 행운을 빌어.”

“행운은 존재하지 않아.” 옥타비오가 차가운 목소리로 끼어들었다. “우리는 우리 운명의 유일한 창조자야.” 그가 낮은 목소리로 덧붙였다. “욀랄리 수습생도 이미 알고 있겠지만.”

오펠리는 아무것도 알지 못했다. 바로 그것이 문제였다. 그녀는 문서 열람실로 보이는 엄격한 분위기의 공간에 쭈뼛거리며 들어갔다. 귀한 목재로 만든 커다란 독서대가 유일한 가구였다. 그 위로 레이디 셉티마가 몸을 기울이고 있었다.

“문 닫으세요.” 그녀가 명령했다.

오펠리는 철컥하고 잠기는 소리가 날 때까지 핸들형 손잡이를 돌렸다. 실내가 너무 추워서 냉동실에 갇힌 느낌이었다. 샌들을 신은 맨발이 고통스럽게 따끔거렸다.

“앞으로 오세요.”

레이디 셉티마가 무심하게 명령했다. 평소처럼 침착하고, 거리를 두는 모습이었다. 그녀는 어둑어둑한 공간에서 오펠리를 향해 천천히 고개를 돌렸다. 눈이 마치 등대처럼 번뜩였다.

"퍼즐 맞추기를 좋아합니까?"

오펠리는 눈을 깜빡였다. 예상한 질문이 아니었다. 그녀는 레이디 셉티마가 손가락으로 가리키는 독서대 위에 놓인 원고에 조심스레 다가갔다. 심하게 손상된 상태로 보아 고대 문서였다. 페이지마다 희미하게 이어진 글자들은 겨우 알아볼 수 있는 부분조차 낯선 언어로 쓰여 있었다.

오펠리의 시선을 끈 것은 반대쪽에 놓인 노트들이었다.

"메디아나의 번역이군요." 그녀는 깨달았다. "왜 이걸 메디아나가 아니라 제게 하라고 하시는 건가요?"

레이디 셉티마는 대답하지 않았다. 오펠리는 버드트램을 타고 오는 내내 경직되었던 온몸의 근육에 힘이 빠져 몸이 휘청거릴 정도였다. 메디아나를 상대로 품어왔던 분노가 한순간 증발했다.

"그녀에게 무슨 일이 생겼나요?"

레이디 셉티마는 비죽거리는 입술에 힘을 주고 자신의 감정을 얼굴에 드러내지 않으려고 애썼다.

"대부분 예지자들로 구성된 분과에서 자기 사촌의 미래도 내다보지 못하다니. 예지자들은 모든 선각자에게 치욕을 안겨준 셈입니다. 어쨌든," 레이디 셉티마가 턱을 치켜들며 냉정을 되찾았다. "앙리 경은 즉시 투입 가능한 대체 인력을 요청했어요.

수습생에 대해 심각한 의구심을 품고 있긴 해도, 이 일을 맡기기에 가장 적합한 사람이 수습생이라는 점은 부정할 수 없군요. 적어도 가장 덜 무능하다는 점에서요. 뤽스가 수습생에게 부여한 영광에 걸맞게 행동하길 바랍니다, 월랄리 수습생. 앙리 경에게 수습생이 도착했다고 알리겠어요." 레이디 셉티마가 군인 같은 걸음걸이로 물러서며 덧붙였다. "원고를 훑어보는 건 괜찮지만, 어떤 경우에도 손대서는 안 됩니다. 이 정도로 귀한 문서를 다루려면 수습생이 아직 익히지 못한 절차를 따라야 하니까."

레이디 셉티마는 방 끝에 있는 엘리베이터를 탔다. 그녀가 레버를 올리자 톱니바퀴 소리를 내며 위로 올라갔다.

혼자가 된 오펠리는 두 손을 독서대에 올려놓았다. 원고를 오랫동안 응시했지만 정작 눈에 들어오지는 않았다. 모순된 감정의 물결이 마음속에서 충돌해 오펠리의 안경이 온갖 색으로 물들었다.

안도. 불신. 환희. 절망.

절망?

메디아나에게 그렇게나 많은 일을 당하고도, 그녀의 안위에 마음을 쓸 수 있다는 게 과연 가능한 일일까? 오펠리는 지금 이 자리에 서기 위해 선각자가 되었다. 이제야말로 진짜 조사가 시작될 참이었다. 기뻐해야 할 순간인데, 그런데 왜 이렇게 두려운 걸까?

토가 안에서 멋대로 딸깍대는 시계 소리에 오펠리는 혼란스러운 생각에서 벗어났다. 그녀는 시계를 살피기 위해 줄을 잡아 당겼다. 뚜껑이 발작을 일으키듯 계속 열렸다 닫혔다. 딸깍! 딸깍! 딸깍!

"알았어, 진정해." 오펠리는 시계에게 그리고 스스로에게 속삭였다.

엄지손가락으로 뚜껑을 눌렀지만, 이번에는 시곗바늘들이 정신없이 돌아갔다. 시곗바늘은 일정한 간격으로 동시에 멈추었고, 그때마다 어김없이 같은 시각을 가리켰다.

6시 30분 30초.

오펠리는 톱니바퀴 장치가 다시 작동하는 엘리베이터 쪽으로 고개를 돌렸다. 앙리 경이 로봇이더라도 그 앞에서 고장 난 회중시계 때문에 쩔쩔맨다면 좋은 인상을 줄 수 없을 터였다.

그녀는 눈살을 찌푸렸다. 바늘이 갑자기 움직이더니, 이번에는 완강하게 12시 정각을 가리켰다.

아니다.

바늘이 나타내는 것은 시간이 아니었다.

방향을 가리키고 있었다.

토른의 시계는 고장난 게 아니었고, 예전에도 단 한 번도 고장 난 적이 없었다. 그저 나침반으로 변한 것이었다. 나침반의 세 개의 바늘은 바로 그 순간 막 도착한 엘리베이터를 가리켰다.

엘리베이터 문이 열리자 레이디 셉티마와 앙리 경이 보였다.

앙리 경은 로봇이 아니었다.

앙리 경은 토른이었다.

허수아비

재회

토른은 엘리베이터의 한쪽 구석에 서 있었다. 키가 너무 커서 머리가 천장에 닿는 듯했다. 얼굴의 긴 상처가 둘로 가른 차가운 눈빛은 분주하게 넘기는 서류에 온통 쏠려 있었다. 레이디 셉티마가 차가운 방 한가운데 얼어붙은 오펠리를 가리켰지만 그는 레이디 셉티마에게 눈길조차 주지 않았다.

"이제 막 합류한 신입입니다, 서Sir. 이 아이가 상황에 걸맞게 행동하도록 제가 직접 지도할 예정입니다."

규정대로라면 오펠리는 차렷 자세로 서서 '지식이 평화를 지킵니다!'라고 경례 구호를 외우고 자신의 신분을 밝혀야 했다. 그러지 않으면 무거운 처벌을 피할 수 없었다.

하지만 도저히 그럴 수 없었다.

토른이 나타난 순간부터 오펠리는 머릿속이 하얘졌다. 두 손으로 나침반 시계를 꽉 쥐었다. 회중시계는 단단했다. 손으로 만질 수 있는 것, 실제로 존재하는 것이었다.

레이디 셉티마는 오펠리의 침묵을 상황에 맞지 않는 수줍음으로 받아들인 듯했다. 그녀는 입술을 앙다물었다.

"윌랄리 수습생은 50일 전 선각자단 제2분과에 합류했습니다. 머리는 별것 없지만, 손은 가능성이 있습니다."

오펠리의 귀에는 레이디 셉티마의 말이 들리지 않았다. 레이디 셉티마는 더 이상 존재하지 않았다. 오직 토른만 존재했다. 여전히 엘리베이터 안쪽에서 눈썹을 찌푸리고, 그래프들을 들여다보며 깊이 몰두한 그만 존재했다. 은빛 머리카락은 세심하게 뒤로 빗어 넘겼고 길고 각진 얼굴은 말끔히 면도한 상태였다. 눈부시게 하얀 셔츠를 입고, 문자반과 계량기를 비롯한 다양한 측정 기기가 내장된, 팔꿈치까지 올라오는 긴 업무용 장갑을 끼고 있었다. 그러나 무엇보다 눈길을 사로잡은 것은 명치 부근에 핀으로 꽂은 문장, 즉 태양이었다.

여태껏 그녀는 도망자를 찾고 있었다. 그런데 지금 만난 사람은 룩스의 귀족이었다.

오펠리는 한 걸음 뒤로 물러나 차가운 방 안에서 가장 빛이 덜 드는 구석으로 틀어박혔다. 피가 들끓어 차분히 생각할 수 없었지만 한 가지 사실은 확실했다. 토른과 눈이 마주치는 순간, 돌이킬 수 없는 일이 벌어지리라는 것.

"일정이 예정보다 지연되고 있습니다. 계보학자들이 곧 해명을 요구할 겁니다."

토른은 폴 억양이 전혀 느껴지지 않는 바벨 억양으로 말했다. 마치 이 도시에서 나고 자란 사람 같았다. 그러나 오펠리는 수많은 사람 사이에서도 그의 목소리를 알아볼 수 있었다. 콘트라베이스처럼 낮고 침울한 떨림은 그녀의 텅 빈 내면을 울리고,

가장 깊은 곳을 뒤흔들고, 목구멍을 타고 올라와 결국 목메게 했다.

3년 가까운 침묵 끝에 듣는 토른의 목소리였다.

토른이 탁 하고 서류를 덮는 순간, 오펠리는 소스라치게 놀랐다.

"그리고 네크로맨서들을 최대한 빨리 불러야 합니다. 스크레타리움 동반구의 온도와 습도가 너무 높아요. 인력을 잃은 것도 문제지만, 소장품까지 잃는 일은 막아야 합니다."

토른의 시선은 곧장 손에 든 서류에서 열람용 독서대에 놓인 원고로 향했다. 걸음걸음마다 음산하게 삐걱거리는 소리를 내며 차가운 방을 가로질렀다. 그때까지 오펠리가 눈치채지 못했던 것이 그제야 눈에 들어왔다. 뼈대처럼 연결된 철제 프레임이 발목부터 무릎까지, 승마 부츠를 신은 토른의 다리 한쪽을 감싸고 있었다. 감옥에 갇혔을 때 부러진 다리였다.

로봇.

오펠리는 이토록 자신이 어리석다고 느낀 적이 없었다. 그저 저속한 별명에 불과했던 것을 그동안 문자 그대로 이해했던 것이다. 저속했지만 사실 딱 들어맞는 별명이었다. 토른은 독서대를 향해 뻣뻣하게 몸을 기울였고 금속 장갑을 낀 손가락으로 원고를 한 장 한 장 넘겼다.

"부인이 데려오신 신입이 고문서를 읽을 수 있습니까?"

그는 당사자가 방 안에 없기라도 한 듯 레이디 셉티마에게 물었다. 약혼했을 무렵에는 오펠리를 몹시 분노하게 했던 그 못된 버릇이, 오늘만큼은 오히려 다행스럽게 여겨졌다.

"고문서는 다룰 줄 모릅니다, 서. 하지만 메디아나 수습생의 역할을 이어받을 수 있다고 생각합니다. 아니마 출신에다 읽는 여자랍니다."

'젠장, 이제 이쪽을 돌아보겠군. 나를 알아볼 거야.' 오펠리가 생각했다. 그녀의 안경은 눈에 띄게 파래졌다.

하지만 토른은 아무런 반응도 보이지 않았다. 오래된 레이스 조각처럼 세월에 낡아 군데군데 찢어진 종잇장을 손가락 끝으로 쥐고 들여다볼 뿐이었다.

"저 수습생이 빠진 내용을 복원할 수 있겠습니까?"

"아니요, 서" 레이디 셉티마는 그 자신보다 제자를 더 잘 아는 교수처럼 확신을 가지고 단언했다. "하지만 그것을 읽었던 사람의 생각으로 들어가 그 내용을 재구성할 수는 있을 겁니다. 이상적으로라면 그 원고를 쓴 사람의 생각으로 들어가서 말이지요."

오펠리는 레이디 셉티마가 금속을 녹일 만큼 이글거리는 눈빛으로 토른의 다리 보조기를 쳐다보고 있는 것에 깜짝 놀랐다. 그녀는 토른을 룩스의 일원으로 존중하며 대하는 것처럼 보였지만, 실은 자신과 대등한 존재로 여기지 않았다.

오펠리는 불길한 예감이 들었다.

레이디 셉티마가 앙리 경과 자신 사이의 최소한의 동요, 아주 미세한 놀란 기색이라도 감지한다면 본능적으로 의심할 것이고, 그렇게 되면 두 사람의 가짜 신분은 산산조각 나리라고 생각했다.

오펠리는 천천히 숨을 들이쉬었다. 요동치는 심장을 소란을 가라앉혀야 했다. 안경을 다시 투명하게 만들어야 했다. 얼굴 근육의 긴장을 풀어야 했다. 다시 어깨를 펴야 했다. 떨리는 몸을 주체할 수 없었지만 어쩔 수 없었다. 이 추운 방에서 토가와 샌들 차림으로 떠는 건 정상적인 신체 반응이었다.

하나 바라는 게 있다면 토른이 자기를 보고 놀라지 않는 것뿐이었다.

"메디아나 수습생은 지금 어디 있습니까?"

토른은 메디아나의 번역본을 넘기며 무심하게 물었다. 독서대 조명에 그의 옆모습이 비쳤다. 서늘한 불빛 아래 그의 가파른 콧날과 기다란 상처를 따라 파인 홈, 가늘게 뜬 눈 사이로 집중하는 눈동자가 더욱 도드라져 보였다.

"전출되었습니다, 서"

"업무에 복귀할 가능성이 있습니까?"

"그 문제에 대해 말씀드리는 것은 아직 이릅니다."

'메디아나가 살아 있어.' 지금까지의 대화에서 오펠리가 떠올릴 수 있었던 유일하게 일관된 생각이었다.

"미스 사일런스 사건에 대해서는 어떻게 생각합니까?"

"질문의 의도를 이해하지 못하겠습니다, 서."

토른은 독서대에서 몸을 돌렸다.

"메모리알에서 발생한 뇌출혈로 인한 사망 사건에 대해선 유감스러운 사고라고 할 수 있겠죠. 그렇지만 그다음에 일어난 두 번째 사고는 뭐라고 설명할 겁니까?"

"유감스럽게도 우연의 일치였습니다, 서."

오펠리는 두 사람의 대화를 이해할 수는 없었지만 둘 사이에 긴장이 팽팽해지는 것을 느꼈다. 토른은 여전히 속내를 알 수 없어 보였지만, 레이디 셉티마의 표정에는 혐오감이 드러났다. 그녀는 단 한순간도 눈을 똑바로 뜨고 토른의 얼굴을 올려다보지 않았다. 그녀의 시선은 토른의 불편한 다리에만 집요하게 머물렀다. 그녀는 눈앞에 있는 남자가 굉장한 기억력과 무시무시한 할퀴기 능력을 지녔다는 사실을 알기나 할까? 그는 그녀보다 족히 머리 둘만큼은 더 컸지만, 그녀는 그를 영원히 자신보다 못한 애송이로 취급했다. 단지 나이 차 때문만은 아니었다. 오펠리는 레이디 셉티마가 헬레네의 선각자들과 늙은 청소부, 심지어 메디아나를 대할 때처럼 행동하고 있다는 사실을 깨달았다. 레이디 셉티마에게 폴리데우케스의 후손이 아닌 자들은 기계를 원활하게 작동하기 위한 부품, 망가지면 교체하면 그만인 존재 그 이상도 이하도 아니었다.

"독서 그룹이 속도를 내야 합니다." 마침내 토른이 말했다. "계보학자들의 인내심이 바닥나고 있어요. 부인이나 나나 계보학자들에게 불시 점검을 받고 싶어 하지는 않죠. 특히 지금처럼, 이렇게… 우연이 반복되는 상황에서는요."

계보학자라는 단어가 두 번째로 언급되었다. 오펠리는 계보학자에 대해 몰랐지만 적어도 그들이 룩스 귀족 중에서 최상위 계급이라는 것은 알 수 있었다. 그리고 토른이 그들과 엮이고 싫어 하지 않는다는 사실도.

"새로운 지시가 내릴 때까지 모두 외출 휴가를 중단할 겁니다." 레이디 셉티마가 뒤꿈치를 탁 하고 부딪치며 말했다. "독서 작업을 더 일찍 시작해서 더 늦게 끝내도록 하겠습니다."

"그렇다고 디테일을 놓쳐서는 안 됩니다. 부인의 수습생들은 아직도 정확도가 너무 떨어집니다. 인코딩 오류만 문제가 아닙니다."

레이디 셉티마는 고개를 끄덕였지만 표정은 굳었다. 오펠리는 고통스러웠다. 토른은 지금 여기서 신의 대리인을 공격하는 것이 그들로서는 절대 해서는 안 되는 일이라는 사실을 인지하지 못하는 게 분명했다. 그리고 당연히 레이디 셉티마는 화풀이할 대상을 찾을 터였다.

멀리서 찾을 것도 없었다.

"윌랄리 수습생, 언제까지 거기 그렇게 멍하니 있을 겁니까? 더 이상 나를 곤란하게 하지 말고 실력을 보여서 앙리 경의 기대에 부응하도록 하세요."

오펠리는 갑자기 온몸에 흐르는 피가 멎는 것 같았다.

마침내 토른이 그녀 쪽으로 몸을 돌렸다.

오펠리를 향해 돌아섰지만, 그의 눈빛에는 아무런 감정도 담겨 있지 않았다. 놀라지도 당황하지도 않았다. 낯선 이가 아무 상관 없는 다른 낯선 이를 쳐다보는 무감정한 눈빛이었다.

"기대에 부응하겠습니다." 그녀가 단호하게 답했다.

오펠리는 방금 목소리가 갈라지지 않았다는 데 안도했다. 심지어 그녀는 자신이 더는 진짜 자신이 아닌 듯, 시선을 견디고 있다는 사실에 스스로 놀랐다. 마치 다른 사람처럼 행동했다. 이제 자신은 정말로 오펠리가 아니었기 때문이다.

'나는 욀랄리야.' 오펠리는 속으로 되뇌었다. '지금 나와 마주하고 있는 사람은 앙리 경이고.'

그건 생각만큼이나 단순한 사실이었다.

토른의 긴 팔이 독서대에 놓인 메디아나의 노트를 휙 집어 들었다. 그는 한 발짝도 움직이지 않고 긴 팔로 둘 사이의 거리를 가로질러 오펠리에게 노트를 건넸다.

로봇.

"이 번역본을 완벽하게 외우고 고문서 처리법을 익히는 데 나흘을 주겠다. 그 후 매일 저녁, 독서 그룹 활동이 끝난 후 이곳으로 오도록. 나흘이다. 알겠나, 수습생?"

토른의 말이 우박처럼 오펠리 위로 쏟아졌다. 두 사람이 아예 모르는 사이라고 하는 편이 오히려 더 설득력 있을 것 같았다. 그가 너무도 모르는 사람처럼 행동했기에 오펠리는 손으로 노트를 쥔 채 압도적인 의구심에 사로잡혔다.

과연 토른이 날 알아보긴 한 걸까?

의심

“내가… 해줄 말은 없어.”

“우리… 동료였잖아요. 나도… 알… 권리가 있어요.”

“너 때문에… 집중할 수가… 없잖아.”

오펠리는 스타디움의 먼지 속을 힘겹게 내달리고 있었다. 새벽 여섯 시였다. 그나마 하루 중 가장 덜 덥고 덜 습한 시간대였지만 벌써부터 폐가 불타는 듯했다. 매일 하는 구보에 익숙한 엘리자베스도 매우 힘들게 걸음을 떼는 모습을 보고 오펠리는 겨우 위안을 삼았다. 그녀는 과학 방송을 쉴 새 없이 거듭 내보내는 괴상한 라디오 모자를 머리에 쓰고 있었다. 원래는 달리기 속도를 유지하는 데 도움이 되도록 고안된 것이었지만, 실제로는 무거워서 오히려 속도를 떨어뜨릴 뿐이었다.

“메디아나는… 어디 있어요?” 오펠리가 물었다. “메디아나는… 어디로… 가게 한 거죠?”

“기밀이야. 수습생에게… 그런 정보는… 알려줄 수… 없어.”

엘리자베스는 결국 더 이상 버티지 못하고 트랙 한가운데서 멈췄다. 한 손으로는 모자가 흘러내리지 않게 받치고 다른 한 손으로는 옆구리를 짚은 채 허리를 굽히고 숨을 헐떡였다. 평소에는 창백했던 얼굴이 너무나도 붉게 달아올라서 주근깨가 보이지 않을 정도였다. 그녀는 하루 종일 의자에 앉아서 코드만 들여다본 탓에 체력이 노인처럼 약해지고 말았다.

오펠리는 답을 듣기 위해 스타디움에서 그녀를 집요하게 쫓았다. 기숙사에서 침묵의 벽만 마주한 지도, 멀리서 이상한 시선만 받으며 아무런 설명도 듣지 못한 지도 나흘째였다. 인내심은 바닥나기 시작했고, 선각자단 분과 전체에서 자기를 따돌리지 않을 사람은 엘리자베스가 유일했다.

"적어도 무슨 일이 있었는지는 말해줄 수 있잖아요?"

엘리자베스는 접이식 다리미판을 펴듯이 허리를 폈다. 고개를 숙인채로는 숨을 고를 수 없어서 입을 크게 벌리고 고개를 쳐들었다.

"말했잖아…. 다시 말할게. 메디아나 수습생은… 건강상의 이유로… 떠났어."

"그건 말이 안 돼요. 우리 중에서 가장 건강했잖아요."

"잘 들어, 수습생."

오펠리는 무슨 말이든 들을 준비가 되어 있었지만, 엘리자베스가 숨을 가다듬고 말할 수 있을 때까지 기다려야 했다.

"내가 메디아나를 발견했어. 단언하건대 상태가 영 안 좋았지. 일요일이라 평소처럼 직원 전용 출입구로 메모리알에 들어갔어. 목록 카드를 업데이트해야 했거든. 오전 내내 천공 작업을 하다가 세면장에 갔는데, 메디아나가 타일 바닥에 뻗어 있었어. 언제부터 그러고 있었는지 몰랐지만 어쨌든 상태가 안 좋아 보였지." (엘리자베스는 턱에 흘러내리는 땀을 옷소매로 훔치며 말을 이었다.) "근육은 경직되어 있었고, 몸은 경련을 일으켰고, 눈이 뒤집혀 있었어." 그녀는 당시 상황을 묘사했다. "나는 보안팀에 바로 알렸어. 그 뒤에 레이디 셉티마가 너를 긴급하게 소환했고. 뭐, 뒷이야기는 나보다 네가 더 잘 알겠지."

오펠리는 어슴푸레한 새벽빛 속에서 엘리자베스를 쳐다보았다. 그녀가 방금 묘사한 모습은 당당하고 제멋대로였던 메디아나와는 너무도 달랐다. 그래서인지 냉정한 그녀의 태도가 이상해 보일 정도였다. 그녀는 메디아나에게 벌어진 일이 별거 아니라는 듯 모자에 달린 안테나를 매만지며 라디오 방송의 잡음을 줄였다.

"두렵지 않아요?"

"응? 내가 뭘 두려워해야 해? 우리 나이에 뇌졸중은 드문 일이잖아. 통계적으로 나나… 너나 뇌졸중으로 쓰러질 일은 거의 없지. 너도 관보를 읽었으면 알 거야. 그리고 우리 선각자들이 정보를 얻을 수 있는 유일한 출처는 관보일 뿐이라는 사실도 잘 알 테고." 엘리자베스는 수업 시간에 잘 배운 내용처럼 줄줄 읊었다.

"통계는 잘 몰라요." 오펠리가 솔직히 말했다. "하지만 미스 사일런스 일도 그렇잖아요. 같은 장소에서 50일 간격으로 심장마비와 뇌출혈이 발생한 게 저에겐 단순한 우연 같지 않거든요."

이번엔 엘리자베스가 이해할 수 없다는 듯이 오펠리를 반쯤 감긴 눈으로 쳐다봤다.

“나는 네가 어디서 태어났는지도, 어디서 자랐는지도 모르지만, 우리가 사는 곳, 여기 바벨에서는 질병과 사고가 사망의 유일한 원인이야. 레이디 셉티마가 우연이라고 말하면 그건 우연이고.”

오펠리는 엘리자베스가 떠받드는 그 여자가 사실은 자신과 같은 무능력자를 얼마나 무시하는지 알리고 반박하고 싶었다. 그리고 레이디 셉티마가 어쩌면 진실을 감출 수도 있다고 되받아치고 싶었다. 룩스의 귀족들은 메모리알의 보안 인력을 두 배로 늘렸다. 그래서 이제는 보안 검사를 받지 않고 메모리알에 드나들 수 없게 되었다.

그리고 울프 교수 일도 있었다. 그의 불가사의한 사고, 하룻밤 사이에 갑자기 중단된 연구. 울프 교수 역시 메모리알에 상시 드나들었던 사람이고, 그 역시 큰 정신적 충격을 겪게 됐다.

아니, 이건 절대로 단순한 우연이 아니다. 범죄다. 세 건의 범죄다. 범죄라는 단어가 금기어 목록으로 지정되었다 해도 달라질 것은 없었다. 이렇게 가정하고 나니 이제 오펠리는 상퇴르가 메디아나에게 보내려 했던 메시지를 무시할 수 없게 되었다. ‘바람을 일으키는 자, 폭풍을 거두리라.’ 그가 메디아나와 울프 교수, 미스 사일런스의 목숨을 노렸을까? 만약 그렇다면 어떤 방법으로? 그리고 무엇보다도 왜 그랬을까? 전쟁 전문가와 수석 검열관, 선각자 수습생, 모두 메모리알에서 근무했다는 것 말고 이 세 사람에게 또 다른 공통점이 있을까?

"엘리자베스 비르투오소 후보, 윌랄리 수습생, 정해진 바퀴를 다 돌도록!"

오펠리는 안경을 고쳐 쓰고 명령이 내려온 스타디움 감시탑을 올려다보았다. 그리고 여전히 숨을 헐떡이는 엘리자베스를 돌아보았다.

"이게 말로만 듣던 가장 이상적인 세상이라는 거죠?"

엘리자베스와 오펠리는 다시 나란히 달리기 시작했다. 두 사람의 몸은 극명한 대조를 이루었다. 엘리자베스는 키가 크고 늘씬했고, 오펠리는 키가 작고 통통했다.

"있지… 우리… 처음 만났을 때… 네가 맘에 들지… 않았어."

두 걸음 정도 앞서 달리던 엘리자베스가 무심하게 내뱉었다. 길게 땋은 황갈색 머리가 그녀의 등을 탁탁 치고 있었다.

오펠리는 고개를 끄덕였다.

"저도 그쪽이 그다지 마음에 들진 않았어요."

"지금은?"

두 사람은 의문 섞인 눈빛으로 서로를 바라보았고, 마침내 오펠리가 스타디움의 트랙에서 엘리자베스를 앞질렀다. 사실 윌랄리가 정말 존재했다면 둘은 친구가 될 수도 있었을 것이다. 그렇지만 오펠리는 착각에 빠지지 않았다. 만약 자기가 신분을 속이고 있다는 사실을 알게 된다면 그녀는 한 치의 망설임도 없이 헬레네 부인과 레이디 셉티마에게 고발할 터였다.

오펠리는 의무 구보를 마친 뒤 탈의실로 향했다. 마침 탈의실에서 나오던 젠과 부딪쳤다. 젠에게서는 동백기름 향이 났다.

두 사람은 서로 말을 더듬거리며 사과했다. 두 사람은 공용 침실을 쓰고, 같은 수업을 들었지만, 두 문장이 넘는 대화를 해본 적이 없었다. 젠은 동료 수습생 중 가장 나이가 많았지만 여자라기보다는 인형 같았다. 아몬드 모양의 눈을 길고 숱 많은 검은 앞머리 뒤로 언제든 감출 준비가 되어 있었다. 그런데 오펠리는 젠이 습관적으로 자신을 피하는 것이 단순히 수줍음 때문만은 아닌 것 같았다.

내가 두려워서?

혼자가 되자 오펠리는 전날 밤 세탁장에 두었던 제복과 부츠를 찾아왔다. 그러고는 공동 샤워장에 가서 착용하고 있던 옷과 장갑, 안경을 의자 위에 내려놓은 뒤 한참을 가만히 서 있었다. 달리기 때문에 쿵쾅거리는 심장이 정상 리듬을 되찾을 때까지 기다렸다. 하지만 진정되지 않았다. 온몸의 살갗이 혼란스러운 맥박으로 고동치는 것 같았다.

오펠리는 오늘 저녁 토른을 다시 보러 갈 터였다. 지난 며칠 동안 토른을 생각하지 않고, 그와 관계없는 모든 것에 매진하며 시간을 보냈다. 제대로 먹지도, 자지도 않았다. 그녀의 감정은 너무나도 복잡하게 얽혀 있어서 도저히 풀 수 없었다. 지금 당장 토른 옆에, 그곳에 있고 싶었다. 거의 3년이 돼가는 시간 동안 매시간 매분 매초 오펠리는 토른을 원했다. 그런데 고작 사흘을 더 기다리게 하는 게 그가 내놓은 최선이었을까? 게다가 메디아나의 번역본을 외우라고? 그건 토른의 속내를 이해하는 데 아무런 도움도 되지 않는 엉성하고, 불완전하고, 난해한 원고에 불과하다. 어떻게 앙리 경이 된 걸까? 왜 룩스에 합류한 걸까? 독서 그룹을 통해 뭘 찾으려는 생각일까? 그동안 왜 아무런 소식도 주지 않았던 걸까? 오펠리는 눈이 아닌 다른 방식으로 — 어쨌든 공식적으로 메디아나의 원고를 소유하게 되었으니 — 읽고 싶은 마음에 굴복하고 말았다. 하지만 토른이 금속 장갑을 끼고 원고를 만진 탓에 종이에 그의 흔적은 전혀 남아 있지 않았다.

원고를 읽었지만 메디아나에 대해서도 전혀 알아낸 바가 없었다. 분명 메디아나도 작업용 장갑을 꼈기 때문일 것이다. 그녀의 농간에 놀아난 것이다. 메디아나는 그동안 오펠리가 찾던 남자가 앙리 경이라는 사실 알고 있었다. 언젠가는 자기에게 그 사실을 털어놓을 생각이었을까?

오펠리는 샤워 칸막이를 펼치고 안에 훈련복을 던져 넣은 뒤 체인 밸브를 잡아당겼다. 뜨거운 물이 확 쏟아졌지만 여전히 눈을 크게 뜨고 있었다. 아주 잠깐이라도 눈을 감기만 하면 토른의 표정이 눈앞에 겹쳐 떠올랐다. 정확히는 아무 표정 없는 얼굴이었다. 이 연극이 아니면 그에게 오펠리 따위는 정말로 아무 의미 없다는 듯 보였다.

그녀는 머리를 감으면서 곱슬거리는 머리카락을 잡아당겼다. 거울을 볼 수 없었기에 조심스럽게 직접 가위질해서 짧은 머리를 유지하고 있었다. 분명 그렇게까지 많이 달라 보이진 않을 텐데, 아닌가? 오펠리는 햇볕에 그을린 구릿빛 피부를 흘끗 바라보았다. 불현듯 자신이 알몸이라는 사실을 자각했다. 이렇게까지 벌거벗은 느낌이 들었던 적이 없었다. 자신의 알몸을 갑작스럽게 의식한다는 것이 터무니없었지만, 그래서 그녀는 알 수 없는 불안감에 사로잡혔다.

'넌 어린애 취급 받는 건 끔찍이도 싫어하지만 남자 앞에서는 경험 없는 밤비나일 뿐이야.' 기억 속 메디아나의 목소리가 빈정거렸다.

찰칵하는 익숙한 소리가 물줄기 소리 너머에서 들렸다. 오펠리는 샤워기 체인 밸브를 놓고 속눈썹에 맺혀 시야를 흐리는 물방울을 닦아냈다. 눈이 잘 보이지 않았지만 칸막이 아래로 그림자들이 어른거렸고, 그 안에서는 은빛이 번뜩였다.

선각자들의 날개 달린 부츠였다.

"너는 우리가 하는 말을 들을 것이다."

"너는 소리를 지르지 않을 것이다."

"너는 아무 말도 하지 않을 것이다."

예지자들이 미래형으로 말하면 보통은 그 뒤에 이어진 사건들이 그 말을 증명한다. 그래서 오펠리는 조용히 서서 그들이 자신에게 무슨 말을 할지 기다렸다.

말 대신 양동이가 날아왔다. 샤워 칸막이 위로 수정처럼 투명한 조각들이 폭우처럼 쏟아졌다. 오펠리는 두 팔로 겨우 얼굴만 가릴 수 있을 뿐이었다. 한순간 온몸에 수백 개의 상처가 났다. 정신을 차리고 보니 축축한 피부에는 유리 조각이 흩뿌려져 있었고, 몇 초 지나자 유리 조각 위로 피가 흘러나와 복잡한 지류처럼 뒤엉켜 피부를 타고 퍼져나갔다.

"이건 우리 사촌 메디아나를 위한 거야, 시뇨리나."

통증보다 그 말이 오펠리에게 더 충격을 주었다. 자신을 두려워하는 젠의 태도와 뭔가를 암시했던 옥타비오의 말. 그 모든 게 갑자기 너무도 분명하게 다가왔다.

그녀의 동료들 역시 메모리알의 사고들이 우연의 일치라고 생각하지 않았다. 그들은 그녀를 의심하고 있었다.

오펠리는 입을 열었지만 예지자들의 날카로운 목소리는 변명할 틈도 주지 않았다.

"처음엔 시뇨라 사일런스였고, 이제 메디아나까지?"

"아주 프레스토*하게 가는데, 신입!"

"본파미유에서 누가 널 벤베누타** 하겠어?"

침묵이 이어졌고 들리는 것이라고는 샤워기에서 물방울이 떨어지는 소리와 피범벅이 된 발 아래로 유리 조각이 서걱대는 소리뿐이었다. 오펠리는 떨고 있었다. 날개 달린 부츠는 여전히 샤워 칸막이 아래에 있었다.

"오늘 저녁, 시뇨리나, 너는 스크레타리움에 간다."

"오늘 저녁, 시뇨리나, 너는 로봇을 다시 만난다."

"오늘 저녁, 시뇨리나, 너는 로봇에게 날개를 반납한다."

이건 예언이 아니었다. 예지자의 능력은 세 시간 이후의 미래를 볼 수는 없다. 그렇지만 오펠리는 이 경고를 진지하게 받아들였다. 은빛 날개가 짤랑거리는 소리를 내며 부츠들이 눈앞에

* presto. 이탈리아어로 '빨리', '서둘러'라는 뜻이다.

** benvenuta. 이탈리아어로 '어서 와', '환영해'라는 뜻이다.

서 사라졌지만 그녀는 여전히 유리 파편들 한가운데 서 있었다. 샤워기에서 흐르는 물과 오펠리가 흘린 피가 섞여 바닥을 적시고 있었다.

로봇

오펠리는 뻣뻣한 걸음걸이로 스크레타리움으로 이어지는 다리 위를 나아갔다. 적어도 자신을 기다리는 사람과 볼일을 마칠 때까지만이라도 제복 아래로 감은 붕대가 피가 다시 배어 나오지 않게 막아주기를 바랐다. 움직일 때마다 피부에 난 상처가 땅겼다. 깊은 상처는 아니었지만 조금만 움직여도 금세 다시 벌어졌다.

사실 그녀는 아무런 고통도 느끼지 않았다. 머릿속엔 한 가지 생각뿐이었다. 정면에 보이는 스크레타리움 구체는 다가갈수록 끝도 없이 부풀어 오르는 듯했다. 허공에 발을 내디딘다는 것도 실감이 나지 않았다.

곧 토른을 다시 만난다.

구체의 방탄문 앞에 도착하자 오펠리는 다리 반대편 끝의 트랜센디움을 어깨너머로 힐끗 돌아보았다. 레이디 셉티마가 문을 열어준 곳이었다.

토른을 다시 만난다, 그것도 단둘이서.

오펠리는 스크레타리움으로 들어섰다. 처음 이곳에 왔을 때처럼 메모리알을 축소해 복제한 건물 안으로 들어가는 듯한 기묘한 기분이 들었다. 똑같은 아트리움, 똑같은 둥근 지붕, 똑같은 회랑들, 그리고 공중에 무중력 상태로 떠 있는 하나의 구체. 그것은 자신을 품고 있는 바깥 구체와 모든 면에서 비슷했다. 오펠리는 이 구체가 순전히 장식용이라는 사실을 잘 알고 있었지만, 그 안에 또 다른 구체가 있고, 그 안에도 다시 하나가 들어 있고, 그렇게 점점 작아지며 끝없이 이어지는 구체가 있을 거라는 상상을 떨칠 수가 없었다.

그녀는 차가운 전등 불빛 아래를 걸었다. 취약 문서 열람을 위한 저온실이 바로 앞에 있었다. 이 방으로 바로 들어가서 원고를 검토해야 하나? 토른과 제대로 된 대화를 나누기 전까지는 아무것도 손에 잡히지 않을 것 같았다.

오펠리는 아트리움을 감싸듯 원형으로 층층이 감겨 있는 회랑을 따라 시선을 움직였다. 스크레타리움의 동반구에서는 고대 소장품을 보관한 유리 진열장들이 기둥 사이로 반짝였다. 서반구에서는 찰칵찰칵 소리가 울려 퍼지고 있었다. 수천 개의 원통형 보관함이 축 위에서 회전하며 색인 정보가 입력된 천공 카드를 처리하고 있었다.

그렇게 토른을 찾던 중, 뒤에서 들려온 목소리에 오펠리는 깜짝 놀랐다.

"조율 장치실은 좌측 맨 끝 갤러리입니다."

소리 전송관을 통해 안내 메시지가 흘러나왔다.

오펠리는 트랜센디움의 수직 벽을 따라 올라갔다. 걸을 때마다 부츠에 단 날개가 박차처럼 짤랑거렸다. 같은 분과 동료들에게 앙갚음당하지 않으려면 앙리 경에게 사임 의사를 밝히고 날개를 반납해야겠지만, 그 문제는 걱정도 되지 않았다.

곧 토른을 만난다, 이번엔 제대로.

메모리알 내부 온도는 18도로 세심하게 유지되고 있다는 사실을 잘 알고 있었다. 그런데도 몸은 마치 33도쯤 되는 것처럼 느껴졌다. 오펠리는 이제껏 단 한 번도 멋을 부린 적이 없었지만, 떨리는 손으로 머리를 매만지며 정돈하려 애썼다. 손끝에 걸린 유리 조각 몇 개를 급히 떼어냈다.

꼭대기 층에 도착한 그녀는 높게 늘어선 실린더를 따라 걸었다. 실린더가 회전하는 소리가 고막을 긁듯 아프게 들렸다. 마침내 문 앞에 도착했다. 문은 나사와 접합부의 생김새가 잠수함 선실의 밀폐형 출입구를 연상시켰다. 선실일 거라 생각했지만, 오펠리의 눈에 들어온 것은 나무와 구리로 만든 커다란 책상이었고, 책상 뒤의 뒷모습이었다.

토른의 뒷모습.

토른은 등받이가 없는 의자에 앉아 있었다. 헤드폰을 낀 채로, 온통 구멍이 뚫린 거대한 콘솔을 바라보고 있었다. 데이터베이스 조사를 위한 세계에 유일한 기계, 바로 조율 장치였다. 토른은 가장 복잡한 악보를 연주하는 연주자처럼, 엉켜 있는 케이블들을 끊임없이 분리했다가 다시 연결하고, 이쪽 스위치를 내리고 저쪽 스위치를 올리는 등의 작업을 하고 있었다.

오펠리는 문을 두드려 자신이 왔음을 알렸지만 토른은 노크 소리를 듣지 못한 것 같았다. 그녀는 그의 집중력을 흩뜨릴까봐 겁이 났다. 그냥 겁이 났다. 서로가 비로소 진실한 감정을 털어놓을 수 있게 되면 여기서 무슨 일이 일어날지 겁이 났다.

그랬다. 겁이 났다. 그래도 이곳이 아닌 다른 어디에도 있고 싶지 않았다.

오펠리는 주위를 둘러보고 조율 장치실이 스크레타리움의 산업형 갤러리들처럼 무미건조한 공간이라는 사실을 알아차렸다. 조율 장치용 의자 말고는 앉을 자리가 없었고, 천공 카드 더미와 서류 뭉치와 다이얼이 육중하게 쌓여 있는 선반 말고는 눈길을 끌 만한 것도 없었다. 간소함과 정리가 완벽하게 조화를 이룬 공간은 폴의 관리국을 떠올리지 않을 수 없게 했다.

토른은 갑자기 회전의자를 돌려 기계식 타이프에서 막 출력된 노란 테이프를 확인하더니 마이크의 입력 버튼을 눌렀다.

"청구 번호 8.174, 토목공사 분야, IS067. 오버."

헤드폰에서 작은 목소리가 응답했을 때에야 토른은 오펠리가 와 있다는 것을 깨달았고 몸짓으로 압축 공기식 문을 가리켰다. 오펠리는 문을 잽싸게 잠갔다. 바퀴처럼 생긴 손잡이를 돌릴 때마다 밖에 있는 데이터베이스 실린더의 요란스러운 소리가 점점 멀어지더니 아예 들리지 않게 되었다. 방 안은 곧 더없이 고요해졌다.

"비르투오소 수습생이 도착했습니다." 토른이 알렸다. "전달할 지시 사항이 있습니다. 청구 번호 처리 작업은 지시 사항 전달 후 바로 재개하겠습니다. 통신 끝."

그는 마이크를 끄고 헤드폰을 벗은 뒤 마침내 회전의자를 돌려 앉았다. 오펠리는 그가 자신을 머리끝부터 발끝까지 세세하게 훑어보고 있다는 것을 깨달았다. 토른은 너무 갑작스럽게, 너무 오래 꼼짝도 하지 않았다. 오펠리는 그가 무슨 말인가를 기다리는 건가 싶었다. 하지만 곧 깨달았다. 그는 지금, 머리끝부터 발끝까지 자신을 꼼꼼히 훑어보는 중이었다. 토른은 오펠리의 제복에 달린 장식 끈과 부츠에 달린 날개를 한참 쳐다보았다. 꿰뚫어 보듯이 자신을 살피는 그의 시선 때문에 오펠리는 붕대로 감은 상처 하나하나가 벌어지는 듯한 기분이 들었다.

"당신이 왜 바벨에 있는 거지?"

얼음을 깨무는 듯 글자 하나하나를 끊는 발음, 돌처럼 거칠게 발음하는 자음들. 토른이 북부 억양을 되찾았고 느리고 신중하게 음절 하나하나에 힘을 주어 물었다.

오펠리는 토른이 윌랄리가 아니라 진짜 자신에게 말하고 있다는 걸 깨닫는 순간, 온몸이 굳어버렸다.

"더 이상 부모님 댁에서 지낼 수 없었어."

바보 같은 대답 중에서도 가장 바보 같은 대답이었다.

토른은 대리석처럼 굳은 얼굴로 회전의자에 앉아 조용히 기다렸다. 오펠리는 목이 어찌나 쿵쿵 울리던지 마치 심장이 목으로 솟아오른 듯했다. 깔때기라도 된 것만 같았다. 온몸은 너무나도 강렬한 감정들에 사로잡혀 들끓었지만 막상 표현을 하려고 하니 입 밖으로 나오는 건 찔끔찔끔 떨어지는 말 몇 마디뿐이었다. "당신이 메디아나 수습생 후임으로 와서 놀랐어." 토른이 말을 이었다. "아니, 그냥 놀란 정도가 아니었지."

오펠리는 그의 말을 정말 믿기 힘들었다. 생각을 읽을 수 없는 그의 얼굴은 아무런 감정도 드러내지 않았다.

"그럼 우리 둘 다 놀란 거네. 당신이 그 유명한 앙리 경이라는 사실을 알았다면 난…."

"신일 수도 있다고 생각했어." 토른이 오펠리의 말을 잘랐다.

토른의 대꾸에 오펠리는 허를 찔렸다. 손에 힘이 풀려서 들고 있던 메디아나의 번역본을 떨어뜨렸다. 원고는 그녀의 발치에 떨어져 사방으로 흩어졌다.

"그러니까 당신은 나를… 내가…."

"신일 수도 있잖아. 그건 나도 마찬가지고. 신이 우리 얼굴을 아니까."

그것은 너무나도 기본적인 사실이었다. 오펠리는 자신이 그렇게 생각해본 적이 없다는 것에 부끄러워졌다.

"맞는 말이야. 다행히 우리는 신이 형편없는 흉내쟁이라는 걸 아니까, 당신이 나를 미소로 맞이했다면 분명 당신을 의심했을 거야."

토른은 아무런 대꾸도 하지 않았다. 오펠리는 농담으로 분위기를 풀고 싶었지만 완벽하게 실패로 돌아갔다. 두 사람의 재회는 완벽한 실패였다. 이런 식으로 다시 만나게 될 줄은 몰랐다. 이보다는 훨씬 제대로 된 말을 했어야 했다. 적절한 말을 찾아야 했다. 당장.

딸깍!

회중시계였다. 오펠리는 회중시계를 꺼내려다 손가락을 집혔다.

"의심의 여지가 없는 증거가 여기 있어. 내가 신이 아니라는 걸 납득시켜 줄 거야."

오펠리는 자신의 떨리는 목소리가 부끄러웠다. 이 방에 들어선 순간부터 겁에 질린 여자아이처럼 행동하고 있었다. 토른을 몰랐던 시절, 그를 두려워할 만한 이유가 충분했던 시절에는 지금의 절반만큼도 두려움에 사로잡히지 않았다. 이 남자가 그녀의 방어벽을 뚫었고, 그녀는 견딜 수 없을 만큼 연약해져버렸다.

그런데 토른은 그녀를 편하게 해줄 만한 행동은 하지 않았다.

그가 일어섰다. 그러자 뼈대가 움직이면서 길고도 긴 척추가 펴졌고, 다리에 붙어 있는 쇳덩어리가 삐걱거리는 소리를 냈다. 오펠리에게는 그가 앉아 있는 편이 더 나았다. 이미 충분히 위축되어 있었기 때문에 그의 덩치에 압도되는 느낌은 정말이지 필요 없었다.

토른은 멀찍이 선 채 오펠리 쪽으로 한 발짝도 내딛지 않고 손가락 끝으로 회중시계를 받아 갔다.

"시간이 안 맞더라고." 오펠리가 변명하듯 말했다. "시계가 당신을 찾느라 제 시간을 다 썼나봐. 내가 시계 심리 전문가는 아니지만 이제 당신을 찾았으니 분명 정신을 차리겠지."

회중시계는 계속 뚜껑을 딸깍거렸다. 토른은 이토록 요란한 물건이 자기 것일 리 없다는 양 시계를 미심쩍은 눈으로 바라보았다.

오펠리가 시계를 돌려줌으로써 그에게 감동을 줄 생각이었다면 실패였다.

"고모는 어쩌고 계셔?"

"어… 사실 두아옌들이 나를 아니마로 송환한 이후 베르닐드 고모님을 뵙지 못했어. 하지만 몇 가지 소식이 있지. 고모님은 상황을 잘 이겨내실 거야. 당신이 돌아오길 기다리고 계셔. 믿어도 돼." 오펠리는 어색한 미소를 지으며 분명하게 말해주는 편이 좋으리라 생각했다.

오펠리는 바람 장미에서 있었던 일은 언급하지 않기로 했다. 그러려면 아르쉬발드를 거론해야 했는데, 토른의 심기를 불편하게 하는 일만은 하고 싶지 않았다. 지금 그는 열정이 넘쳐난다고는 말할 수 없었다.

"내가 돌아오길 기다리신다고?" 그가 되풀이했다.

"폴의 상황이 변했어. 파루크도 변했고. 나는 언젠가 당신이 당당하게 돌아가서 마침내 당신의 입장을 떳떳이 밝힐 수 있으리라 확신해."

오펠리는 적어도 자신의 말이 토른의 마음에 닿기를 바라며 확신에 찬 목소리로 단언했다. 그는 계속 딸각거리는 회중시계의 움직임을 멈추기 위해 시계를 감싸 쥘 뿐이었다.

"바벨엔 혼자 왔어?"

"어… 응."

오펠리는 이 순간만큼은 목도리 생각은 하지 않으려 애썼다.

"당신이 여기 있다는 것을 두아옌들이 알아챌 가능성은 없겠지?"

"아마도."

"'윌랄리 수습생'이라는 가면은 안전한 건가?"

"신분증을 준비해뒀어."

오펠리의 대답은 끔찍한 쇳소리에 묻혔다. 토른은 자세를 바꾸고 싶어 했지만 다리에 덧댄 외골격 장치가 움직이는 도중 멈춰버렸다. 조율 장치의 콘솔에 가까스로 달라붙어서 겨우 균형을 잡았다.

"알아서 할 수 있어." 오펠리가 움직이려는 기색을 보이자 토른이 말했다.

토른의 목소리는 단호했다. 그가 다리 뒤쪽의 장치를 풀기 위해 몸을 숙이는 동안 오펠리는 그를 조금 더 유심히 볼 수 있었다. 긴장감에 얼이 빠져 있지 않았더라면 진즉 알아차렸을 만한 엄청난 디테일들이 이제야 눈에 들어왔다. 토른 역시 변했다. 깊게 파인 미간 주름은 더 진해졌다. 앞머리가 벗어져서 원래 넓었던 이마가 더 넓어 보였다. 안색은 너무 창백해서 얼굴의 흉터조차 보이지 않을 정도였다. 그는 피부며 옷이며 금속이며 손가락이 닿는 데마다 소독을 하기라도 한 듯 강력한 약품용 알코올 냄새를 뿜어내고 있었다.

그럼에도 그의 온몸에는 손에 닿을 듯 강렬한 의지와 강력한 에너지가 감돌았다.

토른은 소름 끼치는 쇳소리를 내며 다리 보조기를 떼어낸 뒤 온몸을 쭉 펴고 일어섰다.

"이제 당신 차례, 궁금한 게 있으면 물어봐. 내 다리와 관련된 질문은 사양하겠어."

오펠리는 몸을 움찔하며 긴장했다. 물론 묻고 싶은 게 있었다. 너무 많아서 어디서부터 시작해야 할지 모를 정도였다. 그녀는 토른의 셔츠에 핀으로 꽂힌 태양 문장에서 시선을 떼지 못했다.

"룩스가 나를 이용하는 만큼 나 역시 룩스를 이용하고 있어." 오펠리가 묻기도 전에 토른이 먼저 말했다. "외부에 공격하는 방식으로는 신에게 맞서 싸울 수 없었어. 그래서 전략을 전면으로 수정했지."

"그래서 직접 귀족이 된 거야? 그러니까 그들 모두가 신의 하수인이라는 거지?"

"당신네 아니마 두아옌들이 그런 것처럼, 폴의 내 어머니 클랜이 그랬던 것처럼. 아니, 그보다 더. 룩스의 영향력과 자원은 막강해. 귀족들은 탁월한 감시자야. 룩스는 가문 정령을 개 목줄에 매듯 통제하고 신이 각각의 아슈에 실현하고자 했던 원형을 만들었어. 그게 바벨 도시지."

오펠리는 침을 꿀꺽 삼켰다. 항상 말과 행동을 조심해야 하는 세상은 자신처럼 어설픈 사람에게 어울리는 곳이 아니었다.

"룩스 귀족들 틈에 끼기가 쉽지 않았겠네." 그녀가 중얼거렸다. "당신이 감옥에서 탈출한 이후에 한 모든 일들도 그랬겠지만."

토른은 회중시계를 힐끗 보았고 시곗바늘이 전부 자신을 가리키고 있다는 사실을 알아차렸다. 그러고는 두 사람이 대화한 지 얼마나 되었나 확인하기라도 하려는 듯 방 안 구석구석 수많은 벽시계들을 둘러보았다.

"말하자면 길어. 적어도 이것만은 알아뒀으면 해. 내가 바벨에 온 것은 당신이 감옥에서 나에게 준 단서 때문이야. 그리고 계보학자들 덕분에 앙리 경이 될 수 있었지."

"계보학자들?" 오펠리는 놀랐다. "저번에 레이디 셉티마와 대화할 때 계보학자들과는 얽히기 싫다고 하지 않았어?"

토른의 턱이 가볍게 떨렸다. 대화를 시작한 이후 처음으로 감정을 내보인 것이었다. 오펠리는 그 신호를 어떻게 해석해야 하는지 잘 알았다. 토른이 자신의 비밀로부터 그녀를 지키려 할 때마다 지었던 그 표정을, 오펠리는 예전에도 수없이 목격했었다. 그래서 이번에도 그 얼굴을 다시 보자 마음이 놓였다. 이 남자는 예전에 자기가 알고 지냈던 무뚝뚝한 곰 같은 모습으로 되돌아가려 하고 있었다. 그는 또다시 오펠리에게, 아니마로 돌아가라 하고, 자신의 일에 끼어들지 말라고 하고, 혼자서 위험을 감수하겠다고 할 것이다.

그리고 오펠리는 그에게 자기 뜻을 분명히 각인시키기로 결심했다.

"토른, 당신이 원하든 원치 않든 난 바벨에 남아 있을 거야. 레이디 셉티마가 뭐라든지 간에, 여긴 뭔가… 정말 혼란스러운 일이 벌어지고 있어. 당신이 무슨 계획을 세웠는지 아직 모르겠지만, 날 막으려면 그 전에 알아둬야 할 거야. 나는….”

“안 막아.”

말이 떨어지기가 무섭게 대답하는 바람에 오펠리는 사레가 들렸다. 제법 논리적인 주장이 콜록대는 기침 소리에 묻혔다.

“당신 생각에 동의해.” 토른은 한술 더 떴다. “무슨 일인가 벌어지고 있어. 나에게는 스크레타리움 외부의 눈이, 당신에게는 내부의 눈이 필요하지. 우리가 힘을 모으면 서로에게 득이 될 거야. 어떻게 생각해?”

오펠리는 뻣뻣하게 고개를 끄덕였다. 그녀의 제안이 반가워야 했겠지만, 그의 무덤덤한 태도와 감정을 완전히 배제한 대화 방식 때문에 더욱더 공허함을 느꼈다.

조율 장치 콘솔 위에 놓인 헤드폰에서 속삭이는 듯한 소리가 났다. 누군가 통신을 재개하려는 것이 분명했다. 레이디 셉티마의 목소리였다.

“마이크는 꺼져 있어.” 오펠리가 뒤로 물러나는 걸 본 토른이 말했다. “우리 말을 듣지 못해.”

“레이디 셉티마는 당신이 진짜 누구인지 알아?”

“계보학자들 빼고는 아무도 몰라. 레이디 셉티마가 신이라는 존재 자체를 아는지는 모르겠지만, 그녀는 자신이 훌륭하고 고귀한 대의를 위해 일한다고 생각하지. 계보학자들만이 온전한 진실을 알고 있어. 뤽스 귀족들 중에서 가장 강력한 권력을 쥔 자들이거든. 정말이지 그들은 너무 강력해져서, 신에게 보고해야 한다는 생각 자체를 더는 용납하지 않아. 나와 그들 사이의 유일한 공통분모랄까." 토른은 혐오를 숨기지 않고 드러내며 덧붙였다. "그렇지만 그 덕분에 그들 사이에 잠입할 수 있었어. 그들은 완전히 날조된 신분을 새로 만들어줬어. 나를 바벨에서 존경받는 시민으로 꾸며낸 다음, 스크레타리움의 책임자 자리에 앉혔어. 신은 내가 여기 있다는 걸 당연히 몰라. 우리는, 당신과 나는 경계를 늦추지 말고 남들에게 우리의 과거를 들키지 않아야 해. 계보학자들조차도 예외는 아니야. 그들은 그저 내가 자신들에게 쓸모가 있다는 이유로 나와 손을 잡은 것뿐이야. 당신이 자기들만의 내밀한 일에 끼어드는 걸 그들이 곱게 볼 리 없지."

"그렇지만 계보학자들은 왜 당신에게 스크레타리움을 맡긴 거야?" 오펠리가 끈질기게 물었다. "장서 목록 데이터베이스와 독서 그룹이 '그들의 소소한 업무'랑 무슨 상관이 있는데?"

"다 관련돼 있어. 계보학자들은 나에게 특별한 문서 하나를 찾아오라는 임무를 줬지."

"메디아나가 번역한 원고?"

"그건 당신이 직접 확인해야 할 일이야. 내가 더 말하면 당신 판단이 흔들릴 수 있으니까. 지금 나한테 필요한 건, 아무 선입견 없는 시선이거든." 레이디 셉티마의 목소리가 헤드폰 속에서 점점 커졌다. "여보세요!"라는 외침이 끈질기게 반복되었다. 토른은 기계처럼 뻣뻣한 동작으로 다시 의자에 앉았지만, 아직 마이크를 켜지는 않았다. 그는 서랍을 열고, 감겨 있던 구멍 난 종이테이프를 풀어냈다. 종이테이프는 폭포처럼 바닥으로 흘러내렸다.

"더 이상 시간을 허비하지 않는 게 좋겠군." 토른이 오펠리에게 종이테이프를 힘있는 동작으로 건네며 말했다. "장서 목록이야. 가능한 한 빨리 한 권도 빠짐없이 보는 게 좋을 거야. 당신의 전문성 평가에 도움이 될 거야."

오펠리의 굳어버린 표정을 무시한 채 토른은 조율 장치의 뒤엉킨 케이블을 광적으로 질서있게 정리하기 시작했다. 다리는 불편해 보였지만 손은 화살촉처럼 예리했다.

"지금 당장 저온실로 가야 해." 그가 조언했다. "원고가 준비되어 있을 거야. 레이디 셉티마는 당신이 아직도 일을 시작하지 않은 걸 절대 용납하지 않을 거고. 그 여자가 항상 당신을 주시한다는 점을 명심해. 그녀의 감시가 느슨해질 때만 만나기로 하자고. 그때가 되면, 그리고 그때에만 더 많은 것을 알려주도록 하지."

토른은 빠르게 타자를 치듯 말들을 쏟아냈고, 그 말들이 오펠리에게, 특히 그녀의 안경에 어떤 영향을 주고 있는지조차 알아채지 못했다. 안경은 완전히 노랗게 변해 있었다.

"사실… 본파미유를 떠날까 생각하고 있었어."

토른은 오펠리를 향해 천천히 회전의자를 돌렸다. 그의 얼굴에 반대하는 기색은 전혀 없었지만, 오펠리는 갑자기 뼛속까지 얼어붙는 느낌이 들었다.

"그러면 내가 당신을 더 쉽게 도울 수 있을 것 같거든." 그녀는 구멍 뚫린 종이테이프를 둘둘 감으며 말했다. "고등교육원은 규율이 너무 엄격해서 운신의 자유를 거의 허락하지 않아. 게다가 본파미유에 온 건 스크레타리움에 접근하기 위한 구실이었는데, 당신이 여기 있으니까, 당신이… 나를 몰래 들여보내 줄 수 있겠지. 그렇지 않아?"

토른의 시선은 독수리의 시선처럼 고정되어 있었고 날카로웠다. 오펠리는 그나마 남아 있던 침착함마저 잃어버렸다.

"아니. 지금처럼 선각자단 분과에서 수습생 지위를 유지하는 게 훨씬 더 유리해. 비르투오소 후보가 된다면 더더욱 그러할 테고."

오펠리는 말문이 막혔다. 그는 그게 무슨 단순한 형식 절차인 것처럼 말하고 있다! 순간 협박과 위협, 유리 파편들에 대해 말하고 싶었지만 이내 입을 다물었다. 토른에게 약한 모습을 보이고 싶지 않았다. 이유는 알 수 없지만, 둘 사이에는 감정의 골이 있었다. 그녀는 그 골을 더 깊게 만들지 않으리라 결심했다.

"알겠어." 오펠리는 종이테이프를 제복 주머니에 정리해 넣으며 대답했다. "고등교육원에서 수습 생활을 계속할게. 그리고 이 원고도 내가 분석할게."

분하게도 토른은 만족한 기색이 전혀 없었다.

"예전에 메디아나 수습생이 했던 것처럼 당신도 경과 보고서를 제출해야 해. 나가기 전에 이 서류들 다 챙기는 것 잊지 말고."

그가 마룻바닥 위에 흩어져 있는 번역 원고를 가리킨 후 대화는 거기서 끝난 셈이었다. 다시 케이블을 연결했다가 분리하는 작업을 하기 시작했다.

"그게 다야?" 오펠리가 중얼거렸다. "정말 나한테 따로 할 말은 더 없고?"

"있어." 토른이 케이블을 연결하는 손을 멈추지 않고 중얼거렸다. "미스 사일런스와 메디아나 수습생에게 무슨 일이 있었는지 확실히 밝혀질 때까지 혼자 다니지 마. 항상 동료들과 함께 있도록 해. 그들 곁에 있는 것만큼 확실한 보호는 없어."

오펠리는 헛웃음이 나올 뻔했지만 꾹 참았다. 그녀는 무릎을 꿇었다. 몸을 움직일 때마다 붕대 아래로 통증이 번졌지만, 애써 그 아픔을 외면했다. 바닥에 흩어진 종이를 모두 줍고 난 그녀는 토른이 더 이상 움직이지 않는 것을 눈치챘다. 그는 등을 굽힌 채 의자에 앉아, 헤드폰을 손에 든 채 망설이고 있었다. 그의 금속 장갑이 조율 장치에 달린 전구들의 불빛에 반짝였다.

"그럼 당신은?" 몸을 돌리며 마침내 토른이 물었다. "당신은 나한테 더 할 말이 없는 건가?"

오펠리는 하고 싶은 말이 수천 가지나 떠올랐지만, 한마디도 입 밖으로 나오지 않았다. 토른의 등에 대고 말하는 것은 얼굴을 마주 보고 말하는 것보다 여전히 더 어려웠다.

오펠리가 아무런 대답도 하지 않자 토른은 헤드폰을 꼈다.

"문은 당신이 닫고 나가도록."

조율 장치실을 나온 오펠리는 실린더들이 내는 시끄러운 기계음 한가운데서 꼼짝도 하지 않고 서 있었다. 갈비뼈 사이로 치밀어 오르는 서러움을 삼키기 위해 장갑을 있는 힘껏 물었다.

'실은 말이야, 당신을 사랑해.'

토른이 사라지기 직전 자신의 귓가에 속삭였던 이 어색한 네 마디 말은 대체 어디로 사라진 걸까? 그가 부재했던 동안 그 말들도 분필로 쓴 글씨처럼 사라져버린 걸까?

오펠리는 결연히 눈물을 닦았다. 아니. 중요한 것은 그를 다시 찾았다는 사실이었다. 나머지는 시간이 지나면 해결될 문제였다. 토른에게도, 자신에게도.

"일이나 해야지!" 오펠리는 저온실로 향하며 중얼거렸다.

경비원

끓어오르듯 퍼붓던 소나기가 잦아들고, 그 자리를 먼지바람이 대신했다. 바벨의 여름도 끝자락에 다다랐지만 공기의 열기는 누그러질 기미가 보이지 않았다.

오펠리는 계절의 변화를 느끼지 못했다. 그러려면 하늘을 올려다볼 여유가 있어야 했으니 말이다. 그녀는 동이 트기 전에 일어나 아침 잡무를 하고, 의무 체력 단련을 위해 스타디움을 뛰고, 강당과 연구실 사이를 뛰어다녔다. 식탁 한구석에 노트를 놓고 복습하면서 허겁지겁 밥을 먹었다. 밤에는 저녁 잡무를 끝내기 전에는 잠자리에 들 수 없었다. 조금이라도 지체하면 일주일 치 일정이 꼬이곤 했다. 설상가상으로 레이디 셉티마가 메모리알 독서 그룹의 일정을 거의 두 배로 늘렸다. 그녀는 개인 생산성을 기준으로 냉혹한 쉬위제를 도입했다. 수습생은 순위가 높을 수록 비르투오소 후보가 될 가능성이 높아졌다.

진급식이 코앞으로 다가왔다.

이처럼 눈코 뜰 새 없는 하루하루 속에서 1분 1초가 중요했다. 예지자들은 그걸 누구보다 잘 꿰뚫고 있었다. 오펠리가 경쟁을 포기하지 않자, 예지자들은 고등교육원에서 그녀가 가진 것 중 가장 귀한 것을 공략했다. 바로 시간이었다. 머리맡에 둔 물병에 몰래 수면제를 탔고, 그녀가 화장실 청소 당번일 때는 변기를 막아 놓고, 바짓 가랑이를 서로 꿰매놓거나, 침대가 펴지지 않도록 장치를 막아놓기도 했다. 그녀의 시간을 빼앗기 위해서라면 무슨 짓이든 마다하지 않았다.

처음 며칠 동안 오펠리의 등수는 순위표 아래로 곤두박질쳤다. 메디아나의 자리를 대신하는 것은 독이 든 성배였다. 단지 동료들의 적개심을 샀기 때문만은 아니었다. 가뜩이나 일정도 빡빡한데 스크레타리움의 저온실에서 추가로 근무해야 했기 때문이었다.

그리고 인정할 수밖에 없었다. 토른이 맡긴 원고는 오펠리에게 골치 아픈 일이었다.

그 문서는 파열이 일어나기 전 10년 동안 작성된 두꺼운 경비 근무 일지였다. 바벨의 옛 방언으로 작성된 문서였고, 수 세기 전부터 사용되지 않은 문자로 기록되어 있었다. 그래서 오펠리의 눈에는 무슨 외계어처럼 보였다. 메디아나가 처음 번역한 내용은 상품 계정, 비품 목록, 시설 현황, 안전 수칙, 위생 수칙 같은 것들이었다. 언뜻 보기에 흥미를 끌 만한 것은 없었다.

오펠리는 토른이 참고하라고 알려준 책들도 구해봤지만, 내용이 지나치게 전문적이라 활용할 수 없었다.

그저 두 손에 맡길 수밖에 없는 노릇이었다.

근무 일지의 모서리는 세월의 흐름에 삭아버렸는데, 하필 손가락이 닿았을 법한 부분이 다 삭아 있었다. 다시 말해 읽기에 가장 적합한 부분이 없는 셈이었다. 게다가 오펠리는 레이디 셉티마가 실험과 관련해 정해둔 절차를 따라야 했다. 그 방법론적 절차는 그녀가 아니마의 작은 박물관에서 도맡았던 모든 일을 다 합친 것보다 더 까다로웠다. 한 페이지에서 다음 페이지로 넘어가는 데 말도 안 될 정도로 엄청난 시간이 필요했다. 오펠리는 종이 한 장 한 장을 밀리미터 단위로 꼼꼼히 살폈다. 그러다 어떤 장면이 떠오르면 보고서에 재빨리 기록했다.

그녀는 근무 일지를 기록한 사람의 기본적인 윤곽을 조금씩 그려나갔다. 경비원은 남자였다. 중증 신경 질환을 앓고 있었지만 침착함을 잃지 않는 사람이었다. 기록 전체에 경계심이 짙게 배어 있기는 했지만, 그는 자신에게 주어진 일을 성실하게 해내려는 마음만은 분명했다. 철저한 성격, 강한 규율 의식, 외상 후 스트레스성 장애. 민간인 신분으로 돌아온 퇴역 군인. 근무 일지에서 이러한 흔적을 발견할 때마다 오펠리는 턱 주변이 뻐근해지는 걸 느꼈다. 경비원은 아마도 전쟁 중에 심각한 상해를 입은 사람이었을 것이다.

이런 내용을 글로 쓸 때는 각별한 주의가 필요했다. 금기어 목록 때문에 오펠리는 '군인'이나 '전쟁' 같은 단어를 사용할 수 없었고, '국가 수호 대부대에서 근무한 자'나 '고위험 장비를 이용하는 여러 국가 간 갈등 상황' 같은 구구절절한 완곡 표현을 쓸 수밖에 없었다.

오펠리는 토른에게 보고서를 제출할 그 순간을 기대하면서도 두려워했다. 토른의 예상대로 두 사람이 단둘이 만날 기회를 갖지 못했다. 레이디 셉티마는 매번 직접 참석해 제자의 수행을 평가하려 들었다. 엘리자베스도 독서 그룹 열람실과 스크레타리움을 오가며 종종 얼굴을 비쳤고, 인코딩 현황을 점검하고 조율 장치의 개선을 끊임없이 이어갔다.

그래서 오펠리는 늘 차렷 자세를 유지하고, 토른에게 서sir라고 부르며, 눈을 마주치지 않으려 애썼다.

그가 곁에 있는데 그에게 닿을 수 없다는 사실에 오펠리는 매일같이 가슴이 저렸다. 자신이 정말로 그를 되찾은 게 아니라는 느낌을 떨칠 수 없었다. 그의 기대를 저버릴까봐 두려운 나머지, 그녀는 그가 맡긴 임무에 극도로 몰입했다. 사이가 더 멀어질까봐, 토른의 요구대로 비밀 유지 원칙을 한 치의 흐트러짐 없이 지켰다. 용기를 내 그를 슬쩍 바라보기라도 하면, 그녀는 그의 내면을 지배하는 차가운 결단력에 압도당했다. 토른은 파루크의 책을 읽으려 했던 그 시절부터 이미 신의 계획을 좌절시키겠다는 목표를 정했지만, 처음부터 실패할 수도 있다는 가능성까지 염두에 두고 있었다.

오펠리는 그가 점점 기력을 잃고, 몇 주 사이 허리가 굽어가며, 감당하기엔 너무 벅찬 짐에 짓눌려가는 모습을 지켜보았다.

하지만 지금은 아니었다.

지금의 토른은 성공을 향해 돌진하는 사람처럼 지칠 줄을 몰랐다. 아니, 오히려 로봇에 가까웠다. 토른은 조급해하는 일도, 만족스러운 표정을 짓는 일도, 감정의 기복을 보이는 일도 결코 없었다. 마치 인간의 감정이라는 것이 그에게는 생산성을 저해하는 장애물이라도 되는 듯했다. 오펠리가 분석을 통해 밝혀낸 사소한 정보 하나하나조차도, 그는 빠짐없이 체계적으로 활용했다. 그렇게 해서 오펠리는 토른의 조율 장치실에 밤마다 서류더미가 쌓여가는 모습을 지켜보았다. 데이터베이스 처리 업무도 하면서 그 많은 서류를 읽을 에너지가 도대체 어디서 나오는지 의아할 정도였다. 오펠리는 왜 그가 스크레타리움에서 한 발짝도 나가지 않는지 이제 더 잘 이해할 수 있었다.

그러는 사이 몇 주가 흘렀지만, 그녀는 그가 경비 근무 일지에서 무엇을 찾고 있는지, 그와 계보학자들 사이의 동맹이 실은 어떤 의미를 지니는지 여전히 알 수 없었다.

"아직도 그들을 못 봤다고요?" 오펠리가 계보학자들에 관해 묻자 블라시우스는 놀라며 되물었다. "바벨의 진정한 셀럽이잖아요. 공식 석상에 나타나기만 하면, 익스트림리 난리가 나죠"

블라시우스는 사다리에 올라 메모리알의 서가를 정리하고 있었다. 2미터 아래에서는 오펠리가 사전을 찾는 척하고 있었다. 그녀는 단어를 찾아봐야 한다는 핑계로 허락을 받고 독서그룹 열람실에서 잠깐 나왔다. 두 사람은 각자 일에 집중하는 것처럼 보이기 위해 서로에게 눈길도 주지 않은 채 낮은 목소리로 복화술을 하듯 속삭였다.

"밖으로 나갈 일이 거의 없어서요." 오펠리가 사전을 넘기며 말했다. "계보학자들이 정말 사람들 말대로 그렇게 권세가 대단해요?"

"오 마이 갓, 당연하죠. 계보학자들은 모든 바벨 주민의 개인 정보를 수집할 수 있는 상류층 클럽을 운영하고 있어요. 공공의 이익을 위한 일이라고 주장하긴 하지만, 사실상 거의 모두에 대한 모든 것을 다 아는 셈이죠. 언제가 될지 모르지만 월랄리 씨도 메모리알에서 계보학자들을 볼 기회가 있을 거예요. 하지만 그들의 눈길을 끌어선 안 돼요, 미스." 블라시우스는 큰 코를 쳐들고 사방을 둘러보며 속삭였다. "계보학자들은… 보기와 달리 이타적인 사람들이 아니거든요."

블라시우스의 걱정 어린 말투에 오펠리는 가슴이 아렸다. 그가 지하에서 생긴 불상사 때문에 자신을 탓하고 있지 않다는 사실을 알게 되자 비로소 마음이 놓였다. 두 사람은 그 일을 두 번 다시 입 밖에 내지 않았지만, 비밀은 두 사람의 우정 어린 관계를 더 돈독하게 해주었다. 블라시우스와 대화를 나눌 시간은 없었지만 그와 열람실 모퉁이에서 미소를 주고받을 때마다 오펠리는 용기를 얻었다.

그런데 이번에는 블라시우스의 얼굴에 웃음기라고는 없었다. 사다리에서 내려온 그의 두 눈은 두려움에 커져 있었다.

"친구로서 조언 하나 해도 될까요, 미스? 당신과 같은 선각자들은 몸 안에 정보가 흐른다죠. 저도 그건 잘 알지만, 어쩌면… 호기심을 죽이는 게 좋을지도 몰라요. 월랄리 씨의 동료에게 닥친 일을 생각해보면… 웰… 저는 월랄리 씨가 거기에 가는 일은 없길 바라니까요."

서고 선반 위에 사전을 놓다가 오펠리는 손가락이 끼었다.

"거기라뇨? 메디아나가 어디로 끌려갔는지 알아요?"

블라시우스는 너무 많은 것을 말했다고 후회라도 하듯이 고슴도치처럼 삐죽삐죽 솟은 덥수룩한 머리를 어색하게 쓸어 넘겼다. 그것이 오펠리가 본 마지막 장면이었다. 무엇인가 희한한 소리를 내며 터지더니 눈앞이 깜깜해졌다. 몇 초가 지나서야 잉크를 뒤집어썼다는 사실을 깨달았다. 끈적끈적하고 까만 액체가 머리카락을 온통 적시고, 얼굴을 지나, 목을 따라 흘러내렸다.

"댐드Damned!" 블라시우스가 소리쳤다. "어떡해요, 제 불운이 또 사고를 쳤네요!"

오펠리는 더러워진 안경을 벗고 맨눈으로 위를 바라보았다. 자기가 선 자리 바로 위에서 거꾸로 매달린 흐릿한 실루엣들이 슬그머니 멀어지고 있었다. 그것은 블라시우스의 불운이 아니었다. 중력을 거스른 뒤 위에서 아래로 떨어져 목표물을 정확히 맞힐 수 있도록 충분히 힘을 실어 던진 풍선이었다.

"나 만지지 마요." 블라시우스가 허겁지겁 손수건을 건네려 하자 오펠리가 말했다. "그러다가 당신까지 더러워질 거예요. 책은 괜찮은지 확인해주세요. 나는 씻으러 가야겠어요."

오펠리는 메모리알의 화장실에서 꽤 오랜 시간을 보냈다. 얼굴과 안경과 머리카락을 몇 번이나 물로 씻은 뒤 프록코트를 세면대에 담가두어야 했다. 예지자들 때문에 속이 부글부글 끓기 시작했다. 제복을 새로 신청하려면 추가 잡무를 해야 하는데, 정말이지 그런 일은 원치 않았다. 오펠리는 옷에서 잉크가 빠지는 동안 거울에 비친 자신의 모습을 가만히 들여다보았다. 짧은 머리카락은 까만 소용돌이를 그리며 뺨에 붙어 있었다. 본파미유에는 거울이 없어서 그동안 자기 모습을 비춰볼 기회가 전혀 없었다.

거울 속 자신은 다른 사람이었다.

거울 속 자신의 눈 속에서, 입가에서, 심지어 얇은 속옷 아래로 느껴지는 몸의 떨림에서도 느낄 수 있었다. 이전에는 없었던 혼란이 느껴졌다.

"나는 윌랄리야." 오펠리가 중얼거렸다.

'나는 오펠리야.' 그녀는 생각했다.

그런데 토른에게 나는 누구인 걸까?

오펠리는 화장실을 슬쩍 둘러보았다. 아무도 없었다. 깊게 숨을 들이마셔 마음을 진정한 후, 손바닥을 거울 속 자신에게 가져다 댔다. 한참 후 거울의 표면이 물렁물렁해지더니 그녀의 손이 거울 속으로 들어가 옆 세면대의 거울로 튀어나왔다. 오펠리는 천천히, 아까의 움직임과 반대로 거울에서 손을 다시 빼냈다.

몸이 떨렸다.

거울은 마치 침입을 막기라도 하려는 듯 진흙처럼 점성이 높았다. 바벨의 이중생활 때문에 결국 능력을 잃고 마는 것일까? 아니면 그보다 더 깊은 차원의 정체성 혼란일까?

문이 삐거덕거리고 타일 바닥 위로 울리는 발소리가 들리자 오펠리는 정신을 차렸다.

"어머니께서 널 찾으셔, 윌랄리 수습생."

목소리로 옥타비오가 왔음을 알아차렸다. 오펠리는 검은 앞머리 사이로 자신을 바라보는 그의 시선을 거울로 마주하며 눈을 떼지 않았다. 독서 그룹의 작업 시간이 늘면서 두 선각자단 분과가 이제 함께 일했다. 그렇다고 나아진 건 없었다. 오펠리가 옥타비오를 경계하는 만큼 그도 그녀를 경계했다.

"단어 찾는 데 너무 오래 걸린다고 생각하셔." 그가 비꼬는 기색을 숨기지 않고 덧붙였다.

오펠리는 옥타비오에게 나가라고 하고 싶었지만 그 역시 여기에 있을 권리가 있었다. 화장실을 비롯해 바벨의 모든 공공장소는 남녀 공용이기 때문이었다. 세면대 배수 마개를 당기자 물이 꾸르륵하는 소리를 내며 내려갔다. 그녀는 프록코트를 꺼내 짰다. 프록코트의 원단이 어두운 남색이라서 다행히 잉크 얼룩이 크게 눈에 띄지 않았다.

"나랑 단둘이 있는 거 두렵지 않아? 여기서 메디아나가 기절한 상태로 발견됐잖아." 오펠리가 비웃으며 말했다.

옥타비오는 갈매기 모양의 눈썹을 치켜올렸다. 그러자 이마뼈와 콧방울 사이를 잇는 골드 체인이 가볍게 흔들렸다.

"난 네가 메디아나를 공격했다고 한 적 없어."

"아니, 내가 메디아나 자리를 빨리 꿰찼잖아."

"네가 이렇게 비꼬는 건 좀처럼 보기 드문데."

오펠리는 반응하지 않기로 했다. 등 뒤에 선 옥타비오는 스핑크스처럼 무표정했지만 마치 흥미로운 과학적 연구 대상을 보듯 그녀를 관찰하고 있었다.

"옷은 어쩌다 그렇게 됐어? 팔은 또 왜 그렇고?"

아직 흠뻑 젖어 있었지만 오펠리는 서둘러 프록코트를 입었다. 유리 파편에 베인 상처 대부분은 나았지만, 일부는 아직 흔적이 남아 있었다. 그리고 특히 초시각자라면 그 상처들이 최근에 생긴 것임을 쉽게 알 수 있었다.

"고등교육원에는 날 지켜줄 엄마가 없거든."

옥타비오의 눈이 단번에 커졌고 눈동자에 불꽃이 이글거렸다. 오펠리의 말이 아픈 곳을 건드린 것이었다. 이 남자는 불 꺼진 화산처럼 보이려 했지만, 실제로 그의 내면은 그렇지 않았다. 그를 도발하는 것은 아마도 좋은 생각이 아니었을 터였다.

"난 내 자리로 돌아갈 거야. 레이디 셉티마를 더 이상 기다리게 하고 싶지는 않으니까." 오펠리가 말했다.

그녀가 화장실을 나가려는 순간 옥타비오가 그녀의 손목을 붙잡았다.

"뭔가 잘못 알고 있는 것 같은데, 난 어머니에게 특별 대우 받은 적 없어. 내 성적이 좋은 건 순전히 내 재능 덕분이지. 비르투오소 후보생들 모두에게 똑같은 잣대가 적용되길 바랄 뿐이야. 너도 마찬가지고."

옥타비오는 그렇게 말하며 오펠리를 놔주고는 갑자기 자기 행동이 부끄러웠는지 고개를 돌렸다. 바벨에서 남녀 관계는 다른 모든 행동과 마찬가지로 매우 엄격하게 통제된다. 당국의 허가 없이 남녀가 가까이 접촉해서는 안 된다. 본파미유의 고등교육원에서도 당연히 남녀 간 신체 접촉은 전적으로 금지였다.

처음으로 옥타비오가 오펠리의 눈을 피했다.

"나는 좋은 사람이야." 그가 입술 끝에서 조심스럽게 내뱉었다. "네게 증명해 보일 거야."

오펠리는 잉크 풍선이 터진 서가 앞을 다시 지나갔다. 블라시우스는 이미 가고 없었다. 대신 로봇이 '친구끼리 주고받는 선물은 큰 힘이 됩니다'라는 말을 되풀이하며 잉크 닦기를 마쳤다.

그녀는 생각에 잠긴 채 옥타비오가 자신에게 한 말을 곰곰이 되새겼다.

그날 밤 오펠리는 스크레타리움의 저온실에서 좀처럼 원고에 집중할 수 없었다. 눈꺼풀에 불이 붙은 듯 눈이 따가웠다. 낮에는 휴식이 허락되지 않았고, 밤에는 열다섯 명의 적대적인 사람들과 사생활을 공유하느라 편히 잘 수 없었다. 그녀는 대부분 바스러진 오래된 문서 위로 열심히 손가락을 움직였지만 경비원은 더 이상 어떤 이야기도 들려주지 않았다. 아무런 소득도 없이 토른을 마주하는 일은 생각조차 할 수 없었지만 달리 뾰족한 수가 없었다. 원고는 셀 수 없이 구멍이 뚫려 있었고 번역본을 완성해줄 메디아나도 이제 없었다.

버틸 만큼 버틴 오펠리의 양팔이 축 늘어졌다. 독서대 앞에 선 채로 깜빡 잠이 들었다. 몇 초나 됐을까, 그 짧은 순간에 오펠리는 무중력 상태가 되어 옛 세계 위로 둥실 떠오르는 자신의 모습을 보았다. 너무 높이 떠올라서 지평선이 행성의 곡선처럼 구부러져 보였다.

눈을 한 번 깜박이는 사이, 오펠리는 원고를 읽고 있었다.

'곧 이 빌어먹을 우기가 또 시작된다. 저 빌어먹을 돔 천장에

선 계속 비가 새겠군. 이 빌어먹을 정글이 방이란 방은 다 뒤덮겠지. 이놈의 자식들은 아직도 안 돌아오고. 녀석들을 그 빌어먹을 도시에 보낸들 무슨 소용이야? 우리가 사는 이 빌어먹을 세상이 썩었다는 것 말고 뭘 더 배워 올 수 있겠어? 거기서 그 빌어먹을 능력 때문에 집단 구타라도 당하면 어쩌려고? 젠장, 녀석들이 없으니 이 빌어먹을 학교가 텅 비어버렸네.'

그 순간 오펠리는 전혀 놀라지 않았다. 몽롱한 상태에 빠진 그녀는 근무 일지에 쓰인 내용을 갑자기 너무도 자연스럽게 이해하는 자신을 발견했다. 그녀는 일지를 앞뒤로 넘기기 시작했다. 이제는 절차도 지키지 않고 오직 본능만을 따랐다. 비품 목록 페이지의 가장자리, 계정 과목 표 옆에 경비원이 쓴 메모가 있었다. 그 메모가 이 근무 일지에서 실질적인 핵심이었다.

'한밤중에 L이 빌어먹을 빛을 쏘아대 성가셔 죽겠다. 통금, 통금 시간이라고!'

'이 빌어먹을 녀석들은 하루 종일 싸운다. 이놈들 때문에 골치 아픈 것에 비하면 전쟁은 애들 장난 수준이었다. 평화의 학교라고? 허! 대대손손 아주 잘 먹고 잘살아라!'

'젠장, J가 사라졌다. 이번엔 진짜다. 그놈의 빌어먹을 능력 때문에라도 어차피 일어날 일이었어. 젠장.'

'헛다리를 짚었다. J를 찾았다. 빌어먹을 다른 섬에서. 건강 상태는 양호. 이놈들은 지칠 줄도 모른다, 망할 녀석들.'

'오늘은 꼬마 A가 와서 나한테 수다를 떨었지. 걔 말은 한마디도 못 알아들었다. 나에게 그림을 그려줬다. 망원경을 갖고 싶은 것 같던데. 이 아이들이 언젠가 세상의 왕이 될지는 모르겠지만, 빌어먹을 시작을 하려면 이곳 말부터 배워야지.'

'젠장. J가 또 사라졌어.'

오펠리는 쉬지 않고 페이지를 넘겼다. 무아지경이었다. 마치 귓가에 경비원의 목소리가 웅얼대는 것 같았다. 퉁명스러운 단어들 뒤로 무한한 애정을 느낄 수 있었다. 경비원은 아이들을, 이 '망할 녀석들'을 사랑했다. 온 마음으로 사랑했다.

근무 일지는 그가 마지막으로 남긴 메모와 함께 갑자기 끝났다.

'그 자식이 나를 계속 엿본다. 빌어먹을, 그 음침한 짓거리에 소름이 끼친다. 내가 이 망할 놈의 학교에 무단으로 들어온 빌어먹을 침입자이기라도 한 것처럼 쳐다본다. 저 자식은 여기 있는 망나니 같은 녀석들과는 다르다. 대장에게 이 얘기 좀 해야겠다.'

오펠리는 두 눈을 부릅떴다. 이번엔 완전히 정신이든 상태였다. 정신이 들자마자 원고는 다시 알아볼 수 없게 변했다. 더없이 낯선 문자들이 뒤죽박죽 나열된 것에 불과했던 상태로 되돌아갔다.

"윌랄리 수습생, 작업 시간이 끝났습니다." 레이디 셉티마의 목소리가 소리 전송관을 타고 흘러나왔다.

오펠리는 아직 한 자도 쓰지 못한 채로 책상 모퉁이에 놓아둔 보고서를 향해 몸을 돌렸다. 머뭇거릴 시간이 없었다.

토른과 단둘이 대화할 방법을 찾아야만 했다.

말하지 않은 것

저온실 엘리베이터에서 내리는 오펠리를 레이디 셉티마가 기다리고 있었다.

"시간이 꽤 걸렸군요, 수습생. 서두르죠."

매번 그래왔듯이 두 사람은 원형으로 늘어선 스크레타리움의 회랑을 함께 지났다. 오펠리는 당장이라도 토른에게 달려가고 싶었지만 흥분감을 내비치지 않으려고 애썼다. 아트리움 한가운데 무중력 상태로 떠 있는 장식용 구체 쪽으로 자꾸 돌아가는 시선을 멈출 수 없었다. 오늘 밤, 옛 세계는 그동안 지켜온 비밀 중 아주 작은 조각 하나를 드러냈다.

레이디 셉티마는 조율 장치실에 들어섰다. 토른은 케이블을 정리하느라 바빴지만 그녀는 아랑곳하지 않고 그에게 보고서를 건넸다. 평소에 오펠리는 눈을 내리깔았지만, 이번에는 달랐다. 토른이 봉투를 뜯어 보고서를 펼친 뒤 기계처럼 무표정하게 읽는 동안 그를 고집스럽게 쳐다보았다. 토른의 시선이 오펠리의 시선과 잠깐 마주쳤다가 이내 레이디 셉티마를 향했다.

"잠시 단둘이 있게 해주십시오."

"와이? 제 제자가 실수를 저질렀다면 제가 알아야 하고 필요한 조처를 해야 합니다."

레이디 셉티마는 강압적인 태도로 보고서에 손을 뻗었지만, 토른은 그것을 조율 장치의 서랍 속에 넣어버렸다. 아무리 날카로운 시선이라도 뚫지 못할 만큼 철저히 가려졌다.

"허락하신다면, 서, 제가 한번 살펴봐도 될까요?" 레이디 셉티마가 고집을 부렸다. "그 원고를 번역할 사람을 찾아드리기로 했었으니, 이건 제 책임…"

"…을 지실 필요가 없습니다." 토른이 그녀의 말을 잘랐다. "실수가 없으니까요. 다만 이 보고서의 내용을 부인께서 아실 필요가 없을 뿐입니다."

"실례지만 무슨 말씀이죠?"

오펠리는 부츠 속 발가락을 꽉 오므렸다. 이 세 어절로 된 문장이 어조에 따라 어떻게 반대의 의미를 지닐 수 있는지 지켜보는 건 꽤 흥미로웠다. 레이디 셉티마는 가슴 깊이 모욕감을 느꼈다. 옥타비오는 속으로 어머니와 똑같은 불꽃을 품고 있었다. 겉으론 자신을 억제하는 듯했지만, 그들은 자존심에 타들어가고 있었다.

한편 토른은 얼음 인간 그 자체였다. 의자에 앉은 채로 미동도 없이 냉담한 무관심만 드러냈다. 그는 금속 장갑 끝으로 나무로 된 조율 장치를 톡톡 두드리고 있었다. 그가 항상 끼고 있는 긴 장갑이 감전을 막기 위해 연금술로 합성한 합금으로 만들어졌다는 사실을 오펠리는 한참 지나서야 이해할 수 있었다. 하루 종일 케이블을 연결했다 분리했다 하는 일에는 위험이 도사리고 있었다.

"이 원고의 감정은 계보학자들이 의뢰한 것입니다." 토른이 말했다. "나는 계보학자들의 지시를 받았습니다. 부인 역시 마찬가지입니다. 번역가를 찾는 게 부인의 임무였고 그 일을 맡은 책임 이상으로 훌륭히 해내셨습니다. 오늘 이 방에서 논의되는 내용은 극비에 속합니다."

레이디 셉티마는 오펠리의 견장을 손가락으로 가리켰다.

"이 아이는 경험이 없어서 선각자가 될 수 있을지 없을지도 모릅니다. 그런데 이 아이가 저보다 더 많이 아는 게 맞다고 생각하십니까?"

토른이 일어섰다. 레이디 셉티마는 평소 남들을 내려다보는 사람이었지만 그 순간에는 아주 작아 보였다.

"이의가 있다면 계보학자들에게 직접 말씀하시는 게 좋을 겁니다."

토른의 논리에 레이디 셉티마도 결국 자존심을 꺾을 수밖에 없었다. 그녀는 딱딱 부츠굽 소리를 내며 문으로 걸어가다가 마지막으로 오펠리를 돌아보았다. 얼굴은 창백했지만 눈빛은 이글이글 불타고 있었다. 자신도 모르는 것을 감히 알고 있는 수습생을 구석구석 파헤치기 위해 가문 능력을 사용하고 있는 듯했다. 자신을 파고드는 눈빛을 온 힘을 다해 견디고 있었던 오펠리는 레이디 셉티마가 방을 나가고 문을 닫자 비로소 안도했다.

토른은 조율 장치실이 완벽한 방음 상태가 될 때까지 바퀴 모양의 손잡이를 돌렸다.

"빈 보고서라니?" 그가 말했다.

오펠리는 볼 안쪽을 깨물었다. 토른의 목소리에는 비난이 서려 있지 않았지만, 그건 중요하지 않았다. 바벨의 억양으로 말하든 북부 지방의 억양으로 말하든 어떤 상황에서도 그의 어조는 너무나 단조로웠다. 그래서 그가 무슨 생각을 하는지 도저히 알 수가 없었다.

"미안. 당신이 레이디 셉티마의 관심을 끌어선 안 된다고 당부했는데, 내가 정반대로 행동해버렸네."

토른은 아무런 대꾸도 없었다. 여전히 멀리 서서 오펠리를 바라보았다. 그녀의 설명을 기다리고 있었다.

"당신이 준 원고를 쓴 사람 말이야," 오펠리가 입을 뗐다. "그 사람도 여기, 메모리알에 살았던 것 같아. 메모리알이 학교였던 시절에. 그는… 그 사람은 분명 가문 정령들을 알았어. 어렸을 때 말이야, 그들이 아이였던 시절에. 그리고 그 사람, 신도 알았던 것 같아…." 오펠리는 마지막 말을 내뱉기 전 침을 꿀꺽 삼켰다. "그렇게 생각할 충분한 이유가 있어."

오펠리는 토른의 태도에 변화가 있는지 동태를 살폈지만, 그는 눈 하나 깜짝하지 않았다.

"다른 내용은 없고?"

물론 토른이 자신을 끌어안고 빙글빙글 돌 거라 기대하지는 않았지만, 아주 조금이라도 만족한 기색을 내비쳤다면 그녀는 좋았을 것이다.

오펠리가 종이 문서와 계기들이 늘어선 유리 진열장으로 다가서자 나무 바닥이 발밑에서 삐걱거렸다. 그녀의 시선은 진열장 안에 있는 사물들을 향하지 않았다. 그녀는 유리에 흐릿하게 비친 자기 모습과 멀리, 저 멀리 뒤에 있는 토른의 허수아비 같은 실루엣을 바라볼 뿐이었다.

"이젠 내가 진짜 내가 아닌 것 같아. 언제부터인지는 모르겠어. 파루크의 책을 읽은 다음부터였을까? 당신의 가문 능력을 흡수해서 그런 걸까? 내가 처음으로 거울을 통과했을 때, 타자를 해방한 그때부터였을까? 가끔은 내가 제2의 기억으로 살고 있다는 생각이 들어."

오래된 습관이 다시 나와 장갑의 솔기를 깨물었고, 그 순간 오펠리는 유리에 비친 자신의 모습이 마음에 들지 않았다. 유리에 비친 건 마음속 깊은 곳에 두려움이 자리한 작은 여자였다. 반쪽짜리 여자.

'밤비나.' 메디아나의 목소리가 귓가에 속삭였다.

오펠리는 유리에 비친 자신에게서 눈을 떼고 토른을 바라보았다.

"원고를 읽었어. 손으로만 읽은 게 아니라 눈으로도 읽었어. 잠깐이었지만 경비원이 뭐라고 썼는지 이해가 됐어. 마치 나의 일부가 읽는 법을 갑자기 기억해내기라도 한 것 같았어."

오펠리는 토른에게 자신이 읽는 동안 이해한 내용을 빠짐없이 들려주었다. 평화 학교, 훈련, 도시로 출발, L이 켰던 불빛들,

A의 망원경 그림, J의 실종 사건들, 그리고 무엇보다도 마지막 문장까지. '저 자식은 여기 있는 망나니 같은 녀석들과는 다르다. 대장에게 이 얘기 좀 해야겠다'.

"어때?" 그녀가 물었다. "이게 계보학자들이 당신에게 알아내라고 한 거야?"

"당신이 놓쳤을 만한 다른 내용은 없을까?"

토른은 평소처럼 특유의 기계적인 억양으로 물었다. 토른은 자기 말 한마디 한마디가 오펠리에게 기대에 미치지 못했다는 불쾌한 인상을 점점 더 깊게 새기고 있다는 걸 전혀 눈치채지 못하는 듯했다.

"몰입 상태가 오래가진 않았지만, 내가 핵심은 충분히 이해한 것 같은데."

"한 번 더 해볼 수 있겠어?"

"글쎄. 그런 상태에서 떠오르는 장면은 통제할 수 없어. 트리거 같은 게 필요하거든. 내가… 내가 다시 해볼게." 토른의 흔들리지 않는 눈빛을 마주하며 그렇게 말하지 않을 수 없었다.

오펠리는 토른이 자신에게 뭔가를 요구하면 대부분 거절할 수 없으리라는 것을 불현듯 깨달았다. 역할이 이렇게까지 뒤바뀌었다는 사실은 참으로 아이러니했다. 에전에 그도 이런 끊임없는 불안정을 느낀 적이 있었을까?

얼어붙은 것처럼 여태 가만히 있던 토른이 갑자기 움직이자 금속이 삐걱대는 소리가 났다.

"꼭 그럴 필요는 없어." 그가 말했다.

토른은 방 안쪽으로 걸어가 문을 열었다. 문은 판자벽 사이에 잘 숨겨져 있어서 오펠리도 문이 있다는 사실을 전혀 눈치채지 못했다. 토른은 오펠리에게 따라오라고 말하지 않았지만, 그가 한참을 돌아오지 않자 그녀도 결국 안으로 들어갔다.

문은 조율 장치실과 마찬가지로 나무, 구리로 지은 숙소와 이어져 있었다. 이 공간 역시 아주 간소했다. 가구는 장롱과 책상, 램프, 침대뿐이었다. 오펠리의 눈에 유령공기압수송관 두 대가 눈에 띄었다. 하나는 스크레타리움 외부로 쓰레기를 배출하는 장치였고 다른 하나에는 죽 같은 것이 담긴 접시가 있었다. 토른은 음식도 기체화해서 보내는 걸까?

침대보에는 주름 하나도, 가구 위에는 먼지 한 톨도, 마룻바닥에는 깜박하고 흘렸을 법한 양말 한 짝도 없었다. 하지만 진열장 선반마다 약병들이 빼곡하게 줄지어 놓여 있었다. 마치 약국 조제대 같았다.

토른은 문이 활짝 열린 장롱 정면에 놓인 의자에 앉아 몸을 깊이 숙이고 있었다. 양 무릎 위에 두 팔꿈치를 올리고 깍지 낀 두 손으로 턱을 괸 채, 그는 장롱 안에 완전히 몰두한 듯했다. 토른이 옷걸이에 걸린 셔츠를 양 끝으로 밀어 놓은 것을 보고, 오펠리는 눈썹을 치켜올렸다. 그리고 그 안에 나비 표본처럼 핀으로 꽂힌 엄청난 양의 구멍 뚫린 종이테이프를 보자 그녀의 눈썹은 한층 더 올라갔다. 조율 장치로 구멍을 뚫어 서지 정보를 입력한 테이프였다. 띠마다 검은색으로 가위표가 되어 있었다.

“이건 뭐야? 숨겨진 서적 목록이야?” 오펠리가 물었다.

그녀가 다가서자 토른이 몸을 벌떡 일으켰다. 너무 갑작스럽게 움직인 탓에 다리 보조기가 걸릴 뻔했다. 어쩌면 자기가 더 편하게 들여다볼 수 있도록 비켜준 것일 수도 있었지만, 오펠리는 그가 자신과 거리를 두려고 움직였으리라 생각했다.

"계보학자들은 내게 제목도 저자도 모르는 책을 찾으라고 했어." 토른이 대답했다. "처음 이곳에 왔을 때 기존의 장서 목록을 보고 그 책들을 찾기란 통계적으로 불가능하다는 생각이 들었지. 데이터베이스라 할 만한 시스템을 마련해야 했어. 독서 그룹이 새로운 목록에 정보를 추가할 때마다 조율 장치의 검색 정확도가 점점 높아졌고 임무를 완수할 가능성도 그만큼 커졌지. 지금 당신이 보고 있는 게 내가 선별해놓은 결과물이야. 보면 알 수 있듯이…" 그가 가위표의 잉크가 아직 마르지 않은 종이테이프를 가리키며 말했다. "그 경비 근무 일지가 내가 생각한 마지막 후보였어."

오펠리는 손가락 사이로 종이테이프를 미끄러트렸다. 이제는 구멍을 뚫어서 새긴 기호들의 의미를 다 외우고 있었고, 각 기호가 어떤 서지 정보에 해당하는지 큰 어려움 없이 해독할 수 있었다. 출판 연도가 모두 비교적 오래되었다는 점을 제외하면, 거기에는 회고록, 에세이, 매뉴얼, 특허 등 온갖 종류의 문서들이 있었다.

"말도 안 돼." 오펠리가 한숨을 쉬며 말했다. "제대로 된 지침도 없이 수십만 권의 책 중에서 한 권을 찾는 건 불가능한 일이잖아."

"사실 지침이 하나 있지."

깜짝 놀란 오펠리가 핀으로 꽂혀 있는 종이테이프를 잡아당긴 탓에 구멍이 훼손되었다. 종이테이프를 제자리에 돌려놓느라 허둥지둥했지만, 토른은 아무것도 알아채지 못했다. 그는 장갑의 버클을 하나씩 풀고 있었다.

"계보학자들이 찾고 있는 문서는 평범한 주제를 다룬 것이 아니야. 아주 특정한 정보를 담고 있을 거야." 토른이 마지막 버클을 풀며 말했다. "내용을 알게 되면 신과 동등해질 수 있는 그런 정보."

오펠리는 눈도 깜짝하지 않고, 한마디 말도 하지 않고, 숨도 쉬지 않고 한참 동안 토른을 바라보았다.

"누구에게도 발설해서는 안 된다는 건 따로 말하지 않아도 되겠지." 토른이 말을 이었다. "레이디 셉티마에게는 더더욱. 그녀는 내가 하는 일이 단순히 새로운 목록을 개발하기 위한 거라 생각하고 있어. 그 믿음을 계속 유지돼야 해."

오펠리는 현기증을 느끼고 침대에 걸터앉았다.

"'신과 동등해진다'는 게 무슨 뜻이야?"

"나도 몰라. 적어도 지금으로선."

"그러니까 당신 말은 그런 정보가 이곳, 메모리알에, 그것도 모두가 볼 수 있는 곳에, 모두의 손이 닿는 곳에 있다는 거야? 그런데 그걸 아는 사람은 아무도 없고?"

토른은 장갑을 내려놓고 약품용 알코올 병의 뚜껑을 열었다. 코를 찌르는 알코올 냄새가 금세 방 안에 퍼졌다.

"거의 아무도. 계보학자들이 이 문서의 존재를 알고 있다는 건 분명 누군가가 그들에게 얘기해줬다는 뜻이겠지."

오펠리는 눈썹을 찡그렸다. 앙브루아즈가 자신에게 처음으로 메모리알을 안내해줬을 때 말했던 '궁극의 진실'이 바로 이것일까? 그녀는 스크레타리움에서 금고실 같은 것은 찾지 못했다. 아무리 찾아도 없었기 때문에 그 이야기가 그저 전설일 뿐이라고 생각했었다.

"계보학자들은 그 외에 다른 건 알려주지 않았어. 내가 뭔가 더 알고 싶다면 먼저 뭔가 성과를 보여야겠지." 토른이 말했다.

"그리고 당신은 그 비밀이 경비원의 일지에 있을 거라 추측했던 거고."

오펠리는 자신이 알아낸 내용에 대해 알려주었을 때 토른이 왜 기뻐서 흥분하지 않았는지 이해할 수 있었다. 결과적으로 그가 이미 어느 정도 아는 사실만 알려준 셈이었으니 말이다.

"확신하고 있었지. 하지만 당신이 내 착각을 깨준 셈이지. 이제 계보학자들에게 보고해야겠군."

토른은 그렇게 말하며 세면대에서 손을 꼼꼼하게 소독했다. 오펠리는 토른이 계보학자들을 언급하거나 언급하려고 할 때마다 미간을 더 깊게 찌푸리는 바람에 얼굴에 그림자가 드리우는 것을 눈치챘다. 토른은 그들을 진심으로 싫어했다.

"신과 동등해지길 원하는 사람은 대체 누구일까?" 오펠리가 토른에게 물었다. "그들일까… 아니면 당신일까?"

"나는 신을 끌어내리고 다른 신을 세우려는 게 아니야. 감옥에서 탈출한 이후 내 목표는 줄곧 하나였어. 진짜 얼굴을 세상에 숨기고 있는 비겁한 자의 약점을 찾는 것."

토른의 미간에 진 그림자가 더욱 짙어졌다.

"계보학자들과 당신의 생각이 같진 않을 듯한데."

신이 지배하는 세상과 자신이 신이라고 믿는 인간들이 지배하는 세상, 둘 중 어떤 세상이 더 끔찍할지 오펠리는 알 수 없었다.

"사실 나랑 전혀 다른 생각을 하고 있지." 토른이 이를 악물며 말했다.

침묵이 이어졌고, 오펠리는 입이 근질거렸지만 계속 하고 싶었던 이기적인 질문을 참아냈다. 이 모든 일에 내가 있을까? 스스로에게 부여한 이 사명 속에 나를 위한 자리가 남아 있기나 한 걸까?

"경비원이 마지막에 언급한 사람 말이야," 오펠리가 말을 꺼냈다. "가문 정령들과 다르다고 했잖아. 그 사람이 혹시 타자가 아닐까? 너무 위험한 존재가 되었기 때문에, 그래서 신이 그를 거울 속에 가둔 건지도 모르잖아. 그러고 보니 여기엔 거울이 하나도 없네." 그녀는 방 안을 둘러보다가 문득 깨달았다.

토른은 고개를 저었다. 소매를 걷어 올리고는 팔에 남은 상처를 모두 지우고 싶은 듯 알코올로 팔뚝을 문질렀다.

"그런데 당신도 이제 할 수 있잖아?"

"뭘?" 토른이 투덜거렸다.

"거울로 드나들기."

"당신 능력 덕분에 감옥에서 빠져나올 수는 있었지만, 늘 그런 식으로 행동하지는 않아. 게다가 당신도 거울에서 멀리 떨어져 있는 편이 나으니까." 토른이 알코올 병을 내려놓으며 말했다.

"왜? 내가 사고로 또 다른 타자를 풀어줄 수도 있다고 생각하는 거야?"

"아니. 나는 타자를 만나기 전까지는 그 존재를 믿을 수 없어. 그때까지 나는 신이 우리 세계를 이 지경으로 만든 유일한 장본인이라고 생각할 거야. 확실한 건 신이 당신의 모습을 했다는 거지. 어쩌면 당신의 가문 능력을 흡수했을 수도 있겠지. 우리는 신이 그 능력을 어떻게 사용할지 모르고. 나로서는 신이 내 욕실에 불쑥 나타나지 않았으면 해."

오펠리는 그 말에 대해 곰곰이 생각해 보았다. 거울을 통과하려면 높은 수준의 자기 인식과 정직함을 갖추어야 한다. 그리고 자기가 본 바로는, 그것은 신에게서 찾을 수 있는 자질이 아니었다.

생각이 꼬리에 꼬리를 물고 이어졌다.

"신이 감옥으로 우리를 찾아온 날 밤, 뭔가 독특한 점을 발견했었어. 신은 거울에 비치지 않았어. 수천의 다양한 얼굴을 지녔지만, 거울을 마주하면 신은…" (오펠리는 적절한 단어를 찾으며 주저했다.) "뭐랄까, 실제로 존재하지 않는 것 같아. 신과 동등해지는 데는 대가가 따를지도 모르지."

토른이 세면대 근처에서 움직이다가 멈칫했다.

"확실히 그건 이상하군."

그렇게 말하면서 그는 다시 손을 거세게 비볐다. 오펠리는 침묵을 좋아하는 편이지만 두 사람 사이에 침묵이 찾아올 때마다 고통스러웠다. 알 수 없었다. 내내 혼자였던 지난 3년의 시간보다 왜 지금 더 외로운 걸까? 토른이 옆에 있는데도 왜 마음속 공허는 더 깊어지는 걸까?

"사물을 읽는 건 어때?" 오펠리가 물었다. "읽은 적이 있어? 혹시라도 조언이 필요할까 싶어서…"

"괜찮아. 난 지금까지 단 한 번도 그런 능력이 생긴 적 없었어."

"어쩌면 당신 기억 때문일 수도 있어. 우리 작은할아버지는 훌륭한 읽는 사람은 자신을 잊어야 한다고 늘 말씀하셨거든."

"그럼 이야기는 끝났네." 토른이 단호하게 말했다. "나는 절대 아무것도 잊지 않으니까. 어쨌든 앙리 경은 아니마인일 리 없고."

또다시 침묵이 내려앉았다. 오펠리는 인정할 수밖에 없었다. 자신은 대화를 이끄는 재주가 없다는 걸. 토른은 자신이 한 조사와 관련된 모든 정보는 오펠리와 공유했지만, 사적인 영역으로 넘어가기만 하면 속내를 전혀 드러내지 않았다.

토른이 소독약 병을 집어 들자 오펠리는 그가 뚜껑을 닫고 병을 치우리라 생각했다. 하지만 그러는 대신 그는 자기 손이 너무 더럽기라도 한 듯 다시 소독했다.

그러나 오펠리의 눈에는 그렇게 보이지 않았다. 그녀는 피부 아래 얽혀 있는 정맥, 구부정한 긴 손가락, 손목에 솟아오른 뼈를 멀리서 바라보았다. 그러다 보니 갑자기 명치가 조여오는 듯한 고통이 느껴졌다. 오펠리는 자신에게 무슨 일이 일어나고 있는지 전혀 알지 못했지만, 그의 손을 보고 있자니 소리를 지르고 싶어졌다.

그때까지 소독에 몰두하고 있던 토른의 시선과 마주치자 고개를 돌렸다.

"내가 아는 건 다 말했어. 당신은 이제 동료들에게 돌아가야 해. 당신이 이곳에서 보내는 일분일초가 그들의 뒷담화에 기름을 붓고 있겠지. 그 시간에 새로운 단서를 찾아보는 편이 낫겠군."

토른의 목소리에서 딱딱한 기색이 느껴졌다. 오펠리는 다른 무엇보다 자신의 존재가 그를 불편하게 하고 있다는 느낌을 받았다. 그녀는 일어서다가 협탁에 부딪혔고 그 위에 놓여 있던 램프를 넘어뜨렸다. 그러나 놀랍게도 램프는 스스로 다시 세워졌고, 협탁은 거의 한 치의 오차도 없이 제자리로 돌아갔으며, 침대보는 주름 한 줄 없이 쫙 펴졌다. 앙리 경은 아니마인일 리 없지만, 그의 사물들은 그의 강박적인 성향을 고스란히 반영하고 있었다. 떨어져 있었음에도 자신의 사소한 부분이 적어도 토른에게 스며들었다는 사실이 오펠리는 이상하게 느껴졌다. 그녀는 회중시계에 대해서도 생각했다. 회중시계를 돌려준 이후로 그가 사용하는 모습을 본 적이 없었다. 작동하지 않아서 버렸을까? 오펠리는 그러지 않았기를 바랐다. 목도리를 잃어버린 것만으로도 이미 고통스러웠다.

"지금 내가 뭘 해줬으면 좋겠어?" 오펠리가 장롱 안 깊숙이

핀으로 고정된 천공 테이프를 가리키며 말했다. "신의 비밀이 담긴 문서를 찾을 때까지 계속 감정해야 해? 나도 시간이 많지 않아. 앞으로 며칠 후면 비르투오소 후보가 되든 날개를 반납하든 둘 중 하나겠지. 당신은 내가 당연히 진급하리라고 생각하겠지만, 하지만 앞날은 알 수 없잖아…."

토른은 다시 금속 장갑을 꼈다.

"내일 알려주도록 하지. 아직 생각할 게 있어. 그때까지 레이디 셉티마의 눈에 띄지 않도록 해. 오늘 내가 당신에게 이야기한 것들 때문에 당신이 위험에 처할 수도 있어. 혼자 있지 말고, 항상 뒤를 조심해. 조금이라도 이상한 게 있으면, 뭐든 나에게 가장 먼저 알리고."

오펠리는 잠시나마 선각자단 분과의 동료들과 겪고 있는 갈등에 대해 말하고 싶어졌다.

하지만 입을 다물기로 했다.

이제 토른은 자신을 자기 그늘 아래 숨겨야 할 연약한 어린아이로 대하지 않았다. 오펠리에게 책임을 맡겼고, 자신과 동등한 입장에서 대화했다. 오펠리는 이미 다른 모든 것을 잃었지만 이마저 포기할 수는 없었다.

"알겠어."

오펠리는 이 방을 나가고 싶지 않았다. 토른 곁에 남아 있으면 영원히 좌절감을 느낀다 할지라도 그를 떠나는 건 더 싫었다. 그와 단둘이 만나기 위해 계획을 짜내야 하고, 만날 때마다 시간을 재야 한다는 건 참으로 짜증 나는 일이었다.

문고리에 손을 올린 순간, 토른이 뱉은 한마디 말이 그녀를 붙잡았다.

"오펠리."

몇 달 동안 다른 이름으로 살다가 그에게 진짜 이름으로 불리자 그녀는 너무 놀란 탓에 속이 뒤집히는 것 같았다. 자기가 정말로 듣고 싶었던 그 말을 토른이 비로소 해주려는 걸까?

토른은 두 주먹으로 책상을 짚은 채 뚫어질 듯 강렬한 시선으로 오펠리를 바라보았다.

"나한테 진짜로 더 할 말 없어?"

갑작스러운 질문이 허를 찔렀다. 오펠리는 그대로 문고리 앞에 얼어붙었다.

그러자 토른의 눈동자에 날카로운 빛이 서렸다.

"어디로 오면 날 찾을 수 있는지 알겠지." 그가 나가라는 손짓을 하며 말했다.

되살아난 기억

오펠리는 공동 침실을 울리는 코골이 소리와 모기가 윙윙대는 소리에 밤새 뒤척였다. 이제는 토른을 전혀 이해할 수 없었다. 그가 던진 질문은 무슨 의미였을까? 자기가 뭔가를 숨기고 있다고 생각하기라도 하는 걸까? 그녀는 그를 찾기 위해 집을 떠났고, 거짓이 범죄인 아슈에서 정체를 바꿨으며, 그를 배신하느니 메디아나의 협박을 견디는 쪽을 택했고, 그의 부탁대로 본 파미유에 남았다. 그동안 단 한 번도 불평하지 않았다.

정확히 무엇이 실망스러웠는지 말해야 하는 쪽은 오히려 토른이 아닐까?

오펠리는 더위에 짜증이 나서 이불을 걷어찼다. 화를 내야 할 상대는 토른이었지만, 정작 화가 난 건 자기 자신 때문이었다. 3년 전, 토른이 자신을 진정으로 필요로 할 때 그녀는 그를 돕지 못했다. 그리고 과거가 되풀이되고 있었다. 지금 오펠리는 그 어느 때보다도 자신이 무력하게 느껴졌다.

어쩌면 토른이 오펠리에게 듣고 싶었던 유일한 말은 사과의 말이었을지도 몰랐다.

오펠리는 마침내 선잠이 들었다. 과거와 미래 사이, 꿈과 현실 사이를 헤매며 옛 세계 위를 날았다. 구름 아래로 폭격의 상흔이 남은 폐허가 된 마을이 보였다. 마을 위를 지나고 나니 곧 까마득하게 펼쳐진 바다가 보였다. 아니, 바다 그 이상이었다. 대양이었다. 이 대양이 언젠가 허공에 완전히 삼켜질 거라는 생각이 드니 묘한 기분이 들었다. 정신을 집중한 끝에 오펠리는 물속에서 구불거리는 산호초 군락을 구분할 수 있었다. 그리고 석호 한가운데 어딘가에서 작은 초록색 점 같은 것이 보였다.

섬, 해안에서 멀리 떨어진 섬이었다.

"빌어먹을 내 고향이군."

그 소리에 자기 옆, 구름 가장자리에 한 남자가 앉아 있는 것을 알아차렸다. 오펠리는 그를 금방 알아보았다. 그녀가 읽은 근무 일지를 쓴 경비원이었다. 그는 터번을 둘러 흉측하게 일그러진 얼굴을 간신히 가리고 있었다. 그의 입은 제대로 아물지 못한 상처처럼 보였다. 그가 자신을 향해 작고 동그란 안경을 들어 올리며 한 번도 들어본 적 없는 언어로 말을 걸었다. 그런데도 오펠리는 그가 하는 말을 완벽히 이해할 수 있었다.

"그놈, 그 다른 놈을 조심해. 그 녀석은 이 빌어먹을 애들과는 달라."

"다른 놈이라니, 누구요?" 오펠리가 물었다.

경비원은 대답하는 대신 자기 섬을 다시 바라보다 혀끝에 맴도는 말을 쥐어짰다.

"네가 E. D.를 찾으면, 그 다른 놈이 너를 찾아낼 거다."

오펠리는 깜짝 놀라 잠에서 깼다. 아직 동이 트지도 않았건만 잠이 싹 달아났다. 옆 침대에서는 젠이 이불을 몸에 둘둘 감은 채 희붐한 빛 속에서 그녀를 몰래 지켜보고 있었다. 금방이라도 자신에게 덤벼들 것 같은 미치광이를 보는 듯한 초조한 눈빛이었다.

오펠리는 안경을 주워 쓰고 칸막이 뒤에서 제복과 부츠에 몸을 구겨 넣은 뒤 트랜센디움을 달려 내려갔다. 부츠에 붙은 날개가 짤깍거리는 소리가 고요한 생활관에 울려 퍼졌다. 전신실 회전문에 수습생 카드를 집어넣었다. 짤막한 메시지를 보내는 데 힘들게 모은 포인트를 쓰는 것이 아까웠지만 참고 기다릴 수 없었다.

"바벨 메모리알, 장서… 어… 분류 부서," 오펠리는 수화기에 대고 상대가 받아 적을 수 있게 말했다. "조언이… 필요하니… 어… 즉시 접견을 바랍니다. 시장에서 말한… 어… 책들에 관한 내용입니다. 선각자단 제2분과… 어… 욀랄리 배상."

몇 초 후 창구의 로봇 팔이 받침대 위에서 원을 그리며 돌았다. 로봇 팔의 구리 손가락이 전신기를 짧게 눌렀다 길게 눌렀다 하며 신호를 입력했다. 오펠리는 로봇이 '어' 하고 더듬은 부분까지는 전달하지 않기를 바랐다.

어떻게 E. D.의 책들을 까맣게 잊고 있었던 걸까? 미스 사일런스는 심장마비로 죽기 직전 그의 책들을 허락도 없이 폐기했다. 오펠리는 토른에게 이 사실에 대해 이야기해야겠다는 생각조차 하지 못했다. 최대한 빨리 실수를 바로잡아야 했다.

그녀는 일분일초를 세며 남은 하루를 보냈다. 본파미유의 공기는 숨이 막힐 만큼 갈수록 답답해졌다. 찌는 듯한 바람이 창문이란 창문을 죄다 흔들어댔고 바람에 실린 모래를 안뜰까지 날려 보냈다. 오펠리는 창가에 설 때마다 모래 바람 속에서 멀리 떨어진 작은 아슈에 서 있는 메모리알을 찾아보았다. 오늘 비행선이 취소되지만 않았더라면! 오후에는 동료들과 함께 연구실에 틀어박혀 시간을 보냈다. 예지자들은 모든 모둠 활동에서 오펠리를 배제했고, 젠은 그녀 옆에 앉지 않으려고 자리를 바꿨다. 평소 오펠리에게서 눈을 떼지 않던 옥타비오는 화장실에서 따로 대화를 나눈 이후로 그녀와 눈도 마주치지 않았다. 레이디 셉티마는 실험 수업 내내 오펠리에게 단 한마디의 피드백도 해주지 않았다. 그녀는 수습생 전원을 평가하고, 그들에게 조언하고, 비평했다. 오펠리만 제외되었다.

완벽한 격리였다. 자연스럽게, 모두가 한마음 한뜻으로 오펠리를 고립시켰다. 진급식이 불과 며칠 앞으로 다가왔는데 말이다.

오펠리는 해가 지면서 바람이 잦아드는 것을 보고 마음이 한결 놓였다. 땅거미가 내려앉을 무렵 선각자단 분과를 위한 전용 비행선이 뜨거운 유황빛 하늘을 가르며 이륙했다. 오펠리는 자기가 옆에 앉을까봐 헛기침을 할 만한 사람이 없는 자리를 찾아보았다. 이상하게 들릴지 모르겠지만 가끔 메디아나가 그리워질 때도 있었다. 그녀가 사라지며 오펠리 주변에는 점점 더 커지는 커다란 공허만 남았다.

오펠리는 비행선 맨 뒤에서 조용히 수첩에 뭔가를 끄적이고 있는 엘리자베스 옆에 앉았다. 그녀는 비행선 전체에 감도는 적의도, 옆자리에서 불안해하는 오펠리도 전혀 신경 쓰이지 않는 듯했다.

"어떻게 비르투오소 후보가 된 거예요?"

"흠, 커피를 많이 마셔서. 그것도 아주 많이."

"제발요. 전 동료들보다 시작도 늦은 데다 레이디 셉티마의 눈 밖에 났어요. 좋은 인상을 남길 시간도 얼마 남지 않았어요. 어떤 조언이라도 좋으니 도와주세요." 오펠리가 한숨을 쉬며 속삭였다.

엘리자베스는 숫자와 글자, 그리고 자신만 알아볼 수 있을 것 같은 기호들을 쉬지 않고 연필로 종이에 써 내려갔다.

"중립을 지켜." 마침내 그녀가 침착한 목소리로 말했다.

"판단하지 말고 관찰할 것. 토 달지 말고 복종할 것. 입장 정하지 말고 배울 것. 관심을 갖되 집착하지 말 것. 보상을 기대하지 말고 의무를 다할 것. 그게 고통받지 않을 유일한 방법이야." 그녀는 지침 메모 한 단락을 지우며 말을 마쳤다. "고통이 적을수록 효율적이지. 효율적일수록 도시를 위해 더 잘 일할 수 있고."

오펠리는 주근깨로 뒤덮인 엘리자베스의 손을 바라보았다. 그녀의 손은 지치지도 않고 쓰고, 줄을 긋고, 또다시 처음부터 써 내려가기 시작했다.

"외롭다고 느낀 적은 한 번도 없었어요?"

"우리 늘 혼자야."

비행선이 메모리알에 도착하자 오펠리는 탈 때보다 더 실망한 얼굴로 내렸다.

목록 작업은 끝나지 않을 것 같았다. 토른과 스크레타리움에서 만나기 전에 충분히 시간을 확보하려면 최대한 빨리 할당량을 끝내야 했다. 머릿속이 온갖 질문으로 너무 복잡한 탓에 집중하기가 힘들었다. 왜 미스 사일런스는 E. D.의 책을 전부 몰래 폐기했을까? 그게 토른의 조사와 관련이 있을까? 어째서 옛날 그림책 작가에게 '신과 동등'해질 수 있는 정보가 있었던 걸까? 메디아나와 울프 교수에게 일어난 일 역시 그 비밀과 관련이 있을까?

네가 E. D.를 찾는다면, 그 다른 놈이 너를 찾아낼 거다.

물론 그건 꿈에 불과했지만, 오펠리는 무의식의 표면에 떠오른 모든 것을 진지하게 받아들이는 편이었다. 그녀가 신과 공유하고 있는 기억은, 정작 그녀 자신보다 훨씬 더 많은 것을 알고 있는 듯했다.

그렇다면 경비원이 그토록 두려워했던 그 다른 놈은 대체 누구일까?오펠리가 거울에서 풀어준 바로 그 존재일까? 그렇다고 한들 E. D.와는 또 무슨 관련이 있을까?

꼭 누군가와 이야기를 해야만 했다.

오펠리는 블라시우스를 볼 수도 있으리라는 희망을 품고 부스 칸막이 너머로 눈을 돌렸지만, 마주친 것은 근처에 있는 예지자들의 눈뿐이었다. 그들은 포마드 기름을 바른 콧수염 아래로 묘하게 불편한 미소가 떠 있었다. 목록 작업을 모두 마치고 자리에서 일어서자 그들이 한목소리로 웅성거렸다.

"오늘 밤의 기상 예보, 폭염 경보."

오펠리는 그들을 무시했다. 그녀는 재빨리 유령들의 카운터로 책을 올려놓은 뒤 서둘러 지하로 가서 카드에 구멍을 뚫었다. 중앙 홀에서 정중히 인사하며 방문객들을 맞이하는 로봇 동상에 달린 시계로 시간을 확인하며 한숨을 내쉬었다. 블라시우스를 찾을 만큼은 시간이 남아 있었다.

하지만 그를 찾기가 예상보다 쉽지 않았다. 메모리알은 토요일에 보통 특별 전시 때문에 항상 문을 늦게 닫았는데, 이날 저녁은 평소보다 방문객이 많았다. 넓은 아트리움에서는 로봇들이 크레인을 작동하며 어마어마한 크기의 징을 설치하고 있었다. 이 준비는 진급식과 같은 날에 열릴 새 장서 목록의 발표식을 위한 것이었다. 오펠리는 트랜센디움과 거꾸로살롱을 종횡무진 돌아다니는 동안 수많은 사람들의 발을 밟았다. 메모리알 직원의 제복을 볼 때마다 고개를 돌려 확인했지만, 그중에 블라시우스는 없었다. 목록 작업 최고 속도를 경신하고도 허탕을 친다면 그건 너무도 허무한 일이 될 터였다.

한 서가의 모퉁이에서 오펠리는 가장 만나고 싶지 않은 사람과 맞닥뜨렸다. 은빛 긴 머리의 남자가 소파에 앉아 있었다. 남자는 하얀 프록코트를 입고 분홍색 안경을 끼고 있었다.

로봇 하인을 발명한 사람. 유명한 아슈 여행가. 앙브루아즈의 아버지. 라자뤼스였다!

오펠리는 손에 집히는 것 중 가장 큰 책을 골라 열심히 읽는 척했다. 폴에서 라자뤼스와 악수를 나눈 적이 있었다. 그러니까 그는 그녀가 누구인지… 그리고 누가 그녀가 아닌지 알고 있었다. 다행히 라자뤼스는 그녀를 보지 못했다. 그는 메모리알의 늙은 청소부와 한창 대화를 나누고 있었다. 청소부는 먼지떨이로 서가 선반을 꼼꼼하게 쓸고 있었다.

"…그래서 미래를 준비해야 한다니까요, 올드 프렌드!" 라자뤼스가 열정적으로 소리쳤다. "당치도 않은 빗자루는 이제 내려놓고 마땅히 누릴 은퇴를 즐기라고요! 멀리 여행을 떠나는 건 어때요? 벽 너머 세계는 앱솔루틀리 패불러스absolutely fabulous하다니까요. 제 말 좀 들어요. 내가 직접 겪어봤으니까요."

라자뤼스의 껌딱지인 로봇 집사 발테르는 주인의 긴 머리칼을 빗겨주기 위해 소파 위로 몸을 기울이고 있었다. 얼굴 없는 머리를 끄덕이며 주인이 하는 말 한마디 한마디에 박자를 맞췄다.

늙은 청소부는 대답하는 대신 어깨를 으쓱하고는 다시 먼지를 떨었다. 세 겹으로 겹친 수염과 앞머리와 눈썹이 얼굴을 가린 탓에 그가 어떤 표정을 지었는지 볼 수 없었지만, 오펠리는 그에게 일어난 일에 짜증이 났다. 그가 원한다면 그냥 여기서 계속 일하도록 내버려둘 수는 없을까? 그녀는 소파에 다리를 꼬고 앉아 마술사처럼 실크 해트를 흔드는 라자뤼스를 바라보았다. 거창하고 과장된 말투로 미래와 현대성을 찬미하고 있었다. 라자뤼스를 처음 만났을 때 오펠리는 그가 거부할 수 없을 만큼 매력적인 사람이라고 생각했다. 하지만 이제는 자신이 그를 경계하고 있다는 사실을 깨달았다. 정체가 들통 날 위험 때문만은 아니었다. 그가 신이 나타난 시기와 거의 비슷한 때에 폴에 나타났고, 신처럼 메르 일드가르드의 가문 능력에 집요하게 관심을 보였기 때문이었다.

"쉿! 윌랄리 씨! 여기예요!"

블라시우스였다. 늘 그랬듯이 좋지 않은 타이밍에 회랑의 반대편 끝 서가에서 나타났다. 그는 오펠리에게 손짓을 하고 있었다. 남들이 눈치재지 못할 거라고 생각하는 듯했다. 늙은 탐험가가 자신을 이상하게 바라보는 시선을 느끼면서 그녀는 책에 얼굴을 파묻은 채 블라시우스에게 다가갔다.

"옆에 라자뤼스 씨 아니었어요?" 블라시우스가 낮은 목소리로 물었다. "몇 달 전 바벨에 돌아왔다고 듣기는 했는데, 한 번도 마주친 적은 없었어요."

오펠리는 눈썹을 치켰다. 몇 달이나 됐다고? 앙브루아즈가 나를 피하기 시작한 게 아버지 때문인가?

"라자뤼스 씨가 여기 있는 게 썩 반갑지 않나보네요." 두 사람이 멀어지는 동안 오펠리가 말했다.

블라시우스는 어깨를 구부린 채 무거운 발걸음으로 수레를 밀기 시작했다. 갑자기 그 모습이 관을 미는 것처럼 보였다.

"아, 오해예요." 그가 한숨을 내쉬며 말했다. "저는 라자뤼스 씨를 매우 존경하는걸요. 감사한 마음도 크고요. 중학교 때 선생님이셨는데 어떤 어른들보다 제게 친절하셨어요. 저의 불운과 어설픔… 그리고… 웰… 제 성향까지도, 단 한 번도 싫은 내

색을 하지 않으셨죠. 오히려 저를 흥미로운 학생으로 여기셨어요. 라자뤼스 씨와 대화할 때면 거의 스페셜한 존재가 된 기분이었답니다." 블라시우스가 엷은 미소를 지으며 중얼댔다. "솔직히 말하면, 내가 싫어하는 건 그분이 만든 로봇들이에요. 그것들이 거의 모든 관리직을 대체해 버렸거든요. 라자뤼스 씨가 오늘 여기 계신 건 어쩌면 메모리알에 새로운 모델을 제안하기 위해서일지도 몰라요. 청소뿐만 아니라 어… 책을 정리하고 방문객을 안내하는 기능이 있는 모델이요."

블라시우스가 제복에 핀으로 꽂아놓은 '보조 사서' 배지를 너무 불안해하며 문지르는 모습을 보면서 오펠리는 이를 악물었다. 아니, 라자뤼스에게 이제 일말의 호감도 느껴지지 않았다.

"내가 보낸 전보는 받았어요?" 그녀가 부드러운 말투로 물었다.

블라시우스는 촉촉하게 젖은 큰 눈을 몇 번이나 깜빡였다.

"왓? 아, 네, 네, 받았어요. 당신의 요청에 제가 놀라지 않았다면 그건 거짓말이겠죠. 게다가 걱정도 됐고요. 미스 사일런스에게 일어난 일을 생각해보면…. 어쨌든 저는 당신이 또다시 위험한 상황에 빠지지 않으면 좋겠어요. 알고 싶은 게 뭐예요?"

오펠리는 주위를 빙 둘러보며 엿듣는 귀가 없는지 확인했다. 이 회랑에는 서가를 기둥처럼 받치고 있는 거대한 동상들 말고는 아무도 없었다.

"E. D.의 책이 치워지기 전엔 정확히 어디에 있었는지 알려줄 수 있어요?"

"오브 코스! 따라오세요."

책을 찾으러 가는 길에 책 수레의 바퀴 하나가 빠졌다. 블라시우스가 바퀴를 끼우려고 허리를 숙이자 바지 재봉선이 터졌다. 오펠리는 그가 정말 운이 없다는 사실을 인정할 수밖에 없었다. 아동 서가에 들어선 그녀는 바로 여기서 자신들이 처음 만났다는 것을 알아차렸다. 그날 E. D.의 책들을 떨어뜨리고 다시 주워 들던 자신의 모습이 떠올랐다. 그날, 그 책이 파괴되기 불과 몇 시간 전, 자신이 손에 쥐고 있었다니….

"미스 사일런스는 나를 거의 도둑으로 몰아세웠어요." 오펠리가 기억을 되짚으며 낮은 목소리로 말했다. "내 가방을 뒤지려고까지 했잖아요."

블라시우스는 바지 터진 부분을 가리려 윗옷 자락을 끌어 내리며 맨 위 칸을 턱으로 가리켰다. 그곳엔 형형색색의 양장본들이 꽂혀있었다.

"E. D.의 콜렉션은 전부 저 위에 있었어요. 그리고 미스 사일런스가 떨어진 곳도 바로 저기였죠." 블라시우스는 얼굴을 찡그리며 덧붙였다. "미스 사일런스가 느꼈던 공포의 냄새가 아직도 느껴져요."

우아한 모양의 슬라이딩 사다리가 오펠리의 눈에 들어왔다. 표지판에는 이렇게 쓰여 있었다. '높은 칸에 있는 책은 어린이가 직접 꺼내지 마세요.'

"미스 사일런스가 사용했던 사다리인가요?"

"아니요, 이건 새것이에요." 블라시우스가 답했다. "예전에 쓰던 건 사고 이후에 치웠어요. 사다리에는 아무 문제가 없었지만 혹시 몰라서⋯.”

오펠리에게 좋은 일은 아니었다. 폭력적인 죽음이 연관된 사물을 읽는 것은 고통스러웠지만, 어쩌면 그것이 유일한 목격자일 수도 있었다.

“그리고 미스 사일런스가 책을 없앤 후에 이곳으로 돌아왔다고 했었죠?”

블라시우스가 당황한 표정으로 삐죽 솟은 머리카락을 매만졌다.

“인디드indeed, 그것도 한밤중에요. 왜 그러셨는지 여전히 모르겠어요. 다음 날 아침에 여기서 미스 사일런스를 발견했을 때도 특이한 점이 전혀 없었어요.”

오펠리는 레일을 따라 사다리를 밀고는 맨 위 칸을 보려고 올라갔다. 선반에는 최근 발간된 알파벳 학습서들밖에 없었다.

“그게 아니에요. 아무것도 남아 있지 않았어요.” 그녀가 지적했다. “미스 사일런스가 찾으려 했던 걸 어쩌면 다른 누군가가 먼저 가져갔을지도 모르죠.” (이 말을 하는 순간, 오펠리는 본능적으로 어떤 확신이 들었다.) “수석 검열관이 서적을 폐기했으면 메모리알에 그 기록이 남아 있지 않을까요?”

블라시우스는 사다리를 내려오는 오펠리를 도우려 손을 뻗었다. 그런데 울퉁불퉁한 바닥에 발이 걸려 휘청거린 탓에 그녀마저 균형을 잃을 뻔했다.

“오, 소리! 그 질문에 답하자면, 네, 맞아요, 검열부 기록 보관소에 있죠. 미스 사일런스가 빠짐없이 기록해두었을 거예요. 정말이지 의욕이 지나치긴 했지만 항상 절차를 따르셨던 분이니까요."

"그곳에 데려다줄 수 있나요?"

블라시우스는 회랑에 걸린 시계를 쓱 쳐다봤다.

"문은 열어드릴 수 있지만 제가 계속 같이 있을 순 없어요. 제 근무 시간은 끝났고요, 부모님을 뵈러 가야 하거든요. 웬일인지 오늘은 저녁 식사에 저를 부르셔서요. 기다리시게 하면 안 돼요." 그가 찢어진 바지 뒷부분을 가리며 말했다. "부모님은 저를 너무 창피하게 여겨서 어떻게든 연을 끊을 구실을 찾으시거든요."

배신

오펠리는 검열부를 가본 적이 없었다. 검열부는 반으로 나뉘는 메모리알에서 파열 이후 완전히 재건된 구역에 있었다. 그곳을 걷는 동안 수많은 돌바닥 아래가 바로 허공이라는 생각을 하지 않을 수 없었다. 검열부는 텅 비어 있었고 행정 사무실이라기보다는 건설 현장에 가까워 보였다. 갓이 씌워지지 않은 전구들이 천장까지 쌓인 상자 더미를 거칠게 밝히고 있었다. 실내는 숨이 턱 막히는 더위로 휩싸여 있었다.

"여긴 소각실이에요." 블라시우스가 방화문에 난 둥근 창을 가리키며 설명했다. 창은 연기로 검게 그을려 있었다. "저… 저는 소각실에 접근할 권한이 없어요."

"지금도 작동하고 있는 거예요?" 오펠리가 놀라 물었다. "새 장서 목록 완성 전에는 어떤 문서도 폐기하면 안 되는 것으로 알고 있는데요."

"책은 그래요. 지금은 쓰레기를 태우고 있어요. 매일 수백 명이 방문하잖아요. 직원은 또 얼마나 많아요. 매일 저녁 소각로에 버리는 쓰레기의 양을 알면 깜짝 놀랄 거예요. 기록 보관소는 이쪽이에요, 미스!"

블라시우스가 다른 문을 열었는데 손잡이가 뽑혀버렸다. 기록 보관소는 여느 사무실과 크게 다를 바 없었다. 상자들만 여기저기 쌓여 있었다. 기존의 장서 목록이 이처럼 엉망인 체계였다면, 오펠리는 왜 토른이 목록을 완전히 개편하기로 했는지 충분히 이해할 수 있었다.

"저는 이제 가볼게요." 블라시우스가 말했다. "버드트램을 놓치면 안 되거든요. 볼일 다 보면 불 끄고 문단속 잘하고 가세요."

"걱정 마세요."

오펠리도 이미 늦었기 때문에 더 이상 지체할 시간이 없었다. 그녀는 프록코트의 소매를 걷어붙이고 상자에 붙어 있는 라벨을 확인했다. 그러다 블라시우스가 여전히 문가에 서 있는 것을 알아차렸다.

블라시우스의 얼굴은 괴로움으로 일그러져 있었다.

"상퇴르가… 이 모든 일의 배후에 있을 가능성도 생각해봤어요?"

"네, 그 생각도 해봤어요."

상퇴르는 검열관을 증오했다. 미스 사일런스는 검열관으로서 임무를 수행하던 중에 목숨을 잃었다. 상퇴르는 메디아나를 적으로 간주했다. 그녀는 어느 날 갑자기 선각자 후보에서 물러났다. 상퇴르는 보기보다 훨씬 위험한 인물로, 정보에 매우 정통하며 야망이 넘치는 사람이었다. 그 책을 찾고 있던 사람이 상퇴르였다고 해도 오펠리는 전혀 놀라지 않았을 것이다. 신과 동등해질 수 있는 정보가 담겨 있다는 그 책을.

"조심해요, 알았죠? 메디아나처럼 되지 말라고요, 플리스."

블라시우스의 목소리가 너무도 간절해서 오펠리는 마음이 크게 흔들렸다. 하지만 그에게 대꾸할 말을 찾지 못했다. 이러한 순간에는 언제나 그랬다.

"이탈 연구소." 블라시우스가 심각한 목소리로 말했다. "미스 사일런스가 보내진 곳이에요. 굿바이, 미스."

"난… 고마워요."

그 말마저 너무 늦게 튀어나왔다. 블라시우스는 이미 떠나고 없었다.

오펠리는 다시 정신을 바짝 차려야 했다. 한 번에 하나씩, 우선 상자부터. 미스 사일런스의 사망일과 일치하는 날짜가 적힌 상자를 하나를 찾아냈고, 그 안에 든 목록들을 넘겨보았다.

"여기 있군." 오펠리가 속삭였다.

한 목록의 '저자' 항목에 'E. D.'라는 이름이 빼곡히 적혀 있었다. 오펠리는『신세계 여행』,『어린 영재들의 모험』,『아름답고 화목한 가족』등의 제목을 확인했다. 너무나도 건전한 제목들이었다. 그래서 왜 폐기했는지 더더욱 이해할 수가 없었다.

'검열 사유' 항목에는 미스 사일런스가 '금기어 목록 해당 어휘 사용 및 교육적 효과 부실'이라고 간단하게 기입했다.

E. D.의 책은 오래된 판본들이 흔히 그렇듯 출판 정보가 없었다. 하지만 목록에 따르면 파열 후 첫 세기에 인쇄된 것으로 추정되었다. 당시는 인류가 스스로 세상을 재건하고 있을 때로 부

흥의 기운이 한창이었다. 소위 낙관주의 문학이 널리 확산되던 시대였다.

점점 더 혼란스러워진 오펠리는 코에 걸린 안경을 다시 끌어올렸다. 여기엔 정말 별로 놀랄 만한 건 없었다. 결국 E. D.의 책이 어쩌면 잘못된 실마리였을지도 몰랐다. 만약 오펠리가 찾고 있던 책이 그 '책'이라면? 만약 신이 가문 정령을 창조했듯이 신도 누군가에 의해 창조된 존재라면? 만약 읽으면 모든 가문 능력을 복제할 수 있는 '책'이 존재한다면?

손으로 목록을 읽고 미스 사일런스의 머릿속을 들여다본다면 확실한 답을 얻을 수도 있겠지만 그러려면 검열부의 허가가 필요했다. 마지막으로 주인의 허락 없이 능력을 사용했을 때, 오펠리는 울프 교수의 사생활을 침해했다. 그 일이 여전히 마음에 걸렸다.

오펠리는 갑자기 목록에 뭔가 이상한 점이 있다는 것을 발견했다. E. D.의 책 제목에는 모두 '폐기됨' 도장이 찍혀 있었다.

딱 한 권, 『기적의 시대』만 예외였다.

소각되지 않은 책이 있었단 말인가? 그래서 미스 사일런스가 한밤중에 그것을 찾으러 다시 왔군! 하지만 그녀를 기다린 건 책이 아닌 죽음이었다. 그렇다면 그 책은 대체 어떻게 된 거지?

"언젠가 머지않은 미래에 마침내 평화로운 세상이 올 것이다."

오펠리는 말을 내뱉자마자 자기가 왜 이 문구를 읊었는지 궁금해졌다. 머리 없는 군인 동상을 읽었을 때 머릿속에 떠오른 말이기도 했다. 어디선가 이 문구를 본 적이 있는 듯했다. 외웠지만 나중엔 잊어버린 문구 같았다.

오펠리가 갑자기 목록에서 눈을 떼고 고개를 들었다.

주변에는 기록물 상자밖에 보이지 않았지만 아주 잠깐 시야 끝에서 뭔가 움직이는 것이 느껴졌다. 마치 어깨 위로 몸을 기울이는 그림자처럼. 그제야 그녀는 자신이 땀에 흠뻑 젖었다는 사실을 깨달았다. 단순히 주변의 열기 때문만은 아니었다. 심장이 미친 듯이 뛰었다. 안경은 순식간에 파랗게 물들었다.

오펠리는 기억조차 할 수 없는 악몽에서 깬 것 같은 기분이 들었다.

사무실에 걸려 있는 벽시계를 본 순간 벌떡 일어났다. 생각보다 훨씬 늦은 시간이었다. 토른은 물론이고 모두가 어디에 있었는지 물어볼 터였다. 오펠리는 상자를 서둘러 정리하고 불을 껐다. 하지만 기록 보관소의 문을 닫으려다 머뭇거리며 소각실을 바라보았다. 소각실의 동그란 창은 불판처럼 붉게 빛나고 있었다. 저기에다 미스 사일런스가 E. D.의 책들을 태웠겠지. 단 한 권만 빼고. 그렇다면 『기적의 시대』가 실수로 안에 남아 있을 수도 있지 않을까?

소각실 방화문을 열자마자 강력한 열기가 오펠리를 휘감았다. 소각로가 방 한 칸을 차지하다시피 했다. 그 앞에서 주춤거리기만 해도 잿더미로 변할 것 같다는 생각마저 들 만큼 고온의 열이 뿜어져 나오고 있었다. 들어오기 전 보호복을 착용했어야 했지만 그것을 찾을 시간 따위는 없었다. 오펠리는 재빨리 소각로 구석구석을 눈으로 살폈다. 쓰레기통 아래, 석탄 저장고 뒤, 책이 들어갈 만한 틈이란 틈은 다 찾아보았다.

없었다.

너무 더워서 더 이상 버틸 수 없겠다는 생각이 든 순간, 오펠리가 유일하게 찾은 것은 닫힌 문이었다. 둥근 창 너머로 예지자들이 달아나며 멀어지고 있었다.

오펠리는 온 힘을 다해 손잡이를 돌렸다. 너무 뜨거워서 장갑을 끼고 있었는데도 손가락을 데었다. 아무 소용 없었다. 예지자들이 보안 잠금 시스템을 작동시켰다.

'오늘 밤의 기상 예보, 폭염 주의보.'

알고 있었어! 예지자들은 처음부터 이 순간을 예상했다. 그리고 늘 그러듯 자기들의 예언을 직접 실행에 옮겼다. 오펠리는 도와달라고 외치며 문을 두드렸지만 아무도 오지 않았다. 그리고 잠금장치를 풀기 위해 자신의 아니마 능력에 기대는 건 당연히 불가능한 일이었다.

소각로의 열기는 더 이상 견딜 수 없을 정도였다. 오펠리는 다른 출구를 찾아보았지만 함정에 제대로 걸려든 것이 분명했다. 턱에서는 굵은 땀방울이 뚝뚝 떨어졌다. 부츠 속에서 발바닥이 타는 듯했다. 그녀는 벽에 난 환기구 그릴에 얼굴을 갖다 댔다. 환기구 기둥 폭은 팔 하나 겨우 통과할 수 있는 정도라 그곳으로 빠져나갈 수는 없었지만, 그곳이 소각실에서 그나마 가장 덜 뜨거웠다. 시간이 흘렀고, 그녀의 몸속 수분도 함께 흘러나갔다.

도저히 믿을 수 없었다. 예지자들은 자신들이 그녀를 위험에 빠뜨렸다는 사실을 알고는 있을까? 예지자들 외에 그녀가 여기 있다는 사실을 아는 이는 블라시우스뿐이었지만, 그가 탄 버드트램은 이미 한참 전에 메모리알을 떠났다.

오펠리는 셔츠 깃을 꽉 쥐었다. 열기보다 더한 공포에 숨이 막혔다.

흘러내린 땀 때문에 눈이 따가웠다. 땀을 닦는 순간 그림자 하나가 방화문 창으로 다가왔다. 찰칵. 손잡이가 돌아갔다. 소각실 안으로 공기가 불어닥쳤다.

오펠리는 황급히 밖으로 나왔다. 폐가 터질 정도로 기침을 했다. 너무 어지러워서 벽에 기대야 했다. 몸에 수분이 남아 있었더라면 안도의 눈물을 흘렸을 터였다.

누가 문을 열었을까? 예지자들? 오펠리는 사방을 둘러보았지만 검열부 안에는 그녀 말고는 아무도 없었다.

오펠리는 비틀거리며 가까운 화장실로 걸어갔다. 화장실 수돗물은 식수가 아니어서 당장이라도 벌컥 들이마시고 싶었지만 참아야 했다. 대신 손수건을 물에 적셔 얼굴과 목에 가져다 댔다. 피부는 땡볕에 탄 것처럼 벌겋게 달아올랐다.

토른을 만나야 했다. 한시라도 빨리. 남아 있는 유일한 E. D.의 책 한 권, 미스 사일런스가 유일하게 폐기하지 않은 E. D.의 책 한 권이 사라졌다는 사실을 반드시 알려야 했다. 어쩌면 그가 조사의 핵심 단서를 놓치고 있는지도 몰랐다.

오펠리는 화장실을 나오자마자 다시 들어가 배 속에 든 것을 게워냈다. 변기에 기대서서 오한에 몸서리치며 예지자들이 저지른 짓을 고발할까 진지하게 고민했다. 자기가 검열부에서 무엇을 하고 있었는지 설명하지 않아도 된다면 한 치의 망설임 없이 그들을 고발할 터였다. 하지만 자신이 하는 조사와 관련해 레이디 셉티마와 뤽스 귀족들의 관심을 끌어서는 안 되었다.

유리 진열장을 닦는 로봇들 외에 회랑에서 마주친 사람은 아무도 없었다. 메모리알은 문을 닫았고, 방문객과 직원 대부분은 떠나고 없었다. 오펠리는 독서 열람실에 가서 레이디 셉티마를 찾았다. 늦었지만 그녀가 스크레타리움에 들어가게 해주기를 바랄 수밖에 없었다.

예지자들은 줄곧 그 자리에 있었던 것처럼, 정숙하게 각자 자리에 앉아서 책에 코를 박고 있었다. 분노에 가득 찬 오펠리가 쏘아대는 시선에 그들은 비웃는 듯한 미소를 지어 보였다. 그런데 예지자들 중 한 명이 고개를 떨구고 눈에 띄게 불편한 기색을 보였다. 오펠리는 그가 양심의 가책을 이기지 못해 문을 열어준 것이 아닐까 싶었다.

오펠리는 폴리데우케스의 후손들이 있는 열람실에서 옥타비오의 부스가 비어 있는 것을 보고 눈살을 찌푸렸다.

“웰, 웰, 웰!” 레이디 셉티마가 오펠리를 보고 말했다. “우리의 실종자가 나타났군요, 윌랄리 수습생. 꼬박 한 시간 넘게 수습생을 찾아 헤맸는데, 동료 누구도 수습생이 어디 있는지 알지 못하더군요. 어떻게 된 거죠?”

“몸이 좋지 않았습니다.”

거짓말은 아니었다. 거칠게 쉰 목소리와 붉게 달아오른 볼, 땀에 흠뻑 젖은 머리칼이 오펠리의 변명에 힘을 실어주었다.

"그래 보이는군요. 우리에게 미리 말했어야 했다는 생각은 안 했나요? 앙리 경이 새로운 감정을 위해 수습생의 손을 필요로 했는데 수습생 때문에 모두 지체됐어요."

레이디 셉티마는 혀를 쯧쯧 차며 말했지만, 겉으로만 언짢은 척했을 뿐이었다. 그녀의 눈은 만족감으로 반짝이고 있었다. 전날 자신이 선생으로서 겪었던 모욕감을 학생에게 되돌려줄 수 있었기 때문이었다. 오펠리는 곧바로 예지자들이 자신에게 한 일을 그녀가 정확히 알고 있다는 확신이 들었다. 어쩌면 그녀가 사주한 것일지도 몰랐다.

"만회하겠습니다." 오펠리가 약속했다. "스크레타리움에 들어갈 수 있도록 허가해주실 수 있나요?"

"소용없어요. 앙리 경은 수습생을 대신할 사람을 찾았습니다."

레이디 셉티마의 대답은 소각로의 불길보다 더 뜨겁게 느껴졌다. 그래서 옥타비오의 자리가 비어 있었던 거였다!

"정말로 실수를 만회하고 싶다면 동료들을 본받도록 하세요." 레이디 셉티마가 헬레네의 피후견인들이 앉은 책상을 가리키며 충고했다. "추가 근무를 통해 장서 목록을 작성한다면 수습생이 해야 할 일을 하지 않아서 생긴 부정적인 인상을 지울 수 있을지도 모르겠지만, 정말 유감이로군요. 진급식까지 이제 며칠 안 남았으니…."

오펠리는 자리에 앉았지만 읽을 것도 쓸 것도 안 남 않았다. 그저 스크레타리움의 구체를 뚫어져라 바라볼 뿐이었다. 붉은 금빛의 지각은 행성의 고리처럼 그 주위를 감도는 회랑의 빛을 반사하고 있었다. 독서 그룹의 부스가 천장에 있었기 때문에 오펠리는 거꾸로 보였지만, 스크레타리움의 방탄문은 똑바로 잘 보였다.

토른이 그녀를 대신한 것이었다.

"시뇨리나 우는 거 아냐?" 예지자 한 명이 칸막이 너머로 속삭였다. "손수건을 줘야 할까?"

오펠리가 한번 쳐다보자 그는 입을 다물었다. 화가 머리끝까지 치밀어 올랐다.

토른이 예지자들 때문에 자신을 대신했다.

오펠리는 스크레타리움의 문으로 향하는 다리가 펼쳐지자마자 부스를 빠져나왔다. 레이디 셉티마는 공기 압축 튜브 카운터에 있었다. 만약 레이디 셉티마의 허락 없이 자리를 비웠다가 적발되기라도 한다면 본파미유에서 추방되는 건 불 보듯 뻔했다.

"죄송하지만 화장실 좀 가도 될까요?"

"또?"

레이디 셉티마는 수첩에 뭔가를 적느라고 오펠리를 쳐다보지도 않았다.

"속이 정말 안 좋아요. 메모리알의 소장품에 토하고 싶지는 않거든요."

오펠리는 억지로 연기할 필요가 없었다. 정말로 구역질이 치밀어 올랐다.

"딱 5분입니다." 레이디 셉티마가 계속 뭔가를 쓰며 말했다. "그리고 이건 수습생 평가 보고서에 기록될 겁니다. 비르투오소는 자신의 몸도 퍼펙트하게 통제할 줄 알아야 하니까요."

그런 건 이제 오펠리에게 중요하지 않았다. 그녀는 화장실을 향해 가다가 레이디 셉티마의 시야에서 벗어나자마자 방향을 틀었다. 계속 이어지는 복도를 따라서 북측 트랜센디움에 이르렀다. 옥타비오가 열쇠를 한 바퀴 돌려 다시 다리를 접으려던 참이었다.

"스크레타리움에 가야 해." 오펠리가 헐떡이며 말했다. "딱 1분만. 부탁이야."

옥타비오는 진한 검은 눈썹을 찌푸렸다. 그 모습이 그 어느 때보다 더 자기 어머니를 쏙 빼닮은 것 같았다.

"왜지?"

오펠리는 초조해서 숨이 막힐 것 같았다.

"앙리 경에게 할 말이 있어. 기밀 사항이야."

"스크레타리움에 안 계셔. 방금 떠나셨거든. 도시로 가실 거라서 비행선이 대기 중이야."

오펠리는 오늘 저녁은 확실히 자기편이 아니라는 생각이 들었다. 생각대로 되는 일이 하나도 없었다. 온몸이 부서지도록 달려 트랜센디움을 따라 내려갔다. 토른은 넓은 보폭으로 막 아트리움의 문을 넘으려 하고 있었다. 다리에 장애가 있는 사람치고는 인상적인 걸음걸이였다. 메모리알의 선선한 공기와 바깥 밤공기의 온도 차이 때문에 오펠리는 온탕에 몸을 담그는 것 같은 느낌이 들었다.

토른이 머리 없는 군인 동상 앞을 지날 때 겨우 그를 따라잡았다. 착륙을 준비하는 비행선의 실루엣이 보였다. 동체가 달빛에 반짝였다.

"잠깐만…."

토른은 오펠리의 목소리를 듣고 돌아섰다. 뤽스 제복을 입은 그의 모습은 처음이었다. 제복의 금장이 가로등 불빛 아래에서 은빛 광채를 뿜어냈다.

"시간이 없어. 계보학자들이 나를 소환했어."

"간단히 말할게. 나한테 왜 그랬어?"

"당신이 누구에게 말하고 있는지 잊지 않았으면 해."

어떤 경고 메시지도 이보다 더 명확할 수는 없었다. 지금 토른은 앙리 경이었고, 주변에는 미모사 꽃가지뿐이었지만 두 사람은 공공장소에 있었다. 하지만 오펠리는 개의치 않았다. 마음에 불을 지르고 끓어오르는 감정을 더는 주체할 수 없었다.

"왜 그런 거야?" 그녀는 목이 멘 채로 고집스레 물었다. "나한테 벌을 주려고?"

"당신이 오지 않았잖아. 계속 기다리면 조사가 지체될 수밖에 없었고."

토른은 온몸을 꼿꼿이 펴고 앞을 똑바로 바라보았다. 손이 닿지 않는 거리였다. 무심하게 주장을 펼치는 그의 태도는 오펠리의 분노를 한층 더 키웠다.

"지체? 참고로 말하자면 나 역시 나름대로 조사를 하고 있었어. 당신이 알면 도움이 될 만한…."

"당신 나름대로, 바로 그게 문제야." 토른이 오펠리의 말을 잘랐다. "절대로 분과를 떠나지 말라고 했잖아. 무슨 일이 생기면 나에게 알리라고 했고. 당신은 하나도 바뀌지 않았군. 여전히 혼자서 결정을 내리지."

"당신을 돕고 싶었어." 오펠리가 이를 악물고 한숨을 내쉬듯 말했다.

토른은 비행선을 향해 고개를 쳐들었다. 비행선이 아슈에 아주 가까이 다가왔고 프로펠러 바람에 주변의 미모사들이 온통 춤을 추었다.

"내가 원하는 건 당신의 동정 따위가 아니야. 효율성이지. 미안하지만 이제 난 비행선을 타야겠어."

오펠리의 온몸을 흐르는 피가 타올랐다.

"이기주의자."

오펠리는 토른을 화나게 하고 싶었고, 그가 그 자리에 얼어붙는 걸 보자, 그게 통했음을 알았다. 밤 그림자들이 갑자기 토른의 얼굴에 모여든 것 같았다. 그가 너무나도 거친 시선을 내리꽂는 바람에 오펠리는 휘청였다.

"나는 까다롭고, 재미없고, 강박적이고, 비사교적이며, 다리도 성치 않지." 토른이 끔찍한 목소리로 주절거렸다. "결점이란 결점은 죄다 나에게 붙여도 되지만, 나를 이기주의자 취급 하는 건 용납할 수 없어. 당신 방식대로 하고 싶으면 그렇게 해." 그는 손날로 허공을 휙 가르며 말을 맺었다. "하지만 더는 내 시간을 낭비하지 마."

토른은 오펠리에게서 등을 돌려 비행선으로 향했다.

"우리 협력은 여기까지야."

오펠리는 자신이 무엇을 하든 상황을 악화시킬 뿐이라는 것을 알고 있었다. 그럼에도 그를 붙잡고, 돌아서게 하고, 더 이상 멀어지지 못하게 막으려는 듯 자신도 모르게 토른을 향해 손을 뻗었다.

하지만 그에게 결코 닿을 수 없었다.

전기 충격과 같은 격렬한 고통이 오펠리의 팔을 관통했다. 숨이 턱 막혔다. 오펠리는 쓰러지지 않으려고 군인 동상에 가까스로 매달렸다. 두 눈을 크게 뜬 채 비뚤어진 안경 너머로 멀어지는 토른을 바라보았다. 그는 끼익 쇠붙이가 내는 불길한 소리와 함께 어둠 속으로 빨려 들어갔다. 단 한 번도 뒤를 돌아보지 않았다.

토른이 오펠리에게 할퀴기 공격을 했다.

그림자

연필이 빈 종이 위를 날아다녔다. 어둡고 커다란 소용돌이를 그렸다. 그러곤 종이 반대편 끝으로 달려가더니, 때로는 심으로 종이를 뚫기도 했다. 그리고 다시 소용돌이를 그렸다. 빅투아르는 연필을 멈추고 은발 사이로 자신이 그린 그림을 관찰했다.

빅투아르의 그림엔 검은색이 점점 늘고 흰 부분은 점점 줄어들었다.

"우리 딸, 색깔도 좀 써보지 않을래?"

빅투아르는 고개를 들었다. 엄마가 레이스 테이블보를 들어 올리고 거실 테이블 아래에서 그림을 그리고 있는 빅투아르를 내려다보고 있었다. 엄마는 미소를 지으며, 빅투아르가 몇 주 전부터 거들떠보지도 않는 연필들을 내밀었다.

빅투아르는 다시 새 종이를 집어 들었다. 마룻바닥에 종이를 펼치고 다른 종이들에 그런 것처럼 크고 검은 소용돌이를 채워 넣기 시작했다.

엄마는 빅투아르를 나무라지 않았다. 한 번도 꾸짖은 적이 없었다. 그저 다른 연필을 빅투아르 옆에 내려놓을 뿐이었다. 그러고는 부드러운 손길로 빅투아르의 뺨을 어루만지며 머리칼을 어깨 뒤로 넘겨 매만진 뒤 테이블보를 다시 내렸다.

이제 빅투아르에게 보이는 엄마의 모습은 초록색 새틴 부츠뿐이었다. 엄마 부츠의 초록색을 그림에 담고 싶었다. 엄마의 파란 눈, 장밋빛 피부도, 금빛 머리칼도 모두 그림에 담고 싶었다.

하지만 그럴 수 없었다. 황금 부인의 그림자는 엄마의 다채로운 색깔들보다 더 강렬했다.

빅투아르는 자신이 정확히 무엇을 본 것인지 이해하지 못했지만, 정확히 황금 부인에게서 그것을 본 이후로 모든 것이 달라졌다. 잠이 들었다가도 깜짝 놀라 깨버렸다. 식욕을 잃었다. 며칠 동안 침대에서 꼼짝 못 할 정도로 열이 났다. 상태가 좀 나아졌을 때도 쿠션을 베고 노는 것보다 가구 아래에 들어가 노는 것이 더 좋았다.

그리고 더는 여행하지 않았다.

빅투아르가 안전하다고 느끼기 시작하자마자 황금 부인이 다시 집에 찾아왔다. 엄마는 부인에게 문을 열어주었고, 차를 권하고, 이야기하고 함께 웃었다. 황금 부인은 오래 머무르는 법이 없었고 빅투아르에게 더 이상 관심을 보이지 않았지만, 그녀가 올 때마다 빅투아르의 그림에는 새로운 그림자가 더해졌다.

엄마의 부츠 굽이 레이스 테이블보 너머에서 마룻바닥을 울렸다. 부츠는 멀어졌다가 다시 테이블 근처에 왔다가 잠시 머뭇거리다가 또다시 멀어졌다.

"세상 모든 곱의 이름으로 말할게요. 진정해요!" 거실 반대편에서 대모 할머니의 짜증 섞인 목소리가 들렸다.

엄마의 부츠는 벽난로 앞에서 우뚝 멈춰 섰다. 벽난로에서 장작불이 타오르며 윙윙 소리를 냈다.

"나는 나쁜 엄마예요."

빅투아르는 타닥타닥 장작 타는 소리 때문에 간신히 엄마가 속삭이는 소리를 들었다. 연필의 검은 심이 종이를 조금씩 집어삼키고 있었다.

"그저 걱정이 너무 많은 엄마일 뿐이에요."

"정말 그래요, 로즐린 부인. 난 항상 모든 게 무서워요. 계단도, 테이블 모서리도, 자수바늘도, 목이 너무 꽉 끼는 옷도, 입에 넣는 음식 한입도요. 어디를 봐도 위험해 보여요. 이 애에게 무슨 일이라도 생긴다면…. 너무 무서워요, 이 아이도 잃어버릴까봐."

엄마의 희미한 목소리가 목에 걸렸다. 빅투아르는 잠시 그림에서 눈을 떼고 대모 할머니의 에나멜 구두가 마룻바닥을 밟고 엄마의 초록색 새틴 부츠 근처로 가는 모습을 지켜보았다.

"아이는 괜찮아요, 베르닐드."

"아니에요, 괜찮지 않아요. 이제는 전혀 웃지도 않고, 거의 먹지도 않고, 끔찍한 악몽에 시달리고 있어요. 저 때문이에요. 아시겠어요? 저 위에서, 궁정에서 사람들이 뭐라고 하는지 난 다 알아요. 늦된 아이라고 수군대죠. (엄마의 목소리가 더 작아졌다.)

사실은 반대예요. 우리 애는 아주 예민하고 섬세해요. 내가 느끼는 걸 이 아이도 느끼죠. 그런데 난 불안으로 이 아이를 물들이기만 해요. 난 나쁜 엄마예요, 로즐린 부인."

"날 봐요."

거실에는 한참 동안 침묵이 맴돌았고, 엄마의 부츠가 한 짝씩 대모 할머니의 구두를 향해 돌았다.

"부인은 과거의 철없던 장난들은 다 포기하고 이제 딸을 위해 헌신하고 있잖아요. 좋은 엄마예요. 하지만 부인 혼자서는 좋은 가정을 꾸릴 수 없어요. 그분도 마땅히 자기 역할을 해야 하죠."

"저도 항상 그렇게 생각해요. 그분도 마음속으로는…. 어쨌든 딸을 위해서라면…."

"그분은 올 거예요. 부인이 불렀잖아요. 그리고 그 장관들 옆이 아니라 지금 여기, 부인 옆이 자기 자리니까요. 혹여 오지 않는다면 당연히 내가 직접 나서서 찾으러 갈 거고요!"

빅투아르가 연필을 꽉 쥐었다. 그분이 올까? 대부 이야기일까? 이 세상에 그림자를 모두 몰아낼 수 있는 사람이 있다면 그건 바로 대부일 거야!

초인종이 울렸고 그 소리와 함께 빅투아르의 심장도 요동쳤다.

"봤죠?" 대모 할머니가 말했다.

레이스 테이블보 아래에서 빅투아르는 두 켤레의 신발이 거실에서 황급히 나가는 모습을 보았다. 잠시 후 음악실에서 말소리가 드문드문 들려왔다.

"폐하의 일정은 꽉 차 있습니다… 전체 회의가 47층에서 열리고 있는데… 상기시켜드리자면 항상 폐하의 승인을 기다리고 있고…."

엄마의 부드러운 목소리를 덮은 목소리의 주인공은 대부가 아니었다.

빅투아르는 거실 시계가 똑딱거리는 아주 짧은 순간 동안, 무슨 일이 일어나고 있는지 직접 보러 여행을 하고 싶은 마음이 들었다. 하지만 그러지 않았다. 여행은 보지 말아야 할 것들을 보게 되는 일이었으니까.

음악실의 대화가 갑자기 끊겼다. 빅투아르는 귀를 쫑긋 세웠고 한창 그림을 그리던 검은색 연필도 움직임을 멈췄다. 빅투아르가 앉은 마룻바닥이 갑자기 파도처럼 출렁였다. 우지끈하는 소리가 크게 나더니 이내 같은 소리가 한 번 더 들렸다.

누군가 방 안을 걷고 있었다.

빅투아르는 그 사람이 누군지 이미 알고 있었다. 레이스 테이블보 너머로 거대한 흰 부츠 두 짝이 천천히, 아주 천천히 거실을 가로질러 다가오는 모습을 보기도 전부터 말이다.

아빠였다.

빅투아르는 자신이 테이블 아래에 있는 것을 아빠가 눈치채지 못하기를 간절히 바랐지만 엄마가 테이블 밑에서 빅투아르를 끌어냈다. 엄마는 문가에 있는 흔들의자에 빅투아르를 앉히고는 머리칼을 빗기고, 드레스의 주름을 문질러 펴고, 마지막으로 감격에 젖은 미소를 보냈다. 그러고는 "폐하의 일정은 꽉 차 있습니다!"라고 되풀이해 외치는 사람이 있는 복도로 되돌아갔다. 빅투아르는 말을 할 수 있었다면 아빠와 단둘이 남겨두지 말라고 울부짖었을 터였다.

그는 거실의 반대편, 빅투아르의 의자에서 최대한 먼 쪽으로 천천히, 아주 천천히 몸을 돌렸다. 그는 키가 너무나도 커서 크리스털 샹들리에에 머리를 부딪혔지만 그 모습이 전혀 우스꽝스럽지 않았다. 그는 희미한 빛이 비치는 창가로 다가갔다. 희미한 빛을 받아서 옆모습은 더욱 무표정해 보였고, 어깨에 드리워진 땋은 머리와 털 코트는 본래보다 더 하얗게 보였다.

생각에 잠긴 아빠의 모습은 자신이 바라보고 있는 정원의 아름다운 조각상들 같았다. 조각상처럼 그의 눈도 텅 비어 있었다. 빅투아르에게 그 눈은 존재하지 않는 것처럼 보였다.

"몇 살이지, 지금?"

집에 있는 클라브생*의 가장 낮은 음을 두 손으로 쳤던 적이 있었다. 아빠의 입에서는 그 음보다 더 낮고 깊은 소리가 났다.

"몇 살이지?" 그가 재차 물었다.

빅투아르는 그의 질문을 이해했다. 하지만 답하는 건 다른 문제였다. 아빠는 자기를 사랑하지 않았고, 결국 더 싫어하게 될 터였다. 엄마는 여전히 복도에서 일정 아저씨에게 기다려달라고 부탁하고 있었다.

* 하프시코드의 프랑스어 이름.

아빠는 결국 거대한 흰 코트에서 수첩을 하나 꺼냈다. 한 장 한 장 넘겼다.

영원할 것 같은 침묵 끝에 그가 말했다.

"아, 그래. 말을 못 하지."

아빠는 거실 벽시계가 몇 번이나 째깍거리는 동안 수첩을 읽는 데 푹 빠져 있었다. 빅투아르를 아예 잊어버린 걸까?

"네 엄마가 여기에 써놓았다." 아빠가 갑자기 손가락으로 수첩 한 쪽을 짚으며 말했다. "너의 건강 상태가 염려된다고. 그렇게까지 나빠 보이지는 않는구나."

아빠의 거대한 몸은 계속 창을 향한 채 움직이지 않았지만 얼굴은 나사처럼 회전했다. 마치 목이 360도 돌아갈 수 있는 것 같았다.

그의 무감정한 눈이 자신에게 닿는 순간 빅투아르는 심한 두통을 느꼈다.

"물론 네가 말을 못 하고 걷지 못한다는 사실을 빼면 말이다."

아빠가 자신을 보면 볼수록 빅투아르는 점점 더 아팠다. 아빠가 벌을 주고 있었다. 자기를 벌준다면 분명 자신이 잘못했기 때문이었다. 빅투아르는 겁이 났다. 아빠가 자신을 영원히 사랑하지 않을까봐 겁이 났다.

눈물이 뺨을 타고 흐르는 것이 느껴졌지만 감히 닦을 수도 없었다.

아빠는 잠시 눈을 부릅뜨더니, 다시 창밖으로 시선을 돌렸다. 두통이 금세 멈췄다.

"고의가 아니었다. 내 능력은…. 그것을 견디기에는 아직 네가 준비가 안 된 모양이다. 오늘 만남은 이른 감이 있었다."

빅투아르는 아빠가 자신에게 무슨 말을 하고 싶어 하는지 이해할 수 없었다. 정말 자신에게 말하고 있는 것인지도 알 수 없었다. 아빠는 항상 너무 어려운 단어들을 썼다.

"더 이상 내 존재를 네게 강요하지 않겠다."

아빠가 그 말을 내뱉는 순간 초인종이 다시 울렸다. 발걸음 소리와 낮게 억눌린 속삭이는 소리가 들려왔다. 빅투아르는 흔들의자에 갇힌 채, 아빠와 함께 기다렸다. 땀 때문에 드레스가 몸에 착 달라붙었다.

사방에 진동하는 향수 냄새가 코끝을 찌르자 빅투아르의 몸이 얼어붙었다.

"존경하는 폐하! 제가 친애하는 분들을 인사차 방문했는데, 이곳에 폐하께서 와 계시는 줄은 몰랐습니다. 경의를 표하고 싶었습니다."

빅투아르의 몸이 격렬하게 떨렸다. 황금 부인이 여기, 바로 뒤에 와 있었다. 황금 부인이 거실로 걸어 들어오자 베일 끝에 달린 보석 장식이 더욱 요란하게 달그랑거렸다.

"누구지?"

아빠는 황금 부인을 쳐다보지도 않은 채 물었다. 창가에 있는 사탕 그릇이 더 흥미롭다고 생각하는 듯했다.

"퀴네공드 부인입니다, 폐하. 폐하께서 가장 아끼시던 환영술사 중 한 명이지요."

엄마가 거실에 들어왔지만 빅투아르는 진정되지 않았다. 그녀는 공포에 질려 있었다. 황금 부인이 다가와 빅투아르의 흔들의자에 한 손을 올려놓았다. 부인의 손톱이 기다랗고 빨간 칼날처럼 벨벳을 파고 들었다.

"전 괜찮… 아니, 오히려 제가 사과를 해야겠네요. 가족끼리의 단란한 시간을 방해할 생각은 없었어요."

황금 부인은 빅투아르의 하얀 머리칼을 쓰다듬었다. 다른 황금 부인의 눈꺼풀을 감긴 바로 그 손이었다. 황금 부인이 너무 바짝 다가온 바람에 빅투아르의 온몸이 그녀의 그림자 안에 잠겨버렸다.

그녀의 여러 그림자 속에.

빅투아르는 달려가서 테이블 아래로 숨었다. 공포에 사로잡혀 다른 빅투아르와 땀에 젖은 드레스를 흔들의자에 내버려두고 여행을 한 것이었다. 황금 부인이 두른 베일이 여전히 테이블보 아래에서 보였다. 엄마의 초록색 새틴 부츠와 대모 할머니의 에나멜 구두 옆에서 그녀의 베일이 반짝이고 있었다. 다른 빅투아르의 심장이 그들의 대화만큼이나 멀리서 뛰고 있었다. 하지만 공포는 그녀의 침묵이 가진 모든 힘을 다해, 마음속에서 계속 울부짖고 있었다.

새로운 구두 한 켤레가 거실에 등장했다. 여행 때문에 몸이 흔들리기는 했지만 빅투아르는 일정 아저씨의 목소리를 알아챘다.

"폐하, 재촉하게 되어 몹시도 송구합니다. 장관들과의 회의에 참석하셔야 합니다. 폐하의 일정이 꽉 차 있습니다!"

빅투아르는 벽난로 속 장작처럼 바닥이 타닥거리는 소리를 들었다. 아빠의 흰 부츠가 천천히, 아주 천천히 테이블을 향해 움직였다. 빅투아르가 공포에 사로잡힌 가운데, 아빠가 몸을 앞으로 숙이자 마룻바닥이 더 요란하게 삐걱거렸다.

그는 손가락, 거대한 손가락 끝으로 테이블보를 집어 올렸다.

"오, 거긴 그림밖에 없어요." 엄마가 말했다. "아이가 여기 앉아서 놀아요. 그렇지, 우리 딸?"

아빠의 눈, 도자기처럼 창백한 눈은 흔들의자에 있는 다른 빅투아르도, 마룻바닥 위 그림들에도 관심을 보이지 않았다. 두 눈은 테이블 아래 숨어 있는 진짜 빅투아르만 쳐다보고 있었다.

아빠가 빅투아르를 보는 걸까?

"폐하," 일정 아저씨가 조급하게 기침을 하면 말했다. "회의가…."

"나가라."

아빠는 입술을 거의 움직이지 않았다. 여전히 몸을 앞으로 숙인 채 손가락으로 테이블보를 잡고 있었고, 길게 땋은 머리는 마치 우유처럼 바닥까지 흘러내렸다.

"당장."

"폐하?" 엄마가 걱정스러운 목소리로 말했다. "마음에 걸리는 것이 있는지요?"

테이블 아래에 몸을 웅크리고 있던 빅투아르는 겁에 질린 채 아빠의 얼굴을 응시했다. 늘 아빠가 자신을 사랑하지 않는다고 생각했지만, 아빠는 지금 황금 부인을 바라보는 저런 눈빛으로 자신을 본 적은 단 한 번도 없었다.

여행의 눈 덕분에 빅투아르는 아빠의 그림자를 볼 수 있었다. 그 그림자는 엄마가 화났을 때보다 훨씬 더 크고, 훨씬 더 날카로운 손톱을 지니고 있었다. 그림자는 모든 가시를 곤두세운 채, 황금 부인을 향해 일제히 솟구치고 있었다.

"네가 누군지 모르겠으나," 아빠가 단어 하나하나를 또렷이 발음하며 말했다. "이 집에 다시는 발을 들이지 마라."

아빠가 테이블보를 위로 올리고 있었기 때문에 빅투아르는 엄마와 대모 할머니, 일정 아저씨의 놀란 얼굴을 볼 수 있었다. 그들은 황금 부인을 쳐다보고 있었다. 황금 부인은 빨간 입술에 미소를 띠고 있었지만 다른 빅투아르의 머리칼을 어루만지던 손길은 멈추었다. 황금 부인의 그림자들이 분노하며 날뛰는 미치광이들처럼 그녀의 발치에서 우글거리고 있었다. 정말 셀 수 없을 만큼 많았다. 저 그림자들이 아빠를 공격하려는 걸까?

"기꺼이, 아니, 정확히 말씀드리자면 폐하께서 원하시니 기꺼이 물러나지요."

보석들이 요란하게 딸랑거리는 소리와 함께 황금 부인이 거실에서 나갔고, 그림자들도 모두 부인과 함께 사라졌다.

황금 부인이 떠난 뒤 거실에서 터져 나온 감탄사들은 빅투아르의 귀에 들어오지 않았다. 그녀는 흔들의자에서 다른 빅투아르의 자리를 다시 차지한 채 이제 온전히 아빠만 바라보았다. 아빠는 느린, 아주 느린 동작으로 식탁 아래에 있는 그림들과 연필을 집어 들었다. 그리고는 엄마와 대모 할머니와 일정 아저씨가 묻는 말들엔 아랑곳하지 않고, 그것들을 빅투아르에게 건넸다.

빅투아르는 아까 자신이 휘갈겨 그린 그림자들을 바라보았다. 그리고 종이를 뒤집었다. 그 쪽은 새하얀 면이었다.

아빠처럼 새하얬다.

먼지

오펠리는 살면서 여러 대기실을 가봤지만 이렇게 생긴 대기실은 처음이었다. 카펫 한가운데에 유칼립투스 나무가 서 있었고 벤치 등받이 위에서는 앵무새들이 지저귀고 있었다.

이탈 연구소는 정말이지 놀라운 장소였다.

블라시우스가 이탈 연구소에 대해 이야기했을 때 오펠리는 어딘가 음산한 병원을 상상했다. 그런데 오펠리가 마주한 건 정글이 건물 고조에 녹아든, 색색의 건물이었다. 탑, 다리, 온실, 테라스가 하나의 덩어리를 이루는 동시에 사방으로 뻗어 있어서 연구소는 마치 그 자체가 작은 아슈처럼 보일 정도였다. 그녀는 정확히 여기서 연구하는 이탈이 무엇인지는 몰랐지만 이곳의 책임자들이 상당한 자원을 가지고 있다는 생각이 들었다.

오래 기다릴 필요는 없었다. 벤치에 앉자마자 한 여자아이가 다가와 오펠리를 맞이했다. 여자아이는 노란 실크 사리*를 걸치

* 인도 전통 의상.

고 어두운 렌즈가 달린 코안경과 긴 가죽 장갑을 끼고 있었다. 여자아이의 어깨 위에는 로봇 원숭이가 올라타 있었다. 여자아이가 따라오라는 신호를 보내지 않았더라면 오펠리는 그 아이가 연구소의 직원이라고 생각하지 못할 뻔했다.

"저희 연구소에 오신 것을 환영합니다, 미스 윌랄리. 환자는 온실 면회실로 모셨어요. 제가 그곳으로 안내하겠습니다. 가엾은 미스 메디아나를 찾아오신 첫 번째 방문객이세요." 여자아이가 대기실을 나서며 속삭였다.

"일요일이라 시간을 내 동료를 만나러 왔어요."

"안타깝지만 면회 시간은 5분을 넘기면 안 됩니다. 하지만 친구 얼굴을 보면 미스 메디아나도 좋아지리라 생각해요."

오펠리는 친구가 아니라 동료라고 굳이 정정하지 않았다.

"레이디 셉티마가 메디아나를 여기에 맡기신 건가요?"

"치료비 전액을 지원하시는 분이 누구겠어요. 성녀 같은 레이디 셉티마이시죠! 룩스의 귀족들이시여, 찬양받으소서!"

바벨 여자 아이는 신실한 추앙심을 담아 그렇게 말했다. 여자아이가 미소 지을 때마다 한 줄기 빛이 어두운 피부를 가로지르는 것 같았다.

여자아이를 따라 복도를 지나는 동안 오펠리는 문득 이 아이가 부러워졌다. 자신은 두 번 다시 웃지 못할 것 같았다.

우리 협력은 여기까지야.

오펠리는 토른의 말을 마음에서 지우려 애썼다. 절대 생각하지 말자. 그냥 행동하자.

“메디아나는 정확히 어떤 상태인가요? 뇌질환이라고 들었는데 자세히 몰라서요.”

여자아이의 입가에 띤 미소가 더 커졌고 코안경의 어두운 렌즈 너머러 두 눈이 반짝 빛났다.

“소리, 미스. 저는 그 질문에 답변을 드릴 수 없습니다.”

“그렇지만 메디아나 같은 케이스가 이 연구소의 전문 분야잖아요?”

“소리, 미스. 저는 그 질문에도 답변을 드릴 수 없어요.”

여자아이의 어깨 위에서 갑자기 로봇 원숭이가 움직이며 그녀에게 서류를 건넸다.

“자, 여기 미스 윌랄리 이름으로 된 파일을 좀 볼게요.”

“제 이름으로 된 파일이요?” 오펠리가 놀랐다. “뭔가 착오가 있었나보네요.”

여자아이는 서류를 넘겨보다 웃음을 터뜨렸다.

“저희는 절대 실수 안 해요, 미스 윌랄리. 저희는 정보를 매우 잘 알거든요. 연구소에도 선각자들이 있습니다.” 여자아이가 잘 안다는 눈빛으로 오펠리의 부츠에 달린 날개를 바라보며 말했다. “미스 윌랄리 서류에 대해 말하자면, 본파미유 고등교육원에 입소하실 때 건강검진을 받으셨다고 되어 있네요. 검진 결과가 저희 쪽으로 전달되었는데, 제가 읽은 바로는 상당히… 흥미로워 보이네요. 아무튼 면회 시간은 5분입니다.” 여자아이가 유리문을 열며 한 번 더 말했다. “저는 복도에 있을 테니 필요하면 불러주세요.”

오펠리는 가만히 서 있었다. 입소일에 검진을 받았다고? 유일하게 기억나는 건 별 의미 없는 동작들을 몇 가지 했다는 것과 스타디움을 열다섯 바퀴나 도느라 죽을 뻔했다는 사실 뿐이었다. 그녀는 그게 누구에게 어떤 점에서 흥미로울 수 있다는 건지 도저히 이해할 수 없었다.

일단 생각을 접고 온실 면회실로 들어섰다. 대형 스테인드글라스가 햇빛을 무지갯빛으로 바꾸고 있었다. 무지갯 빛이 타일 바닥에 반사되어 야자수 가지 틈에 뒤섞이고 물고기가 헤엄치는 연못에 스며들고 있었다. 창틀과 유리창을 온통 흔드는 거센 바깥바람을 잠시 잊게 할 만큼 온실 안은 평온했다.

메디아나는 벤치에 앉아 있었다. 다리를 몸에 딱 붙이고 웅크린 채, 두 눈은 부릅뜨고서. 오펠리가 벤치에 다가가 앉는 동안 부츠에 달린 선각자 날개가 익숙한 소리를 냈지만 그녀는 아무런 반응이 없었다.

"안녕."

메디아나는 대답이 없었다. 처음엔 그녀가 벤치 맞은편의 스테인드글라스를 바라보나보다 생각했다. 하지만 그녀의 시선은 한곳에 고정된 채 멍하니 있었다. 메디아나는 자기 자신의 내면을 보고 있었다. 헐렁한 잠옷 차림의 그녀는 거의 알아보기가 힘들었다. 근육이 녹아 없어져 뼈와 가죽밖에 남지 않은 모습이었다. 그녀의 강인함은 다 어디로 사라졌을까? 그녀의 우아하고 자신감 넘치던 모습은 어디로 갔을까? 스테인드글라스를 통해 들어오는 빛에 메디아나의 얼굴 피부에 박혀 있는 보석들이 반짝였다. 영혼 없는 몸에 이토록 다채로운 색채가 물결치는 모습은 몹시 이질적이었다.

오펠리는 어색해서 적절한 말을 찾으려 애썼다.

"내가 왜 왔는지 궁금하겠지. 네가 너무 갑작스럽게 본파미유를 떠나서… 너는 아주 많은 의문을 남겼어."

메디아나는 여전히 아무런 대꾸도 하지 않았다. 두 팔로 다리를 꼭 끌어안은 채 계속 허공을 멍하니 바라보는 모습이 마치 가고일* 석상 같았다.

"너 때문에 지금도 내가 곤란을 겪고 있다는 거 알아?" 오펠리가 중얼거렸다. "네 사촌들 때문에 요즘 사는 게 고역이야. 넌 항상 걔들이 널 싫어한다고 말했지만, 내가 네 자리를 차지한 대가를 톡톡히 치르고 있어. 정말이야."

여전히 아무 반응도 없었다.

오펠리는 벤치에 앉은 채로 몸을 돌렸다. 온실 면회실에는 두 사람밖에 없었지만 뒤통수에 누군가의 시선이 계속 느껴졌다.

"메모리알 화장실에선 대체 무슨 일이 있었던 거야?" 그래서 목소리를 낮춰 물었다. "누가 너에게 그런 짓을 한 거지?"

여전히 침묵.

"난 반드시 알아야 해." 오펠리가 끈질기게 말했다. "책에 대해 뭔가를 알아낸 거야? 혹시 E. D.의 책?" 그녀는 메디아나의 무표정한 얼굴을 마주 보며 넌지시 물었다. "『기적의 시대』?"

* 가고일은 고딕 양식 건축물에 장식된 빗물받이용 괴수 석상이다.

여전히 아무 말도 없었다. 오펠리는 숨을 들이켰다. 아직 마지막 패가 하나 남아 있었다.

"'바람을 일으키는 자, 폭풍을 거두리라.' 상퓌르가 너에게 이 메시지를 전해달래. 그 사람이 너를 이 지경으로 만든 거야?"

오펠리는 적어도 그 이름이 효과가 있길 바라며 메디아나의 반응을 한참 기다렸다. 하지만 그녀는 눈 한번 깜빡하지 않았다. 파리 한 마리가 아랫입술 위에 앉았는데도 마치 이미 시체가 되어버린 것처럼 미동도 없었다. 오펠리는 메디아나의 협박과 계략을 겪은 후로 그녀를 동정하는 일은 절대 없으리라 다짐했었다. 하지만 이런 모습을 보고 있자니 고통스러웠다.

"그냥 이렇게 살 거야?" 오펠리가 나직하게 메디아나를 나무랐다. "남은 인생을 잠옷 차림으로 벤치에 앉아서 보낼 거야? 선각자가 되고 싶었잖아. 모든 걸 알고 싶어 했잖아. 내가 알던 메디아나라면 이미 새로운 비밀을 쫓고 있었을 텐데."

"미스 욀랄리?"

면회실 반대편에서 여자아이가 문을 열고 활짝 미소를 지으며 이제 나오라는 신호를 보냈다.

"소리, 미스. 면회 시간 5분이 다 지났어요."

오펠리는 마지못해 벤치에서 일어났다. 아니, 적어도 일어나려고 했다. 메디아나의 손이 오펠리의 프록코트를 꽉 쥐었다. 그녀의 태도에는 아무런 변화도 없었다. 두 눈은 여전히 허공을 향해 부릅뜨고 있었고 몸은 경직되어 있었다. 하지만 그녀의 입술은 두 마디 말을 또렷이 내뱉었다.

"다른 존재."

"뭐?"

오펠리는 메디아나 쪽으로 몸을 기울여 마침내 눈을 마주쳤다. 그녀는 메디아나의 두 눈 속에서 공포를 보았다. 창자가 뒤틀린 만큼 강렬한 공포였다.

"다른… 다른 존재가 있어."

"어떤 다른 존재?"

메디아나는 대답 대신 오펠리의 옷자락을 놓고 다시 침묵에 빠졌다.

"미스 윌랄리!" 여자아이가 발랄한 목소리로 불렀다. "면회 끝났습니다!"

오펠리는 답을 구하러 이탈 연구소에 왔다. 하지만 답 대신 질문 하나를 더 품고 떠나게 됐다. 도대체 그 또 '다른 존재'는 무엇일까? 버드트램 정류장으로 향하는 거대한 대리석 계단을 내려가는 동안 적어도 한 가지는 분명해졌다. 메디아나와 미스 사일런스, 울프 교수에게는 정말로 공통점이 있었다. 공포였다.

정류장 전망대에는 그 아래가 낭떠러지라 특히나 바람이 매섭게 불었다. 거센 바람에 먼지 소용돌이가 일어나 거의 아무것도 보이지도, 들리지도 않았다. 이탈 연구소는 버드트램이 자주 서는 정류장이 아니었기 때문에 인내심을 가지고 기다려야 했다. 하지만 오펠리는 더는 참을성이 남아 있지 않았다. 가만히 있으면 온갖 생각이 머릿속을 헤집었다.

우리 협력은 여기까지야.

토른은 말과 손톱으로 밀어냈다. 오펠리는 눈을 따갑게 하는 먼지보다 더 메말라버린 기분이었다. 그가 그리웠다. 한순간도 그리워하지 않은 적이 없었다. 심지어 그와 함께 있을 때조차도. 오펠리는 협력자로서 자신의 자리를 지키지 못했고, 토른이 진정으로 자신에게 바란 것이 무엇인지 전혀 이해하지 못했다. 이제는 그가 자신에게 줄 수 없는 무언가를 받길 바랐다. 지금 이 순간에도 오펠리는 여전히 조사를 계속하며 바벨의 구석구석을 뒤지고 있었지만, 사실 그녀가 찾아 헤매는 것은 늘 토른이었다.

오펠리의 몸이 굳었다. 안경을 타닥타닥 두드리는 엄청난 먼지바람 사이로 승강장에 있는 누군가의 실루엣을 알아보았다. 그저 다른 승객일 수도 있었지만 왠지 자신을 뚫어져라 주시하는 듯했다. 갑자기 실루엣이 자신을 향해 똑바로 빠르게 다가왔다. 오펠리는 문득 자신이 낭떠러지 가까이에 서 있다는 사실을 실감했다. 그녀가 진실을 알고 싶어 했던 이들에게 닥쳐온 불행이 번개처럼 머릿속을 스쳤다. 메디아나의 공포와 미스 사일런스의 공포, 울프 교수의 공포가 이제 자신의 공포가 되었다.

"여기서 뭐 해?"

아는 목소리였다. 거센 바람 소리 사이로 불신 가득한 목소리를 알아챘다. 오펠리가 마주한 실루엣은 옥타비오였다. 모래바람을 피하려고 머리 위로 윗옷을 뒤집어쓴 탓에 그는 실제보다 더 커 보였다. 그는 초시각자의 능력 덕분에 시야가 좋지 않은 전망대에서도 오펠리를 알아볼 수 있었다.

"날 미행했어? 나한테 뭘 바라는 거지?" 그가 물었다.

"진정해. 메디아나를 만나러 온 거니까. 그러는 넌?"

한참 이어진 팽팽한 침묵 끝에 그가 입을 뗐다.

"어머니께 여기서 나를 봤다고 말하지 마."

옥타비오는 명령조로 말하는 것 같았지만 목소리는 적의에서 불안으로 바뀌어 있었다.

"너, 그러니까 나더러 거짓말을 하라는 거네. 정직이 시민의 의무인 바벨에서?"

오펠리가 대꾸했지만 그것은 말이라기보다는 기침에 가까웠다. 그녀는 숨을 들이쉴 때마다 먼지를 삼켰다. 그때 버드트램이 승강장 선로에 착륙했고 바퀴 긁히는 소리를 듣자 오펠리는 깜짝 놀랐다. 열차 지붕에 앉은 거대한 새들은 거센 모래 폭풍에도 굴하지 않고 의연하게 제자리를 지키고 있었다.

오펠리와 옥타비오는 버드트램 안으로 휩쓸려 들어갔다. 두 사람은 각자 승차카드를 찍고 좌석에 앉은 뒤 몇 분 동안 한마디 말도 시선도 주고받지 않은 채 옷의 먼지를 떨어냈다. 객실에 다른 승객은 단 한 명뿐이었는데 그는 터번이 발치에 떨어질 정도로 깊이 잠들어 있었다.

"거짓말은 죄지." 버드트램이 이륙하자 옥타비오가 말했다. "그래서 나는 이탈 연구소 직원에게 한 부탁을 너에게도 하려고. 만약 어머니께서 너에게 물어보신다면 진실을 말씀드려. 하지만 그런 일이 없다면, 비밀로 해줬으면 좋겠어."

오펠리는 몰래 옥타비오를 힐끔거렸다. 그가 늘 얼굴을 숨기던 긴 검은 앞머리는 엉망으로 헝클어져 있었다. 그의 얼굴에서는 더 이상 귀족다운 침착함을 찾을 수 없었다. 고집스레 창밖만 내다보는 그의 두 눈도 예전만큼 오만해 보이지 않았다. 마치 갑자기 열등한 처지에 놓인 것처럼 무릎 위로 주먹을 꼭 쥐고 앉아 있었다. 그는 굴욕감을 느꼈다.

오펠리는 늘 옥타비오가 레이디 셉티마와 판박이라고 생각했다. 그가 뤽스 귀족 중 한 명인, 어머니의 뜻을 거역할 수 있다는 사실을 알게 되자 그에게 느꼈던 반감이 조금 줄어들었다. 그렇지만 아직 그를 신뢰할 생각은 없었다.

“네가 뭔가 감추는 걸 내가 도와야 한다면 그게 뭔지는 알아야겠어. 나랑 같은 시간에 이탈 연구소에서 뭘 한 거야?”

“거기 있었던 건 나뿐이 아니었지, 너도 있었잖아.” 옥타비오가 거만한 말투로 지적했다. “난 일요일마다 여기 오거든.” (그는 더 말할지 망설이는 것처럼 입술을 깨물었다.) “여동생을 만나러 온 거야.”

오펠리는 온갖 고백을 들을 각오가 되어 있었지만, 이건 예상 밖이었다.

”여동생이 있었어?”

“이름은 스콩드*야. 걔는… 좀 달라. 항상 달랐어.”

옥타비오는 별안간 창문에서 몸을 획 돌려 어디 한번 조롱해보라며 도전하는 듯한 눈빛으로 오펠리를 쏘아보았다.

* 프랑스어로 ‘두 번째’라는 뜻.

오펠리는 그럴 마음이 전혀 없었다.

“나도 마찬가지야. 내 여동생도 남들과 좀 달라. 말은 거의 못 하지만 자기 생각을 표현할 줄은 잘 아는 아이야. 그게 뭐 부끄러운 일은 아니잖아.”

이렇게 고백하는 순간, 그녀는 자신이 윌랄리가 아니라 오펠리로서 말하고 있다는 사실을 깨달았다. 그녀의 솔직함이 적어도 옥타비오를 진정시키는 데는 도움이 되었다. 그는 무릎 위로 꼭 쥔 주먹에서 힘을 풀었다.

“아버지는?” 오펠리가 조심스레 물었다. “아버지도 동생을 못 만나게 하셔?”

“인 팩트In fact, 아버지와는 몇 년째 대화도 안 하고 있어. 스콩드가 태어나고 얼마 지나지 않아 어머니를 떠나셨지. 우리 부모님 입장에서는 결함 있는 아이를 낳은 게 폴리데우케스의 후손 전체에게 오점을 남기는 일이었어. 어머니는 스콩드의 병을 연구할 수 있는 이탈 연구소가 그 애에게 최적의 장소라고 결론 내리셨어. 동생은 나름의 방식으로 도시를 위해 봉사하는 거지.”

“너는 그게 못마땅할 테고.”

오펠리는 단순히 사실을 짚었을 뿐이었지만 마치 그의 따귀를 때린 것처럼 옥타비오에게 모욕을 주었다. 그는 다시 경계하는 눈초리로 오펠리를 뚫어지게 쳐다보았다. 눈썹에 걸린 골드 체인이 흔들렸다.

“내가 찬성하거나 반대할 문제가 아니야. 어머니는 항상 가문의 이익을 최우선으로 생각하신 거지."

오펠리는 먼지투성이가 된 제복 소매로 안경을 닦았다. '가문의 이익'의 뒤에 숨은 세력들을 옥타비오가 어느 정도까지 알고 있었을까? 그는 뛰어난 관찰력을 타고났지만 어머니와 관련된 일이라면 눈이 멀어버렸다.

"어쨌든 난 네 의견이 필요한 건 아니야." 옥타비오가 다시 몸을 꼿꼿하게 세우며 덧붙였다. "어머니께서는 스콩드와 내가 각자의 삶을 사는 게 바람직하다고 생각하셨던 거지. 내 부탁은 그저 어머니가 다이렉트로 너에게 묻지 않는 한, 내가 동생을 만나는 것에 대해 아무 말도 하지 말아달라는 것뿐이야."

"아무 말도 안 할게." 오펠리가 약속했다. "내게 물어보시더라도."

두 사람 다 입을 다물었다. 어색한 침묵 속에서 부츠의 날개가 부딪치는 소리, 먼지가 유리창에 부딪혀 타닥거리는 소리, 그리고 다른 승객이 코 고는 소리만 맴돌았다. 오펠리는 누군가 뒤에 있는 듯한 불쾌한 기분을 떨쳐낼 수 없었다. 몇 번이고 뒤를 돌아봤지만 뒷좌석에는 아무도 없었다.

"고등교육원의 수련생들은 모두 마지막 휴일을 이용해 두 배로 열심히 하던데." 옥타비오가 갑자기 말을 꺼냈다. "근데 너는 메디아나를 만나러 왔군. 둘이 그렇게 친한 사이인 줄 몰랐는데."

오펠리가 어깨를 으쓱했다.

"비르투오소 후보가 되기 위한 자격시험 같은 건 없으니까

복습이 의미가 없다고 생각해서. 헬레네 부인과 폴리데우케스 경은 전체적인 수습 과정을 바탕으로 평가하실 거잖아."

"메디아나는 이제 말도 못 한다던데. 도대체 무슨 용건이었던 거야?"

오펠리는 집요하게 자신을 바라보는 옥타비오의 시선을 느꼈다. 말을 돌리기는 어려울 것 같았다.

"누가 왜 메디아나에게 그랬는지 알아보는 중이야. 너도 네 어머니처럼 별거 아니라고 말할 것 같은걸."

"네 짐작은 틀렸어. 난 우리 모두가 위험에 빠졌다고 생각해. 어머니도 포함해서."

오펠리는 안경을 닦던 손을 멈추고, 오히려 더 더러워진 안경을 다시 코 위에 얹었다. 옥타비오의 눈썹은 휘어 올라가 있던 모양에서, 무겁게 처진 듯한 모양으로 변했다. 아주 심각한 표정이었다.

"울프 교수님 말이야," 오펠리가 입을 열었다. "협박을 받으셨다며. 그리고 나에게도 그런 일이 생길 거라고 네가 경고했었지."

"어떤 일이 벌어졌는지는 몰라. 그저 짐작이었을 뿐이지. 미스 사일런스와 메디아나의 사고 때문에 의심이 더 확고해졌고. 메모리알에 지나치게 가까이 접근하는 사람들을 누군가가 악의적으로 괴롭히며 즐기고 있어."

"상퓌르에프레스크상르프로슈일까?"

"오브 코스, 그자 말고 누구겠어? 그 골칫덩어리가 선동을 일

삼으며 우리의 가장 신성한 법을 조롱하고 있어. 수십 년 전부터 뤽스의 귀족들이 뿌리를 뽑으려고 힘써왔던 것들, 유해하고, 공격적이고, 타락한 생각들을 사람들의 머릿속에 심고 있잖아. 그자야말로 이탈 연구소에 있어야 할 인간인데."

옥타비오는 몹시 침착하게 말했지만 오펠리는 속지 않았다. 그의 눈은 객차의 측면과 구름 너머 저 멀리 어딘가에 있는 상퇴르를 쫓는 것처럼 붉게 타오르고 있었다. 그의 내면은 언제든 폭발할 준비가 된 화염 덩어리로 가득 차 있었다. 오펠리는 그가 내면의 분노를 자각하고 있는지 궁금했지만 입에서는 완전히 다른 질문이 툭 튀어나왔다.

"너 혹시 E. D.의 책 읽어봤어?"

오펠리는 곧바로 경솔한 질문을 던진 것을 후회했다. 호기심을 참지 못해 적절한 질문을 적절하지 못한 사람에게 너무 자주 하곤 했다.

"옛날 그림책?" 옥타비오가 놀라며 물었다. "어릴 때 대충 훑어본 적은 있어. 메모리알에 작가의 전집이 있을걸."

옥타비오의 반응으로 보건대 그가 연기력이 뛰어난 배우거나, 아니면 미스 사일런스가 그 책들을 어떻게 처분했는지 모르거나 둘 중 하나였다.

"『기적의 시대』는 어땠어?"

"그 시리즈에서 제일 잘 쓴 작품은 아니었어. 신세계의 탄생에 관한 내용인데. E. D.는 독창성이 부족하더라고. 그 책은 왜? 그 책들을 감정하라고 너에게 부탁한 사람이 설마 앙리 경은 아니겠지?"

옥타비오가 토른을 언급하자 오펠리는 갑자기 갈비뼈가 으스러지는 듯한 고통이 느껴졌다. 그녀는 고통을 잊기 위해 버드트램이 삐걱거리는 소리에 집중했다.

"우리가 울프 교수님을 만나러 가면 어떨까?" 오펠리가 갑작스럽게 제안했다. "상퇴르가 정말로 교수님을 위협했는지 물어보자."

"너랑 나랑?"

옥타비오는 사뭇 당황한 눈치였다. 오펠리도 당황스럽긴 마찬가지였다. 지금까지 그녀는 뤽스 귀족의 아들과 손잡으리라는 생각은 결코 해본 적이 없었다. 하지만 곰곰이 따져보니 그렇게 터무니없는 생각은 아니었다. 옥타비오는 그녀보다 더 영향력이 있었다. 그녀에게 닫혀 있던 문들을 어쩌면 그가 열어줄지도 몰랐다. 첫 번째는 울프 교수일 터였다.

"응, 너랑 나랑."

붉은색

오펠리와 옥타비오는 공용 곤돌라로 갈아타기 위해 다음 역에서 내렸다. 곤돌라를 모는 제피로스인은 능숙하게 바람을 다루어 구름바다를 무리 없이 지나갔지만, 오펠리는 땅 위에 두 발을 딛고 나서야 비로소 마음이 놓였다. 울프 교수의 동네는 도로 포장이 전혀 되어 있지 않았다. 바람과 모래가 심하게 뒤섞여 마치 뜨거운 연기처럼 피어 올랐다. 중천에 뜬 해도 뿌연 공기 때문에 창백한 달처럼 보일 뿐이었다. 숨이 턱턱 막혀 길거리에는 사람도, 도도새도 보이지 않았다.

오펠리는 먼지를 들이켜지 않으려고 소매로 코를 막은 채 건물의 안뜰을 가로질렀다. 안경은 화산재처럼 보이는 먼지로 덮여 시야를 거의 가렸고, 그녀는 가까스로 벽을 구분할 수 있었다. 건물의 외벽은 식물로 뒤덮여 있었다. 처음 방문했을 때와 달리, 1층 현관의 쇠고리는 그녀가 다가가도 작동하지 않았다. 그토록 예민한 문에서 이런 반응이 나오다니 예상 밖이었다.

오펠리는 옥타비오에게 문구멍 앞에 잘 보이게 바로 서라고 손짓하며 조심스럽게 문을 세 번 두드렸다.

"울프 교수님?"

그 앞에 다시 서는 게 떳떳하지 않았다.

아니마 출신인 울프 교수는 성미가 매우 고약하긴 했지만 오펠리에게 읽기용 장갑을 구해준 사람이었다. 그리고 오펠리는 그의 쓰레기를 뒤지는 걸로 은혜를 갚았다.

그러니까 문이 열리지 않은 건 당연한 결과였다.

"울프 교수님?" 한 번 더 불렀다. "교수님께 드릴 말씀이 있어요. 매우 중요한 일이에요."

오펠리는 문에 귀를 대보았다. 집 안에서는 아무 소리도 들리지 않았다.

"집주인이 그러는데 교수님은 밖에 아예 안 나가신대. 네 운을 시험해보자. 어쩌면 네 말은 들으실지도 몰라." 그녀가 말했다.

옥타비오는 오펠리의 말대로 하지 않았다. 그는 몇 걸음 물러섰다. 먼지를 뒤집어써 붉게 보이는 머리카락과 프록코트의 늘어진 옷자락이 바람에 펄럭였다. 옥타비오는 극도로 집중해서 건물의 외벽을 살폈다. 눈동자의 붉은빛이 한층 진해졌다.

"소용없어." 마침내 옥타비오가 말했다. "집에 안 계시네."

"벽 너머도 볼 수 있어?"

"내 시각을 조정하면 온혈 생명체의 열기를 감지할 수 있거든. 이 집 안에는 아무도 없어."

"헛걸음했네." 오펠리가 한숨을 쉬었다.

옥타비오는 제자리에서 천천히 돌아서서 이번에는 먼지구름을 유심히 살펴보고는 눈썹을 찌푸렸다.

"그리고 포위당했어." 그가 중얼거렸다.

오펠리가 직접 눈으로 알아차리기까지는 시간이 걸렸다. 안뜰 사방에서 하얀 실루엣들이 몰려오고 있었다. 총을 든 사람들이었다.

"금기 물품이라니," 옥타비오가 경멸하는 투로 말했다. "무능력자들도 많이 타락했군."

그 말에 짐승처럼 요란하게 웃는 소리가 터져 나왔다. 그 웃음소리는 낡은 건물 벽면을 따라 메아리쳤고, 마치 사방에서 동시에 울려 퍼지는 듯했다. 오펠리는 머리끝부터 발끝까지 몸을 움츠렸다. 그녀가 아는 한 저렇게 강력한 성대를 지닌 사람은 한 명뿐이었다. 붉은 먼지 폭풍 속에서 상퇴르의 형체가 나타나 두 사람을 향해 천천히 걸어왔다. 그는 무장을 하지 않았다. 그럴 필요가 없었다. 거대한 검치호가 그를 호위하고 있었다.

"어떻게 귀족의 자식을 알아보냐고?" 상퇴르가 자기 무리에게 말하듯 소리쳤다. "리얼-리 쉬운 일이지! 자기 땅인 양 거침없이 활보하고, 번쩍번쩍한 부츠 소리로 존재감을 뽐내고, 그러면서도 꼭 잘난 척은 빼놓지 않지!"

상퇴르의 목소리는 폭풍을 잠재울 만큼 웅장했다. 그가 바로 앞을 막아서도 옥타비오는 전혀 동요하지 않았다. 그는 여러 개의 총구가 자신을 겨누고 있음에도, 허리를 꼿꼿이 펴고 턱은 치켜든 채로 눈도 한번 깜박이지 않고 상퇴르를 마주하고 있었다.

"그러니까 당신이 스스로를 상퇴르에프레스크상르프로슈라고 부르는 사람인가? 실망이군. 종종 라디오에서 당신이 허풍 떠는 걸 들었을 땐 좀 더 대단한 사람일 줄 알았는데."

상퇴르는 잠깐 치아를 드러내며 포식자 같은 미소를 지었다. 그는 머리가 벗어진 병약한 남자처럼 보였지만 내면에는 맹수가 도사리고 있었다. 그리고 그 짐승은 그의 옆에서 낮게 으르렁거리는 진짜 야수만큼이나 위협적이었다.

오펠리의 눈이 사방으로 바쁘게 움직였다. 건물 안뜰은 막다른 곳이었다. 말 그대로 사면초가였다. 휘몰아치는 모래바람 사이로 무장한 사람들의 그림자가 간간이 보였다. 오펠리는 몇 명이나 되는지 세어보았다. 넷, 여섯, 여덟… 적어도 열 명은 넘었다. 거기에 거대한 호랑이 한 마리까지. 그녀는 고개를 들어 올리며 주변의 벽을 둘러보았다. 덧문들이 드문드문 보였지만 모두 닫혀 있었다. 틀림없이 덧문에 얼굴을 대고 틈새로 지켜보는 사람이 있을 터였다. 하지만 그 누구도, 심지어 집주인마저도 나서려 하지 않는 듯했다.

오펠리는 옥타비오를 여기까지 데려 온 것을 후회하기 시작했다. 토른이 옳았다. 그녀는 정말로 재앙을 부르는 초자연적인 소질이 있을지도 몰랐다.

"뭘 원하는 거죠?" 오펠리가 물었다.

상퇴르는 마치 오펠리가 존재하지 않는 것처럼 그녀를 거들떠보지도 않았다. 그의 관심은 온통 옥타비오에게 쏠려 있었다.

"그건 내가 묻고 싶은 말이다. 네 녀석이야말로 나와 리얼—리 대화를 나누고 싶어 하는 것 같은데." 그가 비꼬듯 입술을 삐죽이며 덧붙였다. "물론 유해하고, 공격적이고, 타락한 나의 사상에 물들까봐 겁먹은 건 아니겠지?

옥타비오의 눈빛이 더욱더 불타올랐다.

"내가 했던 말 그대로군. 혹시 우리를 도청한 건가?"

"내가 하나 알려주지, 보이. 나처럼 해적 방송에 잔뼈가 굵은 사람들은 이런저런 습관들이 있어. 나는 여기저기에 내 마이크를 뿌려두지. 선각자라는 너희들, 리얼-리 웃겨! 뭐든 다 아는 척하지만, 사실 쥐뿔도 모르지. 검열관들이 너희 머릿속을 쪽쪽 빨아먹고 있잖아!"

상퇴르는 옥타비오 코앞까지 바짝 다가서서 마지막 말을 얼굴에 대고 내뱉었다. 그는 옥타비오가 자신을 혐오하는 걸 즐기고 있었다.

"당신이 울프 교수님과 미스 사일런스, 수습생 메디아나의 목숨을 위협했나?"

오펠리는 옥타비오를 보며 감탄과 짜증이 뒤섞인 감정을 느꼈다. 그는 마치 자신이 규칙을 정하는 사람인 것처럼 거침없이 오만한 어조로 질문을 던졌다. 상퇴르가 레이디 셉티마의 아들이라는 증표인 골드 체인을 손가락으로 건드렸을 때도 물러서지 않았다.

"이미 룩스가 된 것처럼 구는군. 하지만 넌 아직 남자도 아니란다. 누군가의 얼굴에 주먹을 날려본 적도 없다면, 넌 절대 남자가 될 수 없지. 네 고상한 어머니가 그런 것도 가르쳐주지 않왔니? 그런 행동은 너무 유해하고, 공격적이고, 타락한 짓이라고 생각하나? 한번 솔직해져봐. 지금 당장이라도 리얼-리 한 대 치고 싶잖아!"

상푀르의 목소리는 너무나도 강한 진동을 퍼뜨려서 오펠리는 배 속까지 그 울림을 느꼈다. 공공장소 한복판에서 이렇게 폴리데우케스의 후손을 모욕하다니. 그는 정말 그 누구도 두려워하지 않는 사람임이 분명했다.

옥타비오는 프록코트에서 손수건을 꺼내 얼굴에 튄 침을 닦았다.

"그런 도발에 내가 넘어가는 일은 없을 거야. 당신과 당신의 무리는 법에 순순히 따르고 앞으로는 '선량한 시민'답게 처신하라고."

상푀르는 화약통이 폭발하는 것 같은 큰 소리로 폭소를 터뜨렸다. 그러나 잠시 후 그는 순식간에 진지한 표정으로 돌아왔다. 부하들에게 총을 내리라는 신호를 보내고는 재빠른 동작으로 옥타비오의 얼굴에 걸려 있는 골드 체인을 홱 잡아 뜯었다. 오펠리는 피가 튀는 걸 보고 메스꺼움을 느꼈다.

"패기 하나는 리얼-리 끝내주는군." 상푀르가 역겹게 이죽거리며 으르렁거렸다. "네가 그 잘난 제복을 차려입고 여기서 으스대면서 사람들에게 얼마나 모욕감을 주는지 알고는 있나? 네 미래는 이미 다 정해져 있지. 하지만 이들은 아예 미래 자체가 없어. 왜냐고? 바로 너처럼 귀하게 자라신 도련님들이 도시를 지배하게 되니까. 그리고 그놈들이 '선량한 시민들' 대신 기계에게 일자리를 주기 때문이지."

옥타비오는 오펠리가 다급하게 내민 손을 뿌리쳤다. 그는 고통에 비명을 지르지 않기 위해 이를 악문 채 다시 꼿꼿이 몸을 일으켜 세웠다. 눈썹 주위 살점이 떨어졌고 콧구멍은 두 쪽으로 찢어졌다. 그가 흘린 피는 땅바닥의 먼지와 뒤섞였다. 하지만 붉게 타오르는 그의 눈동자에 비하면 아무것도 아니었다.

"난 알 수 있어." 상푀르가 손가락으로 골드 체인을 빙글빙글 돌리며 옥타비오를 자극했다. "네가 그토록 경멸하는 폭력이 네 안에서 으르렁대고 있군. 아무리 예의 바른 모습으로 포장해도 폭력은 언제나 네 속에 존재할 거야. 넌 결국 나와 같아. 한 마리 맹수."

옥타비오는 조금 전 침을 닦았을 때와 같은 손동작으로, 여전히 우월감을 잃지 않은 태도로 피투성이가 된 얼굴을 닦아냈다.

"나를 당신 같은 부류로 생각하지 마."

"그만해." 오펠리가 속삭였다. "가자."

상푀르는 말없이 오펠리를 훑어보았다. 그리고 이어진 짧은 침묵 속에는 바람의 울부짖음, 먼지가 타닥거리는 소리, 호랑이가 그르렁거리는 소리만 맴돌았다.

"좋아." 마침내 그가 결단을 내렸다. "너희를 보내주지. 단 조건이 하나 있어."

상푀르가 번개처럼 빠르게 손을 뻗었다. 그는 오펠리의 머리채를 움켜쥐고 무릎을 꿇렸다. 그녀는 두피가 뜯기는 듯한 고통이었다.

"제복을 벗어라, 어린 양아."

오펠리의 시야가 흐릿해졌다. 안경이 얼굴에 비스듬히 걸쳐 있었다. 일어서고 싶었지만 상퐈르 때문에 계속 무릎을 꿇고 있어야 했다. 그는 왜소한 체구와는 다르게 놀라울 정도의 힘으로 오펠리의 머리채를 잡아당겼다.

"제복을 벗어라." 상퐈르가 다시 한번 말했다. "코트, 셔츠, 바지, 부츠까지, 에브리싱! 얌전히 굴면 읽기용 장갑은 남겨주지."

오펠리는 유난히 수줍음을 타는 성격은 아니었다. 본파미유의 탈의실에서 옷을 입고 벗는 게 일상이었다. 그렇지만 이런 자세로, 이 많은 남자들 앞에서 억지로 옷을 벗어야 한다는 생각만으로도 속이 울렁거렸다. 옥타비오마저 말을 잃었을 정도였다.

"제복을 벗어!" 상퐈르가 오펠리의 머리채를 잡고 흔들며 고함쳤다. "그러지 않으면 내 부하들에게 벗기라고 하겠다."

오펠리의 시야가 뿌예졌다. 이제는 근시 때문만은 아니었다. 왜 할퀴기 공격은 고통을 주는 이 손을 밀어내지 못할까? 왜 꼭 필요할 때 제대로 기능하지 않는 걸까? 질문에 대한 답이 복부를 강타하듯 떠올랐다. 겁에 질려 있었기 때문이었다. 손톱은 신경계와 연결되어 있었다. 분노는 손톱에 힘을 실어주고 두려움은 손톱을 마비시킨다.

상퐈르는 정확히 꿰뚫어 보았다. 자신은 그저 어린 양에 불과했다. 폴에서 겪은 시련들은 자기를 단단하게 만들기는커녕 더 약하게 만들었다.

오펠리는 남은 자존심을 지키며 안경을 고쳐 쓰고서 프록코트의 단추를 풀기 시작했다. 선천적으로 서툴러서 이런 일상적인 동작에도 늘 큰 인내심이 필요했다. 손이 떨려서 더 힘들었다. 오펠리는 단추 하나하나와 씨름해야 했다. 상푀르가 눈치채지 못하기를 바랄 뿐이었다. 그에게 작은 만족감도 안겨주고 싶지 않았기 때문이었다.

셔츠가 바닥에 떨어지고 가벼운 속옷만 남자 맨팔 위로 바람이 날카롭게 스쳐 갔다.

"바지도."

오펠리는 상푀르의 명령이 척추를 따라 진동하자 속이 뒤집어졌고, 구역질을 애써 참았다. 그의 목소리는 머리채를 잡은 손아귀보다 더 큰 고통을 주었다. 벨트 버클을 푸는 손가락이 허둥거리자 상푀르가 짜증 섞인 한숨을 내뱉었고 오펠리는 순간 휘청거렸다.

"이 쇼가 기다릴 만한 가치가 있길 리얼-리 바랐…."

상푀르는 말을 끝맺지 못했다. 옥타비오가 그의 턱을 정통으로 가격했기 때문이었다. 손가락과 이가 동시에 모조리 부서지는 것처럼 우두둑하는 소리가 크게 났다. 그 강력한 한 방에 두 사람 다 바닥에 나가떨어졌다. 옥타비오는 눈 깜짝할 새 상푀르를 제압해 몸 위에 올라탔고, 그의 얼굴을 연거푸 주먹으로 내리쳤다. 옥타비오의 얼굴은 검은 머리칼에 완전히 파묻혀 보이지 않았다. 그의 몸은 날것의 분노 그 자체였고, 주위의 거센 자연처럼 거칠게 요동쳤다.

옥타비오가 강하게 주먹을 날릴수록 상퀴르는 더 크게 웃음을 터뜨렸다.

"훌륭하군, 보이! 계속해! 네 안의 야수를 풀어봐!"

오펠리는 황급히 일어섰지만 끼어들 새가 없었다. 이제껏 동상처럼 가만히 있던 검치호가 용수철처럼 몸을 쭉 뻗어 거대한 앞발로 옥타비오를 먼지 구름 속으로 날려버렸다. 오펠리는 옥타비오에게 달려갔다. 그는 몸을 웅크린 채 땅바닥에 엎드려 있었다. 먼지와 피가 엉겨 얼굴을 붉게 뒤덮었다. 눈 속에서 타오르던 불길은 꺼졌다. 심각한 상처는 없어 보였지만 강한 일격에 정신을 잃은 듯했다.

상퀴르의 목소리가 거센 바람을 뚫고 울려 퍼졌다.

"녀석이 리얼—리 해냈군! 하하하! 금지된 선을 넘었다!"

오펠리는 서둘러 자신과 옥타비오의 부츠에 달린 날개를 떼 주머니에 넣었다. 적대감을 드러낸 이상 이제 두 사람은 도망쳐야 했다. 적들은 모래 폭풍 속 어딘가에 자신들을 덮칠 태세로 숨어 있었다. 날개가 부딪치는 작은 소리 하나로도 자신들을 찾아낼 수 있었다.

오펠리가 옥타비오의 팔을 급히 자신의 어깨에 두르는 순간, 총성이 울렸다. 폭음은 연기로 자욱한 안뜰을 가로질러 메아리쳤고, 건물 외벽에 부딪치며 되튕겼다. 오펠리는 총에 맞지 않았다고 생각했지만 심장이 너무 빠르게 뛰어서 확신할 수 없었다.

"누가 쐈어? 명령을 기다리라고 했잖아!" 상퀴르가 고함쳤다.

상퓌르의 얼굴에서 웃음기가 싹 사라졌다. 그의 부하들은 저마다 쏘지 않았다고 우기며 웅성거렸다. 오펠리는 사태가 정확히 파악되지 않았지만, 이 틈을 타 도망가야겠다고 결심했다. 앞이 제대로 보이지 않았지만 옥타비오를 데리고 나아갔다. 그는 여전히 정신을 차리지 못해서 똑바로 걸을 수 없었다. 오펠리도 세 걸음 앞까지만 겨우 분간할 수 있었다. 어디로 가야 할지 갈피를 잡지 못했다. 숨을 쉴 때마다 모래를 삼켰다.

그때 끔찍한 괴성에 몸이 그대로 굳어버렸다. 평생 들어본 적 없는, 섬뜩하고 강렬한 공포의 절규였다.

상퓌르의 목소리였다.

그 목소리는 폭발하듯 공기를 갈라 바람과 모래 먼지를 집어삼켰다. 오펠리와 옥타비오는 귀를 틀어막았다. 안뜰 전체가 그 자체로 끝도 없이 긴 괴성이 되어버렸다.

그러다 목소리가 갑자기 그쳤다.

옥타비오는 오펠리에게 안개처럼 자욱한 먼지 속에서 솟아오르는 거대한 형체를 가리켰다. 검치호가 두 사람 눈앞에 있었다. 호랑이는 바닥에 납작 엎드려 귀를 한껏 젖히고 털을 세우고 있었다. 동그란 두 눈동자는 자동차 헤드라이트처럼 커져 있었다.

겁먹은 기색이 역력했다.

오펠리는 바닥에 늘어진 몸뚱이에 걸려 휘청거렸다. 심장이 몇 번 쿵쾅거리고 나서야 발치에 있는 사람이 상퓌르라는 것을 알아차렸다. 그의 피부는 고대 비극 속 가면처럼 일그러져 있었다. 입은 소리 없는 비명을 지르고 있었다. 툭 튀어나온 눈은 초점 없이 허공을 응시하고 있었다.

"죽었어." 옥타비오가 속삭였다.

"살해당한 거지." 등 뒤에서 어떤 목소리가 정정했다.

먼지 폭풍 속에서 울프 교수가 유령처럼 나타났다. 머리끝부터 발끝까지 검은 옷을 입고 있었는데, 목 보호대 때문에 시체처럼 뻣뻣해 보였고 염소수염처럼 긴 콧수염에서는 심한 탄내가 났다. 구식 화승총을 어깨에 메고 있었는데 총열이 터진 듯했다. 그 총에서 총성이 난 것이 분명했다.

울프 교수는 바닥에서 주운 오펠리의 프록코트를 그녀에게 내밀었다.

"거기 두 사람, 나를 따라오도록." 그가 이를 악문 채 명령했다. "이번 일을 저지른 자가 아직 근처에 있을지도 몰라. 내 말 똑똑히 들어. 그 자와 마주치지 않는 게 좋을 거야."

연대 측정

울프 교수는 짙은 모래 먼지를 헤치고 그들을 이끌었다. 교수가 보이지 않을 때면 오펠리는 그의 구둣발 소리를 따라갔다. 믿을 건 귀밖에 없었다. 거센 바람 속에서 이제 아무런 소리도, 절규도 들리지 않았다. 상퐈르의 부하들은 어떻게 되었을까? 도망쳤을까? 죽었을까?

그리고 암살자는? 그는 여전히 여기, 이 안뜰 어딘가에 있을까?

오펠리는 기침을 틀어막으려 소매를 물었다. 먼지 때문에 숨이 막혔고, 앞이 보이지 않았고, 귀까지 먹먹해졌다.

그녀는 앞에서 갑자기 멈춰 선 옥타비오와 부딪쳤다. 교수는 한 건물의 벽까지 그들을 이끌었다.

"올라가." 그가 중얼거렸다. "빨리."

지붕으로 이어진 비상 사다리가 보였다. 오펠리는 이끼를 밟아 미끄러지고 돌풍에 균형을 잃기도 했지만 사다리의 디딤대를 하나씩 올랐다. 높이 올라갈수록 먼지가 옅어졌다. 사다리의 마지막 디딤대까지 도달하자 숨이 턱 끝까지 차올랐지만, 오히려 숨 쉬기는 더 편해졌다. 오펠리는 뒤따라 올라오는 옥타비오를 도왔다. 그의 눈썹과 코에서 흘러나온 피가 끈끈한 시럽처럼 얼굴 절반을 뒤덮고 있었다.

지붕 위는 거대한 라벤더 정원이었고, 라벤더는 마치 바다처럼 바람에 일렁이며 파도쳤다. 울프 교수는 신중하게 라벤더 파도를 헤치고 나아갔다. 교수의 검은 옷, 검은 머리, 검은 수염은 주변의 색채 위에 먹물처럼 얼룩을 남겼다. 그는 목 보호대 때문에 고개를 돌리지 못해서 발꿈치를 축으로 몸 전체를 돌려 오펠리와 옥타비오에게 서두르라고 신호를 보내는 동시에 쫓아오는 자가 없는지 확인했다.

지붕들은 돌로 된 아치형 통로로 이어져 있었다. 그곳에는 로즈마리와 월계수, 레몬 나무와 더불어 쐐기풀과 넝쿨식물이 여기저기 자라고 있었다. 이 동네는 땅에서 올려다볼 때는 먼지로 뒤덮인 세상 같았지만 위에서 내려다보니 미로 같은 정글로 변모했다.

교수는 계단을 올라 높지막한 오래된 온실로 향했다. 문이 심하게 녹슬어서 어깨로 밀어 겨우 열었고, 그는 아니마식 저주를 한참이나 중얼거리며 온실로 들어선 뒤 문을 닫고 화승총으로 입구를 막았다. 온실은 잡초가 무성하고 파리가 들끓었다. 유리가 빠진 창틀은 색색의 헝겊들로 막아져 있었다. 창틀 틈새로 바람이 휘파람 소리를 내며 불어왔지만 바깥에서 겪은 소란에 비하면 그 소리는 오히려 고요하게 느껴졌다.

오펠리는 마른 수조 모서리에 털썩 주저앉았다. 여전히 통증이 느껴지는 두피를 문질러대서 곱슬머리가 한층 더 부풀어 있었다.

"무슨 일인지 말해주실…"

"조용히 해, 집중하고 있잖아." 울프 교수가 말을 잘랐다.

그는 망원경에 눈을 딱 붙이고 온실 아래로 내려다보이는 건물 안뜰을 관찰하고 있었다. 오펠리는 더러운 유리창으로 아래를 내다보았지만 보이는 것이라고는 붉은 소용돌이들뿐이었다. 소용돌이는 커지고, 물결치고, 사라졌다가 다시 나타나 끝도 없이 빙빙 돌며 춤추고 있었다. 불과 몇 분 전까지만 해도 그 아래에 갇혀 있었다는 사실을 좀처럼 믿을 수가 없었다.

오펠리는 수조의 물을 틀어 안경을 씻었다. 주변을 둘러보니 식물들 사이에 낡은 무기들이 쌓여 있었고, 간이침대, 통조림, 식기, 책 들이 여기저기 놓여 있었다.

교수가 버려진 온실을 벙커로 만든 모양이었다.

오펠리는 옥타비오의 침묵이 신경 쓰였다. 그는 한쪽 구석의 양치식물 더미 사이에 양팔로 무릎을 끌어안은 채 웅크리고 있었다. 양손으로 무릎을 꽉 쥐고, 주먹질 때문에 부은 손가락의 떨림을 가라앉히려 애쓰고 있었다. 앞머리가 커튼처럼 얼굴을 가렸다.

오펠리는 물을 받을 그릇을 찾기 시작했다. 울프 교수의 집에서 그랬듯이 여기서도 물건들은 바위틈으로 숨는 게처럼 낯을 가렸다. 그녀는 선인장 뒤로 숨으려던 양철 그릇을 겨우 붙잡았다. 그릇에 물을 가득 채우고 단단히 붙들었다. 그리고 손수건을 물에 적셔 옥타비오의 피를 닦았다. 그는 아무런 저항 없이 오펠리의 손길을 받아들였다. 하지만 눈을 옆으로 돌려 그녀의 시선을 애써 피했다.

옥타비오의 자존심은 골드 체인과 함께 모조리 뜯긴 듯했다.

"고마워," 오펠리가 속삭였다. "네가 나를 위해 한 일은 잊지 않을게."

옥타비오는 입을 일그러트리며 씁쓸한 표정을 지었다.

"넌 내가 영웅처럼 보일지 몰라도 전혀 아니야. 그 인간이 내 앞에 선 순간부터 때리고 싶었어. 리얼리 그랬어. 심지어 죽었는데도 여전히 때리고 싶어. 그 인간이 나보다 나를 더 잘 꿰뚫어 봤거든. 어머니가 내가 한 일을 알게 된다면…." 그는 곧바로 자기 혐오가 가득한 얼굴로 말했다. "아니, 알게 될 거야. 내가 직접 말할 테니까."

오펠리는 여전히 손아귀에서 벗어나려는, 피로 물든 양철 그릇을 바라보았다. 엄마에게 평가를 받지 않으려고 자신은 얼마나 많은 비밀과 생각을 감추었던가? 그녀는 주머니에 넣어두었던 날개를 꺼내 옥타비오에게 돌려주었다.

"아니, 넌 좋은 사람이야." 오펠리가 말했다.

울프 교수는 갑자기 창가에서 몸을 돌렸고 망원경은 자동으로 접히며 딸깍 소리를 냈다.

"가문 경비대가 왔어. 분명 누군가 찔렀겠지. 아마 이번 사건도 언제나 그랬던 것처럼 불행한 사고로 종결지을 거야. 어쨌든 우리의 아름다운 도시에 범죄란 존재하지 않으니까."

옥타비오는 불편한 심기를 드러내며 양치식물 더미 위로 눈을 치켜떴다. 눈살을 찌푸린 탓에 금세 찢어진 피부에서 다시 피가 배어났다.

"교수님께서는 방금 거의 반체제적인 발언을 하셨습니다. 하지만 수습생 윌랄리와 저와 함께 가서 증언해주신다면 저는 교수님을 고발하지 않겠습니다. 저희는 일어난 사건을 그대로 보고해야 합니다."

사실 오펠리는 그다지 내키지 않았다. 증언을 하게 된다면 신원 검증이 필요하고, 피하고 싶은 수많은 질문을 받을 터였다.

문제는 간단히 해결되었다. 울프 교수가 모아둔 무기 더미에서 소총을 집어 들어 두 사람을 겨눴기 때문이다.

"너희들은 아무 데도 못 가." 그가 이를 악물고 말했다.

교수의 무기는 아까 그의 손에서 터졌던 구식 산탄총만큼 오래된 것이었지만 정작 그는 개의치 않는 것처럼 보였다. 그을린 염소수염 때문에 그는 더 무시무시하게 보였다.

"내 집 앞에서 무슨 일을 꾸미고 있었지? 누가 보내서 온 거야?"

옥타비오의 안색은 구릿빛에서 잿빛으로 변했다. 상푀르 앞에서는 물러서지 않았던 그였다. 그때까지만 해도 그에게 폭력은 추상적인 개념이었기 때문이다. 하지만 지금은 몸으로 폭력을 경험한 후였다.

한편 오펠리는 교수의 소총을 바라보지 않았다. 그녀에게는 그의 두 눈 깊이 숨겨진 공포만 보일 뿐이었다. 자신이 아까 안뜰에서 느꼈던 두려움보다 더 강한 공포였다.

"저희가 원해서, 자발적으로 온 거예요." 오펠리가 대답했다. "교수님의 도움이 필요했습니다. 그리고 저는 개인적으로 교수님께 용서받아야 할 일도 있고요." 그녀는 숨을 한 번 들이쉬고 덧붙였다. "교수님 방에서 읽는 사람의 윤리를 어겼거든요. 교수님께서 저를 적으로 여기실 수 있어요. 하지만 저는 교수님을 적으로 생각하지 않아요."

울프 교수의 입술이 미세하게 떨렸다. 그는 소총을 완전히 내려놓지는 않았지만 총구가 조금 내려갔다.

"왜 내 도움이 필요하지?"

"지금 무슨 일이 벌어지고 있는지 아시는 유일한 사람이니까요. 아니, 적어도 그 일에 대해 말씀하실 수 있는 분이니까요," 오펠리가 메디아나를 떠올리며 설명했다. "미스 사일런스와 상퀴르를 죽인 자, 교수님은 그를 만나셨잖아요. 그렇지 않나요?"

총알처럼 날카로운 교수의 시선이 오펠리에게서 옥타비오로 옮겨 갔다.

"너희 둘… 지금 누구를 상대하는지 전혀 모르는군. 충고 하나 하지. 쓸데없이 나서지 마. 나도 그랬다가 곤욕만 치렀으니까. 모르면 모를수록 안전할 거다."

이제껏 구석에 웅크리고 있던 옥타비오가 천천히 일어나 제복을 털고 어깨를 곧게 폈다.

"저희는 선각자 수습생입니다. 어떻게 할지를 알고 또 알리는 것이 저희의 의무입니다."

울프 교수는 여전히 소총을 움켜쥔 채 비웃었다. 하지만 그의 태도에서 점점 적대감이 누그러지고 있었다. 힘이 잔뜩 들어갔던 얼굴과 팔의 근육들이 막중한 부담감에 서서히 굴복하며 풀어지고 있었다.

오펠리는 이제 그의 짐을 나누어 질 때가 되었다고 생각했다.

"E. D.의 책을 읽어보셨나요?"

그녀는 옥타비오의 불타오르는 시선을 느낄 수 있었다. 그는 왜 같은 질문을 두 번이나 하는지 의아해했다.

울프 교수는 오펠리가 자신의 숨통을 막 끊어놓기라도 한 듯 한 손을 목 보호대쪽으로 가져갔다.

"네가 어떻게… 너 뭘 알고 있는 거냐?"

"아는 게 거의 없다고도, 너무 많다고도 할 수 있어요. 제가 두려워해야 한다면 적어도 그 이유는 알고 싶어요. 진실을 알아야겠어요. 교수님의 진실을요." 오펠리는 차분히 말을 맺었다.

끝없는 망설임 끝에 울프 교수는 간이침대에 털썩 주저앉으며 소총을 내려놓았다. 그는 갑자기 극도로 지쳐 보였다.

"내 진실이라." 그는 여전히 목 보호대를 매만지며 낮게 중얼거렸다. "내가 겁쟁이라는 사실 말인가. 앉아, 대화가 길어질 것 같으니."

그가 말을 내뱉자마자 야외용 의자 두 개가 덤불에서 튀어나와 오펠리와 옥타비오의 발치에 다가왔다. 의자들이 너무 겁이 많아서 오펠리는 그것들이 뒤로 물러나지 않도록 온몸의 체중을 실어 앉아야 했다. 비로소 모든 퍼즐 조각이 맞춰지는 순간을 지켜보게 될 터였다.

울프 교수는 검은색 읽기용 장갑을 바라보며 길게 한숨을 내쉬었다.

"나는 옛 세계 전쟁 전문가야. 그 단어가 금기어 목록에 오르기 전부터 이미 그랬지." 그는 옥타비오의 찡그린 표정을 보고 짜증 가득한 목소리로 덧붙였다. "너희들처럼 언젠가 비르투오소가 될 정도까지는 아니었지만 물건의 연대를 추정하는 일에서는 손꼽히는 전문가였어. 과거에 군사학교였다는 점에서 메모리알은 항상 내게 매혹적인 장소였지. 한때 나는 스크레타리움에 들어가 소장품을 원본 그대로 읽을 수도 있었어. 하지만 새 법령이 나올 때마다 내 전공 학문이 점점 사장되어가는 걸 지켜봐야 했지. 뤽스 귀족들은 하루아침에 내게서 스크레타리움 접근 권한을 박탈했어. 무기, 훈장, 증언, 서신." 교수는 손가락을 하나씩 펴며 나열했다. "전쟁과 관련된 모든 소장품들이 쓰레기처럼 메모리알에서 치워졌어. 그리고 다음은 책이었지. 첩보소설과 범죄 추리소설, 무협 소설이 서가에서 몽땅 사라졌어. 말 그대로 숙청이었지!"

울프 교수는 그 일들이 두 수습생 탓에 벌어지기라도 한 것처럼 오펠리와 옥타비오를 무섭게 쏘아보았다.

교수에게 말할 수는 없었지만 오펠리는 그의 심정을 이해했다. 자신 역시 관리하던 박물관이 정리될 때 신체 일부가 잘려나가는 듯한 기분이었기 때문이었다.

옥타비오는 아무 말도 하지 않았다. 야외용 의자에 앉자마자 그는 팔짱을 끼고 다리를 꼰 채 방어적인 태도로 일관했다.

“지금의 메모리알은 내가 학창 시절에 드나들던 곳과는 비교조차 할 수 없어.” 울프 교수는 말을 이었다. “메모리알에서 연구 자료를 구하기가 점점 더 어려워졌지. 다큐멘터리, 기록물, 역사 문헌이 점점 빈약해지는 것을 무력하게 지켜볼 수밖에 없었어. 그리고 그보다 더 끔찍한 건 그 빌어먹을 초청각자… 미스 사일런스… 그 여자의 귀가 항상 나를 따라다닌 것이었어. 책장을 넘기는 소리라도 나면 바로 내가 읽던 책을 검열부로 보냈지. 미스 사일런스는 내가 메모리알에서 하는 아주 사소한 행동까지도 빠짐없이 지켜봤어. 시체 위를 나는 독수리를 감시하듯이. 그 여자로서는 나 같은 전문가가 어떤 책에 관심을 두면 그 자체만으로도 그 책이 위험하다고 생각한 거야. 나는 미스 사일런스에게 들키지 않으려고 갖은 애를 썼어. 소리가 나지 않게 발끝으로 살금살금 걸어 다녔지. 그래서 분통을 삭이며 아동서가에까지 발을 들이게 된 거야.”

유독 강력한 돌풍이 온실의 유리창 하나를 흔들었다. 그 정도 자극에도 울프 교수는 어깨에 소총을 메며 벌떡 일어났다. 숱이 빽빽한 검은 눈썹 아래로 크게 뜬 눈 때문에 그는 약간 미친 사람처럼 보였다.

오펠리도 계속 주변의 풀 더미를 살펴보지 않을 수 없었다. 교수의 편집증에 감염되기라도 했는지 누군가 지켜보고 있다는 느낌을 떨칠 수 없었다.

별일 아니라는 걸 깨달은 울프 교수는 털썩 자리에 주저앉았다. 녹슨 침대 스프링이 끽끽거렸다. 그는 불면과 불안 때문에 초췌해진 얼굴을 손으로 문질렀다.

"난… 처음부터 E. D.의 책들에 관심이 있었던 건 아니야. 자존심 센 바벨 아이라면 누구든 그렇듯, 나도 내 또래 아이들에게는 금지된 사다리를 몰래 한두 번쯤 올랐지. 그 높은 곳에 보관된 이야기들을 읽고 싶었어. 하지만 너무 지루해서 금세 제자리에 가져다놨어."

옥타비오는 여전히 팔짱을 끼고 다리를 꼰 채 고개를 끄덕였다. 적어도 이 부분에서는 교수와 공감하는 듯했다.

두 사람의 공통적인 반응을 보자 오펠리의 호기심은 최고조에 달했다.

"그런데 뭐가 달라진 거죠?" 오펠리가 물었다. "그 책들에서 어린 시절에는 알지 못했던 무엇을 발견하신 건가요?"

교수는 상한 우유를 삼키기라도 한 것처럼 얼굴을 찌푸렸다.

"처음엔 하나도 다를 게 없었어. 내 기억대로 여전히 진부한 이야기들이었지. 고루한 문체와 시대에 뒤떨어진 말투로 쓰인 이야기였어. 그 이야기들은 단 하나의 목적, 그러니까 신세계를 찬양하기 위해 쓰인 것 같았지." 그는 눈동자를 크게 굴리며 비꼬듯 말했다. "스물한 명의 가문 정령들이 어떻게 인류의 위대한 부모가 됐는지! 그들의 후손들이 어떻게 기적처럼 아슈들을 다시 채웠는지! 어떻게 가문의 능력들이 세대를 거쳐 성공적으로 전해졌는지! '사물의 정령'이니 '공간의 정령'이니 '자력의 정령'이니 하는 그런 무리들이 전부 어떻게 나타났는지! 어떻게 전쟁 대신 평화가 찾아왔는지. 요컨대 그런 뻔한 이야기들 말이야. 다른 무언가가 없었다면… 더 읽지 않았을 거야."

그는 목 보호대 아래서 꿀걱 침을 삼켰다. 오펠리는 그의 말에 완전히 빠져들어 몸을 지나치게 앞으로 숙이다 결국 넘어지고 말았다.

"E. D.의 이야기는 딱히 읽을 만한 것들이 아니었지만, 그 책들은 물건으로서 나를 매료했어." 울프 교수는 잠긴 목소리로 말을 이어갔다. "다시 찍은 것들이 아니었거든. 전부 당시에 발행된 판본이었는데 놀랍도록 잘 보존돼 있었어. 실제로, 지나칠 정도로 잘 보존돼 있었지. 연대 측정 전문가로서 볼 때." 그는 비꼬듯 입을 비죽거리며 두 사람에게 이야기했다. "나는 그 책들의 목록을 정리한 메모리알 사서가 엄청난 실수를 저질렀다고 확신했지. 그 그림책들이 파열 한 세기 후에 인쇄됐다는 건 말이 안 됐으니까. 분명 훨씬 최근의 것이지! 읽는 사람으로서 이 컬렉션을 정식으로 감정하겠다고 메모리알에 제안했어." 그는 잠시 말을 멈추었다가 이제 오펠리와 옥타비오가 보이지도 않는 것처럼 독백을 이어나갔다. "아니, 양심때문이 아니었어, 오만이었지. 나를 오판한 메모리알 관계자들을 후회하게 만들고 싶었어." 교수는 씁쓸하게 웃었다. "하지만 단칼에 거절당했고, 설상가상으로 미스 사일런스가 E. D.의 책들에 관심을 갖게 만든 꼴이 돼버렸지."

오펠리는 숨을 죽였다. 눈 앞에서 이제 퍼즐 조각들이 맞춰지기 시작했다. 미스 사일런스가 E. D.의 책들을 없애려 했던 이유는 울프 교수가 그 책에 관심을 보였기 때문이었다!

"그래서 어떻게 하셨나요?" 오펠리가 물었다.

"내 인생에서 가장 멍청한 짓을 했지. 책 한 권을 훔쳤어."

옥타비오는 아무 말도 하지 않았지만 그의 눈은 다시 타오르는 숯불처럼 붉어졌다. 바벨에서 절도는 매우 중대한 범죄였다.

오펠리는 그 정도로 심각하게 여기지 않았다.

"그 책 아직도 갖고 계세요? 『기적의 시대』 맞죠? 제가 좀 볼 수 있나요?"

"아니."

교수의 대답은 채찍질처럼 빠르고 단호했다.

"안 된다고요?"

"안 돼. 보여줄 수 없어. 그 책은 『기적의 시대』도 아니고, 지금 내 손에 있지도 않아. '나의 진실'을 듣고 싶다면 입을 다물어야 할 거야." 그가 인내심을 잃고 말했다,

오펠리는 입을 꾹 다물어 새어 나오려는 질문을 애써 삼켰다.

"난 책을 훔쳤어." 울프 교수가 다시 말했다. "E. D.의 책들 중 다급히 아무거나 한 권을 골라 재킷 안에 숨기고 미스 사일런스의 귀를 피해 빠져나왔지. 집에 도착하자마자 내가 저지른 일에 충격을 받았어." 그는 시선을 돌리며 중얼거렸다. "나는 금기어 목록에 오른 단어들을 입 밖에 내거나 금지된 물건들을 수집하는 일 따위에는 죄책감을 느낀 적이 없었어. 하지만 도둑질은…. 나는 책을 훔침으로써 내가 '교수'라 불릴 자격이 없다고 여긴 메모리알 학자들이 옳았음을 증명한 셈이었지. 앙리 경에

게 전신을 보내서 잘못을 빌고, 왜 그랬는지 설명하고, 미스 사일런스를 고발할까 생각했어. 앙리 경은 감정적인 사람으로 알려져 있지는 않지만 책을 파기하는 일만큼은 항상 반대해왔거든."

오펠리는 힘겹게 침을 삼켰다. 토른이 언급될 때마다 그녀의 마음엔 더 깊게 금이 가는 듯했다.

울프 교수는 아랫니를 드러내고 쓴웃음을 지으며 말했다.

"하지만 그러지 않았지. 나는 앙리 경에게 연락도, 고발 하지도 않았어. 대신 훔친 책을 손으로 읽었어."

교수가 갑자기 말을 멈추자 그 침묵이 너무 갑작스러워 오펠리와 옥타비오는 서로 눈을 마주쳤다. 교수의 얼굴에서 핏기가 사라졌고 검은 구레나룻은 땀으로 흠뻑 젖어 있었다. 이야기가 절정에 가까워질수록 그의 턱 근육이 점점 더 경직되었다. 몸이 덜덜 떨려서 목 보호대의 나무틀과 침대 스프링까지 흔들렸다.

"앤드And?" 옥타비오가 교수를 재촉했다. "교수님께서… 훔친 그 책, 생각만큼 최근에 인쇄된 것이었나요? 교수님 생각이 옳았나요?"

옥타비오의 질문에 울프 교수는 말을 다시 이었다.

"아니, 나는 정말 상상 이상으로 큰 착각을 하고 있었어. 내 생각을 완전히 벗어났지. E. D.의 책들은 훨씬 더 오래된 것이었어."

울프 교수는 간이침대의 매트리스 아래로 손을 집어넣었다. 그는 암시장에서 구한 듯한 담배 한 갑을 꺼냈다. 라이터 불빛이 어슴푸레한 온실을 붉게 비추자 오펠리는 유리창이 석양에 물들었음을 깨달았다. 주위는 더없이 고요했다. 이제 바람 한 점도, 풀벌레 우는 소리도 없었다.

"E. D.의 책들은 파열 이후에 쓰인 게 아니었어." 울프 교수는 담배 연기를 뿜으며 단언했다. "그 전에 쓰였지."

오펠리는 전기가 흐르듯 찌릿찌릿한 전율이 척추를 타고 올라가는 것을 느꼈다.

"말도 안 돼." 옥타비오가 속삭였다.

울프 교수의 담배가 탁탁 소리를 내며 타들어갔다. 그가 내뱉은 담배 연기처럼 그의 목소리도 어딘가 유령 같았다.

"나도 그렇게 생각했지. 책장 하나를 조금 잘라 동료에게 보냈어. 출처에 대해서는 아무런 정보를 주지 않았고. 그는 내 감정을 확인해줬어. 그 종이는 우리가 아는 것과 전혀 다른 성분으로 이루어졌고, 상상할 수 없을 만큼 오래됐다고. 다시 말해," 울프 교수가 강조했다. "E. D.의 이야기들은 신세계를 묘사한 게 아니야. 신세계를 예견한 거지."

오펠리는 갑자기 어지러움을 느꼈다. 마치 의자에 앉은 채로 공중에 떠 있는 듯한 느낌이었다. 마지막으로 이런 기분을 느낀 것은 파루크의 책을 읽었을 때였다.

"파열, 아슈, 가문, 우리가 아는 오늘날의 세계…" 울프 교수는 설명을 이어갔다. "이 모든 게 계획된 거야. 그리고 E. D.는 그걸 알고 있었고."

"말도 안 돼." 옥타비오가 반복했다.

그의 눈은 저녁 무렵의 짐승의 눈동자처럼 빛났다. 온실 안의 빛은 점점 사그라졌고, 짙은 남색으로 물든 유리창을 배경으로 식물들의 윤곽만 흐릿하게 보였다.

울프 교수가 담배를 비벼 끄자 작은 불빛마저도 사라졌다. 그의 말이 뚝뚝 끊기기 시작했다. "E. D.의 책들은 위험해. 내 인생은 그 책들 때문에 나락으로 떨어졌어. 문자 그대로. 계단 꼭대기에서 떨어져버렸지."

"누구죠? 누가 교수님을 밀었나요?" 오펠리가 재촉하며 물었다.

울프 교수의 숨소리가 어둠 속에서 빨라졌다.

"그는 나를 밀지 않았어. 그럴 필요도 없었지. 그저 눈앞에 나타났을 뿐…. 어디서 튀어나온 것도 아니야. 그는 내게 손을 댈 필요도, 말을 걸 필요도 없었지. 그저 존재만으로도 나를 이렇게…."

교수는 입을 다물었다. 말하지 않아도 알 수 있었다. 공포가 그의 목소리를 조이고 있었다.

"그리고 가장 아이러니한 부분이 뭔지 알아? 이제는 그의 모습조차 기억할 수 없다는 거야. 내가 계단을 올라가는 장면은 생생해. 그가 계단 꼭대기에서 나를 기다리고 있었지. 그러고는… 잘 모르겠어…. 마치 악몽 속으로 떨어지는 것 같았어…. 아니… 악몽 그 자체 속으로. 어떤 형상도, 어떤 소리도 없었어. 그저 터무니없는 심연만 있었지. 완전한 공포로 다가올 허무였어." (울프 교수는 천천히, 깊게 숨을 들이쉬며 불안감에 거칠어진 호흡을 가다듬었다.) "다음 날 집주인이 나를 계단 아래에서 발견했어. 육체와 영혼이 산산이 부서졌었지. 내가 훔친 책은 나중에 보니 집에 없더군. 그 책이 메모리알의 서가로 되돌아 갔다는 걸 한참 후에 알았지. 그곳에서는 아무도 아무것도 눈치채지 못한 것 같았지. 바벨에서는 사람들이 보고 싶은 것만 보니까."

교수는 스프링을 삐걱거리며 자리에서 일어섰다.

"이게 '나의 진실'이야." 그가 환멸에 찬 목소리로 말했다. "더 해줄 이야기도 없어. 해봐야 한심한 이야기들뿐이니까. 메모리알에서 또 다른 사건이 발생했다는 소식을 듣고 나는 집에서 도망쳐 나와 여기로 숨어들었어. 겁쟁이처럼. 그가 다시 나를 찾아올까봐 뼛속까지 두려웠지. 그가 누구인지, 무엇을 원하는지 나도 몰라." 그는 이를 악물고 덧붙였다. "다만 한 가지 확신하는 건 그를 여기까지 끌어들인 건 바로 너희들이라는 거야."

그 순간, 꿈속에서 들었던 말이 오펠리를 정통으로 강타했다. 네가 E. D.를 찾으면, 그 다른 놈이 너를 찾아낼 거다.

"그자가 원하는 게 뭔지 알 것 같아요." 오펠리가 낮은 목소리로 말했다. "미스 사일런스는 E. D.의 책들을 모조리 소각실에 던져버렸어요. 미스 사일런스가 공포에 질리게 된 것도… 어… 아마 그 자 때문인 것 같아요. 책을 죄다 태워버렸잖아요." 그녀는 입을 열려는 두 사람을 막기 위해 목소리를 높였다. "단 한 권만 빼고요. 『기적의 시대』. 그 책만 파괴되지 않고 사라졌어요. 교수님 앞에 나타났던 그 수수께끼의 인물이 E. D.의 책을 보호하려는 존재라면, 그가 찾는 것도 그 책일 거예요. 어쩌면 메디아나와 상퇴르는 자기도 모르게 그의 일을 방해한 게 아닐까요?"

오펠리의 질문이 허공에 맴돌았다. 세 사람 사이의 침묵이 이제 완전히 내린 밤처럼 숨 막히게 느껴졌다. 옥타비오의 크게 뜬 눈만이 온실 안에서 유일하게 빛나고 있었다.

그러다 울프 교수의 그림자가 움직였다. 그가 무화과 향기가 나는 바구니를 갑자기 무릎 위에 던져서 오펠리는 깜짝 놀랐다.

"먹고 눈 좀 붙여, 내가 보초 설 테니까. 오늘 고등교육원까지 가는 버드트램은 끊겼을 거야." 교수가 자리를 뜨며 중얼거렸다. "침대 근처에는 가지 않는 게 좋을 거다. 나 말고 다른 사람이 누우면 조개껍질처럼 닫혀버릴 테니."

소환

오펠리는 더러운 유리창 너머로 별을 바라보며 밤을 지새웠다. 울프 교수가 망원경에 눈을 대고 담배 연기를 뿜을 때마다 온실 안에서 작은 불빛이 드문드문 새어 나왔다. 오펠리는 교수의 고백에서 기대했던 만큼의 답을 얻지는 못했다. 파열과 가문들의 탄생이 미리 계획된 것이었다니, 무시무시한 생각이었다. 게다가 E. D.가 누구인지, 『기적의 시대』가 어디에 있는지, 그것이 정말로 토른이 찾고 있는 책인지 여전히 알 수 없었다. 주변 사람들을 공포에 떨게 했던 범인의 정체도 마찬가지로 알지 못했다.

결국 이번에도 질문만 잔뜩 떠안게 된 기분이었다.

오펠리가 양치식물 더미에 파묻혀 깜빡 잠이 들려던 찰나, 옥타비오가 그녀를 흔들어 깨웠다. 그가 하늘을 가리켰고 동이 트고 있었다. 두 사람은 수상한 냄새가 나는 세면대에서 차례로 얼굴을 씻었다. 제복은 당장 세탁해야 할 것만 같았다.

울프 교수는 아무 말 없이 마지막 담배를 껐다. 그는 검정 재킷을 걸치고, 온실 문을 막고 있던 낡은 무기를 치운 후 전날 올랐던 비상 사다리가 있는 곳까지 지붕 위를 걸어가며 두 사람을 안내했다.

"여기서 갈라서지." 그가 말했다. "너희는 가. 난 여기 있겠어."

그는 옥타비오가 내민 손을 손끝으로 살짝 쥔 뒤, 그가 내려가는 것을 지켜보다가 오펠리의 어깨를 붙잡았다.

"옥타비오를 믿나?"

"네."

저도 모르게 튀어 나온 대답에 오펠리 본인이 가장 놀랐다. 이틀 전만 해도 옥타비오는 적이나 다름없었기 때문이다.

교수의 손가락이 그녀의 어깨를 꽉 움켜쥐자 그의 장갑이 삐걱거렸다.

"그래도 저 아이는 폴리데우케스의 후손이야. 어제 우리가 나눈 이야기를 당국에 빠짐없이 전달할 테지. 내가 자네라면 집단 기억을 조작하는 이들은 믿지 않을 거야. 게다가 이제는 자네도 내가 아는 것을 알게 됐으니 더더욱."

오펠리는 고개를 끄덕였다.

"부탁이 하나 있다." 그가 말을 이었다. "나한테 진 빚은 갚아야지, 젊은 아가씨."

그녀는 한 번 더 고개를 끄덕였다.

"메모리알에 있는 블라시우스라는 이름의 사서를 아나?"

이번에도 고개를 끄덕였지만 조금은 망설였다. 교수에게 빚을 졌다는 것은 인정하지만, 교수의 부탁이 친구를 위험에 끌어들이는 것이라면 그건 다른 이야기였다. 그런데 울프 교수 역시 오펠리만큼이나 뭔가 불편해 보였다. 그는 그을린 염소수염을 만지작거리며 연신 입술을 깨물었다. 마치 말을 입 밖으로 꺼내기 전에 곱씹는 듯한 모습이었다.

"그냥… 조심하라고 전해주겠나?"

오펠리는 안경 너머로 교수를 바라보다가 불현듯 확실히 깨달았다. 블라시우스의 삶 속의 남자는 지금 자기 눈앞에 있는 사람이라는 사실을.

"블라시우스도 알고 있나요?" 그녀가 낮게 속삭였다. "정말로 교수님께 무슨 일이 있어났는지요?"

교수가 바로 인상을 찌푸렸다. 헝클어진 머리카락과 면도를 제대로 하지 않아 덥수룩한 구레나룻, 그리고 불쾌한 표정을 보면 그는 존경받는 과학자라기보다는 야생동물에 더 가까웠다.

"아니, 만약 알게 되면 날 돕고 싶어 할 거야. 그리고 날 도우려 하면 궁지에 빠질 테고. 정말이지, 내가 보태지 않아도 그 아이는 이미 충분히 운이 나빠. 자네를 믿어도 되겠지? 경계를 늦추지 말라고 경고하되 내 얘기는 절대 하지마." 그가 구시렁댔다.

오펠리는 구조용 사다리를 잡고 발을 맨 위 디딤대에 조심스럽게 올려놓았다.

"블라시우스는 그 말을 교수님께 직접 들었더라면 더 좋아했을 거예요."

오펠리는 기록적인 느린 속도로 사다리를 내려갔다. 여러 디딤대를 내려가며 좌우로 몸을 조화롭게 움직이는 일은 엄청나게 어려웠다. 건물의 오래된 안뜰에 발을 딛자 기분이 이상했다. 불과 어제까지만 해도 이곳은 먼지가 휘몰아치는 종말의 풍경이었다. 오늘 새벽은 호수처럼 맑고 고요했다. 공기와 시간이 멈춘듯 마치 아무 일도 없었던 것처럼 보였다.

오펠리는 안뜰 한가운데서 시간이 멈춘듯 유심히 땅바닥을 살피고 있는 옥타비오를 발견했다. 상푀르의 시신이 어디에 있었는지 짐작조차 할 수 없었지만, 현장에는 아무런 흔적도 남아 있지 않았다. 폴리데우케스의 친위대가 자취를 말끔히 치웠던 것이다. 오펠리는 갑자기 상푀르의 아들 생각이 스쳤다. 그의 아들은 아버지에게 무슨 일이 일어났는지 제대로 알게 될까? 다른 가족은 없을까?

"가자." 옥타비오가 말했다. "여긴 더 볼 게 없어."

그들은 부두로 가서 구름바다로 향하는 첫 번째 곤돌라에 올랐고, 시내에 도착해서는 버드트램 승강장까지 가는 탁시를 탔다. 막 동이 틀 무렵, 마침내 두 사람은 버드트램에 올라탔다. 좌석은 이미 승객들로 가득 차 있었다.

오펠리는 옥타비오 옆에 앉아 안경 너머로 그를 흘끗 보았다. 앞머리가 얼굴 절반을 가린 탓에 이마와 코에 난 상처가 그늘져 잘 보이지 않았다. 유일하게 보이는 한쪽 눈은 피로에 짓눌린 두꺼운 눈꺼풀 아래 거의 가려져 있었다. 그는 팔짱을 낀 채 방어적인 자세를 취하고 있었고 소매에 달린 비르투오소 수습생 견장을 엄지손가락으로 문질렀다. 오펠리는 그에게 뭔가 변화가 생겼음을 느꼈다.

"앞으로 어떻게 할 생각이야?" 오펠리가 속삭였다.

옥타비오는 오랫동안 차창에 기대어 허공을 응시하다가 어금니를 문 채 낮은 목소리로 대답했다.

"웰… 난 사람을 때렸고, 살인 사건을 목격했고, 하루 만에 평생 본 것보다 더 많은 금기를 목격했어. 오늘 수업이 끝나면 어머니께 모든 진실을 말할 거야. 어머니는 어떤 결정이 가장 옳은지 아실 거야. 어떻게 생각해?"

그는 마지막 말을 내뱉으며 의문 어린 눈빛으로 오펠리를 바라보았다. 그제야 오펠리는 그에게 어떤 변화가 일어났는지 깨달았다. 이 초시각자는 언제나 자신이 세상에서 어떤 자리를 차지할지, 어떤 역할을 맡게 될지 확신한 채 지배적인 시선으로 세상을 바라봤다. 하지만 이제 그는 그저 의심하고 있었다.

"내 생각엔," 오펠리는 잠시 생각한 후 답했다. "가장 옳다고 생각하는 게 뭔지, 스스로 결정해야 해."

옥타비오는 갑자기 강렬한 눈빛으로 오펠리를 바라보았다.

"어쩌면 너를 조금 좋아하게 된 것 같아."

오펠리는 콧등에 걸친 안경이 벌겋게 달아오르지 않도록 재빨리 벗었다. 자신이 더럽고 냄새가 나는 것 같았다. 그런 고백은 상상도 하지 못했다!

"옥타비오…."

"거창하게 말할 필요 없어." 옥타비오는 무심한 어조로 그녀의 말을 잘랐다. "네가 나에게 관심이 있다 해도 우리 사이에 무슨 일이 생기진 않을 거야. 규정 때문만은 아니야. 앞으로 우리 인생은 이 정도로 충분히 복잡할 테니까." 그는 약간의 빈정거림을 담아 덧붙였다. "게다가 나에게 넌 갈피를 잡을 수 없는 사람이야."

오펠리가 안경을 쓰자 옥타비오의 옆모습이 다시 또렷이 드러났다. 투명한 유리창 위로 그의 어두운 피부와 머리카락이 뚜렷하게 드러났다. 그는 앞을 똑바로 바라보며, 벌써 미래를 향해 마음을 굳히고 있었다. 불쑥 그에게 존경심이 들어 오펠리 자신도 놀랐다. 비슷한 키였지만, 훨씬 더 커 보였다. 자신의 생각, 감정, 심지어 잘못까지도 기꺼이 받아들이고 감당하는 용기 때문이었다.

'갈피를 잡을 수 없다니, 그런가?' 오펠리는 등받이에 몸을 기댄 채 생각했다. 그런 말을 들어도 마땅했다.

마침내 버드트램이 본파미유 정류장에 도착했다. 고등교육원으로 향하는 대로에 발을 내딛자마자 감시탑의 확성기들이 일제히 외쳤다.

"욀랄리 수습생, 옥타비오 수습생, 즉시 헬레네 부인의 집무실로 오기 바랍니다."

두 사람은 긴장된 눈빛을 주고받았다. 외박은 처벌받을 만한 위반 사항이었다. 불가피한 상황이 아니고서는 헬레네 부인이 수습생이 수업을 빼먹게 하는 일은 없을 터였다.

오펠리와 옥타비오는 미로 같은 정원과 산책로를 지나갔다. 두 사람이 지나가자 매미들이 울음을 멈췄고, 적막 속에서 그들의 침묵은 한결 두드러졌다. 헬레네의 피후견인들이 모여 있는 강당을 지나칠 때, 그들은 높다란 창 너머로 수많은 시선들이 자신들을 향하고 있는 것을 보았다. 소환 소식은 월요일의 무선 통신 수업보다 훨씬 흥미로웠던 데다 진급 경쟁에서 경쟁자가 줄었음을 의미하기도 했다.

행정동 입구 층계 바로 앞에 밧줄로 매여 있는 비행선을 발견하자 오펠리는 숨을 죽였다. 하얀 선체에는 인간의 얼굴이 그려진 거대한 태양이 금빛으로 그려져 있었다.

"우리보다 먼저 왔군." 옥타비오가 말했다.

그들은 줄지은 주랑과 계단을 지나 마침내 헬레네 부인의 집무실에 도착했다. 늘 그렇듯 실내는 반쯤 어두워서 오펠리는 갑작스러운 빛의 변화에 눈이 적응할 때까지 기다렸다. 대리석 책상 뒤에는 코끼리 같은 거구의 헬레네 부인이 앉아 있었고, 커다란 의자에 달린 여러 개의 기계 팔들은 오늘따라 전부 멈춰 있었다. 그리고 세 사람이 더 있었다. 헬멧을 들고 선 가문 경비대원, 귀가 삐죽 튀어나온 사진사, 그리고 레이디 셉티마이었다. 그녀는 살갗이 떨어진 아들의 얼굴을 보고도 눈 하나 깜짝하지 않았다.

"지식이 평화를 지킵니다." 옥타비오와 오펠리가 나란히 경례했다.

"지식이 평화를 지킵니다." 경비대원이 경례에 답했다.

경비대원의 수염은 솟구치는 파도를 연상시켰다. 수염이 갈색 피부 위로 은처럼 한 올 한 올 빛나고 있었다. 공기를 강하게 들이마시는 사자 같은 코로 보아 그는 초후각자였다.

"이번 소환으로 레이디 셉티마의 아드님께 불편을 끼쳐드리게 되어 미리 깊은 사과의 말씀을 드립니다. 곧 진급식을 앞두고 수업에 방해가 되는 일은 원치 않으실 테지요."

'그렇겠지.' 오펠리는 속으로 생각했다. 나는 아무래도 상관없지만, 최소한 분위기는 파악된 셈이었다.

"이 방에서 옥타비오는 제 아들이 아니라 다른 수습생들처럼 한 명의 수습생일 뿐입니다." 레이디 셉티마가 무심한 목소리로 말했다. "마찬가지로 저 역시 그의 어머니가 아니라 폴리데우케스 경의 공식 대리인으로 여기 선 것입니다. 본인의 직무에 따라 수습생 옥타비오를 심문하세요."

경비대원은 고개를 끄덕이고는 스스럼없이 대리석 책상 위에 뭔가를 짤랑거리며 내려놨다.

"수습생 옥타비오, 이게 본인 것입니까?"

상퀴르가 뜯어낸 골드 체인이었다. 체인 한쪽 끝에 아직 달려있는 작은 살점을 보자 오펠리는 속이 뒤틀렸다.

"제 것이 맞습니다, 서." 옥타비오가 답했다.

"우리는 어제 무능력자 구역의 한 건물 안뜰에서 이걸 발견했습니다. 수년간 우리가 집중적으로 추적해온 선동자의 시체 주변이었어요. 그자가 본인에게 그렇게 했습니까?" 경비대원이 옥타비오의 얼굴에 난 상처들을 가리키며 물었다.

"그가 한 짓이 맞습니다, 서. 하지만 저는 그의 죽음에 책임이 없습니다."

경비대원의 얼굴에 상냥한 미소가 번지자 은빛 콧수염이 양쪽으로 활짝 치켜 올라갔다.

"그의 죽음은 그 누구의 책임도 아닙니다. 걱정 마십시오, 미로드milord. 사망 원인은 문제가 되지 않습니다."

오펠리는 경비대원이 무슨 답을 원하는지 알지 못했다. 상퍼르의 휘둥그레진 눈, 벌어진 입, 경련하던 몸이 떠올랐다. 바벨에서 사람들은 보고 싶은 것만 본다. 울프 교수의 말이 맞았다.

오펠리는 책상 너머 의자에 앉은 채 꼼짝도 않는 헬레네 부인의 거대한 몸을 바라보았다. 거미처럼 긴 손가락들은 서로 맞물린 채 얽혀 있었다. 그녀의 광학 장치는 마치 오페라글라스처럼 방 안에 있는 사람들에게 고정되어 있었다. 그녀는 관객 역할을 그만둘 마음이 없어 보였다.

"우리가 확인하려는 것은 상퍼르에프레스크상르프로슈가 정말로 폭력을 행사했는지 여부입니다." 경비대원이 말을 이었다. "이렇게 말하긴 좀 그렇지만, 그 선동자는 우리 도시의 가장 약하고 가장 쉽게 휘둘리는 사람들에게, 물론 상대적이긴 하지만, 어느 정도 인기가 있었습니다. 그의 죽음이 그를 영웅으로 만들도록 두고 볼 수는 없습니다." 경비대원은 분노에 차 콧구멍을 벌름거리며 말했다.

집무실의 어스름 속을 한 줄기 강한 섬광이 가르며 터져 나왔다. 귀가 삐죽 튀어나온 사진사가 옥타비오의 사진을 찍었다. 오펠리는 내일 자 관보에 클로즈업된 그의 상처 사진이 실릴 것이라고 확신했다.

"다 됐습니다." 경비대원이 금빛 헬멧을 쓰며 말했다. "협조해주셔서 감사합니다."

"저도 폭력을 행사했습니다."

옥타비오의 말에 집무실 안의 시간이 멈췄다. 레이디 셉티마의 감정 없는 눈꺼풀 사이에서 번뜩이는 불꽃이 느껴졌다. 장비를 정리하던 사진사도 움직임을 멈췄다. 헬레네 부인은 산처럼 꿈쩍도 하지 않았다.

옥타비오는 겉으로는 침착하게 보이려 애썼다. 뒤에 서 있던 오펠리는 그가 떨리는 두 손을 등 뒤로 감추고 꽉 쥐는 모습을 보았다. 그녀는 전부 털어놓고 싶은 충동에 굴복할 뻔했지만 옥타비오가 곁눈질로 그녀를 만류했다. 이 싸움은 그가 홀로 치러야 했다.

"시신에 멍이 있었을 겁니다." 옥타비오가 굳은 목소리로 말했다. "제가 때린 흔적입니다."

잠시 망설이던 경비대원은 레이디 셉티마를 힐끗 보며 눈으로 그녀의 의사를 묻고는 검지손가락으로 콧수염을 돌돌 말았다.

"유감스러운 일이군요, 인디드. 그렇습니다만 저는 그 사소한 문제가 제 보고서에 언급할 만큼 중요한 사안이라고 생각하지 않습니다. 좋은 하루 보내시길 바랍니다."

경비대원과 사진사는 고개 숙여 인사한 뒤 집무실을 나갔다. 옥타비오는 그들 뒤로 닫히는 문을 바라보며 오펠리가 지금까지 그에게서 본 적 없는 표정을 지었다. 지난 24시간 동안 겪은 모든 일 중 조금 전 일이 그를 가장 충격에 빠뜨렸다.

"사소한 문제라고요?" 옥타비오가 되뇌었다. "어머니, 이해가 되지 않습니다. 저 역시 제 행동에 대해 책임을 져야 하…."

레이디 셉티마는 단 한 번의 눈짓으로 그의 말을 잘랐다.

"여기서 나는 어머니가 아닙니다, 옥타비오 수습생. 질서의 수호자들이 내린 결정을 수습생이 평가할 권한은 없습니다. 윌랄리 수습생, 수습생이 무능력자 구역에 가자고 주도했습니까?"

그녀의 목소리가 매서운 눈빛만큼이나 날카롭게 변했다. 그 순간 오펠리는 레이디 셉티마가 자신을 증오하고 있다고 확신했다. 그녀에게 오펠리는 그토록 완벽했던 아들을 올바른 길에서 탈선시킨 외부자였다. 이제 두 사람 사이의 감정 싸움이 남았다.

"네."

"윌랄리 수습생이 옥타비오 수습생에게 동행을 권유했습니까?"

"네."

"윌랄리 수습생이 상퓌르에프레스크상르프로슈와의 만남을 의도적으로 계획했습니까?"

"아니요."

"하지만 그곳에서 그와 마주칠 가능성이 전혀 없었다고 확신할 수 있습니까?"

오펠리는 이를 꽉 다물었다. 레이디 셉티마는 상대를 압박하는 방식으로 질문을 던졌다. 헬레네는 발언권 따위는 없다는 듯 레이디 셉티마의 심문을 묵묵히 지켜보고 있었다. 오펠리와 관련된 사안은 폴리데우케스의 대리인이 아니라 헬레네 부인의 관할 아니었던가? 이 가문 정령도 결국 자신의 쌍둥이만큼이나 쉽게 조종당할 수 있는 존재였나?

"그렇다고 단정 지을 수는 없지만, 저는 몰랐…."

"곧 진급식이 예정되어 있다는 사실을 알고 있습니까?" 레이디 셉티마는 오펠리가 말을 잇기도 전에 가로막았다.

"네."

"월랄리 수습생이 동료 수습생의 수습 과정을 불리하게 했을 뿐 아니라 그의 목숨까지도 위험에 빠트렸다는 사실을 알고 있습니까?"

"아… 네."

오펠리는 자신도 모르게 목소리에 감정이 실리고 말았다. 레이디 셉티마의 한마디 한마디가 죄책감을 점점 더 불어넣었다.

"제가 사건을 설명할 수 있게 해주십시오." 옥타비오가 끼어들었다. "제가 제 의지로 월랄리 수습생과 동행했습니다. 저희는 선각자로서 함께 조사를 진행했습니다. 저희가 알아낸 사실은 지금 여기서 논의되는 사안보다 훨씬 중요합니다. 설명할 기회를 주신다면…."

"수습생의 증언은 이미 들었습니다." 레이디 셉티마가 단호하게 말했다. "수습생 옥타비오, 즉시 소속 분과로 돌아갈 것을 명합니다. 먼저 의무실과 탈의실에 들르도록 하세요. 수습생은 본파미유의 이미지를 실추시키고 있어요."

아들의 눈이 어머니의 눈을 오랫동안 마주했다. 불꽃 둘이 서로 충돌하는 듯했다. 오펠리는 옥타비오의 눈에서 점점 불이 꺼져가는 것을 보았다. 골드 체인이 뜯겨 나갔을 때도 그는 지금처럼 고통스러워 보이지는 않았다. 그가 품은 수많은 환상들 중 가장 소중한 것이 지금 막 무너졌다.

옥타비오는 문을 쾅 닫고 나갔다. 그 소리에 헬레네 부인이 위압적인 거대한 입을 일그러뜨렸다.

"밀레이디," 레이디 셉티마가 헬레네를 향해 몸을 돌리며 말했다. "이번 사건은 부인의 피후견인과 관련된 일이니 처벌은 부인의 소관입니다. 다만 저는 즉각적인 퇴소를 권고드립니다."

"안 됩니다!"

오펠리의 입에서 분노 실린 말이 터져 나왔다. 처음으로 그녀는 자신의 신경 말단 하나하나를 따라 뻗어 있는 손톱의 존재를 뚜렷이 인식했다. 원초적인 본능이 그녀에게 속삭였다. 어떻게 하면 그 손톱을 이용해 자기가 옥타비오에게 그랬던 것만큼 셉티마 부인에게 고통을 줄 수 있을지를.

자기 신경계를 레이디 셉티마의 신경계와 연결하기만 하면 되었다.

그저 마음만 먹으면 됐다.

오펠리는 시선을 돌리고 숨을 깊이 들이마셨다. 다음 순간, 그녀는 스쳐 간 그 유혹에 괴로움을 느꼈다.

"저는 퇴소를 거부합니다." 그녀는 한층 가다듬은 목소리로 거듭 말했다. "해야 할 말을 하지도 못하고 쫓겨나는 것은 받아들일 수 없습니다."

"말해보세요."

헬레네 부인의 목소리는 광물에 부딪힌 듯 울렸다. 마치 몸속이 책상처럼 대리석으로 이루어진 것 같았다. 오펠리와 옥타비오를 소환한 이후 처음으로 헬레네 부인이 말을 꺼냈다. 그녀는 단 한마디 말로 방 안에 자신의 존재감을 분명하게 드러냈다.

오펠리는 자신을 향한 헬레네 부인의 광학 장치에 온 신경을 집중했다. 레이디 셉티마에 대한 생각을 머릿속에서 지워야 했다. 진급식을 며칠 앞둔 시점에 레이디 셉티마가 자기를 쫓아내려고 이토록 애쓰는 이유는 자기가 비르투오소가 될 자격이 있다고 생각해서, 그래서 정말 비르투오소가 될까봐 두려워하기 때문일 터였다. 오펠리는 이미 모든 면에서 토른을 실망시켰다. 그래서 이번만큼은 토른을 위해서라도 맞서 싸워야 했다.

"저는 본파미유에 들어갈 기회가 주어진 점에 대해 감사하게 생각합니다. 이곳에서 양질의 훈련을 받은 덕분에 저는 제 가문 능력을 더욱 연마했을 뿐만 아니라 지식을 넓힐 수 있었습니다. 그에 대한 보답으로 독서 그룹에 성실히 참여하며 정당한 대가를 치르기 위해 노력했습니다. 또한 스크레타리움에서 메디아나의 업무를 이어받으며 저에게 보여주신 신뢰에 걸맞은 사람이 되고자 최선을 다했습니다."

오펠리는 목소리를 가다듬고 등과 허리를 곧게 펴서 호흡을 가다듬었다. 여린 목소리가 튀어나오게 할 수는 없었다. 지금이야말로 자신의 목소리를 분명히 낼 때였다.

"제가 수습 기간에 얻은 가르침 하나를 꼽는다면, 선각자는 정보가 오기를 기다리는 사람이 아니라는 것입니다. 정보를 직접 찾으러 가야 하죠. 그래서 저는 그렇게 행동했습니다. 저는 메모리알에서 희귀본들이 소각되었다는 사실을 발견했고, 사건의 연유를 알아내기 위해 조사를 진행했습니다. 옥타비오 수습생은 저를 도와주었습니다. 저희는 울프 교수님이 조사에 도움이 될 몇 가지 단서를 제공해줄 수 있으리라 생각했습니다만, 교수님을 댁에서 만날 수 없었습니다. 그 와중에 본의 아니게 상푀르에프레스크상르프로슈를 마주쳤던 것입니다."

오펠리는 전부 사실 그대로 설명했지만 가장 중요한 부분은 의도적으로 건너뛰었다. 그녀는 레이디 셉티마를 충분히 신뢰하지 않았기에 그 이상은 털어놓을 수 없었다. 그러나 그녀의 떨리는 눈꺼풀을 보니 진심으로 놀란 듯했다.

헬레네 부인은 코끼리처럼 천천히 움직이며 의자를 돌렸다.

"사실인가요? 책을 불태웠다니요? 그러한 일은 메모리알의 존재 목적에 정면으로 배치되지 않습니까?"

"그 일은 몰랐습니다." 레이디 셉티마가 마지못해 인정했다. "하지만 그렇다고 해서, 욀랄리 수습생, 수습생의 독단적인 행동이 정당화되지는 않습니다. 나에게 그 사실을 먼저 보고했어야죠."

오펠리는 오로지 발목에 달린 날개 장식을 잘랑거리기 위해 앞으로 한 걸음 내디뎠다.

"필요한 정보를 다 갖추지 못했습니다. 먼저 출처를 확인하고 싶었습니다. 교수님께서 저희에게 가르쳐주신 대로요."

레이디 셉티마의 가르침을 그녀에게 되돌려줄 수 있다니, 정말로 통쾌했다. 오펠리는 레이디 셉티마의 정복에 달린 화려한 금장에도 불구하고 갑자기 그녀가 그전만큼 위엄 있어 보이지 않았다.

헬레네 부인은 깍지를 끼고 있던 길고도 긴 손가락을 풀고 만년필을 집어 들더니 몇 자 휘갈겨 썼다.

"윌랄리 수습생에게 퇴소 처분은 내리지 않습니다. 수습생은 다른 수습생들과 마찬가지로 진급식에 참석할 권리가 있으며, 다른 수습생들처럼 비르투오소 후보로 인정받을 것입니다." 오펠리가 감사 인사를 하려던 찰나 헬레네 부인이 덧붙였다. "하지만 이번 사건에서 보인 자만심과 판단력 부족은 내가 선각자에게 기대하는 자질과는 어긋납니다. 따라서 윌랄리 수습생은 진급식 당일까지 독방에 격리하도록 합니다. 윌랄리 수습생은 고등교육원에서의 수습 활동을 마치지 못할 것이며, 누구와도 소통할 수 없습니다. 또한 위반 사항은 수습생 기록에 남을 것입니다. 그 시간 동안 깊이 반성하기를 바랍니다, 수습생." 헬레네 부인이 무덤에서 울려오는 듯한 목소리로 말을 끝맺었다. "독방은 성찰하기에 안성맞춤인 곳이니."

오펠리는 더 이상 헬레네 부인의 말이 들리지 않았다. 세탁기 드럼통처럼 귓속에서 피가 요동쳤다. 오직 뼈저리게 느껴진 현실은 레이디 셉티마의 승리에 찬 미소뿐이었다.

틈

오펠리는 독방을 본 적이 없었지만 그 악명은 익히 알고 있었다. 고등교육원에서 가장 두려운 장소로, 반항하는 이들을 다루기 위해 마련된 곳이었다. 그 안에서는 단 한 시간만 있어도 하루 같고, 너무 오래 갇혀 있으면 미쳐버린다는 소문이 돌았다. 오펠리는 독방이 실제로 있다고 믿지 않았었지만 엘리자베스가 자신을 덩굴이 뒤얽혀 있는 정원의 깊숙한 곳으로 데려가자 더 이상 부정할 수 없었다. 두 사람은 코끼리 머리를 한 여자가 가부좌를 틀고 앉아 있는 모양의 조각상 앞에 도착했다. 그 조각상은 워낙 거대해서, 움푹 파인 틈마다 나무들이 자라 있었고, 그 뿌리들이 얽히고설킨 채 돌 표면 위로 흘러내리고 있었다. 엘리자베스는 조각상의 받침대 계단을 올라가서 부츠 끝으로 가시덩굴을 쓸어냈다. 그러자 바닥에 둥근 돌문이 드러났다.

"열어, 욀랄리 수습생. 이건 전통이야."

오펠리는 손잡이를 여러 바퀴 돌렸다. 손잡이는 겉보기에는 상당히 낡은 것 같았지만 아무런 저항 없이 스르르 열리는 것을 보아 녹슬지 않는 연금술사의 합금으로 만들어진 것이 분명했다. 하지만 돌문을 들어 올리기는 훨씬 더 힘들었다. 오펠리의 몸통만큼 두꺼웠던 것이다! 받침대 돌 아래로 수 미터나 뻗어 있는 어두운 수직 땅굴을 보자 그녀의 안경이 퍼렇게 질렸다.

"정말 내려가야 해요?"

그것은 질문이라기보다는 사실상 체념에 가까웠다. 오펠리는 자신에게 선택의 여지가 없다는 것을 알고 있었다. 가문 정령이 내린 결정을 거스르는 것은 법을 어기는 일이나 다름없었다.

엘리자베스는 가져온 건과일 바구니를 무심하게 땅굴 안으로 떨어뜨렸다. 바구니가 바닥에 툭 하고 부딪히는 소리가 땅굴 안에서 기이하게 울려 퍼졌다.

"아래에 물과 빛이 부족하진 않을 거야. 적어도 들은 바로는 그래. 나도 독방에 들어가본 적은 없으니. 주말에 와서 너를 진급식에 데려갈 거야. 음식을 아껴 먹도록 해. 누가 따로 더 가져다주진 않을 테니까."

오펠리는 엘리자베스가 늘 그랬듯이 "농담이야"라고 말해주길 바랐지만, 이번만큼은 정말로 농담이 아니었다. 이 깊고 어두운 땅굴 바닥에서 며칠 밤낮을 혼자 있을 생각을 하니 갑자기 폐소공포가 몰려왔다.

"저기… 앙리 경에게 이 상황 좀 설명해주시겠어요?"

"그분 걱정 하지 마, 수습생. 네가 메디아나의 자리를 채운 것처럼 네 자리도 금방 채워질 테니까."

오펠리는 그 말을 듣기가 얼마나 고통스러운지 티 내지 않으려 애썼다.

"제가 당신처럼 선각자 비르투오소 후보가 될 기회가 아직 남아 있다고 생각하세요?"

"아니, 아닌 것 같아."

오펠리는 절대 어느 한쪽으로 치우치지 않는 엘리자베스의 중립적인 태도에 매우 익숙했지만, 오늘만큼은 그녀가 그런 태도를 버려주었으면 싶었다. 오펠리가 사다리를 타고 땅굴로 내려갈 때 엘리자베스는 몸을 숙여 오펠리의 뺨에 들러붙은 머리카락을 귀 뒤로 넘겨주었다.

"하지만 나는 헬레네 부인을 믿지. 너도 그래야 할 거야."

그 말을 마지막으로 엘리자베스는 땅굴의 돌문을 닫았다. 오펠리가 바깥세상에서 마지막으로 본 것은 엘리자베스의 주근깨였다. 마지막으로 들은 바깥의 소리도 엘리자베스의 목소리였다. 새, 원숭이, 벌레 들이 내던 소리도 사라지고 딱딱한 침묵이 그 자리를 대신했다. 다시 불안감에 사로잡히자 오펠리는 가슴이 쿵쾅거리는 것을 느꼈다.

여기에 혼자 있고 싶지 않았다.

오펠리는 돌문을 두드리며 엘리자베스에게 다시 열어달라고 애원하고 싶은 충동을 애써 눌렀다. 천천히, 그리고 깊게 숨을 들이마셨다. 딱히 좋은 냄새가 나지는 않았지만, 공기는 숨 쉴 만했다. 그녀는 사다리를 움켜쥔 손에 힘을 풀고 한 발 한 발 조심스럽게 내려갔다.

땅굴 바닥에는 헬리오폴리스산 전구 몇 개가 희미한 빛을 내고 있었다. 독방에는 기본적인 편의 시설은 갖추어져 있었다. 변기, 칸막이 없는 샤워장, 세면대, 상비약이 담긴 약장, 매트리스 그리고 거울이 있었다. 그것도 많이. 사방이 거울이었다. 천장도 거울이었다. 심지어 바닥마저 거울로 덮여 있었다. 오펠리가 엘리자베스가 땅굴 안으로 떨어뜨린 건과일 바구니를 집어 들자, 그 움직임이 끝없이 늘어났다. 오펠리는 자신의 앞모습과 뒷모습을 동시에 볼 수 있었고, 그 반영들은 끝없이 반복되며 점점 작아져갔다. 그녀는 한정된 공간이 아니라 수천 명의 오펠리로 가득한 여러 갈래의 터널 한가운데에 있는 것 같았다. 그리고 그중 단 한 명에게서도 벗어날 수 없었다.

이곳에는 전화기도, 잠망경도, 마음을 붙잡아둘 그 무엇도 없었다. 읽을거리도, 필기 도구도, 공허함과 정적을 채울 그 무엇도 없었다. 오직 그녀뿐이었다. 무한히 복제된 오펠리뿐이었다.

성찰하기에 안성맞춤인 곳.

오펠리는 독방 한구석에 웅크리고 앉아 무릎을 끌어안고 얼굴을 팔에 묻었다. 머리 위로 시간이 끈적한 풀처럼 흘렀다. 방 안에는 시계도 없어서 시간이 얼마나 지났는지 알 방법이 없었다. 웅크린 채로 있을수록 몸이 점점 마비되는 것 같았다. 이틀 밤을 꼬박 새운 후라 잠이 간절했지만 잠들지 못했다. 잠이 막 들려는 순간마다 전기 충격이라도 받은 듯 깜짝 놀라며 깨곤 했다. 거울에 반사된 수천 개의 눈이 자신을 집요하게 쳐다보며 공격하는 듯한 기분에 방 한구석을 벗어날 엄두도 내지 못했다. 바닥이 편하지는 않았지만 매트리스에서 나는 악취 때문에 침대에 올라가고 싶지도 않았다.

엘리자베스가 돌문을 닫은 게 언제였던가? 오늘이었나? 어제였나? 저 위는 지금 밤일까? 적어도 종이 울리는 소리라도 들을 수 있으면 좋을 텐데…. 이곳에서 유일하게 들리는 소리는 수도관과 자신의 배에서 나는 꾸르륵 소리뿐이었다.

오펠리는 장갑의 솔기를 하나하나 물어뜯으며 생각에 빠졌다. 신, 타자, E. D., 뤽스, 파열, 지나는 길마다 공포를 퍼뜨리는 그 수수께끼 같은 인물에 이르기까지.

오펠리는 머릿속을 정리하려 애썼지만 거울 때문에 집중할 수 없었다. 그녀는 거울로 드나드는 여자였다. 이곳이야말로 가장 편안하다고 느낄 공간이어야 하지만, 불안감이 오펠리를 옭아매고 있었다. 마지막으로 능력을 사용했을 때 그녀는 엄청난 고통을 느꼈다. 거울 속 자신을 다시 마주하기가 두려웠다. 그리고 두려워한다는 사실만으로도 거울을 드나들 수 없음을 이미 잘 알고 있었다.

옥타비오가 옳았다. 오펠리는 갈피를 잡을 수 없는 사람이 되어버렸다.

거울을 통과한다 한들 어디로 가겠는가? 오펠리가 아는 한 본파미유가 있는 아슈에는 다른 거울이 없었다. 마지막으로 자신의 모습을 비춰본 거울은 메모리알의 화장실에 있었고, 그녀는 그 거리를 이동할 만큼 능력을 발휘할 수 없었다.

오펠리는 몸을 더욱 단단히 웅크렸다. 진짜 질문은 '어디로 가지?'가 아니라 '왜 가야 하지?'였다. 토른은 이제 그녀를 기다리지 않았다. 그는 둘의 협력을 끝내버렸다. 그녀는 토른이 찾는 책을 쉽게 구해줄 수 있을 거라고 자만했지만, 그 모든 일이 벌어지고, 그 모든 걸 알게 되었음에도 불구하고 더 나아진 게 없었다. 오히려 비르투오소 후보가 될 기회를 놓쳐버렸다.

토른을 돕지 못했다. 또다시.

오펠리는 기진맥진해서 몸을 바닥으로 미끄러뜨렸다. 얼음처럼 차가우면서 거대한 거울 바닥에 누워 천장을 올려다보니 거울에 비친 무수한 자기 모습이 기묘한 천체처럼 보였다. 그러다 이내 아무것도 보이지 않았다. 머릿속이 희미해졌고 졸음이 그녀를 삼켰다. 그녀는 깊이 가라앉는 기분을 느꼈다.

깨어나 보니 오펠리는 안개 속을 떠다니고 있었다. 산산이 흩어진 이미지들, 일렁이는 색들, 왜곡된 소리들이 안개 속을 스치고 있었다. 마치 호수 수면 아래를 부유하는 것 같았다. 그녀는 무섭지도, 놀라지도 않았다. 사실 이토록 평온했던 적이 드물었다. 공간과 시간의 탄력 있는 망 위를 미끄러지듯 떠다니는 것 같았다. 오펠리는 아주 작지만 끝이 없는 이 공간을, 수백 번을 지나치면서도 한 번도 멈춰 서지 않았던 이 공간을 알고 있었다. 독방 바닥이 오펠리가 잠든 사이에 그녀를 삼켰고, 그녀는 거기서 나오지 못했다. 그녀는 어디에도 없었다. 그리고 어디에든 있었다.

오펠리는 거울과 거울 사이의 틈 속에 있었다.

"당신이 왜 바벨에 있는 거지?"

토른의 목소리는 소리굽쇠처럼 오펠리의 몸 위를 진동하며 울려 퍼졌다. 토른이 거울들 틈에 실제로 존재하지는 않았지만, 그가 한 질문만큼은 분명히 실재했다. 그날 저녁 다시 만났을 때 그가 오펠리에게 처음 건넨 말이었다. 과거의 메아리가 피할 수 없는 진자처럼 지금의 오펠리에게 되돌아왔다.

왜 토른이 왜라고 물었을까? 바벨에 온 이유가 그저 자기 때문이라는 사실이 그에겐 와닿지 않았던 걸까?

이런 생각이 떠오르자마자 오펠리는 자신이 이 틈 사이 공간에 도달한 이유를 깨달았다. 이 공간은 자신의 내면 상태를 비춘 반영이었다. 아이도 성인도 아닌, 여자아이도 여자도 아닌 상태로 오펠리는 삶의 경계선 어딘가에 멈춰 서 있었다. 그녀는 자신은 토른에게 한 번도 하지 않았던 말과 행동을 그에게서 바라고 있었다. 한 번도 '우리'라고 말한 적이 없었다. 한 번도 그를 향해 다가가지 않았다. 한 번도 자신을 드러낸 적이 없었다.

진실, 유일한 진실은 자신이 겁쟁이였다는 것이다.

이러한 자각이 금이 가듯 오펠리의 온몸을 관통했다. 자기 존재의 표면이 마치 달걀 껍질처럼 사방에서 금이 가는 것 같았다. 고통스러웠지만 오펠리는 그 고통이 필요하다는 사실을 알았다. 이전의 자아가 산산조각 나는 순간, 고통이 폭발했다.

자신이 죽는 것 같았다. 이제야 비로소 살아갈 수 있을 것 같았다.

어릴 적 언젠가 오펠리는 정원에서 뒤로 달리며 시간을 보내곤 했다. 거꾸로 흘러가는 세상을 보고 싶어서였다. 그러다 공을 밟아 미끄러져 뒤로 넘어지는 느낌이 들었고, 위아래를 분간할 수 없었다.

거울 틈 사이의 공간을 빠져나오면서 오펠리는 그때 느꼈던 것을 고스란히 다시 느꼈다.

비현실적인 느낌 속에서 뒤로 넘어졌다. 갑자기 등이 바닥에 세게 부딪혔다. 충격으로 허파에서 공기가 빠져나갔다. 몇 초 동안 숨을 쉴 수가 없었다. 안경 너머로 멍하니 위를 바라보자 반짝이는 거미줄이 겹겹이 얽힌 미로가 보였다. 아치형 천장 한가운데 틈새로 달빛처럼 희미한 빛이 스며들고 있었다.

오펠리는 분명 틈을 빠져나왔는데도 독방으로 돌아오지 않았다.

몸을 일으키자 거미줄이 여기저기에 엉켰다. 지금 그녀가 있는 곳은 희미한 빛과 어둠에 잠겨 있었다. 천장의 작은 틈 말고는 문도 창문도 보이지 않았다. 하지만 방 한가운데 있는 오래된 거울 하나가 오펠리를 희미하게 비추고 있었다. 거울 표면에는 먼지가 뿌옇게 앉아 있었는데 오펠리의 몸이 통과한 자리만은 예외였다. 그 부분의 먼지는 아직도 그녀의 낙하 궤적을 따라 공중에 둥둥 떠다녔다.

어디지? 한 번도 자신을 비춰본 적 없는 거울을 어떻게 통과한 거지? 아니마인의 물리 법칙을 모두 거스른 일이었다.

오펠리는 곧 이 거울의 특이점이 그뿐만이 아님을 알아차렸다. 이 거울은 공중에 매달려 있었다. 하지만 바벨에서 흔히 볼 수 있는 일반적인 공중 부양 상태가 아니었다. 가까이 다가가 보니, 거울은 투명한 벽에 둘러싸여 있었고, 손이 그 벽을 통과하는 것으로 보아, 그것은 실체가 없는 벽이었다. 원래 거울이 달려 있던 벽은 이제 그 흔적만 유령처럼 남아 있었다.

오펠리는 방 안을 쓱 둘러본 뒤 빛줄기가 새어 들어오는 천장을 올려다보았다. 그러다가 자신이 어디에 있는지 단번에 알아차렸다. 메모리알의 중심부, 스크레타리움 안에 떠 있는 두 번째 구체 안이었다. 그녀는 앞에 있는 이 거울은 본래 메모리알 건물의 최상층에 속한 것이었다. 그것은 파열이 일어났을 때, 건물의 나머지 절반이 무너져 내렸던 바로 그 위치에 남아 있었다. 어떤 이유에서인지는 모르겠지만 다른 것들이 모조리 허공으로 떨어졌을 때도 떨어지지 않았다. 터무니없게도 공중에 고정된 채로 있었다. 누군가가 이 이상 현상을 감추기 위해 이 거울 주변으로 구체를 만들었던 것이다. 신의 작품일까? 공중에 매달린 이 거울의 존재를 오늘날에도 알고 있는 사람은 과연 몇이나 될까?

'금고. 궁극의 진실이 있는 곳.' 그 순간 그녀는 깨달았다.

오펠리는 장갑을 낀 손으로 거울에 앉은 먼지를 부드럽게 닦아냈다. 자신의 추측이 맞다면 이 거울은 수 세기 전 물건일 터였다. 어느 거울도 그렇게 오랜 세월 동안 은도금이 벗겨지지 않고 유지될 수는 없었다. 그러니 당연히, 거기에 자신의 모습이 비칠 리 없었다.

그리고 실제로 거울에 비친 것은 자신의 얼굴이 아니었다.

정면에 선 거울 속의 여자는 똑같이 작고, 똑같이 갈색 머리에, 똑같은 안경을 쓰고 있었다. 하지만 자신이 아니었다.

두 사람의 입술이 동시에 움직였다.

"나는 오펠리야." 오펠리가 말했다.

"나는 윌랄리야." 거울 속 여자가 말했다.

오펠리는 눈을 감았다 떴다. 그제야 거울에 다시 자신의 모습이 비쳤다. 그녀는 단추를 풀어 장갑을 주머니에 넣은 뒤 축축한 손바닥을 비볐다. 무슨 일이 벌어지고 있는지 이해할 수는 없었지만, 하나만은 확실히 알았다.

이 거울을 읽어야 했다.

셀 수 없이 많은 촛불을 불어 끄듯이 머릿속 생각들을 차례차례 지웠다. 준비가 됐다는 생각이 들자 거울 속의 자신을 맨손으로 만졌다. 가장 먼저 그녀를 관통한 이미지는 거울을 통해 떨어지던 자신의 모습이었다. 그건 아주 자연스러운 일이었다.

하지만 그 이후로는 모든 것이 예상과 다르게 흘러갔다.

오펠리는 거울에 반사된 자신의 모습에 빨려 들어가는 듯한 느낌이 들었다. 그녀의 기억이 안팎이 뒤집힌 장갑처럼 뒤집혔다. 매우 오래전, 다른 시대의 기억들이 오펠리의 의식 깊은 곳에서 폭발해 쏟아져 나왔다. 그 기억들이 너무나도 격렬하게 솟아나는 바람에, 마치 과거에 반으로 쪼개진 메모리알처럼 오펠리는 둘로 찢어졌다. 그녀 자신의 절반이, 그녀에게 갑자기 낯설게 느껴졌다.

그 낯선 절반은 오펠리가 거울 속에서 자신의 얼굴 대신 본 여자와 생김새가 같았다. 여자는 큰 거울을 마주한 채 타자기를 두드리고 있었다. 거울이 벽에 걸려 있던 시절이었다. 오펠리는 연극의 관객처럼 그 여자의 눈을 통해 바라보았다. 짙은 색 머리카락은 지저분하게 헝클어졌으며 오래 감지 않아 이마에 들러붙어 있었다. 여자는 코가 줄줄 흐르는 탓에 한 손으로는 휴지로 코를 풀면서 다른 손으로는 계속 타자를 칠 수밖에 없었다.

"머지않았어." 그녀는 거울을 향해 중얼거렸다. "머지않았지만 오늘은 아니야."

오펠리는 거울에 비친 공간을 여자의 눈으로 살펴보았다. 적어도, 그렇게 하려고 했다. 하지만 여자 역시 오펠리만큼이나 시력이 나쁜 데다 안경도 쓰지 않았다. 방 안에 다른 사람은 없었다. 바닥에는 구겨진 종이들이 여기저기 흩어져 있었다.

문을 두드리는 소리가 들렸다. 오펠리는 바로 타이핑을 멈추고 두꺼운 커튼을 쳐서 거울을 완전히 가렸다.

"무슨 일이죠?" 오펠리가 물었다.

문이 열렸고 희미한 실루엣이 보였다. 오펠리는 그가 가까이 다가오자 누구인지 알아볼 수 있었다. 자기가 조사했던 근무 일지를 쓴 경비원이었다. 꿈에서 본 모습처럼 그는 작은 철 테 안경을 쓰고 전쟁 중 다친 턱을 가리려고 터번을 두르고 있었다. 그는 바닥에 흩어진 종이와 휴지 뭉치를 보고 미간을 잔뜩 찌푸릴 수밖에 없었다. 딱딱한 말투와 자세에서 한때 군인이었던 티가 여실히 났다.

"반사되는 물건은 없어요." 오펠리가 제대로 코를 풀고 나서 그에게 말했다.

경비원은 흐트러짐 없는 동작으로 안경을 벗었다. 노쇠한 손이 끊임없이 떨렸다.

"빌어먹을 문제가 생겼습니다."

경비원의 말투는 오펠리에게 너무 낯설었다. 그럼에도 그녀는 아무 문제 없이 그가 하는 말을 이해할 수 있었다. 심지어 그의 말투 그대로 정중하게 답하기까지 했다.

"세상에, 이번엔 또 무슨 일을 저질렀는데요?"

"그 빌어먹을 자식이 참새를 모조리 죽여버렸어요. 그 자식이 한 짓이에요. 제가 그놈을 새장에 못 들어가게 막으려고 했는데 기어코 들어갔더라고요. 장담하건대, 언젠가 그놈이 날 죽이는 날이 올 거라니까요."

경비원은 마치 문 너머에 누군가가 있을까봐 두려워하듯 등 뒤를 불안하게 힐끔거렸다.

"조금만 참아요." 오펠리가 한숨을 내쉬며 말했다. "그 아이도 다른 아이들처럼 자제하는 법을 배우겠죠."

"그놈은 저 빌어먹을 애들이랑은 다르다고요."

경비원이 시야에서 사라졌다. 오펠리는 피곤해하며 눈을 비볐다. 안경 없이 타자를 친 탓에 눈이 화끈거렸다. 만성 비염 때문에 상황이 더 안 좋았다.

"그 아이에게 주어진 역할은 달라요." 그녀가 말했다. "그 아이가 학교를 지키죠."

"나도 이 빌어먹을 학교를 지키고 있다고요." 경비원이 일그러진 입술을 우물거리며 투덜거렸다. "저 빌어먹을 군인들이 이 빌어먹을 섬에 발만 들여놔봐요, 내가 그놈들을 빌어먹을 바다에 던져버릴 거예요."

오펠리는 휴지를 둥글게 말아 종이 뭉치가 흩어져 있는 바닥에 던졌고, 경비원은 짜증 섞인 코웃음을 쳤다.

"당신은 그저 인간일 뿐이에요." 그녀가 부드럽게 말했다. "그리고 나 역시도요. 당신과 나, 우리에게는 한계가 있어요. 하지만 그 아이는 달라요. 새로운 인류가 도래할 때까지 그 아이가 우리 모두를 지킬 거예요. 그 아이를 믿으세요."

그 아이를 믿으세요.

이 세 마디 말이 오펠리의 몸속에서 울려 퍼졌다. 늙은 경비원, 종이 뭉치, 휴지 뭉치, 타자기, 그리고 방 전체가 수면에 이는 동심원처럼 일그러졌다. 현실로 되돌아왔을 때, 오펠리는 독방 한가운데에 쓰러져 있었다. 얼어붙은 듯하면서도 화끈하게 달아올라 있었고, 마치 바다에 휩쓸렸다 되밀려 온 조난자 같았다.

그녀는 메모리알의 두 번째 구체를 나와 틈 사이 공간을 거꾸로 통과해 돌아왔지만, 자신도 그걸 알아채지 못했다.

그녀는 바닥에 비친 자신의 모습을 오랫동안 바라보았다. 얼굴에 흐르는 땀방울 때문에 희미해 보였다. 온몸의 피부 위로 가문의 능력이 여전히 전율하고 있었다.

그녀는 그 어느 때보다도 자신이 달라졌다고 느꼈다. 그리고 그 어느 때보다도 자기답다고 느꼈다.

그녀는 다 알고 있었다. 신과 동등해질 수 있게 해주는 책이 어디에 있는지도. 누가 그 책을 지키고 있으며, 왜 지키고 있는지도. 아니, 정확히 말하면, 자신이 알고 있다는 걸 알고 있었다. 모든 답이 자신의 혈관을 따라 고동치고 있음을 느낄 수 있었지만, 아직 그 답에 접근할 수는 없었다.

오펠리는 옷을 벗고 샤워를 한 후 과일을 먹었다. 모든 감각이 전과 달리 예민하게 느껴졌다. 다시 장갑을 끼지 않았다. 이번만큼은 장벽을 치지 않고 직접 세상을 만지고 싶었다. 거울에 비친 자신의 모습이 사방에 가득했지만 이제 아랑곳하지 않았다.

오펠리는 충분히 쉬었다는 생각이 들자 거울들 한가운데 앉아 양손으로 단단히 깍지를 꼈다. 이번에는 자신의 몸을 읽는 법을 배워야 했다.

숨이 들어오고 나가는 흐름을 주의 깊게 들었다. 아주 하찮은 생각조차 놓치지 않고 모든 생각에 귀를 기울였다. 독방의 고요에도 귀를 기울였다. 그 고요는 조금씩 그녀 자신의 것이 되어가고 있었다. 시간이 흐릿해졌다.

오펠리는 더 선명하게 기억하기 위해 자신을 잊었다.

눈사태처럼 거센 빛이 독방 안으로 쏟아져 들어와 거울마다 강물처럼 튕겨 퍼지며 반사되었다. 그 빛줄기는 정글의 소리와 냄새까지 실어 나르고 있었다.

땅굴을 덮은 문이 다시 열렸다.

"아직 살아 있지?" 엘리자베스의 침착한 목소리가 들렸다.

한낮의 빛에 눈이 부셔 오펠리는 앞을 제대로 볼 수 없어서 천천히 몸을 일으켰다. 꾸러미 하나가 품에 떨어졌다. 깨끗하게 세탁된 제복이었다.

"준비해, 수습생. 진급식에 참석해야지."

당연히 그래야지. 오펠리는 이제 자신이 해야 할 일이 무엇인지 정확히 알았다.

진급식

호화로운 비행선과 비행 탁시, 제피로스인들이 모는 곤돌라들이 대열을 이루어 바벨의 메모리알을 순식간에 뒤덮었다. 마치 거대한 축제 풍선들이 형형색색의 별 무리처럼 하늘에 수놓인 것 같은 모습이었다. 특별히 편성된 버드트램도 있었지만 모든 운행 수단을 한꺼번에 수용하기엔 바벨은 턱없이 작은 아슈였다. 사고를 피하려면 정해진 시간을 서로 잘 지키며 정차해야 했다.

오펠리와 동료들이 그중 한 열차에서 내렸다. 버드트램을 타고 오는 동안 오펠리에게 말을 건 이는 없었다. 물론 그럴 수밖에 없었을 터였다. 예지자들은 자기 신발 코만 뚫어지게 바라보고 있었다. 그녀가 지레짐작한 것일지도 모르지만 모두 실망한 기색이 역력한 듯했다.

선각자들은 높은 유리문을 지나 메모리알 정문으로 들어갔다. 선각자, 법률가, 기술자, 서기관, 수호자, 예술가 등 본파미유의 모든 분과가 한 명도 빠짐없이 넓은 아트리움에 모였다. 다닥다닥 붙어 줄을 선 탓에 모든 제복들이 한데 꿰매어진, 은 장식이 달린 짙은 푸른색 옷감처럼 보였다. 수습생들과 비르투오소 후보들은 연단을 향해 서 있었고, 그 위에는 거대한 쌍둥이 정령이 우뚝 서 있었다. 한쪽은 광학 장치를 쓰고 바퀴 달린 크리놀린 치마를 입은 헬레네였고, 다른 한쪽은 눈부시게 화려한 폴리데우케스였다. 폴리데우케스가 근사해 보이는 만큼 헬레네는 기이해 보였다. 폴리데우케스는 자신을 바라보는 이들에게 다정한 윙크를 흘리고 있었지만, 정작 누구 하나 정확히 알아보는 기색은 아니었다.

오펠리는 회랑마다, 트랜센디움마다, 거꾸로살롱마다, 발을 디딜 수 있는 모든 공간마다 빼곡하게 들어찬 인파에 현기증을 느꼈다. 독방에서 침묵의 시간을 보내다가 이런 소란을 마주하니 어안이 벙벙했다. 앞이든 뒤든, 위든 아래든 고개를 돌리는 곳마다 모두 사람이 가득했다. 주변의 학술 기관의 학자들만으로도 학위복의 바다가 펼쳐졌다, 그들의 웅성거리는 소리에 돔 천장의 유리가 흔들릴 정도였다. 오펠리는 절반은 허공에 걸친 채 기적적으로 균형을 유지해온 메모리알이 너무 많은 방문객들 때문에 무너지지나 않을지 문득 걱정되었다.

줄 맞춰 선 채로 꼼짝도 못 하고 있던 그녀는 가문 정령 뒤에 정렬한 뤽스 귀족들 틈에서 몰래 토른을 찾았다. 그는 보이지 않았지만 레이디 셉티마가 마치 누구를 기다리기라도 하듯 로봇 동상의 시계를 계속 힐끔거리는 모습이 보였다.

연단 위에는 황금빛 단상이 놓여 있었고 마이크는 연설자를 기다리고 있었다.

오펠리는 폴리데우케스의 후손들 분과에 있는 옥타비오의 시선을 붙잡았다. 소환 이후 처음으로 보는 것이었다. 눈썹과 콧망울엔 꿰맨 자국이 있었지만, 더 눈에 띄는 건 내면의 상처처럼 보였다. 그의 그늘진 얼굴에는 내면에서 치열하게 벌어지는 싸움이 고스란히 묻어나 있었다. 그는 그가 귀족이 되는 날 자신들을 기억해주기를 바라는 동료들의 마지막 아침도 모조리 무시하고 있었다. 오늘 그가 비르투오소 후보로 진급하리라는 건 분명했지만, 정작 그는 그것을 더는 원하지 않는 듯 보였다.

오펠리는 달랐다. 진급을 간절히 바랐다. 그럴 가능성이 아주 희박했지만 비르투오소 후보가 되기를, 토른이 그 모습을 지켜보기를 그 무엇보다도 바랐다. 그녀는 고개를 들어 머리 위에 행성처럼 떠 있는 스크레타리움을 쳐다보았다. 그가 올까?

오펠리는 불현듯 누군가 자신을 지켜보는 듯한 기분이 들었다.

신경이 예민해져서 그런 게 아니었다. 끈적끈적한 무엇인가가 피부에 들러붙은 기분에 가까웠다. 인파 속에서 누군가 자신을, 오직 자신만을 주시하고 있었다. 며칠 전부터, 몇 주 전부터, 아니 어쩌면 그보다 더 오래전부터 누군가가 어둠 속에서 자신을 엿보고 있었다. 오펠리는 그가 누구인지 한 번도 보지 못했지만 그의 존재감이 점점 더 선명하게 느껴졌다.

누구지?

그때 누군가의 움직임이 오펠리의 시야에 들어왔다. 진급식에 참석한 메모리알 직원들 틈에서 블라시우스가 그녀에게 온

몸으로 응원의 메시지를 보내고 있었다. 오펠리는 블라시우스를 향해 미소를 짓는 순간 그가 실수로 옆 사람의 뺨을 치자 웃음을 참으려 입술을 깨물었다. 그동안의 우여곡절 때문에 그녀는 블라시우스에게 울프 교수의 메시지를 전할 수 없었다.

메모리알의 직원석 중 맨 앞줄은 로봇들 차지였다. 아직 진급식이 시작되지도 않았건만 로봇들은 금속성 소음을 요란하게 내며 벌써부터 박수를 치고 있었다. 늙은 청소부가 직원석에 보이지 않았다. '바로 너처럼 귀하게 자라신 도련님들이 선량한 시민들 대신 기계에게 일자리를 주는 거지.' 상퐈르는 분명 선한 사람은 아니었지만, 오펠리는 바벨에 필요한 목소리가 그의 죽음과 함께 사라져버렸다는 생각을 멈출 수 없었다.

하지만 눈에 안 띌 수가 없는 인물이 하나 있었으니, 바로 라자뤼스였다. 그는 프라이빗 발코니에 앉아서 자신에게 플래시 세례를 퍼붓는 기자들을 향해 겸손한 미소를 지어 보였다. 하얀 새틴 프록코트를 입고 반짝이는 분홍색 안경을 써서 빛이란 빛은 다 반사하고 있었다. 오펠리는 저 자리에서 그가 자신을 알아보지 못하기를 바랐다. 그런데 앙브루아즈가 그의 옆에 없었다.

앙브루아즈….

이제 오펠리는 자신과 그가 조만간 다시 만나게 되리라는 절대적인 확신이 들었다. 그것도 아주 가까운 시일 내에.

사람들이 뭘 기다리고 있는지 궁금해지려는 순간, 모터 소리가 웅성거림을 덮었다. 그 순간 모두가 정문을 향해 일제히 고개를 돌렸고, 높은 유리문들 틈으로 날아오는 비행기를 보고 오펠리는 깜짝 놀랐다. 마치 옛 세계 박물관에서 그대로 튀어나온 듯한 복엽기*였다! 복엽기는 아트리움의 공중에서 길게 곡선을 그리며 스크레타리움 구체 주위를 돌았다. 복엽기가 군중을 스칠 듯이 낮게 날자 비명과 터번이 동시에 솟구쳤다. 오펠리는 안경을 꼭 쥐고 자세히 들여다봤다. 복엽기의 상하 날개 사이에 두 사람이 태평하게 앉아 있었다. 거대한 돔 유리 아래에서 복엽기가 빙글빙글 도는 순간, 두 사람은 허공으로 몸을 던졌고, 메모리알 전체가 환호와 비명으로 들끓었다. 낙하산이 펼쳐졌다. 두 사람이 우레와 같은 박수갈채를 받으며 100여 미터 높이에서 천천히 땅으로 내려왔다. 복엽기는 마지막으로 한 바퀴 선회한 뒤 처음 들어왔던 입구로 빠져나갔고, 그 바람에 수습생 전원은 아트리움 바닥에 납작 엎드려야 했다. 오펠리는 머리가 헝클어진 채로 몸을 다시 일으키면서 조금 전의 광경은 자신이 본 것 중 가장 위험하고도 어처구니없는 장면이었다고 생각했다.

둘은 낙하산을 조종해 서로를 품에 안듯 껴안은 채, 단상 위 진홍색 카펫 한가운데 착지했다. 그들은 마치 세상에 둘만 남겨진 것처럼 격정적으로 입을 맞춘 뒤 너무나도 극적인 동작으로 헬멧을 벗었다. 그 모습에 메모리알 전체에 환호와 박수 소리가 더욱더 커졌다. 그들의 노골적인 자기 과시는 아무에게도 충격

* 동체의 위아래로 두 쌍의 날개가 있는 비행기.

을 주지 않았다. 연단 가까이에 있지 않았던 탓에 그들을 제대로 볼 수는 없었지만 오펠리 역시 금빛으로 물들인 그들의 머리카락과 피부에 매료되었다.

낡은 종이 울리자 장내가 다시 고요해졌다.

두 사람은 손을 맞잡고 연단의 계단을 올랐다. 확성기를 통해 그들의 목소리가 하나로 합쳐져 울려 퍼졌다.

"지식이 평화를 지킵니다."

"지식이 평화를 지킵니다." 메모리알에 모인 모든 이가 일제히 화답했다.

바로 그 순간 오펠리는 기이한 이들이 실은 계보학자들임을 깨달았다. 계보학자들은 그녀가 상상했던 모습과 비슷한 구석이 거의 없었다. 자세히 보니 그들은 그다지 젊지 않았지만 화려한 분장만큼이나 강렬한 존재감을 뿜어냈다. 그들은 스스로를 태양으로 여겼고, 실제로 그 빛이 연단 위에 선 헬레네와 폴리데우케스와 모든 룩스 귀족들을 압도했다. 이들이야말로 바벨의 진정한 가문 정령인 것처럼 보였다. 레이디 셉티마조차도 오펠리가 본 적 없는 경외의 눈으로 그들을 빨아들일 듯 바라보고 있었다. 계보학자들은 신과 동등해지기를 원하는 사람들이 아니었다. 이미 자신들이 신과 동등하다고 여기고 있었다.

저들과 손을 잡다니, 토른은 정말 위험한 불을 가지고 놀고 있는 셈이었다.

"오늘은 우리 도시에 뜻깊은 날입니다. 우리는 두 가지 탄생을 함께 기념합니다. 새로운 장서 목록과 새로운 비르투오소들입니다." 여자 계보학자의 관능적인 목소리가 마이크를 통해 울려 퍼졌다.

"과거와 미래가 하나 되는 순간을 목격하고 있습니다." 남자 계보학자가 여자 계보학자의 말을 이어받았다. 둘의 호흡이 얼마나 완벽한지 마치 두 사람이 한 몸처럼 느껴질 정도였다. "자료 검색 기술의 현대화는 우리의 고유한 유산을 보존하는 데 봉사하고 있습니다. 인간과 기계가," 그의 말에 맞춰 여자 계보학자가 의미 있는 손짓으로 로봇을 가리켰다. "역사상 가장 높은 수준의 협업을 이루고 있지요. 이제 이 모델을 바벨 전역으로 확산시켜야 합니다!"

"이를 위해서는 지식과 능력을 겸비한 시민이 필요합니다." 여자 계보학자가 자연스럽게 이어받아 말하며 이번에는 객석에 앉아 있는 모든 비르투오소들을 애정 어린 눈길로 두루 둘러보았다. "한때 여러분들과 같았던, 오늘 이 자리에 함께하신 라자뤼스 교수님 같은 시민이 필요합니다. 헬레네의 피후견인님, 우리는 그대와 같은 시민이 필요합니다!" 여자 계보학자는 엘리자베스를 똑바로 바라보며 말했다. "그대의 데이터베이스 작업은 참으로 눈부신 성과를 거뒀습니다. 앞으로 나오세요, 비르투오소 후보님! 그대가 비르투오소로서 영원히 바벨 시민이 될 수 있도록 3등급을 수여합니다!"

엘리자베스를 호명하는 목소리에 묻은 탐욕스러운 기색이 오펠리는 조금 편하게 느껴졌다. 엘리자베스는 평소와 달리 얼굴을 붉힌 채 연단으로 나아갔다.

오펠리는 계보학자들이 토른을 전혀 언급하지 않았다는 사실을 깨달았다. 토른이야말로 새로운 장서 목록 개발 프로젝트의 핵심 일원이었는데도. 그들이 그를 언급하지 않은 것은 앙리 경이라는 위장 신분을 보호하기 위해서일까? 아니면 그들이 원하는 유일한 책을 그에게서 얻지 못했기 때문일까?

오펠리는 안경을 들어 올리고 라자뤼스가 있는 발코니 쪽을 바라보았다. 마침 그가 로봇 집사에게 이 장면을 사진으로 남기라고 하고 있었다. 만약 그들이 그녀가 알고 있는 것을 알기만 한다면….

"고마워요, 선각자님!" 헬레네가 엘리자베스에게 은으로 만든 견장을 수여하자 계보학자들이 다시 연설을 이어갔다. "바벨이 스물한 명의 가문 정령의 후손뿐만 아니라 그들의 후손이 아닌 자들이 함께 힘을 합쳐 최고의 세상을 만들어나갈 수 있는 이상적인 도시라는 사실을 바로 지금 당신이 증명하고 있습니다. 감사의 뜻으로, 이 우수상을 함께 받아주십시오. 헬레네의 피후견인님, 어서 이리 오세요!"

엘리자베스는 황금빛 연단으로 올라갔다. 그 위에서는 머리 끝부터 발끝까지 황금빛인 계보학자들이 황금빛 트로피를 건네고 있었다. 엘리자베스는 계보학자들 사이에 갇히듯 선 채, 두 손으로 트로피를 꽉 쥐었다. 그녀의 길고 평평한 몸은 더 움츠러들고, 완전히 납작해져서, 그 위로 쏟아지는 수천의 시선에서 벗어나고 싶어 하는 듯했다. 오펠리가 엘리자베스의 무표정한 가면 뒤에 가려진 연약함에 놀란 것은 이번이 처음은 아니었다. 계보학자들이 엘리자베스를 마이크 쪽으로 부드럽게, 하지만 단호하게 미는 모습을 보자 오펠리는 마음이 불편해졌다.

"음? 어, 저는… 제대로 된 관리 시스템과… 규범화된 언어와… 명령 알고리즘… 같은 것이 필요하다고 생각했습니다. 결국 그건 단순한 자료 검색 프로그램일 뿐이에요. 그러니까… 일종의 기억 장치… 같은 것입니다. 모두를 위한 기억 장치 말이죠. 가장 중요한 것은 데이터 그 자체입니다. 제가 이 자리에 서기까지 독서 그룹과 앙리…."

"바벨의 시민이 된 것을 다시 한번 축하합니다!" 계보학자들은 온화한 미소를 지어 보이며 엘리자베스의 진급을 축하했다. "이제 자리로 돌아가도 좋아요."

그러니까 실수가 아니었다. 엘리자베스가 트로피 뒤에 몸을 숨기듯이 연단에서 내려오는 걸 보며 오펠리는 생각했다. 토른은 명백하게 배제된 것이었다. 그녀는 메모리알의 군중을 훑으며 토른이 어디 있는지 눈으로 찾았지만 끝내 찾지 못했다.

"계속해서 진급식을 진행하겠습니다. 이 자리에 참석한 비르투오소 수습생 중 안타깝게도 소수만이 그 영예를 누리게 될 것입니다. 전통에 따라 폴리데우케스의 후손 한 명과 헬레네의 피후견인 한 명만 각 분과별 비르투오소 후보가 됩니다. 결정을 내리기가 정말 쉽지 않았음을 알아주십시오. 헬레네 부인과 폴리데우케스 경을 비롯한 룩스 귀족 일원이 매우 엄격하게 모든 서류를 꼼꼼히 검토했습니다. 호명된 이는 앞으로 나와 자신의 계급을 받아 가시기 바랍니다. 서기관 분과의 코르넬리아, 에라

스무스!"

두 수습생이 대열에서 나와 연단으로 걸어 나갔다. 환희에 찬 두 사람의 얼굴은 마지못해 손가락 끝으로 박수치는 동료들의 질투 어린 표정과 대조를 이루었다.

계보학자들이 수습생들을 호명해나가는 동안 오펠리는 온몸의 근육이 팽팽하게 긴장되는 것을 느꼈다. 드디어 최종 결정의 순간이 왔다. 잠시 후면 비르투오소 후보가 되어서 토른 곁에 공식적으로 서든지, 아니면 다시 무명의 존재로 돌아가게 되고, 바벨의 어느 곳에서도 받아들여지지 않을 것이다.

오펠리는 지난 몇 달간 가까이 지냈던 동료들을 한 명 한 명 바라보았다. 젠은 초조한 탓인지 동양 인형 같은 체구를 감싼 제복이 계속 줄었다 늘었다 했다. 예지자들은 여전히 침울하게 발끝만 바라보고 있었다. 그들은 이미 결과를 아는 걸까? 예지자들과 다시 만날 일은 없을 터였다. 그들 중 그리워할 사람이 아무도 없다고 생각하니 괜스레 울적해졌다. 오펠리가 진심으로 생각하는 사람은 메디아나였다. 이탈 연구소의 스테인드글라스 앞 벤치에 웅크리고 앉아 있던, 그렇게 두고 온 메디아나. 성격상 결함이 많았지만 그녀는 오늘 이곳에, 예지자들 사이에 있어야 했다.

"선각자 분과!" 마침내 계보학자들이 호명했다. "옥타비오, 젠!"

두 사람을 호명하는 소리에 오펠리는 눈 하나 깜짝하지 않았다. 하지만 의식 전체가 몸 깊숙한 곳으로 순식간에 밀려난 듯했다. 그녀는 마치 자기 자신을 멀리서 내려다보는 것처럼, 젠을 향해 고개를 돌리는 자신을 보았고, 군중과 함께 박수를 치는 자신을 보았고, 옥타비오와 함께 조심스레 연단에 오르는 젠을 눈으로 좇는 자신을 보았다.

젠은 진중하고 유능했다. 지난 몇 개월 동안 부지런히 가문 능력을 갈고닦았다. 다루기 힘든 문서를 훼손 없이 축소하거나 원래 크기로 복원하는 젠의 능력은 메모리알에서 자료를 보관하고 이동시키는 방식을 개선하는 데 확실히 큰 도움이 될 터였다.

그녀는 자격을 충분히 갖췄다.

그런데 왜 오펠리는 패배를 인정할 수 없었을까? 연단 구석에서 미소 짓고 있는 레이디 셉티마를 보고 왜 그토록 부아가 치밀었을까?

젠이 진정한 선각자가 아니었으니까. 그녀에게는 진짜 호기심이라는 것이 없으니까. 그녀는 진실을 향한 갈망으로 움직이는 사람이 아니었으니까. 그리고 무엇보다도 오펠리가 원한 만큼 젠은 그 견장을 절실하게 필요로 하지 않았으니까.

'무슨 근거로 그렇게 생각하는 거지?' 오펠리는 마음속에서 튀어나온 생각에 퍼뜩 놀라 자문했다. '젠과 제대로 된 대화를 나눈 적도 없잖아. 그녀에 대해 아는 것도 없고.'

잠시나마 오펠리는 젠 대신 자신이 연단 위에 선 모습을 상상했다. 마치 하나의 인물이 거울 속에서 반대로 비친 두 모습인 것처럼. 그러고 나니 주위 예지자들처럼 발끝만 바라보게 되었다. 단지 실패해서 부끄러운 것이 아니었다. 모두가 서로를 증오하게 만든 경쟁심에 자신도 감염되었다는 사실이 수치스러웠다. 독방에서 보낸 시간 덕분에 성숙해졌지만, 이런 종류의 어른이 되기 위한 시간은 아니었을 텐데. 오펠리는 토른이 이곳에 없어서, 자신의 이런 모습을 보지 못해서 차라리 다행이라고 생각했다.

오펠리는 젠을 위해 박수 쳤다. 이번에는 진심이었다. 어쩔 수 없었다. 미래는 무궁무진하니 다른 길을 스스로 찾아나가면 된다.

"새로운 비르투오소 후보의 탄생을 축하합니다!" 계보학자들이 마지막 등급을 수여하며 외쳤다. "아쉽게 진급하지 못한 수습생들은 이제 멋진 제복을 벗고 각자의 길을 가야 하겠지만, 여러분의 실력과 지식, 그리고 그것을 전하는 능력 속에 그 정신은 늘 함께할 것입니다! 지식이 평화를 지킵니다."

청중은 일제히 가슴에 주먹을 대고 바벨의 가문 찬가를 불렀다. 진급에 실패한 수습생들이 하나둘 헬레네와 폴리데우케스의 발치에 배지를 내려놓는 느린 행렬이 시작되었다. 오펠리도 행렬의 흐름을 따라갔다. 그녀는 앞서 많은 이들이 그랬듯이 연단 계단을 올랐다. 다른 많은 이들처럼 헬레네의 거대한 크리놀린 치마 앞에 다다르자 그녀는 무릎을 꿇고 부츠 뒤축에 달린 은빛 날개를 떼어냈다.

"감사합니다." 오펠리가 헬레네에게 말했다.

오펠리는 지금까지 만난 어떤 가문 정령보다도 이 악몽 같은 외양의 식인귀 같은 존재에게 더 큰 경외심을 느꼈다. 그녀는 마지막으로 한 번이라도 헬레네 부인의 시선을 받고 싶었다. 설령 지독하게 복잡하게 생긴 광학 장치를 통해서라도 상관없었다. 하지만 오펠리가 부츠에서 떼어낸 은빛 날개를 배지 더미 위에 잘그랑거리며 내려놓을 때도 헬레네는 대리석 동상처럼 가만히 서 있었을 뿐이었다.

레이디 셉티마도 오펠리를 못 본 척했다. 그녀의 눈꺼풀 아래로 번뜩이는 눈빛은 순수한 기쁨 그 자체였다. 오펠리는 레이디 셉티마에게 감사 인사조차 하지 않았다.

연단 위 높은 곳에 있는 계보학자들은 자리에서 일어나는 일에 아무런 관심이 없어 보였다. 두 사람은 마이크를 끄고 귓속말을 속삭였다. 하도 찰싹 붙어 선 탓에 거의 입을 맞추는 것처럼 보였다. 그들의 긴 머리카락마저 깍지 낀 손처럼 서로 엉켜 있었다. 금빛으로 물들인 온몸에서 뿜어져 나오는 열정은, 나이 든 얼굴에마저 생기를 불어넣고 있었다. 오펠리는 그들이 매혹적이라는 생각을 떨칠 수 없었다. 신과 동등하든 그렇지 않든, 이들은 이미 멈추지 않고 영원히 뛰는 심장을 지닌 것 같았다.

"윌랄리 수습생?"

오펠리는 계단 아래서 자신을 기다리고 있는 옥타비오 쪽으로 몸을 돌렸다. 끝도 없이 울려 퍼지는 바벨의 가문 찬가 14절 때문에 그가 자신을 부르는 소리를 듣지 못할 뻔했다.

"비르투오소 후보 옥타비오, 난 이제 수습생이 아니야."

"미안, 버릇이 돼서."

옥타비오가 몹시 난처해하는 기색을 내비치자 오펠리는 살짝 미소를 지었다. 그녀는 옥타비오의 소매에 새로 달린 견장을 가리켰다. 그는 성가시고 가렵다는 듯 견장을 문지르고 있었다.

"축하해. 넌 충분히 자격이 있어."

"사람들이 전부 그렇게 말하긴 하더군." 옥타비오가 시선을 돌리며 중얼거렸다. "그런데 네가 그렇게 말하니 왠지 믿고 싶어지네. 잠깐 나 좀 따라올래? 부탁이야."

그는 오펠리가 대답할 틈도 주지 않고 아트리움을 가로질러 수습생들 사이를 뚫고 지나갔다. 오펠리도 팔꿈치로 사람들을 밀어 길을 트며 따라갔지만 그를 놓칠 뻔했다. 그녀는 가능한 한 토른의 눈에 잘 띄는 곳에 있고 싶었다. 하지만 그가 그녀를 찾고 있기는 했을까? 한편, 오펠리와 달리 옥타비오는 자신의 어머니가 무대 위에서 보내는 강압적인 시선에서 벗어나고 싶은 듯했다.

옥타비오가 북쪽 트랜센디움으로 걸어 올라가자 오펠리는 눈썹을 살짝 찌푸렸다. 그는 자신에게 축하 인사를 건네는 손길을 깡그리 무시하고 지나쳤다. 그러고는 주머니에서 열쇠 하나를 꺼냈는데 오펠리는 그 열쇠가 무엇인지 바로 알아챘다.

옥타비오가 차단기에 열쇠를 넣어 작동하자마자 스크레타리움으로 이어지는 연결 다리가 펼쳐졌다.

"서두르자." 옥타비오가 이를 악문 채 말했다. "앙리 경이 너를 따로 만나고 싶어 하셔. 오늘 사람이 너무 많아서, 방문객들이 실수로 따라오는 일이 생기지 않았으면 좋겠어."

옥타비오가 한 말의 끝부분이 오펠리에게는 들리지 않았다. '앙리 경이 따로 보고 싶어 한다'는 말에 생각이 멈춰 있었다. 그녀는 앞서 연결 다리 위를 걷고 있는 옥타비오의 목소리에 집중하기 위해 애써야 했다.

"어머니는 아무것도 듣지 않으려고 하셔. 미스 사일런스와 메디아나, 상퇴르에게 일어난 일은 모두 일련의 사고일 뿐이라고 고집을 부리시지. 울프 교수의 증언? 헛소리로 치부하셔. 그 일에 대해 너무나도 부정적인 태도를 보여서… 이렇게 말하기 정말 괴롭지만… 나에게 뭔가를 숨기고 있다는 생각까지 들 정도야. 그런데 최악은 어머니가 당신 말을 정말로 진실이라 믿는다는 거야. 어머니는 우리 도시의 완벽함에 너무 집착한 나머지 현실은 다를 수 있다는 사실을 전혀 받아들이지 못해. 여동생 일에서도 그러셨어." 옥타비오는 숨을 내쉬며 말을 맺었다. "그래서 앙리 경에게 전부 말해야겠다고 결심하게 됐지. 적어도 앙리 경은 내 이야기를 진지하게 받아들인 것 같아. 진급식이 끝난 후 내가 네게 스크레타리움의 문을 열어주도록 내게 직접 열쇠를 주셨거든. 사건에 대한 네 입장을 듣고 싶어 하시는 것 같아."

오펠리는 구체의 방탄문을 열었다. 그러니까 토른이 모든 것을 알고 있었다. 가장 중요한 사실만 빼고 모두.

"행운을 빌게." 오펠리가 옥타비오에게 말했다. "넌 네가 생각하는 것보다 네게 달린 날개를 훨씬 잘 쓸 수 있을 거야."

뻣뻣하게 머뭇거리던 옥타비오는 오펠리가 내민 손을 잡았다.

"너도 마찬가지야. 견장을 받을 자격이 충분했어, 윌랄리. 작별 인사는 하지 않을게. 우리는 다시 만나게 될 거야. 그럴 만한 이유가 있으니까."

옥타비오가 발뒤꿈치를 축으로 몸을 획 돌리자 부츠에 달린 날개가 잘그랑거렸다. 그는 서둘러 걸음을 옮겼고 그의 발소리가 연결 다리 전체에 울려 퍼졌다. 오펠리의 손에는 이제 스크레타리움의 열쇠와 네 번 접힌 작은 쪽지가 들어 있었다.

종이를 펼치자 삐뚤빼뚤한 글씨로 메모가 적혀 있었다.

나를 한번 찾아와요, 그대의 손과 함께. 헬레네.

말

오펠리는 스크레타리움의 아트리움을 가로질렀다. 이곳에 드나드는 것은 이번이 거의 마지막이리라고 확신했다. 바깥의 축하와 환호 소리는 오래된 전축에서 흘러나오는 노래의 후렴구처럼 스크레타리움 안에서도 낭랑하게 울렸다. 그녀는 빛의 샘 한가운데 떠 있는 옛 세계의 구체를 올려다보았다. 그 구체는 그녀가 용기로 사용했던 것과 똑같은 복제품이었지만, 그 안에 담긴 비밀은 모든 수집품의 비밀을 능가했다.

공중에 매달려 있는 거울.

두 시대 사이에 고정된 거울.

태초의 사건을 목격한 거울.

오펠리는 자신이 어떻게 그 거울을 통과했는지 여전히 이해할 수 없었지만 거울이 자신에게 가르쳐준 모든 것에 감사했다.

그녀는 가장 가까운 트랜센디움을 이용했다. 가슴속에서 불규칙하게 뛰는 심장 소리가 데이터베이스 실린더가 딸각대는 소리와 뒤섞였다.

'앙리 경이 너를 따로 만나고 싶어 하셔.'

오펠리는 문을 두 번 가볍게 두드리고 조율 장치실로 들어갔다. 그런데 상자 더미에 부딪히는 순간 방을 잘못 찾아온 것은 아닌지 의아해졌다. 방 안에는 어둠이 떨리듯 감돌고 있었고, 빛줄기가 안경에 정면으로 쏟아져 들어오는 순간 오펠리는 그 어둠의 정체를 알아챘다. 의자 위에 놓인 프로젝터가 벽 한쪽에 유령 같은 이미지를 투사하고 있었고, 10초마다 딱딱 소리를 내며 슬라이드를 바꿨다. 그것들은 모두 인쇄된 문서의 확대 이미지들이었다.

"빛 속에 서 있지 마."

상자들이 엄청난 높이로 쌓여 있는 방 안쪽, 그림자가 가장 짙게 드리운 곳에서 토른의 목소리가 들려왔다. 철사처럼 구불구불한 그의 길쭉한 몸은 스툴 위에 걸터앉은 채, 마이크로필름 리더기 위로 몸을 굽히고 있었다. 기기의 쌍안 확대경은 그의 눈을 삼켜버린 듯했고, 그는 천문학적으로 정확하게 10초마다 한 번씩만 고개를 들어 벽에 비친 새 슬라이드를 잠깐 바라보았다. 그의 손가락은 마이크로필름 리더기 안쪽 유리판을 따라 필름을 밀리미터 단위로 정성스럽게 돌려가며 조절하고 있었다.

"상자 하나 가져와." 토른이 동작을 멈추지 않고 덧붙여 말했다.

다정한 말투는 아니었지만 오펠리는 금세 눈과 코, 목까지 벅찬 습기에 휩싸이는 걸 느꼈다. 토른이 자신을 밀어냈을 때 자신이 얼마나 두려웠는지, 그리고 다시 그를 보게 되어 얼마나 마음이 놓였는지를 오펠리는 문득 실감했다. 오펠리는 제복 소매에 대고 코를 훌쩍이며 최대한 감정을 억눌렀다. 그러고 나서 잔뜩 쌓인 수십 개의 상자 중 아무거나 하나를 골라 열었다. 상자는 색 바랜 낡은 라벨이 붙어 있는 마이크로필름 롤로 꽉 차 있었다.

"날짜를 알아볼 수 있으면 제일 오래된 필름을 한쪽에 따로 빼놔줘." 토른이 부탁했다.

그는 마치 수술용 기구를 다루듯 정밀한 손놀림으로 판독기의 필름을 갈아 끼웠다. 오펠리는 그가 잠시라도 일을 멈춰주면 좋겠다고 생각했지만 그는 그 어느 때보다도 시간에 집착하는 것 같았다. 이제 뺨까지 뒤덮기 시작한 백금색 수염이 판독기 전구의 불빛에 반사되어 반짝였다. 오펠리는 토른과 정반대 쪽에 있었지만 그에게서 전기장처럼 뿜어져 나오는 강력한 에너지를 느낄 수 있었다. 저 스툴에 얼마나 오래 앉아 있었던 걸까? 스크레타리움 바로 아래에서 방금 진급식이 있었다는 것을 알고는 있을까?

토른은 가까운 벽에 투사된 새 슬라이드를 슬쩍 보다가 오펠리가 아직 분류 작업을 시작하지 않은 것을 눈치채고는 눈살을 찌푸렸다.

"상퐈르에프레스크상르프로슈와의 말다툼, 울프 교수와의 교훈적인 대화, 미스 사일런스가 불태운 E. D.의 책에 대해 당신이 조사한 내용, 다 알고 있어." 토른이 단숨에 쏟아내듯 나열했다. "당신이 중요한 단서를 찾아냈어. 우리가 그날 저녁에 서로 열 내기보다 대화를 나눴다면 시간을 아낄 수 있었겠지. 여기 있는 마이크로필름 자료들은 60년 전에 열린 가문제전 때 만들어진 거야." 그는 다시 접안렌즈를 들여다보며 설명했다. "그 이후로 정리를 하지 않았으니 이 상자들 중 어딘가에서 E. D.의 책 사본이 발견될…."

"난 비르투오소가 될 수 없어." 오펠리가 토른의 말을 잘랐다.

이 순간 오펠리는 E. D.의 책은 완전히 잊어버리고 있었다. 지금 바로 여기서 토른과 진짜 대화를 나누는 것이 무엇보다도 중요했다.

"그럴 줄 알았어."

토른은 마이크로필름 리더기에서 눈을 떼지도 않고, 필름 롤을 돌리는 손놀림도 늦추지 않고 대꾸했다.

"내가 당신 진급에 부정적인 의견을 냈어." 그가 사무적인 말투로 말을 이었다. "그게 어느 정도 영향을 미친 것 같군."

"뭘 했다고?" 오펠리가 말을 더듬었다. 내가 진급하길 원한 줄…."

"생각이 바뀌었어. 최근 들어 계보학자들이 조금 과하다 싶을 정도로 예비 선각자들에게 관심을 두기 시작한 것 같았거든. 당신의 위조 신분이 오래가진 않을 거 같아서."

"그럼 내게 미리…."

"미리 말해줬을 수도 있지 않았냐고?" 토른이 오펠리 대신 말을 이었다. "지난 며칠 동안 당신을 도무지 만날 수가 없었어."

오펠리는 입을 다물었다. 형언할 수 없는 감정들이 마구 휘몰아쳤다. 엄청난 안도감을 느끼는 건지 아니면 끔찍할 정도로 실망한 건지 알 수 없었다.

그녀는 숨을 한껏 들이마셨다.

"당신에게 알려줘야 할 게 또 있어. 사실 이것부터 말했어야 했는데."

"그건 좀 더 미뤄도 괜찮겠지?" 토른이 이를 악물며 중얼거렸다. "10초마다 슬라이드 한 장을, 4분마다 마이크로필름 한 롤을 처리하면 새벽까지는 내가 찾고 있는 걸 찾아낼 수 있을 테니까."

그렇게 말하며 그는 필름을 교체하고 접안렌즈에 다시 눈을 갖다 댔다.

오펠리는 상자를 쓰러뜨리지 않으려고 조심조심 움직이며 방을 가로질렀다. 하지만 쉬운 일은 아니었다. 토른은 마이크로필름에 깊이 몰두한 탓에 그녀가 다가오는 것도 알아채지 못했다. 오펠리는 고집스럽게 자신에게 돌린 토른의 넓고 굽은 등을 바라보는 것 말고는 달리 할 수 있는 게 없었다. 이제 그는 팔을 뻗으면 닿을 거리에 있었다. 마지막으로 그 심연 같은 틈, 두 사람 사이의 거리를 넘어서려 했을 때, 토른은 그녀에게 손톱을 드러냈었다.

토른이 필름 롤이 감긴 노브를 돌릴 때마다 셔츠 아래로 어깨뼈의 움직임이 드러났다. 오펠리는 그의 어깨를 향해 조심스럽게 손을 들어 올렸다. 이제 그의 관심을 오롯이 받고 싶었다. 그녀는 오랫동안 자기 안에 갇혀 있던 말을 마침내 꺼내고 싶었다.

"나도 당신을 사랑해."

오펠리는 깜짝 놀라 몸을 움찔했다. 토른이 번개처럼 몸을 홱 돌려 그녀의 손목을 붙잡았다. 그의 반응은 너무 갑작스러웠고, 눈빛은 너무도 냉정해서, 오펠리는 그가 또다시 자신을 밀어낼 거라고 생각했다. 그러나 예상과 전혀 다르게 토른은 완전히 반대로 움직였다. 오펠리를 자기 쪽으로 끌어당겼다. 그가 앉아 있던 스툴이 기울었다. 오펠리는 자신의 체중이 토른의 갈비뼈 사이로 깊숙이 파고드는 느낌을 받았다. 철제 부품들이 쏟아지는 소리가 나며 상자 더미가 무너져 내렸고, 두 사람도 함께 넘어졌다. 마이크로필름 리더기가 그들 옆 마룻바닥에 떨어지며 유리 파편으로 산산조각 났다. 오펠리는 생전 처음으로 가장 요란하고 어처구니없게 넘어졌다. 귀에서는 벌떼가 윙윙대듯 소리가 울렸다. 안경테가 피부를 눌러 아팠다. 아무것도 똑바로 보이지 않았고 숨도 제대로 쉴 수 없었다. 오펠리는 자신이 토른을 깔고 있다는 사실을 깨달은 순간 빠져나오려 했지만 그럴 수 없었다. 토른이 두 팔로 그녀를 너무 세게 감싸고 있어서 오펠리는 자기 심장 소리와 그의 심장 소리를 구분할 수 없었다.

토른은 덥수룩한 수염을 오펠리의 머리카락에 파묻고는 말했다.

"무엇보다도, 갑자기 움직이는 것은 금물이야."

방금 두 사람이 함께 바닥에 나뒹군 것을 생각하면 토른의 경고는 다소 앞뒤가 맞지 않았다. 오펠리를 세게 감싸 안은 두 팔의 근육들이 서서히 느슨해졌다. 오펠리는 토른의 배를 꾹 눌러

몸을 일으켜야 했다. 토른은 책장에 기댄 채 마룻바닥 위에 거의 쓰러질 듯 앉아서 몹시 긴장하며 오펠리를 바라보았다. 마치 그녀가 곧 재앙이라도 불러일으킬 것처럼.

"다시는 그러지 마." 토른은 음절마다 힘을 실어 말했다. "나를 놀라게 하지 마. 절대로. 알겠어?"

오펠리는 목이 메어 아무런 대꾸도 할 수 없었다. 아니, 할 말이 없었다. 토른이 자신의 고백을 듣기는 했는지 궁금해지기 시작했다.

그녀는 마룻바닥 위에 흩어진 금속 파편들을 보며 얼굴이 사색이 됐다. 토른의 다리 보조기가 거의 형태를 알아볼 수 없을 정도였다.

"고칠 수는 있겠네." 토른이 말했다. "방에 공구가 있으니까. 그런데 이건 좀 곤란하게 됐군." 그가 산산조각 난 마이크로필름 리더기를 힐끗 보고 덧붙였다. "새로 구해야겠어."

"그게 중요한 게 아니잖아." 오펠리가 쏘아붙였다.

토른이 그녀의 입술에 입을 맞추자 오펠리는 혀를 깨물었다. 그 순간 머릿속이 하얘졌다. 턱을 찌르는 그의 수염과 정신을 혼미하게 하는 소독제 냄새가 느껴졌지만, 부츠가 토른의 정강이에 걸려 있다는 어처구니없고 단순한 생각만이 머릿속을 스쳤다. 오펠리는 몸을 뒤로 빼고 싶었다. 하지만 토른이 움직이지 못하게 했다. 그가 두 손으로 오펠리의 뺨을 감싸고, 머리칼에 손가락을 파묻고, 목덜미를 절박하게 파고든 탓에 두 사람은 한 번 더 균형을 잃었다. 책장에서 종이 더미가 두 사람 위로 쏟아졌다. 토른이 마침내 입을 떼 숨을 몰아쉬었고, 오펠리의 안경 너머에서 단호한 시선으로 그녀를 바라보았다.

"말해두겠는데, 당신이 내게 한 말, 이제 돌이킬 수 없어."

토른의 목소리는 매서웠지만 권위적인 말 속에는 왠지 모르게 미세한 균열이 생긴 듯했다. 오펠리는 자신의 뺨에 어설프게 올린 그의 두 손에서 빠르게 뛰는 맥박을 느꼈다. 그녀 역시 왔다 갔다 하는 그네처럼 가슴이 요동치고 있다는 사실을 인정할 수밖에 없었다. 토른은 자기가 만난 사람 중 분명 자신을 가장 당혹스럽게 하는 사람이었지만, 함께 있으면 놀랍도록 살아 있는 기분을 느끼게 하는 사람이기도 했다.

"사랑해." 오펠리가 결연한 목소리로 한 번 더 말했다. "당신이 내게 바벨에 온 이유를 물었을 때 하고 싶었던 말이야. 당신이 내게 정말 하고 싶은 말이 없냐고 물었을 때마다 하고 싶었던 말이야. 물론 신의 비밀을 파헤치고 내 삶의 주도권을 되찾고 싶지. 하지만… 당신은 정확히 내 삶의 일부야. 당신을 이기주의자라고 몰아세웠지만, 정작 난 단 한순간도 당신의 입장을 헤아리지 못했어. 미안해, 정말."

오펠리는 흔들리지 않는 목소리로 말하고 싶었지만 마지막 말을 뱉을 때쯤엔 자신도 모르게 목소리가 갈라졌다. 토른은 자기 엄지손가락을 타고 흘러내리는 눈물을 바라보았다. 눈을 너무 크게 뜬 탓에 그의 얼굴 흉터가 더 벌어진 것 같았다.

"분명히 말하는데," 토른은 오펠리의 얼굴을 더 꽉 감싸며 낮은 목소리로 중얼거렸다. "다시는 등 뒤나 내 시야 밖에서 갑자기 다가오지 마. 내가 예측할 수 없는 움직임은 금물이야. 아니면 큰 소리로 미리 말해주든지."

슬라이드 프로젝터는 여전히 불규칙적으로 섬광을 터뜨렸다. 빛이 깜빡일 때마다 토른이 새롭게 보였다. 뒤로 물러서는 움직임과 옆걸음질 치는 모습, 외부 세계와 철저히 거리를 두고 살아가는 태도까지도.

"이제 할퀴기 능력이 제어가 안 되는 거야?"

토른은 콧구멍을 좁히고 입을 굳게 다물었다. 얼굴이 한순간에 움츠러드는 듯 보였다.

"손톱이 당신을 위협으로 느끼지 않는다면 통제할 수 있어. 그러니 내 지시를 따르고 방어기제를 자극하지 말아야 할 거야. 나랑 있을 때는 조심해야 해. 그거면 돼."

"하지만 어떻게 그렇게 됐지?" 오펠리가 당황한 듯 더듬거렸다. "내 아니마 능력이 전해지면서 당신의 가문 능력이 불안정해진 걸까?"

토른의 눈썹이 미세하게 떨렸다.

"혹시 내가 당신을 불편하게 했어?"

오펠리는 할퀴기 능력에 대한 통제력을 상실했다는 것이 신체적 장애보다 그에게 더 치욕스러운 일이라는 사실을 깨달았다. 지난번 그녀에게 손톱을 사용했던 것은 그가 의도한 일이 아니었다. 그리고 토른은 자신이 그랬다는 것조차 몰랐다.

오펠리는 절대로 토른에게 그 사실을 말하지 않으리라 다짐했다.

"아니, 이제 알았으니까 조심할게." 오펠리는 토른의 눈을 똑바로 바라보며 답했다.

토른은 노골적이다시피 강렬한 눈빛으로 오펠리를 바라보았다. 그 순간 오펠리는 지난 3년 동안 내면을 갉아먹던 공허함이 갑자기 또렷하고 고통스럽게 느껴졌다. 몸이 떨려왔다. 두려움 때문이 아니었다—더는 두려울 게 없었다. 그것은 자기 존재의 뿌리에서부터 시작된 떨림이었다.

오펠리의 머리칼에 파묻은 토른의 손가락에 잠시 강한 힘이 실리다가 느닷없이 풀리며 두 팔이 아래로 툭 떨어졌다.

토른은 헛기침을 했다.

"저기… 내 방 침대 밑에 공구함이 있어. 좀 가져다줄 수 있을까? 새 마이크로필름 리더기를 찾고 작업을 다시 시작해야 하는데 그러려면 다리를 써야 하니까." 그가 무릎을 구부리려다 찡그리며 말했다.

오펠리의 내면 깊숙한 곳의 이기심이 즉각 반발했다.

"그게 그렇게 급한 일이야?"

오펠리는 정말 오랜만에 토른의 입술이 살짝 떨리는 걸 포착했다. 예전에도 본 적은 있었지만, 그 떨림이 무슨 의미인지는 끝내 알지 못했었다. 뜻밖에도 토른은 주머니에서 낡은 회중시계를 꺼냈다. 시계는 뚜껑을 여닫으며 시간을 보여주었다.

"사실 정말 급한 일이야. 단순히 급한 정도가 아니고. 새 목록 도입 기념식이 끝나기 전에 계보학자들이 요구한 책을 찾아내야 해. 그러지 않으면 앙리 경을 처리할거라고 했거든. 그러니 공구함을 가져다줄 수 있겠어?" 토른이 시계를 주머니에 넣으며 말했다.

오펠리는 믿기 힘들다는 눈빛으로 그를 바라보았다.

"앙리 경을 처리한다니." 오펠리가 들리지도 않게 중얼거렸다. "당신이 앙리 경이잖아."

"앙리 경은 계보학자들이 나에게 만들어준 신분에 불과해. 언제든 내게서 그 신분을 거둘 수 있고, 나를 신에게 넘기거나, 어쩌면 그보다 더 끔찍한 일을 할 수도 있겠지. 그들이 나에게 원하는 것을 동이 트기 전에 넘겨주지 않으면 주저 없이 그렇게 할 거야. 그러니 공구함 좀 부탁해."

"그럼 당신은 처음부터 그 조건이 시한부라는 것을 알고 있었으면서도 내게 아무 말도 하지 않았던 거야?"

"내가 그때 그 얘길 했더라면, 오히려 도움이 안 됐을 거야."

오펠리는 토른이 어떻게 그런 말을 할 수 있는지 도무지 이해할 수 없었다. 그는 정말로 속을 뒤집는 재주가 있었다. 조금 전까지만 해도 그녀는 토른의 품에 안기고 싶은 욕망을 억누르고 있었는데, 이제는 따귀라도 올려붙이고 싶은 충동을 꾹 참아야 했다.

"왜 그런 사람들하고 손을 잡았어? 왜 항상 이렇게 목숨을 걸고 위험한 일을 하는 거야?"

책장에 기대어 힘겹게 일어서려던 토른은 바닥에 흩어진 종이, 금속 조각, 유리 파편 들이 갑자기 신경 쓰이는 듯했다. 마치 이 난리통에 오염될까봐 두려워하는 사람처럼 커프스단추와 셔츠 깃이 제대로 되어 있는지 강박적으로 확인했다.

"내가 유일하게 걸 수 있다고 생각하는 게 내 목숨뿐이니까. 공구함 좀 부탁해. 이왕이면 소독약도 같이."

"그렇지만 왜?" 오펠리가 초조하게 물었다. "왜 스스로에게 그런 고통을 줘? 왜 당신을 초월하는 힘에 굳이 맞서려고 해? 또 의무감 얘기 따위는 하지 마. 당신이 세상에 빚진 건 아무것도 없어. 세상이 당신에게 뭘 해줬는데?"

늘 잔뜩 찌푸려져 있던 토른의 얼굴이 한순간에 누그러졌지만 이마 전체에 깊게 파인 주름이 완전히 사라지지는 않았다.

"당신은 내가 이러는 게 세상을 위해서라고 생각해?"

토른의 몸에 감도는 긴장감이 이내 고조되더니 턱이 굳고 눈빛이 거세졌다. 그 순간 오펠리는 자신이 그를 보며 늘 결단력이라고 여겼던 것이 사실은 순수한 분노였다는 사실을 깨달았다.

"신이 당신을 지켜보겠다고 했어." 토른이 목멘 목소리로 중얼거렸다. "바로 내 앞에서. 내가 형편없는 남편이긴 하지만 그 누구도, 특히 그 신이라는 놈이 내 아내를 괴롭히는 건 용납할 수 없어. 나로선 신에게서 당신을 떼어놓을 순 없지만, 당신에게서 신을 떼어낼 순 있어. 그리고 당신이 그놈의 공구함만 가져다준다면, 나는 지금 당장 그렇게 할 거고. 만약 신의 비밀이 담긴 책, 그래서 무적인 그의 존재를 무너뜨리는 데 도움이 되는 책이 존재한다면 반드시 찾아내고 말 거야."

오펠리는 토른의 눈을 고집스럽게 끝까지 마주 보았고, 결국 일어나서 그의 방 침대 밑에 있는 공구함을 가지고 왔다.

"다리 보조기부터 고쳐. 그리고 마이크로필름은 신경 쓰지 마." 오펠리가 공구함을 건네며 말했다. "그 책이 어디 있는지 내가 아니까."

서랍

오펠리는 메모리알의 아트리움에 모인 군중을 헤치고 반대쪽으로 나아갔다. 그녀가 먼저 스크레타리움에서 나왔다. 토른과 함께 있으면 지나치게 이목을 끌 것이 분명했고, 메모리알에는 아직 사람이 너무 많았다. 기념식에 참석하러 온 방문객들은 이제 계보학자들을 따라 메모리알의 소장품들을 둘러보고 있었다. 다들 경건하게 침묵을 지키고 있던 터라 넓은 공간에 사람들이 그렇게 많았는데도 아트리움 반대편에 있는 계보학자들의 매혹적인 목소리가 들렸다. 그들은 번갈아가며 메모리알 관계자들에게 새로운 장서 목록의 기능에 관해 지나치게 기술적인 질문을 던지고 있었다. 목록 도입 기념식은 사실상 철저한 점검 절차로 변하고 있었다.

오펠리는 계보학자 커플 옆에서 라자뤼스의 커다란 흰색 모자를 본 것 같았다. 그녀는 토른과 자신이 할 일을 끝마칠 수 있게 라자뤼스가 거기에 한두 시간 더 머물러 있기를 바랐다.

오펠리는 블라시우스, 엘리자베스나 젠과 마주치지 않도록 조심하며 출구로 향했다. 그들이 날개를 잃은 자신을 위해 위로의 말을 건네야 한다고 느낄지도 몰랐다. 그녀는 이 책에 관한 일이 다 마무리되고 나서야 그들에게 제대로 작별 인사를 할 수 있을 것 같았다.

메모리알 정문을 나서기 전 오펠리는 황금빛으로 물들인 계보학자 커플이 손을 잡고 트랜센디움을 올라가는 모습을 마지막으로 쳐다보았다. 토른은 계보학자들과 동맹을 맺는 것 말고는 선택의 여지가 없었겠지만, 오펠리는 보면 볼수록 그들이 위험한 이들이라고 점점 더 강하게 확신하게 되었다. 계보학자들에게 책을 넘기면 당장의 문제는 해결되겠지만, 결국 그 선택이 미래에 또 다른 화근이 될 터였다.

'어쩔 수 없지. 때가 되면 우리 함께 생각해보자.' 오펠리는 메모리알을 빠져나가며 생각했다.

우리. 그 단어 하나만으로도 느껴본 적 없는 떨림이 오펠리의 등줄기를 스쳤다. 그녀는 입구 계단에 앉아 토른을 기다렸다. 그의 수염이 턱을 간질이던 느낌이 여전히 남아 있었다. 오펠리는 고개를 들고 부드러운 저녁 공기를 깊이 들이마셨다. 저녁노을 빛이 미모사 꽃잎과 하늘을 수놓은 비행선들에 반사되어 반짝였다. 폭풍 전야의 하늘은 섞이긴 했지만 끝내 하나가 되지 못한 색들이 뒤엉켜 일렁이는 이상한 혼합물 같았다. 그녀는 다시 위험에 온몸을 내던질 참이었지만, 그래도 이 순간만큼은 믿기지 않을 정도로 마음이 평온했다.

"우리가 아는 사이인가요?"

오펠리는 고개를 돌렸다. 자신이 앉아 있는 계단의 같은 단

반대쪽 끝에 거구의 남자가 앉아서 혼란스러운 듯한 미소를 띤 채 자신을 바라보고 있었다. 폴리데우케스였다. 오펠리는 처음엔 그를 청동 조각상으로 착각했다. 땅거미가 지고 있었고 그의 피부는 밤처럼 어두워서 불꽃이 일렁이듯 빛나는 눈동자가 돋보였다. 폴리데우케스는 거대한 손으로 피부로 된 책장을 산만하게 넘기고 있었다. 마치 난해한 소설을 마지못해 읽는 사람 같았다. 그는 한 가문의 존경받는 가장이라기보다는 버려진 아이에 가까워 보였다. 수백 명의 후손들이 문 저편에 모여 있는 지금, 여기 계단에 앉아 있는 그의 모습은 어딘지 모르게 비현실적이었다.

"그대를 보니 누군가 떠오르는군요." 폴리데우케스가 말했다. "보통 나는 누굴 본다 해도 아무 생각이 나지 않아요. 나는 내 쌍둥이의 이름을 기억하는 것조차 버거운 사람입니다." 그는 첼로 같은 목소리에 쓸쓸함을 담아 말했다. "그런데 그대는 볼수록 낯익은 느낌이 듭니다. 우리가 아는 사이인가요?"

"개인적으로는 아닙니다. 저는 아르테미스의 후손입니다." 오펠리가 답했다.

"아르테미스라." 폴리데우케스가 중얼거렸다. "그런 이름을 가진 누이가 한 명 있다는 것 정도는 기억나는 것 같네요. 그대가 떠올리게 한 사람이 그 누이일까요? 사실 왜 이 책을 꺼내 들었는지도 모르겠습니다." 그가 무심하게 책장을 넘기며 말했다. "나는 정말 잘 잊어버리는 사람이라서…."

오펠리가 가까이 다가가자 폴리데우케스는 그녀가 내민 장갑 낀 작은 손을 바라보았다. 그는 주저하면서 걱정하는 듯한 미소를 지어 보였지만 결국 순순히 오펠리에게 책을 건넸다. 그 책은 가문 정령의 손안에서는 너무나도 가벼워 보였지만 오펠리에게는 온 힘을 다해 양팔로 꽉 끌어안아야 할 만큼 무거웠다. 오펠리는 피부로 된 책장에 새겨진 글자를 훑어보았다. 글자는 신 말고는 이 세상 누구도 풀 수 없는 수수께끼 같았다.

"여기예요." 오펠리는 거의 티가 나지 않게 뜯겨 나간 페이지를 가리켰다. "이건 폴리데우케스 경의 기억이었어요. 정령님이 찾고 있던 거죠. 하지만 오래전에 누군가가 뜯어 가서 찾을 수 없었던 거예요. 유감이에요." 그녀는 폴리데우케스에게 책을 돌려주었다. 그는 어안이 벙벙해져 눈을 깜빡이고 있었다.

"우리가 아는 사이인가요?" 폴리데우케스가 다시 물었다.

오펠리는 대답하지 않았다. 하지만 얼빠진 그의 표정에 마음이 흔들렸다. 머지않아 또 이 대화를 잊겠지. 어쩌면 그게 더 나을지도 몰랐다. 어쩌면 가문 정령들은 진짜 자기 정체를 모르는 채로 남아 있는 편이 더 나을지도 몰랐다.

마침내 토른이 메모리알을 빠져나오는 모습이 보이자 오펠리는 마음이 놓였다. 그는 셔츠 위로 권위 있는 퀵스 제복을 단정히 갖춰 입었지만, 다리 보조기를 제대로 고치지 못했는지 지팡이에 체중을 실은 채 걷고 있었다.

토른이 아슈의 승강장으로 향하는 동안 오펠리는 적당한 거리를 유지하며 뒤따랐다. 두 사람은 승강장 양 끝에서 서로 반대 방향을 바라보며 기다렸고, 버드트램에 탑승하자 따로 앉았다. 이 시간대에 승객이 거의 없는 상황에서 이렇게까지 신중히 움직이는 것은 지나치다 싶기는 했지만, 공식적으로 앙리 경과 윌랄리는 겨우 안면만 튼 사이일 뿐이었다.

오펠리는 토른이 일부러 주변에 아무도 앉지 못하게 자리를 잡는 모습을 지켜보며 목이 메어왔다. 여정 내내 둘은 서로 눈길 한번 주고받지 않았지만 그녀는 그 어느 때보다도 토른과 가까이 있다고 느껴졌다. 토른은 여느 때처럼 무표정한 얼굴에 뻣뻣한 자세로 앉아 있었지만, 집게손가락으로 지팡이의 크롬 손잡이를 톡톡 두드릴 때마다, 오펠리는 그의 긴장을 느낄 수 있었다.

오펠리는 옆에 앉아 그의 긴장을 풀어주고, 자신이 지금 하는 일을 똑똑히 알고 있다고 말해주고 싶었다. 비록 완전히 확신할 수는 없었지만 말이다. 그녀는 어쩌면 책이 어디 있는지는 알고 있었겠지만 정작 그 안에 어떤 내용이 쓰여 있는지는 여전히 알지 못했다.

강풍에 흔들린 버드트램이 객차를 덜컹거리며 종착역 선로에 착륙하려고 준비할 때 오펠리는 누군가 자신을 지켜보고 있다는 느낌을 또다시 강하게 받았다. 이건, 단순한 느낌보다 훨씬 강렬했다. 귀에서는 쿵쿵 울리는 소리가 퍼졌다. 차가운 기운이 등줄기를 타고 흘렀다. 그녀는 몸을 돌려 남은 승객들을 살폈다. 폴에서 이미 투명인간에게 뒤쫓긴 적이 있었다. 하지만 지금 느끼는 감각은 그때와 비교조차 할 수 없었다. 마치 '공포' 그 자체가 너무 오랫동안 그녀를 따라붙은 나머지 마침내 자신의 그림자 속에 녹아든 것 같았다. 미스 사일런스, 울프 교수, 메디아나, 그리고 상퓌르를 공포에 빠트린 암살자가 함께 객차에 타고 있는 걸까? 오펠리는 그를 개인적으로 알고 있다는 확신이 있었지만 누구인지는 정확히 짚어낼 수 없었다.

열차에서 내린 게 천만다행으로 느껴졌다.

토른의 지팡이가 플랫폼 바닥에 부딪히며 내는 금속성 소리를 따라가면서 오펠리도 그처럼 가로등 불빛을 피하며 걸었다. 밤이 완전히 내려앉았다. 두 사람은 이제 칠흑 같은 어둠 속에서 검은 그림자에 불과했다. 주위의 금송에서 풍기는 송진 냄새와 뾰족한 잎이 바스락거리며 내는 소리가 어둠 속에서 한결 선명하게 느껴졌다.

"여기서부터는 걸어갈 거야." 토른이 낮은 목소리로 말했다. "검문 순찰병들을 피해야 해. 당신은 이제 제복을 입으면 안 돼. 그리고 이 사람들은 복장 규정에 아주 엄격해."

오펠리는 고개를 끄덕였다. 본파미유를 떠나기 전 위조 신분증을 챙겼지만 바벨 시민들이 입는 토가는 두고 왔다.

"딱 한 번 라자뤼스의 집에 간 적이 있어. 기억이 날지 모르겠네."

"난 기억나." 토른이 말했다. "바벨에 도착하자마자 도시 전체의 지도를 다 외웠거든. 라자뤼스의 집은 여기서 거리가 있으니 서둘러야 해."

불빛이 들지 않는 공사장들을 연달아 지나는 동안 마주치는 것이라곤 주머니쥐뿐이었다. 도시는 낮에는 북적였지만 밤에는 그만큼 한산했다. 바벨인들은 모두 착한 아이 같은 구석이 있었다. 오펠리는 쫓아오는 자가 없는지 여러 번 돌아보았지만 버드트램에서 자신을 사로잡은 두려움은 어느새 사라지고 없었다.

"혹시 화났어?"

그녀는 지금 함께 걷는 어두운 밤거리에서는 토른을 제대로 볼 수 없었지만, 돌처럼 차가운 그의 침묵과 지팡이가 거침없이 바닥을 내리치며 내는 소리 속에서 단순한 초조함 이상의 무엇인가를 느꼈다. 다리는 멀쩡했지만 오펠리는 토른이 강요하는 속도에 맞춰 걷기 힘들었다. 골목을 돌 때마다 시야에서 사라지는 이 남자가 불과 두 시간 전만 해도 자신에게 입을 맞췄다는 사실을 믿을 수 없을 정도였다.

"생각하는 중이야." 토른이 속도를 늦추지 않은 채 중얼거렸다.

"내가 몰래 빼돌린 책을 당신이 내내 찾고 있었으니 충분히 화날 만하지."

어둠 속에서 번뜩이는 두 개의 빛이 보이자 오펠리는 토른이 자신에게 시선을 돌렸다는 것을 알아챘다.

"만약 당신이 그 책을 메모리알 밖으로 빼돌리지 않았더라면 미스 사일런스가 없애버렸을 거야. 나의 유일한 생존 가능성도 함께. 당신과 관련해서 내게 거슬리는 건 순전히 수학적인 성격의 것이라."

"수학?"

"모든 장서를 철저히 검토하기 위해 유능한 이들만 모아 독서 그룹을 꾸리는 데만 2년 넘게 걸렸어. 그런데 당신이 무심코 처음 집은 책이 바로 그 책이었다는 거지. 당신은 정말로 통계를 무력화하는 데 소름 끼칠 만큼 소질이 있어."

오펠리는 미간을 찌푸렸다. 앙브루아즈와 함께 메모리알을 처음으로 방문했던, 대단했던 그날이 떠올랐다. 블라시우스의 책 수레를 넘어뜨리고, E. D.의 책을 주워 담던 자기 모습을 떠올렸다. 가방 속에 『기적의 시대』를 슬며시 넣었던 순간이 거의, 정말로 거의 기억나는 듯했다. 그래서 미스 사일런스가 그토록 고집스럽게 가방을 뒤지려고 한 걸까? 그녀의 귀가 가방 안에 든 책 특유의 소리를 감지하기라도 했을까?

"사실 아예 아무 생각없이 한 행동은 아니었어."

오펠리는 풀린 신발 끈에 자꾸 발이 걸려 넘어질 듯해서 무릎을 꿇고 신발 끈을 묶었다.

"그러니까 내 안의 일부가 그 책을 선택한 건 우연이 아니었다는 거지. 내 일부가 그 책을 알아본 거야. 내 일부가 그 책을 내 것으로 만들고 싶었던 거지."

"당신의 다른 기억이," 토른이 대꾸했다.

"그 기억이 어디서 왔는지, 나에게 무슨 말을 하고 싶은 건지, 정말이지 이해해보려고 애쓰고 있어. 적어도 그 기억이 이 그림책이 신에 대해 뭘 알고 있는지 좀 알려주었으면 좋았을 텐데." 오펠리는 신발 끈을 단단히 고쳐 매며 말을 이었다. "하지만 그건 뭐, 이제 우리가 곧 직접 밝혀내겠지."

토른이 하도 강렬한 눈빛으로 뚫어지게 쳐다보는 탓에 오펠리는 어찌할 바를 몰랐다. 두 사람 위로 바람에 흔들리는 전구들이 깜빡거렸다.

"이 일이 끝나면 당신과 나, 우리는 대화를 좀 나눠야겠어."

"무슨 대화?"

"일단 이 일이 끝나면." 토른은 그저 같은 말만 되풀이했다.

토른은 지팡이의 쇠끝으로 막 도착한 광장 맞은편 주랑의 기둥들을 가리켰다. 오펠리는 별빛을 반사하고 있는 수련 연못과 그 주위의 저택을 알아보았다.

"앙브루아즈가 집에 있으면 좋을 텐데." 오펠리가 기둥을 따라 걸으며 낮은 목소리로 말했다. "앙브루아즈한테 여행 가방을 맡겼거든. 내가 부탁하면 군말 없이 돌려줄 거야."

오펠리는 자신이 본파미유에 입소한 후부터 앙브루아즈가 사춘기 소년처럼 갑자기 태도를 바꾸었다는 이야기는 굳이 꺼내지 않았다. 버드트램 플랫폼에서 마지막으로 보았을 때, 앙브루아즈는 자기가 부르는데도 못 들은 척하며 고개조차 돌리지 않았다.

토른이 지팡이의 둥근 손잡이로 현관문을 두드렸고 로봇 하나가 와서 문을 열었다.

"앙브루아즈 있나요?" 오펠리가 물었다.

"용기 있는 자에게 불가능은 없습니다."

토른은 성큼성큼 안으로 들어갔다.

"우리가 직접 찾아보지."

오펠리는 현대식 장치들이 오래된 건축 양식에 녹아든 아트리움을 빙 둘러보았다. 램프 주위로는 불나방 떼가 몰려들어 있었다. 아트리움에는 조각상들과 분홍색 안경 너머로 장난기 어린 미소를 띤 라자뤼스의 초상화만 보였다.

"앙브루아즈?"

오펠리는 대리석 바닥 위로 발소리를 울리며 넓고 연이어진 방들을 지났다. 바벨에서 자신을 처음으로 맞아준 이 집으로 몇 달 만에 돌아오니 뭐라 형언하기 어려운 감정이 밀려들었다.

토른은 지팡이에 점점 더 많이 무게를 실은 채, 경직된 걸음으로 그녀를 따라오고 있었다.

"정말 거슬리는군." 토른이 중얼거렸다.

저택의 로봇들이 죄다 모여 일정하게 거리를 두고 그들을 뒤따랐다. 로봇들은 주인의 집에 마음대로 찾아온 손님들을 어떻게 대해야 할지 몰라 우왕좌왕하는 듯했다. 로봇들의 행동에서는 적대감이 느껴지지 않았지만 얼굴 없는 마네킹들이 뒤에 모여 있는 느낌은 그리 유쾌하지 않았다.

"앙브루아즈?" 오펠리가 다른 방에 들어서며 한 번 더 그를 불렀다.

토른이 귀를 기울이라고 손짓했다. 저택 안쪽에서 무슨 소리가 났다. 앙브루아즈의 휠체어 소리 같지는 않았다. 그보다는 세탁기가 흔들리는 소리와 비슷했다.

두 사람이 조용히 뒤따르는 로봇들과 함께 저택 안으로 다가갈수록 그 소리는 점점 더 커졌다.

오펠리는 격자무늬 바닥과 앙브루아즈의 낮고 아름다운 옷장들을 알아보았다. 앙브루아즈가 자신에게 무능력자들이 입는 토가를 선물로 주었던 드레스룸이었다. 놀랍게도, 쿵쿵 울리는 소리는 세탁기가 아니라 서랍 하나 때문에 났던 것이었다. 서랍이 마치 서랍장에서 탈출을 시도하는 것처럼 격렬하게 흔들렸다.

"내 가방일지도 몰라." 오펠리가 망설이는 어조로 중얼거렸다. "오래 가지고 있진 않았지만 나도 모르는 사이에 생명을 불어넣었을 수도 있거든."

"확인할 방법은 하나뿐이지."

토른은 서랍장 안에 든 물건보다 세균이 더 위험하다고 생각하기라도 하는 듯 손수건을 꺼내 서랍 손잡이를 잡았다. 서랍에서 무엇인가 튀어나와 토른의 팔에 감기는 순간 오펠리는 깜짝 놀랐다. 완전 얼이 빠져서 처음에는 그것이 거대한 뱀인 줄 알았다. 그다음에는 털실로 뜬 뱀이라는 황당무계한 생각이 들었다.

토른은 뒷걸음질도 치지 않았다. 한 손으로는 여전히 서랍 손잡이를 잡은 채 팔을 삼색 고리로 조여오는 물체를 조심스레 쳐다보았다.

"확실히 당신 가방은 아니군. 목도리야."

"잃어버렸었는데."

오펠리의 입에서 말이 돌덩이처럼 무겁게 떨어졌다. 그녀는 토른의 팔을 감싼 목도리를 뚫어지게 바라보았다. 그건 분명히 직접 한 코 한 코 뜬, 하루하루 생명을 불어넣은 바로 그 목도리였다. 하지만 오펠리는 그 목도리가 지금 눈앞에, 여기에 있다는 현실을 좀처럼 받아들이기 힘들었다.

"잃어버렸었는데." 오펠리가 되뇌었다.

오펠리는 조심스럽게 손을 뻗었다. 목도리는 곧장 토른의 팔에서 풀려나오더니, 오펠리의 팔을 따라 뱀처럼 흐르며 감겨 올라가, 토라진 듯 집착하는 기색으로 그녀의 목에 휘감겼다. 익숙한 무게가 느껴지자 오펠리는 우선 목도리가 도시의 하수구를 떠돌지 않았다는 사실을, 그리고 마침내 서로를 되찾았다는 사실을 실감했다. 몇 달 동안 배 속을 태우던 죄책감이 짠맛이 되어 입안에 치밀어 올랐다. 그녀는 목도리에 코를 묻었다.

"잃어버렸었는데." 오펠리는 목이 메어 같은 말을 되풀이했다.

목도리를 찾은 기쁨은 이내 가라앉았다. 앙브루아즈는 어떻게 이 목도리를 손에 넣었던 걸까? 그리고 왜 서랍장에 숨겼을까? 왜 돌려주지 않았을까? 적어도 전보라도 보내 나를 안심시킬 수 있었을 텐데? 이해하려고 애쓸수록 오펠리는 더 이해할 수 없었다. 그토록 쉽게 앙브루아즈를 믿었던 마음, 그리고 그가 자신을 피하기 시작했을 때 느꼈던 상처, 그 모든 것이 오펠리의 가슴속에서 바스러지기 시작했다.

토른은 굳은 표정으로 오펠리를 지켜보다가 그녀가 차마 입 밖으로 꺼내기 싫었던 말을 마침내 소리 내어 내뱉었다.

"앙브루아즈라는 사람, 정말 친구가 맞아?"

"나가주세요."

토른과 오펠리는 뒤를 돌아보았다. 로봇 군단에 둘러싸인 휠체어가 문가에서 실루엣을 드러냈다. 윙윙대는 기계 소리와 함께 앙브루아즈가 다가왔다. 드레스룸을 채운 명암의 대비는 좌우가 뒤바뀐 그의 몸, 눈부시게 흰 옷, 그리고 벨벳처럼 어두운 얼굴의 기묘함을 더욱 뚜렷이 부각시켰다.

앙브루아즈는 좌우가 바뀐 두 손으로 휠체어의 팔걸이를 경련이 일어난 듯 힘껏 쥐고 있었다.

"나가세요."

오펠리는 힘겹게 침을 삼켰다. 앙브루아즈의 말은 명령이 아니었다. 자신에게, 오직 자신만을 향해 간절하게 부탁하고 있었다. 그 목소리가 너무도 애절해서 그녀는 어떤 감정을 느껴야 할지조차 알 수 없었다.

오펠리는 목도리를 살짝 잡아당겨 입을 드러냈다.

"내 가방을 가지러 왔어요. 그런데 대체 무슨 일이 있었던 거예요? 내가 알던 당신이 아닌 것 같아요."

앙브루아즈의 영양 같은 눈망울이 더 커졌다. 두 사람이 처음 만났던 날 앙브루아즈가 오펠리에게 보인 감정은 그저 다정한 호기심뿐이었다. 하지만 이제 그는 세상에서 가장 믿을 수 없는 존재를 보는 듯한 눈빛으로 오펠리를 바라보고 있었다.

"무슨 일이 있었냐고요? 당신이 나를 속였잖아요."

오펠리의 심장이 덜컥 내려앉았다. 어떻게 정체를 알아챘을까? 목도리가 어떻게든 티를 낸 걸까?

당황한 기색이 얼굴에 다 드러났는지, 앙브루아즈가 깊은 실망감을 드러냈다.

"그러니까, 내 생각이 틀리지 않았군요. 처음 만난 그 순간부터 당신에게서 뭔가 느껴졌어요…. 그래도 설마설마했는데…." (앙브루아즈는 잠시 멈추고 천천히 숨을 들이쉬더니 한없이 부드러운 말투로 말을 이었다.) "어쨌든 이곳에서 나가주세요, 미스. 플리스."

"그러지 않으면?"

토른은 늘 그러듯 차분한 어조로 질문을 꺼냈지만 특유의 폴억양처럼 그의 눈빛은 차갑게 얼어붙었다. 오펠리는 온몸이 굳었다. 그가 더 이상 앙리 경의 말투로 말하지 않는다는 것은 무언가 선을 넘었음을 의미했다. 드레스룸 안에 감도는 불신이 이미 뜨거운 공기를 더욱 숨막히게 했다.

"그러지 않으면 아주 안 좋게 끝날 겁니다." 앙브루아즈가 답했다.

그의 섬세한 얼굴은 고통스럽게 일그러졌고, 그는 눈빛으로 오펠리에게 간절히 호소했다.

"어쨌든," 앙브루아즈는 긴장된 목소리로 속삭이며 덧붙였다. "끝이 아주 좋지 않을 거라는 얘깁니다. 결국 아슈를 붕괴시킬 사람이 당신이니까요, 미스."

오펠리의 안경이 콧등 위에서 새파랗게 질렸다. 이전에 이 말을 자신에게 직접 한 사람이 있었는데, 그가 바로….

토른은 넌더리가 난다는 듯 크게 한숨을 내쉬었다.

"시간 낭비 하지 맙시다. 당신, 신의 하수인이지? 그렇지?"

토른의 말이 떨어지자마자 지금까지 휠체어 뒤에 팔을 축 늘어뜨리고 서 있던 로봇들이 일제히 움직이기 시작했다. 천천히 행진하듯 움직이며, 로봇들은 토른, 앙브루아즈, 오펠리를 애둘러 옷방을 가득 메웠다. 그러곤 마치 입도 코도 눈도 없는 키 큰 아이들처럼 그들 주위에 원을 그렸다. 원이 완전히 닫히는 순간, 강철이 튀어나오는 소리에 오펠리의 목도리가 흠칫 떨었다. 수십, 수백 개의 날카로운 칼날이 마네킹의 옷을 꿰뚫고 튀어나왔다. 그들에게 남아 있던 인간다움은 완전히 사라졌다. 이제 그들은 뚫을 수 없는 가시 울타리일 뿐이었다. 덫이었다.

앙브루아즈는 어설프게 휠체어에 팔을 괴었다.

"정말 유감입니다." 그가 한숨을 쉬며 말했다. "그 말씀만은 하지 말았어야 했어요."

"로봇들을 물러나게 해." 토른이 말했다.

오펠리는 걱정스러운 눈길로 그를 힐끗 보았다. 토른은 언성을 높이지도, 몸을 움직이지도 않았지만 손가락 마디마디가 하얘질 정도로 지팡이 손잡이를 꽉 쥐고 있었다. 손톱이 위협을 감지했기 때문에 최선을 다해 손톱을 억누르고 있었다. 드레스룸이 너무 좁은 탓에 토른이 오펠리와 앙브루아즈에게서 물러나려 해도 로봇들의 칼날을 피할 수 없었다.

"앙브루아즈, 제발." 오펠리가 중재에 나섰다. "우리를 다치게 하고 싶지 않잖아요. 로봇 하인들을 철수시키고 내 가방을 돌려줘요."

앙브루아즈는 절망적인 표정을 지으며 고개를 저었다.

"그럴 수 없어요, 미스."

번개가 치기 직전처럼 오펠리는 온몸의 피부에 스치는 오싹한 전율을 느꼈다. 토른은 드래곤의 힘이 폭발하지 않도록 온 근육에 힘을 주고 있는 것 같았다. 그의 할퀴기 공격은 로봇에게는 효과가 없을지 몰라도 오펠리와 앙브루아즈를 종잇장처럼 갈기갈기 찢어버릴 수도 있었다.

"로봇들을 철수시켜요." 앙브루아즈의 절망적인 얼굴을 뚫어지게 바라보며 오펠리가 거듭 말했다.

"그럴 수 없을걸요."

방금 세 마디 말을 흥얼거리듯 내뱉은 목소리는 저택의 기둥들 사이로 퍼져나갔다. 나비의 장난스런 날갯짓처럼 가벼운 목소리였다.

라자뤼스의 목소리였다.

"하지만 나라면 할 수 있지요. 물러가라, 보이스boys!"

그가 명령을 내리자마자 로봇들은 금속 마찰 소리를 내며 무기를 거둔 뒤 원형 대형을 풀고 차분한 걸음으로 드레스룸을 빠져나갔다.

라자뤼스는 드레스룸 문턱에 서 있었다. 그가 거대한 실크해트를 벗고 고개를 숙이자 은빛 머리칼이 폭포수처럼 흘러내렸다.

"토른 씨, 토른 부인, 우리 집에 오신 것을 환영합니다! 메모리알에서 저를 기다려주셨다면 두 분을 기꺼이 제 비행선으로 모셨을 텐데요. 살롱으로 가시죠." 라자뤼스는 연극적인 몸짓으로 머리를 정돈하고 실크해트를 고쳐 쓰며 제안했다. “아주 흥미진진한 대화를 나누게 될 것 같아 기대되는군요!”

이름

라자뤼스는 찻잔에 넣어둔 여섯 번째 각설탕을 녹이느라 찻숟가락을 휘저었고, 그의 찻잔 안에서 숟가락은 맑고 음악처럼 경쾌한 소리를 냈다. 그의 혀는 치아 사이로 삐죽 나와 있었고, 마치 공부에 열중하는 학생처럼 입술을 내민 모습이었다. 나이 든 남자의 행동은 본의 아니게 우스꽝스러워 보였다.

하지만 오펠리는 웃고 싶은 마음이 들지 않았다.

그녀는 소파 끝에 걸터앉아 팔에 질투심에 사로잡힌 듯한 목도리를 꼭 안고 있었고, 로봇 집사 발테르가 내어준 차에도 마카롱에도 손대지 않았다. 당황한 기색이 역력한 앙브루아즈의 눈길이 느껴졌다. 그는 아버지가 돌아온 이후로 입도 떼지 못하고 있었다. 오펠리는 어떤 전략을 택해야 할지 생각하며 안경 너머로 토른을 흘깃 보았다. 토른은 소파에 넘쳐나는 쿠션들 사이에서 아주 꼿꼿한 자세를 유지한 채, 다리 사이에 지팡이를 장검처럼 세워놓고 손잡이를 꽉 쥔 채로 라자뤼스에게서 시선을 떼지 않고 있었다. 그는 자신의 할퀴기 공격을 다시 억제하고 있었지만, 여전히 신경 끝까지 날이 선 상태였고, 누군가가 조금이라도 실수하면 그것은 곧장 튀어나올 태세였다. 토른과 가까이 앉아 있다는 사실만으로도 그녀는 두통이 쉽게 가라앉지 않는 느낌이었다. 발테르가 토른에게 차를 내오자 그는 잔에 든 내용물을 그대로 무화과나무 화분에 부어버렸다.

"워워, 내 집에서 손님에게 독을 먹일 리가!" 라자뤼스가 발랄한 목소리로 말했다. "난 모기 한 마리 죽이고도 끔찍한 죄책감을 느끼는 사람이에요."

타르처럼 무거운 침묵이 다시 내려앉았다. 앙브루아즈는 오펠리를, 오펠리는 토른을, 토른은 라자뤼스를 바라보고 있었다.

"웰!" 라자뤼스가 찻잔 받침에 찻잔을 부딪치는 소리를 내며 말했다. "까놓고 이야기할까요. 맞아요, 난 여러분이 아는 그분을 알고 있어요. 그리고 맞아요, 그분을 위해 꽤 오랫동안 일해왔죠. 처음 그분을 만났을 때 난 한창 꿈을 키우던 젊은 비르투오소 후보였어요. 인 팩트, 더 정확히 말하자면 그분이 나를 찾아와 스카우트했죠. 그 경험은 뭐랄까… 어떤 경험이라고 해야 할까?" (그는 분홍색 안경을 새끼 손가락으로 고쳐 쓰며 적절한 단어를 찾으려 애썼다.) "혼란스러웠죠. 마치 갑자기 나와 똑같이 생긴 쌍둥이 형제를 발견한 기분이었어요. 그분은 내 얼굴을 하고, 내 목소리로 말하고, 내가 입은 제복, 그러니까 젊은 레이디, 지금 당신이 입은 것과 똑같은 제복을 입고 내 앞에 나타났죠." 라자뤼스가 오펠리에게 공모의 윙크를 날리며 덧붙였다. "그분은 세계를 탐험하겠다는 내 꿈을 실현할 수 있도록 아낌없이 후원해줬어요. 대신 요구한 건 단 하나, 아주 사소한 대가였습죠…. 블라스트*!"

발테르가 라자뤼스의 찻잔에 차를 너무 많이 따라 넘쳐버렸고, 뜨거운 차가 라자로의 하얀 바지 위로 쏟아졌다.

"그 대가가 뭐였죠?" 오펠리가 다그치듯 물었다.

라자뤼스는 뜨거운 찻물에 덴 것도 잊은 채 폭신한 쿠션에 몸을 한껏 기대며 활짝 미소를 지었다. 어두운 방을 희미하게 비추는 조명 아래 그의 눈빛과 안경, 치아와 황금빛 코끝이 반짝였다. 이 노인은 젊은이 못지않게 활기가 넘쳤다. 휠체어에 앉아 움직임 하나 없이 진지한 표정을 짓고 있는 앙브루아즈 쪽이 오히려 더 나이 들어 보였다. 부자 사이라기엔 둘은 달라도 너무 달랐다.

"그분이 대가로 요구한 건 익스트림리extremely 간단했어요. 그저 관찰해야 했어요." 라자뤼스가 열정을 억누르지 못한 목소리로 털어놓았다.

"뭘 관찰하는 거죠?"

"내가 흥미롭다고 생각하는 건 뭐든지요, 젊은 레이디! 이 세상 모든 게 내게는 흥미로우니까, 그 뒤로 인생의 매 순간을 시… 아니 당신도 아는 그분을 위해 관찰하는 데 쏟아부었죠."

흥분에 도취한 라자뤼스는 가까스로 입을 다물었다. 그는 거실 구석구석 먼지를 떨고 있는 로봇들이 다시 칼날을 세우고 원을 만들지는 않았는지 확인하려는 듯 주위를 둘러보았다.

* blast. '제기랄', '젠장'이라는 뜻의 영어 감탄사로, 짜증이나 분노를 표현할 때 쓴다.

그러고는 프록코트에서 수첩을 꺼내 마치 요술봉처럼 휘둘렀다.

"난 여행을 하며 기록을 남겼죠! 내가 돌아다닌 거리와 맞먹을 정도로 많이요."

'그러니까 이 남자는 신의 하수인이군.' 오펠리는 긴장을 가라앉히려 목도리를 쓰다듬으며 생각했다. 상황이 좋지 않았다. 살롱은 조명 때문에 거울처럼 변한 큰 통유리 창을 힐끗 보았다. 창에는 네 사람이, 그리고 얼굴 없는 발테르까지 포함한다면 다섯 명이 비쳤다. 신은 반사되지 않는다는 점에 비추어볼 때 지금 이 순간만큼은 적어도 앙브루아즈와 라자뤼스가 가짜가 아니라는 사실이 위안이 됐다.

"첫 만남 이후 몇 년 지나지 않아 그분이 다시 나를 찾아왔어요." 라자뤼스는 소리를 내며 차를 한 모금 마신 후 이야기를 이어갔다. "그분은 내게 새 임무를 맡기시고 그 임무를 수행할 새로운 수단을 주셨죠. 익스트림리 까다로운 임무였어요. 찾을 수 없는 아르캉테르를 찾으라니! 그게 안 되면 아르캉테르인이라도 찾으라고 했죠. 내가 만날 뻔했던 유일한 아르캉테르인은 가련한 미스 일드가르드 였어요." 그는 아쉬운 듯 한숨을 내쉬며 말했다. "그런데 수상쩍기 짝이 없는 상황 속에서 사라진 모양이더군요."

"일드가르드 부인은 자멸했습니다."

토른의 입에서 이 말이 떨어지자 오펠리는 그를 올려다보았다. 칼날처럼 날카로운 그의 옆모습에서는 무엇도 드러나지 않왔지만 뒤이은 침묵에는 비난처럼 무거운 분위기가 감돌았다. 그녀는 당신 때문에 자멸한 것이다. 당신이 부인을 괴롭혔기 때문이다. 신이 부인의 가문 능력을 탐냈기 때문이다. 부인은 신을 더 위험한 존재로 만드는 대신 스스로를 희생하기로 선택한 것이다.

라자뤼스는 흰 장갑을 낀 손가락으로 반들반들한 턱을 문지르며 말했다.

"그토록 천재적인 건축가가 그렇게 떠나버리다니, 정말 안타깝네요. 어쩌다 상황이 그렇게 돼버렸는지 도무지 이해할 수가 없어요. 만나서 대화라도 나눌 수 있었다면 우리의 계획이 얼마나 가치 있는지 분명 설득할 수 있었을 텐데." 라자뤼스는 기도하듯 두 손을 모으고 한껏 흥분한 목소리로 말했다. "아시겠지만 그분은 가문 정령과 새로운 인류를 창조한 조물주, 그 이상의 존재예요. 그분은 영광도, 인정도 바라지 않죠. 그분은 오직 하나만을 열망하십니다. 여러분 모두의 화신이 되는 것이죠. 나는 비록 무능력자이지만 그분의 창조물이 지닌 아름다움, 그분의 높고 위대한 큰 뜻에 영혼 깊이 감동받았죠! 애석하게도 나는 그분의 뛰어나고 훌륭한 가문에 속하지 못한 운명을 타고났지만, 이 세상, 그러니까 그분의 세상을 더 퍼펙트하게 만들기 위해 온 힘을 다할 겁니다! 뤽스 귀족들이 나를 자신들의 일원으로 받아들이지 않는다 한들 뭐 어떻습니까! 뤽스가 내 로봇에 만족하고, 내 로봇이 인간이 인간을 지배하지 못하도록 돕는 한 나는 시민으로서 더할 나위 없이 행복하거든요!"

라자뤼스는 마치 단어 하나하나를 혀끝에서 톡톡 튀는 듯한 어조로 말했다. 오펠리는 그의 진지함과 순수함, 그 둘 모두에 놀랐다. 그녀는 신과 단 한 번 만났던 일로도 두 번 다시 그의 편에 설 생각을 하지 않게 되었다. 그녀는 슬쩍 앙브루아즈를 훔쳐보며 그가 라자뤼스처럼 세뇌되었는지 가늠하려 했다. 그러나 그는 끝도 없이 깊은 우울감에 빠져 호박빛 찻물의 표면만 바라보고 있었다. 아버지가 옆에 있는 것만으로도 그는 자기 존재를 잃어버린 듯했다.

"퀵스 이야기가 나왔으니 말인데," 라자뤼스는 갑자기 토른의 금빛 제복을 의미심장하게 바라보며 말했다. "대체 어떻게 퀵스가 될 수 있었던 겁니까? 당신에 관해 들은 마지막 이야기는 폴의 감독관 자리에서 불명예스럽게 물러났다는 건데, 이렇게 지금은 바벨의 귀족이 되어 나타났잖아요!"

토른은 어깨를 으쓱했다.

"계보학자들에게 임무를 받았습니다. 궁금하면 그쪽에 직접 물어보시죠."

오펠리는 그가 능숙하게 긴장감을 감추는 모습에 감탄했다. 라자뤼스가 방금 한 말에 비추어볼 때 신에 맞서기 위해 계보학자들과 손잡았다는 사실을 밝히는 것은 좋은 전략은 아니었을 터였다.

"바이 조브*, 감히 그럴 순 없죠!" 라자뤼스는 프록코트에 안경을 닦으며 폭소를 터뜨렸다. "변변찮은 나의 지식수준은 그

* by Jove. '맙소사', '어머나', '천만에' 등의 뜻이 담긴 놀람, 강조를 나타내는 영어 표현이다.

들에 비할 바가 못 되니까요. 계보학자들은 자신들이 아는 것을 내게 알려줄 의무가 없고, 나 역시 마찬가지지요. 기분 상하게 할 의도는 없습니다만, 토른 씨, 아니 앙리 경, 뭐라고 불러야 할지 모르겠지만, 어쨌든 나로서는, 무엇보다도 옆에 계신 분의 운명이 가장 신경 쓰이네요."

오펠리는 목도리를 꽉 움켜쥐었다. 목도리 한쪽 끝이 고양이의 부풀어 오른 꼬리처럼 허공을 휘저었다. 라자뤼스는 과장된 동작으로 안경을 고쳐 쓰고는 분홍빛 렌즈 너머로 오펠리를 뚫어지게 바라보았다. 그의 말 한마디면 집 안의 모든 로봇, 심지어 도시의 로봇 전체가 가시덤불 감옥으로 변할 수 있었다. 아니, 그보다 더 끔찍한 일이 벌어질 수도 있었다. 두통이 더 심해지자 오펠리는 상황이 조금이라도 나빠지면 토른의 손톱이 즉시 공격 태세에 들어가리라는 것을 직감했다.

"그런데 제 운명이 당신과 무슨 상관이죠?" 오펠리가 물었다.

라자뤼스는 몸을 너무 앞으로 숙인 나머지, 무릎이 찻상 위의 구리 쟁반에 부딪쳤다.

"생각해보세요, 젊은 레이디. 왜 그분께서 내게 갑자기 아르캉테르인을 찾으라고 지시하셨을까요? 왜 그분께서 지금 이토록 절박하게 아르캉테르인들의 공간 제어 능력을 필요로 하는 걸까요? 당신을 비난하려는 건 아니지만, 그게 다 당신 때문이거든요. 당신이 아슬아슬하던 우리 세계의 균형을 깨뜨렸으니까요." 라자뤼스는 너그러운 미소를 지으며 단어 하나하나를 힘주어 말했다. "그리고 그분께서는 모든 수단을 동원해서 균형을 다시 돌려놓으…."

"저분을 탓하지 마세요."

얼굴없는 발테르를 포함해, 방 안의 모든 시선이 앙브루아즈를 쳐다보았다. 앙브루아즈는 충동적으로 중얼거렸지만, 거의 들리지 않았다. 그는 턱을 너무 깊이 당긴 나머지 터번이 무릎 위로 떨어질 듯했고, 손은 한 번도 들지 않은 찻잔 주위에서 떨고 있었다. 크게 뜬 눈으로 보아, 그는 자신이 아버지의 말을 가로막았다는 사실에 가장 충격을 받은 것처럼 보였다.

"저분을 탓하지 마세요." 앙브루아즈가 다시 한번 말했다. "저분은… 나를 도와줬어요. 그리고 그 보답으로 나도 저분을 돕겠다고 약속했어요."

오펠리는 가슴을 짓누르고 있던 무거운 덩어리가 뚝 떨어져 배 속 깊은 곳에 내려앉은 기분이 들었다. 자기를 도왔다고? 포석에 바퀴가 낀 휠체어를 빼내준 일을 말하는 걸까?

"내 목도리 말이에요, 당신이 일부러 찾아다닌 거예요?"

앙브루아즈는 찻잔에서 시선을 떼지 않고 고개를 끄덕였다.

"중요한 물건인 것 같았어요, 미스. 본파미유 면접 시험을 치르시는 보는 동안 트램 검표원들을 찾아다니면서 물어봤어요. 조금 끈질기게 굴어야 했죠. 마침내 분실물 보관소에 목도리가 맡겨져 있다는 사실을 알게 됐고요. 목도리는 아마도 주인을 잃어버렸다는 사실에 매우 불안했던 것 같아요. 아시다시피… 성격이… 웰… 협조적이지 않잖아요. 그래서 직원이 밀봉해뒀더라고요. 목도리를 찾아오려면 벌금을 내야 했어요. 돌려주고 싶었어요. 정말이에요. 가방과 함께요."

마침내 앙브루아즈가 고개를 들어 오펠리를 바라보았다. 그러고는 조용히 아버지를 향해 시선을 돌렸다.

"오늘 이 상황은 예상하지 못했어요. 해결책을 찾기 전까지 윌랄리 씨의 물건들을 숨겨둬야 할 것 같았거든요."

"바이 조브!" 라자뤼스는 크게 미소 지었지만 당황한 기색이 역력했다. "그러니까 내가 그 예상치 못한 상황이라는 거구나, 앙브루아즈? 내 집에 내가 돌아온 게…? 네가 지난 몇 달간 평소와 다르다는 건 알았지만, 그런 일이 있었는지는 몰랐네! 왜 내게 설명하지 않았던 거지… 잠깐." 라자뤼스는 갑자기 말을 멈추고 점점 더 놀라는 표정으로 앙브루아즈와 오펠리를 번갈아 쳐다보았다. "너, 이 젊은 레이디를 이그젝틀리exactly 누구라고 생각하는 거니?"

오펠리는 눈썹을 치켜올렸고 토른은 눈썹을 더욱 찌푸렸다. 긴 침묵이 흐르는 동안 밤바람이 창문의 모기장을 들썩이며 개구리 울음소리와 진한 수련 향기를 실어 왔다.

"아슈의 붕괴를 일으킬 사람이요." 앙브루아즈가 마침내 가느다란 목소리로 속삭였다. "늘 말씀하셨던 그 '타자' 말이에요, 아버지."

라자뤼스가 과장된 동작으로 찻상을 짚는 바람에 크림 단지, 설탕통, 향신료 통이 엎질러졌다. 그는 안경 너머로 오펠리를 매섭게 째려보며, 마치 지금까지 분홍빛으로만 봐왔던 그녀를 전혀 다른 시선으로 보려는 듯한 강렬한 호기심을 드러냈다.

"나 원 참, 세상에, 상황이 흥미진진하게 돌아가는군!" 라자뤼스가 말했다.

"나는 타자가 아니에요!" 오펠리가 항변했다.

"오펠리는 타자가 아닙니다." 토른이 낮은 목소리로 으르렁거렸다.

"타자가 아니라고요?" 앙브루아즈가 놀라며 물었다.

"이 사람은 타자가 아니야, 인디드." 라자뤼스가 더없이 확신에 차서 말했다. "하지만 타자를 해방한 사람이지. 이 여자에게는 지울 수 없는 흔적이 남아 있는데, 내가 그걸 눈치채지 못한 게 실망스럽기 짝이 없네." 라자뤼스는 그렇게 말하며, 테이블의 놋쇠를 한 음절마다 즐겁게 탁탁 쳤다. "당신도 몸이 거꾸로 되어 있잖아요!"

라자뤼스는 마치 중요한 고고학 유물이라도 발굴한 양 오펠리를 머리끝부터 발끝까지 꼼꼼히 살펴보았다. 오펠리는 좋아해야 할지, 모욕감을 느껴야 할지 헷갈렸다. 토른은 라자뤼스의 열정적인 몸짓이 자신의 손톱을 자극하는 것을 느끼며, 가슴팍을 지팡이 끝의 철제 장식으로 눌러 거리를 두라고 경고했다. 라자뤼스는 푹신한 의자에 다시 앉았지만 여전히 탐욕스러운 시선으로 오펠리를 바라보았다.

"저도 마찬가지랍니다!" 라자뤼스는 자랑스럽게 말했다. "시투스 트란스베르수스*, 그러니까 역위증이라고 들어본 적 없나

* situs transversus. 신체 기관이 정상과 반대 위치에 놓여 있는 선천 기형.

요, 젊은 레이디? 의사들이 나 같은 해부학적 구조를 부르는 용어죠. 내 아들처럼 눈에 확 띄지는 않지만요." 라자뤼스는 휠체어 팔걸이에 얹힌 앙브루아즈의 기형적인 손을 툭툭 두드리며 말했다. "만약 내 몸을 투시할 수 있다면 장기들이 정상과 반대쪽에 붙어 있다는 것을 알 수 있을 거예요. 심장은 오른쪽에 있고 간은 왼쪽에 있는 식이죠. 나는 그렇게 태어났어요. 당신이 거울에서 타자를 해방했을 때 당신의 대칭성도 어떤 방식으로든 뒤바뀐 거죠. 이슨트, 잇isn't it?"

오펠리는 조심스레 고개를 끄덕였다. 토른은 안절부절못하는 기색으로 덜컥거리기 시작한 회중시계를 꺼냈고, 시계는 다급히 뚜껑을 열어 그들에게 시간을 상기시켰다. 가방의 행방이 여전히 묘연했다. 기념식은 곧 끝날 터였고, 계보학자들은 자신들을 신과 동등하게 만들어줄 책을 기다리고 있었다.

"우리는 같은 부류예요!" 라자뤼스가 열정적으로 외쳤다. "당신, 나, 그리고 내 아들. 우리는 비슷한 존재들이에요! 우리가 가진 특별함은 우리 셋 모두를 어떤… 어떤 것들에 익스트림리 민감하게 반응하게 만들죠. 당신이 이토록 훌륭한 읽는 여자가 된 것도 놀랄 일이 아니에요. 앙브루아즈는 감각이 무척 예민하고요. 그리고 자랑은 아니지만, 나는 진정한 예지력을 가졌죠. 내 탁월한 직관력 덕분에." 그러다 그가 갑자기 말을 돌렸다. "옛날에 왼손잡이가 박해를 받았다는 사실 알아요? 왼손잡이는 '불길한 자'이라고 불렸어요. 세상을 인식하는 방식 때문에, 정확히 말하면 지금의 우리 방식이기도 하죠. 다행히 지금은 왼손잡이라고 불길한 사람 취급을 하진 않지만요. 젊은 레이디가 들으면 놀랄 만한 이야기겠지만, 지금 이곳 바벨에는 우리 같은 사람들을 특별히 전문적으로 다루는 기관이 있어요."

"이탈 연구소." 오펠리는 가슴이 철렁했다.

"오, 이미 알고 있네요?"

"한번 가봤어요. 저에 대한 기록, 그러니까 욀랄리에 대한 파일이 있더군요. 저를 흥미로운 사례로 판단했죠."

"오브 코스! 엄청 흥미롭잖아요!"

너무 열정적으로 말하는 통에 라자뤼스의 긴 은발이 눈에 띄게 심하게 헝클어지고 있었다. 그는 함께 춤추고 싶은 마음을 도저히 참기 힘들다는 눈빛으로 오펠리를 바라보았다.

"이야기가 산으로 가는 것 같은데, 하고 싶은 말이 대체 뭡니까?" 토른이 물었다. 회중시계가 마치 시간을 재촉하듯 탁 소리를 내며 뚜껑을 닫았다.

"산으로 가는 이야기가 아니에요. 인 팩트, 우리 '문제'의 핵심에 관한 이야기죠." 라자뤼스는 '문제'라고 말할 때 손가락으로 따옴표를 그리는 듯한 동작을 했다. "결국 내가 신께 두 분의 존재를 알릴지 말지가 궁금한 거잖아요. 그분을 향한 나의 충성심은 즉시 전보를 보내야 한다고 나를 다그치겠지만, 이제 그럴 필요가 없다는 생각이 드는군요."

"어… 아버지?" 앙브루아즈가 조심스럽게 끼어들었다.

라자뤼스는 눈치채지 못했지만 그가 '신'이라는 단어를 언급하자 방 안의 로봇들이 모두 먼지떨이를 내팽개치고 그들 쪽으로 다가왔다.

"블라스트! 라자뤼스가 욕설을 내뱉으며 외쳤다. "다들 제자리로 돌아가, 당장!" 모두 제자리로 돌아가는 동안 그는 짜증 섞인 한숨을 쉬며 말했다. "이건 내가 만든 것 중 최고는 아니에요. 비밀이 내 집 밖으로 새 나가지 않게끔 고안한 유일한 방법이죠." 그는 이내 밝은 표정을 되찾았다. "말씀드린 대로 여러분을 그분께 반드시 넘겨야 할 의무는 없어요. 그분의 최우선 목표, 그러니까 나의 목표는 '타자'를 찾는 거예요. 그런데 젊은 레이디가 타자와 연결되어 있으니 머지않아 다시 그와 마주치게 되겠죠. 그리고 개인적으로 난 당신을 얽어매는 사람이 없다면, 제때 타자를 만날 가능성이 더 크다고 확신한답니다."

오펠리는 화가 치밀어 올라 어둡게 바뀐 안경알을 숨기려고 목도리의 털실 주름 속을 바라보았다. 라자뤼스는 오펠리에게 타자와의 공동 운명과 세계의 붕괴가 기정사실인 것처럼 말하고 있었다. 오펠리가 아는 한 아직 사라진 아슈는 없었다. 거울에서 그 존재를 해방한 그날 밤에 대한 기억이 거의 없었다. 때로는 꿈을 꾼 건 아닐까 싶기도 했다. 이 늙은 미치광이는, 어쩌면 허튼소리에 불과할지도 모르는 일로 그들의 소중한 시간을 낭비하게 하고 있었다!

로봇 군단을 거느린 늙은 미치광이가.

오펠리가 라자뤼스를 향해 다시 고개를 들었을 때 안경은 다시 투명해져 있었다.

"알겠어요." 오펠리는 옆에서 몸을 움찔거리는 토른을 애써 무시하며 약속했다. “타자를 찾는 일, 우리가 도울게요. 다만, 우리 방식에 관여하지 않는다는 조건으로요. 일단 내 가방을 돌려주고 비행선을 빌려줘요.”

라자뤼스는 거대한 실크해트가 뒤로 넘어갈 정도로 크게 웃음을 터뜨렸다.

“원더풀! 나도 전적으로 돕도록 하죠. 앙브루아즈, 이 레이디가 말한 물건 좀 가져다줄래?” 라자뤼스는 두 다리를 스프링처럼 쭉 뻗으며 로봇 집사를 향해 소리쳤다. “발테르! 우리의 새 파트너들을 위해 라자롭터를 대기시켜야겠어!”

라자뤼스 무리가 갑자기 살롱을 떠나는 모습을 지켜보며 오펠리는 훨씬 더 험난한 협상을 예상했다는 걸 인정하지 않을 수 없었다. 라자뤼스가 자기 말을 그대로 믿고 어떤 대가도 요구하지 않았다면, 보기만큼이나 순진한 사람이 맞겠지.

오펠리와 단둘이 남게 되자 토른은 소파 등받이에 몸을 기댔다. 긴 척추가 더 이상 몸을 지탱하지 못하는 듯했다. 지팡이를 쥐고 있던 손가락을 하나씩 풀자, 손잡이의 형상이 선명히 찍혀 있는 그의 손바닥이 오펠리의 눈에 들어왔다. 다리를 살짝 뻗으려 하자 쇳덩이가 잘그락거리는 소리가 나며 나사가 떨어져 나왔고, 토른은 인상을 찌푸렸다.

“아파?” 오펠리는 걱정이 되었다.

“라자뤼스랑 계약을 맺으라고 계보학자들로부터 당신을 구한 게 아니었는데.”

“그는 별로 위험해 보이지 않았고 아는 것도 많지 않아 보였어. 우리가 진짜 뭘 찾으러 자기 집에 왔는지조차 모르잖아."

말은 그렇게 했지만 오펠리는 생각만큼 마음이 편치 않았다. 한동안 라자뤼스가 울프 교수와 미스 사일런스, 메디아나와 상퇴르를 공격했다고 믿을 뻔했다. 그가 일련의 사건과 아무런 연관이 없다면, 진짜 위험한 존재는 누구인지 아직 모른다.

"계보학자들은 부패하기 쉬운 이기주의자들이야." 토른이 말했다. "하지만 라자뤼스는 자기 이익보다 대의를 우선시하는 이상주의자지. 당신이 생각하는 것만큼 다루기 쉽지는 않을 거야."

"그래도 내가 비행선을 얻어냈잖아. 날 너무 무시하지 마."

누가 봐도 농담으로 던진 말이었지만, 토른이 자신을 심각한 표정으로 내려다보았을 때, 오펠리는 당황하지 않을 수 없었다.

"당신을 무시하는 일은 절대 없어."

오펠리는 지금껏 쳐다보지도 않았던 차를 단숨에 들이켰다. 차가 목도리에 쏟아졌지만 개의치 않았다. 목도리는 성이 난 듯 몸을 털었다. 다 식은 차였지만 마시고 나니 목에 갑자기 뭔가가 걸렸던 느낌이 사라졌다. 이렇게 심각한 어조로 그런 약속을 하는 사람이 어디 있단 말인가? 오펠리에게는 로봇들의 칼날을 마주했을 때보다 지금 소파의 쿠션 위에서 토른의 무릎이 자기 무릎에 살짝 닿는 순간이 더 긴장됐다.

찻잔에서 고개를 드니 토른은 다른 곳을 바라보고 있었다. 그는 카펫 무늬를 지나치게 집중해서 들여다보고 있었다. 메모리알을 떠나온 이후로 두 사람 사이에는 말로 표현되지 않은 무언가가 떠돌았고, 오펠리는 그게 무엇인지 알 수 없었다.

"아까 당신이 대화가 필요하다고 했잖아."

"그래," 토른이 굳은 목소리로 말했다. "그건 꼭 해야 할 일이야."

"도대체 무슨 이야기를 하자는 건지 알고 싶…."

"가방 여기 있어요, 미스."

기계가 윙윙대는 소리와 함께 앙브루아즈가 다시 나타났다.

"그동안 피해 다녀서 미안해요." 그가 중얼거렸다. "저는 정말 타자일 거라고 확신해서 피하는 게 최선이라고 생각했어요. 저… 우리가 다시 친구가 될 수 있을까요?"

이제까지 이 집에서 나눈 이야기가 모두 뒤엉켜 머릿속이 뒤죽박죽되어버린 탓에 오펠리는 솔직하게 대답할 수 없었다. 어쨌든 대답할 틈이 없기도 없었다. 토른이 앙브루아즈를 날카롭게 쏘아보자 그가 얼른 휠체어를 뒤로 돌려 살롱 반대편으로 물러갔으니 말이다.

오펠리는 숨을 크게 들이마시고 가방끈을 풀었다. 안에는 작은 회색 원피스, 방한화, 탄산수, 곰팡이가 핀 비스킷 몇 조각, 그리고 급히 아니마를 떠나올 때 작은할아버지가 주신 엽서가 들어 있었다.

그녀는 자줏빛 표지에 금박으로 제목이 박힌 그림책을 꺼냈다.

신세계 연대기

기적의 시대

바벨 시국(市國)에서 집필 및 인쇄

오펠리는 장갑을 끼고 있었지만, 그토록 많은 욕망과 불행을 불러온 책을 펼치는 순간, 손끝을 스치는 가벼운 전율을 억누를 수 없었다. 표지 안쪽에는 메모리알의 도장이 찍혀 있었다. 오펠리는 로즐린 이모처럼 종이 전문가는 아니었지만, 책의 훌륭한 보존 상태에 매료되었다. 파열 이전에 만들어진 책이라는 사실을 믿기 힘들 정도였다. 혹시 이 책도 스크레타리움 구체 안에 매달려 있던 거울처럼 신비한 속성을 지녔을까?

오펠리는 첫 문장들을 훑어보며 자신이 그것들 몇몇을 외우고 있다는 사실에 전혀 놀라지 않았다.

옛날이 아니라
머지않은 미래에
마침내 평화 속에 살아가는 세상이 올 것이다.

그때가 되면
새로운 남자들과
새로운 여자들이 존재할 것이다.

그때는 기적의 시대가 될 것이다.

페이지를 넘길 때마다 오펠리는 부인할 수 없는 익숙함을 느꼈다. 과거에 이 책을 여러 번 넘겨본 적 있는 것처럼. 읽지 않아도 내용이 떠올랐다. 그녀는 이 책이 스무 편의 짧은 이야기로 나뉘어 있으며, 각 이야기는 새 가문의 탄생에 관한 내용이라는 사실을 기억해냈다. 사물의 정령, 정신의 정령, 동물의 정령, 자력의 정령, 식물의 정령, 변환의 정령, 매혹의 정령, 예지의 정령, 번개의 정령, 감각의 정령, 온천의 정령, 지질의 정령, 바람의 정령, 질량의 정령, 변신의 정령, 온도의 정령, 몽환의 정령, 유령화의 정령, 공감의 정령, 공간의 정령.

스무 개의 가문, 스무 개의 능력.

옥타비오와 울프 교수가 설명했던 대로였다. 너무나도 지루한 이야기였다. 아직 아슈가 존재하지 않았던 시대에 E. D.가 이미 신세계의 도래를 예견했다는 놀라운 사실을 알고 난 후로는 이야기 자체에는 별다른 흥미를 느낄 수 없었다.

신의 반열에 오르기 위한 설명서 같은 것은 없었다.

오펠리는 끔찍하고도 섬뜩한 의문에 사로잡혔다. 자신이 느낀 불안을 드러내지 않으려고 애쓰며 토른에게 책을 건넸다.

"혹시… 혹시 우리가 찾는 정보가 암호로 되어 있을까?"

토른은 아무 대답도 하지 않았다. 그는 엄지손가락으로 책장을 빠르게 넘기며 눈으로 사진을 찍듯 그것들에 완전히 집중했다. 책의 마지막 페이지까지 넘긴 뒤, 그는 한동안 소파 위에 몸을 웅크린 채 전혀 움직이지 않았다. 다리 보조기처럼 굳어 있었다. 천천히, 매우 천천히 오펠리를 향해 메부리코를 들어 돌렸다. 오펠리는 불현듯 그에게 끝없는 당혹감의 원천이 된 듯했다.

“끝까지 주의 깊게 읽어봐.” 토른이 오펠리가 한 번도 들어본 적 없는 목소리로 말했다.

오펠리는 안경을 코 위로 고쳐 쓰고 마지막 페이지를 다시 살폈다. 거기에는 잉크가 너무 희미해진 탓에 미처 알아차리지 못했던 짤막한 문구가 작은 손 글씨로 적혀 있었다.

더 나은 날을 기다리며, 나의 사랑하는 아이들에게.

욀랄리 딜뢰.

오펠리는 이 몇 마디 말이 자기 존재에, 세포 하나하나에 온전히 스며들 때까지 읽고 또 읽었다.

욀랄리 딜뢰 Eulalie Dilleux.

딜뢰 Dilleux.

디외 Dieu*.

이상하게도 그녀는 조금도 놀라지 않았다. 이미 알고 있었다. 언제나 알고 있었으며 어떻게 이렇게 중요한 사실을 잊어버릴 수 있었는지 의아했다. 아르쉬발드가 그녀에게 위조 신분증에 쓸 이름을 고르라고 했던 날, 욀랄리, 바로 그 이름이 자연스레 입 밖으로 튀어나왔다. 욀랄리, 오펠리와 기억을 공유했던 여자, 공중에 매달린 거울 속에서 보였던 과거의 반영. 그녀는 욀랄리의 자리에 앉아, 타자기를 힘차게 두드리며 손수건을 대고 코를 훌쩍이던, 틈틈이 수없이 많은 어린이를 위한 이야기를 써

* Dieu. 프랑스어로 ‘신’. 욀랄리 딜뢰라는 이름을 잘못 발음해 욀랄리 디외가 되었고, 그래서 욀랄리는 ‘신’이 되었다.

내려가던 자신을 다시 떠올렸다.

윌랄리는 신Dieu이었다. 아니, 분열 이전에 신Dieu은 윌랄리였다. 사람들이 성을 잘못 발음하는 무명의 동화작가였을 뿐이다. 이 사실만으로는 오펠리가 왜 자신의 기억을 그녀와 나눠 가졌는지, 어떻게 윌랄리 딜뢰가 가문 정령을 만들어내고, 세상을 산산조각 내고, 수 세기가 지나는 동안 천의 얼굴을 지닌 거의 전지전능한 존재가 되었는지 설명되지 못했다. 하지만 왜 이 한 권의 책이 누군가를 신과 동등한 존재로 만들 수 있는지는 마침내 설명이 되었다.

"왜냐하면 신은 누구와도 동등하기 때문이다." 오펠리는 손글씨로 적힌 문구를 어루만지며 중얼거렸다.

오펠리는 여전히 기억의 소용돌이 속에서 흔들리며 『기적의 시대』를 덮고 있었다. 그 순간, 안경테 가장자리에서 토른과 자신을 뚫어지게 응시하는 시선을 느꼈다. 믿을 수 없을 만큼 날카로운 시선이었다. 오펠리는 마침내 그 시선을 알아보았다. 울프 교수, 미스 사일런스, 메디아나, 상푀르를 공포에 떨게 했던 그자가 바로 지금, 이 살롱에 있었다.

그는 처음부터 이곳에 계속 있었다.

라자뤼스는 앙브루아즈의 휠체어 등받이에 팔꿈치를 괴고 환한 미소를 지어 보였다.

"신사 숙녀 여러분을 위한 비행선이 준비됐습니다!"

공포

라자뤼스가 수련 연못 사이로 춤추듯 걸어가며 안내하는 동안 오펠리는 아무런 소리도 내지 않았다. 떨림을 억누르려고 욀랄리 딜뢰의 책을 가슴에 꼭 끌어안고 있었다. 밤공기가 후텁지근했지만 피가 얼어붙는 듯했다. 애써 태연한 척했지만 목도리는 주인의 공포를 감지하고 목에 더 바짝 달라붙었다.

토른은 생각에 골몰한 채 지팡이로 바닥을 두드리며 새로운 결의에 찬 걸음을 디뎠다. 오펠리는 그에게 암살자가 이 안에 있다고 소리치고 싶었지만 그랬다가는 그들의 패배를 앞당기게 될 터였다. 그럴 순 없었다. 지금은 그 무엇보다도 침착함을 유지해야 했다. 똑바로 앞만 바라봐야 했다. 의심을 사지 말아야 했다. 계획, 비이성적이고 허점투성이지만, 어쨌든 계획이라는 것이 오펠리의 머릿속에서 서서히 그려지고 있었다.

"괜찮으세요, 미스?" 앙브루아즈가 공손하게 물었다.

그는 휠체어를 움직여 오펠리의 오른쪽에서 속도를 맞춰가며 간절히 용서를 구하듯 애원하는 표정으로 올려다보았다. 오펠리는 살짝 고개만 끄덕였다.

라자뤼스가 연미복 자락을 날개처럼 펄럭이며 옥상 테라스로 이어진 계단을 껑충껑충 오르는 모습을 보자 오펠리는 마음이 한결 놓였다. 토른은 다리 보조기 때문에 무릎을 굽히지 못해서 한 걸음씩 힘겹게 계단을 오르며 라자뤼스를 뒤따랐다. 옥상 테라스로 향하는 경사로는 없어서 앙브루아즈는 더 이상 따라올 수 없었다. 적어도 쉽게는 말이다. 오펠리가 계단 맨 위에서 돌아보니 앙브루아즈의 어두운 피부와 나무 휠체어가 정원의 어둠 속에 완전히 섞여 있었다. 칠흑 같은 어둠 속에서 흰옷만 눈에 띄어 마치 허공에 유령이 앉아 있는 듯한 착시를 일으켰다.

오펠리의 계획이 성공할지도 몰랐다.

라자롭터는 대리석 옥상 테라스에서 그들을 기다리고 있었다. 프로펠러와 금속 동체로 이루어진 이 기계는 가로등 불빛 아래에서 거대한 잠자리의 뼈대처럼 보였다. 발테르가 탑승 계단을 조종하고 있었다. 비행선의 프로펠러가 일으킨 강력한 바람은 오펠리의 뺨을 세차게 후려치고 곱슬거리를 사방으로 흩날리게 했다. 그녀는 용기를 내기 위해 깊게 숨을 들이쉬고, 토른이 탑승 계단으로 향하는 순간 『기적의 시대』를 건넸다.

"우리가 발견한 진실은," 오펠리는 프로펠러 소음에 묻히지 않을 만큼 큰 소리로 말했다. "아마 계보학자들이 바라는 답은 아닐 거야."

"상관없어. 계약상 내가 할 일은 다 했으니까."

토른은 책을 받는 순간, 오펠리의 손을 단호하게 움켜쥐며 똑바로 눈을 맞췄다. 바람이 그의 머리를 거칠게 휘날리자, 그는 평소보다 더 무뚝뚝해 보였다.

"같이 메모리알에 가지 않겠다는 거군. 왜지?" 오펠리는 바벨에 온 이후 줄곧 거짓말을 반복해왔다. 종종 필요에 의해서, 때로는 단순히 편해서이기도 했다. 하지만 세상에서 단 한 사람에게만큼은 진실한 모습을 보이고 싶었다. 바로 지금 눈앞에 있는 이 남자였다.

하지만 오펠리는 그의 눈을 똑바로 바라보면서 또 뻔뻔하게 거짓말을 했다.

"앙브루아즈와 이야기를 좀 나누고 싶어. 우리 사이에 확실히 해야 할 일이 있거든. 어차피 계보학자들에게 날 소개할 생각은 없었잖아. 내가 잘못 안 거야?"

토른의 손가락이 더욱 강하게 오펠리의 손을 움켜쥐었다. 진심을 숨기고 있다고 의심하는 걸까?

"내가 돌아올 때까지 여기 꼼짝 말고 있어. 우리가 알게 된 비밀에 가까워졌다는 이유만으로 사람들이 목숨을 잃었어."

오펠리는 토른의 납덩이 같은 눈빛 앞에서 무너질 뻔했다. 그에게 이 테라스에 남아달라고 애원하고 싶었다. 하지만 지금 이 순간 자신을 드러내버리면, 둘 다 끔찍한 방식으로 목숨을 잃게 될 터였다. 암살자를 막을 방법은 단 하나뿐이었다. 그것은 오펠리가 그자와 단둘이 대면하는 것이었다.

어떻게 그랬는지는 모르겠지만 오펠리는 어쨌든 애써 미소를 지었다.

"꼼짝 않고 있을게."

토른은 마지못해 오펠리의 손을 놓고 책만 움켜쥐었다. 그가 탑승 계단을 오르자 오펠리는 따라가고 싶은 마음을 간신히 억눌러야 했다.

라자뤼스는 축 늘어진 오펠리의 손을 덥석 붙잡고 웃으며 흔들어댔다.

"다시 만나 정말 반가웠어요, 젊은 레이디! 당분간 못 만날 거예요. 앞으로 몇 주 동안 할 일이 많아서 오늘 밤에는 집에 들를 시간도 없을 거고요. 우리 집에서 편하게 지내요! 그리고 타자를 찾는 여정에 행운이 따르길 바라요." 라자뤼스가 오펠리의 귀 가까이에 대고 말했다. "눈에 보이는 것만으로 찾으려 하지 말아요. 그가 어떤 모습으로, 어떤 형상으로 나타날지는 아무도 모르니까. 마지막으로 팁을 하나 드릴게요. 에코에 주목하세요. 모든 해답은 거기 있어요. 블라스트!"

라자뤼스가 갑자기 옥상 테라스를 가로질러 달렸다. 프로펠러가 일으킨 바람 때문에 하얀 실크해트가 별이 빛나는 하늘로 날아가버렸다.

오펠리는 그의 말을 거의 듣지 않았다.

"책은 저들이 갖고 가게 둬. 당신은 나에게 관심이 있잖아, 안 그래?" 라자뤼스가 탑승 계단을 오르자 오펠리가 바람에게 속삭였다.

그 존재는 여전히 그 자리에 있었다. 윌랄리의 기억이 없었더라면 오펠리는 알아차리지 못했을지도 몰랐다. 비행선은 프로펠러를 힘차게 돌리며 밤의 어둠 속으로 사라졌다. 토른은 이제 안전했다.

바람도, 침묵도 가라앉았다. 오펠리는 힘겹게 침을 삼키고 망설임 없이 고개를 돌렸다. 모기들이 윙윙대는 테라스의 램프 불빛 아래, 그녀 곁에 있는 남자의 그림자가 겹쳐 드리웠다. 오늘 저녁 처음으로, 그녀는 머리카락과 눈썹, 수염이 겹겹이 뒤덮인 그 얼굴을 또렷이 바라보았다. 이 순간에도, 그 무해해 보이는 늙은 청소부가 그토록 많은 이들을 공포에 떨게 했다니. 도무지 믿기지 않았다.

"내가 소각실에 갇힌 그날 밤, 네가 문을 열어줬지?" 오펠리는 속마음과 전혀 다른 차분한 목소리로 말했다.

그는 아무런 대꾸가 없었다. 빽빽이 난 털에 얼굴이 가려 표정을 전혀 읽을 수 없었다.

"거기 있었잖아." 오펠리가 확신에 차서 다시 한번 말했다. "상퍼르가 나를 위협했을 때도, 메디아나가 날 협박했을 때도 거기 있었지. 네가 나를 지켜줬어. 내 작품을 지켜준 것처럼," 오펠리는 '내'라는 말을 온 마음을 담아 강조했다.

"내 책 중 한 권을 훔친 울프 교수와 거의 모든 책을 파괴한 미스 사일런스를 네가 처벌했지."

손에 빗자루가 없으면 균형을 잡기도 어려워 보이던 여윈 노인의 실루엣이 그 말에 천천히 몸을 일으켰다. 오펠리는 한 방울의 땀이 어깨뼈 사이로 흘러내리는 걸 느꼈다. 그녀의 계획은 전적으로 눈앞의 남자 앞에서 윌랄리 딜뢰라는 인물을 연기하는 데 달려 있었다. 늙은 청소부는 오펠리를 윌랄리와 혼동하고 있었다. 오펠리는 그 점을 잘 알았다. 파루크도, 폴리데우케스도, 어쩌면 헬레네와 아르테미스까지도 자신과 윌랄리를 헷갈렸으니.

'다른… 다른 존재가 있어.' 메디아나가 그렇게 말했었다.

"너 역시 가문 정령이란다." 오펠리는 차분하게 말했다. "세상에 거의 알려지지 않은, 어둠 속에 숨어 있는 가문 정령. 네가 맡은 역할이 남들과 다르기 때문이야. 너는 내 학교를 지키고, 내가 남긴 작품을 지키지."

늙은 청소부는 미동도 없이 조각상처럼 굳어 있었다. 그렇다고 오펠리는 속아 넘어가지 않았다. 맹수도 사냥감을 덮치기 직전에는 움직임을 멈추는 법이니.

"내가 네게 양날의 힘을 주었지." 오펠리는 간신히 안정된 목소리로 말을 이었다. "누군가에게는 절대적인 공포를, 누군가에게는 완전하 무관심을 불러일으키는 거지. 그렇게 무거운 짐을 지난 수 세기 동안 네게 짊어지게 했어. 다른 사람들의 눈에는, 그들을 겁주지 않는 한 결코 존재하지 못하는 운명을 지게 했지."

오펠리는 늙은 청소부가 이미 아는 진실들을 이야기하고 있었지만 그가 망설이는 것 같은 느낌이 들었다. 그에게, 그리고 자기 자신에게도 이 순간만큼은 자신만이 유일한 윌랄리라는 확신을 심어야 했다.

늙은 청소부가 오펠리의 그림자 위에 자신의 그림자를 덧씌우며 느릿느릿 앞으로 다가오는 동안 그녀는 물러서지 않기 위해 온 힘을 끌어모아야 했다. 오펠리는 갑자기 자기 몸이 너무 갑갑하게 느껴졌다. 초조해질 대로 초조해진 목도리가 오펠리의 목을 더욱 세게 조여오자 풀어내고 싶었지만 그녀는 손가락 하나 제대로 움직이기가 힘들었다. 얼른 침착함을 되찾지 않으면 이 가문 정령은 굳이 능력을 쓸 필요도 없이 공포만으로 오펠리를 죽게 만들 수 있을 것이었다.

"미안해." 오펠리가 중얼거리듯 말했다. "너무 오랜 시간 동안 혼자였지…. 이제는 나를 위해 그렇게까지 애쓰지 않아도 돼. 우리가 알던 학교는 이미 사라져버렸고, 네 형제자매도 이제 충분히 자랐어. 서로 죽이고 죽을 만큼 내 책이 가치 있는 것도 아니야. 그때 중요했던 것은 이제 중요하지 않아. 너도 이제 다른 것을 향해 나아가야 해. 무슨 말인지 알겠지?"

어쩌면 오펠리의 착각이었을지도 모르지만 늙은 청소부의 앞머리 사이로 반짝이는 무언가를 본 듯했다. 느릿느릿 두 걸음을 내디딘 노인은 그녀와의 거리를 좁히더니, 파충류처럼 척추뼈 하나하나를 움직여 몸을 앞으로 숙였다. 그의 등은 해부학적으로 인간 같지 않은 혹처럼 솟아올랐다. 온통 털로 뒤덮인 기괴한 얼굴은 이제 오펠리의 얼굴과 숨결이 닿을 만큼 가까운 곳에 있었다. 단 한 가지 다른 점이 있다면, 그의 얼굴은 숨을 쉬고 있지 않았다는 것이었다. 저 덥수룩한 수염 뒤에 입이 있기는 할까? 숱 많은 눈썹 아래에 눈이 있기는 할까?

상대가 조금이라도 먼저 움직이기만 하면 바로 전투가 벌어질 참이었다. 늙은 청소부는 빼가 부러질 듯 등을 잔뜩 구부린 채, 민망할 정도로 가까운 거리에서 오펠리와 한참을 마주 보고 서 있었다. 그리고 마침내 움직이기 시작하며, 그는 삐쩍 마른 팔을 천천히 펴고 해골 같은 손을 들어 머리카락을 걷어 올렸다.

오펠리가 보았던 섬광은 눈빛이 아니라 그의 이마에 직접 나사로 박힌 알루미늄 조각에서 나온 것이었다. 희미한 전등 빛 아래에서는 거의 보이지 않을 만큼 작은 글씨로 뭔가 그 위에 새겨져 있었다. 오펠리는 글자를 알아보았지만 뜻은 이해하지 못했다. 월랄리의 기억이 이렇게 세세한 데까지는 이르지 못했기 때문이었다. 가문 정령의 책에서 보았던 똑같은 아라베스크 무늬, 그것은 가문 정령의 본질과 존재 이유를 설명하는 암호였다.

책보다는 덜 복잡한 금속판이기에 늙은 청소부의 단순한 행동은 설명되었지만, 그렇다고 이 금속판이 그의 생명력의 원천이 아니라는 뜻은 아니었다. 왜 늙은 청소부가 필사적으로 알루미늄 조각을 보여주려 하는지 오펠리가 궁금해하던 순간, 그가 큰 손톱으로 조각을 톡톡 두드렸다.

"떼어달라는 거지?"

오펠리는 가까스로 목소리를 되찾았다. 오펠리는 이 태고의 존재가 여러 사람의 목숨을 앗아 갔다는 사실을 잘 알았지만, 자신에게는 그를 해칠 용기도, 그럴 권리도 없다고 생각했다. 너무나도 두려웠지만 그에 대해 책임감을 느꼈다. 월랄리가 '덜

뢰'로서의 삶을 멈추고 '디외', 그러니까 신이 되면서, 그를 운명의 흐름에 맡겨두었던 셈이었다. 오펠리가 어떤 연유에서든 월랄리의 기억을 물려받았다면, 그 죄책감 또한 같이 물려받은 것 아닐까?

"미스 오펠리? 거기 계셨어요? 아버지와 떠난 게 아니었어요?"

계단 아래서 오펠리의 목소리를 들었는지 앙브루아즈가 놀란 목소리로 외쳤다.

짧은 순간이었지만 오펠리는 본능적으로 자신의 이름을 부르는 소리에 반응했다. 그저 계단 쪽으로 아주 잠깐, 아주 살짝 고개를 돌렸을 뿐이었지만, 늙은 청소부를 다시 돌아보았을 때 그녀는 정체가 탄로 났음을 사실을 깨달았다. 그는 여전히 지나치게 몸을 숙인 채, 한 손으로는 머리카락을 걷어 올리고 꼼짝하지 않고 있었다. 그런데도 그를 둘러싼 공기가 갑자기 무거워졌다.

'도망쳐야 해. 도움을 청해야 해.' 오펠리는 생각했다.

하지만 몸이 말을 듣지 않았다. 다리는 대리석 바닥에 박혀버린 듯했다. 숨을 들이쉴 때마다 늪지의 물을 삼키는 것 같았다. 더는 몸이 뜻대로 움직이지 않았다. 오펠리의 몸속은 분자 하나하나가 절망 속에서 소리 없는 비명을 내지르는, 혼돈 그 자체였다. 오펠리는 단 한 번도, 심지어 독방에서도 이렇게 철저하게 혼자라고 느낀 적이 없었다. 마치 가차 없는 가위질에 세상에 존재하는 모든 선하고 아름다운 존재들과 연결된 끈이 잘려나간 것 같았다. 심지어 목도리조차 아니마 정신이 모조리 빠져

나가 죽은 듯 무게만 남아 목에 매달려 있었다.

그리고 공포의 바닥에 다다랐다고 생각한 순간 진정한 공포가 오펠리의 몸을 타고 오르기 시작했다. 공포는 그녀의 장기 속에서 부풀어 올라 온몸을 침범하고 파괴하다가 결국 폭발했다.

몇 초가 지나서야 그 폭발이 자신의 몸속에서가 아니라 몸 밖에서 일어났다는 사실을 깨달았다. 근육은 경직되고 위가 경련을 일으키는 가운데 오펠리는 눈앞에 있는 늙은 청소부의 얼굴을 뚫어지게 바라보았다.

그의 이마에 박혀 있던 금속판에는 커다란 구멍이 뚫려 있었다.

피가 한 방울도 흘러 나오지 않았다. 그는 기형적으로 등을 구부리고 앞으로 뻗은 한 손으로는 머리카락을 치켜든 채, 잠시 동안 그렇게 기괴한 자세로 서 있었다. 그러다 마침내 망가진 꼭두각시 인형처럼 대리석 위로 쓰러졌다.

죽은 것이었다.

오펠리는 다리에 힘이 풀려 주저앉았다. 몸을 웅크리고 마신 차를 토해내고 나서야 기운을 차려 목숨을 구해준 이를 돌아볼 수 있었다.

옥상 테라스 난간 위에 웅크린 작은 그림자가 손에 사냥용 소총을 들고 있었다. 그림자가 너무나도 작고 날렵해서 오펠리는 처음에 원숭이인가 싶었지만, 이내 그림자가 똑바로 서자 간단히 천 조각만 몸에 두른 어린아이임을 알아차렸다.

상퓌르에프레스크상르프로슈의 아들이었다.

아이는 한마디 말도 없이, 아무런 소리도 내지 않고 돌아서더니 정원 속으로 사라졌다.

"미스 오펠리!" 앙브루아즈가 놀란 목소리로 외쳤다. "무슨 소리였죠? 다치진 않으셨어요?"

오펠리는 이마 가운데 구멍이 뚫린 채 쓰러진 늙은 청소부의 시신을 바라보았다. 그는 점점 형태를 잃어가더니 몇 초 후 투명해져갔고, 그가 쓰러져 있던 대리석 바닥이 비치기 시작했다. 그리고 얼마 지나지 않아 그는 눈앞에서 사라져버렸다. 마치 처음부터 존재하지 않았던 것처럼.

"괜찮아요." 마침내 오펠리가 대답했다.

그 말을 하면서 이렇게 안도한 적은 처음이었다.

철없는 실수

빅투아르는 깜짝 놀라 침대에서 일어났다. 커다란 비명이 온 집 안을 울리고 있었다. 곧 머리에 헤어롤을 잔뜩 감은 엄마가 실크 잠옷 차림으로 나타나 불을 켰다.

"무서워할 거 없어, 우리 딸!" 엄마가 빅투아르를 품에 안으며 속삭였다.

빅투아르는 겁나지 않았다. 아빠가 황금 부인과 부인의 발밑에 우글거리던 그림자를 모두 쫓아낸 뒤로 더 이상 무서운 일이 없었다. 졸음이 쏟아져 눈꺼풀이 무거웠지만 창문 너머 반짝이는 가짜 별들을 바라보았다. 어쨌든 왜 비명이 들렸는지 궁금하긴 했다. 대모 할머니의 목소리 같았는데, 만약 대모 할머니가 맞다면 엄청 화가 난 것 같았다.

"로즐린 부인? 왜 그래요? 무슨 일이에요?"

엄마는 빅투아르를 품에 안고 계단을 내려갔다. 작은 살롱들을 돌아봐도, 식당에도, 주방에도 아무도 없었지만, 엄마가 문을 열때마다 대모 할머니의 비명이 더욱 귀 아프게 울렸다.

"도대체 정신이 있어요? 내가 당신을 죽일 수도 있었잖아요!

당신… 당신… 당신은 치약 튜브보다 더 짜증 나는 인간이야!"

빅투아르는 엄마가 자신을 안고 흡연실로 들어가자 눈이 동그래졌다. 가스등 불빛은 어두웠지만 방 안을 둘러볼 수는 있을 정도였다. 흡연실은 이 집에서 빅투아르가 한 번도 본 적 없는 난장판이 되어 있었다. 제자리에 놓인 가구가 하나도 없었다. 멋진 체스 테이블은 엎어져서 네 다리가 천장을 향하고 있었다. 카펫 위에는 흑백의 체스 말이 담뱃재 사이에서 나뒹굴었다.

대모 할머니는 수면용 모자를 쓰고 나이트가운을 걸친 채 무서운 표정을 지으며 흡연실 한가운데 서 있었다. 슬리퍼는 한 짝만 신고 있었다.

빅투아르는 소파 뒤에 웅크린 그림자를 보고 엄마 품으로 파고들었다.

"예고도 없이 이게 무슨 짓이에요!" 대모 할머니가 격앙된 목소리로 소리쳤다. "이 시간에 남의 집에 함부로 들어와요? 밑에서 무슨 소리가 들리길래 난… 강도라도 든 줄 알았다고!"

소파 뒤에 웅크리고 있던 그림자가 일어나 불빛에 모습을 드러냈다. 실은 그림자가 아니라 사람이었다. 그의 뺨과 수염은 태양처럼 빛났고, 빛나는 얼굴에는 환희에 찬 미소가 반짝였다. 흡연실 장식장에 진열된 것과 똑같은 시가를 한 손에 들고 있었다. 다른 손으로는 이마에 난 이상한 붉은 자국을 문지르고 있었다. 하지만 자국은 없어지지 않았다.

"로즐린 부인이 와플 뒤집개로 내리쳤어요. 정말 대단한 분이셔."

빅투아르는 머리끝부터 발끝까지 전율이 흘렀다. 대부였다!

"어떻게 들어왔죠?" 엄마가 물었다.

"제가 만들어둔 작은 지름길로요. 떠날 때 없앨 겁니다."

대부는 시가를 들어 흡연실 안쪽에서 똑딱거리고 있는 괘종시계를 가리켰다. 아니, 정확히 말하자면 똑딱거리고 있어야 할 괘종시계였다. 괘종시계의 유리 너머로 시계추가 보이지 않았다. 빅투아르는 시계추가 있어야 할 자리에 어두운 거리의 자갈길이 보이는 것 같았다.

"알았어요. 차를 내오죠."

한밤중에 깨우고 온 집 안을 난장판으로 만들어도, 엄마는 늘 품위를 잃지 않았다.

"그러지 마세요, 친애하는 부인. 시간이 별로 없답니다."

대부는 소파를 훌쩍 뛰어넘어 등받이에 걸터앉았다. 신발로 소파를 더럽히는 것쯤은 신경 쓰지 않는 사람이었다. 바지는 여기저기 구멍이 나 있었다. 셔츠 위로 멜빵도 메고 있지 않았다. 옷으로 가려지지 않은 얼굴과 목, 손은 모두 놀랄 만큼 다채로운 색을 띠고 있었다. 빅투아르가 여태껏 본 대부의 모습 중 가장 멋있었다.

"사실 여기 있을 자격이 없기도 하고요." 시가 연기가 만든 구름 속에서 대부가 갑자기 웃음을 터뜨리며 말했다. "하지만 저를 잘 아시잖아요? 금지할수록 더 어기는 게 제 방식이죠!"

엄마는 긴 의자에 빅투아르를 앉히고 그 옆에 나란히 앉은 다음, 빅투아르가 시가 연기를 들이마시지 않도록 손수건으로 코를 살짝 덮어주었다.

"아르쉬, 당신은 정말 이해할 수가 없네요. 하지만 설명은 나중에 듣기로 하고, 먼저 아주 중요한 것부터 물어볼게요. 퀴네공드 부인에게 환영을 주문한 적이 있나요, 없나요?"

"그게 무슨 말이에요! 환영이라면 질색인데, 제가 그걸 주문할 리가요?" 대부는 박장대소했지만 빅투아르는 대모 할머니와 엄마가 긴장된 눈빛을 주고받는 모습을 보았다. 둘 중 누구도 그의 대답을 웃어넘길 생각이 없어 보였다.

"그러니까 우리가 사기꾼을 상대하고 있었군요. 내가 그런 사람을 열 번이나 집에 들이고, 우리 딸 가까이에 뒀다니! 그 정체가 뭐든 간에 그 사람은 당신을 찾고 있어요, 아르쉬. 그리고 난 이 모든 게 당신 책임이라고 생각해요. 당신이 우리 셋을 위험에 빠뜨렸어요."

빅투아르는 엄마의 부드러운 말투 속에서 단단한 무언가를 느꼈지만 그것이 무엇인지 정확히 알 수는 없었다. 그런데 대부의 웃음은 멈추기는커녕 오히려 더 커졌다.

"만약 그 사기꾼 앞에서 제가 벌이는 일들을 언급했다면 부인도 조금은 책임이 있겠죠." 대부는 '사기꾼'이라는 단어를 수상쩍게 힘주어 말했다. "뭐, 그건 중요하지 않아요. 제가 지금 이렇게 온 것도 여러분을 그 위험에서 보호해 주기 위해서니까요."

대부는 구멍이 숭숭 뚫린 바지 주머니에서 공 하나를 꺼내 빅투아르에게 장난스레 던졌다. 공은 꽤 무거웠다. 그런데 너무 향기로웠다! 엄마는 그것이 위험한 물건인 양 곧바로 빅투아르의 손에서 낚아챘다.

“오렌지란다.” 대부가 말했다. “우리 꼬마 아가씨가 태어나기 전까지만 해도, 폴에는 집집마다 식탁 위에 오렌지가 놓여 있었지. 이건 불과 15분 전에 내가 직접 딴 거야.”

“성공한 거예요?” 대모 할머니가 놀란 목소리로 물었다. “정말 아르캉테르를 찾았어요?”

“쉽진 않았죠. 바람 장미를 갈아타느라 산도 건너고, 숲도 지나고, 여러 도시를 돌아다녀야 했으니까요! 아르캉테르는 찾아가기도 어렵지만 빠져나오기는 더 어려운 곳이더군요. 그곳 사람들은 분명 저와 먼 친척뻘이지만 저를 두 팔 벌려 환영하진 않았어요.” (대부는 그렇게 말하며 이마에 찍힌 와플 뒤집개 자국을 문질렀다.) “아르캉테르의 가문 정령 야누스는 제게 자신의 아슈에서 절대 떠나지 말 것을 명령했어요. 바람 장미도 다시는 사용하지 말라고 했죠. 뭐, 그것도 그렇게까지 나쁘진 않았을 거예요. 아르캉테르에는 환상적인 정원들이 있으니까요.”

빅투아르는 작은 두 손에 남은 오렌지 향을 깊이 들이마셨다. 빅투아르에게 산, 숲, 정원은 서재에 있는 책에나 나오는 음울한 삽화에 불과했는데, 그 단어들이 대부의 입을 거치니 ‘하늘’, ‘나무’, ‘새’라는 단어들처럼 살아나는 듯했다!

“그리고 당신은 당연히 그 명령을 어겼고요.” 엄마가 다정한 목소리로 한숨을 쉬며 말했다. “가문 정령을 거스른 거죠.”

“정확히는 딱 절반만 어긴 셈이에요.” 대부가 말했다. “폴로 돌아오는 동안 바람 장미는 한 번도 쓰지 않았으니까요! 대신 아주 많은 시간과 공을 들여 두 아슈 사이에 작은 지름길을 만들어뒀어요. 오래가진 못할 테니 어서 빨리 짐을 챙겨야 해요!"

대모 할머니는 괘종시계 유리에 얼굴을 바짝 대고 김이 서려 자갈길이 잘 보이지 않는 부분을 닦았다.

"그러니까 지금 이 길이…."

"아뇨. 저건 거리 모퉁이일 뿐입니다, 로즐린 부인. 아르캉테르로 가는 지름길은 시타시엘의 다른 동네에 있어요. 갑시다. 수천 킬로미터가 넘는 여정을 짧은 산책길 정도로 줄여드릴게요. 그만한 외출은 괜찮지 않나요?"

"왜 우리를 거기로 데려가려는 거죠?"

아르쉬발드는 대모 할머니가 떨어뜨린 슬리퍼를 집어 부채처럼 흔들었다.

"햇빛, 커피, 과일, 향신료까지, 말 그대로 천국을 접시째 갖다 바치는 데 망설이시는 건가요?"

엄마의 실크 가운 위에 놓인 오렌지보다도 더 묵직한 침묵이 흘렀다. 그 침묵이 하도 무거워 대부조차 특유의 익살을 잃고 말았다. 대부는 재떨이에 시가를 한참 비벼 껐다. 입가에는 여전히 빅투아르가 좋아하는 장난기 어린 미소가 걸려 있었지만, 대부가 다시 입을 열었을 때 흘러나온 목소리는 아주 진지했다.

"여러분이 상대했던 사기꾼은 과대망상에 사로잡힌 인물입니다. 그자는 거의 모든 정치 기관을 장악했다죠. 게다가 자기가 만난 사람들의 가문 능력을 흡수하고 재현하는 능력이 있고요. 목숨을 잃은 사람들도 있어요. 저도 간신히 살아남았어요.

남작 하나는 그자의 환심을 사려다가 그런 일을 당했어요. 이건 결코 예외적인 일이 아닙니다. 그 과대망상에 빠진 자가 아직 지배하지 못한 곳이 있는데, 그게 바로 아르캉테르예요. 그자가 아르캉테르에서 노리는 게 뭔지, 그리고 왜 아르캉테르인들이 그자를 철저히 막고 있는지 드디어 알게 됐습니다." 그가 이를 드러내 웃을 때, 그의 수염 한가운데에서 반짝이는 빛이 스쳤다. "나의 먼 친척들, 그러니까 아르캉테르인들은 아주 매력적인 능력을 지녔거든요. 혹시 '아구하*'라고 들어봤나요?"

대부는 목을 잔뜩 긁으며 '아구하'라는 단어를 발음했다. 대모 할머니는 미간을 찌푸렸고, 엄마는 잠자코 있었다. 빅투아르는 대부가 한 질문을 알아듣지 못했지만, 어쨌든 엄마도 대모 할머니도 다 모르는 것 같았다.

"아르캉테르인들을 '탐침자**'라고 부르기도 하죠." 대부가 설명했다. "아르캉테르의 가계 중 하나예요. 저도 직접 만나기 전엔 그들의 존재에 대해 들어본 적이 없었죠. 그럴 만도 한 것이, 그 가문 사람들은 극히 소수인 데다 극히 비밀스럽기 때문이에요. 자, 상상해보세요. 몸속에 일종의 나침반 같은 것이 내장되어 있어서 누구든, 어디에 있든 원하는 사람을 반드시 찾아

* aguja. 스페인어로 '바늘'이라는 뜻

** 탐침자(aiguilleur). 작가가 사용한 단어 aiguilleur는 원래 철도 용어로, 철도 분기기를 조작하는 '전철기 통제원'을 뜻한다. 하지만 이 작품에서는 스페인어로 '바늘'을 뜻하는 aguja를 연상시키는 방식으로 쓰였다. 아르캉테르가 스페인어 문화권에 속한 아슈로 묘사되고 있는 점을 고려하면, 프랑스어의 aiguille(바늘)와 사람을 뜻하는 접미사 -eur를 결합해 '바늘처럼 누군가를 찾아내는 사람', 즉 '탐침자'라는 새로운 의미를 부여한 것으로 보인다.

낼 수 있다면 어떨까요? 설령 그 대상이 세계 정반대의 난공불락의 요새 안 성채에 숨어 있다 해도 절대 빠져나갈 수 없는 거죠. 이해되시나요? 이게 바로 탐침자들의 능력이라고요! 그 과대망상에 빠진 자가 이 능력을 손에 넣는다면 어떤 짓을 벌일지 상상해보세요. 아무도 그의 바늘에서 자유로울 수 없겠죠."

대부는 잠시 말을 멈추더니 사람들의 반응을 음미하듯 주위를 둘러보았다. 빅투아르가 이 복잡하고 긴 이야기에서 간신히 알아들은 단어는 '나무'뿐이었다. 그 나무는 평범한 나무*가 아닌 게 분명했다. 엄마와 대모 할머니가 꽤 진지하게 듣고 있었던 것을 보면.

"제가 아르캉테르를 찾았다는 건, 머지않아 그자도 분명 그곳을 찾아낼 거라는 뜻이겠죠." 대부는 시가 꽁초를 굴리며 말을 이었다. "그래서 그가 나서기 전에 우리가 먼저 탐침자의 능력을 이용해야 한다고 생각하는 거고요. 근데 바로 그게 문제예요. 야누스를 필두로 한 아르캉테르인들은 신성불가침 중립을 무엇보다 소중히 여기거든요. 잡다한 세속적인 일들에는 관여하지 않으려 해요. 뭐, 엄청난 이득을 볼 수 있다면 또 모르겠지만요. 저 역시 지금까지 받은 교육 덕분에 평생 중립으로 살아왔죠. 이번에 그곳 사람들을 보고 뭘 배웠냐고 묻는다면, '중립'은 '비겁함'을 포장한 말에 불과하다고 답할 거예요. 언젠가 결

* 아르쉬발드는 '가계'라는 표현을 썼다. 이는 프랑스어로 arbre généalogique인데, 직역하면 '계통 나무'다. 빅투아르는 대부의 말에서 '나무(arbre)'라는 단어만 알아들은 것이다.

국 어느 편에 설지 선택해야 할 때가 오면 누군가의 꼭두각시가 되는 편에 서는 건 거부할 겁니다."

엄마는 문신을 새긴 아름다운 손으로 박수를 쳤다. 빅투아르도 놀이인 줄 알고 엄마를 따라 손뼉을 쳤다.

"축하해요, 아르쉬. 좀 철이 들었군요. 그런데 그게 우리 세 사람과 무슨 상관이 있다는 거죠?"

"저는 야누스와 아르캉테르인들이 중립을 포기하도록 설득하고 싶어요. 하지만 그들 눈에 전 그저 자기 생각밖에 말하지 못하는 전직 대사에 불과하죠. 베르닐드, 당신은 어찌 보면 폴의 퍼스트레이디잖아요. 당신 말 한마디가 제 말보다 훨씬 무게가 있죠. 게다가 당신의 매력은 두말하면 잔소리고요."

대부는 집 안에서 보이는 가짜 하늘보다 더 파랗게 빛나는 눈을 크게 떴다. 빅투아르는 그 파란 눈 속으로 날아들 수 있다면 좋겠다고 생각했다.

"싫어요." 엄마가 말했다.

"싫다고요?" 대부가 더 환하게 웃으며 되물었다.

"무리한 부탁을 하고 있잖아요. 당신을 따라갔다가 돌아올 수 있다는 보장이 전혀 없죠. 그리고 당신과 달리, 난 외교 문제에 끼어들어 가문 정령의 명령을 어기는 위험을 감수할 생각이 없어요."

"그렇지만 생각을…."

"이미 말했지만, 한 번 더 말하죠. 아르쉬," 엄마는 대부의 말을 자르며 말을 이었다. "내 자리는 여기예요. 오늘만큼 그 생각이 확고했던 적이 없군요. 우리 폐하는 딸이 곁에 있기를 원해요. 그이는 변하려고 애쓰고 있어요. 가문도 변화시키려고 노력하고 있고요. 모두 딸에게 싸움도, 음모도, 암살도 없는 미래를 주고 싶어서죠. 우리가 떠나버리면 그이는 왜 그런 노력을 해왔는지 잊어버릴 거예요."

이번에는 대모 할머니가 박수를 쳤다. 빅투아르는 한밤중에 벌어진 이 작은 놀이가 너무나도 즐거워서 이번에도 따라서 손뼉을 쳤다. 언젠가 엄마가 이야기해줬던 오페라 공연을 보고 있다고 생각하는 듯했다.

대부의 미소는 점점 더 커졌다. 그는 엄지손가락으로 입가를 쓸었다.

"탐침자의 힘이라고요, 베르닐드. 생각해봐요! 그들을 설득해서 부인의 대의를 위해 협조하게 한다면, 그저 손가락 한번 튕기는 것만으로도 토른과 오펠리를 금방 찾아줄 거예요."

빅투아르는 옆에 앉은 엄마의 몸이 뻣뻣해지는 것을 느꼈다. 고개를 들어 엄마를 쳐다보니 엄마의 얼굴은 방금 불에 덴 것처럼 고통스러워 보였다. 하지만 그건 아주 잠깐이었다. 엄마는 이내 다시 도자기처럼 예쁜 얼굴로 돌아왔다.

"그들이 원하지 않는 이상, 난 토른이나 오펠리를 찾지 않을 거예요. 대신 두 사람이 여기로 나를 찾아올 수 있길 바랄 뿐이죠. 그러니 나와 내 딸, 우리는 여기에 남겠어요. 이게 내 마지막 결정이에요."

엄마가 말을 마치자마자, 허리를 곧게 펴고 품위 있게 의자에 앉아 있던 할머니는 단호하게 손을 뻗어 대부에게 내밀었다. 대부는 잠시 망설이다가 슬리퍼를 돌려주었다.

"저는 여자를 강제로 데려가거나 하는 사람이 아닙니다. 오늘부터 그럴 생각도 없고요. 뭐, 괜찮습니다! 이제 가봐야겠군요. 지름길이 얼마 버티지 못할 테니까요."

대부가 무릎을 꿇고 앉아 손을 잡자 빅투아르의 심장이 세차게 뛰기 시작했다. 햇살처럼 빛나는 턱수염이 빅투아르의 손가락을 간질였다. 대부는 웃고 있었지만 왠지 예전과는 달라 보였다. 지금은 미소 짓고 있지만 진짜 웃는 것은 아니었다.

"언제 다시 만나게 될지 모르겠구나, 꼬마 아가씨. 그때까지 너무 많이 변하지는 않았으면, 제발."

빅투아르는 갑자기 한기가 들었다. 그녀는 대부가 구멍 난 커다란 모자를 툭툭 털고는 세 사람에게 차례로 작별 인사를 하듯 그것을 세 번 공중에서 흔드는 모습을 지켜보았다.

싫었다.

대부가 벌써 떠난다니, 싫었다. 진짜 하늘이, 진짜 나무들이, 진짜 새들이 대부와 함께 멀어지는 것 같았다. 빅투아르는 대부가 흡연실 괘종시계 속으로 사라지는 것을 바라보며 입술을 달싹였지만 대부는 듣지 못했다.

아무도 빅투아르가 내는 소리를 듣지 못했다.

빅투아르는 엄마와 대모 할머니 쪽에 눈길 한번 주지 않은 채 다른 빅투아르를 그대로 두고 괘종시계 속으로 들어갔다. 안개가 자욱한 거리로 이어져 앞으로 나아갈수록 주변이 더욱 흐릿하게 보였다. 괘종시계 너머를 돌아보니 흡연실은 이제 벽 한가운데 떠 있는 작은 빛 무리에 불과해 보였다.

하지만 빅투아르는 무섭지 않았다. 다른 빅투아르가 엄마에게 기대어 앉아 있는 다른 빅투아르의 존재감을 멀리서도 계속 느낄 수 있었다. 게다가 대부도 함께였다. 비록 대부가 아빠와는 달리 지금의 자기 모습을 똑바로 보지는 못하지만, 그저 가까이 있다는 사실만으로도 더할 나위 없이 행복했다.

이번에는 대부를 따라 진짜 하늘까지 갈 수 있겠지!

그런데 지금 대부는 별로 움직이지 않았다. 안개가 자욱한 거리 한복판에 서서 주머니에 손을 넣은 채 주위를 의아한 눈길로 둘러보고 있었다.

"아, 그래도 결국 나타났군." 대부가 흐릿하게 나타난 실루엣을 보고 말했다. "그나마 자네가 망을 보고 있었다니 정말 든든하군."

"누가 있는 줄 알았는데, 그냥 착각이었어."

빅투아르는 그가 붉은 거인라는 것을 알아차렸다. 아무리 낮추려 해도 그의 우렁찬 목소리가 거리에 크게 울려 퍼졌다.

"그래서 어떻게 됐어요?"

"어떻게 되긴, 뭘." 대부가 어깨를 으쓱하며 픽 웃었다. "예전 같았으면 어떤 여자든 세상 끝까지 함께 가자고 얼마든지 구슬릴 수 있었겠지. 옛날 수법을 쓸 수도 있었을 거야." 그렇게 말하며 대부는 눈썹 사이 검은 눈물 자국을 톡톡 두드렸다. "하지만 베르닐드에게 다시는 그런 짓 하지 않겠다고 다짐했거든. 그녀 말이 옳을지도 몰라. 내가 점점 철이 드나 봐. 끔찍하군….”

빅투아르는 대부와 붉은 거인을 놓칠세라 깡충깡충 뛰어갔다. 두 남자는 안개 속을 아주 빠르게 걸었다. 여행 때문에 두 사람이 속삭이는 소리가 우유에 빨대를 넣고 불 때 나는 거품 소리처럼 들렸다.

두 사람은 조명이 더 희미한 골목으로 들어섰다. 끝이 벽돌로 막힌 막다른 골목이었고, 길에는 쓰레기가 산더미처럼 쌓여 있었다. 빅투아르가 여행 중에 냄새를 맡을 수 있었다면 분명 코를 막았을 터였다. 이건 빅투아르가 기대했던 하늘이 아니었다.

대부는 곰팡이로 뒤덮인 상자 위로 올라가 바퀴 없는 낡은 마차의 문에 손을 뻗었다. 붉은 거인은 아무 말 없이 그 모습을 지켜봤다.

“다행이군. 아직 그대로야.” 대부는 붉은 거인에게 빨리 움직이라고 손짓하며 속삭였다. “운이 좋으면 야누스가 눈치채지 못할 거야.”

마차의 문이 번쩍하는 밝은 빛과 함께 열렸다. 마치 안에서 불이라도 난 것 같았다. 붉은 거인은 넓은 어깨를 구겨 넣으며 마차 안으로 들어갔다. 대부는 막다른 골목에 아무도 없는지 힐끗 확인한 다음, 발밑에 있는 아이를 보지 못한 채 마차 안으로 미끄러지듯 들어갔다.

망설임 없이 빅투아르도 대부를 따라 빛 속으로 뛰어들었다.

잠깐 동안 빅투아르의 눈에는 아무것도 보이지 않았다. 빛도, 어둠도. 어느 날, 대모 할머니가 살롱 문고리에 걸려 옷소매가 찢어진 적이 있었다. 빅투아르는 마치 그 소매처럼 몸이 반으로 찢기는 느낌을 받았다.

그런데 통증은 전혀 느껴지지 않았고 뒤미처 그 생각마저 사라져버렸다. 오직 머리 위로 펼쳐진 하늘만 보일 뿐이었다. 어마어마하게 광활한 하늘이었다. 파랑뿐만 아니라 빨강, 보라, 초록, 노랑이 뒤섞인, 눈부실 정도로 환하고 새 떼가 소용돌이치는 하늘. 진짜 하늘이었다! 여행 때문에 일그러져 보이긴 했지만 빅투아르가 짧은 생애에 본 것 중 가장 아름다운 광경이었다.

"시간 낭비라고 했잖아."

빅투아르가 돌아보니 이상한 눈이 바로 옆에서 담배를 문 채 화를 내며 입술 사이로 연기를 내뿜었다. 지난번 만났을 때보다 얼굴에 생기가 돌았다.

"거길 다녀오는 건 쓸데없이 멍청하고 위험한 짓이었다고."

대부는 과장된 몸짓으로 작은 오두막 문을 닫았다가 다시 열었다.

"어쨌든 지름길은 이제 사라졌어! 무슨 일이라도 벌어졌어? 우리가 없어진 걸 누가 알아차리기라도 했냐고."

"거야 모르지." 이상한 눈은 투덜거렸다. "나랑 고양이는 오렌지 과수원에서 망을 본 게 전부였어. 당신이 만든 그놈의 지름길에 이쪽 편에서 접근하는 인간이 있나 없나 지키고 있었다고."

여자는 붉은 거인을 향해 불만 가득한 눈길을 던졌지만, 붉은 거인은 대화에 끼어들고 싶은 생각이 별로 없어 보였다. 그는 앙두이가 킁킁거리며 주인이 뭔가 지저분한 데를 밟기라도 했다는 듯 짜증스러운 표정을 지으며 신발 냄새를 맡는 모습을 물끄러미 지켜보고 있었다.

빅투아르는 문득 세 사람이 나무, 그러니까 진짜 나무들이 가득한 정원 한가운데 서 있다는 것을 깨달았다. 나뭇가지에는 대부가 준 것과 똑같은 오렌지가 주렁주렁 달려 있었다. 이곳에 내리쬐는 빛은 집 안의 램프나 환영으로 만들어진 빛보다 훨씬 눈부셨다.

하지만 감탄은 이내 불안으로 바뀌었다. 멀리 엄마 곁에 남겨둔 다른 빅투아르가 이제는 전혀 느껴지지 않았다.

"울상 그만 짓고 플랜B로 가자!" 대부가 잘라 말했다.

이상한 눈이 얼굴을 찌푸렸다.

"무슨 플랜B 말이죠, 전직 대사님?"

"신을 피하는 대신 신을 추적하도록 내 사촌들을 설득하기 위해 우리가 짜야 할 계획 말이야."

대부는 그렇게 말하며 멀어져갔다. 그는 오렌지 껍질을 천천히 벗기고 있었고, 바지에 달린 멜빵은 허리춤에서 덜렁거렸다. 빅투아르는 무엇을 해야 할지 전혀 알지 못했다. 대부를 계속 따라가야 할까? 아니면 멈춰 서야 할까? 아무리 집중해도 돌아가는 길은 찾을 수 없었다. 예전에는 억지로 애쓸 필요가 없었다. 집으로 돌아가는 건 항상 잠에서 깨는 것처럼 자연스러운 일이었으니까.

빅투아르는 여자의 이상한 능력이 이번 여행을 취소해줄지도 모른다는 희망으로 그녀 앞에서 깡충깡충 뛰어보았다. 하지만 아무 변화도 일어나지 않았다. 이상한 눈은 담배꽁초를 퉤 하고 뱉었고, 그것은 마치 구름을 통과하듯 빅투아르의 몸을 그대로 뚫고 지나갔다.

"저 멍청이는 자기가 뭘 하고 있는지도 몰라. 그리고 넌 왜 그러고 있어? 폴에서 감기라도 걸린 거야, 뭐야." 이상한 눈이 붉은 거인에게 물었다.

붉은 거인은 아무런 대꾸도 하지 않았다. 여전히 킁킁대며 신발 냄새를 맡는 앙두이를 바라보다가 이제는 하늘을 올려다보고 있었다.

그는 진한 붉은 눈썹을 찡그리며 걱정스러운 표정을 지었다.

"이건 시작의 끝이거나, 아니면 끝의 시작이야."

그 순간 빅투아르는 섬뜩한 충격과 함께 그것들을 알아차렸다. 붉은 거인의 신발 아래 드리운 그림자들이었다.

타자

헤어드라이어의 바람 소리가 라디오 소리와 굵은 빗방울이 창문에 부딪히는 소리를 모두 뒤덮었다. 어차피 오펠리는 둘 다 듣고 있지 않았다. 로봇 하인은 의자 뒤에서 서성이며 오펠리의 억센 곱슬머리를 말리고 있었다. '지식으로 가득 찬 머리보다 잘 돌아가는 머리가 더 낫다'라든지 '웃으면 약이 필요없다' 같은 말을 쏟아냈지만 오펠리는 그런 말에도 귀 기울이지 않았다. 그녀는 수건으로 한 번 닦으면 충분하다고, 특히 방 안이 숨 막힐 정도로 더우니 더더욱 그럴 필요 없다고 설명하려 했지만 로봇 하인은 선택의 기회조차 주지 않았다. 라자뤼스는 몇 주 동안 집에 돌아오지 않을 터였고, 앙브루아즈는 탁시 기사 일을 하러 밖에 나갔다. 그들이 없을 때는 한마디 말에도 수백 개의 칼날을 펼칠 수 있는 로봇들을 건드리지 않는 편이 좋았다.

그래서 오펠리는 앙브루아즈가 빌려준 돋보기를 들고 작은 할아버지가 주신 엽서를 들여다보고 있었다. 제22회 가문제전에 모인 사람들은 누가 누군지 알아보기 어려웠지만, 그중 한 명은 유독 눈에 띄었다. 군중에서 떨어져 메모리알의 산책로를 쓸고 있는 노인이었다. 그의 얼굴은 알아볼 수 없게 수염과 눈썹, 앞머리로 뒤덮여 있었다. 60년이 지나도록 그는 변한 게 없었다. 그는 윌랄리와 가문 정령들이 살았던 옛 학교의 흔적을 수 세기 동안 지켰다. 오펠리는 엽서에서 늙은 청소부를 발견한 이후로 그의 모습에서 눈을 뗄 수 없었다. 그는 사라졌을지 모르지만 그가 불러일으킨 공포는 여전히 그녀 안에서 울부짖고 있었다. 그로 인해 밤새 악몽에 시달렸고, 그 공포가 피부에 남긴 매캐한 냄새를 지우려 몇 번씩 샤워를 해야 했다.

'그래도 잘 빠져나왔어.' 오펠리는 먼지 낀 창문에 남은 빗물 자국을 바라보며 생각했다. 그 금속판을 없애는 데 상퇴르의 아들이 1초만 늦었더라도, 오펠리는 잘해야 메디아나 같은 처지가 되고 말았을 것이다. 그 아이는 그녀를 따라가면 아버지를 살해한 자를 만날 수 있으리라 예상하고 숨어 지켜봤던 걸까? 만약 그렇다면 그 아이는 확실히 상퇴르의 후계자가 될 만했다.

오펠리가 마주했던 늙은 청소부가 60년 전 메모리알에 있었다면, 그는 그녀가 거울에서 풀어준 타자일 리 없었다. 그 가능성을 진지하게 염두에 뒀던 것도 사실이지만, 그건 말이 되지 않았다. 사람들을 공포에 떨게 하는 것과 아슈를 붕괴시키는 것은 전혀 다른 차원의 문제였다.

머리에서 타는 냄새가 나자 오펠리는 미간을 찌푸렸다.

"그만하면 됐어요. 고마워요." 오펠리는 물러가라고 정중하게 손짓했다.

로봇 하인은 헤어드라이어의 플러그를 뽑고는 마지막으로

'모든 사람을 만족시킬 수는 없습니다'라고 말하며 자리를 떴다. 빗소리와 라디오 소리가 다시 크게 들려왔다. 우아한 가구들, 모기장이 달린 거대한 침대, 아름다운 전신 거울을 갖춘 방은 검소한 본파미유와는 다른 분위기를 자아냈다. 바벨에서의 첫날 밤을 보낸 곳이 이 방이었어…. 그로부터 반년이 지났다는 것이 오펠리는 믿기지 않았다.

그녀는 옥타비오가 헤어지기 전에 건네준 작은 쪽지를 펼쳤다.

나를 한번 찾아와요, 그대의 손과 함께. 헬레네.

헬레네의 제안은 기꺼이 받아들이고 싶었지만 오펠리는 가문 정령을 만나기 전에 한 번 더 깊이 생각하는 편이 좋겠다고 결론지었다.

그녀는 유리창에 코를 바짝 대고 섰다. 빗방울 너머로 머리가 헝클어져 있는 모습이 비쳤다. 건기에 이런 습한 날씨는 드물었다. 라디오를 듣고 있지는 않았지만, 라디오 진행자가 바벨 도심에서 열리고 있는 가정용품 박람회를 소개하는 소리가 들렸다. 마찬가지로 보고 있지는 않았지만, 하늘에서 떨어지는 빗방울에 찰랑대는 수련 연못이 보였다. 오펠리는 창문을 열고 빗속으로 뛰어들어 테라스에서 주랑 현관을 지켜보고 싶은 마음을 애써 참았다. 토른이 왜 이렇게 늦지? 책을 넘겨주는 게 시간이 오래 걸리는 일은 아니지 않나? 계보학자들이 그를 곤란하게 하고 있는 건 아닐까?

침실 문을 세게 두드리는 두 번의 노크 소리에 오펠리는 소스라치게 놀랐다.

"이것 좀 치워줄래?" 오펠리가 문을 열자마자 토른이 말했다.

목도리가 토른의 다리를 꽁꽁 감싸고 있었다. 그는 문틀에 기댄 채 고양이의 목덜미를 잡듯 목도리를 잡아 올렸지만 실밥이 다리 보조기에 걸린 모양이었다.

목도리를 풀어주던 오펠리는 절로 웃음이 났다.

"안 그래도 목도리가 어디 갔나 했어. 독립심이 생겼나봐."

토른은 자신을 안내한 로봇 하인에게 빗물에 젖은 우산을 맡기고는 로봇의 얼굴에 대고 문을 쾅 닫았다. 사실은 얼굴 없는 로봇 앞에서.

"라자뤼스의 아들은 어디 있지?" 토른은 날카로운 눈빛으로 방 안을 빙 둘러보며 물었다.

"오늘은 외출했어."

토른은 문을 잠갔다.

"좋아. 방해받지 않겠군."

토른은 빗물에 잠긴 작은 테라스에 아무도 없는지 확인했다. 오펠리는 목도리에 고개를 파묻고서 토른의 그늘진 옆모습을 조심스레 관찰했다. 그는 머리를 빗었고, 턱수염을 밀었고, 이번에는 다리 보조기도 제대로 손봐두었다. 험한 취급을 받은 것처럼 보이지는 않았지만, 소독제 냄새를 지나치게 풍기고 있었다.

"계보학자들이 뭐래?" 오펠리가 걱정하며 물었다. "실망했대?"

토른은 무심하게 커튼을 쳤고 방이 갑자기 어두워졌다.

"만족했어. 아니 그 이상이었지."

"그런데?"

"'그런데'라고 말할 것도 없어. 내가 가져간 책은 계보학자들의 기대를 완전히 충족시켰어. 그리고 내게 또 새로운 임무를 내릴 생각이더군."

"무슨 임무?"

"아직 몰라."

토른이 내뱉는 말 한마디 한마디가 그의 입술에서 납덩이처럼 무겁게 떨어졌다. 그의 존재만으로도 분위기는 더욱 무거워졌다. 그런데도 오펠리의 마음은 그가 없었던 때보다 더 가벼웠다. 그리고 더 들뜨기도 했다.

"그럼 당신은? 실망했어?" 오펠리가 물었다.

토른은 아무 말 없이 오펠리를 바라보았다. 너무나도 진지한 그의 표정 때문에 그녀는 신경이 곤두섰다. 오펠리는 앙브루아즈가 선물로 준 잠옷 위로 목욕 가운 옷자락을 꼭 여몄다. 그녀의 곱슬머리를 가시덤불처럼 만들어버린 빌어먹을 헤어드라이어와 로봇 하인 생각이 머릿속에 떠올랐다. 갑자기 더 깔끔하게 꾸민 모습을 보이고 싶었다는 생각이 드니 기분이 묘했다.

"아니, 한 번에 신을 무너뜨릴 거라 기대하진 않았어." 토른이 답했다.

그는 아까 잠겼는지 확인했던 자물쇠를 조심스럽게 바라보며 '신'이라는 단어를 발음했다. 문을 부수는 로봇은 없었다. 토른은 침대 옆 협탁 위에 놓인 물병을 들어 물을 한 잔 따르고서

의심스러운 듯 냄새를 맡았고, 이내 침대 모서리에 걸터앉았다.

"당신은?" 이번에는 토른이 물었다.

오펠리는 늙은 청소부에 대해 말하지 않기로 결심했다. 나중에 말할 생각이었다. 토른에게 아무것도 숨기고 싶지는 않았지만, 지금이 적절한 타이밍은 아니라고 느꼈다.

그 대신 감정은 솔직하게 털어놓았다. "혼란스러워. 윌랄리 딜뢰의 과거에 가까워질수록 그 사람을 잘 알겠다 싶어. 하지만 나와 그 여자 사이에는 수 세기라는 시간의 틈이 있지. 당신에게서 물려받은 가문 능력이 딜뢰의 과거를 이해하는 데 도움이 되지 않을까?"

"윌랄리 딜뢰는 벌을 받았어."

토른은 유리컵에 든 물을 조심스럽게 한 모금 마신 뒤 말했다.

"벌을 받았다고? 그게 무슨 말이야?" 오펠리가 되물었다.

"나도 몰라. 예전에 말했듯이 난 어머니 쪽 클랜을 통해 파루크의 기억을 물려받았어. 세대에서 세대를 거쳐, 기억에서 기억을 거쳐 나에게 전해졌지. 단편적인 기억들이야. 게다가 지극히 주관적인. 그 기억 중 하나에서 신…." 토른은 바로 고쳐 말했다. "아니 딜뢰가 벌을 받았다는 인상을 받았어. 누가, 왜, 어떻게 벌을 내렸는지는 아직 몰라."

"네크로맨서의 멋진 냉장 찬창이라면 식품을 1년 내내 완벽하게 보존할 수 있습니다!" 라디오 진행자가 감탄하며 외쳤다. "튼튼하고 부피가 크지 않아서 실용적인 수납력이 극대화됩니다. 실용적인 수납력이요!"

오펠리는 계속 울려대는 라디오를 생각에 잠긴 채 바라보았다.

"딜뢰가 천의 얼굴로 변하게 된 것은 본인의 선택이 아니었을지도 몰라. 어쩌면 저주일지도 모르지. 혹시 딜뢰가 '타자'와 실제로 연관된 건 아닐까?"

"그건 우리가 알아내야지. 물론 당신이 여전히 나와 함께 진실을 쫓을 의향이 있다면." 토른이 굳은 목소리로 말했고, 시선은 유리컵 속에 박혀 있었다.

"그걸 의심하는 거야?"

"바벨에 머무는 한, 아무리 외롭고 마음이 동하더라도 가족과 접촉하는 일은 절대 없어야 해."

"알고 있어."

"진실에 가까워질수록 더 큰 위험에 빠지게 될 거야."

"알고 있어."

"당신이 위험한 상황에 빠져도 나를 의지할 수 없을지도 몰라. 내 손발은 계보학자들에게 묶여 있으니까."

"그것도 알고 있어." 오펠리가 부드러운 말투로 말했다. "어제 당신이 우리에게 대화가 필요하다고 했잖아. 이 얘기였어?"

토른은 마침내 물컵에서 시선을 떼고 오펠리를 똑바로 바라보았다. 그의 옅은 눈동자가 희미한 어둠 속에서 날카롭게 빛났다. "그날 저녁, 메모리알 앞에서 내가 당신에게 했던 말 기억해? 당신의 동정 같은 건 필요 없다고 했었지."

오펠리는 고개를 끄덕였다.

"진심이었어." 토른은 냉정한 목소리로 말을 이어나갔다. "난 그런 거 원치 않아." 그는 마치 입안에 불쾌한 맛이 맴도는 것처럼 얼굴을 일그러뜨렸다. 두 손으로 계속 번갈아가며 물컵을 쥐다가 결국 내려놓았다. "적어도, 그것만 원하는 건 아니야."

오펠리는 바짝 마른 입술에 침을 발랐다. 토른은 그녀를 차갑게 만들었다가도 순식간에 불타오르게 할 줄 아는 사람이었다.

"당신은…."

"중간은 없어." 토른이 오펠리의 말을 가로막으며 말했다. "난 당신 친구가 아니야. 그리고 친구가 되고 싶지도 않고."

"자동 설탕 집게를 사용해보세요. 분명 마음에 쏙 들 거예요! 손가락 하나만 까딱하면 스프링 설탕 집게를 움직일 수 있답니다! 손가락 하나로요!"

오펠리는 즉시 라디오 볼륨을 낮췄다.

"나 때문에 당신이 불편하다는 느낌을 계속 받으면서 사는 건 싫어." 토른은 단도직입적으로 덧붙였다. "내 할퀴기 능력이 거슬린다면… 그래, 내가 그다지 매력적이지 않다는 건 잘 알지만… 내 다리가 이렇다고 해서 포기하는 일은 없을 거야…."

마치 괴로운 문법 시험이라도 보는 사람처럼, 짜증 섞인 손짓으로 이마를 쓸어 올렸다.

오펠리가 느꼈던 긴장감이 순식간에 사라졌다. 그녀는 마치 낡은 허물을 벗듯 장갑을 벗었다. 삶의 고난은 토른에게 상처를 입혔고, 그 상처는 겉보다 속이 더 깊었다. 오펠리는 앞으로 토른을 더 아프게 할 수 있는 모든 이들로부터, 우선 자기 자신으로부터 그를 지켜주리라고 마음먹었다.

오펠리는 토른이 자신을 잘 볼 수 있도록 그에게 다가갔다. 토른이 앉아 있었던 덕분에 두 사람의 눈높이가 맞았다. 오펠리가 토른의 양 볼에 맨손을 갖다 대자 그는 몸을 움찔했다. 토른은 신체적으로도 성격적으로도 모난 사람이었다. 다정한 말도, 정중한 몸짓도, 유머러스한 농담 따위는 전혀 하지 않는 사람이었다. 사람과 어울리기보다 숫자와 함께 있는 것을 선호하는 사람이었다. 그와 얼굴을 똑바로 마주하려면 그만한 각오가 필요했다.

오펠리에겐 그 각오가 있었다.

그의 상처에 입을 맞췄다. 처음엔 눈썹을 가른 난 상처에, 그다음엔 뺨을 뚫은 상처에, 마지막으로 관자놀이를 가로지르는 상처에. 입맞춤이 이어질 때마다 토른의 눈은 점점 커졌고 반대로 근육은 긴장했다.

"쉰여섯."

토른은 목을 가다듬고 어렵게 입을 열었다. 그는 아무렇지 않게 보이려고 애를 썼지만 이토록 당황하는 모습은 처음이었다.

"내 흉터 수야."

오펠리는 눈을 감았다 떴다. 그녀는 그 감각을 다시 느꼈다. 이번엔 더 격렬했다. 몸속 깊은 곳에서부터 올라오는, 거스를 수 없는 부름이었다.

"보여줘."

세상은 순식간에 말의 세계에서 살결의 세계로 바뀌었다. 모기장에 드리운 희미한 그림자, 빗소리, 멀리 정원들과 도시에서 들려오는 소리들. 그 모든 것이 이제 오펠리에게는 더 이상 존재하지 않았다. 뚜렷하게 느껴지는 것은 오직 토른과 자신뿐이었다. 둘의 손이 억눌림과 망설임과 수줍음을 한 꺼풀씩 벗겨냈다.

오펠리에게 지난 3년은 텅 빈 시간이었다. 그녀는 이제야 충만해졌다.

창가에 놓인 원형 찻상 위의 라디오에서는 아주 미세한 속삭임만이 흘러나왔다. 오펠리와 토른 둘 다 가정용품 박람회를 소개하던 방송이 갑자기 중단된 것을 듣지 못했다.

"바벨 시민 여러분, 극히 긴급한 속보입니다. 20분 전, 도시 북서부에서 대규모 지각운동이 관측됐습니다. 폴리데우케스 식물원과 향신료 시장이… 아슈에서 떨어져 나갔습니다. 위험 지역 근처에 계신 분들은 멀리 이동하시고 해당 지역 주민들은 대피하시길 바랍니다. 상황 변화에 따라 주기적으로 속보를 전할 예정이니 모든 시민 여러분께서는 침착하게 기다려주시길 바랍니다. 왓? 방금 인접한 소형 아슈 여러 곳이 사라졌다는 속보가 들어왔습니다. 지금 제일 중요한 것은 당황하지 않는 것입니다. 다시 한번 말씀드립니다. 바벨 시민 여러분, 극히 긴급한 속보입니다…."

거울로 드나드는 여자 4권 예고

세상이 완전히 뒤집혔다. 아슈의 붕괴가 마침내 시작되었다. 붕괴를 막을 유일한 방법은 단 하나. 책임자를 찾는 것. 타자를 찾아야 한다. 하지만 그가 어떤 모습을 하고 있는지조차 모르는데 어떻게 찾을 수 있을까? 오펠리와 토른은 모든 수수께끼의 열쇠처럼 보이는 '에코'라는 이상한 현상들을 쫓아 함께 나선다. 두 사람은 바벨의 이면뿐 아니라 자신들의 기억 깊숙한 곳까지 탐색해야만 한다. 한편, 아르캉테르에서는 신이 그가 갈망해온 권능을 손에 넣으려 한다. 과연, 진짜 위협은 누구인가? 그인가? 아니면 타자인가?

감사의 말

나의 조언자이자 독자이자 영감의 원천이며 나의 사랑인 티보에게.

나를 정성스럽게 돌봐준 나의 프랑스 가족과 벨기에 가족 모두에게.

훌륭한 피드백을 해준 나의 형제 로맹과 재종 피프토에게.

많은 것을 배우게 해준 스테파니 바르바라, 셀리나 로드막, 알리스 콜랭, 스베틀라나 키릴리나에게.

온 아슈에서 나를 지지해준 나의 '은 펜촉Plume d'Argent' 친구들과 황금 같은 친구들에게.

나의 책 한 권 한 권을 예술 작품으로 만들어준 로랑 가파이라르에게.

오펠리가 거울 밖으로 나올 수 있게 도와주신 갈리마르 주니어 팀 전체에게.

마지막으로 굳이 이쪽 세계까지 나를 찾아와주신 소중한 읽는 사람들에게.

여러분 모두에게 목도리가 함께하길!

옮긴이 이슬아
연세대학교 불어불문학과와 한국외국어대학교 통번역대학원 한불과를 졸업했다. 한불통번역사, KBS월드라디오 프랑스어 방송 진행자, 코리아 헤럴드학원 강사로 활동하며 프랑스어 콘텐츠 전문채널 '멜리멜로프랑세'를 운영하고 있다. 〈두더지와 들쥐〉 시리즈와 『아빠! 아빠! 아빠!』『롤라의 바다』『아빠가 엄마를 죽였어』『거울로 드나드는 여자 2』등의 프랑스어 책을 우리말로 옮겼고, 『그래서 당신은 어떻게 생각하나요?』와 『세상이 온통 회색으로 보인다면 코끼리를 움직여봐』를 공역했다.
프랑스서점 책방리브레리를 운영하고 있다. @melimelo_francais
@chaekbang_librairie

옮긴이 이진희
한국외국어대학교 프랑스어과, 동 대학교 통번역대학원 한불과, 호주뉴사우스웨일스 대학교(UNSW) 통번역 석사과정을 졸업했다. 옮긴 책으로는 미셸 푸코의 『감옥의 대안』, 에밀 졸라의 『에밀 졸라의 진실』, 피에르 쌍소의 『대화를 한다는 것』, 샤를로트 푸생의 〈몬테소리 기적의 육아〉 시리즈, 사라 잼벨로의 『구름 도감』 등이 있다.

거울로 드나드는 여자
3. 바벨의 기억

초판 1쇄 발행 2025년 6월 1일

지은이 크리스텔 다보스
옮긴이 이슬아 이진희

펴낸이 윤석헌
편집 오경철
디자인 강혜림
제작처 재영 P&B

펴낸곳 레모
출판등록 2017년 7월 19일 제 2017-000151호
주소 서울시 서초구 서초대로 33길 99, 201호
이메일 editions.lesmots@gmail.com
인스타그램 @ed_lesmots

ISBN 979-11-91861-33-4 (04860)
세트 979-11-91861-11-2 (04860)